脂評本紅樓夢 上

曹雪芹　原著
脂硯齋　重評
馬美信　校注

三民書局

脂評本紅樓夢　總目

引言

馬美信

紅樓夢是中國古代小說中具有劃時代意義的偉大作品。在中國，沒有一部文學作品像紅樓夢那樣，既能傾倒眾多的一般讀者，又能引起專家學者的濃厚興趣。這部小說描寫了中國封建社會末期一個大家族走向沒落的悲劇，敘述了一個哀怨動人的愛情故事，涉及到封建社會經濟、政治、文化各個方面，蘊涵著博大精深的思想內容。因此，這是一部「說不盡的紅樓夢」。這篇導讀性質的引言，不可能對這部小說作全面、深入的研究和分析，只能對其基本情況作一概要的介紹。

一　紅樓夢的作者

紅樓夢的作者是曹雪芹，現在已是人人皆知的常識。最早把曹雪芹和紅樓夢聯繫起來的資料來自小說第一回，說到空空道人把石頭記改名為情僧錄，孔梅溪題曰風月寶鑑，「後因曹雪芹於悼紅軒中披閱十載，增刪五次，纂成目錄，分出章回，則題曰金陵十二釵。」因此紅樓夢問世後，很多人只是肯定曹雪芹對小說有增刪整理之功，並沒有把他認定為小說的原作者，如程偉元在乾隆五十七年排印的紅樓夢卷首說：「紅樓夢小說本名石頭記，作者相傳不一，究未知出自何人，惟書內記雪芹曹先生刪改數過。」曹雪芹生前好友敦誠、敦敏、張宜泉也只說他善詩畫，未提及他曾經創作過小說。清代也有人提出曹雪芹是紅樓夢的作者，但都沒有具體的說明。經過胡適等人的考證，紅樓夢的作者問題似乎已經解決，絕大多數研究者肯定曹雪芹是紅樓夢前八十回的原作者。但時至今日，依然有人堅持認為曹雪芹只是小說的增刪改定者，他是在「石兄」的風月寶鑑舊稿基礎上改寫成紅樓夢的。❶不少學者指出，紅樓夢這部巨著經過多次創作增刪過程，是以曹雪芹為主，有其他人參與的集體創作。一九八六年，紅學者宿俞平伯在一次講演中說：「我認為紅樓夢本來就不是一個整個的東西，不是一個人從頭至尾寫完八十回。這不可能。寫的時候斷斷續續，其中有舊稿子，有新稿子。」「紅樓夢是集體創作，不是一個人作的。」❷然而，即使曹雪芹是在他人舊稿基礎上改寫成紅樓夢的，那也是脫胎換骨的重新創作，並不只是「刪改數過」而已；縱然曹雪芹在創作紅樓夢時曾有他人參與，也僅是在提供某些素材、協助整理原稿、提出修改意見、增補個別情節等方面得到了一些幫助，從小說的整體構思到動手寫作，都是曹雪芹獨自完成的。因此，曹雪芹的十年辛勤勞動不容抹殺，曹雪芹的紅樓夢著作權不能被輕易剝奪。

曹雪芹名霑，字夢阮，雪芹是他的號。曹雪芹的祖籍有兩種說法，一是河北豐潤，一是東北遼陽。❸曹雪芹先祖很早就入了正白旗內務府籍，成為清皇室的奴才。高祖曹振彥因從龍入關有功，在順治七年任山西

❶ 最有代表性的文章是戴不凡發表在北方論叢一九七九年第一期的揭開紅樓夢作者之謎。

❷ 文藝報一九八六年十二月十三日；解放日報一九八六年十二月十四日。

❸ 周汝昌據豐潤縣志和豐潤曹氏宗譜，提出曹雪芹祖籍是河北豐潤，詳見周著紅樓夢新證、曹雪芹家世生平叢話。馮其庸據五慶堂重修曹氏宗譜，提出曹雪芹祖籍是遼陽，後遷瀋陽，詳見馮著曹雪芹家世新考。豐潤譜和五慶堂譜哪一種更可靠，目前還難下結論。

吉州知府，累官至浙江鹽法參議使，曹家才由此發達起來。曾祖曹璽因夫人孫氏曾給康熙當過保姆，深得康熙的信任，在康熙二年以內務府工部郎中的本職被簡派為江寧織造。織造的工作是督理江浙一帶的紡織事務，負責向朝廷供奉綢緞、衣飾和其他皇室用品。曹璽作為康熙的心腹，還負有特殊的使命，就是體察風俗民情，監視官員言行，事無巨細，都要及時向皇帝報告。康熙二十三年，曹璽病故，兒子曹寅接任了江寧織造。曹寅是個文化名人，他自己著有楝亭集，計有詩抄八卷、詩別集四卷、詞鈔一卷、文鈔一卷，這僅是他詩文創作保存下來的一小部分。他還創作了續琵琶、虎口餘生傳奇和太平樂事、北紅拂記雜劇。曹寅又是個藏書家，據楝亭書目著錄，共有三千二百八十七種，僅小說類的書籍就有四百六十九種。曹寅還樂於刻書，除了自己的詩文集，先後刊刻了楝亭五種、楝亭十二種，搜集了許多珍稀書籍。他刊刻的書，校勘精良，被稱為「曹楝亭本」。曹寅才學卓越，喜歡藏書刻書，又與許多文士名流往來密切，朝廷就讓他主持編纂、刊印全唐詩和佩文韻府。曹寅苦心經營，完成了這兩項浩大的文化工程，為保存、傳播中國傳統文化做出了不可磨滅的貢獻。曹寅卒於康熙五十一年（一七一二），此時曹雪芹還沒出生。曹雪芹雖然未能親聆曹寅教誨，但曹寅營造的家庭文化氛圍，無疑對曹雪芹有深刻的影響。曹寅死後，其子曹顒繼任江寧織造。曹顒短命，在任不到三年就去世了，康熙於是命曹荃（曹寅的堂兄弟）之子曹頫入嗣曹寅，接替曹顒的江寧織造之職。

曹雪芹大約生於康熙五十四年（一七一五），有人說他是曹頫之子，也有人說他是曹顒的遺腹子，但都缺乏確鑿的證據❹。曹雪芹幼年生活在南京，過了一段錦衣玉食的奢華日子。雍正五年十二月（一七二八），

❹ 胡適、周汝昌等人認為曹雪芹是曹頫之子。王利器在馬氏遺腹子、曹天佑、曹霑一文中提出曹雪芹是曹顒妻馬氏的遺腹子，其生年為康熙五十四年。

曹頫被革去織造的職務，家產也遭查封。曹家被查抄，與雍正上臺後朝廷內部的政治鬥爭有關，表面理由則是曹頫辦事不力，經濟上有侵占剋扣的貪污行為。此後，曹雪芹隨全家回到北京。曹雪芹在北京的情況不很清楚，只知道他生活拮据，過著「舉家食粥酒常賒」的窮苦日子。他只有一個小兒子，也不幸殤亡。曹雪芹雖身處困境，但性情耿介傲岸，狂放不羈，朋友們把他比作竹林七賢中的阮籍。他擅長詩畫，詩的風格接近唐代的李賀。曹雪芹除了寫詩作畫，把更多的精力投入了紅樓夢的創作，可惜還沒寫完全稿，就在乾隆二十七年除夕（一七六三）至乾隆二十九年（一七六四）間與世長辭了。❺

由於資料的缺乏，我們對曹雪芹的情況所知甚少，他的家世生平還有許多難以破解之謎，如曹雪芹的籍貫、生卒年，曹雪芹的父親是誰，曹家破敗的原因等，都是沒有解決的問題。這些問題，對一般讀者閱讀和欣賞紅樓夢並無大的阻礙，就留給紅學家們去研究探索吧。

二　紅樓夢是封建社會末世的縮影

紅樓夢產生於乾隆初年，這是在清王朝被稱為「康乾盛世」的時期，但從整個中國封建社會發展的歷史看，卻已走向沒落和崩潰。盛世的表面繁榮掩蓋不住深刻的社會矛盾和政治、經濟、文化危機，正如小說裡冷子興批評賈府那樣：「如今外面的架子雖未甚倒，內囊卻也盡上來了。」紅樓夢通過賈府由盛而衰的描寫，深入揭露了封建社會的黑暗和腐敗，批判了統治者的荒淫無恥，揭示了封建社會不可避免地走向沒落的命運。

賈府是整個封建社會的縮影，這個世代簪纓之族的貴族豪門，看起來花團錦簇，卻在那些不肖子孫手裡

❺ 關於曹雪芹的卒年，歷來有壬午（乾隆二十七年）和癸未（乾隆二十八年）兩說，後又有「甲申（乾隆二十九年）說」。

日益敗落，最後落得個白茫茫大地一場空。小說極力描寫賈府日常生活的奢侈，吃一頓螃蟹就要花掉莊稼人一年的費用。秦可卿出喪，用的是一千兩銀子買不到的棺木，為了裝門面，花了一千二百兩銀子買通內監為賈蓉捐了個「御前侍衛龍禁衛」的虛銜。送殯時浩大的場面，又不知道花掉了多少錢財。為了元妃省親，賈府大興土木，修建大觀園，把銀子花得像流水一般，連元妃看了也感嘆：「太奢華過實了。」

在賈府，不僅主子們過著奢靡的生活，就是那些下人，生活也十分講究。他們衣著華麗，劉姥姥剛見平兒，還以為她是二奶奶王熙鳳。她們儘管是低人一等的奴才，但都不願意離開賈府，因為賈府丫鬟的生活，要比外面一般人家強多了。就是寄居大觀園的妙玉，雖然是個尼姑，但喝茶也有那麼多講究，用的茶具也都是珍稀古玩。這說明在封建社會末世，奢靡已經成為風氣。這種自上而下的奢靡之風，對社會機體的損害要比某些個人行為嚴重得多。

賈府的奢侈生活，是靠殘酷剝削農民而維持的。小說中「烏進孝交租」一節，寫到黑山村在災年還要向賈府交納一千石租米，二千五百兩銀子，還有各色土產野物四五十種。可賈珍看過帳單後，還不高興地說：「這夠做什麼的！」敲骨吸髓的剝削還不能滿足賈府的需要，於是只能吃老本，變賣典當家產。經不起那些不肖子孫明搶暗偷，賈府的經濟日益拮据。

小說還描寫了賈府一干人等荒淫無恥，道德敗壞，這是促使賈府敗落的又一個重要原因。小說寫到賈敬死了，賈珍、賈蓉聞訊奔喪，似乎不勝悲痛。可是他們一聽到尤氏姐妹來了，便「喜得笑容滿面」，死纏著她們說下流話。丫鬟在一旁看不下去，出來阻止，賈蓉竟恬不知恥地說：「從古至今，連漢朝和唐朝，人還說『髒唐臭漢』，何況偺們這宗人家？」賈璉和鮑二家的姦情被王熙鳳知道後，鬧到賈母那兒，賈母卻勸她說：「什麼要緊的事！小孩子們年輕饞嘴，貓兒似的，哪裡保的住不這麼著？從小兒世人都打這麼過的。」如此荒淫事，連德高望重的賈母都司空見慣，可見風氣敗壞到何等地步。

這些人的無恥，還表現在亂倫上。小說在這方面寫得比較曲折隱晦，但還是能看出點名目。焦大喝醉酒後，曾說賈府裡的人每日偷雞摸狗，爬灰的爬灰，養小叔子的養小叔子。爬灰說的是賈珍和兒媳婦秦可卿的私情。紅樓夢原稿有「秦可卿淫喪天香樓」一節，後被刪去。據脂批提供的線索，秦可卿遺失髮簪，被賈珍拾到，兩人勾搭成奸。有一次事後更衣，被丫鬟瑞珠發覺，秦可卿羞愧難忍，上吊自盡。小說雖然刪去了這些情節，但還是留下了蛛絲馬跡。在警幻仙子所藏的名冊中，秦可卿一頁畫的是上吊的女子，其判語是：「情天情海幻情身，情既相逢必主淫。漫言不肖皆榮出，造釁開端實在寧。」養小叔子，是說王熙鳳和賈蓉的曖昧關係。小說沒有明寫賈蓉和王熙鳳的私情，但多次寫到兩人關係相當親密，有時候言來語去，打情罵俏，透露了個中消息。自從人類脫離了原始社會，亂倫便被認為是荒淫無恥的事情，可這樣的事情在賈府時有發生，說明封建統治者道德淪喪，已到了不可救藥的程度。

賈府這樣的豪門貴族，只能培養出一群不學無術的紈袴子弟。賈府的男人，有的像賈敬只知修煉，不問家事，更多人像賈珍那樣，只知吃喝玩樂，沒有一點實際的才幹。賈政好像是個「端方正直」、「謙恭厚道」的正人君子，但他頭腦古板，迂闊無能，除了板著面孔訓斥寶玉外，對賈府江河日下的局面卻一籌莫展。賈府這樣一個大家族，只能靠王熙鳳一人苦苦支撐，大大小小的事情都離不開她。但憑她一人之力，並不能挽狂瀾於既倒，扶大廈之將傾。探春管理大觀園，實施了一些改革，顯示出她的精明強幹和出眾的才能，但也只能在大觀園中小打小鬧，無法革除根本的弊病。以賈府為縮影的封建社會已經培養不出有實際才幹和能力的人才，正如冷子興感嘆的那樣：是「一代不如一代」。賈家的敗落，已是無法挽救的了。

家庭的內部傾軋加速了賈府的衰敗。中國封建社會提倡「國之本在家」、「家齊而後治國」，造成了家庭政治化和政治家庭化的現象。賈府上通朝廷下連農民，集中體現了封建綱常倫理。從表面看，這個大家庭幾世同堂，充滿天倫之樂，那一套晨昏定省、長幼有序的禮數，顯示出詩禮傳家的尊嚴。可實際上，在這個家庭中充滿了勾心鬥角和傾軋猜忌。賈母是家庭最有權勢的人，每個人都想討取她的歡心。賈赦因不能得賈母歡心，就借說笑話暗刺賈母偏心，發洩自己的不滿。賈赦的妻子邢夫人也是個不得寵的人，她對王夫人心懷嫉恨，就借「繡香囊」的事件，查抄大觀園，企圖借此打擊王夫人，掀起了一場大風波。為了爭奪榮國府的繼承權，趙姨娘、賈環與王夫人、寶玉的爭鬥更為激烈，以致趙姨娘要用妖術害死寶玉。就是趙姨娘和探春母女之間，也經常發生劇烈的衝突。在這個家庭成員中，除了寶玉和他的姐妹外，並沒有多少親情，他們常在表面的歡聲笑語中，暗藏著謀算對方的心機。正如探春所說：「偺們倒是一家子親骨肉呢，一個個不像烏眼雞似的，恨不得你吃了我，我吃了你！」

賈府主子們的爭鬥也影響到下人奴才，形成了各種勢力派系。王夫人房中的丫頭和趙姨娘房裡的丫頭互不往來，彼此猜疑。邢夫人的陪房王善保家的和王夫人的陪房周瑞家的更是形同水火。管事的僕婦培植私黨，打擊異己，明爭暗鬥，鬧得不可開交。司棋要廚房蒸一碗雞蛋羹，被管廚房的柳家拒絕，司棋帶人砸了廚房。後因王夫人房內丟失了玫瑰露，牽涉到柳家和她的女兒，柳家的被革職查辦。司棋的嬸娘秦顯謀取廚房掌事的職位，才做了一天，因平兒說情，柳家的恢復職務，秦顯抓雞不成蝕了米。在查抄大觀園的風波中，王善保家的以為抓住了王夫人的把柄，氣焰十分囂張。後來查出王善保家的外孫女司棋私通男人的證據，鳳姐等人又把王善保家的狠狠諷刺挖苦了一頓，弄得王善保家的灰溜溜的。

在賈府這個政治化的家庭中，人與人之間的勾心鬥角，是當時封建社會政治鬥爭的反映。在無休止的內部鬥爭中，封建社會加快了沒落的過程。

曹雪芹以如椽之筆，揭示了封建社會的種種弊病，指出其不可避免的衰亡趨勢。但曹雪芹對這樣的社會依然懷著深厚的感情，他並不希望，也想不到以一個新的社會制度來替代延續了幾千年的封建社會。曹雪芹揭露封建社會的黑暗腐朽，是要挽回其沒落的命運，用他自己的話來講，就是「補天」。但他也明白，靠自己的一枝筆，無法達到這個目的，只能悲嘆「可憐無補費精神」。這就使小說充滿了悲涼之霧的悲劇氣氛，成為一曲封建社會末世的輓歌。

三　寶黛愛情悲劇的深刻意義

紅樓夢是一部中國封建社會的「百科全書」，思想內容十分豐富，涉及到政治、經濟、文化領域的各個方面。然而對一般讀者來說，最感興趣的還是寶玉和黛玉的愛情故事，或者說是寶玉、黛玉和寶釵之間微妙的情感糾葛。脂硯齋說紅樓夢「大旨談情」、「處處寫情」，寶黛的愛情描寫是全書的重要內容，也是貫串全書的主要線索。紅樓夢的思想意義，在很大程度上是通過寶玉和黛玉的愛情悲劇體現出來的。

愛情是人類最基本的感情，也是文學的永恆題材。在中國文學史上，描寫愛情的作品汗牛充棟，但紅樓夢的愛情描寫與以往的作品都有所不同，具有突出的意義。

中國古代文學寫愛情，最常見的是「郎才女貌」和「一見傾情」，前者言擇偶的標準，後者言戀愛的過程。許多公式化的作品，雖然寫的是愛情題材，卻並不能展示戀愛過程中人物真實的內心世界和豐富的思想感情，更不能揭示愛情生活中所蘊涵的社會意義。紅樓夢在開頭就批評流行的才子佳人小說「千部共出一套，且其中終不能不涉於淫濫」；還在第五十四回史太君破陳腐舊套借賈母之口，對才子佳人作品的公式化、簡單化提出了批評。紅樓夢的愛情描寫別開生面，獲得了前所未有的成就。

紅樓夢拋棄了以往愛情小說中「郎才女貌」的擇偶標準，把思想感情的投合作為愛情婚姻的基礎，表現了帶有近代色彩的愛情觀。小說以精工細筆描寫了寶玉和黛玉、寶釵之間的愛情糾葛。從寶玉而言，這是一個不愛讀聖賢書，厭惡功名，整天無所事事的「富貴閒人」，以封建傳統觀念來衡量，是個最無才的人。寶玉雖然也會吟詩作賦，被賈政斥為「歪才」，小說也沒有過分突出他這方面的才能。他在元春省親作詩時，陷入了困境，幸虧有黛玉和寶釵的幫助，方能勉強過關。在大觀園舉辦詩社，寶玉也總是敬陪末座。從黛玉、寶釵而言，雖然一個清秀俊俏，一個雍容端莊，都算得上是佳人，寶玉也曾為兩人的美貌而動心，但寶玉最後選擇黛玉而不選擇寶釵，在愛情中起決定作用的不是容貌，而是雙方的思想感情。

賈寶玉是封建大家庭的逆子，儘管賈母等人把家族的希望和未來都寄託在他的身上，但他對傳統的封建思想和價值觀念提出了大膽的懷疑和否定。他說：「只除『明明德』外無書，都是前人自己不能解聖人之書，便另出己意，混編纂出來的。」認為除「四書」以外，其他的書都是杜撰，要把這些書都燒了。他不願意讀聖賢之書，也不願意走祖輩為他安排的仕途經濟之路，把那些讀八股文，通過科舉獲取功名的人罵作「祿蠹」、「國賊」，甚至把「文死諫、武死戰」的道德教條說得一錢不值。凡是封建統治者認為有價值有意義的事情，他都不屑一顧，而他喜歡做的事情，卻又是封建統治者所深惡痛絕的。

寶玉最喜歡「在內幃廝混」，與姐妹們一起遊戲玩樂。他有一句名言：「女兒是水作的骨肉，男人是泥作的骨肉。我見了女兒，我便清爽；見了男子，便覺濁臭逼人。」他對男人的憎惡，是因為這些人表面上道貌岸然，背地裡幹著卑鄙齷齪的勾當。他認為女孩子「清淨潔白」，是因為女孩子較少受封建觀念的薰陶和現實環境的汙染，保持了天真的「童心」。寶玉喜歡和女孩子接近，對她們充滿了愛惜之情，固然表現了一個貴族公子「怡紅快綠」的生活情調，更表現出他對於美好情操的嚮往和追求。

寶玉是個「泛情主義」者，他喜愛一切美好的事物，疼惜所有純潔的女孩子，但他對愛情是十分執著和專注的。寶玉開始在感情上徘徊在黛玉和寶釵之間，一個是「木石前盟」，一個是「金玉良緣」，他固然喜歡黛玉多些，但有時候「見了姐姐就忘了妹妹」。但隨著歲月的推移，寶玉最終選擇了黛玉，與寶釵越來越疏遠，因為他感到只有黛玉才與他情投意合。黛玉也是一個有叛逆性格的人，她對於賈寶玉許多違反封建禮法的行為，不但從不規勸，而且常常採取同情或支持的態度。小說第三十二回寫史湘雲勸寶玉應該經常會見官員，談些仕途經濟，將來也能應酬事務。寶玉聽了大覺逆耳，便道：「姑娘請別的姊妹屋裡坐坐，我這裡仔細汙了你知經濟學問的。」襲人連忙打圓場：「雲姑娘快別說這話。上回也是寶姑娘也說過一回，他也不管人臉上過的去過不去，他就咳了一聲，拿起腳來走了。這裡寶姑娘的話也沒說完，見他走了，登時羞的臉通紅，說又不是，不說又不是。」寶玉說：「林姑娘從來說過這些混賬話不曾？若他也說過這些混賬話，我早和他生分了。」寶玉的意思很明確，因為寶釵常和他說仕途經濟的混賬話，所以他和寶釵生分了；黛玉從來不說這些混賬話，他才和黛玉格外親近。黛玉對寶玉一些被常人認為乖僻的舉動，也表示了相當的理解。第十九回寫寶玉喜歡弄花兒粉兒，偷吃女孩子嘴上擦的胭脂，襲人以贖身回家相要挾，要寶玉改掉這些毛病，寶玉當時滿口答應。可是第二天寶玉去看黛玉，黛玉見他腮上沾有胭脂膏，便用自己的手帕替他擦了，口內說道：「你又幹這些事了。幹也罷了，必定還要帶出幌子來。便是舅舅看不見，別人看見了，又當奇事新鮮話兒去學舌討好兒。吹到舅舅耳朵，又大家不乾淨惹氣。」在黛玉看來，寶玉喜歡調弄脂粉，算不上壞毛病，只是不要讓賈政知道，弄得大家不清淨。黛玉很少留意封建禮教要求女子恪守的「貞靜溫淑」的做人標準，可對當時被認為是「淫詞小說」而受到禁止的西廂記、牡丹亭等書，卻在心裡記得爛熟。寶玉不愛讀聖賢書，卻也偏偏愛好這些雜書。第二十三回寫兩人同讀西廂記，但覺詞句警人，餘香滿口。寶玉問她好不好，黛玉笑著點點頭。於是寶玉引用西廂記中的詞句與她開玩笑：「我就是『多愁多病身』，你就是『傾國傾城貌』。」黛玉生氣了，要去告訴賈政，嚇得寶玉發誓賭咒，說以後不敢了。黛玉撲哧一笑，用西廂記的詞句回敬寶玉說，你原來是個「銀樣蠟鎗頭」。這個饒有情趣的場景，說明他們有共同的愛好，他們對愛情的嚮往和追求，受到了這些文學作品的啟發。

薛寶釵與黛玉不同，她嚴守封建規範，一舉一動顯得端莊穩重，隨分從時。她經常規勸寶玉要守本分，努力讀書，留心仕途經濟，被寶玉斥為混賬話。寶玉被打，寶釵去看望他，說起事情的因由，寶玉怕寶釵多心，極力為薛蟠開脫。寶釵心裡想道：「你既這樣用心，何不在外頭大事上做工夫，老爺也歡喜了，也不能吃這樣虧。」寶釵所想的外頭大事，就是仕途經濟，而這正是寶玉所深惡痛絕的。

寶玉最後選擇的是黛玉而不是寶釵，這是兩個封建叛逆者的愛情，在那樣的社會，必然會遭受重重的阻力而變得坎坷曲折。

紅樓夢改變了以往愛情描寫「一見鍾情」的模式，表現了寶黛愛情坎坷曲折的經歷，展示出兩人在戀愛過程中心靈的碰撞和性格的衝突。黛玉自幼失去母親，寄居賈府，雖有賈母的疼愛，但總有一種寄人籬下，失去依附的感覺，再加上體弱多病，就形成了她多愁、敏感、孤僻、任性的性格。她到賈府時年紀尚幼，與寶玉形影不離，正可謂兩小無猜。可是忽然來了個相貌、才學出眾的寶釵，使她感受到巨大的威脅；寶釵的金鎖和寶玉的佩玉，應合了「金玉良緣」的傳言，更是她心頭揮之不去的陰影。黛玉自幼習慣孤獨，她除寶玉外，不需要別人的存在，可是寶玉卻一直生活在女孩子包圍之中，對所有的女孩子都充滿愛心，這就使黛玉感到非常不快。縱然在很明朗的童年之愛中，黛玉也時常感到被騷擾和需要防範的痛苦。

自湘雲進府到寶玉送手帕給黛玉，寶黛愛情進入了更為曲折痛苦的階段。兩人由童年步入青少年，雙方對感情的要求又深入了一步，開始考慮到愛情的歸宿，也因此更加感覺到在封建禮教拘束下的痛苦。他們只能把真情埋藏在心中，用假情假意試探，結果鬧出了許多誤會。湘雲帶著金麒麟進府，黛玉感受到更大的壓力，在愛情上也更加敏感猜疑。此後，寶玉擠在黛玉和寶釵、湘雲之間，當黛玉對寶釵、湘雲不滿時，總是把寶玉當作發洩的對象。小說第二十九回，寫到張道士要給寶玉提親，寶玉偷藏金麒麟，又被黛玉看在眼裡，於是爆發了一場大衝突。寶玉把通靈玉砸了，黛玉則大哭大吐。事情驚動了賈母，賈母說了一句「不是冤家不聚頭」，他們像參禪似的有所領悟，「卻不是人居兩地，情發一心」，兩人的關係又進了一步。第三十二回，寫黛玉聽說湘雲在寶玉處，放心不下，也悄悄來到怡紅院。剛進院子，就聽到湘雲說「經濟」一事，寶玉說「林姑娘從來說過這些混賬話不曾？若他也說過這些混賬話，我早和他生分了。」黛玉心中又驚又喜，便抽身回去。寶玉追了出來，於是就有了一段「放心不放心」、「明白不明白」的對話。寶玉第一次大膽地表白了自己對黛玉的愛情，黛玉也消除了橫於心中的隔閡，兩人更加心心相印。至此，兩人進入心境平和的成熟狀態，於是小說中有很長一段時間沒有再提到他們之間的戀愛，一直到最後才寫到黛玉之死。❻寶黛愛情的曲折，不斷的碰撞，是他們的性格衝突引起的，但他們的性格衝突，正是反映了封建時代對愛情的禁錮和對人性的扭曲。

紅樓夢打破了以往愛情作品「大團圓」結局的俗套，描寫了一齣具有深刻人生意蘊和社會意義的愛情悲劇。曹雪芹清醒地認識到，寶黛帶有反封建色彩的愛情，決不可能被那個社會所認可，命中註定是齣悲劇。小說用象徵性的筆法寫到寶黛愛情是「木石前盟」，絳珠仙草為還淚而下凡，「淚盡而歸」，前世因緣註定了寶黛二人必然會發生愛情，而這樣的愛情又必然是沒有結果的。在現世，寶玉和黛玉是姑表兄妹，寶玉父親賈政和黛玉母親賈敏是親兄妹，寶玉和黛玉有親密的血緣關係。在封建宗法社會，姑表兄妹是禁止通婚的。一個女子從娘家嫁到夫家，生下女兒再嫁回娘家，叫作「骨肉還家」，違背了血親禁忌。姨表兄妹是母親一系的親屬，相互間可以通婚。寶玉和寶釵是姨表兄妹，寶玉的母親王夫人和寶釵的母親薛姨媽是姐妹，他們通婚不違背血親禁忌。這樣的血親禁忌形成一種民俗，一直流傳到當代。❼曹雪芹是清楚姑表和姨表之間的區別的，第二十二回寫賈母給寶釵過生日，「就在賈母上房排了幾席家宴酒席，並無一個外客，只有薛姨媽、史湘雲、寶釵是客，餘者皆是自己人。」作者在此暗示，在賈府寶釵是客人，黛玉則算自己人，姨表和姑表的血緣關係是有親疏之別的。寶黛的愛情，是一齣本不該發生，而且註定沒有結果的悲劇。然而小說在描寫

❻ 參見王昆侖紅樓夢人物論。

❼ 日本神戶外國語大學秦兆雄教授曾在上世紀八十年代在中國湖北農村作過調查，當地村民姨表親通婚很普遍，姑表親通婚就很少，同姓通婚則被禁止。

寶黛愛情悲劇時，並沒有突出「木石前盟」的前世因緣，也沒有強調姑表兄妹的血親禁忌，而是更真實地描寫了寶黛愛情所承受的社會和家庭的巨大壓力。

封建社會的婚姻，不是以愛情為基礎，而是以實際的政治、經濟利益為基礎的。儘管寶黛互相深深地相愛，而且他們的愛情在賈府並不是什麼秘密，也沒有受到賈母等人的反對，甚至還受到了縱容。但真的要選擇賈二奶奶人選時，賈母等人選擇的是寶釵，而不是黛玉。

作為賈二奶奶的人選，寶釵比黛玉具有明顯的優勢。寶釵出身於四大家族之一的薛家，在四大家族一損俱損、一榮俱榮的局面下，賈薛聯姻會鞏固賈家的地位。而在賈府日趨衰敗，財政入不敷出的情況下，巨商薛家的財產也很有誘惑力。黛玉出身在沒落的書香門第，父母雙亡，可以說一無所有，在家庭背景上，她是無法與寶釵抗爭的。

賈府選擇寶釵更重要的原因，是寶釵的思想品格和為人處世比黛玉更符合封建家庭的要求。寶釵遵守封建禮教，知書達理，言行從無越規之處。她還有實際管理家庭的才能，在協助探春管理大觀園時，雖不很積極，但還是顯示出她的才幹。黛玉除了吟詩作對，觀花賞月，對其他事情全不感興趣。寶釵是現實功利的，而黛玉是浪漫脫俗的。榮府把寶玉當作唯一的繼承人，把振興家業的希望寄託在他身上，必須要找一個像寶釵那樣穩重端莊、具有操持家務能力的賢內助。

寶釵為人八面玲瓏，圓滑世故，使她在與黛玉的競爭中處於上風。黛玉心直口快，甚至有點尖酸刻薄，言談舉止任性而為，很少顧及旁人的感受。寶釵卻善解人意，說話做事很討人歡心。她過生日，安排的菜餚都是挑賈母喜歡吃的，點戲也挑賈母愛看的熱鬧戲文。寶釵不僅巴結賈府有權勢的人物，就是與那些下人的關係也很好，從不擺主子的架勢，還時常小恩小惠地拉攏他們。即使對賈環那樣人人嫌棄，連丫鬟也不把他放在眼裡的人，寶釵卻「素昔看他亦如寶玉，並沒他意」。因此趙姨娘對賈府的人都抱有敵意，惟獨稱讚寶釵好。正因為寶釵會做人，受到賈府上下的愛戴。在大家族中，一個主持家政的女主人，必須善於處理各方面的人事關係，有效地化解各種複雜的矛盾，才能保持家庭的和諧安寧。黛玉恰恰缺少這方面的素質和才能。

紅樓夢在描寫寶黛愛情悲劇時，並沒有簡單地表現封建家庭對他們愛情的干涉和扼殺。賈母很寵愛寶玉和黛玉，對他們的戀愛採取了縱容的態度。賈政雖不滿寶玉整日和女孩子廝混，但也無可奈何，寶玉進大觀園是經元春特許的。王夫人對寶玉和黛玉的交往從不過問，採取了聽之任之的態度。王熙鳳明知寶玉和黛玉相親相愛，還當著他們的面開玩笑，說黛玉吃了我們家的茶，就該當我們家的媳婦。似乎寶黛愛情在一個相對自由的空間中發展著，然而他們深切地感受到了外界巨大的壓力。賈府的家長把寶玉和黛玉的愛情，只是看作一般表兄妹之間的親密來往，從未考慮到寶黛愛情的結局。小說前八十回有兩次提到寶玉的婚姻問題，一次是張道士為寶玉提親，賈母就讓他在外面物色一個模樣性格好的女孩子；還有一次賈母有意把寶琴許配給寶玉，因為寶琴已與梅翰林的兒子定親，只得作罷。賈母在提及寶玉婚姻時，根本沒有考慮要在黛玉和寶釵之間選擇。寶釵本為選秀女而進京，她雖然對寶玉有好感，但不可能想到婚姻之事。當她聽到「金玉良緣」的傳言，感到很不自在；元妃賞賜寶玉和眾姐妹，只有她與寶玉一樣，比別人得到的多，她也覺得無趣。她故意疏遠寶玉，是不想插足寶玉和黛玉的愛情，並不是有些人說的那樣，是一種以退為進的策略。黛玉與寶釵不同，她寄人籬下，孤身無援，雖得賈母的寵愛，但也不是長久之計。因此她在和寶玉交往中，必然會把愛情和終身的幸福聯繫起來，考慮到自己的歸宿。這成了黛玉一個難以化解的心結。可是賈府的當家人根本就沒有考慮過寶玉和黛玉的親事，這種完全的漠視，給黛玉帶來的壓力和痛苦，要遠大於公開的反對和壓制，也使她無從抗爭，只能把怨氣撒在寶玉身上。讀者看不到黛玉在爭取個人愛情自由和婚姻幸福中遭受的壓力，卻能深切地感受到封建意識像一張無形的羅網籠罩著黛玉，使她在壓抑窒息中走向死亡。黛玉愛上了一個不該愛的人，她追求著無法實現的虛幻未來，這就註定了她的悲劇一生。黛玉的悲劇，既是她與不可抗拒的命運發生衝突的命運悲劇，也是她與封建勢力發生衝突的社會悲劇。

作者通過寶黛的愛情悲劇，展示了新舊愛情觀念的衝突，暴露了封建禮教對人性的壓抑和摧殘，在愛情描寫中灌注了深刻的政治文化內涵。小說通過對寶黛愛情坎坷曲折過程的描寫，刻畫了鮮明飽滿的人物性格，揭示了人物豐富複雜的內心世界。小說表現了作者對愛情的深刻理解，在愛情描寫上達到了極高的藝術境界。在中國文學史上，沒有一部小說在愛情描寫方面超越了紅樓夢。

四　卓越創新的寫人藝術

紅樓夢不僅是封建社會的「百科全書」，也是中國文學的藝術寶庫。紅樓夢卓越的藝術成就，為後世的文學創作提供了極其豐富、寶貴的經驗。

紅樓夢塑造了一批形象鮮明、性格豐富的人物形象。中國古代小說塑造的人物，往往具有明顯的道德和審美的指向性，善惡美醜，涇渭分明。紅樓夢打破了傳統的寫法，有意模糊對人物的道德評價，嚴格遵循生活真實，描寫善惡同存、美醜泯滅的人性在不同人物身上的複雜表現。脂批在評論寶玉時說：「聽其囫圇不解之言，察其幽微感觸之心，審其痴妄委婉之意，皆今古未見之人，亦是未見之文字。說不得賢，說不得愚，說不得不肖，說不得善，說不得惡，說不得正大光明，說不得混賬惡賴，說不得聰明才俊，說不得庸俗平凡，說不得好色好淫，說不得情痴情種，恰恰只有一顰兒可對，令他人徒加評論，總未摸著他二人是何等脫胎，何等骨肉。」紅樓夢中很多人物，都在不同程度上體現出人物思想品格的複雜性。

紅樓夢中的人物，往往「說不上好，也說不上不好」。在同一個人物身上，聚合著好壞兩方面的品質。賈寶玉作為一個豪門公子，過著衣來伸手飯來張口的寄生生活，身上沾染了濃重的紈袴習氣：喜歡玩樂，尤其喜歡在女孩子堆裡廝混；不願讀書，不求上進；不識世務，不務實踐，缺乏謀生的基本技能。薛寶釵說他是「富貴閒人」，是很精當的評價。小說第三回用兩首西江月詞批評寶玉「縱然生得好皮囊，腹內原來草莽。潦倒不通庶務，愚頑怕讀文章。」「可憐辜負好韶光，於國於家無望。天下無能第一，古今不肖無雙。」這樣的紈袴子弟，無論是過去還是現在，都必然會受到譴責而遭人唾棄。寶玉又是個多情的種子，對一切美好的事物，尤其是純潔的女孩，充滿了慈厚的愛心。他關愛著大觀園裡所有的姐妹，即使對晴雯、平兒、香菱等丫鬟，也是那麼的細心周到。小說第三十回寫到齡官蹲在地上不斷畫「薔」字，寶玉不覺看呆了，心裡想：「這女孩子一定有什麼話說不出來的大心事，纔這樣個形景。外面既是這個形景，心裡不知怎麼熬煎。看他的模樣兒這般單薄，心裡哪裡還擱的住熬煎？可恨我不能替你分些過來！」這時突然下起雨來，寶玉馬上想到「他這個身子，如何禁得驟雨一激！」趕忙叫她避雨，卻想不到自己身上已被淋濕了。寶玉這種推己及人的同情之心，體貼之情，顯示出他博大無私的愛，而這種愛又出於尊重他人的民主和平等觀念。小說寫寶玉是不要人怕他的，他在丫鬟下人面前，很少擺主子的威風，有時反而低聲下氣地去討好她們。玉釧兒因姐姐金釧兒跳井自殺而遷怒寶玉，寶玉非但不生氣，還處處賠小心，直到玉釧釋懷才安心。晴雯因寶玉說了她幾句而生氣，寶玉就想方設法讓她高興。寶玉有個想法：對下人「若拿出做上的規矩來鎮嚇，似乎無情太甚」。脂批說：「寶玉重情不重禮。」這正是寶玉身上所體現出來的極其寶貴的人文精神。

林黛玉是個具有詩人氣質的少女。她天性敏感，加上體弱多病，形成了多愁善感的性格。她見花落淚，對月傷懷，經常以淚洗面。然而在她弱不禁風的外表下，卻具有堅強的意志和性格。她為了爭取不能真正獲得的愛情和幸福，衝破重重阻力，不屈地抗爭和奮鬥，直至以死殉情。她雖然多愁善感，但敢於直面人生的悲劇，勇於向命運發起挑戰。黛玉高傲孤僻，與環境格格不入，心裡除了寶玉，容不下別人。她為了防止別人闖入她和寶玉的感情世界，時常用尖刻的言辭去攻擊對方，結果既傷害了別人，也傷害了自己。黛玉是個標緻的美人，她的病態美讓人憐惜；她又是個很有才華的詩人，讓人欣賞；她對愛情執著的追求，讓人欽佩；她的人生悲劇，讓人同情。但她經常哭哭啼啼的樣子讓人膩煩；她喜歡拈酸吃醋，讓人可笑；她的尖酸刻薄，則讓人不快。用薛寶釵的話來講，這是一個讓人「愛也不是，恨也不是」的人。

薛寶釵的形象，比林黛玉更為豐滿複雜。薛寶釵是個才女，她博聞強識，才學超過了林黛玉。她又是個淑女，嚴格遵守封建的道德規範。她還深諳人情世故，考慮事情周到詳盡，處理人事關係玲瓏圓滑。她不像賈寶玉那樣心裡只有別人，沒有自己；也不像林黛玉那樣心裡只有自己，沒有別人；她是心裡既有自己，又有別人。她心裡有自己，是要在矛盾紛繁複雜的賈府中潔身自好，遠離是非的圈子，保護自己的利益。而她採取的方法，就是「罕言寡語，人謂藏愚；安分隨時，自云守拙」。小說第二十二回寫到賈母為寶釵過生日，請了戲班來唱戲。賈母深愛那演小旦和小丑的孩子，命帶進來另給賞錢。鳳姐湊趣道：「這個孩子扮上活像一個人，你們再看不出來。」寶釵心裡也知道，便只一笑不肯說。史湘雲口快，說演小旦的孩子像黛玉，使黛玉感到受了侮辱，在寶玉、黛玉、湘雲之間引起一場風波，寶釵卻置身事外。寶釵心裡有別人，是說她善解人意，經常為別人著想。史湘雲要做東請客，寶釵知道她家境不好，囊中羞澀，就幫她謀劃，不用大擺宴席，每人置一食盒，放幾樣合味的小菜，又從自己家中拿了幾簍螃蟹來，讓湘雲的宴請既熱鬧排場，又花不了多少銀子。黛玉體弱，需要燕窩補養，可她寄居賈府，不好意思開口，寶釵就暗地把自己家的燕窩送給黛玉，讓黛玉感謝不盡。寶釵處理人際關係，堅持一個原則，就是「不疏不親，不遠不近」。不疏不親，是說她對人一視同仁，沒有特別疏遠的人，也沒有故意親近的人；不遠不近，是說她在和人交往時注意分寸，始終保持一定的距離。寶釵待人接物相當理性，有時候理性得近於冷漠。王夫人懷疑金釧兒勾引寶玉，打了她一個耳光，把她攆了出去。金釧兒羞愧難忍，投井自殺。賈府眾人無不震驚，為金釧兒感到痛惜。王夫人也承認是自己的罪過。薛寶釵特地跑去安慰王夫人說：「據我看來，他並不是賭氣投井，多半他下去住著，或是在井跟前憨頑，失了腳掉下去的……豈有這樣大氣的理？縱然有這樣大氣，也不過是個糊塗人，也不為可惜。」並勸王夫人不必耿耿於懷，「不過多賞他幾兩銀子發送他，也就盡主僕的情了。」薛寶釵為討好王夫人，極力為王夫人開脫，將金釧兒之死的責任全部推到她自己身上。當然，從理性而言，金釧兒不能死而復生，聲討王夫人也無濟於事，為金釧兒多爭取些撫恤金更實惠。但從感情上說，薛寶釵不僅是冷漠，簡直是冷酷之極了。

王熙鳳是小說中又一個重要人物。如果說寶玉、黛玉、寶釵承載了小說的愛情主題，鳳姐則承載了小說的社會主題。鳳姐作為榮府的當家媳婦，與賈府的命運息息相關。她獨立支持著一個龐大的家族，顯示出非凡的治家才能，在賈府沒有人能替代她的地位和作用。「王熙鳳協理寧國府」一回，通過鳳姐料理秦可卿的喪事，把她的精明強幹描寫得淋漓盡致。作者對王熙鳳的能力和智慧是很賞識的。可是，賈府最終在王熙鳳手裡沒落了，這既有不可抗拒的社會、政治原因，也有她個人的品質問題。鳳姐貪權好利，掌握權力和掠取財富是她最大的追求。在賈府內，她把持著人事權，在各種差事中安插親信，接受賄賂。賈珍要派賈薔到江南採買戲班，賈璉不太贊成，賈薔走通了鳳姐的門路，最終如願以償。賈璉要派賈芸去管理府裡的和尚道士，鳳姐先答應了賈芹；賈芸悟到這樣的事情只能求鳳姐，於是借錢買了香料賄賂鳳姐，謀得負責大觀園種樹的差事。鳳姐還剋扣丫鬟的月例錢放高利貸，後來賈府抄家，她的一大箱放利錢的票據就成了主要罪證。鳳姐在外依仗賈府權勢，結交官府包攬詞訟。饅頭庵老尼姑託她解決張金哥的婚姻糾紛，她假託賈璉的名義寫信給長安節度使，逼迫守備退婚，將張金哥許給長安府太爺的小舅子。結果金哥和守備之子雙雙殉情而死，鳳姐用兩條年輕的生命換得了三千兩好處。鳳姐膽大妄為，毫無顧忌，她曾對饅頭庵老尼說：「你是素日知道我的，從來不信什麼陰司地獄報應的。憑是什麼事，我說要行就行。」一個不怕下陰司地獄的人，還有什麼事情做不出來？鳳姐的陰險狠毒，在設計害死尤二姐這件事上，體現得最為充分。鳳姐知道賈璉在外面娶了尤二姐，醋性大發，但裝作若無其事。她先用好言好語把尤二姐騙入大觀園，然後大鬧寧國府，從尤氏那裡敲詐了一大筆錢。接著她又回過頭來百般折磨尤二姐，使尤二姐欲生不能，欲死不得，最後只能吞金自殺。在這場風波中，鳳姐和尤二姐都是封建婚姻制度的受害者，鳳姐爭風吃醋也在情理之中，然而她處理這件事情太過奸詐殘忍。鳳姐不是暴力殺人，而是高智商犯罪，她的行為固然令人髮指，可是她的心計謀略卻不能不使人驚訝。鳳姐是個很邪惡的人物，但作者並沒有故意醜化她。鳳姐有美麗的外表，爽朗的性格，幽默的談吐，能給人帶來歡樂和笑聲。她身處關係複雜，矛盾錯綜的賈府，憑著自己的才智和權變，周旋於家人親戚、僕人丫鬟之間，把大大小小的事情處理得安穩妥帖，有條不紊。邢夫人要她去向賈母討鴛鴦做賈赦的侍妾，她巧妙地擺脫了；抄檢大觀園，她袖手旁觀，不想得罪那些姐妹；寶玉等人成立詩社，讓她出錢，她痛快地答應了，一下子就拿出五十兩銀子……鳳姐身上，具有別人所缺乏的機智謀略和旺盛的生命力。對於這樣一個人物，王昆侖先生在紅樓夢人物論中說得很精妙：「恨鳳姐，罵鳳姐，不見鳳姐想鳳姐。」

紅樓夢描寫了各種各樣的人物，塑造了很多活潑生動的典型形象，這是小說最突出的藝術成就。其次，小說在塑造人物形象時，調動了多種藝術手段，為後人提供了寶貴的創作經驗。

其一，運用對比、映襯、烘托等方法，突出人物的個性。最突出的例子，就是黛玉和寶釵。這是兩個反差很大的女孩子：從容貌上講，黛玉清新脫俗，有如菊花；寶釵豐腴雍容，有如牡丹。從氣質上講，黛玉感性浪漫，感情豐富細膩，整天生活在虛擬的情感世界中，追求精神的滿足；寶釵理性現實，工於心機，算計著各種事情的利益得失。從性格上講，黛玉天真直率，遇事任性而為，鋒芒畢露，並不顧及他人的反應；寶釵心計深沉，遇事考慮周詳，謙和忍讓，善於處理人際關係。從才能上講，黛玉是個才華橫溢的女詩人，把寫詩作為生命和感情的寄託；寶釵是個學識淵博的才女，卻又強調「女子無才便是德」。從生活態度來講，黛玉執著地愛著寶玉，把愛情視作生命的唯一追求；寶釵雖然也愛寶玉，但她把感情埋藏在心中，表現得相當克制。黛玉和寶釵，各自代表了感性美和理性美，把兩者相結合，就是一種完整的美。這就是紅學家們說的「雙峰對峙」「釵黛合一」。

小說還通過人物的組合，以次要人物來映襯、烘托主要人物，如襲人和寶釵，晴雯和黛玉。襲人性格溫柔和順，盡心盡力地伏侍寶玉，經常規勸寶玉讀書求上進，待人接物能識大體，還能迎合賈母、王夫人的心意，因此深得賈母、王夫人的信任，王夫人還讓她享受和趙姨娘同等的待遇，流露出要立她為寶玉侍妾的意思。襲人的思想性格和行為方式，與寶釵相似，因此寶釵也特別賞識襲人。第二十一回寫襲人規勸寶玉和姐妹相處要有分寸，寶釵聽了，覺得她「有些識見」，通過攀談，「留神窺察其言語志量，深可敬愛」。晴雯天真爛漫，任性使氣，高傲自尊，爭強好勝，性格脾氣像黛玉，就連相貌也和黛玉有幾分相似。在怡紅院，寶玉和襲人在生活上最親密，和晴雯在感情上最投合。有一次，寶玉聽說第二天賈政要盤問他的功課，平日不讀書的寶玉只得臨時抱佛腳，熬夜溫習功課，可他的心思卻不在讀書上，急壞了襲人等身邊的丫鬟。這時金星玻璃從後房門跑進來，說有人從牆上跳下來。晴雯心生一計，讓寶玉裝病，說是受了驚嚇，躲過了次日的考問。晴雯是真正瞭解寶玉的，從不勸他讀書求上進。寶玉挨打後，因惦記黛玉，要派人去問候，怕襲人阻攔，就打發襲人去寶釵那裡借書，讓晴雯帶了兩條舊手絹去看黛玉。寶玉送手絹，黛玉題詩，標誌著寶黛愛情經歷了坎坷曲折，最終走向了成熟。寶玉支開襲人，派晴雯去黛玉處，說明寶玉真正信任的是晴雯而不是襲人。晴雯的性格，比黛玉更剛強，也更帶有反抗性。她身為丫鬟，從沒有把自己視為奴才，她不願意曲意奉承討好主子，也不容許任何人對她的侵犯和傷害。抄檢大觀園，當王善保家的搜到晴雯的東西時：

只見晴雯挽著頭髮闖進來，豁一聲將箱子掀開，兩手提著底子朝天，往地下盡情一倒，將所有之物盡都倒出。王善保家的也覺沒趣。

王善保家的是榮府大太太的陪房，晴雯卻一點也不給她臉色看。像晴雯這樣倔強叛逆的丫鬟，勢必為主子難容，於是她被驅逐出大觀園，淒慘地病死在家中。晴雯悲慘的遭遇，預示著黛玉的悲劇命運。小說運用對比、映襯、烘托等手法，寫出人物的「異中有同」、「同中有異」，使人物的個性更加鮮明突出。

其二，運用細膩的心理描寫，刻畫人物的內心世界，是紅樓夢對中國古代小說的創造性發展。中國的古代小說，一般是借助於人物的外部行動來表現人物的性格，很少直接描寫人物的內心活動。紅樓夢繼承了「以形寫神」的傳統寫法，又增加了很多人物的心理描寫，通過人物的內心獨白，直接剖析人物的心理活動，為讀者展示了人物豐富複雜的感情世界。第三十二回寫林黛玉在門外聽到寶玉說：「林妹妹不說這樣混賬話，若說這話，我也和他生分了。」小說有一大段文字描寫黛玉聽了此話後的心理活動，把黛玉又喜又驚、又悲又嘆的複雜心情刻畫得十分細膩深刻。黛玉悄悄離開了怡紅院，寶玉追了上去，於是就有一段「放心不放心」「明白不明白」的對話。小說中有兩段話寫道：

林黛玉聽了這話，如轟雷掣電，細細思之，竟比自己肺腑中掏出來的還覺懇切，竟有萬句言語滿心要說，卻是半個字也不能吐，卻怔怔的望著他。此時寶玉心中也有萬句言語，不知從哪一句上說起，卻也怔怔的望著黛玉。兩個人怔了半天，林黛玉只咳了一聲，兩眼不覺滾下淚來，回身便要走。寶玉忙上前拉住，說道：「好妹妹，且略站住，我說一句話再走。」林黛玉一面拭淚，一面將手推開，說道：「有什麼可說的，你的話我早知道了。」口裡說著，卻頭也不回竟去了。

寶玉出了神，見襲人和他說話，並未看出是何人來，便一把拉住說道：「好妹妹，我的這心事，從來也不敢說。今兒我大膽說出來，死也甘心。我為你也弄了一身的病在這裡，又不敢告訴人，只好掩著。

只等你的病好了，只怕我的病纔得好呢。睡裡夢裡也忘不了你！」

這兩段文字，生動地表現了兩人惺惺相惜的真摯感情，心靈碰撞後產生的愛情火花，它所採用對話和獨白、形體描寫和內心刻畫相結合的表現方法，明顯受到中國戲曲的影響。

其三，運用個性化的人物語言，用人物語言來表現人物性格。紅樓夢的語言，達到了爐火純青的境地，其中的人物語言更具特色。紅樓夢的人物語言，都是高度個性化的，寶釵和黛玉的語言不同，襲人和晴雯的語言不同，讀者決不會把她們混淆起來。寶玉那些驚世駭俗之論，更是別人想都想不到的。在小說中，給人印象最深的，是王熙鳳那爽利、詼諧、潑辣、粗野的語言。第四十七回寫賈母為賈赦要討鴛鴦為妾而生氣，王熙鳳想方設法逗賈母開心，在打牌時故意輸牌，又故意抵賴。薛姨媽說她小氣，鳳姐指著賈母放錢的箱子說：「姨媽瞧瞧，那個裡頭不知頑了我多少去了。這一吊錢，頑不了半個時辰，那裡頭的錢就招手兒叫他了。只等把這一吊也叫進去了，牌也不用鬥了，老祖宗的氣也平了，又有正經事差我辦去了。」鳳姐用風趣的語言逗樂了賈母，也獲得了賈母的歡心，鞏固了自己在家族中的地位。鳳姐用花言巧語將尤二姐騙入大觀園，又去大鬧寧國府，指著臉罵賈珍之妻尤氏：

你發昏了？你的嘴裡難道有茄子塞著？不然他們給你嚼子啣上？為什麼你不告訴我去？……自古說「妻賢夫禍少」，「表壯不如裡壯」，你但凡是個好的，他們怎得鬧出這些事來？你又沒才幹，又沒口齒，鋸了嘴子的葫蘆，就只會一味瞎小心，圖賢良的名兒！

粗野潑辣的語言，充分顯示了鳳姐兇狠蠻橫的性格，在紅樓夢中，只有王熙鳳才能說出這樣的話來。

其四，運用環境描寫映照人物的性格，寄託人物的情感，映襯人物的韻趣。在現實中，每個人都生活在一定的環境中，環境培養了人，人又創造了環境。在小說中，環境描寫和人物刻畫同樣密不可分，環境描寫交融在人物性格的刻畫裡，是一種間接的人物性格描寫。紅樓夢巧妙地通過環境描寫刻畫人物的思想性格，創造出情景交融的藝術境界，使小說充滿了詩的意象。

小說通過人物居住環境的描寫，展示人物的身分、地位、氣質、志趣。小說描寫秦可卿的臥室，用了大量與香豔故事有關的事物，暗示秦可卿是個「擅風情，秉月貌」的淫蕩女子。薛寶釵居住的蘅蕪苑則是另一番景象：

> 進了蘅蕪苑，只覺異香撲鼻，那些奇草仙藤，愈冷愈蒼翠，都結了實，似珊瑚豆子一般，纍垂可愛。及進了房屋，雪洞一般，一色玩器全無。案上只有一個土定瓶，中供著數支菊花，並兩部書、茶奩茶杯而已。床上只吊著青紗帳幔，衾褥也十分樸素。

簡單樸素的陳設，體現了寶釵不喜繁華，清心寡欲的性格，而雪洞似的臥室，使人感到寒氣襲人，象徵寶釵性情之冷。黛玉的瀟湘館多竹，竹為「歲寒三友」之一，歷來被文人視為節操的象徵，代表著傲氣和骨氣。又有瀟湘妃子滴淚成斑竹的典故，把竹子和眼淚、哀怨聯結在一起。瀟湘館「鳳尾森森，龍吟細細」，「湘簾垂地，悄無人聲」，「一縷幽香從碧紗窗中暗暗透出」，情景十分幽雅。可以想見，居住在這裡的人，定是位容貌娟秀、體態輕盈、胸襟高潔、情思幽深的女子。探春的居室闊大疏落，布置著名人的書畫和筆墨，還有一些點綴的小擺設，顯示了探春豪放的心情，高雅的志向，以及女孩子常有的生活情趣。

小說還把環境描寫和人物心理刻畫融合在一起，揭示自然景象對人物感情所產生的影響。第五十八回寫寶玉來到沁芳橋：

只見柳垂金線，桃吐丹霞。山石之後，一株大杏樹，花已全落，葉稠陰翠，上面已結了豆子大小的許多小杏。寶玉因想道：「能病了幾天，竟把杏花辜負了？不覺倒『綠葉成陰子滿枝』了。」因此，仰望杏子不捨。又想起邢岫烟已擇了夫婿一事，雖說是男女大事，不可不行，但未免又少了一個好女兒。不過兩年，便也要『綠葉成陰子滿枝』了。再過幾日，這杏樹子落枝空，再幾年，岫烟未免烏髮如銀，紅顏似槁了。因此不免傷心，只管對杏流淚嘆息。正悲嘆時，忽有一個雀兒飛來，落於枝上亂啼。寶玉又發了獃性，心下想道：「這雀兒必定是杏花正開時他曾來過，今見無花空有子葉，故也亂啼。這聲韻必是啼哭之聲，可恨公冶長不在眼前，不能問他。但不知明年再發時，這個雀兒可還記得飛到這裡來，與杏花一會了？」

寶玉看到杏樹花落，綠蔭滿枝，杏子累累，不由想到杜牧嘆花詩：「自是尋春去較遲，不須惆悵怨芳時。狂花落盡深紅色，綠葉成陰子滿枝。」傳說杜牧年輕時遊湖州，邂逅一美少女，才十餘歲，相約十年內與其成親。十四年後，杜牧任湖州刺史，此女已嫁人，並生有兩個孩子。杜牧深感遺憾，就寫了這首詩。寶玉由此想到邢岫烟即將嫁人，過幾年生兒育女，紅顏變老，不由悲從中來。女孩子出嫁，生兒育女，本是很正常的事情，寶玉卻覺得無奈；青春易逝，紅顏變老，本是無法改變的自然規律，寶玉卻覺得悲哀。寶玉是個無視現實的唯美主義者，他珍惜一切美好的事物，對人生、對生命具有極其熱烈的感情。他希望留住青春和美麗，不忍心看到美好的事物遭受摧殘，所以在現實中時常感到莫名的悲哀和痛苦。寶玉見杏花凋落，觸發無限感嘆，這一段情景交融的描寫，形象地刻畫了寶玉「無故尋愁覓恨，有時似傻如狂」的個性。

五　靈活高超的敘事藝術

紅樓夢是一部規模宏大的長篇小說，其中人物眾多，事情繁雜，要把這些人和事組織成一個有機的整體，是一項十分艱鉅的工作。然而作者信手拈來，隨事生發，似在不經意間為讀者展示了一幅構圖新穎奇特、色彩斑斕鮮明的人生長卷，顯示了靈活高超的敘事藝術。

紅樓夢繼承了中國古代小說線性結構的敘事方法，以寶黛愛情和賈府衰敗為中心線索，將大大小小的故事單元按照時間的順序串連起來，形成了一個完整的敘述體系。以小說前八十回為例，大體可以分為四個部分：前十八回主要介紹賈府和大觀園的環境，主要人物如寶玉、黛玉、寶釵、王熙鳳、秦可卿等陸續登場。第十九回至第三十四回主要寫寶玉和黛玉的愛情的發展，兩人最終消除猜疑，達到心心相印的境地。第三十四回至第五十四回以大觀園為中心，寫賈府的日常生活，進一步展示賈府的鼎盛和繁華。第五十四回至第八十回，著重表現賈府的重重矛盾和危機，轉入賈府衰敗的描寫。按曹雪芹原來構思，全書為一百十回，以第五十四、第五十五兩回為分界，標誌賈府由盛轉衰。小說在整體上故意模糊時間的刻度，開篇就說「朝代年紀」「失落無考」，不知故事發生在哪個時代。但小說在敘述具體情節時，時間概念還是大體清晰的，一年春夏秋冬時節的變遷很分明，人物的年齡雖時有矛盾，但都在時間的推移中逐漸長大，並無時間倒流的現象。紅樓夢又突破了傳統的線性結構，採取了更為複雜嚴密的網狀結構。整部小說由不同的情節片段組成，但每個情節不是獨立存在的，而是被揉碎打亂，和其他情節交織在一起，猶如江河奔流，波浪起伏，前後相湧。如第三十三回寫寶玉挨打，其起因是寶玉結交蔣玉菡和金釧兒投井自盡。第二十八回寫寶玉和蔣玉菡互贈汗巾，蔣玉菡將北靜王給的茜香羅汗巾送給寶玉。寶玉回家後被襲人發覺，寶玉便將茜香羅汗巾轉送給襲人，為日後襲人嫁給蔣玉菡設下伏筆。此事到此打住，轉寫其他事情，直到第三十三回才寫到北靜王因找不到蔣玉菡，尋到賈府向寶玉打聽蔣玉菡的下落，並以贈茜香羅汗巾之事作為寶玉和蔣玉菡結交的證據。第三十回寫寶玉到王夫人房內，見王夫人正在睡午覺，寶玉和金釧兒調笑了幾句，被王夫人聽見，認為金釧兒在勾引寶玉，打了她一個嘴巴，將她驅逐出去。直至第三十二回，才寫到金釧兒投井，成為寶玉挨打的導火索。寶玉挨打又引出許多文字，黛玉探視寶玉，寶玉讓晴雯給黛玉送手帕，成為寶黛愛情的轉折點。寶玉與蔣玉菡互贈汗巾，偏偏被薛蟠撞見，又另起風波。各個情節互相牽鉤糾纏，血脈連貫，就像一條大河向東流淌，不時有涓涓細流匯入其中，幾條大河又互相匯合，形成一張水網。紅樓夢採取的網狀結構，其情節安排更接近於生活的原生態，展示了生活的多樣性和複雜性，顯得自然真實。

紅樓夢的網狀結構，還體現在小說的四個敘述層面：一是世外的宇宙層面，以空空道人、癩頭和尚作為貫串人物，借用神話寓言，敘述創作的緣由，表達全書的主旨，具有預敘的作用；一是社會層面，以賈雨村作為貫串人物，上自皇宮、官府，下至平民百姓，反映了當時社會生活的一個側面；一是賈府層面，以王熙鳳作為貫串人物，揭示了賈府由盛變衰的過程；一是大觀園層面，以寶玉為貫串人物，主要描寫了寶玉和黛玉、寶釵的愛情糾葛。賈府的衰敗和寶黛愛情是小說的主線，因此多實寫、詳寫，世外和社會層面則以虛寫、略寫為主。這四個層面在小說中有不同的作用，但不是封閉的，而是通過各種人物的活動緊密地相聯繫。如空空道人、癩頭和尚幾次出現在賈府，由神話世界進入現實生活。賈雨村出入賈府，是社會和賈府的溝通者。元春省親，把皇宮和賈府聯繫在一起。另外，薛蟠出入賈府，王熙鳳在外包攬詞訟，也起到了賈府和社會溝通的作用。賈府和大觀園之間關係之密切，自不待言。情節之間的互相連結形成了一張以時間為坐標的平面網，四個敘述層面的交錯構成了一個以空間為坐標的立體網。

紅樓夢的敘事方式多種多樣，有很高的藝術成就。現略舉一二例加以說明。

小說善於通過人物的行動，運用流動視角來敘事寫物。如對賈府的情況，先借冷子興這個旁人之口作一概括的介紹和評論，接著通過黛玉進府，對賈府作了具體的描繪。黛玉先到賈母居處，接著去賈赦房中，再到賈政住地，然後回到賈母處。小說通過黛玉的行進路線，交代了賈府的位置和格局，並通過黛玉所見，描寫了賈府的豪華氣派。小說還通過黛玉進府，介紹了賈府的人際關係，主要人物陸續登場，從黛玉的眼光一一作了描繪。其中王熙鳳出場最為精彩：

一語未了，只聽後院中有人笑聲說：「我來遲了，不曾迎接遠客！」黛玉納罕道：「這些人個個皆斂聲屏氣，恭肅嚴整如此，這來者係誰？這樣放誕無禮。」心下想時，只見一群媳婦、丫鬟圍擁著一個人從後房門進來。這個人打扮與眾姑娘不同，彩袖輝煌，恍若神妃仙子：頭上帶著金絲八寶攢珠髻，綰著朝陽五鳳桂珠釵；項上戴著赤金盤螭瓔珞圈；裙邊繫著綠色宮縧雙衡比目玫瑰珮；身上穿著縷金百蝶穿花大紅洋緞窄裉襖，外罩五彩刻絲石青銀鼠褂；下著翡翠撒花洋縐裙。一雙丹鳳三角眼，兩彎柳葉掉梢眉。身量苗條，體格風騷。粉面含春威不露，丹唇未啟笑先聞。黛玉連忙起身接見。賈母笑道：「你不認得他，他是我們這裡有名的一潑皮破落戶兒，南省俗謂作『辣子』，你只叫他鳳辣子就是了。」

鳳姐出場，先聲奪人，一個美麗潑辣的少婦形象躍然紙上，她的言行舉止，又顯示出她在賈府的特殊地位。

小說對大觀園有兩次詳盡的描寫，都是採取「移步換形」的流動視角。一次是大觀園工程告竣，賈政帶了寶玉和門客進園題匾額對聯，順著眾人的遊蹤，對大觀園的景色逐一作了介紹。還有一次是劉姥姥進大觀園，賈母帶著她各處遊玩，著重介紹了寶玉、黛玉、寶釵、探春等人居室的布置。採用流動視角的敘事方法，避免了平鋪直敘的呆板僵滯，描寫的景物皆為「有我之境」，帶有個人的感情和體驗，而且能寫出人物之間的關係和性格衝突。

紅樓夢和其他中國古代小說一樣，基本上採用了第三人稱的敘事方法，但敘事者的身分經常變換，大部分是不知名的敘述者，有時候是空空道人，有時候則用書中的人物，如冷子興來替代。更奇妙的是，在寫元妃省親一回中，突然插入石頭的一段自白：

元春入室更衣畢，復出上輿進園。只見園中香烟繚繞，花彩繽紛，處處燈光相映，時時細樂聲喧，說不盡這太平氣象，富貴風流。——此時自己回想當初在大荒山中青埂峰下，那等淒涼寂寞，若不虧癩僧、跛道二人攜來到此，又安能得見這般世面？本欲作一篇燈月賦、省親頌，以誌今日之事，但又恐入了別書的俗套。按此時之景，即作一賦一贊，也不能形容得盡其妙；即不作賦贊，其豪華富麗，觀者諸公亦可想而知矣，所以倒是省了這工夫紙墨，且說正經的為是。

這段文字，既是石頭自語，又是敘述者的交代，還是作者自己的感慨，讀來撲朔迷離，真假難辨，令人耳目一新。脂硯齋評此段文字說：「忽用石兄自語截住，是何筆力！令人安得不拍案叫絕？試閱歷來諸小說中，有如此章法乎？」「真是千奇百怪之文。」

紅樓夢敘事寫人，往往深入到人物的內心深處，刻畫人物的心理活動，與以往的小說有顯著的不同，在敘事方法上也就有了突破和創新。小說既繼承了傳統的敘事手法，從外視角描寫人物的言行，從中揭示人物的心理；另一方面又深入到人物的內心，採用內視角來描寫人物的內心活動，內外視角的轉換非常靈活自由。如小說第二十九回寫張道士提親，引發了寶玉和黛玉的大爭吵，敘述者解釋兩人經常發生口角的原因：因為兩人都有一段心事，只是不好說出來，都用假意試探，「兩假相逢，終有一真」，難保不有口角之事。接著寫道：

即如此刻，寶玉的心內想的是：「別人不知我的心，還有可恕，難道你就不想我的心裡眼裡只有你。你不能為我煩惱，反來以這話奚落堵我，可見我心裡一時一刻白有你，你竟心裡沒我。」心裡這意思，只是口裡說不出來。那林黛玉心裡想著：「你心裡自然有我。雖有『金玉相對』之說，你豈是重這邪說，不重我的？我便時常提這金玉，你只管了然自若無聞的，方見得是待我重，而毫無此心了。如何我只一提金玉的事，你就著急？可知你心裡時時有金玉，見我一提，你又怕我多心，故意著急，安心哄我。」看來兩個人原本是一個心，但都多生了枝葉，反弄成兩個心了。那寶玉心中又想著：「我不管怎麼樣都好，只要你隨意，我便立刻因你死了也情願。你知也罷，不知也罷，只由我的心，方可見你和我近，不和我遠。」那林黛玉心裡又想著：「你只管你，你好我自好。你何必為我而自失？殊不知你失我自失。可見是你不叫我近你，有意叫我遠你了。」如此看來，卻都是求近之心，反弄成疏遠之意。如此之話，皆他二人素昔所存私心，也難備述。

曹雪芹當然不懂敘事學理論，也不知道內外視角的區分，但他已經意識到描寫人物，應該內外結合，人物的言行固然反映了一定的心理狀態，但人物的內心是個獨立的世界，必須詳加細察。曹雪芹基於對人性的深刻認識，運用靈活而高超的敘事藝術，把筆觸深入到人物的內心深處，細膩地描寫了人物複雜的心理活動，展示了人物豐富的感情世界。這是對中國古代小說的超越，即使與西方著名的小說相比也毫不遜色。

紅樓夢以描寫細膩見長，但很注意掌握敘事節奏，做到虛實結合、詳略得當。作者經常使用「不寫而寫」的省筆，使文字更精練、含蓄，並給讀者留下想像的空間。小說的省筆，有時採用欲言又止的方法來表達人物複雜的心情。如寶玉挨打後，寶釵來探視，感嘆道：「別說老太太、太太心疼，就是我們看著，心裡也疼……」剛說了半句，不覺眼圈微紅，雙腮帶赤，低頭不語了。寶釵未把話說完，但意思是清楚的，她也為寶玉感到心疼。但她是個很理智的人，意識到公開表示對一個男子的關切，與淑女的身分不相符合，所以說了半句，就覺得自己忘情失言，羞紅了臉低頭不語。這半句未說完的話，涵括了寶釵複雜的心理活動。接著黛玉也來看寶玉，心中萬句言詞，要說時卻不能說得半句。半天方抽噎著說：「你從此可都改了罷。」這更是一句很突兀的話。黛玉讓寶玉改什麼？書中沒有明說。聯繫寶玉挨打的前因後果，可以猜測黛玉勸他以後不要亂交朋友，不要和女孩子廝混，要用功讀書求上進。可是小說接著寫道：寶玉聽說，便長嘆一聲道：「你放心，別說這樣話。就便為這些人死了，也是情願的。」如果黛玉真的希望寶玉能改掉以往痴情於女孩的習氣，寶玉應該回答：你放心，我會改的。可寶玉回話的實際意思是：你放心，我不會改，即使為這些女孩子去死，也心甘情願。寶玉明白，黛玉的「你從此可都改了罷」，是一句試探性的話，她內心深處，並不希望寶玉因此而有所改變。正因為黛玉說了一句囫圇話，使人不容易領會她的真正用意，可寶玉卻心領神會，正說明他們彼此心意相通。

小說在敘事中，經常不把話說盡，也不把事情寫周全，而是留下空白，讓讀者去填補。如第三十回寫寶玉和黛玉爭吵之後和好如初，鳳姐帶他們去見賈母，並當著眾人的面嘲笑他們親熱的模樣。寶玉去和寶釵搭訕，說她像楊貴妃，惹得寶釵大發脾氣，後來又借「負荊請罪」的典故挖苦寶黛兩人吵了又好。寶釵是個溫和謙讓的人，平時喜怒不形於色，可這次卻很反常，為了一句無關緊要的玩笑話大動肝火。小說並沒有說明理由，但聯繫前文，可以推測寶釵是因為寶黛和好而心中不快，她對寶黛的交往還是很在意的。但小說始終把寶釵對寶玉的感情寫得微妙含糊，所以也不能像寫黛玉那樣，明寫寶釵拈酸吃醋，只能留下空白讓讀者自己去理解。這樣的不寫之寫，就像書畫中的「留白」、「飛白」，具有「含不盡之意於言外」的神韻。

六　紅樓夢的版本概況與脂評本的價值

紅樓夢早期以抄本的形式流傳於世，僅存八十回，書題脂硯齋重評石頭記，通常稱為「脂評本」或「脂批本」，簡稱「脂本」。至乾隆五十六年，程偉元請高鶚整理前八十回稿本，並續寫了後四十回❽，以紅樓夢為書名排印出版，稱為「程高本」或「程甲本」。乾隆五十七年，程偉元對程高本作了修改，重新排印，稱為「程乙本」，是後來最為流行的本子。

脂硯齋重評石頭記有脂硯齋、畸笏叟、棠村等人的評語，被稱為「脂評」或「脂批」。「脂評」對理解和研究紅樓夢有很高的價值，其價值主要體現在以下三個方面：

一、「脂評」提供了研究曹雪芹家世生平的有關線索。脂評證實曹雪芹是康熙時江寧織造曹寅的後裔，小說第五十二回寫晴雯補裘至次日凌晨，寶玉「一時只聽自鳴鐘已敲了四下」，庚辰本夾批云：「按『四下』乃寅正初刻。寅此樣寫法，避諱也。」說明曹雪芹在行文中有意避曹寅的名諱。脂評還談及曹雪芹的卒年，甲戌本第一回眉批云：「能解者方有辛酸之淚，哭成此書。壬午除夕，書未成，芹為淚盡而逝。」許多學者據此條批語確定曹雪芹卒於乾隆二十七（壬午）年。後有人據曹雪芹生前好友敦敏、敦誠兄弟為曹雪芹去世所寫的輓詩，推斷曹雪芹的卒年當為癸未，即乾隆二十八年。有人進而提出這段脂批應如此標點：「能解者方有辛酸之淚，哭成此書，壬午除夕。書未成，芹為淚盡而逝。」壬午除夕為批書之日期，而非雪芹卒日。曹雪芹卒於壬午還是癸未，迄今未有定論，但這條材料的重要性不容忽視。脂評還談到

❽ 現在有人對高鶚續作後四十回提出懷疑，此處不論。

小說作者以往的生活情形，但都比較零碎，有些事實難以確認，但在有關曹雪芹材料相當缺乏的情況下，脂評提供的線索是很有價值的。

二、「脂評」反映了紅樓夢的創作情況，透露了小說八十回後情節發展的大致輪廓。庚辰本第二十二回回後評語云：「此回未成而芹逝矣，嘆嘆！丁亥夏，畸笏叟。」紅樓夢脂本現存八十回，曹雪芹未寫完第二十二回便去世，說明他並不是按照現在看到的次序逐回寫成，而是先寫一個個片段，最後將各個片段加以串聯編次，但有些地方還是留下了殘缺的痕跡，或連接得不夠嚴整，有前後矛盾之處。紅樓夢原稿不止八十回，八十回以後在當時就已「迷失無稿」。小說第二十一回有批語云：「按此回之文固妙，然未見後三十回，猶不見此回之妙。」第四十二回批語云：「今書至三十八回時已過三分之一有餘。」據此推算，紅樓夢原稿當為一百十回。脂評透露了後三十回情節發展、某些人物歸宿的線索。如賈府被抄家治罪後，寶玉、鳳姐曾下獄。小說第二十回李嬤嬤提到當日喝了一杯楓露茶，茜雪因此被攆出絳芸軒，眉批云：「茜雪至『獄神廟』方呈正文。……余只見有一次謄清時，與『獄神廟慰寶玉』等五六稿被借閱者迷失，嘆嘆！」第二十六回寫到紅玉與佳蕙的對話時，眉批云：「『獄神廟』回有茜雪、紅玉一大回文字，惜迷失無稿，嘆嘆！」據此可知小說下半部有專回寫獄神廟之事，可能有茜雪、小紅探監的情節。寶玉出獄後，生活極為窘迫。第十九回寫寶玉到襲人家「總無可吃之物」，雙行夾批云：「補明寶玉自幼何等嬌貴。以此一句，留與下部後數十回『寒冬噎酸齏，雪夜圍破氈』等處對看，可為後生過分之戒。」諸如此類，情節與高鶚續書皆不同。

曹雪芹創作紅樓夢，「披閱十載，增刪五次」，由於原稿本不存，後人無法知道修改的詳細情況。脂評則保留一些這方面的資料。如小說第十三回寫到秦可卿之死，此回甲戌本回前總評云：「『秦可卿淫喪天香樓』，作者用史筆也。老朽因有魂託鳳姐賈家後事二件，豈是安富尊榮坐享人能想得到者？其事雖未漏，其言其意，令人悲切感服，姑赦之，因命芹溪刪去『遺簪』、『更衣』諸文，是以此回只十頁，刪去天香樓一節，少去四、五頁也。」據此可知原稿有「秦可卿淫喪天香樓」一回，今本紅樓夢已經改寫，但還是留下了刪改未盡的痕跡。小說寫秦氏死後，「賈珍哭的淚人一般」，批語云：「可笑，如喪考妣，此作者刺心筆也。」眾人忙勸賈珍說：「人已辭世，哭也無益，且商議如何料理要緊。」賈珍說：「如何料理，不過盡我所有罷了。」批語又云：「淡淡一句，勾出賈珍多少文字來。」據脂評和小說第五回所提供的線索，可知秦可卿之死與賈珍有關。

三、「脂評」對紅樓夢的人物塑造、語言特色和情節結構有許多精闢的評論。脂評注意到小說在塑造人物形象時，打破了「惡則無往不惡，美則無一不美」的陳規，刻畫了豐滿複雜的人物個性。第十九回有條批語分析寶玉和黛玉的形象：

> 寫寶玉之發言，每每令人不解；寶玉之生性，件件令人可笑；不獨於世上親見這樣的人不曾，即閱今古所有之小說奇傳中，亦未見這樣的文字。於顰兒處更為甚，其囫圇不解之中實可解，可解之中又說不出理路。合目思之，卻如真見一寶玉，真聞此言者，移之第二人萬不可，亦不成文字矣。

脂評指出：寶黛是今古未有的新人形象，在他們身上體現了難以為世人理解的新思潮，因此不能用傳統的道德觀念去評判他們。寶黛等形象是曹雪芹的獨創，但並非憑空臆造，而是從現實中提煉而成的藝術典型，是生活真實與藝術真實的統一。另外，脂評還從人物的肖像描寫、神情刻畫、心理剖析等各方面總結了小說塑造人物形象的成功經驗。

脂評對小說的語言藝術十分讚賞，認為小說中人物語言具有鮮明的個性，達到了「聞其聲而知其人」的境地。如小說第十九回寫李嬤嬤要吃留給襲人的酥酪，一個丫頭說：「快別動！那是說了給襲人留著的。回來又惹氣了，你老人家自己承認，別帶累我們受氣。」脂評說：「這等話語聲口，必是晴雯無疑。」李嬤嬤賭氣將酥酪吃了，又一個丫頭笑道：「他們不會說話，怨不得你老人家生氣。寶玉還時常送東西孝敬你老去，豈有為這個不自在的？」脂評說：「聽這聲口，必是麝月無疑。」晴雯性格直爽剛強，麝月性格溫順柔和，所以兩人的口氣迥異。脂評認為小說敘述的語言準確、鮮明、生動，全得之於煉字鍛句之妙。小說寫寶玉與黛玉初次見面，黛玉吃了一驚，心想倒像在哪裡見過一般，寶玉則笑道：「這個妹妹，我曾見過的。」脂評云：「黛玉見寶玉寫一『驚』字，寶玉見黛玉寫一『笑』字，一存於中，一發於外，可見文於筆下必推敲的準穩，方纔用字。」

「脂評」對紅樓夢的敘事結構和方法也作了精當的分析。如第四回寫賈雨村判薛蟠案，甲戌本眉批云：「蓋寶釵一家不得不細寫者。若另起頭緒，則文字死板，故仍只借雨村一人穿插出阿獃兄人命一事，且又帶敘出英蓮一向之行蹤，並以後之歸結，是以故意戲用葫蘆僧亂判等字樣，撰成半回，略一解頓，略一嘆世。」又如第十六回寫元春入選鳳藻宮、秦鐘病死，庚辰本眉批云：「自政老生日用降旨截住，賈母等進朝如此熱鬧，用秦業死岔開，只寫幾個『如何』，將潑天喜事交代完了，緊接黛玉回，璉、鳳閒話，以老嫗勾出省親事，其千頭萬緒，合榫貫連，無一毫痕跡。如此等，是書多多，不能枚舉。」說明紅樓夢情節曲折跌宕，串聯自然妥帖，在敘事結構上匠心獨運。脂評還對紅樓夢豐富多樣的敘事手法作了總結，第一回甲戌本眉批云：

> 事則實事，然亦敘得有間架，有曲折，有順逆，有映帶，有隱有現，有正有閏，以至草蛇灰線、空谷傳聲、一擊兩鳴、明修棧道、暗渡陳倉、雲龍霧雨、兩山對峙、烘雲托月、背面傅粉、千皴萬染諸奇。

第二十七回庚辰本眉批云：

> 石頭記用截法、岔法、突然法、伏線法、由近漸遠法、將繁改簡法、重作輕抹法、虛敲實應法。種種諸法，總在人意料之外，且不曾見一絲牽強，所謂「信手拈來無不是」是也。

脂評以傳統的文學批評概念來總結紅樓夢的敘事方法，雖然顯得陳腐籠統，但對讀者欣賞小說還是有啟發作用。脂評對某些情節和場景的具體分析，更能領會作者之用心，抉發小說之幽微。如第七回寫周瑞家的往各處送宮花，來到王熙鳳門外，「只聽那邊一陣笑聲，卻有賈璉的聲音。接著房門響處，平兒拿著大銅盆出來，叫豐兒舀水進去。」甲戌本在此批云：「妙文奇想！阿鳳之為人，豈有不著意於『風月』二字之理哉？若直以明筆寫之，不但唐突阿鳳聲價，亦且無妙文可賞。若不寫之，又萬萬不可。故只用『柳藏鸚鵡語方知』之法，略一皴染，不獨文字有隱微，亦且不至污瀆阿鳳之英風俊骨。所謂此書無一不妙。」小說寫鳳姐和賈璉在房內行夫妻之事，只用「只聽那邊一陣笑聲，卻有賈璉的聲音」一語帶過，這就是曲筆、隱筆、省筆，也是脂評常說的「不寫之寫」。這樣的寫法，在敘事上留下了空白，可以調動讀者的想像，行文也更簡練生動。

七　關於本書整理、校注的情況說明

「脂評本」是接近曹雪芹原稿的早期抄本，「脂評」有很高的學術價值，所以我們這次整理紅樓夢，前八十回採用「脂評本」而不是通行的「程高本」。現存的「脂評本」有十種，所存卷帙不一，文字互有出入，脂評的數量各不相同。其中甲戌本抄錄的時間最早，某些地方最接近原稿，但僅存十六回，評語也較為瑣細龐雜。戚序本是脂本中最完整的，共有八十回，但現在已見不到原抄本，只有宣統三年和民國元年的石印本，後人妄改之處不少。庚辰本是曹雪芹身前最後一個抄本，基本上保留了曹雪芹經過修改後的原稿面目，現存七十八回，其完整性僅次於戚本。鑑於此，本書的整理校勘，前八十回即以庚辰本為底本。

庚辰本有很高的版本價值，但我們現在看到的抄本只是過錄本，並不是原抄本。庚辰本在傳抄的過程中，有不少訛誤，抄錄者隨意改動的地方也很多，因此必須加以整理和校勘。一般講來，古籍整理的目的有兩個：一是比較各版本的異同，整理出一個最接近原稿的本子，供研究者參考，如俞平伯一九五七年的紅樓夢八十回校本；一是改正文字的錯亂，整理出一個文從字順的本子，給一般讀者提供閱讀的方便，如一九五九年人民文學出版社的紅樓夢校注本。本書的整理校勘，主要是給讀者提供一個比較接近曹雪芹原稿，方便閱讀的本子，同時對研究者有一定的參考價值。因此，本書前八十回以庚辰本為底本，參校甲戌本、己卯本、甲辰本、程高本、戚本、紅樓夢八十回校本、一九五九年人民文學出版社紅樓夢校注本，並對正文作了注釋，保留了庚辰本所有的脂評和甲戌本部分的脂評。後四十回仍以現有的「程高本」補足，以滿足讀者的閱讀需求。

我的研究生田甜、劉佼、戴文曄協助此書部分回目的校點工作，還做了不少事務性工作，特此致謝。

紅樓夢的整理校勘是個複雜繁難的工作，由於本人學識有限，此書必然會有不少疏漏和缺憾，敬請廣大讀者指正。

凡例

一、本書以庚辰本為底本，以甲戌本、己卯本、甲辰本、程高本、戚本、俞平伯紅樓夢八十回校本、人民文學出版社紅樓夢為校本。

二、底本文字無誤，與其他諸本均不同者，皆從底本。底本文字錯誤，校本文字有異，擇善而從。底本與校本文字皆有誤，逕改。

三、底本經抄錄者塗改者，恢復原貌。被塗改文字難以辨認，據校本補入。若底本文字明顯有誤，抄錄者已改正，而與其他校本不同者，則酌情處理。

四、底本比校本短缺文句，如文義可通，不再補入；如意思不明，則據校本補入，並在「校記」說明。底本文句多出校本者，如非明顯衍文，一般不刪。

五、底本多異體字、俗字和簡體字，一般遵循規範用法加以改正，如「唬」作「害怕」解時，改為「嚇」；「狠好」改為「很好」。

六、庚辰本缺六十四、六十七兩回，現據戚本和程甲本補入，第二十二回未完，據戚本補足。第十九回、第八十回無回目，也據戚本補入。後四十回據程甲本補足。

七、本書保留庚辰本的所有脂評，依底本排於相應位置。一至八回擇列甲戌本部分重要脂評，為方便閱讀，側批皆改排雙行夾批。脂評文字用套紅印刷。

紅樓夢主要人物關係表

（加 表金陵十二釵）

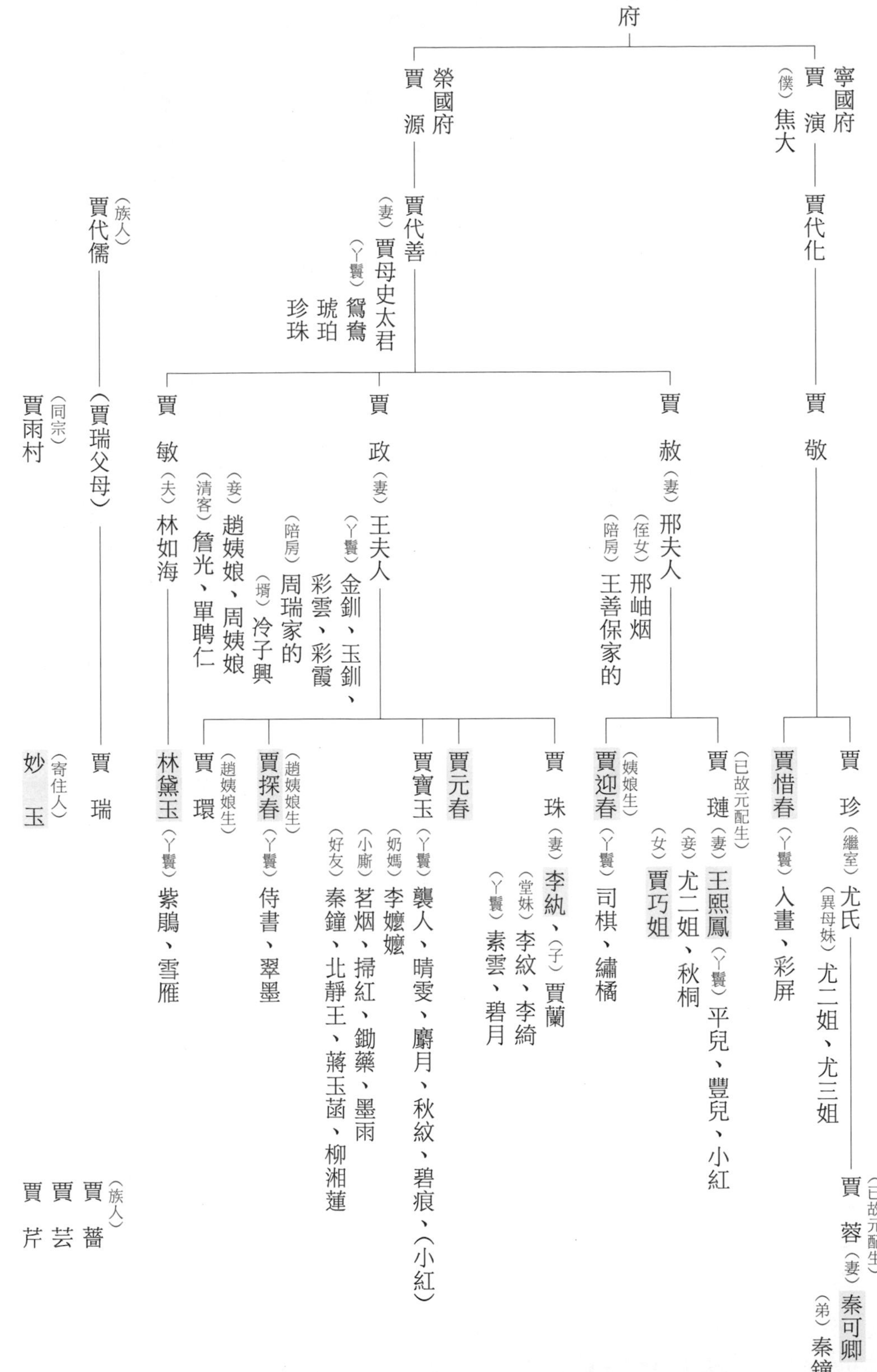

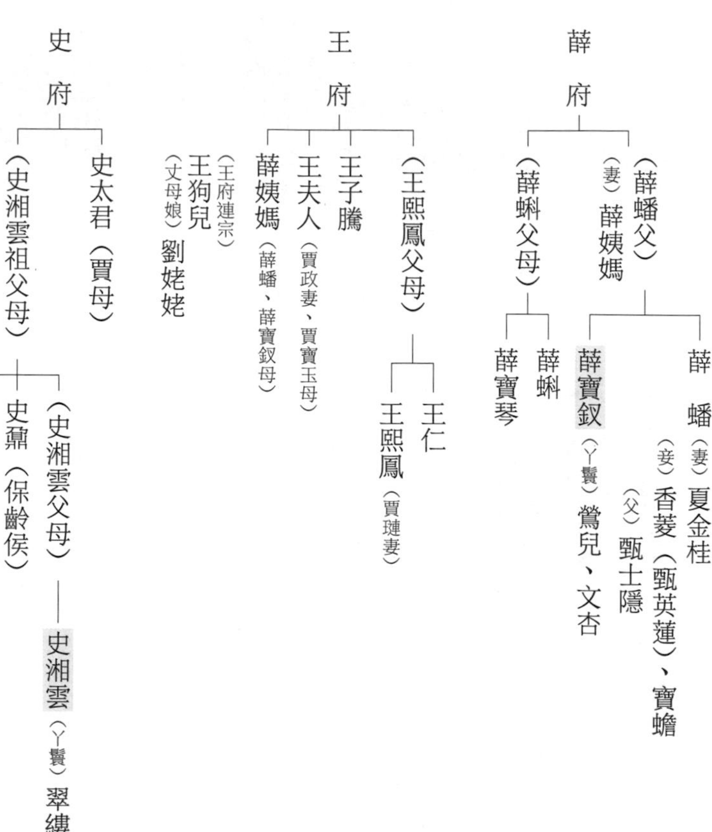
薛府
（薛蟠父）
（妻）薛姨媽
薛蟠（妻）夏金桂
（妾）香菱（甄英蓮）、寶蟾
（父）甄士隱
薛寶釵（丫鬟）鶯兒、文杏
（薛蝌父母）
薛蝌
薛寶琴
王府
（王熙鳳父母）
王仁
王熙鳳（賈璉妻）
王子騰
王夫人（賈政妻、賈寶玉母）
薛姨媽（薛蟠、薛寶釵母）
（王府連宗）王狗兒
（丈母娘）劉姥姥
史府
史太君（賈母）
（史湘雲祖父母）
（史湘雲父母）——史湘雲（丫鬟）翠縷
史鼐（保齡侯）
史鼎（忠靖侯）

回目

上冊

下 冊

第一回

甄士隱夢幻識通靈　賈雨村風塵懷閨秀

此開卷第一回也。作者自云：因曾歷過一番夢幻之後，故將真事隱去，而借「通靈」之說撰此石頭記一書也，故曰「甄士隱」云云。但書中所記何事何人？自又云：今風塵碌碌，一事無成，忽念及當日所有之女子，一一細考較去，覺其行止見識皆出於我之上。何我堂堂鬚眉，誠不若此裙釵哉！實「愧則有餘、悔又無益」之大無可如何之日也。當此，則自欲將已往所賴天恩祖德，錦衣紈袴之時，飫甘饜肥❶之日，背父兄教育之恩，負師友規談之德，以至今日一技無成、半生潦倒之罪，編述一集，以告天下人我之罪固不免，然閨閣中本自歷歷有人，萬不可因我之不肖，自護己短，一併使其泯滅也；雖今日之茅椽蓬牖，瓦竈繩床❷，其晨夕風露，階柳庭花，亦未有妨我之襟懷筆墨；雖我未學，下筆無文，又何妨用假語村言，敷演出一段故事來，亦可使閨閣昭傳，復可以悅世人之目，破人愁悶，不亦宜乎？故曰「賈雨村」云云。此回中凡用「夢」用「幻」等字，是提醒閱者眼目，亦是此書立意本旨。

列位看官：你道此書從何而來？說起根由雖近荒唐，細按則深有趣味。待在下將此來歷註明，方

❶ 飫甘饜肥：飽食甘甜肥美的食物。飫，音ㄩˋ。飽食。饜，飽；滿足。

❷ 茅椽蓬牖兩句：形容居處的簡陋。牖，窗戶。瓦竈，用磚瓦臨時做成的簡單鍋竈。繩床，即「胡床」、「交椅」，在古代原是苦行僧所坐，此處借指貧寒之家的用具。

使閱者了然不惑。原來女媧氏煉石補天❸之時，於大荒山無稽崖煉成高經十二丈、方經二十四丈頑石三萬六千五百零一塊，媧皇氏只用了三萬六千五百塊，只單單剩了一塊未用，便棄在此山青埂峰下。誰知此石自經煅煉之後，靈性已通。因見眾石俱得補天，獨自己無材，不堪入選，遂自怨自嘆，日夜悲號慚愧。一日正當嗟悼之際，俄見一僧一道遠遠而來，生得骨格不凡，丰神迥異，來至石下席地而坐長談。見一塊鮮明瑩潔的美玉，且又縮成扇墜大小的可佩可拿，那僧托於掌上，笑道：「形體倒也是個寶物了，還只沒有實在的好處，須得再鐫上數字，使人一見便知是奇物方妙。然後攜你到那昌明隆盛之邦，詩禮簪纓之族，花柳繁華地，溫柔富貴鄉去安身樂業。」石頭聽了，喜不能盡，乃問：「不知賜了弟子哪幾件奇處？又不知攜了弟子到何地方？望乞明示，使弟子不惑。」那僧笑道：「你且莫問，日後自然明白的。」說著便袖了這石，同那道人飄然而去，竟不知投奔何方何舍。

後來又不知過了幾世幾劫❹，因有個空空道人訪道求仙，忽從這大荒山無稽崖青埂峰下經過，忽見一大塊石上字跡分明，編述歷歷。空空道人乃從頭一看，原來就是無材補天，幻形入世，蒙茫茫大士、渺渺真人攜入紅塵，歷盡離合悲歡、炎涼世態的一段故事。後面又有一首偈云：

無材可去補蒼天，枉入紅塵若許年。此係身前身後事，倩誰記去作奇傳？

❸ 女媧氏煉石補天：上古神話記述，曾經天塌，女媧氏燒煉五色石，把天補好。此事最早見於屈原天問，後又見於淮南子等書。

❹ 幾世幾劫：佛教說法，宇宙有生成的時候，也有毀滅的時候。生成的時候，稱為「世」；毀滅的時候，稱為「劫」。世和劫交替循環，沒有終止。幾世幾劫，形容時間的荒遠。

詩後便是此石墜落之鄉，投胎之處，親自經歷的一段陳跡故事。其中家庭閨閣瑣事，以及閒情詩詞倒還全備，或可適趣解悶。然朝代年紀、地輿邦國，卻反失落無考。空空道人遂向石頭說道：「▼石兄，你這一段故事，據你自己說有些趣味，故編寫在此，意欲問世傳奇。據我看來，第一件無朝代年紀可考，第二件並無大賢大忠理朝廷治風俗的善政，其中只不過幾個異樣女子，或情或痴，或小才微善，亦無班姑、蔡女❺之德能。我縱抄去，恐世人不愛看呢。」石頭笑答道：「我師何太痴耶！若云無朝代可考，今我師竟假借漢唐等年紀添綴，又有何難？但我想歷來野史皆蹈一轍，莫如我這不借此套者，反倒新奇別致。不過只取其事體情理罷了，又何必拘拘於朝代年紀哉？再者市井俗人，喜看理治之書者甚少，愛適趣閒文者特多。歷來野史，或訕謗君相，或貶人妻女，姦淫凶惡不可勝數。至若佳人才子等書，則又千部共出一套，且其中終不能不涉於淫濫，以致滿紙潘安、子建、西子、文君❻；不過作者要寫出自己的那兩首情詩豔賦來，故假擬出男女二人名姓，又必旁出一小人其間撥亂，亦如戲中之小丑然。且鬟婢開口即『者也之乎』，非文即理。故逐一看去，悉皆自相矛盾、大不近情理之話。竟

▼事則實事，然亦敘得有間架，有曲折，有順逆，有映帶，有隱有現，有正有閏，以至草蛇灰線、空谷傳音、一擊兩鳴、明修棧道、暗渡陳倉、雲龍霧雨、兩山對峙、烘雲托月、背面敷粉、千皴萬染諸奇。書中之祕法亦復不少，余亦於逐回中搜剔刳剖，明白注釋，以待高明，再批示誤謬。

❺ 班姑蔡女：班姑，指班昭，東漢才女，作女誡七章。兄固著漢書未成而亡，昭奉命續修。蔡女，指蔡琰，蔡邕之女，漢末流落匈奴，後返漢。作有悲憤詩，一說胡笳十八拍也為其所作。

❻ 潘安子建西子文君：潘安，當指潘岳，字子安。晉武帝時舉秀才為郎，出為河陽縣令，後在內亂中被誅。潘岳年輕時才名冠世，且容貌秀美，後成為才子的代表。子建，即曹植，魏武帝曹操之子，封陳思王。曹植是著名詩人，才思很高。謝靈運曾說天下才共一石，子建獨得八斗（見南史謝靈運傳）。西子，指西施，春秋時著名的美人。文君，即卓文君，西漢時富商卓王孫之女，寡居在家，後隨司馬相如私奔。

不如我半世親睹親聞的這幾個女子，雖不敢說強似前代書中所有之人，但事跡原委，亦可以消愁破悶也；有幾首歪詩熟話，可以噴飯供酒。至若離合悲歡、興衰際遇，則又追蹤攝跡，不敢稍加穿鑿，徒為供人之目而反失其真傳者。今之人，貧者日為衣食所累，富者又懷不足之心，縱然一時稍閒，又有貪淫戀色、好貨尋愁之事，哪裡去有工夫看那理治之書？所以我這一段故事，也不願世人稱奇道妙，也不定要世人喜悅檢讀，只願他們當那醉淫飽臥之時，或避事去愁之際，把此一玩，豈不省了些壽命筋力？就比那謀虛逐妄，卻也省了口舌是非之害，腿腳奔忙之苦。再者，亦令世人換新眼目，不比那些胡牽亂扯，忽離忽遇，滿紙才人淑女、子建文君、紅娘小玉❼等通共熟套之舊稿。我師意為何如？」

空空道人聽如此說，思忖半晌，將石頭記再檢閱一遍，因見上面雖有些指奸責佞、貶惡誅邪之語，亦非傷時罵世之旨；及至君仁臣良、父慈子孝，凡倫常所關之處，皆是稱功頌德，眷眷無窮，實非別書之可比。雖其中大旨談情，亦不過實錄其事，又非假擬妄稱，一味淫邀豔約、私訂偷盟之可比。因毫不干涉時世，方從頭至尾抄錄回來，問世傳奇。從此空空道人因空見色，由色生情，傳情入色，自色悟空❽，遂易名為情僧，改石頭記為情僧錄。▼東魯孔梅溪則題曰風月寶鑑。▲▼後因曹雪芹於悼紅軒中

▼雪芹舊有風月寶鑑之書，乃其弟棠村序也。今棠村已逝，余睹新懷舊，故仍因之。

❼ 紅娘小玉：紅娘，西廂記中崔鶯鶯的侍婢，曾為鶯鶯和張生的婚事牽線搭橋。小玉，唐傳奇霍小玉傳中的人物，曾與李益相愛，後遭拋棄，怨病而死。湯顯祖據此創作了戲曲紫釵記。

❽ 因空見色四句：色、空是佛教哲學的概念，都是梵文的意譯。空指事物的虛幻不實，或指理念之空寂明淨；色指現實的物質世界，或人們對物質世界的感性認識。佛教認為，世界在本質上是不真實的，一切事物以及對事物的認識都是剎那生滅的虛幻假象，因此「色」的本質就是「空」，提出「色不異空，空不異色，色即是空，空即是色。」（般若心經）從

▼若云雪芹批閱增刪，然則開卷至此這一篇楔子又係誰撰？足見作者之筆，狡猾之甚。後文如此處者不少。這正是作者用畫家烟雲模糊處。觀者萬不可被作者瞞蔽了去，方是巨眼。能解者方有辛酸之淚，哭成此書。壬午除夕，書未成，芹為淚盡而逝。余嘗哭芹，淚亦待盡。每意覓

披閱十載，增刪五次，纂成目錄，分出章回，則題曰金陵十二釵，並題一絕云：

滿紙荒唐言，一把辛酸淚。都云作者痴，誰解其中味？▲

出則既明，且看石上是何故事。按那石上書云：當日地陷東南，這東南一隅有處曰姑蘇，有城曰閶門者，最是紅塵中一二等富貴風流之地。這閶門外有個十里街，街內有個仁清巷，巷內有個古廟，因地方窄狹，人皆呼作葫蘆廟。糊塗也。故假語從此具焉。廟旁住著一家鄉宦，姓甄名費，字士隱。託言將真事隱去也。嫡妻封氏，情性賢淑，深明禮義。家中雖不甚富貴，然本地便也推他為望族了。因這甄士隱稟性恬淡，不以功名為念，每日只以觀花修竹、酌酒吟詩為樂，倒是神仙一流人品。只是一件不足：如今年已半百，膝下無兒，只有一女，乳名喚作英蓮，設云「應憐」也。年方三歲。

一日炎夏永晝，士隱於書房閒坐，至手倦拋書，伏几少憩。不覺朦朧睡去，夢至一處，不辨是何地方。忽見那廂來了一僧一道，且行且談，只聽道人問道：「你攜了這蠢物，意欲何往？」那僧笑道：「你放心，如今現有一段風流公案正該了結，這一干風流冤家尚未投胎入世，趁此機會，就將此蠢物夾帶於中，使他去經歷經歷。」那道人道：「原來近日風流冤孽又將造劫歷世去不成？但不知落於何

先驗的理性「空」出發，把世界一切事物看作虛幻不實的假象，是「因空見色」；對此假象產生種種妄念，如愛、憎等感情，是「由色生情」；從情的虛妄推論現實世界的虛幻，是「傳情入色」；由現實世界的虛假不實體悟到世界的本質，是「自色悟空」。

青埂峰，再問石兄，奈不遇癩頭和尚何？悵悵！今而後惟願造化主再出一芹一脂，是書何幸，余二人亦大快遂心於九泉矣。甲午八月淚筆。

方何處？」那僧笑道：「此事說來好笑，竟是千古未聞的罕事。只因西方靈河岸上三生石❾畔，有絳珠草一株，（點「紅」字。細思「絳珠」二字，豈非血淚乎？）時有赤瑕宮神瑛侍者，日以甘露灌溉，這絳珠草，始得久延歲月。後來既受天地精華，復得雨露滋養，遂得脫卻草胎木質，得換人形，僅修成個女體，終日遊於離恨天外，飢則食蜜青果為膳，渴則飲灌愁海水為湯。只因尚未酬報灌溉之德，故甚至五內便鬱結著一段纏綿不盡之意。恰近日這神瑛侍者凡心偶熾，乘此昌明太平朝世，意欲下凡造歷幻緣❿，已在警幻仙子案前掛了號。警幻亦曾問及灌溉之情未償，趁此倒可了結的。那絳珠仙子道：『他是甘露之惠，我並無此水可還。他既下世為人，我也去下世為人，但把我一生所有的眼淚還他，也償還得過他了。』因此一事，就勾出多少風流冤家來陪他們去了結此案。」那道人道：「果是罕聞，實未聞有還淚之說。想來這一段故

忽見那廂來了一僧一道，且行且談，只聽道人問道：「你攜了這蠢物，意欲何往？」（清程甲本紅樓夢插圖）

❾ 三生石：佛教認為人有過去、現在、未來三世，三生即由三世而來。袁郊甘澤謠記載：唐人李源與和尚圓觀交情很好，二人同遊三峽，看到一個婦女在汲水，圓觀說這是我托生的地方，十二年後，在杭州天竺寺外，再和你相見。說完，圓觀就死了。李源如期赴約，看到一個牧童，就是圓觀轉世。牧童歌曰：「三生石上舊精魂，賞月吟風不要論。慚愧情人遠相訪，此身雖異性長存。」

❿ 造歷幻緣：經歷虛幻的因緣。

事，比歷來風月事故更加瑣碎細膩了。」那僧道：「歷來幾個風流人物，不過傳其大概，以及詩詞篇章而已，至家庭閨閣中一飲一食，總未述記。再者，大半風月故事，不過偷香竊玉、暗約私奔而已，並不曾將兒女之真情發洩一二。想這一干人入世，其情痴色鬼、賢愚不肖者，悉與前人傳述不同矣。」那道人道：「趁此何不你我也去下世度脫⓫幾個，豈不是一場功德？」那僧道：「正合吾意。你且同我到警幻仙子宮中，將蠢物交割清楚，待這一干風流孽鬼下世已完，你我再去。如今雖已有一半落塵，然猶未全集。」道人道：「既如此，便隨你去來。」

卻說甄士隱俱聽得明白，但不知所云「蠢物」係何東西，遂不禁上前施禮，笑問道：「二仙師請了！」那僧、道也忙答禮相問，士隱因說道：「適聞仙師所談因果，實人世罕聞者，但弟子愚濁，不能洞悉明白。若能大開痴頑，備細一聞，弟子則洗耳諦聽，稍能警省，亦可免沉淪之苦。」二仙笑道：「此乃玄機不可預洩者，到那時不要忘我二人，便可跳出火坑矣。」士隱聽了不便再問，因笑道：「玄機不可預洩，但適云蠢物，不知為何，或可一見否？」那僧道：「若問此物，倒有一面之緣。」說著取出遞與士隱。士隱接了看時，原來是塊鮮明美玉，上面字跡分明，鐫著「通靈寶玉」四字，後面還有幾行小字。正欲細看時，那僧便說已到幻境，便強從手中奪了去，與道人竟過一大石牌坊，上書四個大字，乃是「太虛幻境」，兩邊又有一副對聯，道是：

假作真時真作假，無為有處有為無。

⓫ 度脫：佛教用語。度，超度。脫，解脫。度脫是說讓人擺脫人生的生、老、病、死種種苦厄。

士隱意欲也跟了過去，方舉步時，忽聽一聲霹靂，有若山崩地陷。士隱大叫一聲，定睛一看，只見烈日炎炎，芭蕉冉冉，所夢之事便忘了大半。又見奶母正抱了英蓮走來。士隱見女兒越發生得粉妝玉琢，甚覺可喜，便伸手接來，抱在懷內，鬥他頑耍一回，又帶至街前看那過會⑫的熱鬧。方欲進來時，只見從那邊來了一僧一道，那僧則癩頭跣腳⑬，那道則跛足蓬頭，瘋瘋癲癲，揮霍⑭談笑而至。及到他門前，看見士隱抱著英蓮，那僧便大哭起來，又向士隱道：「施主，你把這有命無運、累及爹娘之物抱在懷內作甚？」士隱聽了，知是瘋話，也不去睬他。那僧還說：「捨我罷！捨我罷！」士隱不耐煩，便抱女兒撤身要進去，那僧乃指著他大笑，口內念了四句言詞道：

慣養嬌生笑你痴，菱花空對雪澌澌。⑮
好防佳節元宵後，便是烟消火滅時。⑯

⑫ 過會：舊時逢一定的節日，商販和雜耍藝人於市鎮集中一地所形成的臨時市集。
⑬ 跣腳：赤腳；光腳。跣，音ㄒㄧㄢˇ。
⑭ 揮霍：輕捷、灑脫。
⑮ 慣養嬌生兩句：菱花，指菱花鏡。古代以銅為鏡，傳說在陽光照射下，發光如菱花，因名菱花鏡。此處暗喻英蓮（英蓮後改名為香菱）。澌澌，雪花飄落的樣子。雪澌澌，比喻甄士隱雪白的頭髮。此兩句意為，甄士隱對英蓮嬌生慣養，到頭來一場空，預示日後英蓮被拐賣。
⑯ 好防佳節兩句：甄士隱丟失英蓮，在元宵節。烟消火滅，指三月十五日葫蘆廟失火，甄家被燒毀之事。據孫遜紅樓夢脂評初探考證，曹家被查抄在雍正六年元宵前夕，則此詩暗寓雪芹家世之嘆，可備一說。

士隱聽得明白，心下猶豫，意欲問他們來歷，只聽道人說道：「你我不必同行，就此分手，各幹營生去罷。三劫後我在北邙山⑰等你，會齊了同往太虛幻境銷號。」那僧道：「最妙，最妙！」說畢，二人一去再不見個蹤影了。士隱心中此時自忖：「這兩個人必有來歷，該試一問，如今悔卻晚也。」

這士隱正痴想，忽見隔壁葫蘆廟內寄居的一個窮儒——姓賈名化，（假話，妙！）表字時飛，（實非，妙！）別號雨村者（雨村者，村言粗語也。言以村粗之言，演出一段假話也。）——走了出來。這賈雨村原係胡州人氏，也是詩書仕宦之族，因他生於末世，（又寫一末世男子。）父母祖宗根基已盡，人口衰喪，只剩得他一身一口，在家鄉無益，因進京求取功名，再整基業。自前歲來此，又淹蹇⑱住了，暫寄廟中安身，每日賣字作文為生，故士隱常與他交接。當下雨村見了士隱，忙施禮陪笑道：「老先生倚門佇望，敢是街市上有甚新聞否？」士隱笑道：「非也，適因小女啼哭，引他出來作耍，正是無聊之甚。兄來得正妙，請入小齋一談，彼此皆可消此永晝。」說著，便令人送女兒進去，自與雨村攜手來至書房中。小童獻茶，方談得三五句話，忽家人飛報：「嚴老爺來拜。」士隱慌的忙起身謝罪道：「恕誑駕⑲之罪，略坐，弟即來陪。」雨村忙起身亦讓道：「老先生請便。晚生乃常造之客，稍候何妨。」說著，士隱已出前廳去了。

這裡雨村且翻弄書籍解悶，忽聽得窗外有女子嗽聲，雨村遂起身往窗外一看，原來是一個丫鬟在那裡擷花，生得儀容不俗，眉目清明，雖無十分姿色，卻亦有動人之處，雨村不覺看的呆了。那甄家

---

⑰ 北邙山：河南洛陽北有北邙山，古時王侯公卿多葬於此。後乃以北邙或北邙山指稱墳墓、墓地。

⑱ 淹蹇：停留、阻滯，行動不順利。蹇，音ㄐㄧㄢˇ。

⑲ 誑駕：謙稱招待不周。

丫鬟擷了花，方欲走時，猛抬頭見窗內有人，敝巾舊服，雖是貧窘，然生得腰圓背厚，面闊口方，更兼劍眉星眼，直鼻權腮⑳。這丫鬟忙轉身迴避，心下乃想：「這人生的這樣雄壯，卻又這樣襤褸，想他定是我家主人常說的什麼賈雨村了——每有意幫助周濟，只是沒甚機會——我家並無這樣貧窘親友，想定是此人無疑了。怪道又說他必非久困之人。」如此思想，不免又回頭兩次。雨村見他回了頭，便自為㉑這女子心中有意於他，便狂喜不盡，自為此女子必是個巨眼㉒英雄，風塵中之知己也。一時小童進來，雨村打聽得前面留飯，不可久待，遂從夾道㉓中自便出門去了。士隱待客既散，知雨村自便，也不去再邀。

一日，早又中秋佳節。士隱家宴已畢，乃又另具一席於書房，卻自己步月至廟中來邀雨村。原來雨村自那日見了甄家之婢曾回顧他兩次，自為是個知己，便時刻放在心上。今又正值中秋，不免對月有懷，因而口占五言一律云：

未卜三生願，頻添一段愁。
悶來時斂額，行去幾回頭。
自顧風前影，誰堪月下儔？

⑳ 直鼻權腮：鼻子挺直，顴骨長得很高。古人認為是一種貴相。
㉑ 自為：自己以為。為，通「謂」。認為；以為。
㉒ 巨眼：比喻具有敏銳的鑑別能力。
㉓ 夾道：兩壁之間的狹窄通道。

蟾光如有意，先上玉人樓。㉔

雨村吟罷，因又思及平生抱負，苦未逢時，乃又搔首對天長嘆，復高吟一聯曰：

玉在匱中求善價，釵於奩內待時飛。㉕

恰值士隱走來聽見，笑道：「雨村兄真抱負不淺也！」雨村忙笑道：「此不過偶吟前人之句，何敢妄誕至此！」因問：「老先生何興至此？」士隱笑道：「今夜中秋，俗謂團圓之節，想尊兄旅寄僧房，不無寂寥之感，故特具小酌，邀兄到敝齋一飲，不知可納芹意㉖否？」雨村聽了，並不推辭，便笑道：「既蒙厚愛，何敢拂此盛情！」說著，便同士隱復過這邊書院中來。

須臾茶畢，早已設下杯盤，那美酒佳餚自不必說。二人歸坐，先是款斟漫飲，次漸談至興濃，不

㉔ 未卜三生願等句：全詩表達賈雨村希望能科舉及第、締結良緣的心聲。儔，伴侶。蟾光，月光。也有「蟾宮折桂」之寓意。後二句有「若能科舉及第，定先到美人樓上求婚」之意。

㉕ 玉在匱中兩句：匱，匣。奩，盛化妝用具的盒子。匣盛美玉，等待大價錢才賣。語本論語子罕：「子貢曰：『有美玉於斯，韞櫝而藏諸？求善價而沽諸？』子曰：『沽之哉！沽之哉！我待賈者也。』」洞冥記載：漢武帝時，有神女留下玉釵。昭帝時，有人打開奩盒，玉釵化作白燕飛去。這兩句表達了賈雨村急於求官，期盼飛黃騰達的心情。此聯「求善價」、「待時飛」，嵌入了賈雨村的名字，賈雨村「姓賈名化，表字時飛」。「價」與「賈」通。

㉖ 芹意：列子楊子記錄一則寓言，有人初次吃到芹菜，覺得味道很美，就拿它送人。實際上芹菜只是很普通的菜。後來用作對人有所贈送的謙辭。

覺飛觥限斝㉗起來。當時街坊上家家簫管，戶戶弦歌，當頭一輪明月，飛彩凝輝，二人愈添豪興，酒到杯乾。雨村此時已有七八分酒意，狂興不禁，乃對月寓懷，口號一絕云：

時逢三五便團圓，滿把晴光護玉欄。
天上一輪纔捧出，人間萬姓仰頭看。㉘

士隱聽了大叫：「妙哉！吾每謂兄必非久居人下者，今所吟之句，飛騰之兆已見，不日可接履於雲霓之上㉙矣。可賀，可賀！」乃親斟一斗為賀。雨村因乾過，嘆道：「非晚生酒後狂言，若論時尚之學，晚生也或可去充數沽名。只是目今行囊路費一概無措，神京路遠，非賴賣字撰文即能到者。」士隱不待說完，便道：「兄何不早言？愚每有此心，但每遇兄時，兄並未談及，愚故未敢唐突。今既及此，愚雖不才，義利二字卻還識得。且喜明歲正當大比㉚，兄宜作速入都，春闈一戰，方不負兄之所學也。其盤費餘事，弟自代為處置，亦不枉兄之謬識矣。」當下即命小童進去，速封五十兩白銀並兩套冬衣，

㉗ 飛觥限斝：比喻喝得很盡興。觥，音ㄍㄨㄥ。斝，音ㄐㄧㄚˇ。都是古代的酒器。

㉘ 天上一輪兩句：陳師道後山詩話記載：宋太祖趙匡胤將自己未顯貴時所作詠月詩念給徐鉉聽，念到「未離海底千山黑，才到中天萬國明」兩句，徐鉉頌揚有帝王之兆。雨村詩仿此，所以甄士隱恭維他「今所吟之句，飛騰之兆已見。」

㉙ 接履於雲霓之上：比喻平步青雲。雲霓之上，比喻高位。

㉚ 大比：與下文「春闈」都是科舉專有用詞。明清科舉制度，每三年在省裡舉行一次「鄉試」，考試府、縣的生員，取中者為舉人。次年在京城舉行「會試」，考試各省的舉人，取中者為進士。鄉試在秋八月，也稱為「秋試」、「秋闈」；會試在春二月，也稱為「春試」、「春闈」。闈，是試院。會試是全國範圍的考試，所以稱為「大比」。

又云：「十九日乃黃道㉛之期，兄可即買舟西上，待雄飛高舉，明冬再晤，豈非大快之事耶！」雨村收了銀、衣，不過略謝一語，並不介意，仍是吃酒談笑。那天已交了三更，二人方散。

士隱送雨村去後，回房一覺，直至紅日三竿方醒。因思昨夜之事，意欲再寫兩封薦書與雨村帶至神都，使雨村投謁個仕宦之家為寄足之地。因使人過去請時，那家人去了回來說：「和尚說賈爺今日五鼓已進京去了，也曾留話與和尚轉達老爺，說：『讀書人不在黃道黑道，總以事理為要，不及面辭了。』」士隱聽了，也只得罷了。

真是閒處光陰易過，倏忽又是元宵佳節矣。因士隱命家人霍啟（妙！禍起也。此因事而命名。）抱了英蓮去看社火花燈，半夜中霍啟因要小解，便將英蓮放在一家門檻上坐著，待他小解完了來抱時，哪有英蓮的蹤影？急得霍啟直尋了半夜，至天明不見，那霍啟也就不敢回來見主人，便逃往他鄉去了。那士隱夫婦見女兒一夜不歸，便知有些不安，再使幾人去尋找，回來皆云連音響皆無。夫妻二人半世只生此女，一旦失落，豈不思想？因晝夜啼哭，幾乎不曾尋死。看看的一月，士隱先就得了一病，當時封氏孺人㉜也因思女搆疾，日日請醫療治。

不想這日三月十五，葫蘆廟中炸供㉝，那些和尚不加小心，致使油鍋火逸，便燒著窗紙。此方人家多用竹籬木壁者，其大抵也因劫數，於是接二連三、牽五掛四，將一條街燒得如火燄山一般。彼時

㉛ 黃道：舊時曆法，把日子分為「吉日」、「凶日」。「吉日」叫「黃道」，作事相宜；「凶日」叫「黑道」，諸事不宜。

㉜ 孺人：明、清時七品官的母親或妻子的封號。後也作為對母親或妻子的尊稱。

㉝ 炸供：用油煎炸供神的食品。

雖軍民來救，那火已成了勢，如何救得下？直燒了一夜方漸漸的熄去，也不知燒了幾家。只可憐甄家在隔壁，早已燒成一片瓦礫場了，只有他夫婦並幾個家人的性命不曾傷了，急得士隱惟跌足長嘆而已。只得與妻子商議，且到田莊上去安身。偏值近年水旱不收，鼠盜蜂起，無非搶田奪地、鼠竊狗偷，民不安生，因此官兵剿捕，難以安身。士隱只得將田莊都折變了，便攜了妻子與兩個丫鬟，投他岳丈家去。

他岳丈名喚封肅，本貫大如州人氏。雖是務農，家中都還殷實。今見女婿這等狼狽而來，心中便有些不樂。幸而士隱還有折變田地的銀子未曾用完，拿出來託他隨分就價薄置些須房地，為後日衣食之計。那封肅便半哄半賺，些須與他些薄田朽屋。士隱乃讀書之人，不慣生理稼穡等事，勉強支持了一二年，越覺窮了下去。封肅每見面時，便說些現成話，且人前人後又怨他們不善過活，只一味好吃懶作等語。士隱知投人不著，心中未免悔恨，再兼上年驚嚇，急忿怨痛，已傷暮年之人，貧病交攻，竟漸漸的露出那下世的光景來。

可巧這日拄了拐杖，掙挫到街前散散心時，忽見那邊來了一個跛足道人，瘋癲落拓，麻屣鶉衣㉞，口內念著幾句言詞，道是：

世人都曉神仙好，惟有功名忘不了；古今將相在何方？荒塚一堆草沒了！

世人都曉神仙好，只有金銀忘不了；終朝只恨聚無多，及到多時眼閉了！

㉞ 鶉衣：指破爛不堪，補丁很多的衣服。鶉，音ㄔㄨㄣˊ。

世人都曉神仙好，只有嬌妻忘不了；君生日日說恩情，君死又隨人去了！

世人都曉神仙好，只有兒孫忘不了；痴心父母古來多，孝順兒孫誰見了！

士隱聽了，便迎上來道：「你滿口說些什麼？只聽見些好了好了！」那道人笑道：「你若果聽見『好了』二字，還算你明白。可知世上萬般，『好』便是『了』，『了』便是『好』；若不『了』，便不『好』；若要『好』，須是『了』。我這歌兒便名好了歌。」士隱本是有宿慧的，一聞此言，心中早已徹悟，因笑道：「且住，待我將你這好了歌解註出來何如？」道人笑道：「你解，你解！」士隱乃說道：

陋室空空，當年笏滿床㉟；衰草枯楊，曾為歌舞場。蛛絲兒結滿雕梁，綠紗今又糊在蓬窗上。說什麼脂正濃、粉正香，如何兩鬢又成霜？昨日黃土隴頭送白骨，今宵紅燈帳底臥鴛鴦。金滿箱，銀滿箱，展眼乞丐人皆謗。正嘆他人命不長，哪知自己歸來喪！訓有方，保不定日後作強梁㊱；擇膏粱㊲，誰承望流落在烟花巷！因嫌紗帽小，致使鎖枷扛；昨憐破襖寒，今嫌紫蟒㊳長。亂烘烘你方唱罷我登場，反認他鄉是故鄉。甚荒唐，到頭來都是為他人作嫁衣裳！

㉟ 笏滿床：笏，古代臣僚朝見皇帝時所執的狹長形板子，用象牙或木片製成，以備奏事記錄之用。據說唐崔神慶的幾個兒子都當了大官，每當家宴，用一榻放笏，重疊於其上。後以「滿床笏」比喻家中做大官的人多。笏，音ㄏㄨˋ。

㊱ 強梁：橫暴。用以指代強盜。

㊲ 膏粱：本義是脂油和精米，泛指美味的飯菜。此處是膏粱子弟的省稱。

㊳ 紫蟒：紫色的蟒袍。官員所穿的袍服。

那瘋跛道人聽了，拍掌笑道：「解得切，解得切！」士隱便說一聲：「走罷！」將道人肩上搭連㊴搶了過來背著，竟不回家，同了瘋道人飄飄而去。當下哄動街坊，眾人當作一件新聞傳說。封氏聞得此信，哭個死去活來，只得與父親商議，遣人各處訪尋，哪討音信？無奈何，少不得依靠著他父母度日。幸而身邊還有兩個舊日的丫鬟伏侍，主僕三人日夜作些針線發賣，幫著父親用度。那封肅雖然日日抱怨，也無可奈何了。

這日，那甄家大丫鬟在門前買線，忽聽街上喝道之聲，眾人都說新太爺到任。丫鬟於是隱在門內看時，只見軍牢快手㊵一對一對的過去，俄而大轎抬著一個烏帽猩袍的官府過去。丫鬟倒發了個怔，自思：這官好面善，倒像在哪裡見過的。於是進入房中，也就丟過不在心上。至晚間正待歇息之時，忽聽一片聲打的門響，許多人亂嚷，說：「本府太爺的差人來傳人問話！」封肅聽了，嚇得目瞪口呆，不知有何禍事。

1. 「此開卷第一回也」至「亦是此書立意本旨」，甲戌本置於卷首凡例，庚辰本、戚本、八十回校本、人民文學出版社本皆放入正文。
2. 「從此空空道人因空見色」，庚辰本缺「從此空空道人」，據程甲本補入。
3. 「英蓮」，庚辰本此回皆作「英菊」，據諸本改。

㊴ 搭連：也作「褡褳」。一種長方形布袋，中間開口，兩頭下垂，分裝錢物。大的可以搭在肩上，小的可以掛在腰帶上。

㊵ 軍牢快手：負責緝捕、防衛和行刑的隸卒。

第二回　賈夫人仙逝揚州城　冷子興演說榮國府

此回亦非正文本旨，只在冷子興一人，即俗語所謂冷中出熱，無中生有也。其演說榮府一篇者，蓋因族大人多，若從作者筆下一一敍出，盡一二回不能說明，則成何文字？故借用冷子興一人，略出其文，好使閱者心中已有一榮府隱隱在心，然後用黛玉、寶釵等兩三次皴染，必耀然於心中眼中矣。此即畫家三染法也。

未寫榮府正人，先寫外戚，是由遠及近，由小至大也。若使先敍出榮府，然後一一敍及外戚，又一一至朋友、至奴僕，其死板拮据之筆，豈作十二釵人手中之物也？今先寫外戚者，正是寫榮國一府也。故又怕閒文贅累，開筆即寫賈夫人已死，是特使黛玉入榮府之速也。

通靈寶玉於士隱夢中一出，今又於子興口中一出，閱者已洞然矣。然後於黛玉、寶釵二人目中極精極細一描，則是文章關鎖處。蓋不肯一筆直下，有若放閘之水，燃信之爆，使其精華一洩而無餘也。究竟此玉原應出自釵、黛目中，方有照應。今預從子興口中說出，實雖寫而卻未寫。觀其後文，可知此一回則是虛敲旁擊之文，筆則是反逆隱曲之筆。

詩云：

一局輸贏料不真，香銷茶盡尚逡巡。
欲知目下興衰兆，須問旁觀冷眼人。

卻說封肅因聽見公差傳喚，忙出來陪笑啟問。那些人只嚷：「快請出甄爺來！」封肅忙陪笑道：「小人姓封，並不姓甄。只有當日小婿姓甄，今已出家一二年了，不知可是問他？」那些公人道：「我們也不知什麼『真』『假』，因奉太爺之命來問，他既是你女婿，便帶了你去親見太爺面稟，省得亂跑。」說著，不容封肅多言，大家推擁他去了。封家人個個都驚慌，不知何兆。那天約二更時，只見封肅方回來，歡天喜地。眾人忙問端的❶，他乃說道：「原來本府新陞的太爺姓賈名化，本貫胡州人氏，曾與女婿舊日相交。方纔在偺門前過去，因見嬌杏那丫頭買線，所以他只當女婿移住於此。我一一的將原故回明，那太爺倒傷感嘆息了一回。又問外孫女兒，我說看燈丟了。太爺說：『不妨，我自使番役務必探訪回來。』說了一回話，臨走倒送了我二兩銀子。」甄家娘子聽了，不免心中傷感。一宿無話。

至次日，早有雨村遣人送了兩封銀子、四疋錦緞，答謝甄家娘子；又寄一封密書與封肅，轉託問甄家娘子要那嬌杏作二房。封肅喜的屁滾尿流，巴不得去奉承，便在女兒前一力攛掇❷成了，乘夜只用一乘小轎，便把嬌杏送進去了。雨村歡喜自不必說，乃封百金贈封肅，外謝甄家娘子許多物事，令其好生養贍，以待尋訪女兒下落。封肅回家無話。卻說嬌杏這丫鬟，便是那年回顧雨村者，因偶然一顧，便弄出這段事來，亦是自己意料不到之奇緣。▼誰想他命運兩濟▲❸，不承望自到雨村身邊，只一年便生了一子；又半載，雨村嫡妻忽染疾下世，雨村便將他扶側作正室夫人了。正是：偶然一著錯（妙極。蓋女兒原不

▼好極。與英蓮「有命無運」四字遙遙映射。蓮，主也；杏，僕也。今蓮反無運，而杏則兩全。可知世人原在運數，不在眼下之高低也。此則大有深意存焉。

❶ 端的：究竟；詳情。

❷ 攛掇：音ㄘㄨㄢ ㄉㄨㄛˋ。慫恿。

❸ 命運兩濟：命好運氣也好。

應私顧外人之謂。，便為人上人更妙。可知守禮俟命者，終為餓莩。其調侃寓意不小。。

原來雨村因那年士隱贈銀之後，他於十六日便起身入都。至大比之期，不料他十分得意，已會了進士，選入外班❹，今已陞了本府知府。雖才幹優長，未免有些貪酷之弊，且又恃才侮上，那些官員皆側目而視。不上一年，便被上司尋了個空隙，作成一本，參他「生性狡猾，擅纂禮義；且沽清正之名，而暗結虎狼之屬，致使地方多事，民命不堪」等語。龍顏大怒，即批革職。該部文書一到，本府官員無不喜悅。那雨村心中雖十分慚恨，卻面上全無一點怨色，仍是嘻笑自若。交代過公事，將歷年做官積的些資本，並家小人屬送至原籍安排妥協，卻是自己擔風袖月，遊覽天下勝跡。

那日偶又遊至淮揚地面，因聞得今歲鹺政❺點的是林如海。這林如海姓林名海，表字如海，乃是前科的探花，今已陞至蘭臺寺大夫❻，本貫姑蘇人氏。今欽點出為巡鹽御史，到任方一月有餘。原來這林如海之祖曾襲過列侯，今到如海業經五世。起初時只封襲三世，因當今隆恩盛德遠邁前代，額外加恩，至如海之父又襲了一代，至如海便從科第出身。雖係鐘鼎之家❼，卻亦是書香之族。只可惜這林家支庶不盛，子孫有限，雖有幾門，卻與如海俱是堂族而已，沒甚親支嫡派的。今如海年已四十，

❹ 外班：舉人考中進士後，被分派到外地擔任地方官員，叫做外班。

❺ 鹺政：即巡鹽御史，主管鹽務，清代鹽政還負責為朝廷採辦貴重物品，瞭解當地的風俗人情。鹺，音ㄘㄨㄛˊ。

❻ 蘭臺寺大夫：漢代宮廷藏書處稱蘭臺，主管官員是御史中丞，也稱蘭臺大夫。清代無此官職。

❼ 鐘鼎之家：鐘鼎，鐘鳴鼎食的簡稱。封建豪門貴族吃飯時，奏樂撞鐘，用大鼎盛食物。這樣的大家族被稱作「鐘鳴鼎食」之家。

只有一個三歲之子，偏又於去歲死了。雖有幾房姬妾，奈他命中無子，亦無可如何之事。今只有嫡妻賈氏生得一女，乳名黛玉，年方五歲，夫妻無子，故愛如珍寶；且又見他聰明清秀，便也欲使他讀書識得幾個字，不過假充養子之意，聊解膝下荒涼之嘆。

雨村正值偶感風寒，病在旅店，將一月光景方漸愈。一因身體勞倦，二因盤費不繼，也正欲尋個合式之處暫且歇下。幸有兩個舊友亦在此境居住，因聞得鹺政欲聘一西賓❽，雨村便相託友力，謀了進去，且作安身之計。妙在只一個女學生並兩個伴讀丫鬟，這女學生年又小，身體又極怯弱，功課不限多寡，故十分省力。堪堪又是一載的光陰，誰知女學生之母賈氏夫人一疾而終，女學生侍湯奉藥，守喪盡哀，遂又將要辭館別圖。林如海意欲令女守制❾讀書，故又將他留下。近因女學生哀痛過傷，本自怯弱多病的，觸犯舊症，遂連日不曾上學。

雨村閒居無聊，每當風月晴和，飯後便出來閒步。這日偶至郭外，意欲賞鑒那村野風光，忽信步至一山環水旋、茂林深竹之處，隱隱的有座廟宇，門巷傾頹，牆垣朽敗。門前有額，題著「智通寺」三字；（誰為智者？又誰能通？一嘆！）門旁又有一副舊破的對聯曰：

身後有餘忘縮手，眼前無路想回頭。❿（先為寧、榮諸人當頭一喝，卻是為余一喝。）

❽ 西賓：指家塾教師和官僚的幕客。古代以東西分賓主，主人的席位居東，稱東家；賓客居西，稱西賓或西席。

❾ 守制：古人居父母或祖父母之喪，需謝絕應酬，不得任官、應考、嫁娶等，以二十七月為期滿，稱為「守制」。

❿ 身後兩句：身後，即死後。此兩句意謂貪得無厭的人，即使聚斂的錢財到死也用不完，但仍不罷休，還要到處伸手抓錢；利欲熏心的人，必定要碰得頭破血流，走投無路時，才想到要從名利場中抽身回頭。

▼畢竟雨村還是俗眼，只能識得阿鳳、寶玉、黛玉等未覺之先，卻不識得既證之後。

雨村看了，因想到：「這兩句話，文雖淺近，其意則深。（一部書之總批。）也曾遊過些名山大剎，倒不曾見過這話頭，其中想必有個翻過筋斗來的⓫，亦未可知，（隨筆帶出禪機，又為後文多少語錄不落空。）何不進去試試？」想著，走入看時，只有一個龍鍾老僧在那裡煮粥。（是雨村火氣。）▼雨村見了，便不在意，（火氣。）▲及至問他兩句話，那老僧既聾且昏，（是翻過來的。）齒落舌鈍，（是翻過來的。）所答非所問。雨村不耐煩，便仍出來，意欲到那村肆中沽飲三杯，以助野趣。

▼未出寧、榮繁華盛處，卻先寫一荒涼小境；未寫通部入世迷人，卻先寫一出世醒人。回風舞雪，倒峽逆波，別小說中所無之法。

於是款步行來，將入肆門，只見座上吃酒之客，有一人起身大笑，接了出來，口內說：「奇遇，奇遇！」雨村忙看時，此人是都中在古董行中貿易的號冷子興者，舊日在京都相識雨村。雨村最讚這冷子興是個有作為大本領的人，這子興又借雨村斯文之名，故二人說話投機，最相契合。雨村忙笑問道：「老兄何日到此？弟竟不知。今日偶遇，真奇緣也。」子興道：「去年歲底到家，今因還要入都，從此順路找個敝友說一句話，承他之情，留我多住兩日，我也無緊事，且盤桓兩日，待月半時也就起身了。今日敝友有事，我因閒步至此，且歇歇腳，不期這樣巧遇！」一面說，一面讓雨村同席坐了，另整上酒餚來。二人閒談漫飲，敘些別後之事。

雨村因問：「近日都中可有新聞沒有？」子興道：「倒沒有什麼新聞，倒是老先生你貴同宗家出了一件小小的異事。」雨村笑道：「弟族中無人在都，何談及此？」子興笑道：「你們同姓，豈非同宗一族？」雨村問是誰家，子興道：「榮國府賈府中，可也玷辱了先生的門楣⓬麼？」雨村笑道：「原

⓫ 翻過筋斗來的：佛教禪宗對於經歷過挫折而覺悟得道的人的一種比喻。

⓬ 門楣：門上的橫木。借指家族門第。

文是極好之文，理是必有之理，話則極痛極悲之話。

來是他家。若論起來，寒族人丁卻不少。自東漢賈復⓭以來，枝派繁盛，各省皆有，誰逐細考查得來？若論榮國一枝，卻是同譜，但他那等榮耀，我們不便去攀扯，至今故越發生疏難認了。」子興嘆道：「老先生休如此說，如今的這寧、榮兩門也都蕭疏了，不比先時的光景。」（記清此句。可知書中之榮府已是末世了。）雨村道：「當日寧榮兩宅的人口也極多，如何就蕭疏了？」冷子興道：「正是，說來也話長。」雨村道：「去歲我到金陵地界，因欲遊覽六朝遺跡，那日進了石頭城⓮，從他老宅門前經過，街東是寧國府，街西是榮國府，二宅相連，竟將大半條街占了。大門前雖冷落無人，隔著圍牆一望，裡面廳殿樓閣，也還都崢嶸軒峻；就是後一帶花園子裡面，樹木山石也還都有蓊蔚洇潤之氣⓯，哪裡像個衰敗之家？」冷子興笑道：「虧你是進士出身，原來不通！古人有云：『百足之蟲，死而不僵。』如今雖說不及先年那樣興盛，較之平常仕宦之家，到底氣象不同。如今生齒日繁，事務日盛，主僕上下安富尊榮者盡多，運籌謀畫者無一。（二語乃今古富貴世家之大病。）其日用排場費用，又不能將就省儉，如今外面的架子雖未甚倒，內囊卻也盡上來了。這還是小事。更有一件大事：誰知這樣鐘鳴鼎食之家、翰墨詩書之族，如今的兒孫竟一代不如一代了。」雨村聽說，也納罕道：「這樣詩禮之家，豈有不善教育之理？別門不知，只說這寧榮二宅，是最教子有方的。」

子興嘆道：「正說的是這兩門呢，待我告訴你：當日寧國公（演）與榮國公（源）是一母同胞弟兄兩個。寧

⓭ 賈復：東漢初南陽冠軍（今河南鄧縣一帶）人，曾隨漢光武劉秀征戰，任執金吾，升左將軍，封膠東侯。

⓮ 石頭城：故址在今南京市西，本楚金陵城，漢末孫權重築，改稱「石頭城」，為孫吳的都城。後也用以代稱金陵或南京。

⓯ 蓊蔚洇潤之氣：茂密光澤的氣象。

公居長，生了四個兒子。（賈薔、賈菌之祖，不言可知矣。）寧公死後，賈代化襲了官，也養了兩個兒子：長名賈敷，至八九歲上便死了；只剩了次子賈敬，襲了官，如今一味好道，只愛燒丹煉汞，餘者一概不在心上。幸而早年留下一子，名喚賈珍（第四代。），因他父親一心想作神仙，把官倒讓他襲了。他父親又不肯回原籍來，只在都中城外和道士們胡羼⑯。這位珍爺倒生了一個兒子，今年纔十六歲，名叫賈蓉。（至蓉五代。）如今敬老爹一概不管，這珍爺哪裡肯讀書？只一味高樂⑰不了，把寧國府竟翻了過來，也沒有人敢來管他。（伏後文。）再說榮府你聽，方纔所說異事，就出在這裡。自榮公死後，長子賈代善襲了官，（第二代。）娶的也是金陵世勳史侯家的小姐為妻，（因湘雲，故及之。）生了兩個兒子：長子賈赦，次子賈政。（第三代。）如今代善早已去世，太夫人尚在。（記真，湘雲祖姑史氏太君也。）長子賈赦襲著官。（伏下賈璉、鳳姐當家之文。）次子賈政自幼酷喜讀書，祖父最疼，原欲以科甲出身的，不料代善臨終時遺本一上，皇上因恤先臣，即時令長子襲官外，問還有幾子，立刻引見，遂額外賜了這政老爹一個主事⑱之銜，（的真實事，非妄擬也。）令其入部習學⑲，如今現已陞了員外郎了。（總是稱功頌德。）這政老爹的夫人王氏，頭胎生的公子名喚賈珠，十四歲進學⑳，不到二十歲就娶了妻，生了子，（此即賈蘭也，至蘭第五代。）一病死了。

---

⑯ 胡羼：胡混瞎鬧的意思。羼，音ㄔㄢˋ。

⑰ 高樂：恣意取樂；尋快活。

⑱ 主事：職官名，漢代已有，至明為從六品正官。清代升為正六品，與郎中、員外郎並列為六部司官。

⑲ 入部習學：清代沒有考中庶吉士的進士可以做「額外主事」，但要先入部學習三年才有實任的資格。此類官也可以由皇帝恩賜。部，這裡指工部，主管建築、水利等。

⑳ 進學：科舉制度，考入府、州、縣學，做了生員，叫做進學。俗話說「中了秀才」。

▼一部書中第一人卻如此淡淡帶出，故不見後來玉兄文字繁難。

第二胎生了一位小姐，生在大年初一，這就奇了；不想後來又生一位公子，說來更奇，一落胎胞，嘴裡便啣下一塊五彩晶瑩的玉來，上面還有許多字跡，就取名叫作寶玉。你道是新奇異事不是？」

雨村笑道：「果然奇異，只怕這人來歷不小。」子興冷笑道：「萬人皆如此說，因而乃祖母便先愛如珍寶。那年周歲時，政老爹便要試他將來的志向，便將那世上所有之物擺了無數，與他抓取，誰知他一概不取，伸手只把些脂粉釵環抓來。政老爹便大怒了，說將來酒色之徒耳，因此便大不喜悅。獨那史老太君還是命根一樣。說來又奇，如今長了七八歲，雖然淘氣異常，但其聰明乖覺處，百個不及他一個。說起孩子話來也奇怪，他說：『女兒是水作的骨肉，男人是泥作的骨肉。我見了女兒，我便清爽；見了男子，便覺濁臭逼人。』你道好笑不好笑？將來色鬼無疑了。」雨村罕然厲色忙止道：「非也！可惜你們不知道這人來歷，大約政老前輩也錯以淫魔色鬼看待了。若非多讀書識事，加以致知格物之功，悟道參玄之力，不能知也。」

子興見他說得這樣重大，忙請教其端。雨村道：「天地生人，除大仁大惡兩種，餘者皆無大異。若大仁者，則應運而生；大惡者，則應劫而生。運生世治，劫生世危。堯、舜、禹、湯、文、武、周、召、孔、孟、董、韓、周、程、張、朱㉑，皆應運而生者；蚩尤、共工、桀、紂、始皇、王莽、曹操、桓溫、安祿山、秦檜等，皆應劫而生者。大仁者修治天下，大惡者擾亂天下。清明靈秀，天地之正氣，

㉑ 董韓周程張朱：董，董仲舒，西漢儒家的代表人物。韓，韓愈，唐代著名文學家，古文運動發起者，以繼承孔孟道統自居。周，周敦頤，宋代理學的開創者。程，程顥、程頤兄弟，宋代理學的代表人物。張，張載，宋代著名理學家。朱，朱熹，宋代理學集大成者。

仁者之所秉也；殘忍乖僻，天地之邪氣，惡者之所秉也。今當運隆祚永㉒之朝，太平無為之世，清明靈秀之氣所秉者，上至朝廷，下至草野，比比皆是。所餘之秀氣，漫無所歸，遂為甘露，為和風，沛然漑及四海。彼殘忍乖僻之邪氣，不能蕩溢於光天化日之中，遂凝結充塞於深溝大壑之內，偶因風蕩，或被雲摧，略有搖動感發之意，一絲半縷誤而洩出者，偶值靈秀之氣適過，正不容邪，邪復妒正，兩不肯下，亦如風水雷電，地中既遇，既不能消，又不能讓，必至搏擊掀發後始盡。故其氣亦必賦人，發洩一盡始散。使男女偶秉此氣而生者，在上則不能成仁人君子，下亦不能為大凶大惡，置之於萬萬之人中，其聰俊靈秀之氣則在萬萬人之上；其乖僻邪謬不近人情之態，又在萬萬人之下。若生於公侯富貴之家，則為情痴情種；若生於詩書清貧之族，則為逸士高人；縱然偶生於薄祚寒門，斷不能為走卒健僕，甘遭庸人驅制駕馭，必為奇優名倡。如前代之許由、陶潛、阮籍、嵇康、劉伶、王謝二族、顧虎頭、陳後主、唐明皇、宋徽宗、劉庭芝、溫飛卿、米南宮、石曼卿、柳耆卿、秦少游㉓，近日之倪雲林、唐伯虎、祝枝山，再如李龜年、黃旛綽、敬新磨、卓文君、紅拂、薛濤、崔鶯、朝雲㉔之流，

㉒ 運隆祚永：運隆，國運興旺。祚永，王朝長遠。祚，福祉，也指君主的位置。

㉓ 許由句：許由，相傳是唐堯時代的隱士，堯要把天下讓給他，他不願接受。陶潛，陶淵明，晉代詩人。阮籍、嵇康、劉伶，魏晉間重要詩人，名列「竹林七賢」。王謝二族，指東晉王導、謝安兩家最大的豪門貴族。顧虎頭，即顧愷之，東晉時著名畫家。因小名虎頭，故稱顧虎頭。陳後主，即陳叔寶，陳朝最後一個皇帝，愛寫豔詩。劉庭芝，劉希夷，字庭芝，唐代詩人。溫飛卿，即溫庭筠，晚唐著名詩人。米南宮，米芾，宋代書畫家。石曼卿，石延年，宋代文人。柳耆卿，柳永，北宋詞人。秦少游，秦觀，北宋詞人。

㉔ 倪雲林句：倪雲林，倪瓚，元代畫家。唐伯虎，唐寅，明代詩人和畫家。祝枝山，祝允明，明代中期文人，善書法。與

此皆易地則同之人也。」

子興道：「依你說，成則王侯敗則賊了。」雨村道：「正是這意。你還不知，我自革職以來，這兩年遍遊名省，也曾遇見兩個異樣孩子，所以方纔你一說這寶玉，我就猜著了八九，亦是這一派人物。▼不用遠說，只金陵城內，欽差金陵省體仁院總裁㉕甄家▲，你可知麼？」子興道：「誰人不知！這甄府合賈府就是老親，又係世交，兩家來往極其親熱的。便在下也合他家來往非止一日了。」雨村笑道：「去歲我在金陵，也曾有人薦我到甄府處館。我進去看其光景，誰知他家那等顯貴，卻是個富而好禮之家，倒是個難得之館。但這一個學生雖是啟蒙，卻比一個舉業㉖的還勞神。說起來更可笑，他說：『必得兩個女兒伴著我讀書，我方能認得字，心裡也明白；不然，我自己心裡糊塗。』甄家之寶玉乃上半部不寫者，故此處極力表明，以遙照賈家之寶玉。凡寫賈寶玉之文，則正為甄寶玉傳影。又常對跟他的小廝們說：『這女兒兩個字極尊貴極清淨的，比那阿彌陀佛、元始天尊的這兩個寶號還更尊榮無對的呢！你們這濁口臭舌，萬不可唐突了這兩個字，要緊！但凡要說時，必須先用清水香茶漱了口纔可；設若失錯，便要鑿牙穿腮等事。』其暴虐浮躁，頑劣憨痴，種種異常；只一放了學，進去見了那些女兒們，其溫厚和平，聰敏文雅，竟又變了一個。因此他令尊也

▼又一真正之家，特與假家遙對。故寫假則知真。

唐寅、文徵明、徐禎卿合稱「吳中四才子」。李龜年，唐玄宗時樂工。黃旛綽，唐玄宗時參軍戲演員。敬新磨，五代時後唐莊宗李存勖的優伶。紅拂，隋楊素的侍女，後投奔唐開國功臣李靖。薛濤，唐代妓女，善寫詩，後出家為道士。崔鶯鶯，即崔鶯鶯，唐元稹會真記中女主人公。朝雲，宋代蘇軾的侍妾，能作詩。

㉕ 體仁院總裁：作者杜撰的官銜。清代有體仁閣，而無體仁院。總裁，總管修史、主持會試的官員。

㉖ 舉業：指舊時科舉的應試文字，需熟讀四書、五經等。有別於上文所言的啟蒙教育，唸的是三字經、百家姓之類。

▼以自古未聞之奇語，故寫成自古未有之奇文。此是一部書中大調侃寓意處。蓋作者實因鶺鴒之悲、棠棣之威，故撰此閨閣庭幃之傳。

曾下死笞楚㉗過幾次，無奈竟不能改，▼每打的吃疼不過時，他便姐姐妹妹亂叫起來。後來聽得裡面女兒們拿他取笑：『因何打急了，只管叫姐妹做甚？莫不是求姐妹去討情討饒？你豈不愧些！』他回答的最妙，他說：『急疼之時，只叫姐姐妹妹字樣，或可解疼也未可知，因叫了一聲，便果覺不疼了。遂得了密法，每疼痛之極，便連叫姐妹起來了。』▲你說可笑不可笑？也因祖母溺愛不明，每因孫辱師責子，因此我就辭了館出來，如今在這巡鹽御史林家做館了。你看這等子弟，必不能守祖父之根基，從師長之規諫的。只可惜他家幾個姊妹都是少有的。」

子興道：「便是賈府中現有的三個也不錯。政老爹的長女名元春，（原也。）現因賢孝才德，選入宮中作女史㉘去了。二小姐乃赦老爹之妾所出，名迎春，（應也。）三小姐乃政老爹之庶出，名探春，（嘆也。）四小姐乃寧府珍爺之胞妹，名喚惜春。（賈敬之女。息也。）因史老夫人極愛孫女，都跟在祖母這邊一處讀書，聽得個個不錯。」雨村道：「更妙在甄家的風俗，女兒之名亦皆從男子之名命字，不似別家另外用這些『春』『紅』『香』『玉』等豔字的。何得賈府亦樂此俗套？」子興道：「不然。只因現今大小姐是正月初一日所生，故名元春，餘者方從了春字。上一輩的，卻也是從弟兄而來的。現有對證：目今你貴東家林公之夫人，即榮府中赦、政二公之胞妹，在家時名喚賈敏。不信時，你回去細訪可知。」雨村拍案笑道：「怪道這女學生讀至凡書中有『敏』字，皆念作『密』字，每每如是；寫字遇著『敏』字，又減一二筆。我心中有些疑惑，今聽你說，的是㉙為此無疑矣。怪道我這女學生，言語舉止另是一樣，不與近日女子

㉗ 笞楚：用竹板、木杖等抽打。笞，音ㄔ。竹板。楚，荊條。都是打人的工具。這裡用作動詞。

㉘ 女史：宮廷中的女官名，掌管后妃禮儀。

相同。度其母必不凡，方得其女，今知為榮府之孫，又不足罕矣。可傷上月竟亡故了。」子興嘆道：「姊妹四個，這一個是極小的，又沒了。長一輩的姊妹一個也沒了，只看這小一輩的，將來之東床㉚如何呢！」

雨村道：「正是。方纔說這政公已有啣玉之兒，又有長子所遺一個弱孫，這赦老竟無一個不成？」子興道：「政公既有玉兒之後，其妾又生了一個，倒不知其好歹。只眼前現有二子一孫，卻不知將來如何。若問那赦公，也有二子，長名賈璉，今已二十來往了，親上作親，娶的就是政老爹夫人王氏之內侄女，今已娶了二年。這位璉爺身上，現捐的是個同知㉛，也是不肯讀書，於世路上好機變言談去的，所以如今只在乃叔政老爺家住著，幫著料理些家務。誰知自娶了他令夫人之後，倒上下無一人不稱頌他夫人的，璉爺倒退了一射之地㉜。說模樣又極標致，言談又爽利，心機又極深細，竟是個男人萬不及一的。」

雨村聽了笑道：「可知我前言不謬。你我方纔所說的這幾個人，都只怕是那正邪兩賦而來一路之

㉙ 的是：確實是。的，音ㄉㄧˊ。

㉚ 東床：指女婿。世說新語載：晉代太尉郗鑒去豪門王家挑選女婿，王家子弟都整衣束帶，精心打扮，希望能被選中。惟獨王羲之若無其事地躺在東邊的床上。郗鑒欣賞王羲之高曠淡逸的名士風度，就選中了他。後來常以「東床」作為女婿的代稱。

㉛ 捐的是個同知：捐，舊時稱以金錢買官職。同知，知府的副手。

㉜ 退了一射之地：指不與之爭先。一射之地，即「一箭之地」，指一枝箭的射程。

人，未可知也。」子興道：「邪也罷，正也罷，只顧算別人家的賬，你也吃一杯酒纔好。」雨村道：「正是。只顧說話，竟多吃了幾杯。」子興笑道：「說著別人家的閒話，正好下酒，即多吃幾杯何妨。」雨村向窗外看道：「天也晚了，仔細關了城。我們慢慢的進城再談，未為不可。」於是二人起身，算還酒賬。方欲走時，又聽得後面有人叫道：「雨村兄，恭喜了！特來報個喜信的。」雨村忙回頭看時……

校記

1. 「當日寧國公與榮國公是一母同胞弟兄兩個」，庚辰本缺「與榮國公」，據甲戌本補入。
2. 「不想後來又生一位公子」，「後來」，庚辰本原作「次年」。然依後文及十八回所述，元春年紀應大寶玉許多，故此處依戚本改為「後來」。
3. 「二小姐乃赦老爹之妾所出」，庚辰本原作「二小姐乃赦老爹前妻所出」。各本所載頗為分歧，有言前妻生，有言妾生，有言為赦老之女，政老養為己女。今據七十三回邢夫人對迎春所言：「你是大老爺跟前人養的，這裡探丫頭也是二老爺跟前人養的，出身一樣。」改為同戚本之「之妾所出」。

第三回

賈雨村夤緣❶復舊職　林黛玉拋父進都京

卻說雨村忙回頭看時，不是別人，乃是當日同僚一案參革❷的號張如圭者。蓋言如鬼如蜮也，亦非正人正言。他本係此地人，革後家居，今打聽得都中奏准起復❸舊員之信，他便四下裡尋情找門路，忽遇見雨村，故忙道喜。二人見了禮，張如圭便將此信告訴雨村。雨村自是歡喜，忙忙的敘了兩句，遂作別各自回家。冷子興聽得此言，便忙獻計，令雨村央煩林如海，轉向都中去央煩賈政。雨村領其意，作別回至館中，忙尋邸報❹看真確了。

次日面謀之如海，如海道：「天緣湊巧，因賤荊去世，都中家岳母念及小女無人依傍教育，前已遣了男女船隻來接，因小女未曾大痊，故未及行。此刻正思向蒙訓教之恩，未經酬報，遇此機會，豈有不盡心圖報之理？但請放心，弟已預為籌畫至此，已修下薦書一封轉託內兄，務為周全協佐，方可稍盡弟之鄙誠。即有所費用之例，弟於內兄信中已註明白，亦不勞尊兄多慮矣。」雨村一面打恭，謝不釋口，一面又問：「不知令親大人現居何職？奸險小人欺人語。只怕晚生草率，不敢驟然入都干瀆❺。全是假，全是詐。」

❶ 夤緣：攀緣上升。比喻攀附權貴以求進身。夤，音一ㄣˊ。

❷ 參革：因遭彈劾而被革職。參，彈劾。

❸ 起復：古時官員無論因事、因病、因父母喪離職，以及革職，再恢復官職時都叫起復。

❹ 邸報：古代官府傳抄的新聞公報。

如海笑道：「若論舍親，與尊兄猶係同譜，乃榮公之孫。大內兄現襲一等將軍，名赦，字恩侯；二內兄名政，字存周，現任工部員外郎。其為人謙恭厚道，大有祖父遺風，非膏粱輕薄仕宦之流，故弟方致書煩託。否則不但有污尊兄之清操，即弟亦不屑為矣。」雨村聽了，心下方信了昨日子興之言，於是又謝了林如海。如海乃說：「已擇了出月❻初二日小女入都，尊兄即同路而往，豈不兩便？」雨村唯唯聽命，心中十分得意。如海遂打點禮物並餞行之事，雨村一一領了。那女學生黛玉身體方愈，原不忍棄父而往，無奈他外祖母致意務在必去，且兼如海說：「汝父年將半百，再無續室之意，且汝多病，年又極小，上無親母教養，下無姊妹兄弟扶持，今依傍外祖母及舅氏姊妹去，正好減我顧盼之憂，何反云不往？」黛玉聽了，方灑淚拜別，隨了奶娘及榮府幾個老婦人登舟而去。雨村另有一隻船，帶兩個小童，依附黛玉而行。

有日到了都中，進入神京❼，雨村先整了衣冠，（且按下黛玉，以待細寫。今故先將雨村安置過一邊，方起榮府中之正文也。）帶了小童，拿著宗侄的名帖，至榮府的門前投了。彼時賈政已看了妹丈之書，即忙請入相會，見雨村相貌魁偉，言語不俗；且這賈政最喜讀書人，禮賢下士，濟弱扶危，大有祖風；況又係妹丈致意，因此優待雨村，更又不同。便竭力內中❽協助，題奏之日，輕輕謀了一個復職候缺。不上兩個月，金陵應天府缺出，便

---

❺ 干瀆：無禮的冒犯。

❻ 出月：下個月。

❼ 神京：京城。皇帝所居，故稱神京。

❽ 內中：宮中；朝廷內。

謀補了此缺，拜辭了賈政，擇日上任去了，不在話下。

且說黛玉自那日棄舟登岸時，（這方是正文起頭處。此後筆墨，與前兩回不同。）便有榮國府打發了轎子並拉行李的車輛久候了。這林黛玉常聽得母親說過，他外祖母家與別家不同。他近日所見的這幾個三等的僕婦，吃穿用度已是不凡了，何況今至其家。因此步步留心，時時在意，不肯輕易多說一句話，多行一步路，惟恐被人恥笑了他去。自上了轎進入城中，從紗窗向外瞧了一瞧，其街市之繁華，人烟之阜盛，自與別處不同。又行了半日，忽見街北蹲著兩個大石獅子，三間獸頭大門，門前列坐著十來個華冠麗服之人。正門卻不開，只有東西兩角門有人出入。正門之上有一匾，匾上大書「勅造寧國府」五個大字。黛玉想道：「這必是外祖之長房了。」想著，又往西行，不多遠，照樣也是三間大門，方是榮國府了。卻不進正門，只進了西邊角門。那轎夫抬進去走了一射之地，將轉彎時便歇下退出去了。後面的婆子們已都下了轎，趕上前來。另換了三四個衣帽周全十七八歲的小廝上來，復抬起轎子，眾婆子在步下圍隨，至一垂花門❾落下。眾小廝退出，眾婆子上來打起轎簾，扶黛玉下轎。

林黛玉扶著婆子的手，進了垂花門。兩邊是超手遊廊❿，當中是穿堂⓫，當地放著一個紫檀架子大理石的大插屏。小小的三間廳，廳後就是後面的正房大院。正面五間上房，皆雕梁畫棟，兩邊穿山遊廊⓬，廂房掛著各色鸚鵡、畫眉等鳥雀。▼臺磯之上坐著幾個穿紅著綠的丫頭，一見他們來了，便忙

▼此書得力處，全是此等地方，所謂頰上三毫也。

❾ 垂花門：舊時富家宅第在第二道門上，搭蓋穹形的門簷，並加以雕繪，稱垂花門。

❿ 超手遊廊：自二門起，向兩邊環抱的走廊叫做「超手遊廊」。

⓫ 穿堂：建於前後院落之間，可以穿行的廳房。

都笑迎上來了說：「剛纔老太太還念呢，可巧就來了。」▲如見如聞，活現於紙上之筆，好看煞！於是三四人爭著打起簾籠，一面聽得人回話：「林姑娘到了！」

黛玉方進入房時，只見兩個人攙著一位鬢髮如銀的老母迎上來，黛玉便知是他外祖母，方欲拜見時，早被他外祖母一把摟入懷中，「心肝兒肉」叫著大哭起來。幾千斤力量，寫此一筆。當下地下侍立之人，無不掩面涕泣。黛玉也哭個不住，一時眾人慢慢解勸住了，黛玉方拜見了外祖母——此即冷子興所云之史氏太君，賈赦、賈政之母也。當下賈母一一指與黛玉：「這是你大舅母，這是你二舅母，這是你先珠大哥的媳婦珠大嫂子。」黛玉一一拜見過。賈母又說：「請姑娘們來。今日遠客纔來，可以不必上學去了。」眾人答應了一聲，便去了兩個。

不一時，只見三個奶嬤嬤並五六個丫鬟，簇擁著三個姊妹來了。聲勢如現紙上。▼第一個肌膚微豐，合中身材，腮凝新荔，鼻膩鵝脂，溫柔沉默，觀之可親。▲為迎春寫照。第二個削肩細腰，長挑身材，鴨蛋臉面，俊眼修眉，顧盼神飛，文彩精華，見之忘俗。▼為探春寫照。第三個身量未足，形容尚小。▲其釵環裙襖，三人皆是一樣的妝飾。黛玉忙起身，迎上來見禮，互相廝認過，大家歸了坐，丫鬟們斟上茶來。不過說些黛玉之母如何得病，如何請醫服藥，如何送死發喪。不免賈母又傷感起來，因說：「我這些兒女，所疼者獨有你母。今日一旦先捨我而去，連面也不能一見，今見了你，我怎不傷心！」說著，摟了黛玉在懷，又嗚咽起來。眾人忙都寬慰解釋⑬，方略略止住。

▼從黛玉眼中寫三人。

▼渾寫一筆更妙。必個個寫去，則板矣。

---

⑫ 穿山遊廊：從房子山牆上開門接起的遊廊叫做「穿山遊廊」。

⑬ 解釋：勸解；消除。

眾人見黛玉年貌雖小，其舉止言談不俗，身體面龐雖怯弱不勝，卻有一段自然的風流態度，便知他有不足之症，因問：「常服何藥？如何不急為療治？」黛玉道：「我自來是如此，從會吃飲食時便吃藥，到今日未斷。請了多少名醫修方配藥，皆不見效。那一年我三歲時，聽得說來了一個癩頭和尚，說要化我去出家。我父固是不從，他又說：『既捨不得他，只怕他的病一生也不能好的了。要好時，除非從此以後總不許見哭聲；除父母之外，凡有外姓親友之人一概不見，方可平安了此一世。』瘋瘋癲癲說了這些不經之談，也沒人理他。如今還是吃人參養榮丸。」賈母道：「正好我這裡正配丸藥呢，叫他們多配一料就是了。」

一語未了，只聽後院中有人笑聲說：（懦筆庸筆何能及此！）「我來遲了，不曾迎接遠客！」（第一筆，阿鳳三魂六魄已被作者拘定了，後文焉得不活跳紙上？此等文非仙助即神助，從何而得此機括耶？）黛玉納罕道：「這些人個個皆斂聲屏氣，恭肅嚴整如此，這來者係誰？這樣放誕無禮。」心下想時，只見一群媳婦⑭、丫鬟圍擁著一個人從後房門進來。這個人打扮與眾姑娘不同，彩袖輝煌，恍若神妃仙子：頭上戴著金絲八寶攢珠髻，綰著朝陽五鳳桂珠釵；項上戴著赤金盤螭瓔珞圈⑮；裙邊繫著綠色宮縧雙衡比目玫瑰珮；身上穿著縷金百蝶穿花大紅洋緞窄褙襖⑯，外罩五彩刻絲⑰石

▼另磨新墨，搦銳筆，特獨出熙鳳一人。未寫其形，先使聞聲，所謂「繡幡開遙見英雄俺」也。

只見一群媳婦、丫鬟圍擁著一個人從後房門進來。這個人打扮與眾姑娘不同……。（清吳友如繪，紅樓金釵）

⑭ 媳婦：此處指已成家的女僕。夫婦同在一家做奴僕，女僕便被稱為某人媳婦或某人家的。

青銀鼠褂；下著翡翠撒花⑱洋縐裙。一雙丹鳳三角眼，兩彎柳葉掉梢眉。身量苗條，體格風騷。粉面含春威不露，丹唇未啟笑先聞。黛玉連忙起身接見。賈母笑道：（阿鳳一至，賈母方笑，與後文多少笑字作偶。）「你不認得他，他是我們這裡有名的一潑皮破落戶⑲兒，南省俗謂作『辣子』，你只叫他鳳辣子就是了。」（阿鳳笑聲進來，老太君打諢，雖是空口傳聲，卻是補出一向晨昏起居，阿鳳於太君處承歡應候一刻不可少之人，看官勿以閒文淡文看也。）黛玉正不知以何稱呼，只見眾姊妹都忙告訴他道：「這是璉二嫂子。」黛玉雖不識，也曾聽見母親說過：大舅賈赦之子賈璉，娶的就是二舅母王氏之內侄女，自幼假充男兒教養的，學名王熙鳳。黛玉忙陪笑見禮，以嫂呼之。這熙鳳攜著黛玉的手，上下細細打量了一回，仍送至賈母身邊坐下，因笑道：▼「天下真有這樣標致的人物，我今兒纔算見了。▲況且這通身的氣派，竟不像老祖宗的外孫女兒，竟是個嫡親的孫女，怨不得老祖宗天天口頭心頭一時不忘。只可憐我這妹妹這樣命苦，怎麼姑媽偏就去世了！」說著，便用帕拭淚。賈母笑道：「我纔好了，你倒來招我！（文字好看之極！）你妹妹遠路纔來，身子又弱，也纔勸住了，快再休題前話。」這熙鳳聽了，忙轉悲為喜，道：「正是呢，我一見了妹妹，一心都在他身上了，又是喜歡，又是傷心，竟忘記了老祖宗。該打，該打！」又忙攜黛玉之手，問：「妹妹幾歲了？可也上過學？現吃什麼藥？在這裡不要想家，想要什

▼「真有這樣標致人物」出自鳳口，黛玉丰姿可知。宜作史筆看。

⑮ 盤螭瓔珞圈：裝飾著用珠子串成的盤龍圖案的項圈。盤螭，盤龍。瓔珞，串珠。

⑯ 窄褃襖：收腰身的上衣。衣服前後兩幅合縫處叫做「褃」。

⑰ 刻絲：一種用絲平織成花紋圖案的絲織品，與織錦和刺繡不同。

⑱ 撒花：指碎花圖案。

⑲ 潑皮破落戶：原指生活無著的無賴。這裡用來戲稱鳳姐的潑辣刁鑽。潑皮，無賴。破落戶，家道衰敗的無賴子弟。

麼吃的、什麼頑的，只管告訴我。丫頭老婆們不好了，也只管告訴我。」一面又問婆子們：「林姑娘的行李東西可搬進來了？帶了幾個人來？你們趕早打掃兩間下房，讓他們去歇歇。」

說話時，已擺了茶果上來，熙鳳親為捧茶捧果。又見二舅母問他：「月錢⑳放過了不曾？」（不見後文，不見此筆之妙。）熙鳳道：「月錢也放完了。纔剛帶著人到後樓上找緞子，找了這半日，也並沒有見昨日太太說的那樣的，想是太太記錯了？」王夫人道：「有沒有，什麼要緊。」因又說道：「該隨手拿出兩個來，給你這妹妹去裁衣裳的。等晚上想著叫人再去拿罷，可別忘了。」熙鳳道：「這倒是我先料著了，知道妹妹不過這兩日到的，我已預備下了，等太太回去過了目，好送來。」（試看他心機。）王夫人一笑，點頭不語。（很漏鳳姐是個當家人。）

當下茶果已撤，賈母命兩個老嬤嬤帶了黛玉去見兩個母舅。時賈赦之妻邢氏忙亦起身，笑道：「我帶了外甥女過去，倒也便宜㉑。」賈母笑道：「正是呢，你也去罷，不必過來了。」邢夫人答應了一聲「是」字，遂帶了黛玉，與王夫人作辭，大家送至穿堂前。出了垂花門，早有眾小廝們拉過一輛翠幄青綢㉒車，邢夫人攜了黛玉坐在上面，眾婆子們放下車簾，方命小廝們抬起，拉至寬處，方駕上馴騾，亦出了西角門，往東過榮府正門，便入一黑油大門中，至儀門㉓前方下來。眾小廝退出，方打起

⑳ 月錢：按月支給的錢。這裡指按等級每月發給家中人等花用的錢。舊時富戶大家才有此例。

㉑ 便宜：方便合宜。便，音ㄅㄧㄢˋ。

㉒ 翠幄青綢：翠幄，用粗厚的綠綢做的車帳。青綢，青色綢料做的車簾。

㉓ 儀門：明清官署、邸宅大門內的第二重正門。

車簾，邢夫人攙著黛玉的手，進入院中。黛玉度其房屋院宇，必是榮府中花園隔斷過來的。進入三層儀門，果見正房廂廡遊廊悉皆小巧別致，不似方纔那邊軒峻壯麗，且院中隨處之樹木山石皆多。一時進入正室，早有許多盛妝麗服之姬妾丫鬟迎著。邢夫人讓黛玉坐了，一面命人到外面書房去請賈赦。一時人來回話說：「老爺說了：『連日身上不好，見了姑娘彼此倒傷心，暫且不忍相見。勸姑娘不要傷心想家，跟著老太太和舅母，即同家裡一樣。姊妹們雖拙，大家一處伴著，亦可以解些煩悶。或有委屈之處，只管說得，不要外道㉔纔是。』」黛玉忙站起來，一一聽了。再坐一刻，便告辭。邢夫人苦留吃過晚飯去，黛玉笑回道：「舅母愛惜賜飯，原不應辭，只是還要過去拜見二舅舅，恐領了賜去不恭。異日再領未為不可，望舅母容諒。」邢夫人聽說，笑道：「這倒是了。」遂令兩三個嬤嬤用方纔的車好生送了過去。於是黛玉告辭，邢夫人送至儀門前，又囑咐了眾人幾句，眼看著車去了方回來。

一時黛玉進了榮府，下了車。眾嬤嬤引著，便往東轉彎，穿過一個東西的穿堂，向南大廳之後，儀門內大院落，上面五間大正房，兩邊廂房，鹿頂耳房鑽山㉕，四通八達，軒昂壯麗，比賈母處不同。黛玉便知這方是正經正內室。一條大甬路，直接出大門的。進入堂屋中，抬頭迎面先看見一個赤金九龍青地大匾，匾上寫著斗大的三個大字，是「榮禧堂」，後有一行小字：「某年月日書賜榮國公賈源」，又有「萬幾宸翰」之寶㉖，大紫檀雕螭案上設著三尺來高青綠古銅鼎，懸著待漏隨朝墨龍大畫㉗，一

㉔ 外道：見外；客氣。

㉕ 鹿頂耳房鑽山：鹿頂，東西房和南北房連接轉角的地方叫做「鹿頂」。耳房，正房或廂房兩側連接的小房間。鑽山，即穿山遊廊，見注⑫。

邊是蜼金彝㉘，一邊是玻璃𥇄㉙，地下兩溜十六張楠木交椅。又有一副對聯，乃烏木聯牌，鑲著鏨銀的字跡，道是：

座上珠璣昭日月，堂前黼黻煥烟霞。㉚

下面一行小字，道是：「同鄉世教弟勳襲東安郡王穆蒔拜手書」。

原來王夫人時常居坐宴息，亦不在這正室，只在這正室東邊的三間耳房內。於是老嬤嬤引黛玉進東房門來。臨窗大炕上鋪著猩紅洋罽㉛，正面設著大紅金錢蟒靠背，石青金錢蟒引枕㉜，秋香色金錢

㉖ 萬幾宸翰之寶：萬幾宸翰是皇帝的印文。萬幾，日理萬機，形容皇帝政務繁忙。宸翰，指皇帝的墨跡。寶，專指皇帝的印章。

㉗ 待漏隨朝墨龍大畫：待漏隨朝，古代大臣夜裡坐在朝房等候「銅壺滴漏」報時，以免誤了早朝。漏，指滴漏，古時報時器。墨龍大畫，繪有雨天海潮中龍的畫，取「潮」與「朝」同音，比喻朝見皇帝的榮耀。

㉘ 蜼金彝：鑲嵌蜼形的古銅器。蜼，音ㄌㄟˇ。古獸名，一種長尾猿。

㉙ 玻璃𥇄：玻璃盛酒器。𥇄，音ㄏㄞˇ。同「榼」。盛酒器。

㉚ 座上兩句：意謂座上人佩戴的珠寶可與日月爭光，堂上人穿的官服，色彩鮮豔猶如烟霞燦爛。珠璣，珠子。璣是不圓的珠子。黼黻，禮服上所繡華美的花紋。黼，黑白相間的花紋。黻，黑青相間的花紋。黼黻也泛指華麗的禮服。古人也常用珠璣、黼黻形容文章的華美。因此這副對聯，既描寫賈府男女服飾之盛，也有讚揚賈府文采風流的意思。

㉛ 洋罽：西洋毛毯子。罽，音ㄐㄧˋ。毛織的毯子。

㉜ 引枕：圓墩形的靠枕。

蟒大條褥。兩邊設一對梅花式洋漆小几，左邊几上文王鼎、匙箸、香盒㉝；右邊几上汝窯美人觚㉞——觚內插著時鮮花草，並茗碗痰盒等物。地下面西一溜四張椅上，都搭著銀紅撒花椅搭，底下四副腳踏。椅之兩邊也有一對高几，几上茗碗瓶花俱備。其餘陳設，自不必細說。老嬤嬤們讓黛玉炕上坐，炕沿上卻有兩個錦褥對設。黛玉度其位次，便不上炕，只向東邊椅子上坐了。本房內的丫鬟忙捧上茶來，黛玉一面吃茶，一面打量這些丫鬟們妝飾衣裙、舉止行動，果亦與別家不同。

茶未吃了，只見一個穿紅綾襖青緞掐牙㉟背心的丫鬟走來，笑說道：「太太說，請林姑娘到那邊坐罷。」老嬤嬤聽了，於是又引黛玉出來，到了東廊三間小正房內。正房炕上橫設一張炕桌，桌上磊著書籍茶具，靠東壁面西設著半舊的青緞靠背引枕。王夫人卻坐在西邊下首，亦是半舊的青緞靠背坐褥，見黛玉來了，便往東讓。黛玉心中料定這是賈政之位，因見挨炕一溜三張椅子上也搭著半舊的彈墨㊱椅袱，黛玉便向椅上坐了。王夫人再四攜他上炕，他方挨王夫人坐了。王夫人因說：「你舅舅今日齋戒去了，再見罷。只是有一句話囑咐你：你三個姊妹倒都極好，以後一處念書認字學針線，或是偶一頑笑，都有盡讓的。但我不放心的最是一件：我有一個孽根禍胎，是家裡的混世魔王，今日因廟裡還願去了，尚未回來，晚間你看見便知了。你只以後不要睬他，你這些姊妹都不敢沾惹他的。」黛

㉝ 文王鼎句：文王鼎，一種小型仿古香爐，可燒檀香末等香料。匙箸，撥香灰的用具。香盒，盛香料的盒子。

㉞ 汝窯美人觚：汝窯，宋代汝州的一個著名窯場。美人觚，觚是古代的酒器，長身細腰，故稱美人觚。

㉟ 掐牙：這裡「牙」指衣服花邊夾縫裡加的窄條棉、緞邊線，掐是這種縫製手工的術語。

㊱ 彈墨：指夾有黑線的衲成行線或簡單圖案的裝飾。

玉亦常聽得母親說過，二舅母生的有個表兄，乃啣玉而誕，頑劣異常，極惡讀書，最喜在內幃㊲廝混。外祖母又極溺愛，無人敢管。今見王夫人如此說，便知說的是這表兄了，因陪笑道：「舅母說的可是啣玉所生的這位哥哥？在家時亦曾聽見母親常說，這位哥哥比我大一歲，小名就喚寶玉，雖極憨頑，說在姊妹情中極好的。況我來了，自然只和姊妹同處，兄弟們自是別院另室的，豈得去沾惹之理？」王夫人笑道：「你不知道原故，他與他人不同，自幼因老太太疼愛，係同姊妹們原一處嬌養慣了的。若姊妹們有日不理他，他倒還安靜些，縱然他沒趣，不過出了二門，背地裡拿著跟他的兩個小么兒㊳出氣，咕唧㊴一會子就完了。若這一日姊妹們和他多說一句話，他心裡一樂，便生出多少事來。所以囑咐你別睬他，他嘴裡一時甜言蜜語，一時有天無日㊵，一時又瘋瘋傻傻，只休信他。」▼黛玉一一的都答應著。▲

只見一個丫鬟來回：「老太太那裡傳晚飯了。」王夫人忙攜黛玉從後房門由後廊往西，出了角門，是一條南北寬夾道。南邊是倒座㊶三間小小的抱廈廳㊷，北邊立著一個粉油大影壁㊸，後有一半大門，

▼不寫黛玉眼中之寶玉，卻先寫黛玉心中已早有一寶玉矣，幻妙之至！自冷子興口中之後，余已極思欲一見，及今尚未得見，狡猾之至！

㊲ 內幃：婦女居住的地方。幃，帳子。

㊳ 小么兒：也稱「小廝」，未成年的男僕。

㊴ 咕唧：這裡指埋怨、拌嘴。

㊵ 有天無日：無法無天，毫無顧忌。

㊶ 倒座：舊時建築正房皆坐北朝南，與正房相對、坐南朝北的房子稱為倒座。也稱「倒廳」。

㊷ 抱廈廳：圍繞在堂屋後側的小房子。

㊸ 影壁：俗稱照牆。於門內或門外用來屏障或裝飾的短牆。

小小一所房室。王夫人笑指向黛玉道：「這是你鳳姐姐的屋子，回來你好往這裡找他來，少什麼東西，你只管和他說就是了。」這院門上也有四五個纔總角㊹的小廝，都垂手侍立。王夫人遂攜黛玉穿過一個東西穿堂，便是賈母的後院了。於是進入後房門，已有多人在此伺候，見王夫人來了，方安設桌椅。賈珠之妻李氏捧飯，熙鳳安箸，王夫人進羹。賈母正面榻上獨坐，兩邊四張空椅，熙鳳忙拉了黛玉在左邊第一張椅上坐了。黛玉十分推讓，賈母笑道：「你舅母、你嫂子們不在這裡吃飯，你是客，原應如此坐的。」黛玉方告了坐，坐了。賈母命王夫人坐了。迎春姊妹三個告了坐方上來，迎春便坐右手第一，探春左第二，惜春右第二。旁邊丫鬟執著拂塵、漱盂、巾帕，李、鳳二人立於案旁佈讓，外間伺候之媳婦丫鬟雖多，卻連一聲咳嗽不聞。寂然飯畢，各有丫鬟用小茶盤捧上茶來。當日林如海教女以惜福養身，云飯後務待飯粒咽盡，過一時再吃茶，方不傷脾胃。今黛玉見了這裡許多事情不合家中之式，不得不隨的，少不得一一改過來。▼因而接了茶，早見人又捧過漱盂來，黛玉也照樣漱了口。盥手畢，又捧上茶來，這方是吃的茶。▲賈母便說：「你們去罷，讓我們自在說話兒。」王夫人聽了，忙起身，又說了兩句閒話，方引鳳、李二人去了。賈母因問黛玉念何書，黛玉道：「只剛念了四書。」黛玉又問姊妹們讀何書，賈母道：「讀的是什麼書，不過是認得兩個字，不是睜眼的瞎子罷了。」

一語未了，只聽外面一陣腳步響，（與阿鳳之來相映而不相犯。）丫鬟進來笑道：「寶玉來了！」黛玉心中正疑惑著：「這個寶玉不知是怎生個憊懶㊺人物、懵懂㊻頑童？倒不見那蠢物也罷了。」心中想著，忽見丫鬟話

▼余看至此，故想日前所閱王敦初尚公主，登廁時不知塞鼻用棗，敦輒取而啖之，早為宮人鄙誚多矣。今黛玉若不漱此茶，或飲一口，不為榮婢所誚乎？觀此則知黛玉平生之心思過人。

㊹ 總角：古代兒童束髮為兩結，向上分開，形狀如角，故稱總角。也以總角借指童年。

㊺ 憊懶：頑劣。

未報完，已進來了一位年輕的公子：頭上戴著束髮嵌寶紫金冠，齊眉勒著二龍搶珠金抹額㊼，穿一件二色金百蝶穿花大紅箭袖㊽，束著五彩絲攢花結長穗宮縧，外罩石青起花八團倭緞排穗褂，登著青緞粉底小朝靴。面若中秋之月，色如春曉之花。鬢若刀裁，眉如墨畫；面如桃瓣，目若秋波。雖怒時而若笑，即瞋視而有情。項上金螭瓔珞，又有一根五色絲縧，繫著一塊美玉。黛玉一見，便吃一大驚，心下想道：「好生奇怪，倒像在哪裡見過一般，何等眼熟到如此！」只見這寶玉向賈母請了安，賈母便命：「去見你娘來。」寶玉即轉身去了。一時回來，再看，已換了冠帶：頭上周圍一轉的短髮都結成小辮，紅絲結束，共攢至頂中胎髮，總編一根大辮，如漆黑亮。從頂至梢，一串四顆大珠，用金八寶墜角㊾。身上穿著銀紅撒花半舊大襖，仍舊戴著項圈、寶玉、寄名鎖、護身符㊿等物；下面半露松花撒花綾褲腿，錦邊彈墨襪，厚底大紅鞋。越顯得面如敷粉，唇若施脂；轉盼多情，語言帶笑。天然一段風騷，全在眉梢；平生萬種情思，悉堆眼角。看其外貌最好，卻難知其底細。後人有西江月二詞，批寶玉極恰，其詞曰：

㊻ 懵懂：糊塗；不明事理。

㊼ 抹額：戴在額上的飾物。

㊽ 箭袖：原為便於射箭穿的窄袖衣服。這裡指男子穿的一種服式。

㊾ 用金八寶墜角：金飾物鑲嵌著各種珠寶，泛稱「八寶」。墜角，成串懸綴的飾物或縧帶下端，用金銀珠寶墜住，稱為「墜子」或「墜角」。

㊿ 寄名鎖句：舊時父母為求小孩順利成長，而將其託名在菩薩或尼姑、道士之下做乾兒子或乾女兒，稱為「寄名」，並在其項下繫一小金鎖，名「寄名鎖」；或從道觀領來一種符籙，帶在身上以求避禍免災，稱為「護身符」。

無故尋愁覓恨，有時似傻如狂。縱然生得好皮囊51，腹內原來草莽52。潦倒不通世務，愚頑怕讀文章。行為偏僻性乖張，哪管世人誹謗！

富貴不知樂業53，貧窮難耐淒涼。可憐辜負好韶光，於國於家無望。天下無能第一，古今不肖無雙。寄言紈袴與膏粱，莫效此兒形狀！

賈母因笑道：「外客未見，就脫了衣裳，還不去見你妹妹！」寶玉早已看見多了一個姊妹，便料定是林姑媽之女，忙來作揖。廝見畢，歸坐，細看形容，與眾各別：

▼兩彎半蹙娥眉54，一對多情杏眼。態生兩靨之愁，嬌襲一身之病。淚光點點，嬌喘微微。閑靜時如嬌花照水，行動處似弱柳扶風。心較比干多一竅55，病如西子勝三分56。▲

▼不寫衣裙妝飾，正是寶玉眼中不屑之物，故不曾看見。黛玉之舉止容貌，亦是寶玉眼中看，心中評；若不是寶玉，斷不能知黛玉終是何等品貌。

51 皮囊：指人的軀體、長相。佛教認為，人的靈魂不死不滅，人的肉體只是靈魂暫時寄居的地方，所以稱人的外貌為皮囊。

52 草莽：雜草叢生。腹內原來草莽，意謂沒有學問，俗話講就是草包。

53 樂業：滿足。

54 娥眉：形容美人細長彎曲的眉毛。

55 心較句：比干，殷紂王的叔父，官為少師，因強諫觸怒紂王被處死。史記殷本紀：「(比干)乃強諫紂。紂怒曰：『吾聞聖人心有七竅。』剖比干觀其心。」後常用「心有七竅」形容一個人聰明伶俐。此句言黛玉的心不止七竅，是極言其聰明。

56 病如句：莊子天運記載了一則「東施效顰」的寓言：西施有心痛病，時常「捧心而顰(皺眉)」，鄉人都覺得她這個模樣很漂亮。西施有個鄰居叫東施，長得很醜，也去模仿西施捧心皺眉的樣子，結果嚇得鄉人都不敢出門。後以「病西施」

▼寶玉看罷，因笑道：▲看他第一句是何話？「這個妹妹，我曾見過的。」瘋話。與黛玉同心，卻是兩樣筆墨。觀此則知玉卿心中有則說出，一毫宿滯皆無。賈母笑道：「可又是胡說，你又何曾見過他？」寶玉笑道：「雖然未曾見過他，然我看著面善，心裡就算是舊相識，今日只作遠別重逢，亦未為不可。」賈母笑道：「更好，更好。若如此，更相和睦了。」寶玉便走近黛玉身邊坐下，又細細打量一番，因問：「妹妹可曾讀書？」黛玉道：「不曾讀，只上了一年學，些須認得幾個字。」寶玉又道：「妹妹尊名是哪兩個字？」黛玉便說了名。寶玉又問表號，黛玉道：「無字。」寶玉笑道：「我送妹妹一妙字，莫若『顰顰』二字極妙。」探春便問何出，寶玉道：「古今人物通考(57)上說：『西方有石名黛，可代畫眉之墨。』況這林妹妹眉尖若蹙，用取這兩個字，豈不兩妙？」探春笑道：「只恐又是你的杜撰。」寶玉笑道：「除四書外，杜撰的太多，偏只我是杜撰不成？」又問黛玉：▼「可也有玉沒有？」眾人不解其語，黛玉便忖度著因他有玉，故問我有也無，▲因答道：「我沒有那個，想來那玉是一件罕物，豈能人人有的？」寶玉聽了，登時發作起痴狂病來，摘下那玉就狠命摔去，罵道：「什麼罕物！連人之高低不擇，還說通靈不通靈呢！我也不要這勞什子(58)了！」嚇的眾人一擁爭去拾玉，賈母急的摟了寶玉道：「孽障！如聞其聲，恨極語卻是疼極語。你生氣，要打罵人容易，何苦摔那命根子！」寶玉滿面淚痕，泣道：千奇百怪，不寫黛玉泣，卻反先寫寶玉泣。「家裡姐姐妹妹都沒有，單我有，我說沒趣；▼如今來了這麼一個神仙似的妹妹也沒有，可知這不是個好東西！▲」賈母忙哄他道：「你

▼黛玉見寶玉寫一「驚」字，寶玉見黛玉寫一「笑」字，一存於中，一發乎外，可見文於筆下必推敲的準穩，方才用字。

▼奇之至，怪之至，又忽將黛玉亦寫成一極痴女子。觀此初會二人之心，則可知以後之事矣。

▼「不是冤家不聚頭」第一場也。

形容帶有病態的美人。寶玉為黛玉取名「顰顰」，即用此意。

(57) 古今人物通考：作者杜撰的書名。

(58) 勞什子：使人討厭的東西。也稱「牢什子」。

這妹妹原有這個來的，因你姑媽去世時捨不得你妹妹，無法處，只好將他的玉帶了去了，一則全殉葬之理，盡你妹妹之孝心，二則你姑媽之靈亦可權作見了女兒之意。因此他只說沒有這個，不便自己誇張之意。你如今怎比得他？還不好生慎重帶上，仔細你娘知道了。」說著，便向丫鬟手中接來，親與他帶上。寶玉聽如此說，想一想大有情理，也就不生別論了。

當下奶娘來請問黛玉之房舍，賈母說：「今將寶玉挪出來，同我在套間暖閣❺❾兒裡，把你林姑娘暫安置碧紗廚❻⓿裡。等過了殘冬，春天再與他們收拾房屋，另作一番安置罷。」寶玉道：「好祖宗，我就在碧紗廚外的床上，很妥當，何必又出來，鬧的老祖宗不得安靜？」賈母想了一想，說：「也罷了。」每人一個奶娘並一個丫頭照管，餘者在外間上夜聽喚。一面早有熙鳳命人送

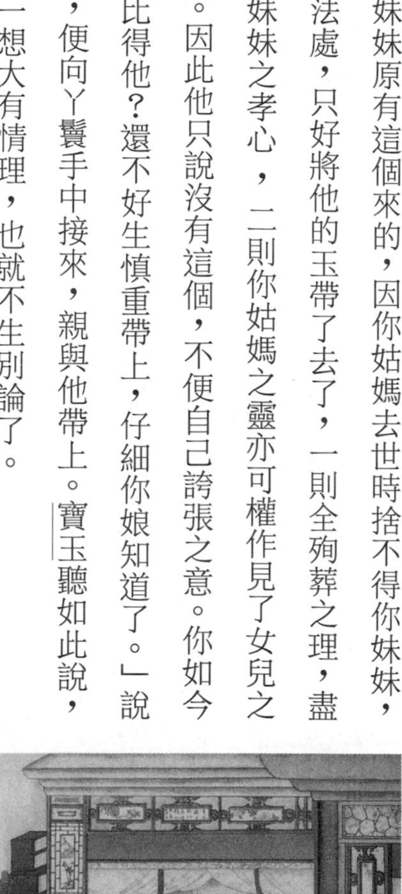

寶玉聽了，登時發作起痴狂病來，摘下那玉就狠命摔去……。（清孫溫繪，全本紅樓夢）

❺❾ 暖閣：此處指前面兩旁有槅扇，上面有橫楣的小炕。

❻⓿ 碧紗廚：用以隔斷房間，中間兩扇可以開關的一種裝置，也稱隔扇門或格扇。富貴人家常在格心處糊各色紗，故也叫「碧紗廚」。這裡的「碧紗廚裡」，是指以碧紗廚隔開的裡間。

了一頂藕合色花帳並幾件錦被緞褥之類。黛玉只帶了兩個人來，一個是自幼奶娘王嬤嬤，一個是十歲的小丫頭，亦是自幼隨身的，名喚作雪雁。（新雅不落套，是黛玉之文章也。）▼賈母見雪雁甚小，一團孩氣，王嬤嬤又極老，料黛玉皆不遂心省力的，便將自己身邊的一個二等丫頭，名喚鸚哥者與了黛玉。▲外亦如迎春等例，每人除自幼乳母外，另有四個教引嬤嬤，除貼身掌管釵釧盥沐兩個丫鬟外，另有五六個灑掃房屋來往使役的小丫鬟。

當下王嬤嬤與鸚哥陪侍黛玉在碧紗廚內，寶玉之乳母李嬤嬤並大丫鬟名喚襲人者陪侍在外大床上。原來這襲人亦是賈母之婢，本名珍珠。（亦是賈母之文章。前鸚哥已伏下一鴛鴦，今珍珠又伏下一琥珀矣。以下乃寶玉之文章。）賈母因溺愛寶玉，生恐寶玉之婢無竭力盡忠之人，素喜襲人心地純良，克盡職任，遂與了寶玉。寶玉因知他本姓花，又曾見舊人詩句上有「花氣襲人」之句❻❶，遂回明賈母，更名襲人。這襲人亦有些痴處：伏侍賈母時，心中眼中只有一個賈母；如今服侍寶玉，他心中眼中又只有一個寶玉。只因寶玉性情乖僻，每每規諫寶玉，心中著實憂鬱。是晚寶玉、李嬤嬤已睡了，他見裡面黛玉和鸚哥猶未安息，他自卸了妝，悄悄進來，笑問：「姑娘怎還不安息？」黛玉忙笑讓：「姐姐請坐。」襲人在床沿上坐了。鸚哥笑道：▼「林姑娘正在這裡傷心呢，自己淌眼抹淚的，（可知前批不謬。）黛玉說：『今兒纔來，就惹出你家哥兒的狂病，倘或摔壞了那玉，豈不是因我之過！』▲（所謂寶玉知己，第一次哭卻如此寫來。全用體貼工夫。）因此便傷心，我好容易勸好了。」襲人道：「姑娘快休如此，將來只怕比這個更奇怪的笑話兒還有呢！若為他這種行止，你多心傷感，只怕你傷感不了呢。快別多心！」黛玉道：「姐姐們說的，我記著就是了。究竟那玉不知是怎麼個來歷？上面還有字跡？」

▼妙極，此等名號方是賈母之文章。最厭近之小說中，不論何處，滿紙皆是紅娘、小玉、嫣紅、香翠等俗字。

▼前文反明寫寶玉之哭，今卻反如此寫黛玉，幾被作者瞞過。這是第一次算還，不知下剩還該多少？

❻❶ 花氣襲人：出自陸游村居喜書中「花氣襲人知驟暖」句。

襲人道：「連一家子也不知來歷，上頭還有現成的眼兒，聽得說落草㊷時是從他口裡掏出來的。等我拿來你看便知。」黛玉忙止道：「罷了，此刻夜深，明日再看也不遲。」大家又敘了一回，方纔安歇。

次日起來，省過賈母，因往王夫人處來。正值王夫人與熙鳳在一處拆金陵來的書信看，又有王夫人之兄嫂處遣了兩個媳婦來說話的。黛玉雖不知原委，探春等卻都曉得，是議論金陵城中所居的薛家姨母之子——姨表兄薛蟠，倚財仗勢，打死人命，現在應天府案下審理；如今母舅王子騰得了信息，故遣他家內的人來告訴這邊，意欲喚取進京之意。

校記

1. 「林姑娘的行李東西可搬進來了？帶了幾個人來？」庚辰本缺「帶了幾個」，據甲戌本補。
2. 「邢氏忙亦起身，笑道：『我帶了外甥女過去，倒也便宜。』賈母」，據甲戌本補。
   「笑道：……」，庚辰本缺「笑道：『我帶了外甥女過去，倒也便宜。』賈母笑道：……」，庚辰本缺「笑道：『我帶了外甥女過去，倒也便宜。』賈母」，據甲戌本補。
3. 「賈母笑道：『更好，更好。若如此，更相和睦了。』寶玉便走近黛玉身邊坐下」，庚辰本缺「若如此，更相和睦了。寶玉便走近黛玉身邊」，據甲戌本補。

㊷ 落草：嬰兒出生。

第四回 薄命女偏逢薄命郎 葫蘆僧亂判葫蘆案

卻說黛玉同姊妹們至王夫人處，見王夫人與兄嫂處的來使計議家務，又說姨母家遭人命官司等語。因見王夫人事情冗雜，姊妹們遂出來，至寡嫂李氏房中來了。

原來這李氏即賈珠之妻，珠雖夭亡，幸存一子，取名賈蘭，今方五歲，已入學攻書。這李氏亦係金陵名宦之女，父名李守中，妙！蓋云人能以理自守，安得為情所陷哉！曾為國子監祭酒❶。族中男女無有不誦詩讀書者，未出李紈，先伏下李紋、李綺。至李守中承繼以來，便說「女子無才便有德」，「有」字改得好。故生了李氏時，便不十分令其讀書，只不過將些女四書、烈女傳、賢媛集等三四種書，使他認得幾個字，記得前朝這幾個賢女便罷了，卻只以紡績井臼❷為業，因取名為李紈，字宮裁。因此這李紈雖青春喪偶，居家處膏粱錦繡之中，竟如槁木死灰一般，一概無見無聞，惟知侍親養子，外則陪侍小姑等針黹誦詩而已。今黛玉雖客寄於斯，日有這般姑嫂相伴，除老父外，餘者也都無庸慮及了。仍是從黛玉身上寫來。以上了結住黛玉，復找前文。

李紈課子。　（清吳友如繪，紅樓夢金釵）

❶ 國子監祭酒：中國古代負責學校和教育的最高官員。

❷ 井臼：井中汲水，以臼舂米，泛指家務勞動。

如今且說雨村，因補授了應天府❸，一下馬就有一件人命官司詳至案下❹，乃是兩家爭買一婢，各不相讓，以至毆傷人命。彼時雨村即提原告之人來審，那原告道：「被毆死者乃小人之主人。因那日買了一個丫頭，不想是拐子拐來賣的。這拐子先已得了我家的銀子，我家小爺原說第三日方是好日子，再接入門。這拐子便又悄悄的賣與薛家，被我們知道了，去找拿賣主，奪取丫頭。無奈薛家原係金陵一霸，倚財仗勢，眾豪奴將我小主人竟打死了。凶身主僕已皆逃走，無影無蹤，只剩了幾個局外之人。小人告了一年的狀，竟無人作主。望大老爺拘拿凶犯，剪惡除凶，以救孤寡，死者感戴天恩不盡！」雨村聽了大怒道：「豈有這樣放屁的事！打死人命就白白的走了，再拿不來的！」因發簽差公人立刻將凶犯族中人拿來拷問，令他們實供藏在何處；一面再動海捕文書❺。未發簽時，只見案邊立的一個門子❻使眼色兒——不令他發簽之意。雨村心下甚為疑怪，只得停了手，即時退堂。至密室，侍從皆退去，只留門子伏侍。

這門子忙上來請安，笑問：「老爺一向加官進祿，八九年來就忘了我了？」雨村道：「卻十分面善得緊，只是一時想不起來。」那門子笑道：「老爺真是貴人多忘事，把出身之地竟忘了，不記當年

❸ 應天府：明代在南京設應天府，清代無此建制。

❹ 詳至案下：古代下級官員對上級官員的請示報告曰「詳」。此處作動詞用。詳至案下是說下級把人命官司的卷宗上報到應天府公案前，聽候審判。

❺ 海捕文書：古代官府以文書通行各地緝捕逃犯，稱為「海捕」。其文書稱為「海捕文書」或「海捕公文」，即今之通緝令。

❻ 門子：官府中追隨官員左右的僕役。

葫蘆廟裡之事？」雨村聽了，如雷震一驚，方想起往事。原來這門子本是葫蘆廟內一個小沙彌，因被火之後無處安身，欲投別廟去修行，又耐不得清涼景況，因想這件生意倒還輕省熱鬧，遂趁年紀蓄了髮，充了門子。雨村哪裡料得是他？便忙攜手笑道：「原來是故人。（妙稱，全是假態。）」又讓坐了好談。（假極。）這門子不敢坐，雨村笑道：「貧賤之交不可忘，（全是奸險小人態度，活現活跳。）你我故人也；二則此係私室，既欲長談，豈有不坐之理？」這門子聽說，方告了坐，斜簽著坐了❼。

雨村因問方纔何故有不令發簽之意，這門子道：「老爺既榮任到這一省，難道就沒抄一張本省『護官符』（可對「聚寶盆」，一笑！三字從來未見，奇之至！）來不成？」雨村忙問：「何為『護官符』？我竟不知。」門子道：「這還了得！連這個不知，怎能作得長遠！如今凡作地方官者，皆有一個私單，上面寫的是本省最有權有勢、極富極貴的大鄉紳名姓，各省皆然；倘若不知，一時觸犯了這樣的人家，不但官爵，只怕連性命還保不成呢！所以綽號叫作『護官符』。方纔所說的這薛家，老爺如何惹得他！他這件官司並無難斷之處，皆因都礙著情分面上，所以如此。」一面說，一面從順袋❽中取出一張抄寫的「護官符」來，遞與雨村。看時，上面皆是本地大族名宦之家的諺俗口碑❾。其口碑排寫得明白，其下面所註的皆是自始祖官爵並房次，石頭亦曾抄寫了一張。今據石上所抄云：

---

❼ 斜簽著坐了：側身而坐，表示謙恭。

❽ 順袋：一種鑲邊繡花的腰間小袋。

❾ 口碑：眾人的口頭傳頌，有如文字鐫刻於碑石般不可磨滅。

賈不假，白玉為堂金作馬。

阿房宮，三百里，住不下金陵一個史。

東海缺少白玉床，龍王來請金陵王。

豐年好大雪，珍珠如土金如鐵。

雨村猶未看完，忽聽傳點⑩，人報：「王老爺來拜。」雨村聽說，忙具衣冠出去迎接。有頓飯工夫方回來細問。這門子道：「這四家皆連絡有親，一損皆損，一榮皆榮，扶持遮飾，俱有照應的。（早為下半部伏根。）今告打死人之薛，就係『豐年大雪』之薛也。不單靠這三家，他的世交親友在都在外者，本亦不少。老爺如今拿誰去？」雨村聽如此說，便笑問門子道：「如你這樣說來，卻怎麼了結此案？你大約也深知這凶犯躲的方向了。」門子笑道：「不瞞老爺說，不但這凶犯躲的方向我知道，一併這拐賣之人我也知道，死鬼買主也深知道。待我細說與老爺聽：這個被打之死鬼，乃是本地一個小鄉紳之子，名喚馮淵。（真真是冤孽相逢。）自幼父母早亡，又無兄弟，只他一個人守著些薄產過日子。長到十八九歲上，酷愛男風⑪，最厭女子。這也是前生冤孽，可巧遇見這拐子賣丫頭，他便一眼看上了這丫頭，（善善惡惡，多從可巧而來，可畏可怕。）立意買來作妾，立誓再不交結男子，也不再娶第二個了。所以三日後方過門。誰曉這拐子又偷賣與薛家，

⑩ 傳點：古代衙門或官僚住宅，在二門旁設有鐵製雲頭狀的響器，稱為「點」，也叫「雲板」。有事情時，打「點」向內院傳送信號，稱為「傳點」。

⑪ 男風：男子同性間的性行為。

他意欲捲了兩家的銀子再逃往他省，誰知又不曾走脫，兩家拿住打了個臭死，都不肯收銀，只要領人。那薛家公子豈是讓人的，便喝著手下人一打，將馮公子打了個稀爛，抬回家去三日死了。這薛公子原是早已擇定日子上京去的，頭起身兩日前，就偶然遇見這丫頭，意欲買了就進京的，誰知鬧出這事來。就打了馮公子，奪了丫頭，他便沒事人一般，只管帶了家眷走他的路，他這裡自有弟兄奴僕在此料理，也並非為此些些小事值得他一逃走的。這且別說，老爺你當被賣之丫頭是誰？」雨村道：「我如何得知？」門子冷笑道：「這人算來還是老爺的大恩人呢！他就是葫蘆廟旁住的甄老爺的小姐，名喚英蓮的。」雨村罕然道：「原來就是他！聞得養至五歲被人拐去，卻如今纔來賣呢？」門子道：「這一種拐子單管偷拐五六歲的兒女，養在一個僻靜之處，到十一二歲，度其容貌，帶至他鄉轉賣。當日這英蓮，我們天天哄他頑耍，雖隔了七八年，如今十二三歲的光景，其模樣雖然出脫得齊整好些，然大概相貌自是不改，熟人易認。況且他眉心中原有米粒大小的一點胭脂記，從胎裡帶來的，所以我卻認得。偏生這拐子又租了我的房舍居住，那日拐子不在家，我也曾問他；他是被拐子打怕了的，萬不敢說，只說拐子係他親爹，因無錢償債故賣他。我又哄至再四，他又哭了，只說：『我不記得小時之事。』這可無疑了。那日馮公子相看了，兌了銀子，拐子醉了，他自嘆道：『我今日罪孽可滿了。』後又聽見馮公子令三日之後過門，他又轉有憂愁之態。我又不忍其形景，等拐子出去，又命內人去解釋他：『這馮公子必待好日期來接，可知必不以丫鬟相看。況他是個絕風流人品，家裡頗過得，素昔又最厭惡堂客⑫，今竟破價買你，後事不言可知。只耐得三兩日，何必憂悶！』他聽如此說，方纔略解憂悶，

⑫ 堂客：舊時稱婦女為「堂客」，就是「女眷」的意思。

自為從此得所。誰料天下竟有這等不如意事，第二日他便又賣與薛家。若賣與第二個人還好，這薛公子的混名人稱『獃霸王』，最是天下第一個弄性尚氣的人，而且使錢如土，▼遂打了個落花流水，生拖死拽，把個英蓮拖去，如今也不知死活。這馮公子空喜一場，一念未遂，反花了錢，送了命，豈不可嘆▲！」

雨村聽了，亦嘆道：「這也是他們的孽障遭遇，亦非偶然，不然這馮淵如何偏只看準了這英蓮了？這英蓮受了拐子這幾年折磨，纔得了個頭路，且又是個多情的，若能聚合了，倒是件美事，偏又生出這段事來。這薛家縱比馮淵富貴，想其為人，自然姬妾眾多，淫佚無度，未必及馮淵定情於一人者。▼這正是夢幻情緣，恰遇一對薄命兒女▲——且不要議論他人，只目今這官司如何剖斷纔好？」門子笑道：「老爺當年何其明決，今日何反成了個沒主意的人了！小的聞得老爺補陞此任，亦係賈府王府之力。此薛蟠即賈府之親，老爺何不順水行舟，作個整人情，將此案了結，日後也好去見賈府王府。」雨村道：「你說的何嘗不是？但是關係人命，蒙皇上隆恩起復委用，實是重生再造，正當殫心竭力圖報之時，豈可因私而廢法？是我實不能忍為者。」門子聽了，冷笑道：「老爺說的何嘗不是大道理？但只是如今世上是行不去的。豈不聞古人有云：『大丈夫相時而動。』又曰：『趨吉避凶者為君子。』依老爺這一說，不但不能報效朝廷，亦且自身不保，還要三思為妥。」

雨村低了半日頭，方說道：「依你怎麼樣？」門子道：「小人已想了一個極好的主意在此：老爺明日坐堂，只管虛張聲勢，動文書發簽拿人。原凶自然是拿不來的，原告固是定要將薛家族中及奴僕人等拿幾個來拷問，小的在暗中調停，令他們報個暴病身亡，令族中及地方上共遞一張保呈。老爺只說善能扶鸞⑬請仙，堂上設下乩壇，令軍民人等只管來看。老爺就說『乩仙批了：死者馮淵與薛蟠原

▼又一首薄命嘆。

英、馮二人一小段悲歡幻景，從葫蘆僧口中補出，省卻閒文之法也。所謂「美中不足，好事多魔」，先用馮淵作一開路之人。

▼使雨村一評，方補足上半回之題目。所謂此書有繁處愈繁，省中愈省；又有不怕繁中繁，只要繁中虛；不畏省中省，只要省中實。此則省中實也。

因夙孽相逢，今狹路既遇，原應了結；薛蟠今已得了無名之病，被馮魂追索已死。其禍皆因拐子某人而起，拐之人原係某鄉某姓人氏，按法處治，餘不略及』等語。小人暗中囑託拐子，令其實招。眾人見乩仙批語與拐子相符，餘者自然也都不虛了。薛家有的是錢，老爺斷一千也可，五百也可，與馮家作燒埋之費。那馮家無有甚要緊的人，不過為的是錢，見有了這個銀子，想來也就無話了。老爺細想此計如何？」雨村笑道：「不妥，不妥。等我再斟酌斟酌，或可壓服口聲。」二人計議，天色已晚，別無話說。

至次日坐堂，勾取一應有名人犯，雨村詳加審問。果見馮家人口稀疏，不過賴此欲多得些燒埋之費；（用此三四語收住，極妙。此則重重寫來，輕輕抹去也。）薛家仗勢倚情，偏不相讓，故致顛倒未決。▼雨村便徇情枉法，胡亂判斷了此案。▲馮家得了許多燒埋銀子，也就無甚話說了。雨村斷了此案，急忙作書信二封與賈政並京營節度使王子騰，不過說「令甥之事已完，不必過慮」等語。此事皆由葫蘆廟內之沙彌新門子所出，雨村又恐他對人說出當日貧賤時的事來，因此心中大不樂意。後來到底尋了個不是，遠遠的充發❹了。（到此了結葫蘆廟文字。又伏下千里伏線。起用「葫蘆」字樣，收用「葫蘆」字樣，蓋云一部書皆係葫蘆提之意也，此亦係寓意處。）

當下言不著雨村。且說那買英蓮、打死馮淵的薛公子，亦係金陵人氏，本是書香繼世之家。只是如今這薛公子幼年喪父，寡母又憐他是個獨根孤種，未免溺愛縱容，遂至老大無成。且家中有百萬之

（▼蓋寶釵一家不得不細寫者。若另起頭緒，則文字死板，故仍只借雨村一人穿插出阿獃兄人命一事，且又帶敘出英蓮一向之行蹤，並以後之歸結，是以故意戲用葫蘆僧亂判等字樣，撰成半回，略一解頓，略一嘆世，蓋非有意譏刺仕途，實亦出人之閒文耳。）

❸ 扶鸞：即「扶乩」。多用一丁字形木架，中間垂下一枝木筆。架子放在沙盤上，由兩人各以食指扶住橫木兩端，依法請神。木筆在沙上寫成文字，作為神的啟示。傳說神仙來時駕鳳乘鸞，故「扶乩」也稱「扶鸞」。

❹ 充發：充軍發配，把罪犯押解到邊遠地區服勞役。

富，現領著內帑⓯錢糧採辦雜料。這薛公子學名薛蟠，表字文龍，年方十有五歲。性情奢侈，言語傲慢。雖也上過學，不過略識幾字，終日惟有鬥雞走馬、遊山玩水而已。雖是皇商⓰，一應經濟世事全然不知，不過賴祖父之舊情分，戶部掛虛名支領錢糧，其餘事體自有夥計老家人等措辦。寡母王氏，乃現任京營節度使王子騰之妹，與榮國府賈政的夫人王氏是一母所生的姊妹。今年方四十上下年紀，只有薛蟠一子。還有一女比薛蟠小兩歲，乳名寶釵，生得肌骨瑩潤，舉止嫻雅。（寫寶釵只如此，更妙！）當日有他父親在日，酷愛此女，令其讀書識字，較之乃兄竟高過十倍。（又只如此寫來，更妙！）自父親死後，見哥哥不能依貼母懷，他便不以書字為事，只留心針黹家計等事，好為母親分憂解勞。近因今上崇詩尚禮，徵採才能，降不世出之隆恩，（一段稱功頌德，千古小說中所無。）除聘選妃嬪外，在仕宦名家之女皆親名達部，以備選為公主、郡主入學陪侍，充為才人、贊善⓱之職；二則自薛蟠父親死後，各省中所有的買賣承局、總管、夥計人等，見薛蟠年輕不諳世事，便趁時拐騙起來，京都中幾處生意漸亦消耗。薛蟠素聞得都中乃第一繁華之地，正思一遊，更趁此機會，一為送妹待選，二為望親，三因親自入部銷算舊賬，再計新支——其實則為遊覽上國風光之意。因此早已就打點下行裝細軟，以及饋送親友各色土物人情等類，正擇日一定起身，不想偏遇見了拐子重賣英蓮。薛蟠見英蓮生得不俗，（阿獃兄亦知不俗，英蓮人品可知矣。）立意買他，又遇馮家來奪人，因恃強喝令手下豪奴將馮淵打死，他便將家中事務一一的囑託了族中人並幾個老家人，他便侍了母、妹竟

⓯ 內帑：國庫；國庫裡的錢財。

⓰ 皇商：專門為朝廷和皇帝採辦物品的商人。

⓱ 才人贊善：皆宮廷裡女官的名稱。才人教習公主讀書、寫字、作詩；贊善教習公主禮儀。

自起身長行去了。人命官司一事，他竟視為兒戲，自為花上幾個臭錢，沒有不了的。

在路不記其日。那日將入都時，卻又聞得母舅王子騰陞了九省統制，奉旨出都查邊。薛蟠心中暗喜道：「我正愁進京去，有個嫡親的母舅管轄著，不能任意揮霍揮霍；偏如今又陞出去了，可知天從人願。」因和母親商議道：「偺們京中雖有幾處房舍，只是這十來年沒人進京居住，那看守的人未免偷著租賃與人，須得先著幾個人去打掃收拾纔好。」他母親道：「何必如此招搖？偺們這一進京，原該先拜望親友，或是在你舅舅家，或是你姨爹家，他兩家的房舍極是便宜的。偺們先能著住下，再慢慢的著人去收拾，豈不消停⑱些？」薛蟠道：「如今舅舅正陞了外省去，家裡自然忙亂起身。偺們這工夫一窩一拖的奔了去，豈不沒眼色？」他母親道：「你舅舅家雖陞了去，還有你姨爹家。況這幾年來，你舅舅、姨娘兩處，每每帶信稍書接偺們來，如今既來了，你舅舅雖忙著起身，你賈家姨娘未必不苦留我們。偺們且忙忙收拾房屋，豈不使人見怪？閒語中補出許多前文，此畫家之雲罩峰尖法也。你的意思我卻知道，守著舅舅、姨爹住著，未免拘緊了你，不如你各自住著，好任意施為。寡母孤兒一段，寫得畢肖畢真。你既如此，你自去挑所宅子去住，我和你姨娘姊妹們別了這幾年，卻要廝守幾日，我帶了你妹子投你姨娘家去，你道好不好？」薛蟠見母親如此說，情知扭不過的，只得吩咐人夫一路奔榮國府來。

那時王夫人已知薛蟠官司一事，虧賈雨村維持了結，纔放了心。又見哥哥陞了邊缺，正愁又少了娘家的親戚來往，更加寂寞。過了幾日，忽家人傳報：「姨太太帶了哥兒姐兒合家進京，正在門外下車。」喜的王夫人忙帶了女媳人等接出大廳，將薛姨媽等接了進去。姊妹們暮年相會，自不必說悲喜

⑱ 消停：從容；不慌不忙。

交集、泣笑敘闊一番。忙又引了拜見賈母，將人情土物各種酬獻了。合家俱廝見過，忙又治席接風。薛蟠已拜見過賈政，賈璉又引著拜見了賈赦、賈珍等。▼賈政便使人上來對王夫人說：「姨太太已有了春秋，外甥年輕不知世路，在外住著恐有人生事。偺們東北角上梨香院一所，十來間房白空閒著，打掃了，請姨太太和姐兒哥兒住了甚好。▲」王夫人未及留，賈母也就遣人來說「請姨太太就在這裡住下，大家親密些」等語。薛姨媽正要同居一處，方可拘緊些兒子，若另住在外，又恐他縱性惹禍，遂忙道謝應允。又私與王夫人說明：「一應日費供給，一概免卻，方是處常之法。」王夫人知他家不難於此，遂亦從其願。從此後薛家母子就在梨香院住了。

▼用政老一段，不但王夫人得體，且薛母亦免靠親之嫌。

原來這梨香院，即當日榮公暮年養靜之所，小小巧巧，約有十餘間房屋，前廳後舍俱全。另有一門通街，薛蟠家人就走此門出入。西南有一角門，通一夾道，出夾道便是王夫人正房的東邊了。每日或飯後，或晚間，薛姨媽便過來，或與賈母閒談，或與王夫人相敘。寶釵日與黛玉、迎春姊妹等一處，或看書下棋，或作針黹，倒也十分樂業。只是薛蟠起初之心，原不欲賈宅居住者，但恐姨父管的緊約，料必不自在的；無奈母親執意在此，且宅中又十分殷勤苦留，只得暫且住下，一面使人打掃出自己的房屋，再移居過去的。誰知自從在此住了不上一月的光景，賈宅族中凡有的子侄俱已認熟了一半，凡

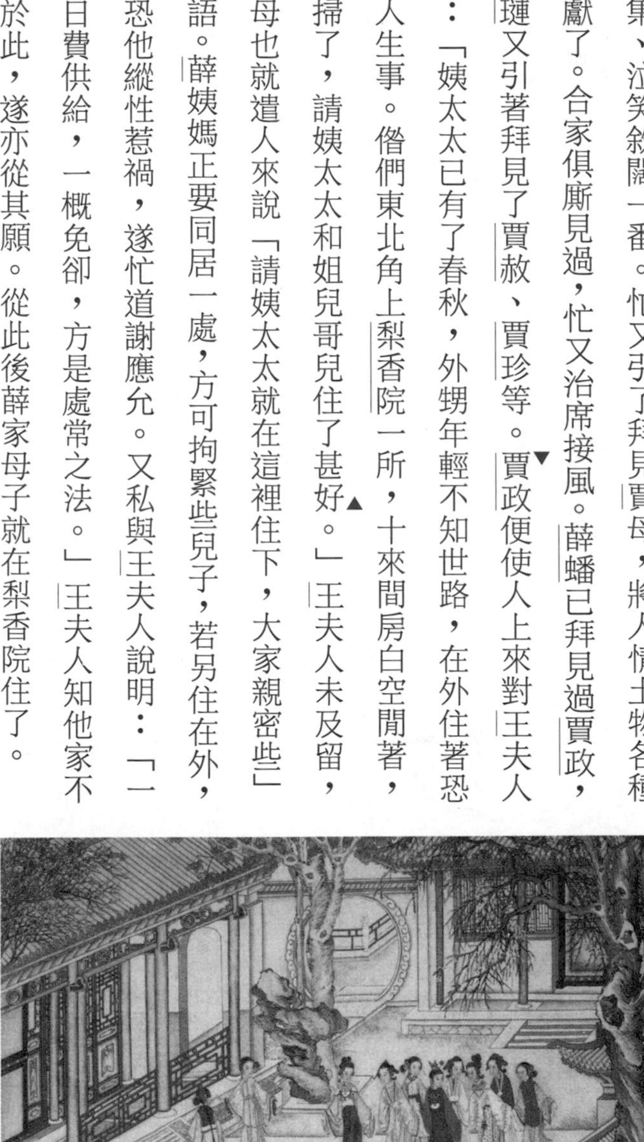

忽家人傳報：「姨太太帶了哥兒姐兒合家進京，正在門外下車。」喜的王夫人忙帶了女媳人等接出大廳……。（清孫溫繪，全本紅樓夢）

是那些紈袴氣習者，莫不喜與他來往。今日會酒，明日觀花，甚至聚賭嫖娼，漸漸無所不至，引誘的薛蟠比當日更壞了十倍。雖然賈政訓子有方，治家有法，一則族大人多，照管不到這些；二則現任族長乃是賈珍，彼乃寧府長孫，又現襲職，凡族中事自有他掌管；三則公私冗雜，且素性瀟灑，不以俗務為要，每公暇之時，不過看書著棋而已，餘事多不介意。況且這梨香院相隔兩層房舍，又有街門另開，任意可以出入，所以這些子弟們竟可以放意暢懷的。因此遂將移居之念漸漸打滅了。

1. 「卻說黛玉同姊妹們至王夫人處，見王夫人與兄嫂處來時便計議家務」，庚辰本作「卻說黛玉同姊妹們至王夫人與兄嫂處的來使計議家務」，據甲戌本改。
2. 「拘拿凶犯，剪惡除凶，以救孤寡」，庚辰本缺「剪惡除凶」，據甲戌本補。
3. 「這英蓮受了拐子這幾年折磨」，庚辰本缺「這英蓮受了」，據己卯本補。
4. 「老爺就說乩仙批了」，庚辰本缺「老爺就說」，據己卯本補。
5. 「表字文龍，年方十有五歲。性情奢侈，言語傲慢。雖也上過學，不過略識幾字」，庚辰本原作「表字文起，五歲性情奢侈，言語傲慢。雖也上過學，略識幾字」，據甲戌本、己卯本校補。
6. 「卻又聞得母舅王子騰陞了九省統制，奉旨出都查邊。薛蟠心中暗喜道：『我正愁進京去，有個嫡親的母舅管轄著，不能任意揮霍揮霍。偏如今又陞出去了，可知天從人願。』」庚辰本缺「王子騰陞了九省統制，奉旨出都查邊。薛蟠心中暗喜道：『我正愁進京去，有個嫡親的母舅」，據甲戌本補。
7. 此回「英蓮」，庚辰本皆作「英菊」，據諸本改。

第五回　遊幻境指迷十二釵　飲仙醪曲演紅樓夢

第四回中既將薛家母子在榮府內寄居等事略已表明，此回則暫不能寫矣。如今且說林黛玉，自在榮府以來，賈母萬般憐愛，寢食起居一如寶玉，迎春、探春、惜春三個親孫女倒且靠後。便是寶玉和黛玉二人之親密友愛處，亦自較別個不同，日則同行同坐，夜則同息同止，真是言和意順，略無參商❶。不想如今忽然來了一個薛寶釵，年歲雖大不多，然品格端方，容貌豐美，人多謂黛玉所不及；此句定評，想世人目中各有所取也。按黛玉、寶釵二人，一如姣花，一如纖柳，各極其妙者，然世人性分甘苦不同之故耳。而且寶釵行為豁達，隨分從時，不比黛玉孤高自許，目下無塵，故比黛玉大得下人之心。便是那些小丫頭子們，亦多喜與寶釵去頑。因此黛玉心中便有些悒鬱不忿之意，寶釵卻渾然不覺。那寶玉亦在孩提之間，況自天性所稟來的一片愚拙偏僻，視姊妹弟兄皆出一意，並無親疏遠近之別。其中因與黛玉同隨賈母一處坐臥，故略比別個姊妹熟慣些。既熟慣，則更覺親密；既親密，則不免一時有求全之毀、不虞之隙❷。八字定評，有趣。不獨黛玉、寶玉二人，亦可為古今天下親密人當頭一喝。這日不知為何，他二人言語有些不合起來，黛玉又氣的獨在房中垂淚。寶玉又自悔言語冒撞，前去俯就，那黛玉方漸漸的

❶ 參商：比喻雙方意見不合，或感情不和睦。參，參星，居西方。商，商星，居東方。兩星位在東西兩方，此出彼沒，故以參商比喻彼此隔絕或不睦。

❷ 求全之毀句：求全責備的詆毀，意想不到的誤會。不虞，沒想到。隙，不和。語出孟子離婁上：「有不虞之譽，有求全之毀。」

回轉來。

因東邊寧府中花園內梅花盛開，賈珍之妻尤氏乃治酒請賈母、邢夫人、王夫人等賞花。是日先攜了賈蓉之妻二人來面請，賈母等於早飯後過來，就在會芳園遊頑，先茶後酒，不過皆是寧、榮二府女眷家宴小集，並無別樣新文趣事可記。一時寶玉倦怠，欲睡中覺，賈母命人好生哄著，歇一回再來。賈蓉之妻秦氏便忙笑回道：「我們這裡有給寶叔收拾下的屋子，老祖宗放心，只管交與我就是了。」又向寶玉的奶娘丫鬟等道：「嬤嬤、姐姐們，請寶叔隨我這裡來。」賈母素知秦氏是個極妥當的人，生得嬝娜纖巧，行事又溫柔和平，乃重孫媳中第一個得意之人，見他去安置寶玉，自是安穩的。

當下秦氏引了一簇人，來至上房內間，寶玉抬頭看見一幅畫貼在上面，畫的人物固好，其故事乃是燃藜圖，也不看係何人所畫，心中便有些不快。❸又有一副對聯，寫的是：

世事洞明❹皆學問，人情練達❺即文章。

及看了這兩句，縱然室宇精美，鋪陳華麗，亦斷斷不肯在這裡了，忙說：「快出去！快出去！」秦氏

---

❸ 其故事乃是燃藜圖三句：燃藜圖，畫漢代劉向燃藜夜讀的故事。據三輔黃圖記載：劉向在夜裡獨坐讀書，來了一個老人，手持青藜杖，吹杖頭出火照明，教給他許多古書。後遂以燃藜為夜讀或勸治經學的典故。寶玉素厭經學，不愛讀書，所以看到此圖便覺不快。

❹ 世事洞明：通曉世事。

❺ 人情練達：熟練通達人情世故。

聽了，笑道：「這裡還不好，可往哪裡去呢？不然往我屋裡去罷。」寶玉點頭微笑。有一個嬤嬤說道：「哪裡有個叔叔往侄兒房裡睡覺的理？」秦氏笑道：「噯喲喲，不怕他惱，他能多大呢，就忌諱這些個？上月你沒看見我那個兄弟來了，雖然與寶叔同年，兩個人若站在一處，只怕那個還高些呢。（又伏下一人。隨筆便出，得隙便入，精細之極！）」寶玉道：「我怎麼沒見過？你帶他來我瞧瞧。」眾人笑道：「隔著二三十里，往哪裡帶去？見的日子有呢。」說著，大家來至秦氏房中。剛至房門，便有一股細細的甜香襲人而來，寶玉覺得眼餳❻骨軟，連說：「好香！」入房向壁上看時，有唐伯虎畫的海棠春睡圖❼，兩邊有宋學士秦太虛❽寫的一副對聯。其聯云：

嫩寒鎖夢❾因春冷，芳氣籠人是酒香。

案上設著武則天當日鏡室中設的寶鏡❿，（設譬調侃耳。若真以為然，則又被作者瞞過。）一邊擺著飛燕立著舞過的金盤⓫，盤內盛

❻ 眼餳：精神不振，眼睛半睜半閉。餳，音ㄒㄧㄥˊ。麵團或糖塊變軟。也形容眼睛半睜半閉或呆滯無神。

❼ 海棠春睡圖：明皇實錄載：楊貴妃酒醉未醒，唐明皇見了說：「豈是妃子醉耶？海棠睡未足矣。」後來詩中多有以海棠和美人互喻者。這幅海棠春睡圖，當是描繪美人睡態的香豔畫。

❽ 秦太虛：北宋詞人秦觀，字少游、太虛。曾任太學博士、國史院編修，因此稱他為學士。下引對聯是作者託名秦觀而作。秦太虛，既與賈蓉之妻秦可卿同姓，又點出太虛幻境。

❾ 嫩寒鎖夢：嫩寒，輕寒；微寒。鎖夢，不成夢；難以入夢。

❿ 武則天當日鏡室中設的寶鏡：野史小說記載，武則天生性淫亂，曾作鏡殿，四壁懸掛鏡子，白天在其中宣淫取樂。小說用許多與香豔故事有關聯的器物，烘托秦氏房中的富麗豪華，並暗示她生活的淫靡奢侈。

著安祿山擲過傷了太真乳的木瓜⓬，上面設著壽昌公主於含章殿下臥的榻⓭，懸的是同昌公主製的聯珠帳⓮。寶玉含笑連說：「這裡好！」秦氏笑道：「我這屋子，大約神仙也可以住得了。」說著，親自展開了西子浣過的紗衾⓯，移了紅娘抱過的鴛枕⓰。於是眾奶母伏侍寶玉臥好，款款散了，只留襲人、媚人、晴雯、麝月四個丫鬟為伴。秦氏便吩咐小丫鬟們好生在廊簷下看著貓兒狗兒打架。

那寶玉剛合上眼，便惚惚的睡去，猶似秦氏在前，遂悠悠蕩蕩隨了秦氏，至一所在。但見朱欄白石，綠樹清溪，真是人跡稀逢，飛塵不到。寶玉在夢中歡喜，想道：「這個去處有趣，我就在這裡過一生，縱然失了家也願意，強如天天被父母師傅打呢。」正胡思之間，忽聽山後有人作歌曰：

⓫ 飛燕立著舞過的金盤：飛燕，漢成帝后趙飛燕，史載她體態輕盈，能為掌上舞。宋樂史楊太真外傳引漢成帝內傳：「漢成帝獲飛燕，身輕欲不勝風。恐其飄翥，帝為造水晶盤，令宮人掌之而歌舞。」

⓬ 安祿山擲過傷了太真乳的木瓜：史傳楊貴妃曾認安祿山為養子，關係曖昧。據高承事物紀原載：安祿山曾抓傷楊貴妃胸脯，於是在胸前戴上飾物遮蔽傷口。安祿山擲木瓜當從此事而來。太真，楊玉環，曾出家為道士，號太真。後為玄宗貴妃。

⓭ 壽昌公主於含章殿下臥的榻：壽昌公主，應為壽陽公主，南朝宋武帝劉裕的女兒。太平御覽引雜五行書載：「宋武帝女壽陽公主日臥於含章殿簷下，梅花落公主額上，成五出花，拂之不去，……宮女奇其異，競效之，今梅花妝是也。」

⓮ 同昌公主製的聯珠帳：同昌公主，唐懿宗李漼之女。唐蘇鶚杜陽雜編載：「咸通九年，同昌公主出降，宅於廣化里……堂中設連珠之帳，卻寒之簾，犀簟牙席。龍鳳繡連珠帳，續真珠以成也。」

⓯ 西子浣過的紗衾：西子，即西施。史傳西施曾在若耶溪浣過紗。

⓰ 紅娘抱過的鴛枕：西廂記中鶯鶯往西廂與張生幽會，紅娘抱著衾枕陪同前往。

春夢隨雲散，飛花逐水流；
寄言眾兒女，何必覓閒愁？

寶玉聽了，是女子的聲音。歌音未息，早見那邊走出一個人來，蹁躚嫋娜，端的與人不同。有賦為證：

方離柳塢⑰，乍出桃房。但行處，鳥驚庭樹⑱；將到時，影度迴廊。仙袂乍飄兮，聞麝蘭之馥郁⑲；荷衣⑳欲動兮，聽環珮之鏗鏘。靨笑春桃兮，雲堆翠髻；唇綻櫻顆兮，榴齒含香。纖腰之楚楚兮，迴風舞雪㉑；珠翠之輝輝兮，滿額鵝黃㉒。出沒花間兮，宜嗔宜喜㉓；徘徊池上兮，若飛若揚。蛾眉顰笑㉔兮，將言而未語；蓮步㉕乍移兮，待止而欲行。羨彼之良質兮，冰清玉

---

⑰ 柳塢：柳樹形成的屏障。
⑱ 鳥驚庭樹：形容仙姑容貌之美，典出莊子齊物論：「毛嬙、麗姬，人之所美也，魚見之深入，鳥見之高飛。」
⑲ 聞麝蘭之馥郁：麝蘭，麝香和蘭草，都是香料。馥郁，香氣濃烈。
⑳ 荷衣：用荷花製成的衣服，神仙所穿。見屈原九歌少司命。
㉑ 迴風舞雪：形容仙姑體態輕盈。曹植洛神賦：「飄遙兮若流風之回雪。」
㉒ 滿額鵝黃：古代女子在額間塗黃色以為裝飾，或貼黃色綢絹、花鈿，稱「額黃」或「鵝黃」。
㉓ 宜嗔宜喜：無論生氣還是高興，都很美麗。
㉔ 蛾眉顰笑：眉頭時皺時展，笑惱之情見於眉目間。
㉕ 蓮步：舊指美女纖足行走的步伐。典出南史齊紀下廢帝東昏侯：「又鑿金為蓮花以帖地，令潘妃行其上，曰：此步步生蓮花也。」

潤；慕彼之華服兮，閃灼文章。愛彼之貌容兮，香培玉琢；美彼之態度兮，鳳翥龍翔㉖。其素若何？春梅綻雪；其潔若何？秋菊被霜；其靜若何？松生空谷；其豔若何？霞映池塘；其文若何？龍遊曲沼；其神若何？月射寒江。應慚西子，實愧王嬙。奇矣哉，生於孰地？來自何方？信矣乎，瑤池㉗不二，紫府㉘無雙。果何人哉？如斯之美也！

寶玉見是一個仙姑，喜的忙來作揖，問道：「神仙姐姐，千古未聞之奇稱，寫來竟成千古未聞之奇語，故是千古未有之奇文。不知從哪裡來？如今要往哪裡去？也不知這是何處，望乞攜帶攜帶。」那仙姑笑道：「吾居離恨天㉙之上，灌愁海之中，乃放春山遣香洞太虛幻境警幻仙姑是也。司人間之風情月債，掌塵世之女怨男痴。因近來風流冤孽纏綿於此處，是以前來訪察機會，佈散相思。今忽與爾相逢，亦非偶然。此離吾境不遠，別無他物，僅有自採仙茗一盞，親釀美酒一甕，素練魔舞㉚歌姬數人，新填紅樓夢仙曲十二支。點題。蓋作者自云所歷不過紅樓一夢耳。試隨吾一遊否？」寶玉聽說，便忘了秦氏在何處，竟隨了仙姑，至一所在，有石牌橫建，上書「太虛

㉖ 鳳翥龍翔：龍飛鳳舞。翥，音ㄓㄨˋ。鳥飛舉。語出晉書王羲之傳論：「鳳翥龍蟠，勢如斜而反直。」原形容書法回旋多姿，此處形容仙姑的動態之美。

㉗ 瑤池：神仙之境，西王母居處。

㉘ 紫府：神話中仙境，天真仙女曾遊此地。

㉙ 離恨天：佛經謂有三十三天，最高者是離恨天。後比喻男女離別，抱恨終生的境地。下文灌愁海、放春山、遣香洞，都是作者虛構的地名。

㉚ 魔舞：即天魔舞，始於唐代宮廷，由十六名舞女扮演天魔女應節而舞，後也有扮佛菩薩者。

幻境」四個大字，兩邊一副對聯，乃是：

假做真時真亦假，無為有處有還無。

轉過牌坊，便是一座宮門，上橫書四個大字，道是「孽海情天」；又有一副對聯，大書云：

厚地高天，堪嘆古今情不盡；
痴男怨女，可憐風月債難償。

寶玉看了，心下自思道：「原來如此。但不知何為『古今之情』？何為『風月之債』？從今倒要領略領略。」寶玉只顧如此一想，不料早把些邪魔招入膏肓㉛了。

當下隨了仙姑進入二層門內，至兩邊配殿，皆有匾額對聯，一時看不盡許多。惟見有幾處寫的是「痴情司」、「結怨司」、「朝啼司」、「夜怨司」、「春感司」、「秋悲司」。寶玉看了，因向仙姑道：「敢煩仙姑引我到那各司中遊玩遊玩，不知可使得？」仙姑道：「此各司中皆貯的是普天之下所有的女子過去未來的簿冊，爾凡眼塵軀，未便先知的。」寶玉聽了，哪裡肯依，復央之再四。仙姑無奈，說：「也罷，就在此司內略隨喜隨喜㉜罷了。」寶玉喜不自勝，抬頭看這司的匾上，乃是「薄命司」三字，兩

寶玉聽說，便忘了秦氏在何處，竟隨了仙姑，至一所在……。（清程甲本紅樓夢插圖）

㉛ 招入膏肓：比喻入體極深，根除不了。膏肓，人體心臟與橫膈膜之間的部位。舊說以為是藥效無法達到的地方。

邊對聯寫的是：

春恨秋悲皆自惹，花容月貌為誰妍！

寶玉看了，便知感嘆。進入門來，只見有十數個大廚，皆用封條封著。看那封條上，皆是各省的地名。寶玉一心只揀自己的家鄉封條看，遂無心看別省的了。只見那邊廚上封條上大書七字云：金陵十二釵正冊。寶玉問道：「何為金陵十二釵正冊？」警幻道：「即貴省中十二冠首女子之冊，故為『正冊』。」寶玉道：「常聽人說金陵極大，怎麼只十二個女子？如今單我家裡，上上下下就有幾百女孩子呢。」警幻冷笑道：「貴省女子固多，不過擇其緊要者錄之。下邊二廚，則又次之。餘者庸常之輩，則無冊可錄矣。」寶玉聽說，再看下首二廚上，果然寫著金陵十二釵副冊，又一個寫著金陵十二釵又副冊。寶玉便伸手先將又副冊廚開了，拿出一本冊來，揭開一看，只見這首頁上畫著一幅畫，又非人物，也無山水，不過是水墨滃染㉝的滿紙烏雲濁霧而已。後有幾行字跡，寫的是：

霽月難逢，彩雲易散。心比天高，身為下賤。風流靈巧招人怨，壽夭多因毀謗生，多情公子空牽念㉞。

㉜ 隨喜：謂喜歡之意隨瞻拜佛像而生，因此將參觀遊覽寺院稱為隨喜。

㉝ 滃染：滃，音ㄨㄥˇ。本義為雲氣湧現，應用於繪畫技法，指運墨濃淡有層次。染，指著色落墨。

㉞ 霽月難逢七句：這首判詞是寫晴雯的。霽月，雨後初晴之月，暗寓「晴」字。「彩雲」寓「雯」字，雲呈彩叫「雯」。在古代詩文中，常以光風霽月形容人的品格高潔，以彩雲比喻美好的人或事物。彩雲易散，意謂美好的事物不能長久，喻

寶玉看了，又見後面畫著一簇鮮花，一床破蓆㉟。也有幾句言詞，寫道是：

枉自溫柔和順，空云似桂如蘭；堪羨優伶有福，誰知公子無緣㊱。

寶玉看了不解，遂擲下這個，又去開了副冊廚門，拿起一本冊來。揭開看時，只見畫著一株桂花，下面有一池沼，其中水涸泥乾，蓮枯藕敗㊲。後面書云：

根並荷花一莖香㊳，平生遭際實堪傷。

自從兩地生孤木，致使香魂返故鄉㊴。

晴雯橫遭摧殘而夭逝，語出白居易詩：「大都好物不堅牢，彩雲易散琉璃脆。」「風流靈巧」三句寫晴雯因聰明美貌而招人嫉妒，因流言誹謗而屈死，只有多情公子（指寶玉）徒然地牽掛著她。判詞前滿紙烏雲濁霧的畫，象徵著晴雯身處環境的污濁和險惡。

㉟ 畫著一簇鮮花兩句：這幅畫隱藏著花襲人的名字，「蓆」與「襲」諧音。

㊱ 堪羨兩句：按照曹雪芹構思，小說八十回後，賈府敗落，襲人離開寶玉，嫁給唱戲的蔣玉菡。優伶，舊稱戲劇藝人。

㊲ 一株桂花四句：此畫暗喻香菱在夏金桂欺壓下悲慘的命運。桂花指夏金桂，蓮指香菱，香菱原名英蓮。

㊳ 根並句：此句言菱花與荷花同根而生，點明香菱即原來的英蓮。

㊴ 自從兩句：「兩地」為兩「土」字，加一「木」（孤木）為「桂」字，指夏金桂。此兩句言，自從夏金桂來到薛家，香菱即遭摧殘而死。按曹雪芹的構思，香菱死於金桂手中，脂本第八十回已經寫到香菱「釀成乾血之症，日漸羸瘦作燒」，且醫治無效，接著當寫她「香魂返故鄉」，「蓮枯藕敗」。程高本後四十回卻寫夏金桂在湯裡下毒，意欲害死香菱，不料將自己毒死，香菱扶正做了大奶奶。與作者原意不合。

寶玉看了仍不解。他又擲了，再去取正冊看時，只見頭一頁上便畫著兩株枯木，木上懸著一圍玉帶，又有一堆雪，雪下一股金簪❹⓪。也有四句言辭，道是：

可嘆停機德，堪憐詠絮才❹①。
玉帶林中掛，金簪雪裡埋❹②。

寶玉看了仍不解，待要問時，情知他必不肯洩漏，待要丟下又不捨。遂又往後看時，只見畫著一張弓，弓上掛著香櫞❹③。也有一首歌詞云：

二十年來辨是非，榴花開處照宮闈❹④。

---

❹⓪ 兩株枯木四句：此畫分寫林黛玉和薛寶釵兩人。兩株枯木為林，玉帶倒讀與黛玉諧音。金簪指寶釵，雪與薛諧音。

❹① 可嘆兩句：上句言寶釵之德，下句言黛玉之才。停機德，典出後漢書列女傳：樂羊子遠出求學，一年後因思念妻子回家，其妻正在織絹，就停機割斷尚未織就的絹，以此告誡他求學半途而廢，就像割斷機上的絹，前功盡棄，鼓勵他繼續求學，謀取功名。詠絮才，用晉代謝道韞的故事。世說新語載：有一天下大雪，道韞叔父謝安對雪吟句云：「白雪紛紛何所似？」道韞兄謝朗接道：「撒鹽空中差可擬。」道韞道：「未若柳絮因風起。」謝安大為讚賞。

❹② 玉帶兩句：暗寓黛玉和寶釵之名，並象徵兩人都沒有好的結局。

❹③ 弓上掛著香櫞：此畫寫元春。「弓」與「宮」同音，「櫞」與「元」同音，象徵元春與宮廷有關。櫞是橘類植物，果實香而不甜，可供玩賞。

❹④ 榴花句：意謂元春入宮選為賢德妃，給賈家帶來「鮮花著錦之盛」，如石榴花一般紅火。

三春爭及初春好㊺？虎兔相逢大夢歸㊻。

後面又畫著兩人放風箏，一片大海，一隻大船，船中有一女子掩面泣涕之狀㊼。也有四句寫云：

才自精明志自高，生於末世運偏消。
清明涕送江邊望，千里東風一夢遙。

後面又畫幾縷飛雲，一灣逝水。其詞曰：

富貴又何為？襁褓之間父母違。
展眼弔斜暉，湘江水逝楚雲飛㊽。

後面又畫著一塊美玉，落在泥垢之中㊾。其斷語云是：

㊺ 三春句：意謂迎春、探春、惜春都不及元春榮華富貴。爭及，怎及。

㊻ 虎兔句：此句難解。一說元春死於卯年寅月，在十二干支中，卯是兔，寅是虎；一說康熙死於壬寅（虎年），雍正改元在癸卯（兔年），故為「虎兔相逢」。

㊼ 兩人放風箏四句：此畫與下面判詞皆寫探春遠嫁，猶如斷線風箏飄搖而去，難以返鄉。

㊽ 湘江句：此句暗藏湘雲的名字。楚雲用楚懷王夢見巫山神女的典故，比喻夫妻生活的短暫。據判詞和畫，結合前八十回文字和脂批，史湘雲後來嫁給衛若蘭，不久發生婚變；或云湘雲後來淪落為乞丐，嫁給落魄的寶玉。程高本後四十回湘雲的結局，也不符合曹雪芹的原意。

欲潔何曾潔？云空未必空。

可憐金玉質，終陷淖泥中！

後面忽見畫著個惡狼，追撲一美女，欲啖之意。其書云：

子係中山狼，得志便猖狂。

金閨花柳質，一載赴黃粱㊿。

後面便是一所古廟，裡面有一美人在內看書獨坐。其判云：

勘破三春景不長，緇衣頓改昔年妝。

可憐繡戶侯門女，獨臥青燈古佛旁(51)。

---

(49) 一塊美玉兩句：「美玉」即妙玉，此畫和斷語皆說妙玉雖然高潔，最終還是流落風塵。

(50) 子係四句：這首判詞寫迎春婚後的悲慘遭遇。小說前八十回寫到迎春嫁給孫紹祖，飽受虐待。據判詞，迎春嫁給孫紹祖僅一年，即為其摧殘至死。「子係」合起來寓「孫」字。「中山狼」用東郭先生救狼，狼反而要吃東郭先生的故事，後因以「中山狼」比喻忘恩負義之徒。曹雪芹原稿可能有賈家被抄敗落，孫紹祖落井下石的情節。赴黃粱，這裡是死亡的意思。

(51) 勘破四句：這首判詞寫惜春看破紅塵，出家為尼的遭遇。勘破，即看破。勘，察看。首句字面意思是感嘆春光短促，實際上是說她三個姐姐都好景不長。緇衣，黑衣，這裡指僧尼的服裝。

後面便是一片冰山，上面有一隻雌鳳。其判曰：

凡鳥偏從末世來，都知愛慕此生才。
一從二令三人木，哭向金陵事更哀52。

後面又是一座荒村野店，有一美人在那裡紡績。其判云：

事敗休云貴，家亡莫論親。
偶因濟劉氏，巧得遇恩人53。

後面又畫著一盆茂蘭，旁有一位鳳冠霞帔的美人。也有判云：

桃李春風結子完，到頭誰似一盆蘭？

巧姐紡績。（清，南京詩箋）

52 凡鳥四句：這首詞寫王熙鳳。「凡鳥」合成「鳳」字。首兩句寫王熙鳳身處封建社會末世，賈家敗落之時，雖有才能也無濟於事。畫中一隻雌鳳在冰山上，也象徵王熙鳳處境之險惡。第三句難解，有很多猜測，比較合理的解釋是：鳳姐對賈璉開始是順從，繼而發號施令，最終被休棄。「人木」合成「休」字。後兩句預示了王熙鳳的結局：最終被丈夫休棄，哭著回到金陵的娘家。

53 事敗四句：這首判詞寫王熙鳳之女巧姐。曹雪芹佚稿中，賈府敗落後，子孫流散，巧姐無家可歸，不僅得不到親戚照顧，反被「狠舅奸兄」賣入烟花巷。後被劉姥姥收留，嫁與劉姥姥的外孫板兒為妻。畫面也顯示巧姐最後成了靠紡織度日的鄉村農婦。「劉氏」指劉姥姥，曾得王熙鳳接濟，後來成了巧姐的救命恩人。

如冰水好空相妒，枉與他人作笑談[54]。

後面又畫著高樓大廈，有一美人懸梁自縊。其判云：

情天情海幻情身，情既相逢必主淫。

漫言不肖皆榮出，造釁開端實在寧[55]。

寶玉還欲看時，那仙姑知他天分高明，性情穎慧，▲恐把仙機洩漏，遂掩了卷冊，笑向寶玉道：「且隨我去遊頑奇景，何必在此打這悶葫蘆！」▼寶玉恍恍惚忽，不覺棄了卷冊，又隨了警幻來至後面。但見珠簾繡幕，畫棟雕簷，說不盡那光搖朱戶金鋪地，雪照瓊窗玉作宮，更見仙桃馥郁，異草芬芳，真好個所在。又聽警幻笑道：「你們快出

▼通部中筆筆貶寶玉，人人嘲寶玉，語語謗寶玉，今卻於警幻意中忽寫出此八字來，真是意外之意。此法亦別書中所無。

[54] 桃李四句：這一首寫李紈。首句言其早寡，生下兒子賈蘭後不久，丈夫就去世了。短暫的婚姻生活，就像桃李，結了果實，就要凋零了。「一盆蘭」喻賈蘭，與畫面上的「一盆茂蘭」象徵著他日後的飛黃騰達。後兩句大致的意思是：李紈的品行冰清玉潔，但她的遭遇卻不值得別人妒羨。她苦守一生，晚年兒子榮達，自己也博得鳳冠霞帔，卻已經是「昏慘慘，黃泉路近」，枉將一生留作他人的談笑資料。

[55] 情天四句：這首寫秦可卿。畫面預示她將自縊而死。首句言在情天情海之中，幻化出象徵風月之情的秦可卿。次句言多情的男女相逢，必然會發生風月情事，照應寶玉夢中與秦可卿雲雨交歡之事。三、四兩句意為，不要說不肖之子都出在榮國府，壞事的開端其實在寧國府。在曹雪芹原稿中，秦可卿與公公賈珍私通，被人發覺後，可卿在天香樓上吊自盡。這是小說中寫到賈府淫亂的第一件事。

來迎接貴客！」一語未了，只見房中又走出幾個仙子來，皆是荷袂蹁躚，羽衣飄舞，姣若春花，媚如秋月。一見了寶玉，都怨謗警幻道：「我們不知係何『貴客』，忙的接了出來！姐姐曾說今日今時必有絳珠妹子的生魂前來遊玩，故我等久待；何故反引這濁物來，污染這清淨女兒之境？」寶玉聽如此說，便嚇得欲退不能退，果覺自形污穢不堪。警幻忙攜住寶玉的手，向眾姊妹道：「你等不知原委。今日原欲往榮府去接絳珠，適從寧府所過，偶遇寧榮二公之靈，囑吾云：『吾家自國朝定鼎㊽以來，功名奕世㊾，富貴傳流，雖歷百年，奈運終數盡，不可挽回者。故遺之子孫雖多，竟無可以繼業。其中惟嫡孫寶玉一人，稟性乖張，生情怪譎，雖聰明靈慧，略可望成；無奈吾家運數合終，恐無人規引入正。幸仙姑偶來，可望先以情欲聲色等事警其痴頑，或能使彼跳出迷人圈子，然後入於正路，亦吾兄弟之幸矣。』如此囑吾，故發慈心引彼至此。先以彼家上中下三等女子之終身冊籍，令彼熟玩，尚未覺悟；故引彼再至此處，令其再歷飲饌聲色之幻，或冀將來一悟，亦未可知也。」

說畢，攜了寶玉入室。但聞一縷幽香，竟不知其所焚何物。寶玉遂不禁相問，警幻冷笑道：「此香塵世中既無，爾何能知！此香乃係諸名山勝境內初生異卉之精，合各種寶林珠樹之油所製，名『群芳髓』。」寶玉聽了，自是羨慕而已。大家入坐，小丫鬟捧上茶來。寶玉自覺清香異味，純美非常，因又問何名，警幻道：「此茶出在放春山遣香洞，又以仙花靈葉上所帶之宿露而烹。此茶名曰『千紅一

㊽ 國朝定鼎：國朝，封建時代，人自稱其本朝叫國朝。定鼎，定都建國。相傳禹鑄九鼎，從商朝至周朝成為傳國之寶，都城在哪裡，鼎也在哪裡，後世遂以定鼎指定都建國。

㊾ 奕世：累代相傳。

窟』58。」寶玉聽了，點頭稱賞。因看房內瑤琴寶鼎、古畫新詩，無所不有，更喜窗下亦有唾絨59，奩間時漬粉污。壁上也見懸著一副對聯，其書云：

幽微靈秀地，無可奈何天。60

寶玉看畢，無不羨慕。因又請問眾仙姑姓名：一名痴夢仙姑，一名鍾情大士，一名引愁金女，一名度恨菩提61，各道名號不一。少刻，有小丫鬟來調桌安椅，設擺酒饌，真是瓊漿滿泛玻璃盞，玉液濃斟琥珀杯，更不用再說那餚饌之盛。寶玉因聞得此酒清香甘冽，異乎尋常，又不禁相問。警幻道：「此酒乃以百花之蕊、萬木之汁，加以麟髓之醅、鳳乳之麴釀成，因名為『萬豔同杯』。」寶玉稱賞不迭。飲酒間，又有十二個舞女上來，請問演何詞曲，警幻道：「就將新製紅樓夢十二支演上來。」舞女們答應了，便輕敲檀板，款按銀箏。聽他歌道是：

開闢鴻蒙……

58 千紅一窟：茶名為作者杜撰，諧「千紅一哭」；下文「萬豔同杯」，諧「萬豔同悲」，暗喻此書乃寫一群女子之不幸遭遇。

59 唾絨：婦女刺繡，每當停針換線，咬斷繡線時，口中常沾有線絨，隨口吐出，俗謂唾絨。南唐李煜一斛珠：「繡床斜憑嬌無那，爛嚼紅茸，笑向檀郎唾。」唾絨一詞即由此而來。李煜詞寫男女調情，此處唾絨也寓此意。

60 幽微兩句：意謂這裡是幽深飄渺，人跡罕至的神仙境地，身處其間，不知如何是好。無可奈何天，借用明湯顯祖牡丹亭驚夢：「良辰美景奈何天」之句。

61 菩提：佛教語，明辨善惡，領悟真理之意。

方歌了一句，警幻便說道：「此曲不比塵世中所填傳奇之曲[62]，必有生旦淨末[63]之別，又有南北九宮[64]之限。此或詠嘆一人，或感懷一事，偶成一曲，即可譜入管絃。若非個中人[65]，不知其中之妙。料爾亦未必深明此調，若不先閱其稿，後聽其歌，翻成嚼蠟矣。」說畢，回頭命小丫鬟取了紅樓夢原稿來，遞與寶玉。寶玉揭起，一面目視其文，一面耳聆其歌曰：

【紅樓夢引子】開闢鴻濛[66]，誰為情種？都只為風月情濃。趁著這奈何天，傷懷日，寂寥時，試遣愚衷。因此上演出這懷金悼玉[67]的紅樓夢。

【終身誤】都道是金玉良姻[68]，俺只念木石前盟[69]。空對著山中高士晶瑩雪，終不忘世外仙姝

---

[62] 傳奇之曲：明清時期以演唱南曲為主的長篇戲曲稱傳奇。

[63] 生旦淨末：中國戲曲的角色名。生，扮演男子的角色。旦，扮演女子的角色。淨，扮演性格剛烈或奸險的角色，俗稱「花臉」。末，扮演次要的男子角色。

[64] 南北九宮：中國古代戲曲的聲腔分南曲和北曲兩大系統。無論南北曲，其音樂皆由宮調組織而成。宮調規定同類曲子的音高和音色。戲曲常用的南北曲曲牌，大都屬於正宮、中呂宮、南呂宮、仙呂宮、黃鐘宮、大石調、雙調、商調、越調，稱為五宮四調，通稱九宮，或南北九宮。

[65] 個中人：洞悉內情的人；內行人。

[66] 開闢鴻蒙：開天闢地以來。鴻蒙，宇宙開始時混沌蒙昧的狀態。

[67] 懷金悼玉：金玉指以薛寶釵、林黛玉為代表的眾多女兒。

[68] 金玉良姻：指賈寶玉和薛寶釵的姻緣。寶玉有通靈玉，寶釵有金鎖，所以將他們的姻緣稱為金玉良緣。

[69] 木石前盟：指林黛玉和賈寶玉的盟約。小說寫到黛玉前身是絳珠仙草，寶玉前身是神瑛侍者，又說是石頭轉世。一為草

寂寞林⑩。嘆人間美中不足今方信：縱然是齊眉舉案，到底意難平⑪！

【枉凝眉】一個是閬苑仙葩，一個是美玉無瑕⑫。若說沒奇緣，今生偏又遇著他；若說有奇緣，如何心事終虛化⑬？一個枉自嗟呀，一個空勞牽掛。一個是水中月⑭，一個是鏡中花。想眼中能有多少淚珠兒，怎經得秋流到冬盡，春流到夏⑮！

寶玉聽了此曲，散漫無稽⑯，不見得好處；但其聲韻悽惋，竟能銷魂醉魄。因此也不察其原委，問其來歷，就暫以此釋悶而已。因又看下道：

木，一為頑石。絳珠仙草有還淚之誓約，故云木石前盟。

⑩ 空對著兩句：雖然最後寶釵嫁給了寶玉，但寶玉的感情並不在寶釵身上，他念念不忘的是黛玉。山中高士，比喻寶釵清高、潔身自好。晶瑩雪，「雪」射「薛」，兼喻其冷。姝，美女。

⑪ 縱然兩句：縱然寶釵恪守婦道，對寶玉十分恭順，但寶玉還是心中不平。齊眉舉案，用漢代孟光的典故。梁鴻家貧，但妻子孟光對他很恭順。每次吃飯，孟光把裝食物的托盤舉得和眉毛一樣高，送到梁鴻面前，以示尊敬。後以舉案齊眉為封建婦道的楷模。

⑫ 一個兩句：閬苑仙葩指黛玉，美玉無瑕指寶玉。閬苑，仙人的宮苑、園林。閬，音ㄌㄤˊ。仙葩，仙花。

⑬ 虛化：化為虛空。

⑭ 水中月：與下句的「鏡中花」都是虛幻的景象，象徵寶黛愛情的幻滅。

⑮ 想眼中三句：曹雪芹八十回後原稿寫到黛玉「淚盡夭亡」。據前八十回和脂批提供的線索，可推知賈府被抄，寶玉獲罪在秋天。黛玉為此慟哭罹病，至次年春去花落時離世，用她的全部眼淚報答了神瑛侍者的灌溉之恩，實現了木石前盟。

⑯ 無稽：無可查考。

【恨無常】⑰喜榮華正好，恨無常又到。眼睜睜把萬事全拋，蕩悠悠把芳魂消耗。望家鄉路遠山高，故向爹娘夢裡相尋告：兒命已入黃泉，天倫呵，須要退步抽身早。

【分骨肉】⑱一帆風雨路三千，把骨肉家園齊來拋閃。恐哭損殘年，告爹娘休把兒懸念。自古窮通皆有定，離合豈無緣？從今分兩地，各自保平安。奴去也，莫牽連。

【樂中悲】⑲襁褓中父母嘆雙亡，縱居那綺羅叢，誰知嬌養？幸生來英豪闊大寬宏量，從未將兒女私情略縈心上，好一似霽月光風耀玉堂。廝配得才貌仙郎，博得個地久天長，準折得幼年時坎坷形狀；終久是雲散高唐，水涸湘江；這是塵寰中消長數應當，何必枉悲傷！

【世難容】⑳氣質美如蘭，才華復比仙，天成生孤癖人皆罕。你道是啖肉食腥膻，視綺羅俗厭；

⑰ 恨無常：這是假託元春鬼魂的唱詞，感嘆榮華富貴變化無常，並告誡賈府眾人從富貴名利場中激流勇退，以求自保。據此詞，小說八十回後當有元春死後，向父母託夢的情節，今本未見。無常，佛教語，原指人世一切即生即滅，變化無常。後俗傳為勾命鬼。

⑱ 分骨肉：此曲以探春的口吻詠嘆自己被迫遠嫁，骨肉分離的痛苦心情。

⑲ 樂中悲：此曲寫史湘雲的身世、性格和不幸遭遇，可與判詞相參看。霽月光風，形容湘雲光明磊落的胸懷。霽月，雨後初晴之月。光風，雨後日出，草木在微風中散發著光彩。準折，抵消。雲散高唐，宋玉高唐賦云楚懷王遊雲夢，在高唐館夢中與巫山神女幽會。水涸湘江，暗用娥皇、女英典故。娥皇、女英兩姐妹都嫁與舜為妻，舜死於南巡途中。娥皇、女英跳入湘江殉情，化為湘江水神。雲散、水涸象徵湘雲婚後夫婦生活好景不長，不久即離散。

⑳ 世難容：此曲詠唱妙玉孤僻高潔的品格，以及遭人嫉妒，世所難容，最終墮落風塵的悲劇。啖肉食腥膻，出家人素食，因此吃肉就會覺得腥膻難聞。春色闌，春色將盡，比喻人青春將逝。風塵骯髒，在污濁的人世間掙扎。骯髒，高亢剛正

卻不知太高人愈妒，過潔世同嫌。可嘆這青燈古殿人將老，辜負了紅粉朱樓春色闌，到頭來依舊是風塵骯髒違心願。好一似無瑕白玉遭泥陷，又何須王孫公子嘆無緣！

【喜冤家】❽❶中山狼，無情獸，全不念當日根由。一味的驕奢淫蕩貪還構，覷著那侯門豔質同蒲柳，作賤的公府千金似下流。嘆芳魂豔魄，一載蕩悠悠。

【虛花悟】❽❷將那三春看破，桃紅柳綠待如何？把這韶華打滅，覓那清淡天和。說什麼天上天桃盛，雲中杏蕊多，到頭來誰把秋捱過？則看那白楊村裡人嗚咽，青楓林下鬼吟哦，更兼著連天衰草遮墳墓。這的是昨貧今富人勞碌，春榮秋謝花折磨。似這般生關死劫誰能躲？聞說道西

的樣子，引申為強項掙扎。王孫公子，此處指寶玉。

❽❶ 喜冤家：此曲寫迎春所嫁非人，被虐待而死的悲慘遭遇。貪還構，「還構」難解，程乙本作「歡構」。「歡構」指男女情事，「貪歡構」言孫紹祖貪淫好色，小說第八十回說：「孫紹祖一味好色好賭酗酒，家中所有的媳婦丫頭將及淫遍。」蒲柳，即水楊，是易於生長也易於凋落的落葉喬木，舊時常用來比喻本性低賤的人。下流，此處意為下賤之人。

❽❷ 虛花悟：此曲寫惜春看破紅塵，出家為尼之事。桃紅柳綠，象徵榮華富貴。韶華，春光，借喻青春年華。清淡天和，指與「桃紅柳綠」代表的繁華喧鬧的人世間相對的清淨淡泊的自然界。說什麼三句，言桃杏雖盛，但不到秋天就凋落殆盡，比喻人間榮華富貴猶如過眼烟雲轉瞬即逝。夭桃，豔麗的桃花，語出詩經周南桃夭：「桃之夭夭，灼灼其華。」夭夭，美而盛的樣子。白楊村、青楓林皆指墳墓。古詩十九首：「驅車上東門，遙望北郭墓。白楊何蕭蕭，松柏夾廣路。」古人墓地多種白楊，故以白楊村代指墳墓。李白遭流放，杜甫疑其已死，作夢李白，有「魂來楓林青，魂返關塞黑」之句，此處即借用青楓林為墳墓。生關死劫，即生死關頭、劫數。婆娑，疑為娑羅之誤。傳說釋迦牟尼在娑羅樹下圓寂。一說釋迦牟尼在菩提樹下覺悟成佛，後將菩提樹與婆娑樹相混淆。長生果，即人參果，傳說吃了可以長生不老。

方寶樹喚婆娑，上結著長生果。

【聰明累】 ⑧³機關算盡太聰明，反算了卿卿性命。生前心已碎，死後性空靈。家富人寧，終有個家亡人散各奔騰。枉費了意懸懸半世心，好一似蕩悠悠三更夢，忽喇喇似大廈傾，昏慘慘似燈將盡。呀！一場歡喜忽悲辛，嘆人世終難定。

【留餘慶】 ⑧⁴留餘慶，留餘慶，忽遇恩人；幸娘親，幸娘親，積得陰功。勸人生濟困扶窮，休似俺那愛銀錢忘骨肉的狠舅奸兄！正是乘除加減，上有蒼穹。

【晚韶華】 ⑧⁵鏡裡恩情，更哪堪夢裡功名！那美韶華去之何迅！再休提繡帳鴛衾。只這戴珠冠，披鳳襖，也抵不了無常性命。雖說是人生莫受老來貧，也須要陰騭積兒孫。氣昂昂頭戴簪纓，氣昂昂頭戴簪纓；光燦燦胸懸金印；威赫赫爵祿高登，威赫赫爵祿高登；昏慘慘黃泉路近。問古來將相可還存？也只是虛名兒與後人欽敬。

---

⑧³ 聰明累：此曲寫王熙鳳聰明自誤的悲劇，以及臨死前的感覺和心理。機關，心機、權謀。卿卿，夫妻、朋友間親昵的稱呼，這裡指王熙鳳。意懸懸，時刻勞神，放心不下的樣子。

⑧⁴ 留餘慶：此曲寫巧姐兒在賈府敗落後，被「狠舅奸兄」所賣，後遇劉姥姥搭救的經歷。餘慶，前代為後代留下的福澤。易坤文言：「積善之家，必有餘慶。」意謂多行善事，必然會給後代帶來幸福。正是兩句，言人的命運都由上天（蒼穹）安排。乘除加減，意即消長增損，指人的浮沉、榮枯、聚合等。

⑧⁵ 晚韶華：此曲寫李紈。鏡裡兩句，言李紈早年守寡，夫妻之情已成鏡中虛影，空有其名。不料兒子的功名富貴也如夢境一樣虛幻。只這三句，寫李紈雖因賈蘭做官而得封誥，然人生無常，賈蘭突然去世，誥命夫人的虛名也代替不了她一生心血凝聚的兒子。陰騭，即陰功，暗中做好事。積兒孫，為兒孫積德。

【好事終】❽❻畫梁春盡落香塵。擅風情，秉月貌，便是敗家的根本。箕裘頹墮皆從敬，家事消亡首罪寧。宿孽總因情。

【收尾　飛鳥各投林】為官的家業凋零；富貴的金銀散盡。有恩的死裡逃生；無情的分明報應。欠命的命已還；欠淚的淚已盡。冤冤相報實非輕，分離聚合皆前定。欲知命短問前生，老來富貴也真僥倖。看破的遁入空門；痴迷的枉送了性命。好一似食盡鳥投林，落了片白茫茫大地真乾淨。

歌畢，還要歌副曲。警幻見寶玉甚無趣味，因嘆：「痴兒竟尚未悟！」那寶玉忙止歌姬不必再唱，自覺朦朧恍惚，告醉求臥。警幻便命撤去殘席，送寶玉至一香

警幻仙子攜寶玉「遊幻境指迷十二釵，飲仙醪曲演紅樓夢」，寶玉猶未悟……。（清孫溫繪，全本紅樓夢）

❽❻ 好事終：此曲寫秦可卿。畫梁句描寫人去樓空的荒涼情景，暗示秦可卿在天香樓懸梁自盡。箕裘頹墮，敗壞祖業。禮記學記：「良冶之子，必學為裘；良弓之子，必學為箕。」意思是要能繼承冶煉金屬、製作良弓的祖業，其子孫必須先學會製裘（皮衣），編製簸箕，才便於掌握「良冶」、「良弓」的祖業。後來就以「箕裘」比喻祖業。敬，指賈敬。小說寫

▼絳芸軒中諸事情景由此而生。

閨繡閣之中。其間鋪陳之盛，乃素所未見之物。更可駭者，早有一位女子在內，其鮮豔嫵媚，有似乎寶釵；風流嫋娜，則又如黛玉。正不知何意，忽警幻道：「塵世中多少富貴之家，那些綠窗風月，繡閣烟霞，皆被淫污紈袴與那些流蕩女子悉皆玷辱。更可恨者，自古來多少輕薄浪子，皆以『好色不淫』為飾，又以『情而不淫』作案，此皆飾非掩醜之語也。好色即淫，知情更淫。是以巫山之會、雲雨之歡，皆由既悅其色、復戀其情所致也。吾所愛汝者，乃天下古今第一淫人也。」寶玉聽了，唬的忙答道：「仙姑差了！我因懶於讀書，家父母尚每垂訓飭，豈敢再冒『淫』字？▼況且年紀尚小，不知『淫』字為何物。▲」警幻道：「非也！淫雖一理，意則有別。如世之好淫者，不過悅容貌，喜歌舞，調笑無厭，雲雨無時，恨不能盡天下之美女，供我片時之趣興，此皆皮膚淫濫之蠢物耳。如爾則天分中生成一段痴情，吾輩推之為『意淫』。『意淫』二字，惟心會而不可口傳，可神通而不可語達。（按寶玉一生心性，只不過是體貼二字，故曰「意淫」。）汝今獨得此二字，在閨閣中固可為良友，然於世道中未免迂闊怪詭，百口嘲謗，萬目睚眥87。今既遇令祖寧榮二公剖腹深囑，吾不忍君獨為我閨閣增光，見棄於世道，是以特引前來，醉以靈酒，沁以仙茗，警以妙曲，再將吾妹一人，乳名兼美，（妙！蓋指薛、林而言也。）字可卿者，許配於汝。今夕良時，即可成姻。不過領汝領略此仙閨幻境之風光尚如此，何況塵境之情景哉！而今後萬萬解釋88，改悟前情，留意於

賈敬身為族長，不理寧府家務，放縱賈珍賈蓉父子胡作非為，從而製造出一系列事端，所以說賈府的敗落是從賈敬開始的。宿孽，原始的罪惡；禍害的根源。

87 睚眥：音ㄧㄚˊ ㄗˋ。怒目而視。

88 解釋：這裡是解開、放下之意。。

孔孟之間，委身於經濟89之道。」說畢，便秘授以雲雨之事，推寶玉入房，將門掩上自去。

那寶玉恍恍惚惚，依警幻所囑之言，未免有兒女之事，難以盡述。至次日，便柔情繾綣，軟語溫存，與可卿難解難分。因二人攜手出去遊頑之時，忽至一個所在，但見荊榛遍地，狼虎同群，迎面一道黑溪阻路，並無橋梁可通。正在猶豫之間，忽見警幻後面追來，告道：「快休前進，作速回頭要緊！（點醒世人。）」寶玉忙止步問道：「此係何處？」警幻道：「此即迷津90也，深有萬丈，遙亙千里，中無舟楫可通。只有一個木筏，乃木居士掌舵，灰侍者撐篙，不受金銀之謝，但遇有緣者渡之耳。今偶遊至此，如墮落其中，則深負我從前諄諄警戒之語矣。」話猶未了，只聽迷津內水響如雷，竟有許多夜叉海鬼將寶玉拖將下去。嚇得寶玉汗下如雨，一面失聲喊叫：「可卿救我！」嚇得襲人輩眾丫鬟忙上來摟住，叫：「寶玉別怕，我們在這裡！」

卻說秦氏正在房外，囑咐小丫頭們好生看著貓兒狗兒打架，忽聽寶玉在夢中喚他的小名，因納悶道：「我的小名，這裡從沒人知道的，他如何知道，在夢裡叫出來？」正是：

一場幽夢同誰近？千古情人獨我痴！

---

89 經濟：經國濟民，管理國家，治理國計民生的大事，與現在所說的「財政經濟」含義不同。

90 迷津：寓指能使人迷惑的錯誤道路和方向。津，本義為渡口。佛教用「迷津」指能使人迷失本性的聲色貨利。

1. 「趁著這奈何天，傷懷日」，庚辰本缺「趁著這」，據甲戌本補。

2. 「天倫呵，須要退步抽身早」，庚辰本缺「天倫呵」，據甲戌本補。

3. 「這是塵寰中消長數應當」，庚辰本缺「這是」，據己卯本補。

第六回 賈寶玉初試雲雨情 劉姥姥一進榮國府

寶玉、襲人亦大家常事耳，寫得已是全領警幻意淫之訓。此回借劉嫗，卻是寫阿鳳正傳，並非泛文，且伏「二進」、「三進」及巧姐之歸著。

此劉嫗一進榮國府，用周瑞家的，又過下回無痕，是無一筆寫一人文字之筆。

卻說秦氏因聽見寶玉從夢中喚他的乳名，心中自是納悶，又不好細問。彼時寶玉迷迷惑惑，若有所失。眾人忙端上桂圓湯來，呷了兩口，遂起身整衣。襲人伸手與他繫褲帶時，不覺伸手至大腿處，只覺冰涼一片沾濕，唬的忙退出手來，問是怎麼了？寶玉紅脹了臉，把他的手一捻。襲人本是個聰明女子，年紀本又比寶玉大兩歲，近來也漸通人事❶。今見寶玉如此光景，心中便覺察一半了，不覺也羞的紅脹了臉面，不敢再問。仍舊理好衣裳，遂至賈母處來，胡亂吃畢了晚飯，過這邊來。

襲人趁眾奶娘、丫鬟不在旁時，另取出一件中衣❷來，與寶玉更換上。寶玉含羞央告道：「好姐姐，千萬別告訴人。」襲人亦含羞笑問道：「你夢見什麼故事了？是哪裡流出來的那些髒東西？」寶玉道：「一言難盡。」說著，便把夢中之事細說與襲人聽了。然後說至警幻所授雲雨之情，羞的襲人

❶ 漸通人事：情竇初開。人事，指男女情愛。

❷ 中衣：貼身的衣服，小說中多指內褲。

掩面伏身而笑。寶玉亦素喜襲人柔媚嬌俏，遂強襲人同領警幻所訓雲雨之事。襲人素知賈母已將自己與了寶玉的，今便如此，亦不為越禮，遂和寶玉偷試一番，幸得無人撞見。自此寶玉視襲人更比別個不同，襲人待寶玉更為盡心。一段小兒女之態，可謂追魂攝魄之筆。暫且別無話說。一句話結住上回「紅樓夢」大篇文字，另起本回正文。

按榮府中一宅人合算起來，人口雖不多，從上至下也有三四百丁；雖事不多，一天也有一二十件，竟如亂麻一般，並無個頭緒可作綱領。正尋思從哪一件事自哪一個人寫起方妙？恰好忽從千里之外，芥荳之微小小一個人家，因與榮府略有些瓜葛，略有些瓜葛，是數十回後之正脈也。真千里伏線！這日正往榮府中來，因此便就此一家說來，倒還是頭緒。你道這一家姓甚名誰，又與榮府有甚瓜葛？且聽細講。

方纔所說的這小小之家，乃本地人氏，姓王，祖上曾作過小小的一個京官，昔年與鳳姐之祖王夫人之父認識，因貪王家的勢利，便連了宗❸認作侄兒。那時只有王夫人之大兄鳳姐之父與王夫人隨在京中的，知有此一門連宗之族，餘者皆不認識。目今其祖已故，只有一個兒子，名喚王成，因家業蕭條，乃搬出城外原鄉中住去了。王成新近亦因病故，只有其子小名狗兒。狗兒亦生一子，小名板兒。嫡妻劉氏。又生一女，名喚青兒。石頭記中公勛世宦之家以及草莽庸俗之族，無所不有，自能各得其妙。一家四口，仍以務農為業。因狗兒白日間又作些生計，劉氏又操井臼等事，青板姊弟兩個無人看管，狗兒遂將岳母劉姥姥接來一處過活。這劉姥姥乃是個積年❹的老寡婦，膝下又無兒女，只靠幾畝薄田度日。今者女婿接來養活，豈不願意？遂一心一計幫趁著女兒女婿過活起來。

❸ 連了宗：連宗，亦作「聯宗」，本來沒有關係的人認作同一家族的親戚，稱為連宗。

❹ 積年：資格老、有經驗的人。

因這年秋盡冬初，天氣冷將上來，家中冬事未辦，狗兒未免心中煩慮，吃了幾杯悶酒，在家閒尋氣惱，劉氏也不敢頂撞。因此劉姥姥看不過，乃勸道：「姑爺，你別嗔著我多嘴。偺們村莊人，哪一個不是老老誠誠的，守多大碗兒吃多大的飯？你皆因年小的時候，託著你那老家之福，吃喝慣了，如今所以把持不住。有了錢就顧頭不顧尾，沒了錢就瞎生氣。成個什麼男子漢大丈夫呢？如今偺們雖離城住著，終是天子腳下。這長安城中，遍地都是錢，只可惜沒人會去拿去罷了。在家跳蹋❺會子也不中用。」狗兒聽說，便急道：「你老只會炕頭兒上混說，難道叫我打劫偷去不成？」劉姥姥道：「誰叫你偷去呢！也到底想法兒大家裁度。不然，那銀子錢自己跑到偺家來不成？」狗兒冷笑道：「有法兒，還等到這會子呢！我又沒有個收稅的親戚，又無作官的朋友，有什麼法子可想的？便有，也只怕他們未必來理我們呢！」劉姥姥道：「這倒不然。謀事在人，成事在天。偺們謀到了，看菩薩的保佑，有些機會也未可知。我倒替你們想出一個機會來。當日你們原是和金陵王家連過宗的，二十年前他們看承你們還好，如今自然是你們拉硬屎❻不肯去親近他，故疏遠起來。想當初我和女兒還去過一遭，他們家的二小姐著實響快，會待人，倒不拿大❼。如今現是榮國府賈二老爺的夫人。聽得說如今上了年紀，越發憐貧惜老，最愛齋僧敬道，捨米捨錢的。如今王府雖陞了邊任，只怕這二姑太太還認得偺們，你何不去走動走動？或者他念舊，有些好處也未可知。只要他發一點好心，拔一根寒毛，比偺們

❺ 跳蹋：頓足；跳腳。形容著急、發怒、沒辦法的樣子。

❻ 拉硬屎：倔強；不服軟。

❼ 拿大：擺架子；自大。

的腰還粗呢！」劉氏一旁接口道：「你老雖說的是，但只你我這樣個嘴臉，怎麼好到他門上去的？先不先，他們那些門上的人也未必肯去通信。沒的去打嘴現世❽。」誰知狗兒利名心最重，聽見此一說，心下便有些活動起來，又聽他妻子這話，便笑接道：「姥姥既如此說，況且當年你又見過這姑太太一次，何不你老人家明日就走一趟，先試試風頭再說。」劉姥姥道：「嗳喲喲！可是說的『侯門深似海』❾，我是個什麼東西？他家人又不認得我，我去了也是白去的。」狗兒笑道：「不妨，我教與你老人家一個法子：你竟帶了外孫子板兒，先去找陪房❿周瑞。若見了他，就有些意思了。這周瑞先時曾和我父親交過一件事，我們極好的。」劉姥姥道：「我也知道他的，只是許多時不走動，知道他如今是怎樣？這也說不得了，你又是個男人，又這樣個嘴臉，自然去不得；我們姑娘年輕媳婦子，也難賣頭賣腳⓫的，倒還是捨著我這副老臉去碰一碰。果然有些好處，大家都有益；便是沒銀子來，我也到那公府侯門見一見世面，也不枉我一生。」說畢，大家笑了一回。當晚計議已定。

次日天未明，劉姥姥便起來梳洗了，又將板兒教訓了幾句。那板兒纔五六歲的孩子，一無所知，聽見帶他進城逛去，便喜的無不應承。於是劉姥姥帶他進城，找至寧榮街，來至榮府大門石獅子前，

❽ 打嘴現世：丟臉、出醜。

❾ 侯門深似海：比喻豪門之家深宅大院，門禁森嚴，出入不易。典出唐范攄雲溪友議：崔郊與姑之侍婢女相戀，後此女被賣入豪門，崔郊思慕不已。一日，崔郊與此女相遇於郊外，郊作詩贈之，有句云：「侯門一入深如海，從此蕭郎是路人。」

❿ 陪房：舊時女兒出嫁，從娘家帶去的僕人稱為「陪房」。

⓫ 賣頭賣腳：拋頭露面。

只見簇簇轎馬。劉姥姥便不敢過去，且撣了撣衣服，又教了板兒幾句話，然後蹭⑫到角門前，只見幾個挺胸疊肚、指手畫腳的人，坐在大板凳上說東談西呢。劉姥姥只得蹭上來問：「太爺們納福。」眾人打量了他一會，便問：「哪裡來的？」劉姥姥陪笑道：「我找太太的陪房周大爺的，煩哪位大爺替我請他老出來。」那些人聽了，都不瞅睬，半日方說道：「你遠遠的在那牆角下等著，一會子他們家有人就出來的。」內中有一老年人說道：「不要誤他的事，何苦耍他？」因向劉姥姥道：「那周大爺已往南邊去了，他在後一帶住著，他娘子卻在家。你要找時，從這邊繞到後街上，後門上去問就是了。」劉姥姥聽了謝過，遂帶了板兒，繞到後門上，只見門前歇著些生意擔子，也有賣吃的，也有賣頑耍物件的，鬧吵吵三二十個小孩子那裡廝鬧。劉姥姥便拉住一個道：「我問哥兒一聲，有個周大娘，可在家麼？」孩子們道：「哪個周大娘？我們這裡周大娘有三個呢，還有兩個周奶奶。不知是哪一個行當⑬上的？」劉姥姥道：「是太太的陪房，周瑞之妻。」孩子們道：「這個容易，你跟我來。」說著，跳躥躥的引著劉姥姥進了後門，至一院牆邊，指與劉姥姥道：「這就是他家。」又叫道：「周大娘，有個老奶奶來找你呢，我帶了來了。」

周瑞家的在內聽說，忙迎了出來，問：「是哪位？」劉姥姥忙迎上來，問道：「好呀，周嫂子！」周瑞家的認了半日，方笑道：「劉姥姥，你好呀！你說說，能幾年，我就忘了。請家裡來坐罷。」劉姥姥一壁裡走著，一壁裡笑說道：「你老是貴人多忘事，哪裡還記得我們呢！」說著，來至房中，周

---

⑫ 蹭：音ㄘㄥˋ。蹭；輕輕地走。

⑬ 行當：行業。這裡指擔任職務的類別。

瑞家的命僱的小丫頭倒上茶來吃著。周瑞家的又問板兒道：「你都長這麼大了！」又問些別後閒話。又問劉姥姥：「今日還是路過，還是特來的？」劉姥姥便說：「原是特來瞧瞧嫂子你，二則也請請姑太太的安。若可以領我見一見更好，若不能，便借重嫂子轉致意罷了。」周瑞家的聽了，便已猜著幾分來意。只因昔年他丈夫周瑞爭買田地一事，其中多得狗兒之力，今見劉姥姥如此而來，心中難卻其意；二則也要現弄自己的體面。聽如此說，便笑說道：「姥姥你放心，大遠的誠心誠意來了，豈有個不教你見個真佛去的呢？論理，人來客至回話，卻不與我相干。我們這裡各占一樣兒：我們男的只管春秋兩季地租子，閒時只帶著小爺們出門子就完了；我只管跟太太奶奶們出門的事。皆因你原是太太的親戚，又拿我當個人投奔了我來，我就破個例，給你通個信去。但只一件，姥姥有所不知，我們這裡又不比五年前了。如今太太竟不大管事，都是璉二奶奶管家了。你道這璉二奶奶是誰？就是太太的內侄女，當日大舅老爺的女兒，小名鳳哥的。」劉姥姥聽了，罕問道：「原來是他！怪道呢，我當日就說他不錯呢。這等說來，我今兒還得見他了？」周瑞家的道：「這自然的。如今太太事多心煩，有客來了，略可推得去的，就推過去了，都是鳳姑娘周旋迎待。今兒寧可不會太太，倒要見他一面，纔不枉這裡來一遭。」劉姥姥道：「阿彌陀佛！全仗嫂子方便了。」周瑞家的道：「說哪裡話！俗語說的：『與人方便，自己方便。』不過用我說一句話罷了，礙著我什麼。」

說著，便叫小丫頭到倒廳上悄悄的打聽打聽，老太太屋裡擺了飯了沒有。小丫頭去了。這裡二人又說些閒話。劉姥姥因說：「這鳳姑娘今年大還不過二十歲罷了，就這等有本事，當這樣的家，可是難得的。」周瑞家的聽了，道：「我的姥姥，告訴不得你呢！這位鳳姑娘年紀雖少，行事卻比世人都大呢！如今出挑的美人一樣的模樣兒，少說些有一萬個心眼子。再要賭口齒，十個會說話的男人也說他不過。回來你見了就信了。就只一件，待下人未免太嚴些個。」說著，只見小丫頭回來說：「老太太屋裡已擺完了飯了，二奶奶在太太屋裡呢。」周瑞家的聽了，連忙起身，催著劉姥姥說：「▼快走，快走！這一下來他吃飯是個空子，咱們先趕著去。若遲一步，回事的人也多了，難說話；再歇了中覺，越發沒了時候了。▲」說著，一齊下了炕，打掃打掃衣服，又教了板兒幾句話，隨著周瑞家的，逶迤往賈璉的住處來。

▼寫阿鳳勤勞等事，然卻是虛筆，故於後文不犯。

先到了倒廳，周瑞家的將劉姥姥安插在那裡略等一等，自己先過了影壁，進了院門。知鳳姐未出來，先找著鳳姐的一個心腹通房大丫頭⑭，名喚平兒。周瑞家的先將劉姥姥起初來歷說明，又說：「今日大遠的特來請安，當日太太是常會的，今兒不可不見，所以我帶了他進來了。等奶奶下來，我細細回明，奶奶想也不責備我莽撞的。」平兒聽了，便作了主意：「叫他們進來，先在這裡坐著就是了。」周瑞家的聽了，方出去引他兩個進入院來。上了正房臺磯，小丫頭打起猩紅氈簾，纔入堂屋，只聞一陣香撲了臉來，竟不辨是何氣味，身子如在雲端裡一般。滿屋中之物，都耀

「賈寶玉初試雲雨情，劉姥姥一進榮國府」（清孫溫繪，全本紅樓夢）

⑭ 通房大丫頭：舊時男子娶妻後，又與婢女同房，這樣的婢女稱為「通房丫頭」，其地位在妾和婢女之間。

眼爭光的使人頭懸目眩。劉姥姥此時惟點頭咂嘴念佛而已。於是來至東邊這間屋內，乃是賈璉的女兒大姐兒睡覺之所。記清。平兒站在炕沿邊，打量了劉姥姥兩眼，只得問個好讓坐。劉姥姥見平兒遍身綾羅，插金帶銀，花容玉貌的，便當是鳳姐兒了。纔要稱姑奶奶，忽見周瑞家的稱他是「平姑娘」，又見平兒趕著周瑞家的稱「周大娘」，方知不過是個有些體面的丫頭了。於是讓劉姥姥和板兒上了炕，平兒和周瑞家的對面坐在炕沿上，小丫頭子們斟了茶來吃茶。劉姥姥只聽見咯噹咯噹的響聲，大有似乎打籮櫃篩麵的一般，不免東瞧西望的。忽見堂屋中柱子上掛著一個匣子，底下又墜著一個秤砣般一物，卻不住的亂晃。劉姥姥心中想著：「這是什麼愛物兒，有甚用呢？」正獃時，只聽得噹的一聲，又若金鐘銅磬的一般，不防倒嚇的一展眼，接著又是一連八九下。方欲問時，只見小丫頭們齊亂跑，說：「奶奶下來了。」周瑞家的與平兒忙起身，命劉姥姥：「只管等著，是時候我們來請你。」說著，都迎出去了。

劉姥姥只屏聲側耳默候。只聽遠遠有人笑聲，約有一二十婦人，都捧著大漆捧盒進這邊來等候。聽得那邊說了聲「擺飯」，漸漸人纔散出，只有伺候端菜的幾個人。半日鴉雀不聞之後，忽見二人抬了一張炕桌來，放在這邊炕上。桌上碗盤森列，仍是滿滿的魚肉在內，不過略動了幾樣。板兒一見了，便吵著要肉吃，劉姥姥一巴掌打了他去。忽見周瑞家的笑嘻嘻走過來，招手兒叫他。劉姥姥會意，於是帶了板兒下炕，至堂屋中。周瑞家的又和他唧咕了一回，方過這邊屋裡來。只見門外鏨銅鉤上懸著大紅撒花軟簾，南窗下是炕，炕上大紅氈條，靠東邊板壁立著一個鎖子錦靠背與一個引枕，鋪著金心閃緞大坐褥，旁邊有雕漆痰盒。那鳳姐兒家常帶著秋板貂鼠昭君套⑮，圍著攢珠勒子⑯，穿著桃紅撒花襖，石青刻絲灰鼠披風，大紅洋縐銀鼠皮裙。粉光脂豔，端端正正坐在那裡，手內拿著小銅火箸兒，撥手爐內的灰。平兒站在炕沿邊，捧著小小的一個填漆茶盤，盤內一個小蓋鍾。鳳姐也不接茶，也不抬頭，（神情宛肖。）只管撥手爐內的灰，慢慢的問道：「怎麼還不請進來？」（此等筆墨，真可謂追魂攝魄。）一面說，一面抬身要茶時，只見周瑞家的已帶了兩個人在地下站著呢。這纔忙欲起身，猶未起身時，滿面春風的問好，又嗔著周瑞家的怎麼不早說。

劉姥姥在地下已是拜了數拜，問姑奶奶安。鳳姐忙說：「周姐姐，快攙起來，別拜罷。請坐。我年輕，不大認得，可也不知是什麼輩數，不敢稱呼。」周瑞家的忙回道：「這就是我纔回的那姥姥了。」鳳姐點頭。劉姥姥已在炕沿上坐了，板兒便躲在背後，百般的哄他出來作揖，他死也不肯。鳳姐兒笑道：「親戚們不大走動，都疏遠了。知道的呢，說你們棄厭我們，不肯常來；不知道的那起小人，還只當我們眼裡沒人似的。」劉姥姥忙念佛道：「我們家道艱難，走不起，來了這裡，沒的給姑奶奶打嘴，就是管家爺們看著也不像。」鳳姐兒笑道：「這話沒的叫人惡心。不過借賴著祖父虛名，作個窮官兒，誰家有什麼？不過是個舊日的空架子。俗語說『朝廷還有三門子窮親戚』呢，何況你我？」說著，又問周瑞家的：「回了太太了沒有？」（一筆不肯落空的是阿鳳。）周瑞家的道：「如今等奶奶的示下。」鳳姐道：「你去瞧瞧，要是有人有事就罷，得閒兒呢就回，看怎麼說。」周瑞家的答應著去了。

這裡鳳姐叫人抓些果子與板兒吃，剛問些閒話時，就有家下許多媳婦管事的來回話。平兒回了，

⑮ 昭君套：形狀像戲曲、繪畫中漢代王昭君所戴式樣的風帽。

⑯ 勒子：清代婦女套在額上用以禦寒的飾物。

鳳姐道：「我這裡陪客呢，晚上再來回。若有很要緊的，你就帶進來現辦。」平兒出去了一會，進來說：「我都問了，沒什麼緊事，我就叫他們散了。」鳳姐點頭。只見周瑞家的回來，向鳳姐道：「太太說了，今日不得閒，二奶奶陪著便是一樣。多謝費心想著。白來逛逛呢便罷；若有甚說的，只管告訴二奶奶，都是一樣。」劉姥姥道：「也沒甚說的，不過是來瞧瞧姑太太、姑奶奶，也是親戚們的情分。」周瑞家的道：「沒甚說的便罷，若有話，只管回二奶奶，是和太太一樣的。」一面說，一面遞眼色與劉姥姥。劉姥姥會意，未語先飛紅的臉，欲待不說，今日又所為何來？▼只得忍恥說道：▲「論理今兒初次見姑奶奶，卻不該說。只是大遠的奔了你老這裡來，也少不的說了……」剛說到這裡，只聽二門上小廝們回說：「東府裡的小大爺進來了。」鳳姐忙止劉姥姥：「不必說了！」一面便問：「你蓉大爺在哪裡呢？」只聽一路靴子腳響，進來了一個十七八歲的少年，面目清秀，身材俊俏，輕裘寶帶，美服華冠。劉姥姥此時坐不是，立不是，藏沒處藏。鳳姐笑道：「你只管坐著，這是我侄兒。」劉姥姥方扭扭捏捏在炕沿上坐了。

▼老嫗有忍恥之心，故後有招大姐之事，作者並非泛寫，且為求親靠友下一棒喝。▲

賈蓉笑道：「我父親打發了我來求嬸子，說上回老舅太太給嬸子的那架玻璃炕屏，明日請一個要緊的客，借了略擺一擺就送過來。」鳳姐道：「說遲了一日，昨兒已經給了人了。」賈蓉聽著，嘻嘻的笑著在炕沿上半跪道：「嬸子若不借，又說我不會說話了，又挨一頓好打呢！嬸子只當可憐侄兒罷！」鳳姐笑道：「也沒見你們，王家的東西都是好的不成？你們那裡放著那些好東西，只是看不見，偏我的就是好的。」賈蓉笑道：「哪裡有這個好呢？只求開恩罷。」鳳姐道：「若碰一點兒，你可仔細你的皮！」因命平兒拿了樓房的鑰匙，傳幾個妥當人抬去。賈蓉喜的眉開眼笑，說：「我親自帶了人拿去，別由他們亂碰。」說著，便起身出去了。

這裡鳳姐忽又想起一事來，便向窗外叫：「蓉哥回來！」外面幾個人接聲說：「蓉大爺快回來！」賈蓉忙復身轉來，垂手侍立，聽阿鳳指示。那鳳姐只管慢慢的吃茶，出了半日的神，又笑道：「罷了，你且去罷。晚飯後你來再說罷。這會子有人，我也沒精神了。」賈蓉應了一聲，方慢慢的退去。

這裡劉姥姥心神方定，纔又說道：「今日我帶了你侄兒來，也不為別的，只因他老子娘在家裡連吃的都沒有，如今天又冷了，越想沒個派頭兒，只得帶了你侄兒奔了你老來。」說著，又推板兒道：「你那爹在家怎麼教你來？打發偺們作煞事來？只顧吃果子咧。」鳳姐早已明白了，聽他不會說話，因笑止道：又一笑，凡六。自劉姥姥來笑六次，寫得阿鳳乖滑伶俐，合眼如立在前。若會說話之人便聽他說了，阿鳳利害處正在此。「不必說了，我知道了。」因問周瑞家的：「這姥姥不知可用了早飯沒有？」劉姥姥忙說道：「一早就往這裡趕咧，哪裡還有吃飯的工夫咧！」鳳姐聽說，忙命快傳飯來。一時周瑞家的傳了一桌客飯來，擺在東邊屋內，過來帶了劉姥姥和板兒過去吃飯。鳳姐說道：「周姐姐，好生讓著些兒，我不能陪了。」於是過東邊房裡來，又叫過周瑞家的去，問他：「纔回了太太，說了些什麼？」周瑞家的道：「太太說：他們家原不是一家子，不過因出一姓，當年又與太老爺在一處作官，偶然連了宗的。這幾年來也不大走動。當時他們來一遭，卻也沒空了他們；今兒既來了瞧瞧我們，是他的好意思，也不可簡慢了他。便是有什麼說的，叫奶奶裁度著就是了。」鳳姐聽了，說道：「我說呢，既是一家子，我如何連影兒也不知道！」

說話時，劉姥姥已吃畢了飯，拉了板兒過來，舔舌咂嘴⓱的道謝。鳳姐笑道：「且請坐下，聽我

⓱ 舔舌咂嘴：吃完東西時，伸出舌頭舔舔嘴，吸吸牙縫中的餘味，並發出嘖嘖的聲音。表示吃得很飽、很滿足之意。舔，

告訴你老人家。方纔的意思，我已知道了。若論親戚之間，原該不等上門來，就該有照應纔是。但如今家內雜事太煩，太太漸上了年紀，一時想不到也是有的。況是我近來接著管些事，都不甚知道這些親戚們；二則外頭看著雖是烈烈轟轟的，殊不知大有大的艱難去處，說與人也未必信罷。今兒你既老遠的來了，又是頭一次見我張口，怎好叫你空回去呢？可巧昨兒太太給我的丫頭們做衣裳的二十兩銀子，我還沒動呢，你若不嫌少，就暫且先拿了去罷。」那劉姥姥先聽見告艱難，只當是沒有，心裡便突突的；後來聽見給他二十兩，喜的又渾身發癢起來，說道：「噯，我也是知道艱難的，但俗語說的：『瘦死的駱駝比馬大』，憑他怎樣，你老拔根毛，比我們的腰還粗呢！」周瑞家的見他說的粗鄙，只管使眼色止他。鳳姐看見，笑而不睬，只命平兒把昨兒那包銀子拿來，再拿一吊錢來，都送到劉姥姥的跟前。鳳姐乃道：「這是二十兩銀子，暫且給這孩子做件冬衣罷。若不拿著，就真是怪我了。這錢僱車坐罷。改日無事，只管來逛逛，方是親戚們的意思。天也晚了，也不虛留你們了。到家裡該問好的問個好兒罷。」一面說，一面就站了起來。劉姥姥只管千恩萬謝的，拿了銀子錢，隨了周瑞家的來至外面。

周瑞家的道：「我的娘啊！你見了他，怎麼倒不會說了？開口就是『你侄兒』。我說句不怕你惱的話，便是親侄兒，也要說和軟些。蓉大爺纔是他的正經侄兒呢，他怎麼又跑出這麼一個侄兒來了？」劉姥姥笑道：「我的嫂子，我見了他，心眼兒裡愛還愛不過來，哪裡還說的上話來呢！」二人說著，又到周瑞家坐了片時。劉姥姥便要留下一塊銀子，與周瑞家孩子們買果子吃。周瑞家的如何放在眼裡？

音ㄊㄧㄢˇ，吐舌貌。也作「舔舌咂嘴」、「舔嘴咂舌」。

執意不肯。劉姥姥感謝不盡，仍從後門去了。正是：

得意濃時易接濟，受恩深處勝親朋。

1.「噯喲喲！可是說的『侯門深似海』」，「可是說的」，庚辰本原作「是啊人云」，據己卯本改。

第七回 送宮花賈璉戲熙鳳　宴寧府寶玉會秦鐘

話說周瑞家的送了劉姥姥去後，便上來回王夫人話。誰知王夫人不在上房，問丫鬟們時，方知往薛姨媽那邊說閒話去了。周瑞家的聽說，便轉出東角門至東院，往梨香院來。剛至院門前，只見王夫人的丫鬟名金釧兒，和一個纔留了頭❶的小女孩兒站在臺階坡上頑。見周瑞家的來了，便知有話回，因向內努嘴兒。周瑞家的輕輕掀簾進去，只見王夫人和薛姨媽長篇大套的說些家務人情等語。周瑞家的不敢驚動，遂進裡間來。

只見薛寶釵穿著家常的衣服，頭上只散挽著鬢兒，坐在炕裡邊，伏在小炕桌上，同丫鬟鶯兒正描花樣子呢。見他進來，寶釵纔放下筆，轉過身來，滿面堆著笑讓：「周姐姐坐著。」周瑞家的也忙陪笑問：「姑娘好？」一面炕沿上坐了。因說：「這有兩三天也沒見姑娘到那邊逛逛去，只怕是你寶兄弟沖撞了你不成？」寶釵笑道：「哪裡的話？只因我那種病又發了，所以這兩天沒出屋子。」周瑞家的道：「正是呢，姑娘到底有什麼病根兒，也該趁早兒請個大夫來，好生開個方子，認真吃幾劑，一勢兒除了根纔是。小小的年紀，倒作下個病根兒，也不是頑的。」寶釵聽了，便笑道：「再不要提吃藥。為這病，請大夫吃藥，也不知白花了多少銀子錢呢！憑你什麼名醫仙藥，從不見一點兒效。後來

❶ 留了頭：過去女孩子幼年剃髮，年齡漸長，先留頂心頭髮，再留全髮，稱「留頭」，又叫「留滿頭」。後以「留頭」指未成年女孩子。

還虧了一個禿頭和尚，說專治無名之症，因請他看了。他說我這是從胎裡帶來的一股熱毒，幸而先天壯，還不相干。若吃尋常藥，是不中用的。他就說了一個海上方❷，又給了一包藥末子作引子，異香異氣的，不知是哪裡弄了來的。他說發了時，吃一丸就好。倒也奇怪，吃他的藥倒效驗些。」周瑞家的因問：「不知是個什麼海上方兒？姑娘說了，我們也說與人知道。倘遇見這樣病，也是行好的事。」寶釵見問，乃笑道：「不用這方兒還好，若用了這藥方兒，真真把人瑣碎死！東西藥料一概都有限，只難得可巧：要春天開的白牡丹花蕊十二兩，夏天開的白荷花蕊十二兩，秋天的白芙蓉蕊十二兩，冬天的白梅花蕊十二兩。將這四樣花蕊，於次年春分這日曬乾，和在藥末子一處，一齊研好。又要雨水這日的雨水十二錢……」周瑞家的忙道：「噯喲！這麼說來，這就得一、二年的工夫。倘或雨水這日竟不下雨，這卻怎處呢？」寶釵笑道：「所以說，哪裡有這樣可巧的雨？便沒雨，也只好再等罷了。白露這日的露水十二錢，霜降這日的霜十二錢，小雪這日的雪十二錢。把這些調勻和了藥，再加十二錢蜂蜜，十二錢白糖，丸了龍眼❸大的丸子，盛在舊磁罈內，埋在花根底下。若發了病時，拿出來吃一丸，用十二分黃柏煎湯送下。」周瑞家的聽了，笑道：「阿彌陀佛！真坑死人的事兒，等十年未必都這樣巧的呢！」寶釵道：「竟好。自他說了去後，一二年間可巧都得了，好容易配成一料。如今從南帶至北，現在就埋在梨花樹底下呢。」周瑞家的又問道：「這藥可有名字沒有呢？」寶釵道：「有。

---

❷ 海上方：指神仙的藥方。古代傳說，東海中有蓬萊、方丈、瀛洲三神山，是仙人居住之處，山上有不死之藥，吃了可以長生。後來把民間驗方、秘方稱為「海上方」。

❸ 龍眼：荔枝。

這也是那癩頭和尚說下的，叫作『冷香丸』。」周瑞家的聽了點頭兒，因又說：「這病發了時，到底覺怎麼著？」寶釵道：「也不覺甚怎麼著，只不過喘嗽些，吃一丸下去也就好些了。」

周瑞家的還欲說話時，忽聽王夫人問：「誰在房裡呢？」周瑞家的忙出去答應了，趁便回了劉姥之事。略待半刻，見王夫人無語，方欲退出，薛姨媽忽又笑道：「你且站住，我有一宗東西你帶了去罷。」說著，便叫香菱。只聽簾櫳響處，方纔和金釧頑的那個小丫頭進來了，問：「奶奶叫我作什麼？」薛姨媽道：「把匣子裡的花兒拿來。」香菱答應了，向那邊捧了個小錦匣來。薛姨媽道：「這是宮裡頭的新鮮樣法，拿紗堆的花兒十二支。昨兒我想起來，白放著可惜了兒的，何不給他們姊妹們戴去？昨兒要送去，偏又忘了。你今兒來的巧，就帶了去罷。你家的三位姑娘，每人一對，剩下的六枝，送林姑娘兩枝，那四枝給了鳳哥罷。（妙文！今古小說中可有如此口吻者？）」王夫人道：「留著給寶丫頭戴罷，又想著他們作什麼！」薛姨媽道：「姨娘不知道，寶丫頭古怪著呢。他從來不愛這些花兒粉兒的。」說著，周瑞家的拿了匣子，走出房門。見金釧仍在那裡曬日陽兒，周瑞家的因問他道：「那香菱小丫頭子，可就是常說臨上京時買的，為他打人命官司的那個小丫頭子麼？」金釧道：「可不就是他！」正說著，只見香菱笑嘻嘻的走來。周瑞家的便拉了他的手，細細的看了一會，因向金釧兒笑道：「倒好個模樣兒，竟有些像偺們東府裡蓉大奶奶的品格兒。」金釧兒笑道：「我也是這麼說呢！」周瑞家的又問香菱：「你幾歲投身到這裡？」又問：「你父母今在何處？今年十幾歲了？本處是哪裡人？」香菱聽問，都搖頭說：「不記得了。」周瑞家的和金釧兒聽了，倒反為嘆息傷感一回。

一時間，周瑞家的攜花至王夫人正房後頭來。原來近日賈母說孫女兒們太多了，一處擠著倒不方便。只留寶玉、黛玉二人這邊解悶，卻將迎、惜、探三人移到王夫人這邊房後三間小抱廈內居住，令李紈陪伴照管。如今周瑞家的因順路先往這裡來，只見幾個小丫頭子都在抱廈內聽呼喚呢。只見迎春的丫鬟司棋與探春的丫鬟侍書（妙名。賈家四釵之鬟，暗以琴、棋、書、畫四字列名，省力之甚，卻是俗中不俗處。）二人正掀簾子出來，手裡都捧著茶鍾。周瑞家的便知他們姊妹在一處坐著呢，遂進入內房。只見迎春、探春二人正在窗下下圍棋，周瑞家的將花送上，說明原故。二人忙住了棋，都欠身道謝，命丫鬟們收了。周瑞家的答應了，因說：「四姑娘不在房裡，只怕在老太太那邊呢？」丫鬟們道：「那屋裡不是四姑娘？」周瑞家的聽了，便往這邊屋裡來。

只見惜春正同水月庵的小姑子智能兒一處頑耍呢。見周瑞家的進來，惜春便問他何事？周瑞家的便將花匣打開，說明原故。惜春笑道：「我這裡正和智能兒說，我明兒也剃了頭，同他作姑子去呢。可巧又送了花兒來；若剃了頭，可把這花兒戴在哪裡呢？」說著，大家取笑一回。惜春命丫鬟入畫來收了。（曰司棋，曰侍書，曰入畫；後文補抱琴。琴、棋、書、畫四字最俗，上添一虛字則覺新雅。）周瑞家的問智能兒：「你是什麼時來的？你師父那禿歪拉❹往哪裡去了？」智能兒道：「我們一早就來了。我師父見了太太，就往于老爺府內去了，叫我在這裡等他呢。」（又虛貼一個于老爺，可知尚僧尼者，悉愚人也。）周瑞家的又道：「十五的月例香供銀子❺可曾得了沒有？」智能兒搖頭兒說：「我不知道。」（妙！年輕未任事也。一應騙布施、哄齋供諸惡，皆是老禿賊設局。寫一種人，一種人活像。）惜春聽了，便問周瑞家的：「如今各廟月例銀子是誰管著？」周瑞家的道：「是余信管著。」（明點「愚性」二字。）惜春聽了，笑道：「這就是了。

---

❹ 禿歪拉：禿，光頭。歪拉，也作「歪剌」，罵人話，一般用於女性，也說「歪剌骨」、「歪剌貨」。

❺ 月例香供銀子：按月施捨給廟宇供奉神佛的香火銀。

他師父一來，余信的女人就趕上來，和他師父咕唧了半日，想是就為這事了。」

那周瑞家的又和智能兒勞叨了一會，便往鳳姐兒處來。穿夾道從李紈後窗下過，隔著玻璃窗戶，見李紈在炕上歪著睡覺呢。遂越過西花牆，出西角門，進入鳳姐院中。走至堂屋，只見小丫頭豐兒坐在鳳姐房中門檻上，見周瑞家的來了，連忙擺手兒，叫他往東屋裡去。周瑞家的會意，忙躡手躡足往東邊房裡來。只見奶子正拍著大姐兒睡覺呢。周瑞家的悄問奶子道：「姐兒睡中覺呢？也該請醒了。」奶子搖頭兒。▼正說著，只聽那邊一陣笑聲，卻有賈璉的聲音。接著房門響處，平兒拿著大銅盆出來，叫豐兒舀水進去。▲（奇文妙想！阿鳳之為人，豈有不著意於『風月』二字之理哉？若直以明筆寫之，不但唐突阿鳳聲價，亦且無妙文可賞。若不寫之，又萬萬不可。故只用『柳藏鸚鵡語方知』之法，略一皴染，不獨文字有隱微，亦且不至污瀆阿鳳之英風俊骨。所謂此書無一不妙。）平兒到這邊來，一見了周瑞家的，便問：「你老人家又跑了來作什麼？」周瑞家的忙起身，拿匣子與他，說送花兒一事。平兒聽了，便打開匣子，拿了四枝，轉身去了。半刻工夫，手裡拿出兩枝來，先叫彩明，吩咐道：「送到那邊府裡，給小蓉大奶奶戴去。」（忙中更忙，又曰密處不容針，此等處是也。）次後方命周瑞家的回去道謝。

（▼余素所藏仇十洲「幽窗聽鶯暗春圖」，其心思筆墨，已是無雙；今見此阿鳳一傳，則覺畫工太板。）

周瑞家的這纔往賈母這邊來，穿過了穿堂，抬頭忽見他女兒打扮著，纔從他婆家來。周瑞家的忙問：「你這會跑來作什麼？」他女兒笑道：「媽一向身上好？我在家裡等了這半日，媽竟不出去，什麼事情這樣忙的不回家？我等煩了，自己先到了老太太跟前請了安了，這會子請太太的安去。媽還有什麼不了的差事？手裡是什麼東西？」周瑞家的笑道：「噯！今兒偏偏的來了個劉姥姥，我自己多事，為他跑了半日；這會子又被姨太太看見了，送這幾枝花兒與姑娘奶奶們，這會子還沒送清楚呢。你這會子跑了來，一定有什麼事！」他女兒笑道：「你老人家倒會猜。實對你老人家說：你女婿前兒因多吃了兩杯酒，和人分爭，不知怎的被人放了一把邪火❻，說他來歷不明，告到衙門裡，要遞解❼還鄉。所以我來和你老人家商議商議，這個情分求哪一個可以了事呢？」周瑞家的聽了，道：「我就知道呢！這有什麼大不了的事？你且家去等我，我給林姑娘送了花兒去，就回家去。此時太太、二奶奶都不得閒兒，你回去等我。這有什麼，忙的如此！」女兒聽說，便回去了，又說：「媽好歹快來。」周瑞家的道：「是了。小人兒家沒經過什麼事，就急得你這樣了。」說著，便到黛玉房中去了。又生出一小段來，是榮、寧中常事，亦是阿鳳正文。若不如此穿插，直用一送花到底，亦太死板，不是石頭記筆墨矣。

誰知此時黛玉不在自己房中，卻在寶玉房中，大家解九連環❽頑呢。妙極！又一花樣。此時二玉已隔房矣。周瑞家的進來，笑道：「林姑娘，姨太太著我送花兒與姑娘戴來了。」寶玉聽說，便先問：「什麼花兒？拿來給我。」一面早伸手接過來了。開匣看時，原來是宮製堆紗新巧的假花兒。▼黛玉只就在寶玉手中看了一看，便問道：「還是單送我一人的，還是別的姑娘們都有呢？」周瑞家的道：「各位都有了，這兩枝是姑娘的了。」黛玉冷笑道：「我就知道，別人不挑剩下的，也不給我。▲」周瑞家的聽了，一聲兒不言語。寶玉便問道：「周姐姐，你作什麼到那邊去了？」周瑞家的因說：「太太在那裡，因回話去了，姨太太就順便叫我帶來了。」寶玉道：「寶姐姐在家作什麼呢？怎麼這幾日也不過這邊來？」周瑞家的道：「身上不大好呢！」寶玉聽了，便和丫頭說：「誰去瞧瞧？只說我與林姑娘打發了來，請姨太

❻ 放了一把邪火：從旁挑撥，使人發怒。

❼ 遞解：一站一站地押送。

❽ 九連環：玩具名，用金屬絲製成一狹長的方圈，上套九個圓環，可以解下套上，手續極繁。

▼余閱送花一回，薛姨媽云「寶丫頭不喜這些花兒粉兒的」，則謂是寶釵正傳；又出阿鳳、惜春一段，則又知是阿鳳正傳；今又到顰兒一段，卻又將阿顰之天性，從骨中一寫，方知亦是顰兒正傳。小說中一筆作兩三筆者有之，一事啓兩事者有之，未有如此恆河沙數之筆也。

太、姐姐安。問姐姐是什麼病，現吃什麼藥？說原該我親自來的，就說纔從學裡來，也著了些涼，異日再親自來看罷。」說著，茜雪便答應去了。周瑞家的自去，無話。

原來這周瑞的女婿便是雨村的朋友冷子興，近因賣古董和人打官司，故教女人來討情分。周瑞家的仗著主子的勢利，把這些事也不放在心上，晚間只求求鳳姐兒便完了。

至掌燈時分，鳳姐已卸了妝，來見王夫人回話：「今兒甄家送了來的東西，我已收了。偺們送他的，趁著他家有年下送鮮的船去，一併都交給他們帶了去罷？」王夫人點頭。鳳姐又道：「臨安伯老太太生日的禮已經打點了，派誰送去呢？」王夫人道：「你瞧誰閒著，就叫他們去四個女人就是了，又來當什麼正經事問我！」鳳姐又笑道：「今日珍大嫂子來，請我明日過去逛逛，明日倒沒有什麼事情。」王夫人道：「有事沒事，都害不著什麼。每常他來請，有我們，你自然不便意；他既不請我們，單請你，可知是他誠心叫你散淡散淡。別辜負了他的心，便有事，也該過去纔是。」鳳姐答應了。當下李紈、迎、探等姊妹們亦來定省畢，各自歸房無話。

次日，鳳姐梳洗了，先回王夫人畢，方來辭賈母。寶玉聽了，也要跟了逛去。鳳姐只得答應，立等著換了衣服，姐兒兩個坐了車，一時進入寧府。早有賈珍之妻尤氏與賈蓉之妻秦氏婆媳兩個，引了多少姬妾丫鬟媳婦等接出儀門。那尤氏一見了鳳姐，必先嘲笑一陣，一手攜了寶玉，同入上房來歸坐。秦氏獻茶畢，鳳姐因說：「你們請我來作什麼？有什麼好東西孝敬我，就快獻上來，我還有事呢。」尤氏、秦氏未及答話，地下幾個姬妾先就笑說：「二奶奶今兒不來就罷，既來了，就依不得二奶奶了。」正說著，只見賈蓉進來請安。寶玉因問：「大哥哥今日不在家麼？」尤氏道：「出城與老爺請安去了。

可是你怪悶的，坐在這裡作什麼？何不也去逛逛？」秦氏笑道：「今兒巧，上回寶叔立刻要見的我那兄弟，他今兒也在這裡，想在書房裡呢。寶叔何不去瞧一瞧？」寶玉聽了，即便下炕要走。尤氏、鳳姐都忙說：「好生著，忙什麼！」一面便吩咐：「好生小心跟著他，別委屈著他，倒比不得跟了老太太過來就罷了。」

鳳姐說道：「既這麼著，何不請進這秦小爺來，我也瞧一瞧，難道我見不得他不成？」尤氏笑道：「罷，罷！可以不必見他，比不得偺們家的孩子們，胡打海摔❾的慣了。人家的孩子都是斯斯文文的慣了，乍見了你這破落戶，還被人笑話死了呢！」鳳姐笑道：「普天下的人，我不笑話就罷了，竟叫這小孩子笑話我不成？」賈蓉笑道：「不是這話。他生的靦腆，沒見過大陣仗兒，嬸子見了沒的生氣。」▼鳳姐道：「憑他什麼樣兒的，我也要見一見。別放你娘的屁了！再不帶來我看，給你一頓好嘴巴。」▲賈蓉笑嘻嘻的說：「我不敢扭著，就帶他來。」

▼此等處寫阿鳳之放縱，是為後文伏線。

說著，果然出去帶進一個小後生來，較寶玉略瘦些，眉清目秀，粉面朱唇，身材俊俏，舉止風流，似在寶玉之上，只是怯怯羞羞有女兒之態，靦腆含糊，慢向鳳姐作揖問好。鳳姐喜的先推寶玉，笑道：「比下去了！」便探身一把攜了這孩子的手，就命他身旁坐了，慢慢的問他：幾歲了，讀什麼書，弟兄幾個，學名喚什麼，秦鐘（分明寫寶玉，卻先偏寫阿鳳。設云「情種」。古詩云：「未嫁先名玉，來時本姓秦。」二語便是此書大綱目、大比托、大諷刺處。）一一答應了。早有鳳姐的丫鬟媳婦們，見鳳姐初會秦鐘，並未備得表禮❿來，遂忙過那邊去告訴平兒。平兒知道鳳姐與

❾ 胡打海摔：慣經摔打磕碰，不嬌貴。胡，胡亂。海，沒有節制。

❿ 表禮：初次見面所贈送的禮物。

秦氏厚密，雖是小後生家，亦不可太儉，遂自作主意，拿了一疋尺頭⑪、兩個「狀元及第」的小金錁子⑫，交付與來人送過去。鳳姐猶笑說太簡薄等語，秦氏等謝畢。（一人不落，又帶出強將手下無弱兵。）一時吃過飯，尤氏、鳳姐、秦氏等抹骨牌⑬，不在話下。

那寶玉自見了秦鐘的人品出眾，心中似有所失，痴了半日，自己心中又起了獃意，乃自思道：「天下竟有這等的人物！如今看來，我竟成了泥豬癩狗了。可恨我為什麼生在這侯門公府之家！若也生在寒門薄閻之家，早得與他交結，也不枉生了一世。我雖如此比他尊貴，可知錦繡紗羅，也不過裹了我這根死木頭；美酒羊羔，也不過填了我這糞窟泥溝。『富貴』二字，不料遭我茶毒⑭了！」秦鐘自見了寶玉形容出眾，舉止不凡，更兼金冠繡服，驕婢侈童，秦鐘心中亦自道：「果然這寶玉怨不得人溺愛他。可恨我偏生於清寒之家，不能與他耳鬢交接。可知『貧窶』二字限人，亦世間之大不快事。」二人一樣的胡思亂想。（作者又欲瞞過眾人。）忽然寶玉問他讀什麼書，秦鐘見問他，因而答以實話。二人你言我語，十來句後，越覺親密起來。

一時擺上茶果，寶玉便說：「我兩個又不吃酒，把果子擺在裡間小炕上，我們那裡坐去，省得鬧你們。」於是二人進裡間來吃茶。秦氏一面張羅與鳳姐擺酒果，一面忙進來，囑寶玉道：「寶叔，你

---

⑪ 尺頭：布料；緞疋。

⑫ 狀元及第的小金錁子：印有狀元及第吉祥圖案的金錁子。錁子，金銀鑄成的小錠。

⑬ 骨牌：遊戲和賭博的工具，又叫「牙牌」、「牌九」。用骨頭、象牙或竹木製成，共三十二張，每張牌由兩點至十二點。

⑭ 茶毒：本意是毒害，這裡有糟蹋的意思。

侄兒倘或言語不防頭，你千萬看著我，不要理他。他雖靦腆，卻性子左強⑮，不大隨和些是有的。」寶玉笑道：「你去罷，我知道了。」秦氏又囑了他兄弟一回，方去陪鳳姐。一時鳳姐、尤氏又打發人來問寶玉：「要吃什麼外面有，只管要去。」寶玉只答應著，也無心在飲食上，只問秦鐘近日家務等事。秦鐘因說：「業師於去年病故，家父又年紀老邁，殘疾在身，公務繁冗，因此尚未講及延師一事。目下不過在家溫習舊課而已。再讀書一事，必須有一二知己為伴，時常大家討論，纔能進益……」寶玉不待說完，便答道：「正是呢。我們卻有個家塾，合族中有不能延師的，便可入塾讀書。子弟們中亦有親戚在內，可以附讀。我因業師上年回家去了，也現荒廢著呢。家父之意亦欲暫送我去溫習舊書，待明年業師上來，再各自在家裡讀。家祖母因說：一則家學裡子弟太多，生恐大家淘氣，反不好；二則也因我病了幾天，遂暫且擔擱著。如此說來，尊翁如今也為此事懸心。今日回去，何不稟明，就往我們敝塾中來；我亦相伴，彼此有益，豈不是好事？」秦鐘笑道：「家父前日在家，提起延師一事，也曾提起這裡的義學倒好，原要來和這裡的親翁商議引薦。因這裡又事忙，不好為這點小事來聒絮的。寶叔果然疼小侄或可磨墨滌硯，何不速速的作成，又彼此不致荒廢，又可以常相談聚，又可以慰父母之心，又可以得朋友之樂，豈不是美事？」寶玉道：「放心，放心！偺們回來告訴你姐夫姐姐和璉二嫂子。你今日回家就稟明令尊，我回去再稟明祖母，再無不速成之理。」二人計議已定。那天氣已是掌燈時候，出來又看他們頑了一回牌。算賬時，卻又是秦氏、尤氏二人輸了戲酒的東道，言定後日吃這東道，一面就叫送飯。

⑮ 左強：孤僻倔強。

吃畢晚飯，因天黑了，尤氏因說：「先派兩個小子送了這秦相公家去。」媳婦們傳出去半日，秦鐘告辭起身。尤氏問：「派了誰送去？」媳婦們回說：「外頭派了焦大，誰知焦大醉了，又罵呢。」尤氏、秦氏都說道：「偏又派他作什麼！放著這些小子們，哪一個派不得？偏要惹他去。」鳳姐道：「我成日家說你太軟弱了，縱的家裡人這樣，還了得了！」尤氏嘆道：「你難道不知這焦大的？連老爺都不理他的，你珍大哥哥也不理他。只因他從小兒跟著太爺們出過三四回兵，從死人堆裡把太爺背了出來，得了命；自己挨著餓，卻偷了東西來給主子吃；兩日沒得水，得了半碗水給主子喝，他自己喝馬溺。不過仗著這些功勞情分，有祖宗時都另眼相待，如今誰肯難為他去？他自己又老了，又不顧體面，一味吃酒，吃醉了，無人不罵。我常說給管事的，不要派他差事，全當一個死的就完了。今又派了他。」鳳姐道：「我何嘗不知這焦大？倒是你們沒主意。有這樣的，何不打發他遠遠的莊子上去就完了。」說著，因問：「我們的車可齊備了？」地下眾人都應道：「伺候齊了。」鳳姐起身告辭，和寶玉攜手同行。

▼這是為後協理寧國伏線。

尤氏等送至大廳，只見燈燭輝煌，眾小廝都在丹墀侍立。那焦大又恃賈珍不在家，即在家亦不好怎樣他，更可以任意灑落灑落⑯。因趁著酒興，先罵大總管賴二，（記清，榮府中則是賴大，又故意綜錯的妙！）說他不公道，「欺軟怕硬，有了好差事就派別人，像這等黑更半夜送人的事就派我。沒良心的王八羔子，瞎充管家！你也不想想焦大太爺，蹺蹺腳比你的頭還高呢！二十年頭裡的焦大太爺，眼裡有誰？別說你們這一起雜種王八羔子們！」正罵的興頭上，賈蓉送鳳姐的車出去，眾人喝他不聽，賈蓉忍不得，便罵了他兩句，

⑯ 灑落：任意揮灑言辭。

使人綑起來，「等明日酒醒了問他，還尋死不尋死了！」那焦大哪裡把賈蓉放在眼裡，反大叫起來，趕著賈蓉叫：「蓉哥兒，你別在焦大跟前使主子性兒。別說你這樣兒的，就是你爹、你爺爺也不敢和焦大挺腰子。不是焦大一個人，你們就做官兒，享榮華、受富貴？你祖宗九死一生掙下這家業，到如今了，不報我的恩，反和我充起主子來了！不和我說別的還可，若再說別的，偺們紅刀子進去，白刀子出來！」是醉人口中文法。

鳳姐在車上說與賈蓉道：「以後還不打發了這個沒王法的東西！留在這裡，豈不是禍害？倘或親友知道了，豈不笑話偺們這樣的人家，連個王法規矩都沒有？」賈蓉答應：「是！」眾小廝見他太撒野了，只得上來幾個，揪翻綑倒，拖往馬圈裡去。焦大越發連賈珍都說出來，亂嚷亂叫，說：「我要往祠堂裡哭太爺去！哪裡承望到如今生下這些畜牲來，每日家偷狗戲雞，爬灰⑰的爬灰，養小叔子的養小叔子，我什麼不知道？咱們『胳膊折了往袖子裡藏』⑱！」眾小廝聽他說出這些沒天日的話來，唬的魂飛魄散，也不顧別的了，便把他捆起來，用土和馬糞滿滿的填了他一嘴。

鳳姐和賈蓉等也遙遙的聞得，便都裝作沒聽見。寶玉在車上見這般醉鬧，倒也有趣，因問鳳姐道：「姐姐，你聽他說『爬灰的爬灰』，什麼是爬灰？」鳳姐聽了，連忙立眉嗔目，斷喝道：「少胡說！那是醉漢嘴裡混唚⑲。你是什麼樣的人，不說沒聽見，還倒細問！等我回去回了太太，仔細捶你不捶你？」

⑰ 爬灰：俗語說公公和兒媳通姦為「爬灰」。

⑱ 胳膊折了往袖子裡藏：比喻不光彩的事不要往外張揚。

⑲ 混唚：胡說八道。唚，音ㄑㄧㄣˋ。用髒話亂罵。

嚇得寶玉忙央告道：「好姐姐！我再不敢了。」鳳姐道：「這纔是呢！等偺們到了家，回了老太太，打發你同你秦家侄兒學裡念書去要緊。」說著，卻自回往榮府而來。這正是：

不因俊俏難為友，正為風流始讀書。

1. 「惜春命丫鬟入畫來收了」，庚辰本作「惜春丫鬟放在匣子裡」，據甲戌本改。
2. 「是余信管著」，庚辰本作「是蔡信管著」，據甲戌等諸本改。

第八回　比通靈金鶯微露意　探寶釵黛玉半含酸

話說鳳姐和寶玉回家，見過眾人。寶玉先便回明賈母秦鐘要上家塾之事——自己也有了個伴讀的朋友，正好發奮——又著實的稱讚秦鐘的人品行事最使人憐愛；鳳姐又在一旁幫著說「過日他還來拜老祖宗」等語，說的賈母喜歡起來。鳳姐又趁勢請賈母後日過去看戲。賈母雖年老，卻極有興頭；至後日，又有尤氏來請，遂攜了王夫人、林黛玉、寶玉等過去看戲。至晌午，賈母便先回來歇息了。王夫人本是好清淨的，見賈母回來，也就回來了。然後鳳姐坐了首席，盡歡至晚無話。

卻說寶玉因送賈母回來，待賈母歇了中覺，意欲還去看戲取樂，又恐擾的秦氏等人不便。因想起近日薛寶釵在家養病，未去親候，意欲去望他一望。若從上房後角門過去，又恐遇見別事纏繞，再或可巧遇見他父親，（本意正傳，實是曩時苦惱，嘆嘆！）更為不妥，寧可繞遠路罷了。當下眾嬤嬤丫鬟伺候他換衣服，見他不換，仍出二門去了。眾嬤嬤丫鬟只得跟隨出來，還只當他去那府中看戲，誰知到穿堂，便向東向北，繞廳後而去。偏頂頭遇見了門下清客相公❶詹光、（妙！蓋沾光之意。）單聘仁（更妙！蓋善於騙人之意。）二人走來，一見了寶玉，便都笑著趕上來，一個抱住腰，一個攜著手，都道：「我的菩薩哥兒，我說作了好夢呢，好容易得遇見了你。」說著，請了安，又問好，勞叨半日方纔走開。老嬤嬤叫住，因問：「二位爺是從老爺跟前來的不是？」二人點頭道：「老爺在夢坡齋小書房裡歇中覺呢，不妨事的。」一面說，一面走了，說

❶ 清客相公：清客，舊時陪伴主人清談取樂的人。相公，舊時對讀書人的敬稱。猶言「先生」。

的寶玉也笑了。於是轉彎向北，奔梨香院來。可巧銀庫房的總領名喚吳新登，與倉上的頭目名戴良，還有幾個管事的頭目，共有七個人，從賬房裡出來，一見了寶玉，趕來都一齊垂手站住。獨有一個買辦名喚錢華，因他多日未見寶玉，忙上來打千❷兒請安。寶玉忙含笑攜他起來。眾人都笑說：「前兒在一處看見二爺寫的斗方❸兒，字法越發好了，多早晚兒賞我們幾張貼貼！」寶玉笑道：「在哪裡看見了？」眾人道：「好幾處都有，都稱讚的了不得，還和我們尋呢！」寶玉笑道：「不值什麼，你們說與我的小么兒們就是了。」一面說，一面往前走。眾人待他過去，方都各自散了。未入梨香院，先故作若許波瀾曲折。瞧他無意中又寫出寶玉寫字來，固是愚弄公子之閒文，然亦是暗逗寶玉歷來文課事。不然，後文豈不太突？

閒言少述，且說寶玉來至梨香院中，先入薛姨媽室中來，正見薛姨媽打點針黹分給丫鬟們呢。寶玉忙請了安，薛姨媽忙一把拉了他，抱入懷內，笑說：「這麼冷天，我的兒，難為你想著來。快上炕來坐著罷。」命人倒滾滾的茶來。寶玉因問：「哥哥不在家？」薛姨媽嘆道：「他是沒籠頭的馬，天天忙不了，哪裡肯在家一日！」寶玉道：「姐姐可大安了？」薛姨媽道：「可是呢，你前兒又想著打發人來瞧他。他在裡間不是？你去瞧他。裡間比這裡暖和，那裡坐著，我收拾收拾就進去和你說話兒。」寶玉聽說，忙下了炕，來至裡間門前，只見吊著半舊的紅綢軟簾。寶玉掀簾，一邁步進去，先就看見薛寶釵坐在炕上作針線，頭上挽著漆黑的油光鬢兒，蜜合色綿襖，玫瑰紫二色金銀鼠比肩褂，蔥黃綾棉裙，一色半新不舊，看去不覺奢華。唇不點而紅，眉不畫而翠，臉若銀盆，眼如水杏。罕言寡語，

▼畫神鬼易，畫人物難。寫寶卿正是寫人之筆，若與黛玉並寫更難。今作者寫得一毫難處不見，且得二人真體實傳，非神助而何？

❷ 打千：清代滿族男子下對上通行的禮節，其姿勢為左膝彎曲，右手下垂，上身稍向前俯。

❸ 斗方：在一尺見方的紙上所作的字畫，常書寫吉言貼在門屏槅扇上。方形的冊頁和詩箋也稱「斗方」。

人謂藏愚；安分隨時，自云守拙▲❹。這方是寶卿正傳。與前寫黛玉之傳一齊參看，各極其妙，各不相犯。寶玉一面看，一面問：「姐姐可大愈了？」寶釵抬頭，只見寶玉進來，連忙起身，含笑答說：「已經大好了，倒多謝記掛著。」說著，讓他在炕沿上坐了，即命鶯兒斟茶來。一面又問老太太、姨娘安，別的姊妹們都好。一面看寶玉——頭上戴著纍絲嵌寶紫金冠，額上勒著二龍搶珠金抹額，身上穿著秋香色立蟒白狐腋箭袖，繫著五色蝴蝶鑾絛，項上掛著長命鎖、記名符，另外有一塊落草時啣下來的寶玉。寶釵因笑說道：「成日家說你的這玉，究竟未曾細細的賞鑑。我今兒倒要瞧瞧。」說著，便挪近前來。寶玉亦湊了上去，從項上摘了下來，遞在寶釵手內。寶釵托於掌上，只見大如雀卵，燦若明霞，瑩潤如酥，五色花紋纏護。這就是大荒山中青埂峰下的那塊頑石的幻相。後人曾有詩嘲云：

女媧煉石已荒唐，又向荒唐演大荒❺。失去幽靈真境界，幻來親就臭皮囊❻。
好知運敗金無彩，堪嘆時乖玉不光❼。白骨如山忘姓氏，無非公子與紅妝。

那頑石亦曾記下他這幻相並癩僧所鐫的篆文，今亦按圖畫於後。但其真體最小，方能從胎中小兒口內啣下。今若按其體畫，恐字跡過於微細，使觀者大廢眼光，亦非暢事。故今只按其形式，無非略展些▲

▼又忽作此數語，以幻弄成真，以真弄成幻，真真假假，恣意遊戲於筆墨之中，可謂狡猾之至。

❹ 守拙：聰明不外露。
❺ 演大荒：演說大荒山石頭的故事。
❻ 失去兩句：說通靈的石頭離開仙境，投身人間。
❼ 好知兩句：「金無彩」「玉不光」言寶釵和黛玉的不幸遭遇。

規矩，使觀者便於燈下醉中可閱。今註明此故，方無『胎中之兒口有多大，怎得啣此狼犺❽蠢大之物』等語之謗▲。

通靈寶玉正面圖式

通靈寶玉

莫失莫忘

仙壽恆昌

註云：

莫失莫忘

仙壽恆昌

通靈寶玉反面圖式

一除邪祟

二療冤疾

三知禍福

註云：

一除邪祟

二療冤疾

三知禍福

▼石頭記立誓一筆不寫一家文字。

寶釵看畢，又從新翻過正面來細看，口內念道▼：「莫失莫忘，仙壽恆昌。」（是心中沉吟，神理。）念了兩遍，乃回頭向鶯兒笑道：「你不去倒茶，也在這裡發獃作什麼？」（請諸公掩卷合目想其神理，想其坐立之勢，想寶釵面上口中，真妙！）鶯兒嘻嘻笑道：「我聽這兩句話，倒像和姑娘的項圈上的兩句話是一對兒。」▲（又引出一個金項圈來，鶯兒口中說出，方妙。）寶玉聽了，忙笑道：「原來姐姐那項圈上也有八個字，我也賞鑑賞鑑。」寶釵道：「你別聽他的話，沒有什麼字。」寶玉笑央：「好姐姐，你怎麼瞧我的了呢？」寶釵被纏不過，因說道：「也是個人給了兩句吉利話兒，所以鏨上了，叫天天帶著；不然沉甸甸的，有什麼趣兒！」一面說，一面解了排扣，從裡面大紅襖上將那珠寶晶瑩、黃金燦爛的瓔珞掏將出來。寶玉忙托了鎖看時，果然一面有四個篆字，兩面八個，共

❽狼犺：笨重。犺，音ㄎㄤˋ。

成兩句吉讖。亦曾按式畫下形相：

音註云：
不離不棄與「不離不棄」，相對，所謂愈出愈奇。「莫失莫忘」

音註云：
芳齡永繼合前讀之，豈非一對？

寶玉看了，也念了兩遍，又念自己的兩遍，因笑問：「姐姐，這八個字倒真與我的是一對。」鶯兒笑道：「是個癩頭和尚送的，他說必須鏨在金器上……」寶釵不待說完，便嗔他：「不去倒茶？」一面又問寶玉從哪裡來？寶玉此時與寶釵就近，只聞一陣陣涼森森、甜絲絲的幽香，竟不知係何香氣，遂問：「姐姐薰的是什麼香？我竟從未聞見過這味兒。」寶釵笑道：「我最怕薰香，好好的衣服，薰的烟燎火氣的。」寶玉道：「既如此，這是什麼香？」寶釵想了一想，笑道：「是了，是我早起吃了丸藥的香氣。」寶玉笑道：「什麼丸藥這麼好聞？好姐姐，給我一丸嘗嘗。」寶釵笑道：「又混鬧了，一個藥也是混吃的？」

一語未了，忽聽外面人說：「林姑娘來了。」緊處愈緊，密不容針之文。話猶未了，林黛玉已搖搖的走了進來，一見了寶玉，便笑道：「噯喲！我來的不巧了。」寶玉等忙起身笑讓坐。寶釵因笑道：「這話怎麼說？」黛玉笑道：「早知他來，我就不來了。」寶釵道：「我更不解這意。」黛玉笑道：「要來一群都來，要不來一個也不來；今兒他來了，明兒我再來，如此間錯開了來著，豈不天天有人來了？也不至於太冷落，也不至於太熱鬧了。姐姐如何反不解這意思？」寶玉因見他外面罩著大紅羽緞對襟褂子，（岔開文字，避繁章法，妙極妙極！）因問：「下雪了麼？」地下婆娘們道：「下了這半日雪珠兒了。」寶玉道：「取了我的斗篷來不曾？」黛玉便道：「是不是？我來了，他就該去了。」寶玉笑道：「我多早晚兒說要去了？不過拿來預備著。」寶玉的奶母李嬤嬤因說道：「天又下雪，也好早晚的了，就在這裡同姐姐妹妹一處頑頑罷。姨媽那裡擺茶果子呢。我叫丫頭去取了斗篷來，說給小么兒們散了罷？」寶玉應允。李嬤嬤出去，命小廝們都各散去，不提。

這裡薛姨媽已擺了幾樣細茶果來，留他們吃茶。寶玉因誇前日在那府裡珍大嫂子的好鵝掌鴨信❾，薛姨媽聽了，忙也把自己糟的取了些來與他嘗。寶玉笑道：「這個須得就酒吃纔好。」薛姨媽便令人去灌了最上等的酒來。李嬤嬤便上來道：「姨太太，酒倒罷了！」寶玉央道：「媽媽，我只喝一鍾。」李嬤嬤道：「不中用！當著老太太、太太，哪怕你吃一罈呢！想那日我眼錯不見一會，不知是哪一個沒有調教的，只圖討你的好兒，不管別人死活，給了你一口酒吃，葬送的我挨了兩日罵。姨太太不知道，他性子又可惡，吃了酒更弄性。有一日老太太高興了，又盡著他吃；什麼日子又不許他吃。何苦我白陪在裡面受氣！」薛姨媽笑道：「老貨！你只放心吃你的去，我也不許他吃多了。便是老太太問，有我呢！」一面令小丫鬟來：「讓你奶奶們去，也吃杯搪搪寒氣。」那李嬤嬤聽如此說，只得和眾人去吃些酒水。這裡寶玉又說：「不必溫暖了，我只愛吃冷的。」薛姨媽忙道：「這可使不得。吃了冷

---

❾ 鴨信：鴨舌。

酒，寫字手打颭兒❿。」寶釵笑道：「寶兄弟，虧你每日家雜學旁收的，難道就不知道酒性最熱？若熱吃下去，發散的就快；若冷吃下去，便凝結在內，以五臟去暖他，豈不受害？從此還不快不要吃那冷的了！」寶玉聽這話有情理，便放下冷酒，命人暖來方飲。（著眼。若不是寶卿說出，竟不知玉卿日就何業。）

黛玉磕著瓜子兒，只抿著嘴笑。可巧黛玉的小丫鬟雪雁走來，與黛玉送小手爐。黛玉因含笑問他：「誰叫你送來的？難為他費心，哪裡就冷死了我！」雪雁道：「紫鵑（鸚哥改名也。）姐姐怕姑娘冷，（又順筆帶出一個妙名來，洗盡春花臘梅等套。）使我送來的。」黛玉一面接了，抱在懷中，笑道：「也虧你倒聽他的話。我平日和你說的，全當耳旁風；怎麼他說了，你就依，比聖旨還快些！」寶玉聽這話，知是黛玉借此奚落他，也無回復之詞，只嘻嘻的笑兩陣罷了。（這才好，這才是寶玉。）寶釵素知黛玉是如此慣了的，也不去睬他。（渾厚天成，這才是寶釵。）薛姨媽因道：「你素日身子弱，禁不得冷的。他們記掛著你倒不好？」黛玉笑道：「姨媽不知道。幸虧是姨媽這裡，倘或在別人家，人家豈不惱？好說就看的人家連個手爐也沒有，巴巴的從家裡送個來，不說丫鬟們太小心過餘，還只當我素日是這等狂慣了呢！」薛姨媽道：「你這個多心的，有這樣想；我就沒這心了。」

說話時，寶玉已是三杯過去，李嬤嬤又上來攔阻。寶玉正在心甜意洽之時，和寶、黛姊妹說說笑笑的，哪肯不吃？寶玉只得屈意央告：「好媽媽！我再吃兩鍾就不吃了。」李嬤嬤道：「你可仔細，老爺今兒在家，提防問你的書！」寶玉聽了這話，便心中大不自在，慢慢的放了酒，垂了頭。黛玉先忙的說：「別掃大家的興，舅舅若叫你，只說姨媽留著呢！這個媽媽，他吃了酒，又拿我們來醒脾⓫

---

❿ 打颭兒：顫抖不穩。颭，音ㄓㄢˇ。本義為風吹物動。

⓫ 醒脾：尋開心。

了。」一面悄推寶玉，使他賭氣；一面悄悄的咕噥說：「別理那老貨，偺們只管樂偺們的。」那李嬤嬤不知黛玉的意思，因說道：「林姐兒，你不要助著他了，你倒勸勸他，只怕他還聽些。」林黛玉冷笑道：「我為什麼助他？我也不犯著勸他。你這媽媽太小心了，往常老太太又給他酒吃，如今在姨媽這裡多吃一口，料也不妨事。必定姨媽這裡是外人，不當在這裡的也未可知。」李嬤嬤聽了，又是急，又是笑，說道：「真真這林姐兒，說出一句話來，比刀子還尖。你這算了什麼！」寶釵也忍不住笑著，把黛玉腮上一擰，說道：「真真這個顰丫頭的一張嘴，叫人恨又不是，喜歡又不是。」薛姨媽一面又說：「別怕，別怕！我的兒，來這裡沒好的你吃，別把這點子東西唬的存在心裡，倒叫我不安。只管放心吃，都有我呢。越發吃了晚飯去，便醉了，便跟著我睡罷。」因命：「再燙熱酒來！姨媽陪你吃兩杯，可就吃飯罷。」寶玉聽了，方又鼓起興來。

李嬤嬤因吩咐小丫頭子們：「你們在這裡小心伺候著，我家裡換了衣服就來。悄悄的回姨太太，別由著他，多給他酒吃。」說著，便家去了。這裡雖還有三兩個婆子，都是不關痛癢的，見李嬤嬤走了，也都悄悄去尋方便去了。只剩了兩個小丫頭子，樂得討寶玉的歡喜。幸而薛姨媽千哄萬哄的，只容他吃了幾杯，就忙收過了。作酸筍雞皮湯，寶玉痛喝了兩碗，吃了半碗碧粳粥。一時薛林二人也吃完了飯。又釅釅的沏上茶來，大家吃了。薛姨媽方放了心。雪雁等三四個丫頭已吃了飯，進來伺候。黛玉因問寶玉道：「你走不走？」寶玉乜斜倦眼，道：「你要走，我和你一同走。」黛玉聽說，遂起身道：「偺們來了這一日，也該回去了。還不知那邊怎麼找偺們呢。」說著二人便告辭。

小丫頭忙捧過斗笠來，寶玉便把頭略低一低，命他戴上。那丫頭便將這大紅猩氈斗笠一抖，纔要往寶玉頭上合，寶玉便說：「罷，罷！好蠢東西，你也輕些兒。難道沒見過別人戴過的？讓我自己戴罷。」黛玉站在炕沿上道：「囉唆什麼？過來我瞧瞧罷。」寶玉忙就近前來，黛玉用手整理，輕輕籠住束髮冠，將笠沿掖在抹額⑫之上，將那一棵核桃大的絳絨簪纓扶起，顫巍巍露於笠外。整理已畢，端相了端相，說道：「好了，披上斗篷罷。」寶玉聽了，方接了斗篷披上。薛姨媽忙道：「跟你們的媽媽都還沒來呢，且略等等不遲。」寶玉道：「我們倒去等他們！有丫頭們跟著也夠了。」薛姨媽不放心，到底命兩個婦女跟隨他兄妹方罷。他二人道了擾，一逕回往賈母房中。

賈母尚未用晚飯，知是薛姨媽處來，更加歡喜。因見寶玉吃了酒，遂命他自回房去歇著，不許再出來了。因命人好生看侍著。忽想起跟寶玉的人來，遂問眾人：「李奶子怎麼不見？」眾人不敢直說家去了，只說：「纔進來的，想有事纔去了。」寶玉跟蹌回顧道：「他比老太太還受用呢，問他作什麼！沒有他，只怕我還多活兩日。」一面說，一面來至自己的臥室，只見筆墨在案。晴雯先接出來，笑說道：「好，好，要我研了那些墨，早起高興，只寫了三個字，丟下筆就走了，哄的我們等了一日。快來與我寫完這些墨纔罷！」寶玉忽然想起早起的事來，因笑道：「我寫的那三個字哪裡呢？」晴雯笑道：「這個人可醉了！你頭裡過那府裡去，囑咐貼在這門斗⑬上，這會子又這麼問。我生怕別人貼壞了，我親自爬高上梯的貼上，這會子還凍的手僵冷的呢。」寫晴雯是晴雯走下來，斷斷不是襲人、平兒、鶯兒等語氣。寶玉聽了，笑道：「我忘了！你的手冷，我替你渥著。」說著，便伸手攜了晴雯的手，同仰首看門斗上新書的三個字。

---

⑫ 抹額：戴在額前的飾物。

⑬ 門斗：門楣的上方。

一時黛玉來了，寶玉笑道：「好妹妹，你別撒謊，你看這三個字，哪一個好？」黛玉仰頭看，裡間門斗上新貼了三個字，寫著「絳芸軒」。黛玉笑道：「個個都好。怎麼寫的這麼好了？明兒也與我寫一個匾。」寶玉嘻嘻的笑道：「又哄我呢。」說著，又問：「襲人姐姐呢？」晴雯向裡間炕上努嘴。寶玉一看，只見襲人和衣睡著在那裡。寶玉笑道：「好，太渥早了些。」因又問晴雯道：「今兒我在那府裡吃早飯，有一碟子豆腐皮的包子，我想著你愛吃，和珍大奶奶說了，只說我留著晚上吃，叫人送過來的。你可吃了？」晴雯道：「快別提。一送了來，我知道是給我的，偏我纔吃了飯，就放在那裡。後來李奶奶來了看見，說：『寶玉未必吃了，拿了給我孫子吃去罷。』他就叫人拿了家去了。」奶母之倚勢亦是常情，奶母之昏憒亦是常情。然特於此處細寫一回，與後文襲卿之酥酪遙遙一對，足見晴卿不及襲卿遠矣。余謂晴有林風，襲乃釵副，真真不錯。接著茜雪捧上茶來，寶玉因讓：「林妹妹吃茶。」眾人笑說：「林妹妹早走了，還讓呢！」

寶玉吃了半碗茶，忽又想起早起的茶來，因問茜雪道：「早起沏了一碗楓露茶，我說過那茶是三四次後纔出色的，這會子怎麼又沏了這個來？」茜雪道：「我原是留著的，那會子李奶奶來了，他要嘗嘗，就給他吃了。」寶玉聽了，將手中的茶杯只順手往地下一擲，豁啷一聲，打了個粉碎，潑了茜雪一裙子的茶。又跳起來問著茜雪道：「他是你哪一門子的奶奶，你們這麼孝敬他？不過是仗著我小時候吃過他幾日奶罷了，如今逞的他比祖宗還大了。如今我又吃不著奶了，白白的養著祖宗作什麼？攆了出去，大家乾淨！」說著，便要去立刻回賈母，攆他乳母。

▼原來襲人實未睡著，不過故意裝睡，引寶玉來慪⑭他頑耍。先聞得說字、問包子等事，也還可不

▼按警幻情榜，寶玉係「情不情」。凡世間之無知無識，彼俱有一痴情去體貼。今加「大醉」

⑭ 慪：音ㄡˋ。逗弄。

二字於石兄，是因問包子、問茶順手擲杯，問茜雪攆李嬤，乃一部書中未有第二次事也。襲人數語，無言而止，石兄真大醉也。

▼作者今尚記金魁星之事乎？撫今思昔，腸斷心摧。

▼寫可兒出身自養生堂，是褒中貶；死後封龍禁尉，是貶中褒。靈巧一至於此。

必起來；後來摔了茶鍾，動了氣，遂連忙起來解釋、勸阻。早有賈母遣人來問：「是怎麼了？」襲人忙道：「我纔倒茶來，被雪滑倒了，失手砸了鍾子。」一面又安慰寶玉道：「你立意要攆他也好，我們也都願意出去，不如趁勢連我們一齊攆了，我們也好，你也不愁再有好的來伏侍你。」寶玉聽了這話，方無了言語，被襲人等扶至炕上，脫換了衣服。不知寶玉口內還說些什麼，只覺口齒纏綿，眼眉愈加餳澀，忙扶侍他睡下。▲襲人伸手從他項上摘下那通靈玉來，用自己的手帕包好，塞在褥子底下，次日帶時便冰不著脖子。那寶玉就枕便睡著了。彼時李嬤嬤等已進來了，聽見醉了，不敢前來再加觸犯，只悄悄的打聽睡了，方放心散去。

次日醒來，就有人回：「那邊小蓉大爺帶了秦相公來拜。」寶玉忙接了出去，領了拜見賈母。賈母見秦鍾形容標緻，舉止溫柔，堪陪寶玉讀書，心中十分歡喜，便留茶留飯，又命人帶去見王夫人等。眾人因素愛秦氏，今見了秦鍾是這般人品，也都歡喜，臨去時都有表禮。▼賈母又與了一個荷包並一個金魁星⑮，取「文星和合」之意。▲又囑咐他道：「你家住的遠，或有一時寒熱飢飽不便，只管住在這裡，不必限定了。只和你寶叔在一處，別跟著那些不長進的東西們學。」秦鍾一一的答應，回去稟知他父親秦業。（妙名。業者，孽也。蓋云情因孽而生也。）

那秦業現任營繕郎⑯，年近七十，夫人早亡。▼因當年無兒女，便向養生堂⑰抱了一個兒子並一個

⑮ 金魁星：金質的魁星像。魁星，傳說中主管科舉的「文曲星」，左手持斗，右手持筆。

⑯ 營繕郎：營繕司郎中。營繕司屬工部，掌管修建。

⑰ 養生堂：即育嬰堂，收留被遺棄孤兒的地方。

女兒。誰知兒子又死了，只剩女兒，小名喚可兒，▲長大時生的形容嬝娜，性格風流。（四字便有隱意。春秋字法。）因素與賈家有些瓜葛，故結了親，許與賈蓉為妻。那秦業至五旬之上方得了秦鐘。因去歲業師亡故，未暇延請高明之士，只得暫時在家溫習舊課。正思要和親家去商議，送往他家塾中，暫且不致荒廢。可巧遇見了寶玉這個機會。又知賈家塾中，現今司塾的是賈代儒，乃當今之老儒。秦鐘此去，學業料必進益，成名可望，因此十分喜悅。只是宦囊羞澀，那賈家上上下下都是一雙富貴眼睛，容易⑱拿不出來。為兒子的終身大事，說不得東併西湊的，恭恭敬敬封了二十四兩贄見禮，親自帶了秦鐘來代儒家拜見了。然後寶玉上學之日，好一同入塾。正是：

早知日後閒爭氣，豈肯今朝錯讀書！

秦可卿。　（清改琦繪，紅樓夢圖詠）

1.「話說鳳姐和寶玉回家，見過眾人。寶玉先便回明賈母」，庚辰本缺「回家，見過眾人。寶玉先」，據甲戌本補入。

2.「那秦業現任營繕郎」，庚辰本缺「那秦業」，據己卯本補入。

⑱ 容易：輕易；隨便。這裡指禮數太少。

第九回　戀風流情友入家塾　起嫌疑頑童鬧學堂

話說秦業父子專候賈家的人來送上學擇日之信。原來寶玉急於要和秦鐘相遇，卻顧不得別的，遂擇了後日一定上學。「後日一早，請秦相公到我這裡會齊了，一同前去。」打發了人送了信。至是日一早，寶玉起來時，襲人早已把書筆文物包好，收拾的停停妥妥，坐在床沿上發悶。見寶玉醒來，只得伏侍他梳洗。寶玉見他悶悶的，因笑問道：「好姐姐，你怎麼又不自在了？難道怪我上學去，丟的你們冷清了不成？」襲人笑道：「這是哪裡話？讀書是極好的事，不然就潦倒一輩子，終久怎麼樣呢？但只一件，只是念書的時節想著書，不念的時節想著家些。別和他們一處頑鬧，碰見老爺不是頑的。雖說是奮志要強，那功課寧可少些，一則貪多嚼不爛，二則身子也要保重。這就是我的意思，你可要體諒。」襲人說一句，寶玉應一句。襲人又道：「大毛衣服❶我也包好了，交出給小子們去了。學裡冷，好歹想著添換，比不得家裡有人照顧。腳爐手爐的炭也交出去了，你可著他們添。那一起懶賊，你不說，他們樂得不動，白凍壞了你。」寶玉道：「你放心，出外頭我自己都會調停的。你們也別悶死在這屋裡，長和林妹妹一處去頑笑著纔好。」說著，俱已穿戴齊備。襲人催他去見賈母、賈政、王夫人等，寶玉又去囑咐了晴雯、麝月等幾句，方出來見賈母。賈母也未免有幾句囑咐的話。然後去見

❶ 大毛衣服：皮貨中以長毛的珍貴細毛皮貨為「大毛兒」，如狐皮、貂皮等，反之則稱「小毛兒」。「大毛衣服」即用大毛兒做的皮衣。

王夫人，又出來書房中見賈政。

偏生這日賈政回家早些，正在書房中與相公清客們閒談。忽見寶玉進來請安，回說上學裡去。賈政冷笑道：「你如果再提『上學』兩個字，連我也羞死了。依我的話，你竟頑你的去是正理。仔細看站髒了我的地，靠髒了我的門！」眾清客相公們都早起身，笑道：「老世翁何必又如此？今日世兄一去，三二年就可顯身成名的了，斷不似往年仍作小兒之態了。天也將飯時了，世兄竟快請罷。」說著，便有兩個年老的攜了寶玉出去。賈政因問：「跟寶玉的是誰？」只聽外面答應了兩聲，早進來三四個大漢，打千兒請安。賈政看時，認得是寶玉的奶母之子，名喚李貴。因向他道：「你們成日家跟他上學，他到底念了些什麼書！倒念了些流言混語在肚子裡，學了些精緻的淘氣。等我閒一閒，先揭了你的皮，再和那不長進的算賬！」嚇的李貴忙雙膝跪下，摘了帽子，碰頭有聲，連連答應「是」，又回說：「哥兒已念到第三本詩經，什麼『呦呦鹿鳴，荷葉浮萍』❷，小的不敢撒謊。」說的滿座鬨然大笑起來，賈政也掌不住笑了，因說道：「哪怕再念三十本詩經，也都是掩耳偷鈴，哄人而已。你去請學裡太爺的安，就說我說了，什麼詩經、古文❸，一概不用虛應故事❹，只是先把四書一氣講明背熟，是最要緊的。」李貴忙答應「是」，見賈政無話，方退出去。

---

❷ 呦呦兩句：詩經小雅鹿鳴：「呦呦鹿鳴，食野之苹。」李貴因不懂詩經，將「食野之苹」誤說為「荷葉浮萍」，故而引得眾人哄然大笑。

❸ 古文：舊時將為應付科舉考試而寫的文章，稱為「時文」或「制藝」，「時文」之外的散文稱為「古文」。

❹ 虛應故事：應付場面而無實效的做法。

此時寶玉獨站在院外，屏聲靜候，待他們出來，便忙忙的走了。李貴等一面撣衣服，一面說道：「哥兒聽見了不曾？可先要揭我們的皮呢！人家的奴才跟主子賺些好體面，我們這等奴才白陪著挨打受罵的。從此後也可憐見些纔好。」寶玉笑道：「好哥哥，你別委屈，我明兒請你。」李貴道：「小祖宗，誰敢望你請？只求聽一句半句話就有了。」說著，又至賈母這邊。秦鐘已早來候著了，賈母正和他說話兒呢。於是二人見過，辭了賈母。寶玉忽想起未辭黛玉，因又忙至黛玉房中來作辭。彼時黛玉纔在窗下對鏡理妝，聽寶玉說上學去，因笑道：「好，這一去可定是要『蟾宮折桂』❺去了。我不能送你了。」寶玉道：「好妹妹，等我下了學再吃飯，和胭脂膏子也等我來再製。」嘮叨了半日，方撤身去了。黛玉忙又叫住，問道：「你怎麼不去辭辭你寶姐姐呢？」寶玉笑而不答，一逕同秦鐘上學去了。

原來這賈家之義學，離此也不甚遠，不過一里之遙。原係始祖所立，恐族中子弟有貧窮不能請師者，即入此中肄業。凡族中有官爵之人，皆供給銀兩，按俸之多寡幫助為學中之費。共舉年高有德之人為塾掌，專為訓課子弟。如今寶、秦二人來了，一一的都互相拜見過，讀起書來。自此以後，他二人同來同往，同坐同起，愈加親密。又兼賈母愛惜，也時常的留下秦鐘，住上三天五日，與自己的重孫一般疼愛。因見秦鐘不甚寬裕，更又助他些衣履等物。不上一月的工夫，秦鐘在榮府便熟了。寶玉

❺ 蟾宮折桂：蟾宮，月亮，相傳月中有蟾蜍，故稱「蟾宮」。折桂，比喻科舉及第。晉代郤詵舉賢良對策第一名，他自比為「桂林之一枝，昆山之片玉」（晉書郤詵傳）。後遂以科舉及第為「折桂」；因傳說月中有桂花樹，故也稱為「蟾宮折桂」。

終是不安本分之人，竟一味的隨心所欲，因此又發了癖性，又特向秦鐘悄說道：「偺們兩個人，一樣的年紀，況又是同窗，以後不必論叔侄，只論弟兄朋友就是了。」先是秦鐘不肯，當不得寶玉不依，只叫他「兄弟」，或他的表字鯨卿。秦鐘也只得混著亂叫起來。

原來這學中雖都是本族人丁與些親戚的子弟，俗語說的好：「一龍生九種，九種各別。」❻未免人多了，就有龍蛇混雜下流人物在內。自寶、秦二人來了，都生的花朵兒一般的模樣，又見秦鐘靦腆溫柔，未語面先紅，怯怯羞羞有女兒之風；寶玉又是天生成慣能作小服低，賠身下氣，情性體貼，話語綿纏。因此二人更加親厚，也怨不得那起同窗人起了疑，背地裡你言我語，詬誶淫議❼，佈滿書房內外。

原來薛蟠自來王夫人處住後，便知有一家學，學中廣有青年子弟，不免偶動了龍陽之興❽，因此也假來上學讀書。不過是三日打魚，兩日曬網，白送些束脩❾禮物與賈代儒，卻不曾有一些兒進益，

❻ 一龍兩句：傳說龍生九子，形狀性格各異。據李東陽記龍生九子云：龍的九子分別是囚牛，喜歡音樂，胡琴頭上獸頭是其遺像；睚眥，喜歡殺戮，刀柄上的龍吞口是其遺像；嘲風，喜歡冒險，殿角上走獸是其遺像；蒲牢，喜歡鳴叫，鐘上獸鈕是其遺像；狻猊，喜歡坐，佛座獅子是其遺像；霸上，喜歡負重，馱著石碑的野獸是其遺像；狴犴，喜歡訴訟，監獄門上的獅子頭是其遺像；贔屭，喜歡文章，石碑兩旁的龍是其遺像；蚩吻，喜歡吞吐，殿脊獸頭是其遺像。此處形容賈府人口眾多，良莠不齊，魚龍混雜。

❼ 詬誶淫議：責罵毀謗。淫議有傳播議論桃色事件的意思，戚本作「淫污之談」，程高本作「詬誶謠諑」。

❽ 龍陽之興：男性的同性戀。龍陽，戰國時魏王的男寵，封於龍陽，稱龍陽君。後以「龍陽」代表男色。

❾ 束脩：學費。束，捆。脩，乾肉。古代把十條乾肉紮成一捆，叫束脩。孔子教學時收束脩，後世即用束脩指學費。

只圖結交些契弟。誰想這學內就有好幾個小學生，圖了薛蟠的銀錢吃穿，被他哄上手的，也不消多記。更又有兩個多情的小學生，亦不知是哪一房的親眷，亦未考其名姓，只因生得嫵媚風流，滿學中都送了他兩個外號，一號「香憐」，一號「玉愛」。雖都有竊慕之意，將不利於孺子之心❿，只是都懼薛蟠的威勢，不敢來沾惹。如今寶、秦二人一來，見了他兩個，也不免繾綣羨慕，亦因知係薛蟠相知，故未敢輕舉妄動。香、玉二人心中也一般的留情與寶、秦，因此四人心中雖有情意，只未發跡。每日一入學中，四處各坐，卻八目勾留，或設言託意，或詠桑寓柳，遙以心照，卻外面自為避人眼目。不意偏又有幾個滑賊看出形景來，都背後擠眉弄眼，或咳嗽揚聲。這也非止一日。

可巧這日代儒有事，早已回家去了，又留下一句七言對聯，命學生對了，明日再來上書⓫，將學中之事，又命賈瑞暫且管理。妙在薛蟠如今不大來學中應卯⓬了，因此秦鐘趁此和香憐擠眉弄眼，遞暗號兒。二人假裝出小恭，走至後院說梯己⓭話。秦鐘先問他：「家裡的大人管你交朋友不管？」一語未了，只聽背後咳嗽了一聲，二人嚇的忙回頭看時，原來是窗友名金榮者。香憐有些性急，羞怒相

---

❿ 將不利於孺子之心：語出尚書金縢。周成王年幼，周公旦攝政，管叔、蔡叔等散布流言說：「公將不利於孺子。」意指周公有篡位之心。這裡是說有人想打這兩個小孩子的主意。孺子，小孩子。

⓫ 上書：增讀新課文。

⓬ 應卯：古代軍營、衙門點名都在卯時（上午五時至七時），故稱點名為「點卯」。「應卯」意謂只是點名時去報個到，敷衍了事。

⓭ 梯己：貼近、親密的。也作「體己」。

激，問他道：「你咳嗽什麼？難道不許我兩個說話不成？」金榮笑道：「許你們說話，難道不許我咳嗽不成？我只問你們：有話不明說，許你們這樣鬼鬼祟祟的，幹什麼故事？我可也拿住了，還賴什麼！先得讓我抽個頭兒⑭，偺們一聲兒不言語，不然大家就奮起來⑮。」秦、香二人急的飛紅的臉，便問道：「你拿住什麼了？」金榮笑道：「我現拿住了是真的。」說著，又拍著手笑嚷道：「貼的好燒餅⑯，你們都不買一個吃去！」秦鐘、香憐二人又氣又急，忙進去向賈瑞前告金榮，說金榮無故欺負他兩個。

原來這賈瑞最是個圖便宜沒行止的人，每在學中以公報私，勒索子弟們請他。後又附助著薛蟠，圖些銀錢酒肉，一任薛蟠橫行霸道，他不但不去管約，反助紂為虐討好兒。偏那薛蟠本是浮萍心性，今日愛東明日愛西，近來又有了新朋友，把香、玉二人又丟開一邊；就連金榮亦是當日的好朋友，自有了香、玉二人，便棄了金榮。近日連香、玉亦已見棄。故賈瑞也無了提攜幫襯之人，不說薛蟠得新棄舊，只怨香、玉二人不在薛蟠前提攜幫補他，因此賈瑞、金榮等一干人也正在醋妒他兩個。今見秦、香二人來告金榮，賈瑞心中便更不自在起來。雖不好呵叱秦鐘，卻拿著香憐作法⑰，反說他多事，著實搶白了幾句。香憐反討了沒趣，連秦鐘也訕訕⑱的各歸坐位去了。金榮越發得了意，搖頭咂嘴的，

⑭ 抽個頭兒：在商品交易或辦事中抽取回扣，開賭局從賭資中抽取一定費用，都稱為「抽頭」。這裡是先占便宜的意思。

⑮ 奮起來：聲張開來。

⑯ 貼燒餅：同性間性行為的隱語。

⑰ 作法：亦作「作筏子」，意為故意找岔，對一人施加懲罰，以警戒他人。與現在所說「拿誰開刀」意思相近。

⑱ 訕訕：形容不好意思、難為情的樣子。

口內還說許多閒話。玉愛偏又聽了不忿⓳，兩個人隔座咕咕唧唧的角起口來。金榮只一口咬定說：「方纔明明的撞見他兩個在後院子裡親嘴摸屁股。兩個商議定了，一對一肏，撅草棍兒抽長短，誰長誰先幹。」金榮只顧得意亂說，卻不防還有別人——誰知早又觸怒了一個，你道這個是誰？

原來這一個名喚賈薔，亦係寧府中之正派玄孫。父母早亡，從小兒跟著賈珍過活。如今長了十六歲，比賈蓉生的還風流俊俏。他弟兄二人最相親厚，常相共處。寧府人多口雜，那些不得志的奴僕們，專能造言誹謗主人，因此不知又有什麼小人詬誶謠諑之詞。賈珍想亦風聞得些口聲不大好，自己也要避些嫌疑，如今竟分與房舍，命賈薔搬出寧府，自去立門戶過活去了。這賈薔外相既美，內性又聰明，雖然應名來上學，亦不過虛掩眼目而已，仍是鬥雞走狗，賞花玩柳。總恃上有賈珍溺愛，下有賈蓉匡助，因此族人誰敢來觸逆於他？他既和賈蓉最好，今見有人欺負秦鐘，如何肯依？如今自己要挺身出來抱不平，心中且忖度一番，想道：「金榮、賈瑞一干人，都是薛大叔的相知，向日我又與薛大叔相好，倘或我一出頭，他們告訴了老薛，我們豈不傷和氣？待要不管，如此謠言說的大家沒趣；如今何不用計制伏，又止息口聲，又傷不了臉面。」想畢，也裝作出小恭，走至外面，悄悄的把跟寶玉的書童名喚茗烟者喚到身邊，如此這般，調撥他幾句。

這茗烟乃是寶玉第一個得用的，且又年輕不諳世事，如今聽賈薔說金榮如此欺負秦鐘，連他爺寶玉都干連在內，不給他個利害，下次越發狂縱難制了。這茗烟無故就要欺壓人的，如今得了這個信，又有賈薔助著，便一頭進來找金榮，也不叫金相公了，只說：「姓金的，你是什麼東西！」賈薔遂跺

⓳ 不忿：不甘心；不服氣。

一跺靴子，故意整整衣服，看看日影兒，說：「是時候了。」遂先向賈瑞說有事要早走一步。賈瑞不敢強他，只得隨他去了。這裡茗烟先一把揪住金榮，問道：「我們肏屁股不肏屁股，管你毴毴⑳相干？橫豎沒肏你爹去就罷了！你是好小子，出來動一動你茗大爺！」嚇的滿屋中子弟都忳忳的痴望。賈瑞忙吆喝：「茗烟不得撒野！」金榮氣黃了臉，說：「反了，奴才小子都敢如此！我只和你主子說。」便奪手要去抓打寶玉、秦鐘二人去。尚未去時，從腦後嗖的一聲，早見一方硯瓦飛來，並不知係何人打來的。幸未打著，卻又打了旁人的座上。這座上乃是賈蘭、賈菌。這賈菌亦係榮國府近派的重孫，其母亦少寡，獨守著賈菌。這賈菌與賈蘭最好，所以二人同桌而坐。誰知賈菌年紀雖小，志氣最大，極是淘氣不怕人的。他在座上冷眼看見金榮的朋友暗助金榮，飛硯來打茗烟，偏沒打著茗烟，便落在他桌上，正打在面前，將一個磁硯水壺打了個粉碎，濺了一書黑水。賈菌如何依得？便罵：「好囚攮的㉑們，這不都動了手了麼！」罵著，也便抓起硯磚來要打回去。賈蘭是個省事的，忙按住硯，極口勸道：「好兄弟，不與偺們相干。」賈菌如何忍得住，便兩手抱起書匣子來，照那邊掄了去。終是身小力薄，卻掄不到那裡，剛到寶玉、秦鐘桌案上，就落了下來。只聽嘩啷啷一聲，砸在桌上，書本、紙片、筆、硯等物撒了一桌，又把寶玉的一碗茶也砸得碗碎茶流。賈菌便跳出來，要揪打那一個飛硯的。金榮此時隨手抓了一根毛竹大板在手，地狹人多，哪裡經得舞動長板？茗烟早吃了一下，亂嚷：「你們還不來動手！」寶玉還有三個小廝，一名鋤藥，一名掃紅，一名墨雨。這三個豈有不淘氣的？

⑳ 毴毴：男性陰莖的俗稱。也作「雞巴」。

㉑ 囚攮的：罵人的話。意指囚犯的子女。

一齊亂嚷：「小婦養的㉒，動了兵器了！」墨雨遂掇起一根門閂，掃紅、鋤藥手中都是馬鞭子，蜂擁而上。賈瑞急攔一回這個，勸一回那個，誰聽他的話？肆行大鬧。眾頑童也有趁勢幫著打太平拳㉓助樂的，也有膽小藏在一邊的，也有直立在桌上拍著手兒亂笑，喝著聲兒叫打的，登時間鼎沸起來。

外邊李貴等幾個大僕人聽見裡邊作起反來，忙都進來一齊喝住，問是何原故。眾聲不一，這一個如此說，那一個又如彼說。李貴且喝罵了茗烟四個一頓，攆了出去。秦鐘的頭上早撞在金榮的板上，打起一層油皮，寶玉正拿褂襟子替他揉呢。見喝住了眾人，便命李貴：「收書！拉馬來，我去回太爺去！我們被人欺負了，不敢說別的，守禮來告訴瑞

起嫌疑頑童鬧學堂。（清上海畫冊）

大爺，大爺反倒派我們的不是，聽著大家罵我們，還調唆他們打我們茗烟，連秦鐘的頭也打破。這還在這裡念什麼書！茗烟他也是為有人欺負我的。不如散了罷！」李貴勸道：「哥兒不要性急，太爺既

㉒ 小婦養的：猶如今所說「小老婆養的」，罵人低賤的話。

㉓ 打太平拳：別人打架時，在旁乘機打冷拳，因為很安全，所以叫「太平拳」。

有事回家去了，這會子為這點子事去聒噪他老人家，倒顯的僧們沒理。依我的主意，哪裡的事情哪裡了結好，何必去驚動他老人家？這都是瑞大爺的不是。太爺不在這裡，你老人家就是這學裡的頭腦了，眾人看著你行事。眾人有了不是，該打的打，該罰的罰，如何等鬧到這步田地還不管？」賈瑞道：「我吆喝著，都不聽。」李貴笑道：「不怕你老人家惱我，素日你老人家到底有些不正經，所以這些兄弟纔不聽。就鬧到太爺跟前去，連你老人家也是脫不過的。還不快作主意，撕羅㉔開了罷。」寶玉道：「撕羅什麼！我必是回去的。」秦鐘哭道：「有金榮，我是不在這裡念書的！」寶玉道：「這是為什麼？難道有人家來的，僧們倒來不得？我必回明白眾人，攆了金榮去。」又問李貴：「金榮是哪一房的親戚？」李貴想了一想，道：「也不用問了。若問起哪一房的親戚，更傷了兄弟們的和氣。」

茗烟在窗外道：「他是東胡同子裡璜大奶奶的侄兒，哪是什麼硬正仗腰子的㉕？也來唬我們。璜大奶奶是他姑娘㉖。你那姑媽只會打旋磨子㉗，給我們璉二奶奶跪著借當頭㉘。我眼裡就看不起他那樣的主子奶奶。」李貴忙斷喝不止，說：「偏你這小狗肏的知道，有這些蛆嚼㉙。」寶玉冷笑道：「我

㉔ 撕羅：亦作「撕擄」。把糾結在一起的東西解開。這裡是解決糾紛的意思。
㉕ 硬正仗腰子的：有硬後臺撐腰。
㉖ 姑娘：這裡指姑媽。除州、上海等地方言。
㉗ 打旋磨子：盤旋；尋找機會獻殷勤。
㉘ 借當頭：借別人的東西去當鋪典當。當頭，可以典當的東西。
㉙ 有這些蛆嚼：罵人多嘴多舌，光說廢話為「嚼蛆」。

只當是誰的親戚，原來是璜嫂子的侄兒。我就去問問他來！」說著，便要走，叫茗烟進來包書。茗烟包著書，又得意道：「爺也不用自己去見，等我到他家，就說老太太有說的話問他呢。僱上一輛車拉進去，當著老太太問他，豈不省事？」李貴忙喝道：「你要死！仔細回去，我好不好先搥了你，然後再回老爺太太，就說寶玉全是你調唆的。我這裡好容易勸哄好了一半了，你又來生個新法子。你鬧了學堂，不說變法兒壓息了纔是，倒要往大裡鬧！」茗烟方不敢作聲兒了。

此時賈瑞也怕鬧大了，自己也不乾淨，只得委屈著來央告秦鐘，又央告寶玉。先是他二人不肯，後來寶玉說：「不回去也罷了，只叫金榮賠不是便罷。」金榮先是不肯，後來禁不得賈瑞也來逼他去賠不是，李貴等只得好勸金榮，說：「原是你起的端，你不這樣，怎得了局？」金榮強不得，只得與秦鐘作了揖。寶玉還不依，偏定要磕頭。賈瑞只要暫息此事，又悄悄的勸金榮說：「俗語說的好：『殺人不過頭點地。』你既惹出事來，少不得下點氣兒，磕個頭就完事了。」金榮無奈，只得進前來與秦鐘磕頭。且聽下回分解。

第十回　金寡婦貪利權受辱　張太醫論病細窮源

話說金榮因人多勢眾，又兼賈瑞勒令賠了不是，給秦鐘磕了頭，寶玉方纔不吵鬧了。大家散了學，金榮回到家中，越想越氣，說：「秦鐘不過是賈蓉的小舅子，又不是賈家的子孫，附學讀書，也不過和我一樣。他因仗著寶玉和他好，他就目中無人。他既是這樣，就該行些正經事，人也沒的說。他素日又和寶玉鬼鬼祟祟的，只當人都是瞎子看不見。今日他又去勾搭人，偏偏的撞在我眼睛裡，就是鬧出事來，我還怕什麼不成？」他母親胡氏聽見他咕咕唧唧的說，因問道：「你又要做什麼閒事？好容易我望你姑媽說了，你姑媽千方百計的纔向他們西府裡的璉二奶奶跟前說了，你纔得了這個念書的地方。若不是仗著人家，偺們家裡還有力量請的起先生？況且人家學裡，茶也是現成的，飯也是現成的，你這二年在那裡念書，家裡也省好大的嚼用呢。省出來的，你又愛穿件鮮明衣服。再者，不是因你在那裡念書，你就認得什麼薛大爺了？那薛大爺一年不給不給，這二年也幫了偺們有七八十兩銀子。你如今要鬧出了這個學房，再要找這麼個地方，我告訴你說罷，比登天的還難呢！你給我老老實實的頑一會子，睡你的覺去，好多著呢！」於是金榮忍氣吞聲，不多一時，他自去睡了。次日仍舊上學去了，不在話下。

且說他姑娘原聘給的是賈家「玉」字輩的嫡派，名喚賈璜。但其族人哪裡皆能像寧榮二府的富勢，原不用細說。這賈璜夫妻守著些小的產業，又時常到寧榮二府裡去請請安，又會奉承鳳姐兒並尤氏，所以鳳姐兒、尤氏也時常資助資助他，方能如此度日。今日正遇天氣晴明，又值家中無事，遂帶了一個婆子，坐上車來家裡走走，瞧瞧寡嫂並侄兒。閒話之間，金榮的母親偏提起昨日賈家學房裡的那事，從頭至尾，一五一十都向他小姑子說了。這璜大奶奶不聽則已，聽了一時怒從心上起，說道：「這秦鐘小崽子是賈門的親戚，難道榮兒不是賈門的親戚？人都別忒勢利了，況且都作的是什麼有臉的好事！就是寶玉也犯不上向著他到這個樣。等我去到東府，瞧瞧我們珍大奶奶，再向秦鐘他姐姐說說，叫他評評這個理。」這金榮的母親聽了這話，急的了不得，忙說道：「這都是我的嘴快，告訴了姑奶奶了，求姑奶奶別去，別管他們誰是誰非。倘或鬧起來，怎麼在那裡站得住？若是站不住，家裡不但不能請先生，反倒在他身上添出許多嚼用來呢。」璜大奶奶聽了，說道：「哪裡管得許多。你等我說了，看是怎麼樣！」也不容他嫂子勸，一面叫老婆子瞧了車，就坐上往寧府裡來。

到了寧府，進了車門，到了東邊小角門前下了車，進去見了賈珍之妻尤氏。也未敢氣高，殷殷勤勤敘過寒溫，說了些閒話，方問道：「今日怎麼沒見蓉大奶奶？」尤氏說道：「他這些日子不知是怎麼著，經期有兩個多月沒來，叫大夫瞧了，又說並不是喜。那兩日，到了下半天就懶待❶動，說話也懶待，眼神也發眩。我說他：『你且不必拘禮，早晚不必照例上來，你就好生養養罷。就是有親戚一家兒來，有我呢。就有長輩們怪你，等我替你告訴。』連蓉哥我都囑咐了，我說：『你不許累掯❷他，不許招他生氣，叫他靜靜的養養就好了。他要想什麼吃，只管到我這裡取來，倘或我這裡沒有，只管

❶ 懶待：懶得；不想。

❷ 累掯：麻煩；勞累。

望你璉二嬸子那裡要去。倘或他有個好和歹，你再要娶這麼一個媳婦，這麼個模樣兒，這麼個性情的人兒，打著燈籠也沒地方找去。』他這為人行事，哪個親戚，哪個一家的長輩不喜歡他？所以我這兩日好不煩心，焦的我了不得。偏偏今日早晨他兄弟來瞧他，誰知那小孩子家不知好歹，看見他姐姐身上不大爽快，就有事也不當告訴他，別說是這麼一點子小事，就是你受了一萬分的委屈，也不該向他說纔是。誰知他們昨兒學房裡打架，不知是哪裡附學來的一個人欺負了他了，裡頭還有些不乾不淨的話，都告訴了他姐姐。嬸子，你是知道那媳婦的，雖則見了人有說有笑，會行事兒，他可心細，心又重，不拘聽見個什麼話兒，都要度量個三日五夜纔罷。這病就是打這個秉性上頭思慮出來的。今兒聽見有人欺負了他兄弟，又是惱，又是氣。惱的是那群混賬狐朋狗友的、扯是搬非調三惑四❸的那些人；氣的是他兄弟不學好，不上心念書，以致如此學裡吵鬧。他聽了這事，今日索性連早飯也沒吃。我聽見了，我方到他那邊安慰了他一會子，又勸解了他兄弟一會子。我叫他兄弟到那邊府裡找寶玉去了。我纔看著他吃了半盞燕窩湯，我纔過來了。嬸子，你說我心焦不心焦？況且如今又沒個好大夫，我想到他這病上，我心裡倒像針扎了似的。你們知道有什麼好大夫沒有？」

金氏聽了這半日話，把方纔在他嫂子家的那一團要向秦氏理論的盛氣，早嚇的都丟在爪哇國❹去了。聽見尤氏問他有知道的好大夫的話，連忙答道：「我們這麼聽著，實在也沒見人說有個好大夫。如今聽起大奶奶這個來，定不得還是喜呢。嫂子倒別教人混治，倘或認錯了，這可是了不得的。」尤

---

❸ 調三惑四：說三道四，搬弄是非。

❹ 爪哇國：古代南洋的一個國名，即現在印度尼西亞。用以比喻極遠的地方。

氏道：「可不是呢。」正是說話間，賈珍從外進來，見了金氏，便向尤氏問道：「這不是璜大奶奶麼？」金氏向前給賈珍請了安。賈珍向尤氏說道：「讓這大妹妹吃了飯去。」賈珍說著話，就過那屋裡去了。金氏此來，原要向秦氏說說秦鐘欺負了他侄兒之事，聽見秦氏有病，不但不能說，亦且不敢提了。況且賈珍、尤氏又待的很好，反轉怒為喜。又說了一會子話兒，方家去了。

金氏去後，賈珍方過來坐下，問尤氏道：「今日他來，有什麼說的事情麼？」尤氏答道：「倒沒說什麼。一進來的時候，臉上倒像有些著了惱的氣色似的，及說了半天話，又提起媳婦這病，他倒漸漸的氣色平定了。你又叫讓他吃飯，他聽見媳婦這麼病，也不好意思只管坐著，又說了幾句閒話兒就去了，倒沒求什麼事。如今且說媳婦這病，你到哪裡尋一個好大夫來與他瞧瞧要緊，可別耽誤了。現今偺們家走的這一群大夫，哪裡要得？一個個都是聽著人的口氣兒，人怎麼說，他也添幾句文話兒說一遍。可倒殷勤的很，三四個人一日輪流著倒有四五遍來看脈。他們大家商量著立個方子，吃了也不見效，倒弄得一日換四五遍衣裳，坐起來見大夫，其實於病人無益。」賈珍說道：「可是！這孩子也糊塗，何必脫脫換換的？倘再著了涼，更添一層病，那還了得！衣裳任憑是什麼好的，可又值什麼？孩子的身子要緊。就是一天穿一套新的，也不值什麼。我正進來要告訴你，方纔馮紫英來看我，他見我有些抑鬱之色，問我是怎麼了，我纔告訴他說：『媳婦忽然身子有好大的不爽快，因為不得個好太醫，斷不透是喜是病，又不知有妨礙無妨礙，所以我這兩日心裡著實著急。』馮紫英因說起他有一個幼時從學的先生，姓張名友士，學問最淵博的，更兼醫理極深，且能斷人的生死。今年是上京給他兒子來捐官，現在他家住著呢。這麼看來，正是合該媳婦的病在他手裡除災，亦未可知。我即刻差人拿我的名帖請去了。今日倘或天晚了不能來，明日想必一定來。況且馮紫英又即刻回家親自去求他，務必叫他來瞧瞧。等這個張先生來瞧了再說罷。」

尤氏聽了，心中甚喜，因說道：「後日是太爺的壽日，到底怎麼辦？」賈珍說道：「我方纔到了太爺那裡去請安，兼請太爺來家來，受一受一家子的禮。太爺因說道：『我是清淨慣了的，我不願意往你們那是非場中去鬧去。你們必定說是我的生日，要叫我去受眾人些頭，莫過你把我從前註的陰騭文❺給我令人好好的寫出來刻了，比叫我無故受眾人的頭還強百倍呢。倘或明日後日這兩日一家子要來，你就在家裡好好的款待他們就是了。也不必給我送什麼東西來，連你後日也不必來。你要心中不安，你今日就給我磕了頭去。倘或後日你要來，又跟隨多少人鬧我，我必和你不依。』如此說了又說，後日我是再不敢去的了。且叫來昇來，吩咐他預備兩日的筵席。」尤氏因叫人叫了賈蓉來，「吩咐來昇照舊例預備兩日的筵席，要豐豐富富的。你再親自到西府裡去請老太太、大太太、二太太和你璉二嬸子來逛逛。你父親今日又聽見一個好大夫，業已打發人請去了，想必明日必來，你可將他這些日子的病症細細的告訴他。」

賈蓉一一的答應著出去了。正遇著方纔去馮紫英家請那張先生的小子回來了，因回道：「奴才方纔到了馮大爺家，拿了老爺的名帖請那先生去。那先生說道：『方纔這裡大爺也向我說了。但是今日拜了一天的客，纔回到家，此時精神實在不能支持，就是去到府上，也不能看脈。』他說等調息一夜，明日務必到府。他又說他『醫學淺薄，本不敢當此重薦，因我們馮大爺和府上的大人既已如此說了，

❺ 陰騭文：全名為文昌帝君陰騭文，是宣揚因果報應，勸人改過從善的小書。

又不得不去。你先替我回明大人就是了，大人的名帖實不敢當』。仍叫奴才回來了。哥兒替奴才回一聲兒罷。」賈蓉轉身復進去，回了賈珍、尤氏的話，方出來叫了來昇來，吩咐他預備兩日的筵席的話。來昇聽畢，自去照例料理，不在話下。

且說次日午間，人回道：「請的那張先生來了。」賈珍遂延入大廳坐下，茶畢，方開言道：「昨承馮大爺示知老先生人品學問，又兼深通醫學之至，小弟不勝欣仰。」張先生道：「晚生粗鄙下士，本知見淺陋。昨因馮大爺示知大人家第謙恭下士，又承呼喚，敢不奉命！但毫無實學，倍增汗顏。」賈珍道：「先生何必過謙？就請先生進去看看兒婦，仰仗高明，以釋下懷。」於是賈蓉同了進去，到了賈蓉居室，見了秦氏，向賈蓉說道：「這就是尊夫人了？」賈蓉道：「正是。請先生坐下，讓我把賤內的病說一說再看脈，如何？」那先生道：「依小弟的意思，竟先看過脈再說的為是。我是初造尊府的，本也不曉得什麼，但是我們馮大爺務必叫小弟過來看看，小弟所以不得不來。如今看了脈息❻，看小弟說的是不是，再將這些日子的病勢講一講，大家斟酌一個方兒，可用不可用，那時大爺再定奪。」賈蓉道：「先生實在高明，如今恨相見之晚。就請先生看一看脈息，可治不可治，以便使家父母放心。」於是家下媳婦們捧過大迎枕來，一面給秦氏拉著袖口，露出脈來。先生方伸手按在右手脈上，調息了至數❼，寧神細診了有半刻的工夫，方換過左手，亦復如是。診畢脈息，說道：「我們外邊坐罷。」

❻ 脈息：醫生診得的脈象，包括脈搏的頻率、節奏、充盈度等情況。下文的沉、數、滯、虛、伏、細等，都是指脈象。

❼ 調息了至數：中醫術語。息即呼吸，一呼一吸為一息，一息間脈搏跳動的次數為至數。通常以醫生的息去測知病人的脈搏次數。調息了至數，指醫生在給病人把脈前調勻自己的呼吸。

賈蓉於是同先生到外間房裡床上坐下。一個婆子端了茶來，賈蓉道：「先生請茶。」於是陪先生吃了茶，遂問道：「先生看這脈息，還治得治不得？」先生道：「看得尊夫人這脈息，左寸沉數，左關沉伏❽；右寸細而無力，右關虛而無神。其左寸沉數者，乃心氣虛而生火；左關沉伏者，乃肝家氣滯血虧；右寸細而無力者，乃肺經氣分太虛；右關虛而無神者，乃脾土被肝木剋制。心氣虛而生火者，應現經期不調，夜間不寐；肝家血虧氣滯者，必然肋下疼脹，月信過期，心中發熱；肺經氣分太虛者，頭目不時眩暈，寅卯間必然自汗，如坐舟中；脾土被肝木剋制者，必然不思飲食，精神倦怠，四肢酸軟。據我看這脈息，應當有這些症候纔對。或以這個脈為喜脈，則小弟不敢從其教也。」

旁邊一個貼身伏侍的婆子道：「何嘗不是這樣呢？真正先生說的如神，倒不用我們告訴了。如今我們家裡現有好幾位太醫老爺瞧著呢，都不能的當真切的這麼說。有一位說是喜，有一位說是病；這位說不相干，那位說怕冬至，總沒有個準話兒。求老爺明白指示指示。」那先生笑道：「大奶奶這個症候，可是那眾位耽擱了。要在初次行經的日期就用藥治起來，不但斷無今日之患，而且此時已痊癒了。如今既是把病耽誤到這個地位，也是應有此災。依我看來，這病尚有三分治得；吃了我的藥看，若是夜裡睡的著覺，那時又添了二分拿手了。據我看這脈息，大奶奶是個心性高強，聰明不過的人。聰明特過，則不如意事常有；不如意事常有，則思慮太過。此病是憂慮傷脾，肝木特旺，經血所以不能按時而至。大奶奶從前的行經的日子問一問，斷不是常縮，必是常長的。是不是？」這婆子答道：「可不是？從沒有縮過，或是長兩日三日，以至十日都長過。」先生聽了道：「妙啊！這就是病源了。

❽ 左寸兩句：中醫把脈，以三指置於腕部，靠近手的一指部位為「寸」，中間一指部位為「關」，末一指部位為「尺」。

從前若能夠以養心調經之藥服之，何至於此？這如今明顯出一個水虧木旺的症候來，待用藥看看。」於是寫了方子，遞與賈蓉。上寫的是：

益氣養榮補脾和肝湯

人參二錢　白朮二錢土炒　雲苓三錢　熟地四錢　歸身二錢酒洗

白芍二錢炒　川芎錢半　黃芪三錢　香附米二錢製　醋柴胡八分

懷山藥二錢炒　真阿膠二錢蛤粉炒　延胡索錢半酒炒　炙甘草八分

引用建蓮子七粒去心　紅棗二枚

賈蓉看了，說：「高明的很。還要請教先生，這病與性命終久有妨無妨？」先生笑道：「大爺是最高明的人，人病到這個地位，非一朝一夕的症候。吃了這藥，也要看醫緣了。依小弟看來，今年一冬是不相干的，總是過了春分，就可望痊癒了。」賈蓉也是個聰明人，也不往下細問了。

於是賈蓉送了先生去了，方將這藥方子並脈案❾都給賈珍看了，說的話也都回了賈珍並尤氏了。尤氏向賈珍說道：「從來大夫不像他說的這麼痛快，想必用的藥也不錯。」賈珍道：「人家原不是混飯吃的，久慣行醫的人，因為馮紫英同我們好，他好容易求了來了。既有這個人，媳婦的病或者就能好了。他那方子上有人參，就用前日買的那一斤好的罷。」賈蓉聽畢話，方出來叫人打藥去煎給秦氏吃。不知秦氏服了此藥，病勢如何，下回分解。

❾ 脈案：中醫的病歷。

第十一回　慶壽辰寧府排家宴　見熙鳳賈瑞起淫心

話說是日賈敬的壽辰，賈珍先將上等可吃的東西，稀奇些的果品，裝了十六大捧盒，著賈蓉帶領家下人等與賈敬送去，向賈蓉說道：「你留神看太爺喜歡不喜歡，你就行了禮來。你說：『我父親遵太爺的話未敢來，在家裡率領合家都朝上行了禮了。』」賈蓉聽罷，即率領家人去了。

這裡漸漸的就有人來了。先是賈璉、賈薔到來，先看了各處的座位，並問：「有什麼頑意兒沒有？」家人答道：「我們爺原算計請太爺今日來家來，所以並未敢預備頑意兒。前日聽見太爺又不來了，現叫奴才們找了一班小戲兒並一檔子打十番❶的，都在園子裡戲臺上預備著呢。」次後邢夫人、王夫人、鳳姐兒、寶玉都來了，賈珍並尤氏接了進去。尤氏的母親已先在這裡呢。大家見過了，彼此讓了坐。

賈珍、尤氏二人親自遞了茶，因說道：「老太太原是老祖宗，我父親又是侄兒，這樣日子原不敢請他老人家。但是這個時候天氣正涼爽，滿園的菊花又盛開，請老祖宗過來散散悶，看著眾兒孫熱鬧熱鬧，是這個意思。誰知老祖宗又不肯賞臉。」鳳姐兒未等王夫人開口，先說道：「老太太昨日還說要來著呢，因為晚上看著寶兄弟他們吃桃兒，老人家又嘴饞，吃了有大半個，五更天的時候就一連起來了兩次；今日早晨略覺身子倦些，因叫我回大爺，今日斷不能來了，說有好吃的要幾樣，還要很爛

❶ 打十番：流行於蘇南地區的多種民族樂器合奏，一般用笛、管、簫、弦、提琴、雲鑼、湯鑼、木魚、檀板、大鼓十種樂器，但也可多可少。純用打擊樂器叫「素十番」，加用絲竹樂器的叫「渾十番」。

的。」賈珍聽了笑道：「我說老祖宗是愛熱鬧的，今日不來，必定有個原故。若是這麼著，就是了。」王夫人道：「前日聽見你大妹妹說，蓉哥兒媳婦兒身上有些不大好，到底是怎麼樣？」尤氏道：「他這個病的也奇。上月中秋還跟著老太太、太太們頑了半夜，回家來好好的。到了二十後，一日比一日覺懶，也懶待吃東西，這將近有半個多月了，經期又有兩個月沒來。」邢夫人接著說道：「別是喜罷？」

正說著，外頭人回道：「大老爺、二老爺並一家子的爺們都來了，在廳上呢。」賈珍連忙出去了。這裡尤氏方說道：「從前大夫也有說是喜的。昨日馮紫英薦了他從學過的一個先生，醫道很好，瞧了說不是喜，竟是很大的一個症候。昨日開了方子，吃了一劑藥，今日頭眩的略好些，別的仍不見怎麼樣大見效。」鳳姐兒道：「我說他不是十分支持不住，今日這樣的日子，再也不肯不扎掙著上來。」尤氏道：「你是初三日在這裡見他的，他強扎掙了半天，也是因你們娘兒兩個好的上頭，他纔戀戀的捨不得去。」鳳姐兒聽了，眼圈兒紅了半天，半日方說道：「真是『天有不測風雲，人有旦夕禍福』。這個年紀，倘或就因這個病上怎麼樣了，人還活著有甚麼趣兒！」

正說話間，賈蓉進來給邢夫人、王夫人、鳳姐兒前都請了安，方回尤氏道：「方纔我去給太爺送吃食去，並回說我父親在家中伺候老爺們，款待一家子的爺們，遵太爺的話並未敢來。太爺聽了甚喜歡，說這纔是，叫告訴父親母親好生伺候太爺太太們，叫我好生伺候叔叔嬸子們並哥哥們。還說那陰騭文叫急急的刻出來，印一萬張散人。我將此話都回了我父親了。我這會子得快出去打發太爺們並合家爺們吃飯。」鳳姐兒說：「蓉哥兒，你且站住。你媳婦今日到底是怎麼著？」賈蓉皺皺眉，說道：「不好麼！嬸子回來瞧瞧去就知道了。」於是賈蓉出去了。

這裡尤氏向邢夫人、王夫人道：「太太們在這裡吃飯呢，還是在園子裡吃去好？小戲兒現預備在園子裡呢。」王夫人向邢夫人道：「我們索性吃了飯再過去罷，也省好些事。」邢夫人道：「很好。」於是尤氏就吩咐媳婦婆子們快送飯來，門外一齊答應了一聲，都各人端各人的去了。不多一時擺上了飯，尤氏讓邢夫人、王夫人並他母親都上了坐，他與鳳姐兒、寶玉側席坐了。邢夫人、王夫人道：「我們來原為給大老爺拜壽，這不竟是我們來過生日來了麼？」鳳姐兒說道：「大老爺原是好養靜的，已經修煉成了，也算得是神仙了。太太們這麼一說，這就叫作『心到神知』了。」一句話說的滿屋裡的人都笑起來了。於是尤氏的母親並邢夫人、王夫人、鳳姐兒都吃畢飯，漱了口，淨了手，纔說要往園子裡去。賈蓉進來，向尤氏說道：「老爺們並眾位叔叔哥哥兄弟們也都吃了飯了。大老爺說家裡有事，二老爺是不愛聽戲，又怕人鬧的慌，都纔去了。別的一家子爺們都被璉二叔並薔兄弟讓過去聽戲去了。方纔南安郡王、東平郡王、西寧郡王、北靜郡王四家王爺，並鎮國公牛府等六家，忠靖侯史府等八家，都差人持了名帖送壽禮來，俱回了我父親，先收在賬房裡了，禮單都上檔子❷了。老爺的領謝的名帖，都交給各來人了。各來人也都照舊例賞了，眾來人都讓吃了飯纔去。母親該請二位

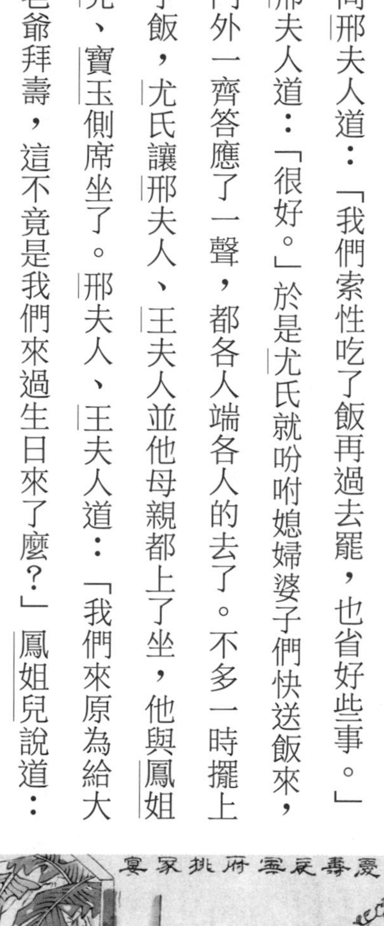

慶壽辰寧府排家宴。　（清天津楊柳青年畫）

❷ 檔子：檔案；帳簿。

太太、老娘、嬸子都過園子裡坐著去罷。」尤氏道：「也是纔吃完了飯，就要過去了。」鳳姐兒說：「我回太太，我先瞧瞧蓉哥兒媳婦，我再過去。」王夫人道：「很是。我們都要去瞧瞧他，倒怕他嫌鬧的慌。說我們問他好罷。」尤氏道：「好妹妹，媳婦聽你的話，你去開導開導他，我也放心。你就快些過園子裡來。」寶玉也跟了鳳姐兒去瞧秦氏去，王夫人道：「你看看就過去罷，那是侄兒媳婦。」於是尤氏請了邢夫人、王夫人並他母親，都過會芳園去了。

鳳姐兒、寶玉方和賈蓉到秦氏這邊來了，進了房門，悄悄的走到裡間房門口。秦氏見了，就要站起來。鳳姐兒說：「快別起來，看起猛了頭暈。」於是鳳姐兒就緊走了兩步，拉住秦氏的手，說道：「我的奶奶！怎麼幾日不見，就瘦的這麼著了！」於是就坐在秦氏坐的褥子上。寶玉也問了好，坐在對面椅子上。賈蓉叫：「快倒茶來，嬸子和二叔在上房還未喝茶呢。」秦氏拉著鳳姐兒的手，強笑道：「這都是我沒福。這樣人家，公公婆婆當自己的女孩兒似的待。嬸娘的姪兒雖說年輕，卻也是他敬我，我敬他，從來沒有紅過臉兒。就是一家子的長輩、同輩之中，除了嬸子倒不用說了，別人也從無不疼我的，也無不和我好的。這如今得了這個病，把我那要強的心一分也沒了。公婆跟前未得孝順一天，就是嬸娘這樣疼我，我就有十分孝順的心，如今也不能夠了。我自想著，未必熬的過年去呢。」

寶玉正眼瞅著那海棠春睡圖並那秦太虛寫的「嫩寒鎖夢因春冷，芳氣籠人是酒香」的對聯，不覺想起在這裡睡晌覺，夢到「太虛幻境」的事來。正自出神，聽得秦氏說了這些話，如萬箭攢心，那眼淚不知不覺就流下來了。鳳姐兒心中雖十分難過，但恐怕病人見了眾人這個樣兒，反添心酸，倒不是來開導勸解的意思了。見寶玉這個樣子，因說道：「寶兄弟，你忒婆婆媽媽的了。他病人不過是這麼說，哪裡就到得這個田地了？況且能多大年紀的人，略病一病兒就這麼想那麼想的，這不是自己倒給自己添病了麼？」賈蓉道：「他這病也不用別的，只是吃得些飲食就不怕了。」鳳姐兒道：「寶兄弟，太太叫你快過去呢。你別在這裡只管這麼著，倒招的媳婦也心裡不好。太太那裡又惦著你。」因向賈蓉說道：「你先同你寶叔叔過去罷，我還略坐一坐兒。」賈蓉聽說，即同寶玉過會芳園來了。

這裡鳳姐兒又勸解了秦氏一番，又低低的說了許多衷腸話兒。尤氏打發人請了兩三遍，鳳姐兒纔向秦氏說道：「你好生養著罷，我再來看你。合該你這病要好，所以前日就有人薦了這個好大夫來，再也是不怕的了。」秦氏笑道：「任憑神仙也罷，治得病治不得命。嬸子，我知道我這病不過是挨日子。」鳳姐兒說道：「你只管這麼想著，病哪裡能好呢？總要想開了纔是。況且聽得大夫說，若是不治，怕的是春天不好呢；偺們若是不能吃人參的人家，這也難說了。你公公婆婆聽見治得好你，別說一日二錢人參，就是二斤也能夠吃的起。好生養著罷，我過園子裡去了。」秦氏又道：「嬸子，恕我不能跟過去了。閒了時候，還求嬸子常過來瞧瞧我。偺們娘兒們坐坐，多說幾遭話兒。」鳳姐兒聽了，不覺得又眼圈兒一紅，遂說道：「我得了閒兒，必常來看你。」

於是鳳姐兒帶領跟來的婆子丫頭，並寧府的媳婦婆子們，從裡頭繞進園子的便門來。但只見：

黃花滿地，白柳橫坡。小橋通若耶之溪❸，曲徑接天台之路❹。石中清流激湍，籬落飄香；樹

❸ 若耶之溪：若耶溪在浙江諸暨，相傳西施曾在此浣紗。

❹ 天台之路：天台山在浙江，傳說漢明帝時劉晨、阮肇曾入天台山採藥，遇見神女。

頭紅葉翩翩，疏林如畫。西風乍緊，初罷鶯啼；暖日當暄❺，又添蛩語。遙望東南，建幾處依山之榭；縱觀西北，結三間臨水之軒。笙簧❻盈耳，則有幽情；羅綺❼穿林，倍添韻致。

見熙鳳賈瑞起淫心。（清上海畫冊）

鳳姐兒正自看園中的景致，一步步行來讚賞。猛然從假山石後走過一個人來，向前對鳳姐兒說道：「請嫂子安。」鳳姐兒猛然見了，將身子望後一退，說道：「這是瑞大爺不是？」賈瑞說道：「嫂子連我也不認得了？不是我是誰！」鳳姐兒道：「不是不認得，猛然一見，不想到是大爺到這裡來。」賈瑞道：「也是合該我與嫂子有緣。我方纔偷出了席，在這個清淨地方略散一散，不想就遇見嫂子也從這裡來，這不是有緣麼？」一面說著，一面拿眼睛不住的覷著鳳姐兒。鳳姐兒是個聰明人，見他這個光景，如何不猜透八九分呢？因向賈瑞假意含笑道：「怨不得你哥哥時常提你，說你很好。今日見了，聽你說這幾句話兒，

❺ 暄：溫暖。

❻ 笙簧：笙是一種吹奏樂器，簧是吹奏樂器中竹製或銅製的簧片。「笙簧」常用來指代笙的音樂。此處用樂聲來形容林水之聲的悠揚悅耳。

❼ 羅綺：此處指穿羅綺衣服的人。

就知道你是個聰明和氣的人了。這會子我要到太太們那裡去，不得和你說話兒。等閒了，偺們再說話兒罷。」賈瑞道：「我要到嫂子家裡去請安，又恐怕嫂子年輕，不肯輕易見人。」鳳姐兒假意笑道：「一家子骨肉，說什麼年輕不年輕的話！」賈瑞聽了這話，再不想到今日得這個奇遇，那神情光景益發不堪難看了。鳳姐兒說道：「你快入席去罷，仔細他們拿住罰你酒。」賈瑞聽了，身上已木了半邊，慢慢的一面走著，一面回過頭來看。鳳姐兒故意的把腳步放遲了些兒，見他去遠了，心裡暗忖道：「這纔是知人知面不知心呢，哪裡有這樣禽獸的人呢？他如果如此，幾時叫他死在我的手裡，他纔知道我的手段！」

於是鳳姐兒方移步前來，將轉過了一重山坡，見兩三個婆子慌慌張張的走來，見了鳳姐兒笑說道：「我們奶奶見二奶奶只是不來，急的了不得，叫奴才們又來請奶奶來了。」鳳姐兒說道：「你們奶奶就是這麼急腳鬼似的。」鳳姐兒慢慢的走著，問：「戲唱了幾齣了？」那婆子回道：「有八九齣了。」說話之間，已來到了天香樓的後門，見寶玉和一群丫頭們在那裡頑呢。鳳姐兒說道：「寶兄弟別忒淘氣了。」有一個丫頭說道：「太太們都在樓上坐著呢，請奶奶就從這邊上去罷。」鳳姐兒聽了，款步提衣上了樓，見尤氏已在樓梯口等著呢。尤氏笑說道：「你們娘兒兩個忒好了，見了面總捨不得來了。你明日搬來和他住著罷。你坐下，我先敬你一鍾。」於是鳳姐兒在邢、王二夫人前告了坐，尤氏的母親前周旋了一遍，仍同尤氏坐在一桌上，吃酒聽戲。尤氏叫拿戲單來，讓鳳姐兒點戲。鳳姐兒說道：「太太們在這裡，我如何敢點！」邢夫人、王夫人說道：「我們和親家太太都點了好幾齣了，你點兩齣好的我們聽。」鳳姐兒立起身來，答應了一聲，方接過戲單，從頭一看，點了一齣還魂❽，一齣彈詞❾，遮過戲單去說：「現在唱的這雙官誥❿唱完了，再唱這兩齣，也就是時候了。」王夫人道：「可不是呢，也該趁早叫你哥哥嫂子歇歇，他們又心裡不靜。」尤氏說道：「太太們又不常過來，娘兒們多坐一會子去，纔有趣兒。天還早呢！」鳳姐兒立起身來，望樓下一看，說：「爺們都往哪裡去了？」旁邊一個婆子道：「爺們纔到凝曦軒，帶了打十番的那裡吃酒去了。」鳳姐兒說道：「在這裡不便易，背地裡又不知幹什麼去了！」尤氏笑道：「哪裡都像你這麼正經人呢！」

於是說說笑笑，點的戲都唱完了，方纔撤下酒席，擺上飯來。吃畢，大家纔出園子來，到上房坐下。吃了茶，方纔叫預備車，向尤氏的母親告了辭。尤氏率同眾姬妾並家下婆子媳婦們方送出來，賈珍率領眾子侄都在車旁侍立等候著呢，見了邢夫人、王夫人道：「二位嬸子明日還過來逛逛。」王夫人道：「罷了，我們今日整坐了一日，也乏了，明日歇歇罷。」於是都上車去了。賈瑞猶不時拿眼睛覷著鳳姐兒。賈珍等進去後，李貴纔拉過馬來，寶玉騎上，隨了王夫人去了。這裡賈珍同一家子的弟兄子侄吃過了晚飯，方大家散了。次日仍是眾族人等鬧了一日，不必細說。

此後鳳姐兒不時親自來看秦氏，秦氏也有幾日好些，也有幾日仍是那樣。賈珍、尤氏、賈蓉好不焦心。且說賈瑞到榮府來了幾次，偏都遇見鳳姐兒往寧府那邊去了。這年正是十一月三十日冬至。到

❽ 還魂：明湯顯祖牡丹亭傳奇中回生一齣，演杜麗娘為情而死，又起死回生之事。

❾ 彈詞：清洪昇長生殿傳奇中一齣，演安史之亂後，樂工李龜年流落江南，彈唱天寶遺事的故事。彈詞是一種彈唱的曲藝形式。

❿ 雙官誥：清代陳二白創作的傳奇，寫馮二娘立志守節，教子成名的故事。京劇三娘教子即由此改編而成。

交節的那幾日，賈母、王夫人、鳳姐兒日日差人去看秦氏，回來的人都說：「這幾日也沒見添病，也不見甚好。」王夫人向賈母說：「這個症候，遇著這樣大節，不添病就有好大的指望了。」賈母說：「可是呢。好個孩子，要是有些原故，可不叫人疼死。」說著，一陣心酸，叫鳳姐兒說道：「你們娘兒兩個也好了一場，明日大初一，過了明日，你後日再去看一看他去。你細細的瞧瞧他那光景，倘或好些兒，你回來告訴我，我也喜歡喜歡。那孩子素日愛吃的，你也常叫人做些給他送過去。」鳳姐兒一一的答應了。

到了初二日，吃了早飯，來到寧府。看見秦氏的光景，雖未甚添病，但是那臉上身上的肉全瘦乾了。於是和秦氏坐了半日，說了些閒話兒，又將這病無妨的話開導了一遍。秦氏說道：「好不好，春天就知道了。如今現過了冬至，又沒怎麼樣，或者好的了也未可知。嬸子回老太太、太太放心罷。昨日老太太賞的那棗泥餡的山藥糕，我倒吃了兩塊，倒像剋化的動似的⓫。」鳳姐兒說道：「明日再給你送來，我到你婆婆那裡瞧瞧，就要趕著回去，回老太太的話去。」秦氏道：「嬸子，替我請老太太、太太安罷。」鳳姐兒答應著，就出來了。

到了尤氏上房坐下，尤氏道：「你冷眼瞧媳婦是怎麼樣？」鳳姐兒低了半日頭，說道：「這實在沒法兒了，你也該將一應的後事用的東西，也該料理料理，沖一沖⓬也好。」尤氏道：「我也叫人暗暗的預備了，就是那件東西不得好木頭，暫且慢慢的辦罷。」於是鳳姐兒吃了茶，說了一會子話兒，

⓫ 倒像句：剋化，方言，消化。動，表示胃口開。

⓬ 沖一沖：用某種行動沖掉現有的病災，如為重病人預先準備喪事或舉行婚禮，可以沖掉疾病。用喜事相沖，也稱「沖喜」。

說道：「我要回去回老太太的話去呢。」尤氏道：「你可緩緩的說，別唬著老太太。」鳳姐兒道：「我知道。」於是鳳姐兒就回來了。到了家中，見了賈母，說：「蓉哥兒媳婦請老太太安，給老太太磕頭，說他好些了，求老祖宗放心罷。他再略好些，還要給老祖宗磕頭請安來呢。」賈母道：「你看他是怎麼樣？」鳳姐兒說：「暫且無妨，精神還好呢。」賈母聽了，沉吟了半日，因向鳳姐兒說：「你換換衣服，歇歇去罷。」鳳姐兒答應著出來，見過了王夫人。

到了家中，平兒將烘的家常的衣服給鳳姐兒換了。鳳姐兒方坐下，問道：「家裡沒有什麼事麼？」平兒方端了茶來，遞了過去，說道：「沒有什麼事，就是那三百銀子的利銀，旺兒媳婦送進來，我收了。再有瑞大爺使人來打聽奶奶在家沒有，他要來請安說話。」鳳姐兒聽了，哼了一聲，說道：「這畜生，合該作死！看他來了怎麼樣！」平兒因問道：「這瑞大爺是因什麼只管來？」鳳姐兒遂將九月裡寧府園子裡遇見他的光景，他說的話，都告訴了平兒。平兒說道：「癩蛤蟆想天鵝肉吃，沒人倫的混賬東西，起這個念頭，叫他不得好死！」鳳姐兒道：「等他來了，我自有道理。」不知賈瑞來時，作何光景，且聽下回分解。

第十二回　王熙鳳毒設相思局　賈天祥正照風月鑑

▼勿作正面看為幸。畸笏。

話說鳳姐正與平兒說話，只見有人回說：「瑞大爺來了。」鳳姐急命快請進來。（立意追命。）賈瑞見往裡讓，心中喜出望外，急忙進來，見了鳳姐，滿面陪笑，（如蛇。）連連問好。鳳姐兒也假意殷勤，讓茶讓坐。賈瑞見鳳姐如此打扮，益發酥倒，因餳了眼問道：「二哥哥怎麼還不回來？」鳳姐道：「不知什麼原故。」賈瑞笑道：「別是路上有人絆住了腳了，捨不得回來也未可知。」鳳姐道：「也未可知。男人家見一個愛一個，也是有的。」賈瑞笑道：（如聞其聲。）「嫂子這話說錯了，我就不這樣。」（漸漸入港。）鳳姐笑道：▼「像你這樣的人，能有幾個呢？十個裡也挑不出一個來。」▲賈瑞聽了，喜的抓耳撓腮，又道：「嫂子天天也悶的很。」鳳姐道：「正是呢，只盼個人來說話解解悶兒。」賈瑞笑道：「我倒天天閒著，天天過來替嫂子解解悶悶，可好不好？」鳳姐笑道：「你哄我呢，你哪裡肯往我這裡來？」賈瑞道：「我在嫂子跟前若有一點謊話，天打雷劈！只因素日聞得人說，嫂子是個利害人，在你跟前一點也錯不得，所以嚇住了我。如今見嫂子最是個有說有笑極疼人的，（奇妙！）我怎麼不來？死了也願意。（這倒不假。）」鳳姐笑道：「果然你是個明白人，比賈蓉兩個強遠了。我看他那樣清秀，只當他們心裡明白，誰知竟是兩個糊塗蟲，（反文著眼。）一點不知人心。」賈瑞聽了這話，越發撞在心坎兒上，由不得又往前湊了一湊，覷著眼看鳳姐帶的荷包，然後又問：「帶著什麼戒指？」鳳姐悄悄道：「放尊重著，別叫丫頭們看了笑話。」賈瑞如聽綸音❶佛語一般，忙往後退。鳳姐笑道：「你該走了。」（叫去正是叫來也。）賈瑞說：「我再坐一坐兒，好狠心的嫂子。」鳳姐又悄悄的道：「大天白日人來人往，你就在這裡也不方便。▼你且去，等著晚上起了更你來，悄悄的在西邊穿堂兒等我。▲」賈瑞聽了，如得珍寶，忙問道：「你別哄我！但只那裡人過的多，怎麼好躲的？」鳳姐道：「你只放心。我把上夜的小廝們都放了假，兩邊門一關，再沒別人了。」賈瑞聽了，喜之不盡，忙忙的告辭而去，心內以為得手。（未必。）

盼到晚上，果然黑地裡摸入榮府，趁掩門時鑽入穿堂。果見漆黑無一人，往賈母那邊去的門戶已鎖倒，只有向東的門未關。賈瑞側耳聽著，半日不見人來。忽聽咯噔一聲，東邊的門也倒關了。（平平略施小計。）賈瑞急的也不敢則聲，只得悄悄的出來，將門撼了撼，關的鐵桶一般。此時要求出去亦不能夠，南北皆是大房牆，要跳亦無攀援。這屋內又是過堂兒，風又大，空落落。現是臘月天氣，夜又長，▼朔風凜凜，侵肌裂骨，一夜幾乎不曾凍死。▲好容易盼到早晨，只見一個老婆子，先將東門開了，進去又開西門。賈瑞瞅的背著臉，一溜烟抱著肩跑了出來。幸而天氣尚早，人都未起，從後門一逕跑回家去。

原來賈瑞父母早亡，只有他祖父代儒教養。▼那代儒素日教訓最嚴，不許賈瑞多走一步，生怕他在外吃酒賭錢，有誤學業。▲今忽見他一夜不歸，（展轉靈活，一人不放，一筆不肖。）只料定他在外非飲即賭，嫖娼宿妓，（世人萬萬想不到，況老學究乎？）哪裡想到這段公案？因此氣了一夜。賈瑞也捻著一把汗，少不得回來撒謊，只說：「往舅舅家去了，天黑了留我住了一夜。」▼代儒道：「自來出門，非稟我不敢擅出，如何昨日私自去了？據此亦該打，何況是撒謊！」因此發狠，到底打了三四十板，不許吃飯，令他跪在院內讀文章，定要補出十天的功課來方罷。▲賈瑞直凍了一夜，

▼先寫穿堂，只知房舍之大，豈料有許多用處。

▼可為偷情一戒。

▼教訓最嚴，奈其心何？一嘆。

▼處處點父母痴心，子孫不肖。此書係自愧而成。

❶ 綸音：皇帝的話。禮記緇衣：「王言如絲，其出如綸。」意謂王者之言，開始如絲一樣細微，及傳出後，就像絲繩那麼粗了。綸，青絲結成的繩子。

今又遭了苦打，且餓著肚子跪著在風地裡讀文章，其苦萬狀。（禍福無門，惟人自召。）

▼此時賈瑞前心猶是未改，再想不到是鳳姐捉弄他。▲（四字是尋死之根。）過後兩日得了空，便仍來找鳳姐。鳳姐故意抱怨他失信，賈瑞急的賭身發誓。鳳姐因見他自投羅網，（可謂因人而使。）少不得再尋別計，令他知改。（四字是作者明阿鳳身分，勿得輕輕看過。）故又約他道：「今日晚上你別在那裡了，你在我這房後小過道子裡那間空屋裡等我，可別冒撞了。」賈瑞道：「果真？」（伏的妙！）鳳姐道：「誰可哄你？你不信，就別來。」（緊一句。）賈瑞道：「來來來！死也要來！」（不差。）鳳姐道：「這會子你先去罷。」賈瑞料定晚間必妥，（未必。）此時先去了。鳳姐在這裡便點兵派將，設下圈套。（四字用得新，必有新文字好看。）

那賈瑞只盼不到晚上，偏生家裡親戚又來了，（專能忙中寫閒，狡猾之甚！）直吃了晚飯纔去。那天已有掌燈時候，又等他祖父安歇了，方溜進榮府，直往那夾道中屋子裡來等著，熱鍋上的螞蟻一般，只是乾轉。左等不見人影，右聽也沒聲響，心下自思：「別是又不來了，又凍我一夜不成？」正自胡猜，只見黑魆魆（真到了。）的來了一個人，賈瑞便意定是鳳姐，不管皂白，餓虎一般，等那人剛至門前，便如貓捕鼠的一般抱住，叫道：「親嫂子，等死我了。」說著，抱到屋裡炕上，就親嘴扯褲子，滿口裡親娘親爹的亂叫起來。那人只不作聲。（好極！）賈瑞拉了自己褲子，硬幫幫的就想頂入。

忽見燈光一閃，（將到矣。）只見賈薔舉著個捻子❷照道：「誰在屋裡？」只見炕上那人笑道：「瑞大叔要肏我呢！」賈瑞一見，卻是賈蓉，真臊的（奇絕！）無地可入，（亦未必真。）不知要怎麼樣纔好，回身就要跑，被賈薔一把揪住道：「別走！如今璉二嬸已經告到太太跟前，（好題目。）▼說你無故調戲他，▲他暫用了個脫身計，哄你在這邊等著。太太氣死過去，（好大題目。）因此叫我來拿你。剛纔你又攔住他，沒的說，跟我去見太太。」賈瑞聽了，魂不

▼苦海無邊，回頭是岸。若個能回頭也？嘆，嘆！壬午春，畸笏。

▼調戲還有故，一笑。

❷ 捻子：用紙、麻等搓成的條狀物，可以用來點火照明。

附體，只說：「好侄兒，只說沒有見我，明日我重重的謝你。」賈薔道：「你若謝我，放你不值什麼，只不知你謝我多少？況且口說無憑，寫一文契來。」賈瑞道：「如何落紙呢？」（也知寫不得，一嘆。）賈薔道：「這也不妨，寫一個賭錢輸了外人賬目，借頭家銀若干兩便罷。」賈瑞道：「這也容易，只是此時無紙筆。」賈薔道：「這也容易。」說罷，翻身出來，紙筆現成（二字妙！）拿來命賈瑞寫。他兩作好作歹，只寫了五十兩，然後畫了押。賈薔收起來，然後撕羅賈蓉。賈蓉先咬定牙不依，只說：「明日告訴族中的人評評理。」賈瑞急的至於叩頭，賈薔作好作歹的，也寫了一張五十兩欠契纔罷。

賈薔又道：「如今要放你，我就擔著不是。（又生波瀾。）老太太那邊的門早已關了，老爺正在廳上看南京的東西，那一條路定難過去。如今只好走後門。若這一走，倘或遇見了人，連我也完了。等我們先去哨探哨探，再來領你。這屋子你還藏不得，少時就來堆東西。等我尋個地方。」說畢，拉著賈瑞，仍息了燈，（細。）出至院外，摸著大臺磯底下，說道：「這窩兒裡好，你只蹲著，別哼一聲，等我們來再動。」（未必如此收場。）說畢，二人去了。

賈瑞此時身不由己，只得蹲在那裡。心下正盤算，▼只聽頭頂上一聲響，嘩拉拉一淨桶尿糞從上面（余料必有新奇解恨文字收場，方是石頭記筆力。）直潑下來，可巧澆了他一身一頭。賈瑞掌不住「噯喲」了一聲，忙又掩住口，（更奇。）不敢聲張，滿頭滿臉渾身皆是尿屎，冰冷打戰。只見賈薔跑來叫：「快走，快走！」賈瑞如得了命，三步兩步從後門跑到家裡，天已三更，只得叫門。▲開門人見他這般景況，問是怎的？少不得扯謊說：「黑了，失腳掉在茅廁裡了。」一面到了自己房中更衣洗濯，心下方想到是鳳姐頑他。因此發一回恨；再想想鳳姐的模樣（慾根未斷。）兒，又恨不得一時摟在懷內，一夜竟不曾合眼。

▼瑞奴實當如是報之。

此一節可入西廂記批評內十大快中。畸笏。

▼此刻還不回頭，真自尋死路矣。

▼自此滿心想鳳姐，只不敢往榮府去了。▲賈蓉兩個又常常的來索銀子，他又怕祖父知道，正是相思尚且難禁，更又添了債務。日間功課又緊。他二十來歲人尚未娶親，邇來想著鳳姐，未免有那「指頭告了消乏」❸等事，更兼兩回凍惱奔波，（寫得歷歷病源，如何不死？）因此三五下裡夾攻，（所謂步步緊。）不覺就得了一病。心內發膨脹，口中無滋味，腳下如綿，眼中似醋，黑夜作燒，白晝常倦，下溺連精，嗽痰帶血。諸如此症，不上一年都添全了。（簡捷之至！）於是不能支持，一頭跌倒，合上眼還只夢魂顛倒，滿口亂說胡話，驚悸異常。百般請醫療治，諸如肉桂、附子、鱉甲、麥冬、玉竹等藥，吃了有幾十斤下去，也不見個動靜。（說得有趣。）

倏又臘盡春回，這病更又沉重。代儒也著了忙，各處請醫療治，皆不見效。因後來吃獨參湯，代儒如何有這力量？只得往榮府來尋。王夫人命鳳姐秤二兩給他，（王夫人之慈若是。）鳳姐回說：「前兒新近都替老太太配了藥，那整的太太又說留著送楊提督的太太配藥，偏生昨兒我已送了去了。」王夫人道：「就是偺們這邊沒了，你打發個人往你婆婆那邊問問，或是你珍大哥哥那府裡再尋些來，湊著給人家，吃好了救人一命，也是你的好處。」（夾寫王夫人。）鳳姐聽了，也不遣人去尋，只得將些渣末泡鬚湊了幾錢，命人送去，只說：「太太送來的，再也沒了。」然後回王夫人，只說：「都尋了來，共湊了有二兩送去。」（然便有二兩獨參湯，賈瑞固亦不能微好，又豈能望好？但鳳姐之毒何如是？瑞之自失也。）那賈瑞此時要命的心勝，無藥不吃，只是白花錢，不見效。

忽然這日有個跛足道人（自甄士隱隨君一去，別來無恙否？）來化齋，口稱專治冤業之症。賈瑞偏生在內就聽見了，直著聲叫喊，（如聞其聲，吾不忍聽也。）說：「快請進那位菩薩來救我！」一面在枕上叩首。（如見其形，吾不忍看也。）眾人只得帶了那道士進來。賈瑞一把拉住，連叫：「菩薩救我！」（人之將死，其言也哀，作者如何下筆？）那道士嘆道：「你這病非藥可醫，

❸ 指頭告了消乏：手淫的隱語。

我有個寶貝與你，你天天看時，此命可保矣。」說畢，從搭連中（妙極！此搭連猶是士隱所搶背者乎？）取出一面鏡子來（凡看書人從此細心體貼，方許你看，否則此書哭矣。）▼——兩面皆可照人，（此書表裡皆有喻也。）鏡把上面鏨著「風月寶鑑」四字。（明點）——遞與賈瑞道：「這物出自太虛玄境▲，空靈殿上警幻仙子所製，（言此書原係空虛幻設。）專治邪思妄動之症，（畢真）有濟世保生之功；（畢真）所以帶他到世上，單與那些聰明傑俊、風雅王孫等看照。（所謂無能紈袴是也。）千萬不可照正面，（誰人識得此句？觀者記之，不要看這書正面，方是會看。）只照他的背面，（記之）要緊，要緊！三日後吾來收取，管叫你好了。」說畢，揚長而去。眾人苦留不住。

賈瑞收了鏡子，想道：「這道士倒有意思，我何不照一照試試。」想畢，拿起「風月鑑」來，向反面一照，只見一個骷髏立在裡面，（所謂「好知青塚骷髏骨，就是紅樓掩面人」是也。作者好苦心思。）嚇得賈瑞連忙掩了，罵：「道士混賬，（可怕是「招手」二字。）如何嚇我！我倒再照照正面是什麼？」想著，又將正面一照，只見鳳姐站在裡面招手叫他。（奇絕！）賈瑞心中一喜，蕩悠悠的覺得進了鏡子，（寫得奇峭，真好筆墨。）與鳳姐雲雨一番。鳳姐仍送他出來，到了床上，「噯喲」了一聲，一睜眼，鏡子從手裡掉過來，仍是反著立著一個骷髏。賈瑞自覺汗津津的，底下已遺了一灘精。心中到底不足，又翻過正面來，只見鳳姐還招手叫他，他又進去。如此三四次。到了這次，剛要出鏡子來，只見兩個人走來，拿鐵鎖把他套住，拉了就走。（所謂醉生夢死也。）賈瑞叫道：「讓我拿了鏡子再走！」（可憐！大眾齊來看此。）只說了這句，就再不能說話了。

旁邊伏侍賈瑞的眾人，只見他先還拿著鏡子照，落下來，仍睜開眼拾在手內，末後鏡子落下來便不動了。眾人上來看看，已沒了氣，身子底下冰涼漬濕一大灘精。這纔忙著穿衣抬床。代儒夫婦哭的死去活來，大罵道士：「是何妖鏡！（此書不免腐儒一謗。）若不早燬此物，（凡野史俱可燬，獨此書不可燬。）遺害於世不小。」（腐儒）遂命架火來燒。只聽鏡內哭道：「誰叫你們瞧正面了？你們自己以假為真，何苦來燒我！」（觀者記之。）正哭著，

▼與紅樓幻夢呼應。

只見那跛足道人從外面跑來，喊道：「誰毀『風月鑑』？吾來救也！」說著，直入中堂，搶入手內，飄然去了。

當下代儒料理喪事，各處去報喪。三日起經❹，七日發引❺，寄靈於鐵檻寺，所謂鐵門限是也。先安一開路道之人，以備秦氏仙柩有方也日後帶回原籍。當下賈家眾人齊來弔問。榮國府賈赦贈銀二十兩，賈政亦是二十兩，寧國府賈珍亦有二十兩，別者族中貧富不等，或三兩五兩，不可勝數。另有各同窗家分資，也湊了二三十兩。代儒家道雖然淡薄，倒也豐豐富富完了此事。

誰知這年冬底，林如海的書信寄來，卻為身染重疾，寫書特來接林黛玉回去。賈母聽了，未免又加憂悶，只得忙忙的打點黛玉起身。寶玉大不自在，爭奈父女之情，也不好攔勸。於是賈母定要賈璉送他去，仍叫帶回來。一應土儀❻盤纏，不消煩說，自然要妥貼。作速擇了日期，賈璉與林黛玉辭別了眾人，帶領僕從登舟往揚州去了。要知端的，且聽下回分解。

此回忽遣黛玉去者，正為下回可兒之文也。若不遣去，只寫可兒、阿鳳等人，卻置黛玉於榮府，成何文哉？固必遣去，方好放筆寫秦，方不脫發。況黛玉乃書中正人，秦為陪客，豈因陪而失正耶？後大觀園方是寶玉、寶釵、黛玉等正緊文字，前皆係陪襯之文也。

❹ 起經：舊俗人死後三天，請和尚道士念經，叫「起經」。

❺ 發引：舊時靈柩出門稱「出殯」，又稱「發引」。

❻ 土儀：作為饋贈禮物的土特產。

第十三回 秦可卿死封龍禁尉 王熙鳳協理寧國府

此回可卿夢阿鳳，蓋作者大有深意存焉。可惜生不逢時，奈何，奈何！然必寫出自可卿之意也，則又有他意寓焉。

榮、寧世家未有不尊家訓者。雖賈珍尚奢，豈明逆父哉？故寫敬老不管，然後恣意，方見筆筆周到。

詩曰：一步行來錯，回頭已百年。古今風月鑑，多少泣黃泉！

「秦可卿淫喪天香樓」，作者用史筆也。老朽因有魂託鳳姐賈家後事二件，豈是安富尊榮坐享人能想得到者？其事雖未漏，其言其意，令人悲切感服，姑赦之，因命芹溪刪去「遺簪」、「更衣」諸文，是以此回只十頁，刪去天香樓一節，少去四、五頁也。

話說鳳姐兒自賈璉送黛玉往揚州去後，心中實在無趣，每到晚間不過和平兒說笑一回，就胡亂睡了。「胡亂」二字奇。這日夜間，正和平兒燈下擁爐倦繡，早命濃薰繡被，二人睡下，屈指算行程該到何處，所謂「計程今日到梁州」是也。不知不覺已交三鼓。平兒已睡熟了。

鳳姐方覺星眼微朦，恍惚只見秦氏從外走來，含笑說道：「嬸子好睡！我今日回去，你也不送我一程！因娘兒們素日相好，我捨不得嬸子，故來別你一別。還有一件心願未了，非告訴嬸子，別人未必中用。」一語貶盡賈家一族空頂冠束帶者。鳳姐聽了，恍惚問道：「有何心願，你只管託我就是了。」秦氏道：「嬸嬸，

「倘或」二字，酷有婦女口氣。

「樹倒猢猻散」之語，今猶在耳，屈指卅五年矣。哀哉傷哉，寧不痛殺！

語語見道，字字傷心，讀此一段，幾不知此身為何物矣。松齋

不必看完，見此二句，即欲墮淚。梅溪。

你是個脂粉隊裡的英雄，（稱得起。）連那些束帶頂冠的男子也不能過你，你如何連兩句俗語也不曉得？常言『月滿則虧，水滿則溢』，又道是『登高必跌重』。如今我們家赫赫揚揚，已將百載，一日倘或樂極悲生，若應了那句『樹倒猢猻散』的俗語，豈不虛稱了一世的詩書舊族了？」鳳姐聽了此話，心胸大快，十分敬畏，忙問道：「這話慮的極是，（非阿鳳不明，蓋古今名利場中患失之同意也。）但有何法可以永保無虞？」秦氏冷笑道：「嬸子好痴也！否極泰來❶，榮辱自古周而復始，豈人力能可常保的？但於今能於榮時籌畫下將來衰時的世業，亦可謂常保永全了。即如今日，諸事都妥，只有兩件未妥。若把此事如此一行，則後日可保永全了。」

鳳姐便問：「何事？」秦氏道：「今祖塋雖四時祭祀，只是無一定的錢糧；第二，家塾雖立，無一定的供給。依我想來，如今盛時固不缺祭祀供給，但將來敗落之時，此二項有何出處？莫若依我定見，趁今日富貴，將祖塋附近多置田莊房舍地畝，以備祭祀，供給之費皆出自此處，將家塾亦設於此。合同族中長幼，大家定了則例，日後按房掌管這一年的地畝錢糧、祭祀供給之事。如此周流，又無爭競，亦不有典賣諸弊。便是有了罪，凡物可入官，這祭祀產業連官也不入的；便敗落下來，子孫回家讀書務農，也有個退步，祭祀又可永繼。若目今以為榮華不絕，不思後日，終非長策。眼見不日又有一件非常喜事，真是烈火烹油、鮮花著錦之盛。要知道也不過是瞬息的繁華，一時的歡樂，萬不可忘了那『盛筵必散』的俗語。此時若不早為後慮，臨期只恐後悔無益了。」鳳姐忙問：「有何喜事？」秦氏道：「天機不可洩漏。（伏的妙！）只是我與嬸子好了一場，臨別贈你兩句話，須要記著。」因念道：「三

❶ 否極泰來：否、泰是周易中兩個卦名。否表示天地不交就失利，泰表示天地相交就亨通。否極泰來是說事情壞到極點就會往好的方面轉化。

春去後諸芳盡，各自須尋各自門。」此句令批書人哭死。▲

鳳姐還欲問時，只聽二門上傳事雲板連叩四下，將鳳姐驚醒。人回：「東府蓉大奶奶沒了。」鳳姐聞聽，嚇了一身冷汗，出了一回神，只得忙忙的穿衣，往王夫人處來。彼時合家皆知，無不納罕，都有些疑心。▲▼那長一輩的想他素日孝順，平一輩的想他素日和睦親密，下一輩的想他素日慈愛，以及家中僕從老小想他素日憐貧惜賤、慈老愛幼之恩，八字乃為上人之當銘於五衷。莫不悲嚎痛哭者。老健。▲

閒言少敘。卻說寶玉因近日林黛玉回去，剩得自己孤悽，也不和人頑耍，與鳳姐反對。淡淡寫來，方是二人自幼氣味相投，可知後文皆非突然文字。每到晚間，便索然睡了。▼如今從夢中聽見說秦氏死了，連忙翻身爬起來，只覺心中似戳了一刀的，不忍哇的一聲，直奔出一口血來。襲人等慌慌忙忙上來攙扶，問是怎麼樣，又要回賈母來請大夫。寶玉笑道：「不用忙，不相干。這是急火攻心，又淡淡抹去。血不歸經。」說著，便爬起來，要衣服換了，來見賈母，即時要過去。▲襲人見他如此，心中雖放不下，又不敢攔，只是由他罷了。賈母見他要去，因說：「纔嚥氣的人，那裡不乾淨；二則夜裡風大，等明早再去不遲。」寶玉哪裡肯依。賈母命人套車，多派跟隨人役，擁護前來。

一直到了寧國府前，只見府門洞開，兩邊燈籠照如白晝，亂烘烘人來人往，裡面哭聲搖山振岳。寫大族之喪，如此起緒。▼寶玉下了車，忙忙奔至停靈之室，痛哭一番，然後見過尤氏。誰知尤氏正犯了胃疼舊疾，緊處愈緊，密處愈密。睡在床上。▲妙！非此何以出阿鳳？然後又出來見賈珍。彼時賈代儒、代修、將賈族約略一總，觀者方不惑。賈敕、賈效、賈敦、賈赦、賈政、賈琮、賈㻞、賈珩、賈珖、賈琛、賈瓊、賈璘、賈薔、賈菖、賈菱、賈芸、賈芹、賈蓁、賈萍、賈藻、賈衡、賈芬、賈芳、賈蘭、賈菌、賈芝等都來了。賈珍哭的淚人一般，可笑，如喪考妣，此作者刺心筆也。正和賈代儒等說道：「合

▼可從此批。通回將可卿如何死故隱去，是余大發慈悲也。嘆嘆！壬午季春，畸笏叟。

九個字寫盡天香樓事，是不寫之寫。

▼松齋云：好筆力，此方是文字佳處。

▼如在總是淡描輕寫，全無痕跡，方見得有生以來，天分中自然所賦之性如此，非因色所感也。

▼所謂層巒疊翠之

家大小，遠近親友，誰不知我這媳婦比兒子還強十倍。如今伸腿子去了，可見這長房內絕滅無人了。」說著，又哭起來。眾人忙勸：「人已辭世，哭也無益，且商議如何料理要緊。」淡淡一句，勾出賈珍多少文字來。賈珍拍手道：「如何料理，不過盡我所有罷了！」

法也。野史中從無此法。即觀者到此，亦為寫秦氏未必全到，豈料更又寫一尤氏哉？

正說著，只見秦業、秦鐘並尤氏的幾個眷屬、尤氏姊妹也都來了。伏後文。賈珍便命賈瓊、賈琛、賈璘、賈薔四個人去陪客，一面吩咐去請欽天監陰陽司❷來擇日。擇準停靈七七四十九日，三日後開喪送訃聞。這四十九日，單請一百單八眾❸禪僧在大廳上拜大悲懺❹，超度前亡後化諸魂，以免亡者之罪。另設一壇於天香樓上，刪卻，是未刪之筆。是九十九位全真道士❺打四十九日解冤洗業醮❻。然後停靈在會芳園中，靈前另請五十眾高僧，五十眾高道，對壇按七作好事。那賈敬聞得長孫媳婦死了，因自為早晚就要飛昇，可笑可嘆。古今之儒，中

❷ 欽天監陰陽司：欽天監，明清時代的官署，掌管天文、曆法、氣象和占卜一類事。清欽天監無陰陽司，但有陰陽生，負責卜凶吉，辨禁忌，為皇家婚喪大典擇日等事務。

❸ 眾：佛教語。用以指教徒人數。有僧若干人，就稱若干眾。

❹ 拜大悲懺：拜，拜懺，請和尚念經拜佛，為人消災或超度亡靈叫「拜懺」。大悲懺，全稱千手千眼大悲心咒行法，亦稱大悲心咒懺法，宋天台僧知禮著。稱虔信千手觀音，如法修懺，不僅可消災得福，死後可往生西方淨土。

❺ 全真道士：全真，道教中一個派別，金王喆創立於山東寧海（今牟平）的全真庵，故稱「全真派」或「全真教」。全真教強調克制個人的欲望，注重個人的道德修養，不尚燒汞煉丹和畫符作法。此教盛行於元代，至明清逐漸衰落。此處「全真道士」是道士的通稱。

❻ 解冤洗業醮：醮，祭祀。道士設壇祈禱，請求神靈賜福免災的儀式稱為打醮。解冤洗業醮為超度亡靈而作，目的是解除平生冤仇孽債，讓亡靈進入天國。

途多惑老佛。王隱梅云：「若能再加東坡十年壽，亦能跳出這圈子來。」斯言信矣。

如何肯又回家染了紅塵，將前功盡棄呢？因此並不在意，只憑賈珍料理。

賈珍見父親不管，益發恣意奢華。看板時，幾副杉木板皆不中用。可巧薛蟠來弔問，因見賈珍尋好板，便說道：「我們木店裡有一副板，叫作什麼檣木，檣者，舟具也，所謂人生若汎舟而已，寧不可嘆？出在潢海鐵網山上，所謂迷津易墮，塵網難逃也。作了棺材萬年不壞。這還是當年先父帶來，原係義忠親王老千歲要的，因他壞了事❼，就不曾拿去。現在還封在店內，也沒有人出價敢買。你若要，就抬來使罷。」賈珍聽說，喜之不盡，即命人抬來。大家看時，只見幫底皆厚八寸，紋若檳榔，味若檀麝，以手扣之，玎璫如金玉。大家都奇異稱讚。賈珍笑問：「價值幾何？」薛蟠笑道：「拿一千兩銀子來，只怕也沒處買去。什麼價不價？賞他們幾兩工錢就是了。」的是阿獃兄口氣。賈珍聽說，忙謝不盡，即命解鋸糊漆。▼賈政因勸道：「此物恐非常人可享者，政老有深意存焉。殮以上等杉木也就是了。」▼夾寫賈政。此時賈珍恨不能代秦氏之死，這話如何肯聽？因忽又聽得秦氏之丫鬟名喚瑞珠者，見秦氏死了，他也觸柱而亡。此事可罕，合族人也都稱嘆。賈珍遂以孫女之禮殮殯，一併停靈於會芳園中之登仙閣。小丫鬟名寶珠者，因見秦氏身無所出，乃甘心願為義女，誓任摔喪駕靈❽之任。賈珍喜之不盡，即時傳下，從此皆呼寶珠為小姐。那寶珠按未嫁女之喪，在靈前哀哀欲絕。於是合族人丁並家下諸人，都各遵舊制行事，自不得紊亂。兩句寫盡大家。

賈珍因想著賈蓉不過是個黌門監生❾，又起波瀾，卻不突然。靈旛經榜❿上寫時不好看，便是執事也不多，因此心下甚

▼寫個個皆到，全無安逸之筆，深得金瓶壺奧。

❼ 壞了事：因獲罪而受到嚴重處分。

❽ 摔喪駕靈：舊時出殯時，先由孝子或孝女摔一瓦盆，然後抬棺出門，叫「摔喪」。孝子或孝女在棺材前領路，叫「駕靈」。

❾ 黌門監生：黌，音ㄏㄨㄥˊ。太學，國子監，國立最高學府。進入太學讀書的學生，稱「太學生」、「國子監生員」。

不自在。[善起波瀾。]可巧這日正是首七第四日，早有大明宮掌宮內相⓫戴權[妙！大權也。]先備了祭禮遣人來，次後坐了大轎，打傘鳴鑼，親來上祭。賈珍忙接著，讓至逗蜂軒[軒名可思。]獻茶。賈珍心中打算定了主意，因而趁便就說要與賈蓉捐個前程的話。戴權會意，因笑道：「想是為喪禮上風光些。」賈珍忙笑道：「老內相所見不差。」戴權道：「事倒湊巧，正有個美缺。如今三百員龍禁尉⓬短了兩員，昨兒襄陽侯的兄弟老三來求我，現拿了一千五百兩銀子送到我家裡。你知道偺們都是老相與，不拘怎麼樣，看著他爺爺的分上，胡亂應了。[忙中寫閒。]還剩了一個缺，誰知永興節度使馮胖子來求，要與他孩子捐，我就沒工夫應他。既是偺們的孩子要捐，[奇談，畫盡閹官口吻。]快寫個履歷來。」賈珍聽說，忙吩咐：「快命書房裡人恭敬寫了大爺的履歷來。」小廝不敢怠慢，去了一刻，便拿了一張紅紙來與賈珍。賈珍看了，忙送與戴權。看時，上面寫道：「江寧府江寧縣監生賈蓉，年二十歲。曾祖，原任京營節度使，世襲一等神威將軍賈代化。祖，乙卯科進士賈敬。父，世襲三品爵威烈將軍賈珍。」戴權看了，回手便遞與一個貼身的小廝收了，說道：「回來送與戶部堂官⓭老趙，說我拜上他，起一張五品龍禁尉的票，再給個執照，就把這履歷填上。明兒我自己來兌銀子送去。」小廝答應了，戴權也就告辭了。賈珍十分款留不住，只得送出府門。臨上轎，賈珍因問：「銀子還是我到部兌，還是一併送入老內相府中？」戴權道：「若

⓾ 靈旛經榜：寫有死者姓名頭銜的狹長白飄帶，綁在竹竿上，叫「靈旛」。將佛道經文寫在榜文上張貼出來，叫「經榜」。

⓫ 大明宮掌宮內相：大明宮，唐代宮名。掌宮內相，負責宮內事務的太監。

⓬ 龍禁尉：作者虛構的官名。

⓭ 堂官：明清各部的正副長官，因辦公座位在大堂上，所以稱為「堂官」。

到部裡，你又吃虧了。不如平准一千二百銀子，送到我家就完了。」賈珍感謝不盡，只說：「待服滿⓮後，親帶小犬到府叩謝。」於是作別。

接著便又聽喝道之聲，原來是忠靖侯史鼎的夫人來了。（伏史湘雲。）王夫人、邢夫人、鳳姐等剛迎入上房，又見錦鄉侯、川寧侯、壽山伯三家祭禮擺在靈前。少時，三人下轎，賈政等忙接上大廳。如此親朋你來我去，也不能勝數。只這四十九日，寧國府街上一條白漫漫人來人往，（就簡生繁。）花簇簇官去官來。（是有服親朋並家下人丁之盛。）（是來往祭弔之盛。）賈珍命賈蓉次日換了吉服，領憑回來。靈前供用執事等物俱按五品職例，靈牌疏上皆寫「天朝誥授賈門秦氏恭人之靈位」。會芳園臨街大門洞開，旋在兩邊起了鼓樂廳，兩班青衣⓯按時奏樂。一對對執事擺的刀斬斧齊，更有兩面硃紅銷金大字牌，對豎在門外，上面大書：

防護內廷紫禁道
御前侍衛龍禁尉

對面高起著宣壇，僧道對壇榜文；榜上大書「世襲寧國公塚孫婦、防護內庭御前侍衛龍禁尉賈門秦氏恭人之喪。四大部洲至中之地，奉天承運太平之國，總理虛無寂靜教門僧錄司正堂萬虛、總理元始三

▼賈珍是亂費，可卿卻實如此。

▼奇文。若明指一洲名，似若西遊之套，故曰至中之地，不待言可知是光天化日、仁風德雨之下矣。不云國名更妙，可知是堯街舜巷、衣冠禮義之鄉矣。直與第一回呼應相接。

⓮ 服滿：服喪期滿。清代禮制，父母為嫡長子之死，服喪一年。

⓯ 青衣：古代身分低微的人著青衣（黑衫），這裡指吹鼓手。

一教門道錄司正堂葉生等⑯，敬謹修齋，朝天叩佛」，以及「恭請諸伽藍、揭諦、功曹⑰等神，聖恩普錫，神威遠鎮，四十九日消災洗孽平安水陸道場⑱」等語，亦不消繁記。

只是賈珍雖然此時心意滿足，但裡面尤氏又犯了舊疾，不能料理事務。惟恐各誥命⑲來往虧了禮數，怕人笑話，因此心中不自在。當下正憂慮時，因寶玉在側問道：「事事都算妥當了，大哥哥還愁什麼？」賈珍見問，便將裡面無人的話說了出來。寶玉聽說，笑道：「這有何難？我薦一個人與你，權理這一個月的事，管必妥當。」賈珍忙問是誰，寶玉見座間還有許多親友，不便明言，走至賈珍耳邊說了兩句。賈珍聽了，喜不自禁，連忙起身笑道：「果然妥當，如今就去。」說著，拉了寶玉，辭了眾人，便往上房裡來。

可巧這日非正經日期⑳，親友來的少，裡面不過幾位近親堂客，邢夫人、王夫人、鳳姐並合族中

⑯ 四大部洲三句：四大部洲，佛教說法，天下分為四大洲，即東勝身洲、西牛貨洲、南贍部洲、北俱盧洲。四洲中心是須彌山，為佛居住之地。僧錄司，政府管理僧人的官署。道錄司，管理道士的官署。虛無寂靜教門，指佛教。佛教以宣揚虛無寂靜為基本教義。元始三一教門，指道教。道教供奉的最高神是「元始天尊」。又有一尊化三清的說法，玉清元始天尊、上清靈寶天尊、太清道德天尊，共同組成了道教的最高尊天神。故稱道教為「元始三一教門」。太平之國是作者虛構的名稱。

⑰ 伽藍句：伽藍，佛教寺院的守護神。揭諦，佛教傳說中的護法神。功曹，道教供奉的傳遞信息的值日神。

⑱ 水陸道場：佛教誦經拜佛，施捨齋食，超度水陸眾鬼的法會。

⑲ 誥命：皇帝封贈官員及其家屬爵位名號的公文，這裡指「誥命夫人」，即受過皇帝封號的官員夫人。

⑳ 正經日期：舊俗人死後每隔七天奠祭一次，請僧道為死者誦經修福，稱為做七，自頭七至七七共四十九天。正經日期即

的內眷陪坐。聞人報：「大爺進來了！」唬的眾婆娘唿的一聲，往後藏之不迭，（素日行止可知。）獨鳳姐款款站了起來。（又寫鳳姐。）賈珍此時也有些病症在身，二則過於悲痛了，因拄個拐踱了進來。邢夫人等因說道：「你身上不好，又連日事多，該歇歇纔是，又進來做什麼？」賈珍一面扶拐，扎掙著要蹲身跪下請安道乏。（一絲不亂。）邢夫人等忙叫寶玉攙住，命人挪椅子來與他坐。賈珍斷不肯坐，因勉強陪笑道：「侄兒進來，有一件事要求二位嬸子並大妹妹。」邢夫人等忙問什麼事，賈珍忙笑道：「嬸子自然知道，如今孫子媳婦沒了，侄兒媳婦偏又病倒。我看裡頭著實不成個體統，怎麼屈尊大妹妹（不見突然。）一個月，在這裡料理料理，（阿鳳此刻心癢矣。）我就放心了。」邢夫人笑道：「原來為這個。你大妹妹現在你二嬸子家，只和你二嬸子說就是了。」王夫人忙道：「他一個小孩子家，（三字愈令人可愛可憐。）何曾經過這些事？倘或料理不清，反叫人笑話。倒是再煩別人好。」賈珍笑道：「嬸子的意思侄兒猜著了，是怕大妹妹勞苦了。若說料理不開，我包管必料理的開，便是錯一點兒，別人看著還是不錯的。從小兒大妹妹頑笑著就有殺伐決斷，（阿鳳身分。）如今出了閣，又在那府裡辦事，越發歷練老成了。我想了這幾日，（有筆力。）除了大妹妹再無人了。嬸子不看侄兒、侄兒媳婦的分上，只看死了的分上罷！」說著，滾下淚來。

王夫人心中怕的是鳳姐兒未經過喪事，怕他料理不清，惹人恥笑。今見賈珍苦苦的說到這步田地，心中已活了幾分，卻又眼看著鳳姐出神。那鳳姐素日最喜攬事辦，好賣弄才幹，雖然當家妥當，也因未辦過婚喪大事，恐人還不伏，巴不得遇見這事。今見賈珍如此一來，他心中早已歡喜。先見王夫人不允，後見賈珍說的情真，王夫人有活動之意，便向王夫人道：「大哥哥說的這麼懇切，太太就依了

指做七的日子。

罷。」王夫人悄悄的道：「你可能麼？」鳳姐道：「有什麼不能的？王夫人是悄言，鳳姐是響應，故稱「大哥哥」。外面的大事已經大哥哥料理清了，已得三昧矣。不過是裡頭照看照看。便是我有不知道的，問問太太就是了。」王夫人見說的有理，便不作聲。賈珍見鳳姐允了，又陪笑道：「也管不得許多了，橫豎要求大妹妹辛苦辛苦。我這裡先與妹妹行禮，等事完了，我再到那府裡去道謝。」說著，就作揖下去，鳳姐兒還禮不迭。

賈珍便忙向袖中取了寧國府對牌㉑出來，命寶玉送與鳳姐，又說：「妹妹愛怎樣就怎樣，要什麼只管拿這個取去，也不必問我。只求別存心替我省錢，只要好看為上；二則也要同那府裡一樣待人纔好，不要存心怕人抱怨。只這兩件外，我再沒不放心的了。」鳳姐不敢就接牌，只看著王夫人。王夫人道：「你哥哥既這麼說，你就照看照看罷了。只是別自作主意，有了事打發人問你哥哥嫂子要緊。」寶玉早向賈珍手裡接過對牌來，強遞與鳳姐了。又問：「妹妹住在這裡，還是天天來呢？若是天天來，越發辛苦了。不如我這裡趕著收拾出一個院落來，妹妹住過這幾日倒安穩。」鳳姐笑道：「不用。二字句，有神。那邊也離不得我，倒是天天來的好。」賈珍聽說，只得罷了。然後又說了一回閒話，方纔出去。一時女眷散後，王夫人因問鳳姐：「你今兒怎麼樣？」鳳姐兒道：「太太只管請回去，我須得先理出一個頭緒來，纔回去得呢。」王夫人聽說，便先同邢夫人等回去，不在話下。

這裡鳳姐兒來至三間一所抱廈內坐了，因想：▼頭一件是人口混雜，遺失東西；第二件，事無專執，臨期推委；第三件，需用過費，濫支冒領；第四件，任無大小，苦樂不均；第五件，家人豪縱，有臉者不服鈐束，無臉者不能上進▲。此五件實是寧國府中風俗，不知鳳姐如何處治，且聽下回分解。

▼讀五件事未完，余不禁失聲大哭，三十年前作書人在何處耶？

㉑ 對牌：領取錢財的憑證，用竹木製成，上有號碼印章，從中間分為兩半，各持其一。兩半符合，方可領取。

正是：

金紫萬千誰治國？裙釵一二可齊家！

通回將可卿如何死故隱去，是大發慈悲心也，嘆，嘆！壬午春。

第十四回　林如海捐館揚州城　賈寶玉路謁北靜王

話說寧國府中都總管來昇聞得裡面委請了鳳姐，因傳齊同事人等，說道：「如今請了西府裡璉二奶奶管理內事，倘或他來支取東西，或是說話，我們須要比往日小心些。每日大家早來晚散，寧可辛苦這一個月，過後再歇著，不要把老臉丟了。（此是都總管的話頭。）那是個有名的烈貨，臉酸心硬，一時惱了不認人的。」眾人都道：「有理。」又有一個笑道：「論理我們裡面也須得他來整治整治，都特不像了。」（伏線在二十板之誤差婦人。）正說著，只見來旺媳婦拿了對牌來領取呈文京榜紙劄，票上批著數目。眾人連忙讓坐倒茶，一面命人按數取紙來抱著，同來旺媳婦一路來至儀門口，方交與來旺媳婦自己抱進去了。

▼鳳姐即命彩明定造簿冊。▲即時傳來昇媳婦，兼要家口花名冊來查看。又限於明日一早，傳齊家人媳婦進來聽差等語。大概點了一點數目單冊，問了來昇媳婦幾句話，便坐車回家，一宿無話。

至次日卯正二刻❶便過來了。那寧國府中婆娘媳婦聞得到齊，只見鳳姐正與來昇媳婦分派，眾人不敢擅入，只在窗外聽覷。（傳神之筆。）只聽鳳姐與來昇媳婦道：「既託了我，我就說不得要討你們嫌了。（先站地步。）我可比不得你們奶奶好性兒，由著你們去。再不要說你們『這府裡原是這樣』（此話聽熟了，一嘆。）的話，如今可要依著我行。（宛轉得妙！）錯

▼寧府如此大家，阿鳳如此身分，豈有使貼身丫頭與家裡男人答話交事之理呢？此作者忽略之處。

彩明係未冠小童，阿鳳便於出入使令者。老兄並未前後看明，是男是女，亂加批駁，可笑。且寫明阿鳳不識字之故。王午春。

❶ 卯正二刻：即早上六點三十分。中國古代計時，以十二地支代表十二時辰，每個時辰分初、正，表示一個小時。每小時分為兩刻，代表半小時。從子初初刻二十三點開始，推算至卯初初刻為五點，卯初二刻為五點半，卯正初刻為六點，卯正二刻為六點半。

我半點兒，管不得誰是有臉的，誰是沒臉的，一例現清白處治。」說著，便吩咐彩明念花名冊，按名一個一個喚進來看視。量才而用之意。

一時看完，便又吩咐道：「這二十個分作兩班，一班十個，每日在裡頭單管人客來往倒茶，別的事不用他們管。這二十個也分作兩班，每日單管本家親戚茶飯，別的事也不用他們管。這四十個人也分作兩班，單在靈前上香添油，掛幔守靈，供飯供茶，隨起舉哀，別的事也不與他們相干。這四個人單在內茶房，收管杯碟茶器，若少一件，便叫他四個描賠❷。這四個人單管酒飯器皿，少一件也是他四個描賠。這八個單管監收祭禮。這八個單管各處燈油蠟燭紙劄，我總支了來交與你八個，然後按我的定數再往各處去分派。這三十個每日輪流各處上夜，照管門戶，監察火燭，打掃地方。這下剩的按著房屋分開，某人守某處，某處所有桌椅古董起，至於痰盒撢帚，一草一苗，或去或壞，就和守這處的人算賬描賠。來昇家的每日攬總查看，或有偷懶的，賭錢吃酒的，打架拌嘴的，立刻來回我。你有徇情，經我查出，三四輩子的老臉就顧不成了。如今都有定規，以後哪一行亂了，只和哪一行說話。素日跟我的人，隨身自有鐘表，不論大小事，我是皆有一定的時辰。橫豎你們上房裡也有時辰鐘。卯正二刻我來點卯，巳正吃早飯。凡有領牌回事的，只在午初刻。戌初燒過黃昏紙❸，我親到各處查一遍，回來上夜的交明鑰匙。第二日仍是卯正二刻過來。說不得偺們大家辛苦這幾日罷，事完了，你們家大爺自然賞你們。」說罷，又吩咐按數發與茶葉、油燭、雞毛撢子、笤帚等物，一面又搬取傢伙——所謂先禮而後兵是也。滑賊，好收煞。

---

❷ 描賠：照賠；按原物或原價賠償。

❸ 黃昏紙：古代喪禮，靈前焚燒紙錢，有規定的時間和順序。黃昏紙是黃昏時燒的那次。

桌圍、椅搭、坐褥、氈蓆、痰盒、腳踏之類，一面交發，一面提筆登記：某人管某處，某人領某物，開得十分清楚。眾人領了去，也都有了投奔，不似先時只揀便宜的做，剩下的苦差沒個招攬。各房中也不能趁亂失迷東西。便是人來客往，也都安靜了，不比先前一個正擺茶，又去端飯；正陪舉哀，又顧接客。如這些無頭緒、荒亂推托、偷閒竊取等弊，次日一概都蠲了。

鳳姐兒見自己威重令行，心中十分得意。因見尤氏犯病，賈珍又過於悲哀，不大進飲食，自己每日從那府中煎了各樣細粥、精緻小菜，命人送來勸食。賈珍也另外吩咐，每日送上等菜到抱廈內單與鳳姐。那鳳姐不畏勤勞，天天於卯正二刻就過來點卯理事，獨在抱廈內起坐，不與眾妯娌合群。便有堂客來往，也不迎會。

這日乃五七正五日上，那應佛僧正開方破獄❹，傳燈照亡❺，參閻君，拘都鬼❻，筵請地藏王❼，開金橋❽，引幢幡；那道士們正伏章申表❾，朝三清，叩玉帝。禪僧們行香，放焰口❿，拜水懺⓫。

▼寫鳳之心機。
▼寫鳳之珍貴。
▼寫鳳之英勇。
▼寫鳳之驕大。如此寫得，可嘆可笑。

❹ 應佛僧句：應佛僧，疑即「應赴僧」，指應召到人家做佛事的和尚。開方，即開放，指乞求佛祖開恩，放死鬼回陽，重新投胎。破獄，為死者念破地獄偈文，拯救亡靈出地獄。

❺ 傳燈照亡：佛教把傳揚佛法叫「傳燈」。佛教認為，佛法能破除昏暗，故以「燈」喻之。後來形成一種習俗，人在嚥氣前或死後，在腳後點一盞燈，使亡靈在陰間有光明指路。

❻ 都鬼：陰間小鬼的頭目。都，頭目、首領的意思。

❼ 地藏王：佛教菩薩名。相傳他受釋迦牟尼囑咐，在釋迦滅寂後，彌勒出世前，發願度脫眾生。

❽ 開金橋：迷信傳說，善人死後，通過金橋走向冥間，來世可以托生富貴人家。惡人則走銀橋，也就是奈何橋。開金橋是請僧人念經打開金橋。

又有十三眾尼僧，搭繡衣，靸紅鞋，在靈前默誦接引諸咒⓬。十分熱鬧。那鳳姐必知今日人客不少，在家中歇宿一夜，至寅正，平兒便請起來梳洗。及收拾完備，更衣盥手，吃了兩口奶子糖粳米粥，漱口已畢，已是卯正二刻了。來旺媳婦率領諸人伺候已久。鳳姐出至廳前，上了車，前面打了一對明角燈⓭，大書「榮國府」三個大字，款款來至寧府。大門上門燈朗掛，兩邊一色戳燈⓮，照如白晝，白漫漫穿孝僕從兩邊侍立。請車至正門上，小廝等退去，眾媳婦上來揭起車簾。鳳姐下了車，一手扶著豐兒，兩個媳婦執著手把燈罩，簇擁著鳳姐進來。寧府諸媳婦迎來請安接待。鳳姐緩緩走入會芳園中登仙閣靈前，一見了棺材，那眼淚恰似斷線之珠滾將下來。院中許多小廝垂手伺候燒紙。鳳姐吩咐得一聲：「供茶燒紙。」只聽一棒鑼鳴，諸樂齊奏，早有人端過一張大圈椅來放在靈前，鳳姐坐了，放聲大哭。（誰家行事，寧不墮淚？）於是裡外男女上下見鳳姐出聲，都忙忙接聲嚎哭。

一時賈珍、尤氏遣人來勸，鳳姐方纔止住。來旺媳婦獻茶漱口畢，鳳姐方起身，別過族中諸人，

---

❾ 伏章申表：章表原是上奏皇帝的文書，後來道士齋醮時誦讀給上帝聽的文書，也稱章表。伏，俯伏，俯首彎腰，表示恭敬。申，申述。

❿ 放焰口：焰口，傳說中餓鬼名。相傳地獄中的餓鬼，食物入口即變成火。每年七月十五，設盂蘭盆會，誦經施食，餓鬼才能進食，這樣的儀式叫放焰口。喪家也請和尚念焰口經，為死者超度，不致成為餓鬼。

⓫ 拜水懺：水懺指佛教經文水懺法，說治療惡瘡的事情，傳說念此經可消病免災。

⓬ 接引諸咒：接引死者往生西方淨土的咒語。

⓭ 明角燈：又名「羊角燈」，用羊角膠製成，半透明，能防風雨。

⓮ 戳燈：一種長柄有底座的燈，放在地上可隨意移動，類似今日之落地燈。

自入抱廈內來。按名查點，各項人數都已到齊，只有迎送親客上的一人未到。（須得如此，方見文章妙用。余前批非謬。）即命傳到。那人已張慌愧懼。鳳姐冷笑道：（凡鳳姐惱時，偏偏用「笑」字，是章法。）「我說是誰誤了，（四字有神，是有名姓上等人口氣。）原來是你！你原比他們有體面，所以纔不聽我的話。」那人道：「小的天天都來的早，只有今兒醒了，覺得早些，因又睡迷了，來遲了一步。求奶奶饒過這次。」正說著，只見榮國府中的王興媳婦來了，（偏用這等閒文間住。）在前探頭。（慣起波瀾，慣能忙中寫閒，又慣用曲筆，又慣綜錯，真妙！）鳳姐且不發放這人，（的是鳳姐作仿。）卻先問：「王興媳婦作什麼？」王興媳婦巴不得先問他完了事，連忙進去說：「領牌取線，（是喪事中用物，閒閒寫卻。）打車轎網絡。」說著，將個帖兒遞上去。鳳姐命彩明念道：「大轎兩頂，小轎四頂，車四輛，共用大小絡子若干根，用珠兒線若干斤。」鳳姐聽了，數目相合，便命彩明登記，取榮國府對牌擲下，王興家的去了。

鳳姐方欲說話時，見榮國府的四個執事人進來，都全要支取東西，領牌來的。鳳姐命他們要了帖子，念過聽了，一共四件。指兩件說道：「這兩件開銷錯了，（好看煞，這等文字。）再算清了來取。」說著，擲下帖子來，那二人掃興而去。鳳姐因見張材家的在旁，（又一頓挫。）因問：「你有什麼事？」張材家的忙取帖兒回說：「就是方纔車轎圍作成，領取裁縫工銀若干兩。」鳳姐聽了，便收了帖子，命彩明登記，待王興家的交過牌，得了買辦的回押相符，然後方與張材家的去領。一面又命念那一個，是為寶玉外書房完竣，（卻從閒中，又引出一件關係文字來。）支買紙料糊裱。鳳姐聽了，即命收帖兒登記，待張材家的繳清，又發與這人去了。

鳳姐便說道：「明兒他也睡迷了，（接得緊，且無痕跡，是山斷雲連法也。）後兒我也睡迷了，將來都沒了人了。本來要饒你，只是我頭一次寬了，下次人就難管，不如開發的好。」登時放下臉來，喝命：「帶出去！打二十板子。」（二字如神。）一面又擲下寧國府對牌：「出去說與來昇，革他一月銀米。」眾人聽說，又見鳳姐眉立，知是惱了，不敢怠慢，拖人的出去拖人，執牌傳諭的忙去傳諭。那人身不由己，已拖出去挨了二十大板，還要進來叩謝。鳳姐道：「明日再有誤的，打四十，後日的六十。有不怕挨打的，只管誤！」說著，吩咐：「散了罷。」窗外眾人聽說，方各自執事去了。彼時寧國、榮國兩處執事領牌交牌的，人來人往不絕。那抱愧被打之人含羞去了。又伏下文，非獨為阿鳳之威勢費此一段筆墨。這纔知道鳳姐利害，眾人不敢偷閒，自此兢兢業業，收拾得好。執事保全，不在話下。

如今且說忙中閒筆。寶玉因見今日人眾，恐秦鐘受了委屈，因默與他商議，要同他往鳳姐處來坐。秦鐘道：「他的事多，況且不喜人去。偺們去了，他豈不煩膩？」寶玉道：純是體貼人情。「他怎好膩我們？不相干，只管跟我來。」說著，便拉了秦鐘，直至抱廈。鳳姐纔吃飯，見他們來了，便笑道：「好長腿子，家常戲言，畢肖之至！快上來罷。」寶玉道：「我們偏⑮了。」鳳姐道：「在這邊外頭吃的，還是那邊吃的？」寶玉道：「這邊同那些渾人吃什麼！奇稱。試問誰是清人？原是那邊我們兩個同老太太吃了來的。」一面歸坐。鳳姐吃畢飯，就有寧國府中的一個媳婦來領牌，為支取香燈事。鳳姐笑道：「我算著你們今兒該來支取，總不見來，想是忘了，這會子到底來取。要忘了，自然是你們包出來，都便宜了我。」那媳婦笑道：「何嘗不是下人迎合湊趣畢真。忘了，方纔想起來，再遲一步，也領不成了。」說罷，領牌而去。

一時登記交牌。秦鐘因笑道：「你們兩府裡都是這牌，倘或別人私弄一個，小人語。支了銀子跑了，怎樣？」鳳姐笑道：「依你說，都沒王法了。」言甚是也。寶玉因道：「寫不理家務公子之語。怎麼偺們家沒人領牌子做東西？」鳳姐道：「人家來領的時候，你還做夢呢！我且問你，你們這夜書多早晚纔念補前文之未到。呢？」寶玉道：「巴不得這如今就念

⑮ 偏：客套話，表示先用或已用過茶飯等。

纔好。他們只是不快收拾出書房來，這也無法。」鳳姐笑道：「你請我一請，包管就快了。」寶玉道：「你要快也不中用。他們該作到那裡的，自然就有了。」(詩中知有鍊字一法，不期於石頭記中多得其妙。)鳳姐笑道：「便是他們作，也得要東西，擱不住我不給對牌，是難的。」寶玉聽說，便猴⑯向鳳姐身上立刻要牌，說：「好姐姐，給出牌子來，叫他們要東西去。」鳳姐道：「我乏的身子上生疼，還擱的住你揉搓？你放心罷，今兒纔領了紙裱糊去了。他們該要的，還等叫去呢？可不傻了。」寶玉不信，鳳姐便叫彩明查冊子與寶玉看了。

正鬧著，人回：「蘇州去的人昭兒來了。」(▼接得好！)鳳姐急命喚進來。昭兒打千兒請安，鳳姐便問：(暗寫黛玉。)「回來做什麼的？」昭兒道：「二爺打發回來的。林姑老爺是九月初三日巳時沒的，二爺帶了林姑娘同送林姑老爺靈到蘇州，大約趕年底就回來。▲二爺打發小的來報個信請安，討老太太示下，還瞧瞧奶奶家裡好。叫把大毛衣服帶幾件去。」鳳姐道：「你見過別人了沒有？」昭兒道：「都見過了。」說畢，連忙退去。鳳姐向寶玉笑道：(此係無意中之有意，妙！)「你林妹妹可在偺們家住長了。」寶玉道：「了不得，想來這幾日他不知哭的怎樣呢！」說著，蹙眉長嘆。

(▼顰兒方可長居榮府之文。)

鳳姐見昭兒回來，因當著人未及細問賈璉，心中自是記掛。待要回去，爭奈事情繁，一時去了恐有失誤，惹人笑話。少不得耐到晚上回來，復令昭兒進來，細問一路平安信息。連夜打點大毛衣服，和平兒親自檢點包裹，再細細追想所需何物，一併包藏交付昭兒。又細細吩咐昭兒「在外好生小心伏侍，不要惹你二爺生氣；(此為病源伏線。)時時勸他少吃酒，別勾引他認得混賬老婆，(後文方不突然。)果然有這些事，回來打折你的腿」(此一句最要緊。)等語。趕著亂完了，天已四更將盡，總睡下又走了困，不覺天明雞唱，忙梳洗過寧府中來。

⑯ 猴：像猴一樣屈身攀援，糾纏不放。

那賈珍因見發引日近，親自坐車，帶了陰陽司吏，往鐵檻寺來，踏看寄靈所在。又一一囑咐住持色空，好生預備新鮮陳設，多請名僧，以備接靈使用。色空忙看晚齋，賈珍也無心茶飯。因天晚不得進城，就在淨室胡亂歇了一夜。次日早，便進城來料理出殯之事。一面又派人先往鐵檻寺，連夜另外修飾停靈之處，並廚茶等項，接靈人口坐落。

裡面鳳姐見日期有限，也預先逐細分派料理，一面又派榮府中人拿車跟王夫人送殯，又顧自己送殯去占下處。目今正值繕國公誥命亡故，王、邢二夫人又去打祭送殯；西安郡王妃華誕送壽禮；鎮國公誥命生了長男，預備賀禮；又有胞兄王仁連家眷回南，一面寫家信稟叩父母並帶往之物；又有迎春染病，每日請醫服藥，看醫生啟帖、症源、藥按等事，亦難盡述。又兼發引在邇，因此忙的鳳姐茶飯也沒工夫吃得，坐臥不能清淨。剛到了寧府，榮府的人又跟到寧府；既回到榮府，寧府的人又找到榮府。鳳姐見如此，心中倒十分歡喜，並不偷安推托，恐落人褒貶，因此日夜不暇，籌畫得十分的整肅，於是合族上下無不稱歎者。▼總得好。▲

這日伴宿❶⓻之夕，裡面兩班小戲並耍百戲⓲的與親朋堂客伴宿。尤氏猶臥於內室，一應張羅款待，獨是鳳姐一人周全承應。合族中雖有許多妯娌，但或有羞口的，或有羞腳的，或有不慣見人的，或有懼貴怯官的，種種之類，俱不及鳳姐舉止舒徐，言語慷慨，珍貴寬大；因此也不把眾人放在眼裡，揮霍指示，任其所為，目若無人。寫秦氏之喪，卻只為鳳姐一人。一夜中燈明火彩，客送官迎，那百般熱鬧，自不用說的。

⓱ 伴宿：殯葬前夕，喪家守靈不睡覺。

⓲ 百戲：各種雜耍技藝，如魔術、雜技、口技、摔交等。

▼兆年不易之朝，永治太平之國，奇甚，妙甚！▼牛，丑也。清，屬水，子也。柳，拆卯字。彪，拆虎字，寅字寓焉。陳，即辰。翼，火，為蛇，巳字寓焉。馬，午也。魁，拆鬼字，鬼，金羊，未字寓焉。侯，猴同音，申也。曉鳴，雞也，酉字寓焉。石，即豕，亥字寓焉。其祖曰守業，即守鎮也，犬字

至天明，吉時已到，一般六十四名青衣請靈，前面銘旌上大書「▼奉天洪建兆年不易之朝▲誥封一等寧國公冢孫婦防護內庭紫禁道御前侍值龍禁尉享強壽賈門秦氏恭人之靈柩」。一應執事陳設，皆係現趕著新做出來的，一色光豔奪目。寶珠自行未嫁女之禮外，摔喪駕靈，十分哀苦。那時官客送殯的有：▼鎮國公牛清之孫，現襲一等伯牛繼宗；理國公柳彪之孫，現襲一等子柳芳；齊國公陳翼之孫，世襲三品威鎮將軍陳瑞文；治國公馬魁之孫，世襲三品威遠將軍馬尚；修國公侯曉明之孫，世襲一等子侯孝康。繕國公誥命亡故，故其孫石光珠守孝不曾來得。這六家與寧榮二家，當日所稱「八公」的便是。▲餘者更有：南安郡王之孫，西寧郡王之孫，忠靖侯史鼎，平原侯之孫世襲二等男蔣子寧，定城侯之孫世襲二等男兼京營游擊謝鯨，襄陽侯之孫世襲二等男戚建輝，景田侯之孫五城兵馬司裘良。餘者錦卿伯公子韓奇、神武將軍公子馮紫英、陳也俊、衛若蘭等諸王孫公子，不可枚數。堂客算來亦有十來頂大轎，三四十小轎，連家下大小轎車輛不下百餘十乘。連前面各色執事，陳設百耍，浩浩蕩蕩，一帶擺三四里遠。

走不多時，路旁彩棚高搭，設席張筵，和音奏樂，俱是各家路祭。第一座是東平王府祭棚，第二座是南安郡王祭棚，第三座是西寧郡王，第四座是北靜郡王的。原來這四王，當日惟北靜王功高，及今子孫猶襲王爵。現今北靜王水溶，年未弱冠，生得形容秀美，情性謙和。近聞寧國公冢孫婦告殂，因想當日彼此祖父相與之情，同難同榮，未以異姓相視，因此不以王位自居。上日也曾探喪上祭，如今又設路奠，命麾下各官在此伺候。自己五更入朝，公事已畢，便換了素服，坐大轎鳴鑼張傘而來。至棚前落轎，手下各官兩旁擁侍，軍民人眾不得往還。

寓焉。所謂十二支寓焉。

▼數字道盡聲勢。壬午春，畸笏老人。

▼忙中閒筆，點綴玉兒，方不失正文中之正人。作者良苦。壬午春，畸笏。

一時只見▼寧府大殯浩浩蕩蕩，壓地銀山一般從北而至。▲早有寧府開路傳事人看見，連忙回去報與賈珍。賈珍急命前面駐扎，同賈赦、賈政三人連忙迎來，以國禮相見。水溶在轎內欠身，含笑答禮，仍以世交稱呼接待，並不妄自尊大。賈珍道：「犬婦之喪，累蒙郡駕下臨，廕生輩何以克當！」水溶笑道：「世交之誼，何出此言？」遂回頭命長府官主祭代奠，賈赦等一旁還禮畢，復身又來謝恩。水溶十分謙遜，因問賈政道：▼「哪一位是啣寶而誕者？▲幾次要見一見，都為雜冗所阻，想今日是來的，何不請來一會？」賈政聽說，忙回去急命寶玉脫去孝服，領他前來。那寶玉素日就曾聽得父兄親友人等說閒話時，讚水溶是個賢王，且生得才貌雙全，風流瀟灑，每不以官俗國體所縛。每思相會，只是父親拘束嚴密，無由得會。今見反來叫他，自是歡喜。一面走，一面早瞥見那水溶坐在轎內，好個儀表人材。不知近看時又是怎樣？且聽下回分解。

此回將大家喪事詳細刻畫，如見其氣概，如聞其聲音，絲毫不錯，作者不負大家後裔。

寫秦死之盛，賈珍之奢，實是卻寫得一個鳳姐。

第十五回　王鳳姐弄權鐵檻寺　秦鯨卿得趣饅頭庵

話說寶玉舉目見北靜王水溶頭上帶著潔白簪纓銀翅王帽，穿著江牙海水❶五爪坐龍白蟒袍，繫著碧玉紅鞓帶，面如美玉，目似明星，真好秀麗人物。寶玉忙搶上來參見。水溶連忙從轎內伸出手來挽住，見寶玉帶著束髮銀冠，勒著雙龍出海抹額，穿著白蟒箭袖，圍著攢珠銀帶，面若春花，目如點漆。（又換此一句，如見其形。）水溶笑道：「名不虛傳，果然如寶似玉。」因問：「啣的那寶貝在哪裡？」寶玉見問，連忙從衣內取了，遞與過去。水溶細細的看了，又念了那上頭的字，因問：「果靈驗否？」賈政忙道：「雖如此說，只是未曾試過。」水溶一面極口稱奇道異，一面理好綵縧，親自與寶玉帶上。（鍾愛之至。）又攜手問寶玉幾歲，讀何書？寶玉一一的答應。

▼水溶見他語言清楚，談吐有致，▲一面又向賈政笑道：「令郎真乃龍駒鳳雛，非小王在世翁前唐突，將來『雛鳳清於老鳳聲❷』，未可量也！」（謙的得體。）（妙極！開口便是西崑體，寶玉聞之，寧不刮目哉？）賈政忙陪笑道：「犬子豈敢謬承金獎！賴藩郡餘禎，果如是言，亦廕生輩之幸矣。」水溶又道：「只是一件，令郎如是資質，想老太夫人、夫人輩自然鍾愛極矣。但吾輩後生甚不宜鍾溺，鍾溺則未免荒失學業。昔小王曾蹈此轍，想令郎亦未

（▼八字道盡玉兄。如此等方是玉兄正文寫照。壬午季春。）

❶ 江牙海水：指袍子下襬處所繡的波濤和人字形圖案。

❷ 雛鳳句：稱讚人家的兒子比老子還強。語出李商隱韓冬郎即席為詩相送……因成二絕寄酬，兼呈畏之員外：「十歲裁詩走馬成，冷灰殘燭動離情。桐花萬里丹山路，雛鳳清於老鳳聲。」這是李商隱向韓畏之稱道其子韓偓的詩。

賈寶玉路謁北靜王。（清上海畫冊）

必不如是也。若令郎在家難以用功，不妨常到寒第。小王雖不才，卻多蒙海上眾名士，凡至都者未有不另垂青目，是以寒第高人頗聚。令郎常去談會談會，則學問可以日進矣。」賈政忙躬身答應。水溶又將腕上一串念珠❸卸了下來，遞與寶玉道：「今日初會，倉促竟無敬賀之物。此係前日聖上親賜鶺鴒香念珠一串，權為賀敬之禮。」寶玉連忙接了，回身奉與賈政。轉出沒調教。賈政與寶玉一齊謝過。於是賈赦、賈珍等一齊上來請回輿，水溶道：「逝者已登仙界，非碌碌你我塵寰中之人也。小王雖上叩天恩，虛邀郡襲，豈可越仙輀❹而進也？」賈赦等見執意不從，只得告辭謝恩，有層次，好看煞。回來命手下掩樂停音，滔滔然將殯過完，方讓水溶回輿去了，不在話下。

且說寧府送殯，一路熱鬧非常。剛至城門前，又有賈赦、賈政、賈珍等諸同僚屬下各家祭棚接祭，一一的謝過。然後出城，竟奔鐵檻寺大路行來。彼時賈珍帶賈蓉來到諸長輩前，讓坐轎上馬。因而賈赦一輩的各自上了車轎，賈珍一輩的也將要上馬。鳳姐兒因記掛著寶玉，怕他在郊外縱性逞強，不服細心人自應如是。

❸ 念珠：又叫佛珠，原是念經時記數用的，後來成為戴在腕上的裝飾品。

❹ 仙輀：運載靈柩的車。輀，音ㄦˊ。

家人的話，賈政管不著這些小事，惟恐有個失閃❺，難見賈母，因此便命小廝來喚他。寶玉只得來到他車前，鳳姐笑道：「好兄弟，你是個尊貴人，女孩兒一樣的人品，（非此一句，寶玉必不依，阿鳳真好才情。）別學他們猴在馬上。下來，偺們姐兒兩個坐車，豈不好？」寶玉聽說，忙下了馬，爬入鳳姐車上，二人說笑前來。不一時，只見從那邊兩騎馬壓地飛來，（有氣有聲，有形有影。）離鳳姐車不遠，一齊躥下來，扶車回說：「這裡有下處，奶奶請歇更衣。」鳳姐急命請邢夫人、王夫人的示下。（有次序。）那人回來說：「太太們說不用歇了，叫奶奶自便罷。」鳳姐聽了，便命歇了再走。眾小廝聽了，一帶轅馬，岔出人群，往北飛走。寶玉在車內急命請秦相公。那時秦鐘正騎馬隨著他父親的轎，忽見寶玉的小廝跑來，請他去打尖❻。秦鐘看時，只見鳳姐兒的車往北而去，後面拉著寶玉的馬，搭著鞍籠，便知寶玉同鳳姐坐車，自己也便帶馬趕上來，同入一莊門內。

早有家人將眾莊漢攆盡，那莊農人家無多房舍，婆娘們無處迴避，只得由他們去了。那些村姑莊婦見了鳳姐、寶玉、秦鐘的人品衣服、禮數款段，豈有不愛看的？一時鳳姐進入茅堂，因命寶玉等先出去頑頑。寶玉等會意，因同秦鐘出來，帶著小廝們各處遊頑。凡莊農動用之物，皆不曾見過。（真，畢真！）寶玉一見了鍬钁鋤犁等物，皆以為奇，不知何項所使，其名為何。小廝在旁一一的告訴了名色，（凡膏粱子弟齊來著眼。）說明原委。寶玉聽了，（也蓋因未見之故也。▼）因點頭嘆道：「怪道古人詩上說：『誰知盤中餐，粒粒皆辛苦』，正為此也。」（聰明人自是一唱即悟。▲）一面說，一面又至一間房前，只見炕上有個紡車。寶玉又問小廝們：「這又是什麼？」

▼寫玉兄正文總於此等處，作者良苦。壬午季春。

---

❺ 失閃：現一般講閃失，指意外發生的事故。

❻ 打尖：旅途中休息用餐叫「打尖」。

▼一「忙」字，二「陪笑」字，寫玉兄是在女兒分上。壬午季春。

▼若說話，便不是石頭記中文字也。

小廝們又告訴他原委。寶玉聽說，便上來擰轉作耍，自為有趣。只見一個約有十七八歲的村莊丫頭跑了來，亂嚷：「別動壞了！」（天生地設之文。）眾小廝忙斷喝攔阻。▼寶玉忙丟開手，陪笑說道▲：「我因為沒見過這個，所以試他一試。」那丫頭道：「你們哪裡會弄這個？站開了，我紡與你瞧。」（三字如聞。）秦鐘暗拉寶玉笑道：「此卿大有意趣。」（忙中閒筆，卻伏下文。）寶玉一把推開，笑道：「該死的！再胡說，我就打了。」（玉兄身分本心如此。）說著，只見那丫頭紡起線來。▼寶玉正要說話時▲，只聽那邊老婆子叫道：「二丫頭，快過來！」那丫頭聽見，丟下紡車，一逕去了。

寶玉悵然無趣，（處處點情，又伏下一段後文。）只見鳳姐兒打發人來叫他兩個進去。鳳姐洗了手，換衣服抖灰，問他們換不換。寶玉不換，只得罷了。家下僕婦們將帶著行路的茶壺茶杯、十錦屜盒各樣小食端來，鳳姐等吃過茶，待他們收拾完備，便起身上車。外面旺兒預備下賞封，賞了本村主人，莊婦等來叩賞。鳳姐並不在意，寶玉卻留心看時，內中並無二丫頭。（妙在不見。）一時上了車，出來走不多遠，只見迎頭二丫頭懷裡抱著他小兄弟，（妙在此時方見，錯綜之妙如此！）同著幾個小女孩子說笑而來。寶玉恨不得下車跟了他去，料是眾人不依的，少不得以目相送。爭奈車輕馬快，（四字有文章。人生難聚亦未嘗不如此也。）一時展眼無蹤。

走不多時，仍又跟上大殯了。早有前面法鼓金鐃、幢幡寶蓋，鐵檻寺接靈眾僧齊至。少時到入寺中，另演佛事，重設香壇，安靈於內殿個室之中。寶珠按禮寢室相伴。外面賈珍款待一應親友，也有擾飯的，也有不吃飯而辭的，一應謝過乏❼。從公侯伯子男，一起一起的散去，至未末時分方纔散盡了。裡面的堂客，皆鳳姐張羅接待，先從顯官誥命散起，也到晌午大錯❽時方散盡了。只有幾個親戚

❼ 謝過乏：向對方表示感謝的客套話，猶如今所說「辛苦了」、「打攪了」。

❽ 晌午大錯：指正午已過很久。晌午，正午。

▼石頭記總於沒要緊處閒三二筆，寫正文筋骨，看官當用巨眼，不為彼瞞過方好。壬午季春。

是至近的，等做過三日安靈道場方去。那時邢、王二夫人知鳳姐必不能來家，也便就要進城。王夫人要帶寶玉去，寶玉乍到郊外，哪裡肯回去，只要跟鳳姐住著。王夫人無法，只得交與鳳姐，便回來了。

▼原來這鐵檻寺原是寧榮二公當日修造，現今還是有香火地畝布施，以備京中老❾了人口，在此便宜寄放。其中陰陽兩宅❿俱已預備妥貼，大凡創業之人，無有不為子孫深謀至細。奈後輩仗一時之榮顯，猶為不足，另生枝葉，雖華麗過先，奈不常保，亦足可嘆，爭及先人之常保其朴哉？近世浮華子弟齊來著眼。好為送靈人口寄居。祖宗為子孫之心細到如此！不想如今後輩人口繁盛，其中貧富不一，或性情參商⓫，所謂「源遠水則濁，枝繁果則稀」，余為天下癡心祖宗為子孫謀千年業者痛哭。有那家業艱難安分的，妙在艱難就安分，富貴則不安分矣。便住在這裡了；有那尚排場有錢勢的，只說這裡不方便，一定另外或村莊或尼庵尋個下處，為事畢宴退之所。▲真真辜負祖宗體貼子孫之心。即今秦氏之喪，族中諸人皆權在鐵檻寺下榻，獨有鳳姐嫌不方便，不用說，阿鳳自然不肯將就一刻的。因而早遣人來和饅頭庵的姑子淨虛說了，騰出兩間房子來作下處。

原來這饅頭庵就是水月寺，因他廟裡做的饅頭好，就起了這個渾號，離鐵檻寺不遠。前人詩云：「縱有千年鐵門限，終須一個土饅頭」，是此意。故「不遠」二字有文章。當下和尚功課已完，奠過晚茶，賈珍便命賈蓉請鳳姐歇息。鳳姐見還有幾個妯娌陪著女親，自己便辭了眾人，帶了寶玉、秦鐘往水月庵來。秦業年邁多病，伏筆。不能在此，只命秦鐘等待安靈罷了。那秦鐘便只跟著鳳姐、寶玉，一時到了水月庵。淨虛帶領智善、智能兩個徒弟出來迎接，大家見過。鳳姐等來至淨室，更衣淨手畢，因見智能兒越發長高了，模樣兒越發出息了，因說道：「你

❾ 老：此處指死。忌諱說死，便以「老」代指。

❿ 陰陽兩宅：死人的墳墓稱「陰宅」，活人的房屋稱「陽宅」。

⓫ 參商：兩個星宿名，一個在西，一個在東，相隔遙遠。古代詩文常以「參商」表示人的分離或不和。

們師徒怎麼這些日子也不往我們那裡去？」淨虛道：「可是這幾天都沒工夫，因胡老爺府裡產了公子，太太送了十兩銀子來這裡，叫請幾位師父念三日血盆經⑫，忙的沒個空兒，就沒來請奶奶的安。」（虛陪一個胡姓，妙，言是糊塗人之所為也。）

不言老尼陪著鳳姐，且說秦鐘、寶玉二人正在殿上頑耍，因見智能過來，寶玉笑道：「能兒來了。」秦鐘道：「理那東西作什麼？」寶玉笑道：「你別弄鬼，那一日在老太太屋裡，一個人沒有，你摟著他作什麼？這會子還哄我。」（補出前文未到處，思秦鐘近日在榮府所為可知矣。）秦鐘笑道：「這可是沒有的話。」寶玉笑道：「有沒有也不管你，你只叫住他倒碗茶來我吃，就丟開手。」秦鐘笑道：「這又奇了！你叫他倒去，還怕他不倒？何必要我說呢。」寶玉道：「我叫他倒是無情意的，不及你叫他倒的，是有情意的。」（總作如是等奇語。）秦鐘只得說道：「能兒，倒碗茶來給我。」那智能兒自幼在榮府走動，無人不識，因常與寶玉、秦鐘頑笑。他如今大了，漸知風月，便看上了秦鐘人物風流。那秦鐘也極愛他妍媚。二人雖未上手，卻已情投意合了。（不愛寶玉，卻愛秦鐘，亦是各有情孽。）今智能見了秦鐘，心眼俱開，走去倒了茶來。秦鐘笑說：「給我。」（如聞其聲。）寶玉叫：「給我！」智能兒抿嘴笑道：「一碗茶也爭，我難道手裡有蜜！」（一語畢肖，如聞其語，觀者已自酥倒，不知作者從何著想？）寶玉先搶得了吃著，方要問話，只見智善來叫智能去擺茶碟子。一時來請他兩個去吃茶果點心，他兩個哪裡吃這些東西，坐一坐，仍出來頑耍。

鳳姐也略坐片時，便回至淨室歇息。老尼相送。此時眾婆娘、媳婦見無事，都陸續散了，自去歇息，跟前不過幾個心腹常侍小婢。老尼便趁機說道：「我正有一事要到府裡求太太，先請奶奶一個示

⑫ 血盆經：佛經目連正教血盆經的簡稱。舊時迷信，認為婦女產後出血汙穢不潔，是一種罪孽，所以要念此經消災贖罪。

下。」鳳姐因問何事，老尼道：「阿彌陀佛！（開口稱佛，畢肖。可嘆可笑。）只因當日我先在長安縣內善才庵（「才」字妙！）內出家的時節，那時有個施主姓張，是大財主。他有個女兒小名金哥。（俱從「財」字上發出。）那年都往我廟裡來進香，不想遇見了長安府府太爺的小舅子李衙內。那李衙內一心看上，要娶金哥，打發人來求親，不想金哥已受了原任長安守備的公子的聘定。張家若退親，又怕守備不依，因此說已有了人家。誰知李公子執意不依，定要娶他女兒。張家正無計策，兩處為難，不想守備家聽了此信，也不管青紅皂白，便來作賤辱罵，說一個女兒許幾家？偏不許退定禮，就打官司告狀起來。（守備一聞便鬧，斷無此理。此必是張家懼府尹之勢，必先退定禮，守備方不從，或有之。此時老尼只欲與張家完事，故將此言遮飾，以便退親，受張家之賄也。）那張家急了，（如何便急了？話無頭緒，可知張家理缺。此係作者巧摹老尼無頭緒之語，莫認作者無頭緒，正是神處奇處。摹一人，一人必到紙上活見。）只得著人上京來尋門路，賭氣偏要退定禮。（如何？的是張家要與府尹攀親。）我想如今長安節度雲老爺與府上最契，可以求太太與老爺說聲，打發一封書去，求雲老爺和那守備說一聲，不怕那守備不依。若是肯行，張家連傾家孝順也都情願。」（壞極，妙極！若與府尹攀了親，何惜張財不能再得？小人之心如此，良民遭害如此！）鳳姐聽了笑道：「這事倒不大，只是太太再不管這樣的事。」老尼道：「太太不管，奶奶也可以主張了。」鳳姐聽說，笑道：「我也不等銀子使，也不做這樣的事。」（口是心非，如聞已見。）淨虛聽了，打去妄想，半晌嘆道：（一嘆轉出多少至惡不畏之文來。）「雖如此說，張家已知我來求府裡。如今不管這事，張家不知道沒工夫管這事，不希罕他的謝禮，倒像府裡連這點子手段也沒有的一般。」（批書人深知卿有是心，嘆嘆！）

鳳姐聽了這話，便發了興頭，說道：「你是素日知道我的，從來不信什麼是陰司地獄報應的。憑是什麼事，我說要行就行。你叫他拿三千銀子來，我就替他出這口氣。」老尼聽說，喜不自禁，忙說：「有，有！這個不難。」鳳姐又道：「我比不得他們扯篷拉牽（欺人太甚！）⓭的圖銀子，這三千銀子不過是給打發

閨閣營謀說事，往往被此等語惑了。

對如是之奸尼，阿鳳不得不如是語。

⓭ 扯篷拉牽：拉牽，應為「拉縴」。扯篷拉縴都是行船的事情，這裡僅取「拉扯」之義，比喻以不正當的撮合從中取利的

說去的小廝做盤纏，使他賺幾個辛苦錢。我一個錢也不要他的，便是三萬兩，我此刻也拿的出來。」阿鳳欺人如此！老尼連忙答應，又說道：「既如此，奶奶明日就開恩也罷了。」鳳姐道：「你瞧瞧我忙的，哪一處少了我？既應了你，自然快快的了結。」老尼道：「這點子事，在別人的跟前就忙的不知怎麼樣，若是奶奶的跟前，再添上些也不夠奶奶一發揮的。只是俗語說的：『能者多勞』，太太因大小事見奶奶妥貼，越性都推給奶奶了。奶奶也要保重金體纔是。」一路話奉承的鳳姐越發受用，也不顧勞乏，更攀談起來。總寫阿鳳聰明中痴人。

誰想秦鐘趁黑無人，來尋智能。剛至後面房中，只見智能獨在房中洗茶碗。秦鐘跑來便摟著親嘴，智能急的跺腳說著：「這算什麼！再這麼，我就叫喚。」秦鐘求道：「好人！我已急死了。你今兒再不依，我就死在這裡！」智能道：「你想怎樣？除非等我出了這牢坑，離了這些人，纔依你。」秦鐘道：「這也容易。只是遠水救不得近渴。」說著，一口吹了燈，滿屋漆黑，將智能抱到炕上，就雲雨此處寫小小風波事，亦在人意外。起來。誰知為小秦伏線，大有根處。那智能百般的掙挫不起，又不好叫的，還是不肯叫？少不得依他了。正在得趣，只見一人進來，將他二人按住，也不則聲。請掩卷細思此刻形景，真可噴飯。歷來風月文字可有如此趣味者？二人不知是誰，唬的不敢動一動。只聽那人嗤的一聲，掌不住笑了。二人聽聲，方知是寶玉。秦鐘連忙起身，抱怨道：「這算什麼？」寶玉笑道：「你倒不依？偺們就叫喊起來。」羞的智能趁黑地跑了。寶玉拉了秦鐘出來，道：「你可還和我強？」秦鐘笑道：「好人！前以二字稱智能，今又稱玉兄，看官細思。你只別嚷的眾人知道。你要怎樣，我都依你。」寶玉笑道：「這會子也不用說，等一會睡下，再細細的算賬。」一時寬衣安歇的時節，鳳姐在裡間，秦鐘、寶玉在外間，滿地下皆是家下婆子打鋪坐更。鳳姐因怕通靈玉

▼實表姦淫。尼庵之事如此。壬午季春。

▼若歷寫完，則不是石頭記文字了。壬午季春。

行為。

失落，便等寶玉睡下，命人拿來塞在自己枕邊。寶玉不知與秦鐘算何賬目，未見真切，未曾記得，此係疑案，不敢纂創。忽又作如此評斷，似自相矛盾，卻是最妙之文。若不如此隱去，則又有何妙文可寫哉？這方是世人意料不到之大奇筆。若通部中萬萬件細微之事俱備，石頭記真亦覺太死板矣。故特因此二三件隱事，借石之未見真切，淡隱去，越覺得雲烟渺茫之中，無限丘壑在焉。

一宿無話，至次日一早，便有賈母、王夫人打發了人來看寶玉，又命多穿兩件衣服，無事寧可回去。寶玉哪裡肯回去，又有秦鐘戀著智能，調唆寶玉求鳳姐再住一天。鳳姐想了一想，一想便有許多的好處。真好阿鳳！凡喪儀大事雖妥，還有一半點小事未曾安插，可以指此再住一日，豈不又在賈珍跟前送了滿情；二則又可以完淨虛那事；三則順了寶玉的心，賈母聽見，豈不歡喜？因有此三益，世人只云一舉兩得，獨阿鳳一舉更添一。便向寶玉道：「我的事都完了，你要在這裡逛，少不得越性辛苦一日罷了。明兒可是定要走的了。」寶玉聽說，千姐姐萬姐姐的央求：「只住一日，明兒必回去的。」於是又住了一夜。

鳳姐便命悄悄將昨日老尼之事說與來旺兒。來旺兒心中俱已明白，急忙進城，找著主文的相公⑭，假託賈璉所囑，修書一封，不細。連夜往長安縣來。不過百里路程，兩日工夫俱已妥協。那節度使名喚雲光，久見賈府之情，這點小事豈有不允之理，給了回書，旺兒回來，且不在話下。一語過下。

卻說鳳姐等又過了一日，次日方別了老尼，著他三日後往府裡去討信。過至下回。那秦鐘與智能百般不忍分離，背地裡多少幽期密約，俱不用細述，只得含恨而別。鳳姐又到鐵檻寺中照望一番。寶珠執意不肯回家，賈珍只得派婦女相伴。後回再見。

⑭ 主文的相公：為東家起草書信文件的門客。

第十六回　賈元春才選鳳藻宮　秦鯨卿夭逝黃泉路

話說寶玉見收拾了外書房，約定與秦鐘讀夜書。偏那秦鐘秉賦最弱，因在郊外受了些風霜，又與智能兒偷期綣繾，未免失於調養，回來時便咳嗽傷風，懶進飲食，大有不勝❶之態。遂不敢出門，只在家中養息。寶玉便掃了興頭，只得付於無可奈何，且自靜候大愈時再約。所謂「好事多磨」也。脂研。

勿笑。這樣無能，卻是寫與人看。為下文伏線。

那鳳姐兒已是得了雲光的回信，俱已妥協。老尼達知張家，果然那守備忍氣吞聲的受了前聘之物。誰知那張家父母如此愛勢貪財，卻養了一個知義多情的女兒，聞得父母退了前夫，他便一條麻繩悄悄的自縊了。所謂「老鴉窩裡出鳳凰」，此女是在十二釵之外副者。那守備之子聞得金哥自縊，他也是個極多情的，遂也投河而死，不負妻義。一雙美滿夫妻。張李兩家沒趣，真是人財兩空。這裡鳳姐卻坐享了三千兩，如何消繳？造業者不知，自有知者。王夫人等連一點消息也不知道。自此鳳姐膽識愈壯，以後有了這樣的事，便恣意的作為起來，也不消多記。一段收拾過阿鳳心機膽量，真與雨村是一對亂世之奸雄。後文不必細寫其事，則知其平生之作為。回首時，無怪乎其慘痛之態，使天下痴心人同來一警，或萬期共入於恬然自得之鄉矣。脂研。

一日，正是賈政的生辰，寧榮二處人丁都齊集慶賀，鬧熱非常。忽有門吏忙忙進來，至席前報說：「有六宮❷都太監夏老爺來降旨。」嚇的賈政等一干人不知是何消息，忙止了戲文❸，撤去酒席，擺

---

❶ 不勝：不能忍受；不能勝任。這裡形容秦鐘體弱多病的狀態。

❷ 六宮：原指皇后的住處，正式的寢宮一處，休息的場所五處，合稱六宮。後泛指皇后和嬪妃的住所。

❸ 戲文：原指用南曲演唱的戲曲，形成於宋，盛行於元和明前期，後來發展為傳奇。此處「戲文」泛指演戲。

▼潑天喜事，卻如此開宗，出人意料外之文也。壬午季春。

▼「日暮倚廬仍悵望」，南漢先生句也。

了香案，啟中門跪接。早見六宮都太監夏守忠乘馬而至，前後左右又有許多內監跟從。那▼夏守忠也並不曾負詔捧勅，至簷前下馬，滿面笑容，走至廳上南面而立，口內說：「特旨：立刻宣賈政入朝，在臨敬殿陛見❹。」說畢，也不及吃茶，便乘馬去了。賈政等不知是何兆頭，只得即忙更衣入朝。▲

賈母等合家人等心中皆惶惶不定，不住的使人飛馬來往報信。有兩個時辰工夫，忽見賴大等三四個管家喘吁吁跑進儀門報喜，又說「奉老爺命，速請老太太帶領太太等進朝謝恩」等語。那時賈母正（慈母愛子寫盡。）心神不定，在大堂廊下佇立。（回廊下佇立與「日暮倚廬仍悵望」對景，余掩卷而泣。）那邢夫人、王夫人、尤氏、李紈、鳳姐、迎春姊妹以及薛姨媽等，皆在一處。聽如此信至，賈母便喚進賴大來細問端的。賴大稟道：「小的們只在臨敬門外伺候，裡頭的信息一概不能得知。後來還是夏太監出來道喜，說咱們家大小姐晉封為鳳藻宮尚書❺，加封賢德妃。後來老爺出來，亦如此吩咐小的。如今老爺又往東宮去了。速請太太領眾去謝恩。」賈母等聽了，方心神安定，不免又都洋洋喜氣盈腮。（字眼留神。亦人之常情。）於是都按品大妝起來。賈母帶領邢夫人、王夫人、尤氏，一共四乘大轎入朝；賈赦、賈珍亦換了朝服，帶領賈蓉、賈薔，奉侍賈母大轎前往。於是寧榮兩處上下裡外，莫不欣然踴躍，個個面上皆有得意之狀，言笑鼎沸不絕。

（忽然接水月庵，似大脫洩。及讀至後，方知為緊收此大段，有如歌疾調迫之際，忽聞戛然檀板截斷，真見其大力量處，卻便於寫寶玉之文。）誰知近日水月庵的智能私逃進城，找至秦鐘家下看視秦鐘。不意被秦業知覺，將智能逐出，將秦鐘打了一頓。自己氣的老病發作，三五日光景嗚呼死了。秦鐘本自怯弱，又帶病未愈，受了笞杖，今

❹ 陛見：謁見皇帝。陛，宮殿前的臺階。古代臣僚謁見皇帝時，站在臺階之上，故稱「陛見」。

❺ 鳳藻宮尚書：鳳藻宮，清代無此宮，乃作者虛構。尚書，當為女尚書。三國時期魏國曾設女尚書，是協助皇帝處理奏章文書的女秘書。後來各朝皆未設此官。

▼凡用寶玉收拾，俱是大關鍵。

見老父氣死，此時悔痛無及，更又添了許多症候。因此寶玉心中悵然，如有所失。▲雖聞得元春晉封之事，亦未解得愁悶。眼前多少熱鬧文字不寫，卻從萬人意外撰出一段悲傷，是別人不屑寫者，亦別人之不能處。賈母等如何謝恩，如何回家，親朋如何來慶賀，寧榮兩處近日如何熱鬧，眾人如何得意，獨他一個皆視有如無，毫不曾介意。的的真真寶玉。因此眾人嘲他越發獃了。大奇至妙之文，卻用寶玉一人連用五「如何」，隱過多少繁華勢利等文。試思若不如此，必至種種寫到，其死板拮据、瑣碎雜亂，何可勝哉？故只借寶玉一人如此一寫，省卻多少閒文，卻有無限烟波。

且喜賈璉與黛玉回來，先遣人來報信，明日就可到家。寶玉聽了，方略有些喜意。不如此，後文秦鐘死去，將何以慰寶玉？細問原由，方知賈雨村亦進京陛見——皆由王子騰累上保本，此來候補京缺——與賈璉是同宗弟兄，又與黛玉有師從之誼，故同路作伴而來。林如海已葬入祖墳了，諸事停妥，賈璉方進京的。本該出月到家，因聞得元春喜信，遂晝夜兼程而進，一路俱各平安。寶玉只問得黛玉「平安」二字，餘者也就不在意了。又從天外寫出一段離合來，總為掩過寧榮兩處許多瑣細閒筆。處處交代清楚，方好啟大觀園也。三字是寶玉心中。

好容易盼至明日午錯❻，果報璉二爺和林姑娘進府了。見面時彼此悲喜交接，未免又大哭一陣，後又致喜慶之詞。世界上亦如此，不獨書中瞬息，觀此便可省悟。寶玉心中品度黛玉，越發出落的超逸了。黛玉又帶了許多書籍來，忙著打掃臥室，安插器具，又將些紙筆等物分送寶釵、迎春、寶玉等人。寶玉又將北靜王所贈鶺鴒香串珍重取出來，轉贈黛玉。黛玉說：「什麼臭男人拿過的？我不要他！」遂擲而不取。寶玉只得收回，暫且無話。略一點黛玉情性，趕忙收住，正留為後文地步。

且說賈璉自回家參見過眾人，回至房中，正值鳳姐近日多事之時，無片刻閒暇之工。補阿鳳二句，最不可少。見賈璉遠路歸來，少不得撥冗接待。寫得尖利刻薄。房內無外人，便笑道：「國舅老爺大喜！國舅老爺一路風塵辛苦。

---

❻ 午錯：剛過正午。

▼此等文字，作者盡力寫來，是欲諸公認得阿鳳，好看以後之書，勿作等閒看過。

小的聽見昨日的頭起報馬來報，（嬌音如聞，俏態如見，少年好夫妻有是事。）說今日大駕歸府，略預備了一杯水酒撢塵。（卻是為下文作引。）不知賜光謬領否？」賈璉笑道：「豈敢，豈敢！多承，多承！」（一言答不上，蠢才蠢才！）一面平兒與眾丫鬟參拜畢，獻茶。賈璉遂問別後家中的諸事，又謝鳳姐的操持勞碌。鳳姐道：▼「我哪裡照管得這些事！見識又淺，口角又笨，心腸又直率，人家給個棒槌，我就認作針。❼臉又軟，擱不住人給兩句好話，心裡就慈悲了。況且又沒經歷過大事，膽子又小，太太略有些不自在，就嚇的我連覺也睡不著了。我苦辭了幾回，太太又不容辭，倒反說我圖受用，不肯習學了。殊不知我是捻著一把汗兒呢，一句也不敢多說，一步也不敢多走。你是知道的，偺們家所有的這些管家奶奶們，哪一位是好纏的？（獨這一句不假。脂研。）錯一點兒他們就笑話打趣，偏一點兒他們就指桑說槐的抱怨。坐山觀虎鬥，借劍殺人，引風吹火❽，站乾岸兒❾，推倒油瓶不扶，都是全掛子的武藝。況且我年紀輕，頭等不壓眾，怨不得不放我在眼裡。（三字是得意口氣。）更可笑那府裡，忽然蓉兒媳婦死了，珍大哥又再三再四的在太太跟前跪著討情，只要請我幫他幾日。我是再四推辭，太太斷不依，只得從命。依舊被我鬧了個馬仰人翻，（得意之至口氣。）更不成個體統。至今珍大哥哥還抱怨後悔呢。你這一來了，明兒你見了他，（阿鳳之弄璉兒如弄小兒，可怕可畏！）好歹描補描補，就說我年紀小，原沒見過世面，誰叫大爺錯委他的。」▲（若生於小戶，落在貧家，璉兒死矣！）

正說著，（又用斷法方妙。蓋此等文斷不可無，亦不可太多。）只聽外間有人說話。鳳姐便問：「是誰？」平兒進來回道：「姨太

❼ 給個棒槌二句：把棒槌當作針。針，諧音「真」。認針，即「認真」。比喻為人實在，別人說的話都信以為真。也指缺乏辨識力，不辨真偽就去做。

❽ 引風吹火：推波助瀾，火上澆油的意思。

❾ 站乾岸兒：袖手旁觀，在一旁看熱鬧。

太打發了香菱妹子來問我一句話，我已經說了，打發他回去了。」賈璉笑道：「正是呢！方纔我見姨媽去，不防和一個年輕的小媳婦子撞了個對面，生的好齊整模樣。[酒色之徒。]我疑惑咱們家並無此人，說話時因問姨媽，誰知就是上京來買的那小丫頭，名叫香菱的，竟與薛大傻子作了房裡人❿，開了臉⓫，越發出挑的標致了。那薛大傻子真玷辱了他。」[垂涎如見，試問兄寧有不玷平兒乎？脂研。]鳳姐道：「噯！往蘇杭走了一趟回來，[如聞。]也該見些世面了，[這「世面」二字，單指女色也。]還是這麼眼饞肚飽的！你要愛他，不值什麼，我去拿平兒換了他來如何？[奇談。是阿鳳口中方有此等語句。]那薛老大[又一樣稱呼，各得神理。]也是『吃著碗裡看著鍋』的。這一年來的光景，他為要香菱不能到手，[補前文之未到，且並將香菱身分寫出。脂研。]和姨媽打了多少飢荒⓬。也因姨媽看著香菱，模樣兒好還是末則，其為人行事卻又比別的女孩子不同，溫柔安靜。差不多的主子姑娘也跟他不上呢。[何曾不是主子姑娘？蓋卿不知來歷也。作者必用阿鳳一讚，方知蓮卿尊重不虛。]故此擺酒請客的費事，明堂正道的與他作了妾。過了半月，也看的馬棚風⓭一般了。我倒心裡可惜了的。」[一段納寵之文，偏於阿鳳口中補出，亦尖猾幻妙之至！]一語未了，二門上小廝傳報：「老爺在大書房等二爺呢。」賈璉聽了，忙忙整衣出去。

這裡鳳姐乃問平兒：「方纔姨媽有什麼事，巴巴⓮打發了香菱來？」[必有此一問。]平兒笑道：「哪裡來的

---

❿ 房裡人：被收房的丫頭；被迫與主人同居的丫頭。

⓫ 開了臉：女孩子出嫁時，絞除臉上的汗毛，並描畫眉毛和鬢角，稱為「開臉」。

⓬ 飢荒：麻煩；糾紛。打飢荒意為找麻煩。

⓭ 馬棚風：習以為常；不當一回事。

⓮ 巴巴：特地；偏偏。

香菱？是我借他暫撒個謊。奶奶說說，旺兒嫂子越發連個承算也沒了！」說著，又走至鳳姐身邊，悄悄的說道：（如聞如見。）「奶奶的那利錢銀子，遲不送來早不送來，這會子二爺在家，他且送這個來了。幸虧我在堂屋裡撞見，不然時，走了來回奶奶，二爺倘或問奶奶是什麼利錢，奶奶自然不肯瞞二爺的，（可兒可兒，鳳姐竟被他哄了。）少不得照實告訴二爺。我們二爺那脾氣⑮，油鍋裡的錢還要找出來花呢，聽見奶奶有了這個梯己⑯，他還不放心的花了呢？所以我趕著接了過來，叫我說了他兩句。誰知奶奶偏聽見了問，我就撒謊說香菱來了。」（一段平兒見識作用，不枉阿鳳平日刮目。又伏下多少後文，補盡前文未到。）鳳姐聽了，笑道：「我說呢，姨媽知道你二爺來了，忽喇巴⑰的反打發個房裡人來了？原來你這蹄子肏鬼⑱。」（疼極反罵。）

說話時，賈璉已進來。鳳姐便命擺上酒饌來，夫妻對坐。鳳姐雖善飲，卻不敢任興，（百忙中又點出大家規範，所謂無不周詳，無不貼切。）只陪侍著賈璉。一時賈璉的乳母趙嬤嬤走來，賈璉、鳳姐忙讓吃酒，令其上炕去。趙嬤嬤執意不肯。平兒等早於炕沿下設下一杌⑲，又有一小腳踏。趙嬤嬤在腳踏上坐了。賈璉向桌上揀兩盤餚饌與他放在杌上自吃。鳳姐又道：「媽媽很嚼不動那個，倒沒的矼了他的牙。」（何處著想？卻是自然有的。）因向平兒道：「早起我說那一碗火腿燉肘子很爛，正好給媽媽吃，你怎麼不拿了去，趕著叫他們熱來？」又道：「媽媽，你嘗

---

⑮ 脾氣：這裡指習性。

⑯ 梯己：這裡指私房錢。

⑰ 忽喇巴：無端；憑空。

⑱ 肏鬼：即「日鬼」，搗鼓；折騰。這裡是搞鬼的意思。肏，音ㄘㄠˋ。

⑲ 杌：矮凳。

一嘗你兒子帶來的惠泉酒補點不到之文，像極！⑳。」趙嬤嬤道：「我喝呢！奶奶也喝一鍾。怕什麼！只不要過多了就是了。寶玉之李嬤嬤，此處偏又寫趙嬤嬤，特犯不犯。先有梨香院一回，兩兩遙對，卻無一筆相重，一事合掌。我這會子跑了來，倒也不為飲酒，倒有一件正經事，奶奶好歹記在心裡，疼顧我些罷。我們這爺，只是嘴裡說的好，到了跟前就忘了我們。幸虧我從小兒奶了你這麼大；我也老了，有的是那兩個兒子，你就另眼照看他們些，別人也不敢齜牙兒的為蓄、蓉作引。。我還再四的求了你幾遍，你答應的倒好，到如今還是燥屎有是乎？㉑。這如今又從天上跑出這一件大喜事來，哪裡用不著人？所以倒是來和奶奶來說是正經。靠著我們爺，只怕我還餓死了呢！」鳳姐笑道：「媽媽，你放心，兩個奶哥哥都交給我。你從小兒奶的兒子，你還有什麼不知他那脾氣的？拿著皮肉，倒往那不相干的外人身上貼，可是現放著奶哥哥，哪一個不比人強？你疼顧照看他們，誰敢說個不字兒？會送情。沒的白便宜了外人——我這話也說錯了，我們看著是『外人』，你卻看著『內人』㉒一樣呢！」說的滿屋裡人都笑可兒，可兒！了。畢肖乳母護子。趙嬤嬤也笑個不住，又念佛道：「可是屋子裡跑出青天來了！若說『內人』『外人』這些混賬原故，有是語！像極，我們爺是沒有，不過是臉軟心慈，擱不住人求兩句罷了。」鳳姐笑道：「可不是呢！有『內人』的他

⑳ 惠泉酒：用無錫惠泉水釀製的酒。

㉑ 燥屎：胃中積食，因乾結無法順利排出，故稱「燥屎」。張仲景傷寒論：「陽明病，下之，心中懊憹而煩，胃中有燥屎者，可攻。」集注引程知曰：「燥屎者，胃中宿食，因胃熱而結為燥丸之屎也。」這裡是歇後語「乾擱著」，意謂事情擱置著未辦。

㉒ 外人、內人：外人是外面人，內人是自己人。古代妻子稱丈夫為「外子」，丈夫稱妻子為「內人」。王熙鳳一語雙關，借此嘲笑賈璉在外面有女人。

▼大觀園用省親事出題，是大關鍵事，方見大手筆行文之立意。畸笏。

▼自政老生日用降旨截住，賈母等進朝如此熱鬧，用秦業死岔開，只寫幾個「如何」，將潑天喜事交代完了，緊接黛玉回，璉、鳳閒話，以

纔慈軟呢，他在偺們娘兒們跟前纔是剛硬呢！」趙嬤嬤笑道：「奶奶說的太盡情了，我也樂了，再吃一杯好酒。從此我們奶奶作了主，我就沒的愁了。」

賈璉此時沒好意思，只是趣笑吃酒，說：「胡說，胡說！快盛飯來，吃碗子，還要往珍大爺那邊去商議事呢。」鳳姐道：「可是別誤了正事。纔剛老爺叫你作什麼？」一段趙嫗討情閒文，卻引出通部脈絡。所謂由小及大，譬如登高必自卑之意。細思大觀園一事，若從如何奉旨起造，又如何分派眾人，從頭細細直寫將來，幾千樣細事，如何能順筆一氣清？又將落於死板拮据之鄉。故只用璉、鳳夫妻二人一問一答，上用趙嫗討情作引，下用蓉、薔來說事作收，餘者隨筆順筆，略一點染，則耀然洞徹矣。此是避難法。賈璉道：「就為省親。」▲二字醒眼之極，卻只如此寫來。鳳姐忙問道：「▲「忙」字最要緊，特於鳳姐口中出此字，可知事關鉅要，是書中正眼矣。省親的事竟准了不成？」問得珍重，可知是外方人意外之事。脂研。賈璉笑道：「雖不十分准，也有八分准了。」如此故頓一筆，更妙！見得事關重大，非一語可了者，亦是大篇文章抑揚頓挫之致。鳳姐笑道：「可見當今的隆恩。歷來聽書看戲，古時從未有的。」於閨閣中作此語，直與擊壤同聲。脂研。趙嬤嬤又接口道：「可是呢！我也老糊塗了。大觀園一篇大文，千頭萬緒，從何處寫起，今故用賈璉夫妻問答之間，閒閒敘出，觀者已醒大半。後再用蓉、薔二人重一▼渲染，便省卻多少贅瘤筆墨。此是避▲難法。我聽見上上下下吵嚷了這些日子，什麼省親不省親，我也不理論他去；如今又說省親，到底是怎麼個原故？」補近日之事，啟下回之文。賈璉道：「如今當今貼體萬人之心，世上至大莫如『孝』字。想來父母兒女之性，皆是一理，不是貴賤上分別的。當今自為日夜侍奉太上皇、皇太后，尚不能略盡孝意，因見宮裡嬪妃、才人等皆是入宮多年，拋離父母音容，豈有不思想之理？在兒女，思想父母是分所應當；想父母在家，若只管思念兒女，竟不能見，倘因此成疾致病，甚至死亡，皆由朕躬禁錮，不能使其遂天倫之願，亦大傷天和㉓之事。故啟奏太上皇、皇太后，每月逢二六日期，准其椒房㉔眷屬入宮請安看視。於是太上皇、皇太后大喜，深讚當今至孝純仁，體天格物㉕。

㉓ 天和：自然和順之理，天地之和氣，亦指人體之元氣。

㉔ 椒房：后妃居住的房間，用花椒之類的香料和泥塗牆，故稱為「椒房」，後亦以「椒房」代表后妃。

老嫗勾出省親事來，其千頭萬緒，合榫貫連，無一毫痕跡。如此等，是書多多，不能枚舉。想兄在青埂峰上，經煆煉後，參透重關至恒河沙數，如否？余曰萬不能有此機括，有此筆力，恨不得面問果否。嘆嘆！丁亥春，畸笏叟。

因此二位老聖人又下旨意說：椒房眷屬入宮，未免有國體儀制，母女尚不能愜懷。竟大開方便之恩，特降諭諸椒房貴戚，除二六日入宮之恩外，凡有重宇別院之家，可以駐蹕關防㉖之處，不防啟請內廷鑾輿入其私第，庶可略盡骨肉私情、天倫中之至性。此旨一下，誰不踴躍感戴？現今周貴人的父親已在家裡動了工了，修蓋省親別院呢。又有吳貴妃的父親吳天祐家，也往城外踏看地方去了。又一樣佈置。這豈不有八九分了？」

趙嬤嬤道：「阿彌陀佛！原來如此。這樣說，偺們家也要預備接偺們大小姐了？」文忠公之嬤。賈璉道：「這何用說呢！不然這會子忙的是什麼？」一段閒談中補明多少文章，真是費長壺中天地也。鳳姐笑道：「若果如此，我可也見個大世面了。可恨我小幾歲年紀，若早生二三十年，如今這些老人家也不薄我沒見世面了。忽接入此句，不知何意？似屬無味。說起當年太祖皇帝仿舜巡㉗既知舜巡，而又說熱鬧，此婦人女子口頭也。的故事，比一部書還熱鬧，我偏沒造化趕上。」不用忙，往後看。趙嬤嬤道：「噯喲喲！那可是千載希逢的。那時候我纔記事兒，偺們賈府正在姑蘇、揚州一帶監造海舫，修理海塘，只預備接駕又要瞞人。一次，把銀子都花的淌海水似的。說起來……」鳳姐忙接道：「忙」字妙！上文「說起來」必未完，粗心看去則說疑闕，殊不知正傳神處。「我們王府也預備過一次。那時我爺爺單管各國進貢朝賀的事，凡有的外國人來，都是我們家養活；點出阿鳳所有外國奇玩等物。應前葫蘆案。粵、閩、滇、浙所有的洋船貨物，都是我們家的。」趙嬤嬤道：「那是誰不知道的？如今還有個口號兒呢，說『東海少了白玉床，龍王來請江南王』，這說的就是奶奶府上了。還有如今現在江南的甄家，

㉕ 體天格物：體天，體察天意。格物，從內心去認識萬物的道理，這裡是體察人情的意思。

㉖ 駐蹕關防：駐蹕，皇帝或后妃在宮外停留暫住。駐，車馬停留。蹕，戒嚴清道。關防，防衛。

㉗ 舜巡：指舜巡狩南方。史記五帝本紀：「舜踐帝位三十九年，南巡狩，崩於蒼梧之野。」

甄家正是大關鍵、大節目，勿作泛泛口頭語看。口氣如聞。噯喲喲，好勢派！獨他家接駕四次。點正題正文。若不是我們親眼看見，告訴誰誰也不信的。極力一寫，非誇也，可想而知。別講銀子成了土泥，憑是世上所有的，沒有不是堆山塞海的，『罪過可惜』四個字竟顧不得了。真有是事，經過見過。」鳳姐道：「常聽見我們太爺們也這樣說，豈有不信的？對證。只納罕他家怎麼就這麼富貴呢？」趙嬤嬤道：「告訴奶奶一句話，也不過是拿著皇帝家的銀子往皇帝身上使罷了。是不忘本之言。誰家有那些錢買這個虛熱鬧去？」最要緊語。人苦不自知。能作是語者吾未嘗見。

正說的熱鬧，王夫人又打發人來瞧鳳姐吃了飯不曾。鳳姐便知有事等他，忙忙的吃了半碗飯，漱口要走。好頓挫。又有二門上小廝們回：「東府裡蓉、薔二位哥兒來了。」賈璉纔漱了口，平兒捧著盆盥手，見他二人來了，便問：「什麼話？快說。」鳳姐且止步稍候，聽他二人回些什麼。賈蓉先回說：「我父親打發我來回叔叔，老爺們已經議定了，簡淨之至！從東邊一帶借著東府裡花園起，園基乃一部之主，必當如此寫清。轉至北邊，一共丈量準了，三里半大，可以蓋造省親別院了。後一圖伏線。已經傳人畫圖樣去了，大觀園係玉兒與十二釵之太虛幻境，豈可草率？明日就得。叔叔纔回家，未免勞乏，不用過我們那邊去。應前賈璉口中。有話明日一早再請過去面議。」賈璉笑著，忙說：「多謝大爺費心體諒，我就不過去了。正經是這個主意纔省事，蓋的也容易；若採置別處地方去，那更費事，且倒不成體統。你回去說，這樣很好。若老爺們再要改時，全仗大爺諫阻，萬不可另尋地方。明日一早，我給大爺去請安去，再議細話。」賈蓉忙應幾個「是」。園已定矣。

賈薔又近前回說：「下姑蘇聘請教習，畫「薔」一回伏線。採買女孩子，置辦樂器、行頭等事，大爺派了侄兒，帶領凡各物事工價重大，兼伏隱著情字者，莫如此件。故園定後便先寫此一件，餘便不必細寫矣。著來管家兒子兩個，還有單聘仁、卜固修兩個清客相公一同前往，所以命我來見叔叔。」賈璉聽了，將賈薔打量了打量，有神。笑道：「你能在這一行麼？勾下文。這個事雖不算甚大，裡頭大有藏掖㉘的。射利語，可嘆，是親侄。」賈薔笑道：

「只好學習著辦罷了。」賈蓉在身旁燈影下悄拉鳳姐的衣襟，鳳姐會意，因笑道：「你也太操心了。難道大爺比偺們還不會用人？偏你又怕他不在行了。誰都是在行的？孩子們已長的這麼大了，沒吃過豬肉，也看見過豬跑。大爺派他去，原不過是個坐纛旗兒㉙，難道認真的叫他去講價錢會經紀去呢？依我說，就很好。」賈璉道：「自然是這樣，並不是我駁回，少不得替他算計算計。」因問：「這一項銀子動哪一處的？」賈薔道：「纔也議到這裡，賴爺爺說（好稱呼。），不用從京裡帶下去，▼江南甄家還收著我們五萬銀子。明日寫一封書信會票㉚我們帶去，先支三萬，下剩二萬存著，等置辦花燭綵燈並各色簾櫳帳幔的使費。」賈璉點頭道：「這個主意好。」▲

鳳姐忙向賈薔道：（再不略讓一步，正是阿鳳一生斷處。脂硯。）「既這樣，我有兩個在行妥當人，你就帶他們去辦。這個便宜了你呢。」賈薔忙陪笑說：「正要和嬸嬸討兩個人呢，（寫賈薔乖處。脂研。）這可巧了。」因問名字，鳳姐便問趙嬤嬤。彼時趙嬤嬤已聽獃了話，平兒忙笑推他，他纔醒悟過來，忙說：「一個叫趙天樑，▼一個叫趙天棟。」鳳姐道：「可別忘了。我可幹我的去了。」說著，便出去了。賈蓉忙送出來，又悄悄的向鳳姐道：「嬸子要什麼東西，吩咐我，開個賬給薔兄弟帶了去，叫他按賬置辦了來。」鳳姐笑道：「別放你娘的屁！（有神。）我的東西還沒處撂呢，（像極，的是阿鳳。）希罕你們鬼鬼祟祟的？」▲說著，一逕去了。（阿鳳欺人處如此。忽又寫到利弊，真令人一嘆。脂硯。）

這裡賈薔也悄問賈璉要什麼東西，順便織來孝敬。賈璉笑道：「你別興頭，纔學著辦事，倒先學

▼石頭記中多作心傳神會之文，不必道明。一道明白，便入庸俗之套。

▼從頭至尾細看阿鳳之待蓉、薔，可為一體一黨，然尚作如此語欺蓉，其待他人可知矣。

㉘ 藏掖：隱藏、夾帶。這裡指有貪汙的機會。

㉙ 坐纛旗兒：纛，音ㄉㄠˋ。軍中帥旗。坐纛旗兒意謂坐鎮指揮。

㉚ 會票：今稱「匯票」，寄兌銀錢的憑證。

會了這把戲。我短了什麼，少不得寫信來告訴你。（又作此語，不犯阿鳳。）且不要論到這裡。」說畢，打發他二人去了。接著回事的人來，不止三四次，賈璉害乏，便傳與二門上，一應不許傳報，俱等明日料理。鳳姐至三更時（好文章，一句內隱兩處若許事情。）分方下來安歇，一宿無話。

次早賈璉起來，見過賈赦、賈政，便往寧府中來，合同老管事的人等並幾位世交門下清客相公，審察兩府地方，繕畫省親殿宇，一面察度辦理人丁。自此後，各行匠役齊集，金銀銅錫以及土木磚瓦之物搬運移送不歇。先令匠人拆寧府會芳園牆垣樓閣，直接入榮府東大院中。榮府東邊所有下人一帶群房盡已拆去。當日寧榮二宅雖有一小巷界斷不通，然這小巷亦係私地，（補明，使觀者如身臨足到。）並非官道，故可以連屬。會芳園本是從北角牆下引來一段活水，（余最鄙近之修造園亭者，徒以頑石土堆為佳，不引泉一道。甚至丹青，唯知亂作園中諸景，最要緊是水，亦必寫明方妙。）今亦無煩再引。其山石樹木雖不敷用，賈赦住的乃是榮府舊園，其中竹樹山石以及亭榭欄杆等物皆可挪就前來。（山石樹木，不知畫泉之法，亦是恨事。脂硯齋。）如此兩處又甚近，湊來一處，省得許多財力。縱亦不敷，所添亦有限。全虧一個老明公號山子野者，（妙號，隨事生名。）一一籌畫起造。

賈政不慣於俗務，（這也少不得的一節文字，省下筆來好作別樣。）只憑賈赦、賈珍、賈璉、賴大、來昇、林之孝、吳新登、詹光、程日興等些人安插擺佈，凡堆山鑿池，起樓豎閣，種竹栽花，一應點景等事，又有山子野制度㉛。下朝閒暇，不過各處看看望望，最要緊處和賈赦等商議商議便罷了。賈赦只在家高臥，有芥荳之事，賈珍等或自去回明，或寫略節㉜，或有話說，便傳呼賈璉、賴大等領命。賈蓉單管打造金銀器皿，賈薔已起身往姑蘇去了，賈珍、賴大等又點人丁、開冊籍、監工等事，一筆不能寫到，不過是喧闐熱鬧非常而已。暫且

㉛ 制度：這裡用作動詞，規劃調度之意。

㉜ 略節：即節略，記述事情梗概的書面報告。

無話。

且說寶玉近因家中有這等大事，賈政不來問他的書，一筆不漏。心中是件暢事；▼無奈秦鐘之病日重一日，▲也著實懸心，不能樂業。「天下本無事，庸人自擾之」，世上人個個如此，又非此情鍾意切。這日一早起來，纔梳洗完畢，意欲回了賈母去望候秦鐘，忽見茗烟在二門照壁前探頭縮腦，寶玉忙出來問他：「作什麼？」茗烟道：「秦相公不中用了！」從茗烟口中寫出，省卻多少閒文。寶玉聽說，嚇了一跳，忙問道：「我昨兒纔瞧了點常去。他來，還明明白白，怎麼就不中用了？」茗烟道：「我也不知道，纔剛是他家的老頭子來特告訴我的。」寶玉聽了，忙轉身回明賈母。賈母吩咐：「好生派妥當人跟去，到那裡盡一盡同窗之情就回來，不許多耽擱了。」寶玉聽了，忙忙的更衣出來，車猶未備，頓一筆方不板。急的滿廳亂轉。一時催促的車到，忙上了車，李貴、茗烟等跟隨。

來至秦鐘門首，悄無一人。目睹蕭條景況。遂蜂擁至內室，嚇的秦鐘的兩個遠房嬸母並幾個弟兄都藏之不迭。妙！這嬸母弟兄是特來等分絕戶家私的，不表可知。此時秦鐘已發過兩三次昏了，移床易簀㉝多時矣。余亦欲泣。寶玉一見，便不禁失聲。李貴忙勸道：「不可，不可。秦相公是弱症，未免炕上挺扛的骨頭不受用，李貴亦能道此等語。所以暫且挪下來鬆散些。哥兒如此，豈不反添了他的病？」寶玉聽了方忍住。近前見秦鐘面如白蠟，合目呼吸於枕上。寶玉忙叫道：「鯨兄，寶玉來了。」連叫兩三聲，秦鐘不睬。▼寶玉又道：「寶玉來了。」那秦鐘早已魂魄離身，只剩得一口悠悠餘氣在胸，正見許多鬼判持牌提索來捉他。看至此一句令人失望，再看至後面數語，方知作者故意借世俗愚談愚論設譬，喝醒天下迷人，翻成千古未見之奇文奇筆。那秦鐘魂魄哪裡肯就去？又記念著家

▼偏於極熱鬧處寫出大不得意之文，卻無絲毫牽強，且有許多令人笑不了，哭不了，嘆不了，悔不了，唯以大白酬我作者。壬午季春，畸笏。

▼石頭記一部中皆是近情近理必有之事，必有之言，又如此等荒唐不經之談，間亦有之，是作者故意遊戲之筆耶？以破色取笑，

㉝ 易簀：簀，音ㄗㄜˊ。竹席。禮記檀弓載：曾參病重將死，床上鋪著季孫氏送的華麗竹席。曾參認為這是大夫才能用的器物，自己未做大夫不能用，就讓兒子把席子換掉。後來就以「易簀」稱病重將死。

中無人掌家務，（扯淡之極，令人發一大笑。余請諸公莫笑，且請再思。）又記掛著父親還有留積下的三四千兩銀子，（更屬可笑，更可痛哭。）又記掛著智能尚無下落，（忽從死人心中補出活人原由，更奇更奇。）因此百般求告鬼判。無奈這些鬼判都不肯徇私，反叱咤秦鐘道：「虧你還是讀過書的人，豈不知俗語說的：『閻王叫你三更死，誰敢留人到五更？』（寫殺了。）我們陰間上下都是鐵面無私的，不比你們陽間瞻情顧意，有許多的關礙處。」▲正鬧著，那秦鐘魂魄忽聽見「寶玉來了」四字，便忙又央求道：「列位神差略發慈悲，讓我回去和這一個好朋友說一句話就來的。」眾鬼道：「又是什麼好朋友？」秦鐘道：「不瞞列位，就是榮國公的孫子，小名寶玉。」都判官聽了，先就嚇慌起來，忙喝罵鬼使道：「我說你們放了他回去走走罷，你們斷不依我的話，如今只等他請出個運旺時盛的人來纔罷。」（如聞其聲。試問誰曾見都判來？觀此則又見一都判跳出來。調侃世情固深，然遊戲筆墨一至於此，真可壓倒古今小說。這纔算是小說。）▼眾鬼見都判如此，也都忙了手腳，一面又抱怨道：「你老人家先是那等雷霆電雹的，原來見不得『寶玉』二字。▲（調侃「寶玉」二字，妙極！脂研。）依我們愚見，他是陽，我們是陰，怕他們也無益於我們。」（神鬼也講有益無益。）都判道：「放屁！俗語說的好：『天下官管天下事』，（名曰搗鬼。）自古人鬼之道卻是一般，陰陽並無二理。（更妙！愈不通愈妙，錯會意愈奇。脂研。）別管他陰也罷，陽也罷，還是把他放回沒有錯了的。」眾鬼聽說，只得將秦魂放回。

秦鐘哼了一聲，微開雙目，見寶玉在側，乃勉強嘆道：（千言萬語只此一句。）「你怎麼不肯早來？再遲一步也不能見了。」寶玉忙攜手垂淚道：「有什麼話留下兩句！」（只此句便足矣。）▼秦鐘道：「並無別話。以前你我見識，自為高過世人，我今日纔知自誤了。（誰不悔遲！）以後還該立志功名，以榮耀顯達為是。」（此刻無此二語，亦非玉兄之知己。）▲說畢，便長嘆一聲，蕭然長逝了。（若是細述一番，則不成石頭記之文矣。）

非如別書認真說鬼話也。可想鬼不讀書，信已哉！

▼世人見「寶玉」而不動心者為誰？

▼觀者至此，必料秦鐘另有異樣奇語，然卻只以此二語為囑。試思若不如此為囑，不但不近人情，亦且太露穿鑿。讀此則知全是悔遲之恨。

第十七回

大觀園試才題對額　榮國府歸省慶元宵

此回宜分二回方妥。❶

寶玉係諸豔之冠，故大觀園對額必得玉兄題跋。且暫題燈匾聯上，再請賜題，此千妥萬當之章法。

話說秦鐘既死，寶玉痛哭不已，李貴等好容易勸解半日方住，歸時猶是悽惻哀痛。賈母幫了幾十兩銀子外，又另備奠儀，寶玉去弔紙。七日後便送殯掩埋了，別無述記。只有寶玉日日思慕感悼，然亦無可如何了。（每於此等文後便用此語作結，是板定大章法，亦是此書大旨。）又不知歷幾何時，（慣用此等章法。）（年表如此寫，亦妙。）這日賈珍等來回賈政：「園內工程俱已告竣，大老爺已瞧過了，只等老爺瞧了，或有不妥之處，再行改造，好題匾額對聯的。」賈政聽了，沉思一回，說道：「這匾額對聯倒是一件難事。論理該請貴妃賜題纔是，然貴妃若不親睹其景，大約亦必不肯妄擬。若直待貴妃遊幸過再請題，偌大景致、若干亭榭無字標題，也覺寥落無趣，任有花柳山水，也斷不能生色。」眾清

---

❶ 此回句：庚辰本此回原題為「第十七回至十八回」，回目為「大觀園試才題對額，榮國府歸省慶元宵」，回文甚長。脂評故有此語。今同程高本之作法，析為二回。第十七回至「年也不曾好生過的」止，保留原回目；「展眼元宵在邇」以下為第十八回，回目據程高本作「皇恩重元妃省父母，天倫樂寶玉呈才藻」。

▼政老情字如此寫。壬午季春，畸笏。

客在旁笑答道：「老世翁所見極是。如今我們有個愚見，各處匾額對聯斷不可少，亦斷不可定名。如今且按其景致，或兩字三字四字，虛合其意，擬了出來，暫且做燈匾聯懸了。待貴妃遊幸時，再請定名，豈不兩全？」賈政等聽了，都道：「所見不差。我們今日且看看去，只管題了。若妥當便用；不妥時，然後將▼雨村請來，令他再擬。」（點雨村，照應前文。是紗帽頭口氣。）眾人笑道：「老爺今日一擬定佳，何必又待雨村？」賈政笑道：「你們不知，我自幼於花鳥山水題詠上就平平，如今上了年紀，且案牘勞煩，於這怡情悅性文章上更生疏了▲。縱擬了出來，不免迂腐古板，反不能使花柳園亭生色，似不妥協，反沒意思。」眾清客笑道：「這也無妨。我們大家看了公擬，各舉其長，優則存之，劣則刪之，未為不可。」賈政道：「此論極是。且喜今日天氣和暖，大家去逛逛。」（音光字，去聲，出諧聲字箋。）說著起身，引眾人前往，賈珍先去園中知會眾人。

可巧近日寶玉因思念秦鐘，憂戚不盡，（現成榫楔，一絲不費力。若特喚出寶玉來，則成何文字？）賈母常命人帶到園中來戲耍。此時亦纔進去，忽見賈珍走來，向他笑道：「你還不出去！老爺就來了。」寶玉聽了，帶著奶娘、小廝們，一溜烟就出園來。（不肖子弟來看形容。余初看之，不覺怒焉，蓋謂作者形容余幼年往事，因思彼亦自寫其照，何獨余哉？信筆書之，供諸大眾同一發笑。）方轉過彎，頂頭賈政引眾客來了，躲之不及，只得一邊站了。賈政近因聞得塾掌稱讚寶玉專能對對聯，雖不喜讀書，偏倒有些歪才情似的。今日偶然撞見這機會，便命他跟來。（如此偶然方妙，若特特喚來題額，真不成文矣。）寶玉只得隨往，尚不知何意。

賈政剛至園門前，只見賈珍帶領許多執事人來，一旁侍立。賈政道：「你且把園門都關上，我們先瞧了外面再進去。」（是行家看法。）賈珍聽說，命人將門關了。賈政先秉正❷看門，只見正門五間，上面筒瓦泥鰍

❷ 秉正：持心公正。此處意調站在一個合適的位置。

只見迎面一帶翠嶂擋在前面，眾清客都道：「好山，好山！」……。（清孫溫繪，全本紅樓夢）

脊❸；那門欄窗隔皆是細雕新鮮花樣，並無硃粉塗飾；一色水磨群牆❹；門雅，牆雅，不落俗套。下面白石臺磯，鑿成西番草花樣。左右一望，皆雪白粉牆，下面虎皮石隨勢砌去，果然不落富麗俗套，自是歡喜。遂命開門。只見迎面一帶翠嶂擋在前面，掩映好極。眾清客都道：「好山，好山！」賈政道：「非此一山，一進來園中所有之景悉入目中，則有何趣？」眾人道：「極是。非胸中大有邱壑，焉想及此？」說畢，往前一望，見白石崚嶒❺，想入其中，一時難辨方向。用前、後、這邊、那邊等字，正是不辨東西。或如鬼怪，或如猛獸，縱橫拱立。上面苔蘚成斑，藤蘿掩映，曾用兩處舊有之園所改，故如此寫方可，細極。其中微露羊腸小徑。好景界，山子野精於此技。此是小徑，非行車輦通道，今賈政原欲遊覽其景，故指此等處寫之。想其通路大道，自是堂堂冠冕氣象，無庸細寫者也。後於省親之時，已得知矣。寶玉此刻已料定吉多凶少。賈政道：「我們就從此小徑遊去，回來由那一邊出去，方可遍覽。」說畢，命賈珍在前引導，自己扶了寶玉，逶迤進入山口。此回乃一部之綱緒，不得不細寫，尤不可不細批註。蓋後文十二釵書，出入來往之境，方不能錯亂，觀者亦如身臨足到矣。今賈政雖進的是正門，卻行的是僻路。按此一大園，羊腸鳥道不止幾百十條，穿東度西，臨山過水，萬勿以今日賈政所行之徑，考其方向基址。故正殿反於末後寫之，足見未由大道而往，乃逶迤轉折而經也。

❸ 筒瓦泥鰍脊：筒瓦，半圓形的瓦。泥鰍脊，屋面兩坡筒瓦瓦壟過脊時呈捲棚式，狀如泥鰍。

❹ 水磨群牆：用水磨磚砌的牆裙。群牆，當為「裙牆」，或稱「牆裙」，牆面下部起保護和裝飾作用的附加層。

❺ 崚嶒：音ㄌㄥˊ ㄘㄥˊ。山勢高峻。

抬頭忽見山上有鏡面白石一塊，（新奇。）正是迎面留題處。（留題處便精，不必限定鏨金鏤銀一色惡俗，賴及棗梨之力。）賈政回頭笑道：「諸公請看，此處題以何名方妙？」眾人聽說，也有說該題「疊翠」二字，也有說該題「錦嶂」的，又有說「賽香爐」❻的，又有說「小終南」❼的……種種名色不止幾十個。原來眾客心中早知賈政要試寶玉的功業進益如何，只將些俗套來敷演，寶玉亦料定此意。（補明好。）賈政聽了，便回頭命寶玉擬來。寶玉道：「嘗聞古人有云：『編新不如述舊，刻古終勝雕今。』（未聞古人說此兩句，卻又似有者。）況此處並非主山正景，原無可題之處，不過是探景一進步耳。（此論卻是。）莫若直書『曲徑通幽處』❽這句舊詩在上，倒還大方氣派。」眾人聽了，都讚道：「是極！二世兄天分高，才情遠，不似我們讀腐了書的。」賈政笑道：「不可謬獎。他年小，不過以一知充十用，取笑罷了。再俟選擬。」

說著，進入石洞來，只見佳木蘢蔥，奇花熌灼，一帶清流從花木深處，曲折瀉於石隙之中。（這水是人力引來做的。）再進數步，漸向北邊，（細極。後文所以云進賈母臥房後之角門，是諸釵日相來往之境也。後文又云諸釵所居之處，只在西北一帶，最近賈母臥室之後，皆從此「北」字而來。）平坦寬豁。兩邊飛樓插空，雕甍繡檻皆隱於山坳樹杪之間。俯而視之，則清溪瀉雪，石磴穿雲。（前已寫山至寬處，此則由低處至高處，各景皆遍。）白石為欄，環抱池沿。石橋三港，獸面啣吐。橋上有亭。（前已寫山寫石，今則寫池寫樓，各景皆遍。）賈政與諸人上了亭子，倚欄坐了。（此亭大抵四通八達，為諸小徑之咽喉要路。）因問：「諸公以何題此？」諸人都道：「當日歐陽公醉翁亭記❾有云：『有

---

❻ 賽香爐：香爐，指香爐峰，廬山一景。

❼ 小終南：終南山，在陝西西安市南，以秀麗而聞名。古代很多文人隱居於此。

❽ 曲徑通幽處：唐常建題破山寺後院：「曲徑通幽處，禪房花木深。」

❾ 歐陽公醉翁亭記：歐陽公，指歐陽修，北宋著名文學家，宋代古文運動領袖。醉翁亭記是他的名作，記述他在滁州當太

亭翼然』，就名『翼然』。」賈政笑道：「『翼然』雖佳，但此亭壓水而成，還須偏於水題方稱。依我拙裁，歐陽公之『瀉出於兩峰之間』，竟用他這一個『瀉』字。」有一客道：「是極，是極。竟是『瀉玉』二字妙。」賈政拈髯尋思，因抬頭見寶玉侍側，便笑命他也擬一個來。寶玉聽說，連忙回道：「老爺方纔所議已是。但是如今追究了去，似乎當日歐陽公題釀泉用一『瀉』字則妥，今日此泉若亦用『瀉』字，則覺不妥。況此處雖云省親駐蹕別墅，亦當入於應制❿之例，用此等字眼亦覺粗陋不雅。求再擬較此蘊藉含蓄者。」賈政笑道：「諸公聽此論若何？方纔眾人編新，你又說不如述古；如今我們述古，你又說粗陋不妥。你且說你的來我聽。」寶玉道：「有用『瀉玉』二字，則莫若『沁芳』二字，（真新雅。）豈（果然。）不新雅？」賈政拈髯點頭不語。▲眾人都忙迎合，讚寶玉才情不凡。▼賈政道：「匾上二字容易，再作一副七言對聯來。」寶玉聽說，立於亭上，四顧一望，便機上心來，乃念道：

繞堤柳借三篙翠，（要緊貼切水字。）隔岸花分一脈香。⓫（恰極，工極！綺靡秀媚，香奩正體。）

賈政聽了，點頭微笑。眾人先稱讚不已。於是出亭過池，一山一石，一花一木，莫不著意觀覽。（渾寫兩句，已見經行處愈遠，更至北一路矣。）忽抬頭看見前一帶粉垣，

▼六字是嚴父大露悅容也。壬午春。

守時遊樂的情景。「有亭翼然」和下文「瀉出於兩峰之間」，都出自此文。

❿ 應制：應皇帝之命而作的詩文。

⓫ 繞堤兩句：此兩句意謂繞堤的柳樹映襯得溪水碧綠，兩岸的鮮花給溪水送來芬芳。三篙，水有三竹篙深。一脈，水流像血管一樣彎曲如帶。此處都借代溪水。

裡面數楹修舍，有千百竿翠竹遮映。眾人都道：「好個所在！」（此方可為顰兒之居。）於是大家進入。只見入門便是曲折遊廊，（不犯超手遊廊。）階下石子漫成甬路⓬。上面小小兩三間房舍，一明兩暗，裡面都是合著地步⓭打就的床几椅案。從裡間房內又得一小門，出去則是後院，有大株梨花兼著芭蕉。又有兩間小小退步⓮。後院牆下忽開一隙，清泉一派，開溝僅尺許，灌入牆內，繞階緣屋，至前院盤旋竹下而出。賈政笑道：「這一處還罷了。若能月夜坐此窗下讀書，不枉虛生一世。」說畢，看著寶玉，唬的寶玉忙垂了頭。（點一筆。）眾客忙用話開釋，（客不可不有。）又說道：「此處的匾該題四個字。」賈政笑問：「哪四字？」一個道是「淇水遺風」⓯，賈政道：「俗。」（余亦如此。）又一個是「睢園雅跡」⓰，賈政道：「也俗。」▼賈珍笑道：「還是寶兄弟擬一個來。」▲賈政道：「他未曾作，（知子者莫如父。）先要議論人家的好歹，可見就是個輕薄人。」眾客道：「議論的極是，其奈他何？」賈政忙道：「休如此縱了他。」因命他道：「▼今日任你狂為亂道，先設議論來，然後方許你作。▲（又一格式，不然不獨死板，且亦大失嚴父素體。）方纔眾人可有使得的？」寶玉見問，答道：「都似不妥。」

▼又換一章法。壬午春。

▼於作詩文時，雖政老亦有如此令旨，可知嚴父亦無可奈何也。不學紈袴來看。畸笏。

⓬ 石子漫成甬路：漫，當作「墁」，用磚石等鋪地面。甬路，院落中對著廳堂等主要建築物的小路。

⓭ 地步：地段；位置。

⓮ 退步：園林中為遊人提供休息場所的房間。

⓯ 淇水遺風：淇水，源出淇山，在今河南省北部。詩經衛風淇奧：「瞻彼淇奧，綠竹猗猗。」形容淇水兩岸長著許多修長美麗的綠竹。小說中這個地方多竹，故有人提出借用淇水的典故。據說淇奧是讚美衛武公德才雙備的詩，故曰「淇水遺風」。

⓰ 睢園雅跡：睢園，漢梁孝王劉武在睢陽（今河南商丘）建築的園林，也稱「梁園」。王勃滕王閣序云：「睢園綠竹，氣凌彭澤之樽。」此園當也以竹著稱。梁孝王經常在睢園宴請賓客，吟詩作賦，文采風流，名冠當世，故曰「睢園雅跡」。

[明知是故意要他搬駁議論，落得肆行施展。]賈政冷笑道：「怎麼不妥？」寶玉道：「這是第一處行幸之處，必須頌聖方可。若用四字的匾，又有古人現成的，何必再作。」賈政道：「難道『淇水』『睢園』不是古人的？」寶玉道：「這太板腐了，莫若『有鳳來儀』⑰四字。」[果然，妙在雙關暗合。]眾人都鬨然叫妙，賈政點頭道：「畜生，畜生！可謂管窺蠡測⑱矣。」因命再題一聯來，寶玉便念道：

寶鼎茶閒烟尚綠，[「尚」字妙極！不必說竹，然恰恰是竹中精舍。]幽窗棋罷指猶涼。⑲[「猶」字妙！「尚綠」「猶涼」四字，便如置身於森森萬竿之中。]

賈政搖頭說道：「也未見長。」說畢，引人出來。

方欲走時，忽又想起一事來，[此一頓少不得。]因問賈珍道：「這些院落房宇並几案桌椅都算有了，還有那些帳幔簾子並陳設玩器古董，可也都是一處一處合式配就的？」[大篇長文不如此頓，則成何話說？]賈珍回道：「那陳設的東西早已添了許多，自然臨期合式陳設。帳幔簾子，昨日聽見璉兄弟說還不全。那原是一起工程之時，就畫了各處的圖樣，量準尺寸，就打發人辦去的。想必昨日得了一半。」[補出近日忙冗，千頭萬緒景況。]賈政聽了，便知此

---

⑰ 有鳳來儀：尚書益稷：「簫韶九成，鳳凰來儀。」意謂奏完九章韶樂，鳳凰也成雙成對地來翩翩起舞。儀，匹配。尚書本言舜祭祀神靈的儀式，其中有裝扮成鳳凰、百獸的隊舞表演。相傳鳳凰以竹實為食，與當地場景相符。古人又以鳳凰指后妃，象徵元春歸家省親。

⑱ 管窺蠡測：「以管窺天，以蠡測海」（見漢書東方朔傳），從管子裡看天，用水瓢測量大海，比喻人的見識短小。

⑲ 寶鼎兩句：喝完茶，茶爐裡還冒著綠色的烟；在窗畔下完棋，手指還覺得涼。這兩句形容在竹林掩映下，室內翠色浸潤，幽靜清涼的景象。寶鼎，香爐，這裡代指茶爐。茶閑，茶餘。烟尚綠，茶爐的烟在竹林映襯下變成綠色。棋，指圍棋，用玉石做成，摸上去就有涼意，加上靜室清冷，所以「棋罷指猶涼」。

事不是賈珍的首尾⑳，便命人去喚賈璉。一時，賈璉趕來。寫出忙冗景況。賈政問他共有幾種，現今得了幾種，尚欠幾種。賈璉見問，忙向靴桶內取靴掖㉑內裝的一個紙摺略節來，細極！從頭至尾，誓不作一筆逸安苟且之筆。看了一看，回道：「妝、一字一句。蟒、繡、堆，刻絲、彈墨，二字一句。並各色綢綾大小幔子一百二十架，昨日得了八十架，下欠四十架。簾子二百掛，昨日俱得了。外有猩猩氈簾二百掛，金絲藤紅漆竹簾二百掛，墨漆竹簾二百掛，五彩線絡盤花簾二百掛，每樣得了一半，也不過秋天都全了。椅搭、桌圍、床裙、桌套每分一千二百件，也有了。」

一面走，一面說，是極！倏爾青山斜阻。「斜」字細，不必拘定方向。諸釵所居之處，若稻香村、瀟湘館、怡紅院、秋爽齋、蘅蕪苑等，都相隔不遠，究竟只在一隅。然處置得巧妙，使人見其千邱萬壑，恍然不知所窮，所謂會心處不在乎遠。大抵一山一水，一木一石，全在人之穿插佈置耳。轉過山懷中，隱隱露出一帶黃泥築就矮牆，牆頭皆用稻莖掩護。配的好。有幾百株杏花，如噴火蒸霞一般。裡面數楹茅屋，外面卻是桑、榆、槿、柘，各色樹稚新條，隨其曲折，編就兩溜青籬。籬外山坡之下有一土井，旁有桔槔㉒轆轤之屬。下面分畦列畝，佳蔬菜花，漫然無際。閱至此，又笑別部小說中，一萬個花園中，皆是牡丹亭、芍藥圃，雕欄畫棟、瓊榭硃樓，略不差別。賈政笑道：「倒是此處有些道理。固然係人力穿鑿，此時一見，未免勾引起我歸農之意。極熱中偏以冷筆點之，所以為妙。我們且進去歇息歇息。」說畢，方欲進籬門去，忽見路旁有一石碣，真妙真新。亦為留題之備。更恰當。若有懸額之處，或再用鏡面石，豈復成文哉？忽想到「石碣」二字，又托出許多郊野氣色來，一肚皮千邱萬壑，只在這石碣上。眾人笑

---

⑳ 不是賈珍的首尾：不是賈珍從頭至尾負責的。首尾，責任。

㉑ 靴掖：綢緞或皮製的夾子，用來裝名帖、錢票、文件等物，可以塞在靴筒內，所以叫「靴掖」。

㉒ 桔槔：井上提水的工具。在井旁樹上或架子上，用繩子掛一槓桿，一端繫水桶，一端墜塊大石頭，一起一落，汲水極為方便。槔，音ㄍㄠ。

道：「更妙，更妙！此處若懸匾待題，則田舍家風一洗盡矣。立此一碣，又覺生色許多，非范石湖田家之詠㉓不足以盡其妙。」（讚得是，這個蔑翁有些意思。）眾人道：「方纔世兄有云：『編新不如述舊』，此處古人已道盡矣，莫若直書『杏花村』㉔妙極。」賈政聽了，笑向賈珍道：「正虧提醒了我。此處都妙極，只是還少一個酒幌。明日竟作一個，不必華麗，就依外面村莊的式樣作來，用竹竿挑在樹梢。」賈珍答應了，又回道：「此處竟還不可養別的雀鳥，只是買些鵝、鴨子、雞之類纔都相稱了。」賈政與眾人都道：「更妙！」賈政又向眾人道：「『杏花村』固佳，只是犯了正面村名，直待請名方可㉕。」眾客都道：「是呀，如今虛的便是什麼字樣好？」大家想著，寶玉卻等不得了，（又換一格方不板。）也不等賈政的命，（忘情有趣。）便說道：「舊詩有云：『紅杏梢頭掛酒旗』㉖，如今莫若『杏帘在望』（妙在一「在」字。）四字。」眾人都道：「好個『在望』！又暗合『杏花村』意。」寶玉冷笑道：（忘情最妙。）「村名若用『杏花』二字，則俗陋不堪了。又有古人詩云：『柴門臨水稻花香』㉗，何不就用『稻香村』的妙？」眾人聽了，益發鬨聲拍手道妙。▼賈政一聲斷喝：「無知的業障▲！你能知道幾個古人，能記得幾首熟詩，也敢在老先生

▼愛之至，喜之至，故作此語。作者至此，寧不笑殺？壬午春

㉓ 范石湖田家之詠：范石湖，南宋詩人范成大，字致能，吳縣（今江蘇蘇州）人。紹興二十四年進士，累官至參知政事。晚年退居故鄉石湖，自號石湖居士。以善寫田園詩著稱，有四時田園雜興六十首。

㉔ 杏花村：杜牧清明詩：「借問酒家何處有？牧童遙指杏花村。」

㉕ 只是兩句：意謂「杏花村」前人已實有這個村名，還是用虛構的名字好。請名，虛名。

㉖ 紅杏句：明唐寅杏林春燕詩：「綠楊枝上囀黃鸝，紅杏梢頭掛酒旗。」

㉗ 柴門句：唐許渾晚自朝臺津至章隱居郊園詩：「村徑繞山松葉暗，柴門臨水稻花香。」

前賣弄！你方纔那些胡說的，不過是試你的清濁，取笑而已，你就認真了？」

說著引人步入苑堂，裡面紙窗木榻，富貴氣象一洗皆盡。賈政心中自是歡喜，卻瞅寶玉道：「此處如何？」眾人見問，都忙悄悄的推寶玉，教他說好。寶玉不聽人言，便應聲道：「不及『有鳳來儀』多矣。」（公然自定名，妙！）賈政聽了道：「無知的蠢物！你只知朱樓畫棟、惡賴㉘富麗為佳，哪裡知道這清幽氣象？終是不讀書之過！」寶玉忙答道：「老爺教訓的固是，但古人常云『天然』二字，不知何意？」眾人見寶玉牛心㉙，都怪他獃痴不改。今見問「天然」二字，眾人忙道：「別的都明白，為何連『天然』不知？『天然』者，天之自然而有，非人力之所成也。」寶玉道：「卻又來！此處置一田莊，分明見得人力穿鑿扭捏而成。遠無鄰村，近不負郭，背山山無脈，臨水水無源，高無隱寺之塔，下無通市之橋，峭然孤出，似非大觀。爭似先處有自然之理，得自然之氣，雖種竹引泉亦不傷於穿鑿。古人云『天然圖畫』四字，正畏非其地而強為地，非其山而強為山，雖百般精而終不相宜……」未及說完，▼賈政氣的喝命：「叉出去！」剛出去，又喝命：「回來！」命再題一聯：「若不通，一併打嘴！」▲寶玉只得念道：

新漲綠添浣葛處，（採詩頌聖最恰當。）好雲香護采芹人。㉚（采風采雅都恰當。然冠冕中又不失香奩格調。）

▼所謂奈何他不得也，呵呵！畸笏。

㉘ 惡賴：惡劣。

㉙ 牛心：固執；牛脾氣。

㉚ 新漲兩句：洗葛衣的地方，春水新漲；讀書人的室內，杏花的香氣圍繞。詩經周南有葛覃一章，寫女子洗乾淨衣服準備回家探親。詩序云「頌后妃之德」，與元春省親相合。葛，一種蔓生植物，可以織布。此處指葛布做的衣服。采芹人，

賈政聽了，搖頭說：「更不好。」一面引人出來，轉過山坡，穿花度柳，撫石依泉，過了荼蘼架，再入木香棚，越牡丹亭，度芍藥圃，入薔薇院，出芭蕉塢，盤旋曲折。略用套語一束，與前頓破格不板。忽聞水聲潺湲，瀉出石洞，上則蘿薜倒垂，下則落花浮蕩。仍是沁芳溪矣，究竟基址不大，全是曲折掩隱之巧可知。眾人都道：「好景，好景！」賈政道：「諸公題以何名？」眾人道：「再不必擬了，恰恰乎是『武陵源』㉛三個字。」賈政笑道：「又落實了，而且陳舊。」眾人笑道：「不然就用『秦人舊舍』㉜四字也罷了。」寶玉道：「這越發過露了。『秦人舊舍』說避亂之意，如何使得？莫若『蓼汀花漵』㉝四字。」賈政聽了，更批：「胡說！」

於是要進港洞時，又想起有船無船。賈珍道：「採蓮船共四隻，座船一隻，如今尚未造成。」賈政笑道：「可惜不得入了。」賈珍道：「從上盤道亦可以進去。」說畢，在前導引，大家攀藤撫樹過去。只見水上落花愈多，其水愈清，溶溶蕩蕩，曲折縈迂。池邊兩行垂柳，雜著桃杏，遮天蔽日，真無一些塵土。忽見柳陰中又露出一個折帶朱欄板橋來。此處纔見一朱粉字樣。綠柳紅橋，此等點綴亦不可少。後文寫蘆雪庵則曰蜂腰板橋，都施之得宜，非一幅死稿也。度過橋去，諸路可通。補四字，細極！不然，後文寶釵來往，則將日日爬山越嶺矣，記清此處，則知後文寶玉所行常徑，非此處也。便見一所清涼瓦舍，一色水磨磚

典出詩經魯頌泮水：「思樂泮水，薄采其芹。」古代稱學宮為泮宮，後人稱考中秀才為「入泮」或「采芹」。此處采芹人即指讀書人。好雲，五色祥雲，此處指杏花如「噴火蒸霞」。

㉛ 武陵源：即桃花源，是陶淵明桃花源詩并記中虛構的理想世界。陶淵明在文章中說，桃花源在武陵，所以也稱之為武陵源。

㉜ 秦人舊舍：陶淵明是晉宋間人，他在桃花源記中說，桃花源中土地平曠，房舍儼然，住在那裡的人，都是先世避秦之亂而來。所以說是「秦人舊舍」。

㉝ 蓼汀花漵：蓼，淡紅色的水草。汀，水邊沙洲。花漵，落花漂浮的水濱。

牆，清瓦花堵。那大主山所分之脈，兩見大主山，稱香村又云懷中，不寫主山，而主山處處映帶連絡不斷可知矣。皆穿牆而過。好想。賈政道：「此處這所房子無味的很。」先故頓此一筆，使後文愈覺生色，未揚先抑之法。蓋釵、顰對峙，有甚難寫者。因而步入門時，忽迎面突出插天的大玲瓏山石來，四面群繞各式石塊，竟把裡面所有房屋悉皆遮住，而且一株花木也無。只見許多異草，更奇妙！或有牽藤的，或有引蔓的，或垂山巔，或穿石隙，甚至垂簷繞柱，索砌盤階，更妙！或如翠帶飄颻，或如金繩盤屈，或實若丹砂，或花如金桂，味芬氣馥，非花香之可比。前三處皆還在人意之中，此一處則今古書中未見之工程也。連用幾「或」字，是從昌黎南山詩中學得。賈政不禁道：「有趣！」前有「無味」二字，及云「有趣」二字，更覺生色，更覺重大。只是不大認識。」有的說是薜荔、藤蘿。賈政道：「薜荔、藤蘿不得如此異香。」寶玉道：「果然不是。這些之中，也有藤蘿、薜荔。那香的是杜若、蘅蕪，那一種大約是茝蘭，這一種大約是清葛，那一種是金䔲草，這一種是玉蕗藤，紅的自然是紫芸，綠的定是青芷。金䔲草見字彙。玉蕗見楚辭「菎蕗雜於廢蒸」。茝、葛、芸、芷皆不必註，見者太多。此書中異物太多，有人生之未聞未見者，然實係所有之物，或名差理同者亦有之。想來離騷、文選㉞等書上所有的那些異草，也有叫作什麼藿蒳、薑蕁的，也有叫作什麼綸組、紫絳的，還有石帆、水松、扶留等樣，左太沖吳都賦。又有叫什麼綠荑的，還有什麼丹椒、蘼蕪、風連。以上蜀都賦。如今年深歲改，人不能識，故皆像形奪名，漸漸的喚差了也是有的……」自實注一筆，妙！未及說完，賈政喝道：「誰問你來！」又一樣止法。唬的寶玉倒退，不敢再說。

賈政因見兩邊俱是超手遊廊，便順著遊廊步入。只見上面五間清廈連著捲棚，四面出廊，綠窗油壁，更比前幾處清雅不同。賈政嘆道：「此軒中煮茶操琴，亦不必再焚名香矣。」前二處，一日月下讀書，一日勾引起歸農之意，此則操琴煮

㉞ 離騷文選：離騷，屈原所作的長篇詩歌。文選，梁昭明太子蕭統選編，是中國第一部詩歌文章總集，收集了上自先秦，下至劉宋的文學作品。

茶，皆妙。斷語此造已出意外，諸公必有佳作新題以顏其額，方不負此。」眾人笑道：「再莫若『蘭風蕙露』❸⁵貼切了。」賈政道：「也只好用這四字，其聯若何？」一人道：「我倒想了一對，大家批削改正。」念道是：

麝蘭芳靄斜陽院，杜若香飄明月洲。❸⁶

眾人道：「妙則妙矣，只是『斜陽』二字不妥。」那人道：「古人詩云：『蘼蕪滿院泣斜暉』。」眾人道：「頹喪，頹喪。」又一人道：「我也有一聯，諸公評閱評閱。」因念道：

三徑❸⁷香風飄玉蕙，一庭明月照金蘭。此二聯皆不過為釣寶玉之餌，不必認真批評。

賈政拈髯沉吟，意欲也題一聯，忽抬頭見寶玉在旁不敢則聲，因喝道：「怎麼你應說話時又不說了？還要等人請教你不成！」寶玉聽說，便回道：「此處並沒有什麼蘭麝、明月、洲渚之類，若要這樣著跡說起來，就題二百聯也不能完。」賈政道：「誰按著你的頭，叫你必定說這些字樣呢？」寶玉道：

---

❸⁵ 蘭風蕙露：沾著蘭蕙芬芳的風露。蘭、蕙，香草名。

❸⁶ 麝蘭兩句：斜陽映照的院落中散發著麝蘭的芬芳，明月閃耀的沙洲上飄蕩著杜若的清香。芳靄，芳香的雲氣。此處靄作動詞，彌漫飄灑的意思。上句襲取唐女道士魚玄機閨怨詩首句：「蘼蕪盈手泣斜陽，聞道鄰家夫婿歸。」下句套用唐徐堅棹歌行：「影入桃花浪，香飄杜若洲。」

❸⁷ 三徑：庭園間小路。漢代蔣詡隱居後，在庭院中開了一條三叉小路，只與求仲、羊仲二人來往。

「如此說，匾上則莫若『蘅芷清芬』四字，對聯則是：

吟成荳蔻才猶豔，睡足酴醾夢也香。㊳（實佳。）」

賈政笑道：「這是套的『書成蕉葉文猶綠』㊴，不足為奇。」眾客道：「李太白鳳凰臺之作全套黃鶴樓㊵，（這一位蔑翁更有意思。）只要套得妙。如今細評起來，方纔這一聯竟比『書成蕉葉』猶覺幽嫻活潑。視『書成』之句，竟似套此而來。」賈政笑說：「豈有此理！」

說著，大家出來，行不多遠，則見崇閣巍峨，層樓高起，面面琳宮㊶合抱，迢迢複道㊷縈紆。青

㊳ 吟成兩句：荳蔻，香草名，花密集成穗狀，初開時捲於嫩葉中，俗名「含胎花」，詩詞中常以之比喻少女。唐杜牧贈別詩：「娉娉裊裊十三餘，豆蔻梢頭二月初。」酴醾，也作「荼蘼」，薔薇科植物，春末開花。這兩句意為：吟成荳蔻詩後，才思猶旺；在酣睡的夢中還聞到酴醾的香氣。

㊴ 書成句：「書成蕉葉文猶綠，吟到梅花句也香」，是舊時常見的對聯，未詳出處。

㊵ 李太白句：唐崔顥有黃鶴樓詩：「昔人已乘黃鶴去，此地空餘黃鶴樓。黃鶴一去不復返，白雲千載空悠悠。晴川歷歷漢陽樹，芳草萋萋鸚鵡洲。日暮鄉關何處是，烟波江上使人愁。」相傳李白登黃鶴樓，本想題詩一首，見壁上崔顥詩，嘆道：「眼前有景道不得，崔顥題詩在上頭。」遂擱筆而去。後李白作登金陵鳳凰臺：「鳳凰臺上鳳凰遊，鳳去臺空江自流。吳宮花草埋幽徑，晉代衣冠成古丘。三山半落青天外，二水中分白鷺洲。總為浮雲能蔽日，長安不見使人愁。」此詩從內容到形式，都有意模仿崔詩。

㊶ 琳宮：仙宮，也為道觀、殿堂之美稱。

㊷ 複道：樓閣之間在上空連接的通道。

▼一路順順逆逆，已成千邱萬壑之景，若不有此一段大江截住，直成一盆景矣。作者從何落筆著想？

松拂簷，玉欄繞砌，金輝獸面㊸，彩煥螭頭㊹。賈政道：「這是正殿了，〔想來此殿在園之正中。按園不是殿方之基，西北一帶通賈母臥室後，可知西北一帶是多寬出一帶來的，諸釵始便於行也。〕只是太富麗了些。」眾人都道：「要如此方是。雖然貴妃崇節尚儉，天性惡繁悅樸，〔寫出賈妃身分天性。〕然今日之尊，禮儀如此，不為過也。」一面說，一面走，只見正面〔正面細。〕現出一座玉石牌坊來，上面龍蟠螭護，玲瓏鑿就。賈政道：「此處書以何文？」眾人道：「必是『蓬萊仙境』方妙。」賈政搖頭不語。

▼寶玉見了這個所在，心中忽有所動，尋思起來，倒像哪裡曾見過的一般，卻一時想不起哪年月日的事了。▲〔仍歸於葫蘆一夢之太虛玄境。〕賈政又命他作題，寶玉只顧細思前景，全無心於此了。眾人不知其意，只當他受了這半日的折磨，精神耗散，才盡詞窮了；再要考難逼迫，著了急，或生出事來倒不便，遂忙都勸賈政：「罷罷，明日再題罷了。」賈政心中也怕賈母不放心，〔一筆不漏。〕遂冷笑道：「你這畜生，也竟有不能之時了。也罷，限你一日，明日若再不能，我定不饒。這是要緊一處，更要好生作來。」

說著，引人出來，再一觀望，原來自進門起，所行至此纔遊了十之五六。〔總住妙，伏下後文所補等處。若都入此回寫完，不獨太繁，使後文冷落，亦且非石頭記之筆。〕又值人來回，有雨村處遣人回話。〔又一緊，故不能終局也。此處漸漸寫雨村親切，正為後文地步。伏脈千里，橫雲斷嶺法。〕賈政笑道：「此數處不能遊了。雖如此，到底從那一邊出去，縱不能細觀，也可稍覽。」說著，引客行來，至一大橋前，見水如晶簾一般奔入。原來這橋便是通外河之閘，引泉而入者。〔寫出水源，要緊之極！近之畫家著意於山，若不講水。又造園圃者，惟知弄莽憨頑石，壅笨塚，輒謂之景，皆不知水為先著。此園大概一描，處處未嘗離水，蓋又未寫明水之從來，今終補出，精細之至！〕賈政因問：「此閘何名？」寶玉道：「此乃沁芳泉之正源，就名『沁芳閘』。」〔究竟只一脈，賴人力引導之功。園不易造，景非泛寫。〕賈政道：「胡說，偏不用『沁芳』二字。」〔此以下皆係文終之餘波，收的方不突。〕

㊸ 獸面：裝飾在大門上的啣環獸頭。

㊹ 螭頭：龍頭。螭，無角的黃龍。在建築物的屋脊和殿臺四周，多以龍頭作裝飾。

於是一路行來，或堆石為垣，或編花為牖，或山下得幽尼佛寺，或林中藏女道丹房，或長廊曲洞，或方廈圓亭，賈政皆不及進去。[▲伏下櫳翠庵、蘆雪庵、凸碧山莊、凹晶溪館、暖香塢等諸處，於後文一段一段補之，方得雲龍作雨之勢。] 因說半日腿酸，未嘗歇息，忽又見前面又露出一所院落了來，賈政笑道：「到此可要進去歇息歇息了。」

說著，一逕引人繞著碧桃花，[▼怡紅院如此寫來，用無意之筆，卻是極精細文字。] 穿過一層竹籬花障編就的月洞門，[未寫其居，先寫其境。] 俄見粉牆環護，綠柳周垂。賈政與眾人進去，一入門，兩邊都是遊廊相接，院中點襯幾塊山石，一邊種著數本芭蕉；[與萬竿修竹遙映。] 那一邊乃是一顆西府海棠，其勢若傘，絲垂翠縷，葩吐丹砂。眾人讚道：「好花，好花！從來也見過許多海棠，哪裡有這樣妙的。」賈政道：「這叫作女兒棠，[妙名。] 乃是外國之種，俗傳係出女兒國中，[出自政老口中，奇特之至！] 云彼國此種最盛，亦荒唐不經之說罷了。」[政老應如此語。] 眾人笑道：「雖然不經，如何此名傳久了？」寶玉道：「大約騷人詠士以此花之色紅暈若施脂，[▼] 輕弱似扶病，[▲體貼的切，故形容的妙。] 大近乎閨閣風度，所以以女兒命名。想因被世間俗惡聽了，他便以野史纂入為證，以俗傳俗，以訛傳訛，都認真了。」[不獨此花，近之謬傳者不少，不能悉道，只借此花數語駁盡。] 眾人都搖身讚妙。

一面說話，一面都在廊外抱廈下打就的榻上坐了。[至階又至簷，不肯輕易寫過。] 賈政因問：「想幾個什麼新鮮字來題此？」一客道：「『蕉鶴』二字最妙。」又一個道：「『崇光泛彩』㊺方妙。」賈政與眾人都道：「好個『崇光泛彩』。」寶玉也道：「妙極！」又嘆：「只是可惜了。」眾人問：「如何可惜？」寶玉道：「此處蕉棠兩植，其意暗蓄『紅』『綠』二字在內，若只說蕉，則棠無著落；若只說棠，蕉亦無著

▼詞卿此居，比大荒山若何？

▼十字若海棠有知，必深深謝之。

㊺ 崇光泛彩：語出蘇軾海棠詩：「東風渺渺泛崇光，香霧空蒙月轉廊。只恐夜深花睡去，故燒高燭照紅妝。」崇光，增長的春光。

落。固有蕉無棠不可，有棠無蕉更不可。」賈政道：「依你如何？」寶玉道：「依我，題『紅香綠玉』四字，方兩全其妙。」賈政搖頭道：「不好，不好！」

說著，引人進入房內。只見這幾間房內收拾的與別處不同，[特為青埂峰下淒涼與別處不同耳。]竟分不出間隔來的。[新奇希見之式。]原來四面皆是雕空玲瓏木板，或流雲百蝠，或歲寒三友，或山水人物，或翎毛花卉，或集錦，或博古46，[花樣周全之極！然必用下文者，正是作者無聊，撰出新異筆墨，使觀者眼目一新。所謂集小說之大成，遊戲筆墨，雕蟲之技，無所不備，可謂善戲者矣。又供諸人同學一戲，妙極！]或卍福卍壽47[前金玉篆文是可考正篆，今則從俗花樣，真是醒睡魔。其中詩詞雅謎以及各種風俗學文，概不必究，只據此等處便是一絕。]各種花樣，皆是名手雕鏤，五彩銷金嵌寶的。[至此方見一朱彩之處，亦必如此式方可。可笑近之園庭，行動便以粉油從事。]一槅一槅，或有貯書處，或有設鼎處，或安置筆硯處，或供花設瓶、安放盆景處。其槅各式各樣，或天圓地方，或葵花蕉葉，或連環半壁，真是花團錦簇，剔透玲瓏。倏爾五色紗糊就，竟係小窗；倏爾彩綾輕覆，竟係幽戶。[精工之極！]且滿牆滿壁，皆係隨依古董玩器之形摳成的槽子，諸如琴、劍、懸瓶、[懸於壁上之瓶也。]桌屏之類，雖懸於壁，卻都是與壁相平的。[皆係人意想不到，目所未見之文，若云擬編虛想出來，焉能如此一段極清極細，後文鴛鴦瓶、紫瑪瑙碟、西洋酒令、自行船等文，不必細表。]眾人都讚：「好精緻想頭！難為怎麼想來？」[誰不如此讚？]

原來賈政等走了進來，未進兩層，便都迷了舊路。左瞧也有門可通，右瞧又有窗暫隔，及到了跟前，又被一架書擋住。回頭再走，又有窗紗明透，門徑可行；及至門前，忽見迎面也進來了一群人，都與自己形相一樣，卻是玻璃大鏡相照。[石兄迷否？]及轉過鏡去，一發見門子多了。[所謂頭頭是道是也。]賈珍笑道：「老爺隨我來，從這門出去便是後院。從後院出去，倒比先近了。」說著，又轉了兩層紗廚錦槅，果得一門出去。[此方便門也。]院

46 博古：古董玩物。

47 卍福卍壽：此圖案是「萬福萬壽」。

中滿架薔薇芬馥。轉過花障，則見青溪前阻。（又寫水。）眾人詫異這股水又是從何而來，賈珍遙指道：「原從那閘起，流至那洞口，從東北山坳裡引到那村莊裡，又開一道岔口，引到西南上，共總流到這裡，仍（於怡紅總一園之水，是書中大立意。）舊合在一處，從那牆下出去。」眾人聽了，都道：「神妙之極！」說著，忽見大山阻路，眾人都道：「迷了路了！」賈珍笑道：「隨我來。」仍在前導引，眾人隨他直由山腳邊忽一轉，便是平坦寬闊大（眾善歸緣，自然有平坦大道。）路，豁然大門前見。（可見前進來是小路曲，此云忽一轉便是平坦寬闊之正甬路也，細極！）眾人都道：「有趣，有趣！真搜神奪巧之至。」於是大家出來。

（以上可當大觀園記。）

那寶玉一心只記掛著裡邊，又不見賈政吩咐，少不得跟到書房。賈政忽想起他來，方喝道：「你還不去，難道還逛不足！（冤哉冤哉！）也不想逛了這半日，老太太必懸掛著。快進去！疼你也白疼了。」（如此去法，大家嚴父風範，無家法者不知。）寶玉聽說，方退了出來。至院外，就有跟賈政的幾個小廝上來攔腰抱住，都說：「今兒虧我們，老爺纔喜歡。老太太打發人出來問了幾遍，都虧我們回說喜歡；（下人口氣畢肖。）不然，若老太太叫你進去，就不得展才了。人人都說你纔那些詩，比世人的都強。今兒得了這樣的彩頭，該賞我們了。」寶玉笑道：「每人一吊錢。」眾人道：「誰沒見那一吊錢？（錢亦有沒用處。）把這荷包賞了罷！」說著，一個上來解荷包，那一個就解扇囊，不容分說，將寶玉所佩之物盡行解去。又道：「好生送上去罷。」一個抱了起來，幾個圍繞，送至賈母二門前。（好收煞。）那時賈母已命人看了幾次。眾奶娘丫鬟跟上來，見過賈母，知不曾難為著他，心中自是歡喜。

少時襲人倒了茶來，見身邊佩物一件無存，（襲人在玉兒一身無時不照察到。）因笑道：「帶的東西又是那起沒臉的東西們解了去了。」林黛玉聽說，走來瞧瞧，果然一件無存。因向寶玉道：「我給的那個荷包也給他們了？（又起樓閣。）你明兒再想我的東西，可不能夠了！」說畢，賭氣回房，將前日寶玉所煩他作的那個香袋兒——纔做了一半，賭氣拿過來就鉸。寶玉見他生氣，便知不妥，忙趕過來，早剪破了。寶玉已見過這香囊，雖尚未完，卻十分精巧，費了許多工夫。今見無故剪了，卻也可氣，因忙把衣領解了，從裡面紅襖襟上將黛玉所給的那荷包解了下來，遞與黛玉瞧，道：「你瞧瞧這是什麼？我哪一回把你的東西給人了！」林黛玉見他如此珍重帶在裡面，[按理論之，則是「天下本無事，庸人自擾之」。若以兒女子之情論之，則是必有之事，必有之理，又係今古小說中不能寫到寫得，談情者亦不能說出講出，情痴之至文也。]可知是怕人拿去之意，因此又自悔莽撞，未見皂白就鉸了香袋。[情痴之至！若無此悔，便是一庸俗小性之女子矣。]因此又愧又氣，低頭一言不發。寶玉道：「你也不用剪，我知道你是懶待給我東西，我連這荷包奉還何如？」說著，擲向他懷中便走。[這卻難怪。]黛玉見如此，越發氣起來，聲咽氣堵，又汪汪的滾下淚來，[怒之極，正是情之極。]拿起荷包來又剪。寶玉見他如此，忙回身搶住，笑道：「好妹妹，饒了他罷！」[這方是寶玉。]黛玉將剪子一摔，拭淚說道：「你不用同我好一陣歹一陣的，要惱就撂開手，這當了什麼？」說著，賭氣上床，面向裡倒下拭淚。禁不住寶玉上來，妹妹長妹妹短賠不是。

前面賈母一片聲找寶玉，眾奶娘、丫鬟們忙回說：「在林姑娘房裡呢。」賈母聽說道：「好好好，讓他姊妹們一處頑頑罷。纔他老子拘了他這半天，讓他開心一會子罷。只別叫他們拌嘴，不許扭了他。」眾人答應著。黛玉被寶玉纏不過，只得起來道：「你的意思不叫我安生？我就離了你！」說著，往外就走。寶玉笑道：「你到哪裡，我跟到哪裡。」一面仍拿起荷包來帶上。黛玉伸手搶道：「你說不要了，這會子又帶上，我也替你怪臊的！」說著，嗤的一聲又笑了。寶玉道：「好妹妹，明兒另替我作個香袋兒罷。」黛玉道：「那也只瞧我高興罷了。」一面說，一面二人出房，到王夫人上房中去了。

一段點過日二玉公案，斷不可少。

此時王夫人那邊熱鬧非常，（四字特補近日千忙萬冗，多少花團錦簇文字。）原來賈薔已從姑蘇採買了十二個女孩子，並聘了教習以及行頭等事來了。那時薛姨媽另遷於東北上一所幽靜房舍居住，將梨香院早已騰挪出來，另行修理了，就今教習在此教演女戲。又另派家中舊有曾演學過歌唱的女人們——如今皆已皤然老嫗了，（又補出當日寧榮在世之事，所謂此是末世之時也。）著他們帶領管理。就令賈薔總理其日用出入銀錢等事，以及諸凡大小所需之物料賬目。（補出女戲一段，又伏一案。）

又有林之孝家的來回：「採訪聘買得十個小尼姑、小道姑都有了，連新作的二十分道袍也有了。▼外有一個帶髮修行的，本是蘇州人氏，祖上也是讀書仕宦之家。因生了這位姑娘，自小多病，買了許多替生兒48皆不中用，逼的這位姑娘親自入了空門，方纔好了，所以帶髮修行。今年纔十八歲，法名妙玉。（妙卿出現。至此細數十二釵，以賈家四豔再加薛、林二冠有六，去秦可卿有七，再鳳有八，李紈有九，今又加妙玉，僅得十人矣。後有史湘雲與熙鳳之女巧姐兒者，共十二人。雪芹題曰「金陵十二釵」，蓋本宗紅樓夢十二曲之義。後寶琴、岫烟、李紋、李綺皆陪客也。紅樓夢中所謂副十二釵是也。又有又副冊三段詞，乃晴雯、襲人、香菱三人而已，餘未多及，想為金釧、玉釧、鴛鴦、茜雪、平兒等人無疑矣。觀者不待言可知，故不必多費筆墨。）如今父母俱已亡故，身邊只有兩個老嬤嬤、一個小丫頭伏侍。文墨也極通，經文也不用學了，模樣兒又極好。▲因聽見長安都中有觀音遺跡並貝葉遺文49，去歲隨了師父上來，（因此方使妙卿入都。）現在西門外牟尼院住著。他師父極精演先天神數50，於去冬圓寂了。妙玉本欲扶靈回鄉的，他師父臨寂遺言，說他『衣食起居不

▼妙玉世外人也，故筆筆帶寫，妙極，妥極！畸笏。

前處引十二釵總未的確，皆係漫擬也。至末回警幻情榜，方知正、副、再副、及三、四副芳諱。壬午季春，畸笏。

---

48 替生兒：舊時迷信，認為多病多災的人，應該捨身出家去做和尚道士，纔能平平安安地成長。富貴之家可以買窮人的子女作出家的替身。

49 貝葉遺文：指佛經。貝葉，貝多羅樹的葉子。起初佛經書寫在貝葉上，故以貝葉遺文指稱佛經。

宜回鄉，在此淨居，後來自然有你的結果』，所以他竟未回鄉……」王夫人不等回完，便說：「既這樣，我們何不接了他來？」林之孝家的回道：「請他，他說：『侯門公府必以貴勢壓人，我再不去的。』」（補出妙卿身世不凡，心性高潔。）王夫人笑道：「他既是官宦小姐，自然驕傲些，就下個帖子請他何妨。」林之孝家的答應了出去，命書啟相公寫請帖去請妙玉。次日遣人備車轎去接等後話暫且擱過，此時不能表白。（補尼道一段，又伏一案。）

當下又有人回工程上等著糊東西的紗綾，請鳳姐去開樓揀紗綾；又有人來回請鳳姐開庫收金銀器皿。連王夫人並上房丫鬟等眾皆一時不得閒的。寶釵便說：「偺們別在這裡礙手礙腳，找探丫頭去！」說著，同寶玉、黛玉往迎春等房中來閒頑，無話。

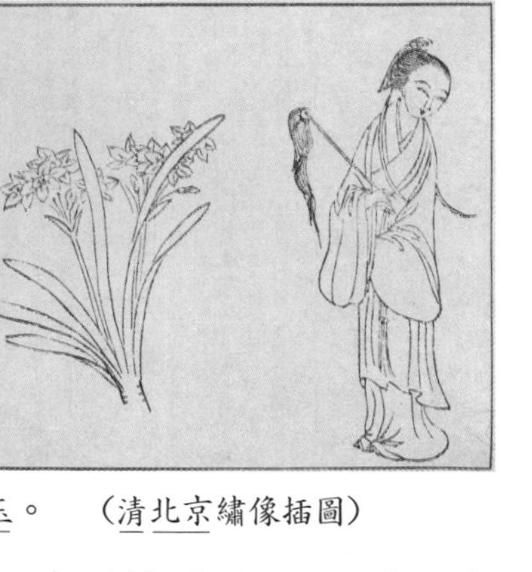

妙玉。　（清北京繡像插圖）

王夫人等日日忙亂，直到十月將盡，幸皆全備。各處監管都寫清賬目，各處古董文玩皆已陳設齊備。採辦鳥雀的，自仙鶴、孔雀以及鹿、兔、雞、鵝等類悉已買全，交於園中各處像景餇養。賈薔那邊也演出二十齣雜戲來，小尼姑、道姑也都學念會了幾卷經咒。賈政方略心意寬暢，（好極！可見智者居心無一時弛怠。）又請賈母等進園，色色斟酌點綴妥當，再無一些遺漏不妥之處了。於是賈政方擇日題本。（至此方完大觀園工程公案，觀者則為大觀園費盡精神，余則為若許筆墨，卻只因一個葬花塚。）本上之日，奉硃批准奏：次年正月十五上元之日，恩准賈妃省親。賈府領了此恩旨，益發晝夜不閒，年也不曾好生過的。（一語帶過，是以「歲首祭宗祠、元宵開家宴」一回，留在後文細寫。）

㊿ 先天神數：指周易。明楊慎丹鉛續錄三易引王令升注云：「伏羲之易小成，為先天；神農之易中成，為中天；黃帝之易大成，為後天。」演先天神數言用易經八卦推算吉凶禍福。

第十八回　皇恩重元妃省父母　天倫樂寶玉呈才藻

詩曰：

豪華雖足羡，離別卻難堪。博得虛名在，誰人識苦甘？（好詩，全是諷刺。近之諺云：「又要馬兒好，又要馬兒不吃草」，真罵盡無厭貪痴之輩。）

展眼元宵在邇，自正月初八日就有太監出來，先看方向：何處更衣，何處燕坐，何處受禮，何處開宴，何處退息。又有巡察地方總理關防太監❶等帶了許多小太監出來，各處關防、擋圍幕，指示賈宅人員何處退，何處跪，何處進膳，何處啟事，種種儀注不一。外面又有工部官員並五城兵備道❷打掃街道，攆逐閒人。賈赦等督率匠人扎花燈、烟火之類，至十四日俱已停妥。這一夜，上下通不曾睡。

至十五日五鼓，自賈母等有爵者，皆按品服大妝。園內各處，帳舞蟠龍，簾飛彩鳳，金銀煥彩，珠寶爭輝，（是元宵之夕。不寫燈月，而燈光月色滿紙矣。）鼎焚百合之香，瓶插長春之蕊，（抵一篇大賦。）淨悄無人咳嗽。（有此句方足。）賈赦等在西街門外，賈母等在榮府大門外，街頭巷口，俱係圍幕擋嚴。正等的不耐煩，忽一太監坐大馬而來。（有是禮。）賈母忙接人，問其消息。太監道：「早多著呢！未初刻用過晚膳，未正二刻還到寶靈宮拜佛，（暗貼王夫人，細。）

❶ 巡察地方總理關防太監：清代太監無此頭銜，乃作者虛構。

❷ 五城兵備道：清代無此官職。明清兩代在各地設兵備道，明代在京城內設「五城兵馬司」，清代在京城設「提督九門步軍巡捕五營統領」。小說綜合明清兩代官職虛構而成。

西初刻進大明宮領宴看燈方請旨，只怕戌初纔起身呢。」鳳姐聽了道：「既這麼著，老太太、太太且（自然當家人先說話。）請回房，等是時候再來也不遲。」於是賈母等暫且自便，園中悉賴鳳姐照理。又命執事人帶領太監們去吃酒飯。

一時傳人一擔一擔的挑進蠟燭來，各處點燈。方點完時，忽聽外邊馬跑之聲，（靜極，故聞之，細極！）一時有十來個太監，都喘吁吁跑來拍手兒。（畫出內家風範。石頭記最難之處，別書中摸不著。）這些太監會意，（難得他寫的出，是經過之人也。）都知道是「來了來了」，各按方向站住。賈赦領合族子侄在西街門外，賈母領合族女眷在大門外迎接。半日靜悄悄的，忽見一對紅衣太監騎馬緩緩的走來，（形容畢肖。）至西街門下了馬，將馬趕出圍幕之外，便垂手面西站住。（形容畢肖。）半日又是一對，亦是如此。少時便來了十來對，方聞得隱隱細樂❸之聲。一對對龍旌鳳翣、雉羽夔頭❹；又有銷金提爐焚著御香，然後一把曲柄七鳳黃金傘過來，便是冠袍帶履；又有值事太監捧著香珠、繡帕、漱盂、拂塵等類。一隊隊過完，後面方是八個太監抬著一頂金頂金黃繡鳳版輿❺，緩緩行來。賈母等連忙路旁跪下，（一絲不亂。）早飛跑過幾個太監來，扶起賈母、邢夫人、王夫人來。那版輿抬進大門，入儀門往東去，到一所院落門前，有執拂太監跪請下輿更衣。於是抬輿入門，太監等散去，只有昭容、彩嬪❻等

---

❸ 細樂：指管弦之樂，與鑼鼓等音響大的音樂相對而言。

❹ 龍旌鳳翣句：翣，音ㄕㄚˋ。用雉（野雞）和孔雀羽毛編成的大掌扇。夔，神話中的一足獸，常繡在龍旗上。此句言繡著夔的龍旗和用野雞毛做的鳳扇。

❺ 版輿：即轎子。

❻ 昭容彩嬪：皆宮廷中女官名。清代無此官名，是借用古稱。

引領元春下輿。只見院內各色花燈爛灼（*元春目中。*），皆係紗綾扎成，精緻非常。上面有一匾燈，寫著「體仁沐德」四字。元春入室更衣畢，復出上輿進園。只見園中香烟繚繞，花彩繽紛，處處燈光相映，時時細樂聲喧，說不盡這太平氣象，富貴風流。——此時自己回想當初在大荒山中青埂峰下，那等淒涼寂寞；若不虧癩僧、跛道二人攜來到此，又安能得見這般世面？本欲作一篇燈月賦、省親頌，以誌今日之事，但又恐入了別書的俗套。按此時之景，即作一賦一贊，也不能形容得盡其妙；即不作賦贊，其豪華富麗，觀者諸公亦可想而知矣，所以倒是省了這工夫紙墨，且說正經的為是。（*自此時以下皆石頭之語，真是千奇百怪之文。*）

▼如此繁華盛極、花團錦簇之文，忽用石兄自語截住，是何筆力！令人安得不拍案叫絕？試閱歷來諸小說中，有如此章法乎？

且說賈妃在轎內，看此園內外如此豪華，因默默嘆息奢華過費。忽又見執拂太監跪請登舟，賈妃乃下輿。只見清流一帶，勢如遊龍，兩邊石欄上，皆係水晶玻璃各色風燈，點的如銀光雪浪。上面柳杏諸樹，雖無花葉，然皆用通草綢綾紙絹依勢作成，粘於枝上的，每一株懸燈數盞；更兼池中荷荇、鳧鷺之屬，亦皆係螺蚌、羽毛之類作就的，諸燈上下爭輝，真係玻璃世界，珠寶乾坤。船上亦係各種精緻盆景諸燈，珠簾繡幕，桂楫蘭橈，自不必說。已而入一石港，港上一面匾燈，明現著「蓼汀花溆」四字。按此四字，並「有鳳來儀」等處，皆係上回賈政偶然一試寶玉之課藝才情耳，何今日認真用此匾聯？況賈政世代詩書，來往諸客屏侍座陪者悉皆才技之流，豈無一名手題撰，竟用小兒一戲之辭苟

▼駁得好。

▼石頭記慣用特犯不犯之筆，真令人警心駭目讀之。

一隊隊過完，後面方是八個太監抬著一頂金頂金黃繡鳳版輿，緩緩行來……。（清上海畫冊）

且搪塞？▲真似暴發新榮之家，濫使銀錢，一味抹油塗硃，畢則大書「前門綠柳垂金鎖，後戶青山列錦屏」之類，則以為大雅可觀，豈石頭記中通部所表之寧榮賈府所為哉？據此論之，竟大相矛盾了。

諸公不知，待蠢物（石兄自謙，妙！可代答云：「豈敢。」）將原委說明，大家方知：當日這賈妃未入宮時，自幼亦係賈母教養。後來添了寶玉，賈妃乃長姊，寶玉為弱弟。賈妃每上念母年將邁，始得此弟，是以憐愛寶玉，與諸弟待之不同。且同隨祖母，刻未暫離。那寶玉未入學堂之先，三四歲時，（批書人領過此教，故批至此，竟放聲大哭。）已得賈妃手引口傳，教授了幾本書，（俺先姊仙逝太早，不然，余何得為廢人耶？）數千字在腹內了。其名分雖係姊弟，其情狀有如母子。自入宮後，時時帶信出來與父母說：「千萬好生扶養，不嚴不能成器，過嚴恐生不虞，且致父母之憂。」眷念切愛之心，刻未能忘。前日賈政聞塾師背後讚寶玉偏才盡有，賈政未信，適巧遇園已落成，令其題撰，聊一試其情思之清濁。其所擬之匾聯，（轉得好。）雖非妙句，在幼童為之，亦或可取。即另使名公大筆為之，固不費難，然想來倒不如這本家風味有趣；更使賈妃見之，知係其愛弟所為，亦或不負其素日切望之意。（有是論。）（一駁一解，跌宕搖曳之至。且寫得父母兄弟體貼戀愛之情，淋漓痛切，真是天倫至情。一句補前文之不暇，啟後文之苗裔，至後文凹晶館黛玉口中又一補，所謂一擊空谷，八方皆應。）因有這段原委，故此竟用了寶玉所題之聯額。那日雖未曾題完，後來亦曾補擬。

閒文少述，且說賈妃看了四字，笑道：「『花漵』二字便妥，何必『蓼汀』？」侍座太監聽了，忙下小舟登岸，飛傳與賈政。賈政聽了，即忙移換。（換的周到可悅。）一時舟臨內岸，復棄舟上輿，便見琳宮綽約，桂殿巍峨，石牌坊上明顯「天仙寶鏡」四字，（不得不用俗。）賈妃忙命換「省親別墅」四字。（妙！是特留此四字與彼自命。）於是進入行宮，但見庭燎❼燒空，（庭燎最恰。）香屑佈地，火樹琪花❽，金窗玉檻；說不盡簾捲蝦鬚❾，毯鋪魚獺❿；

❼ 庭燎：庭院內照明的大燭。

鼎飄麝腦之香，屏列雉尾之扇。真是：「金門玉戶神仙府，桂殿蘭宮妃子家。」賈妃乃問：「此殿何無匾額？」隨侍太監跪啟曰：「此係正殿，外臣未敢擅擬。」賈妃點頭不語。禮儀太監跪請升座受禮，兩陛樂起。禮儀太監二人引賈赦、賈政等於月臺下排班，殿上昭容傳諭曰：「免。」太監引賈赦等退出，又有太監引榮國太君及女眷等自東階升月臺上排班，（一絲不亂，精致大方，有如歐陽公九九。）昭容再諭曰：「免。」於是引退。

茶已三獻，賈妃降座，樂止。退入側殿更衣，方備省親車駕出園。至賈母正室，欲行家禮，賈母等俱跪止不迭。賈妃滿眼垂淚，方彼此上前廝見，一手攙賈母，一手攙王夫人，▼三個人滿心裡皆有許多話，只是俱說不出，只管嗚咽對泣。▲（石頭記得力擅長，全是此等地方。）邢夫人、李紈、王熙鳳、迎、探、惜三姊妹等，俱在旁圍繞，垂淚無言。半日，賈妃方忍悲強笑，安慰賈母、王夫人道：「當日既送我到那不得見人的去處，好容易今日回家，娘兒們一會，不說說笑笑，反倒哭起來。一會子我去了，又不知多早晚纔來！」說到這句，不禁又哽咽起來。（追魂攝魄。石頭記傳神摸影，全在此等地方，他書中不得有此見識。）邢夫人等忙上來解勸。（說完不可，不先說不可，說之不痛不可，最難說者，是此時賈妃口中之語。只如此一說，方千貼萬妥，一字不可更改，一字不可增減，入情入神之至！）賈母等讓賈妃歸座，又逐次一一見過，又不免哭泣一番。然後東西兩府掌家執事人丁在廳外行禮，及兩府掌家執事媳婦領丫鬟等行禮畢。賈妃因問：「薛姨媽、寶釵、黛玉因何不見？」王夫人啟曰：「外眷無職，未敢擅入。」（所謂詩書世家，守禮如此。偏是暴發，驕妄自大。）賈妃聽了，忙

▼非經歷過，如何寫得出？壬午春

❽ 火樹琪花：即火樹銀花，形容燈火絢麗燦爛。

❾ 蝦鬚：形容編製簾子的竹絲之細，猶如蝦鬚。

❿ 魚獺：水獺，其皮毛珍貴。獺，音ㄊㄚˋ。

命快請。又謙之如此，真是世界好人物。一時薛姨媽等進來，欲行國禮，亦命免過，上前各敘闊別寒溫。又有賈妃原帶進宮去的丫鬟抱琴等前所謂賈家四釵之鬟，暗以琴、棋、書、畫排行，至此始全。上來叩見，賈母等連忙扶起，命人別室款待。執事太監及彩嬪、昭容各侍從人等，寧國府及賈赦那宅兩處自有人款待。只留三四個小太監答應⓫，母女姊妹深敘些離別情景「深」字妙！及家務私情。

又有賈政至簾外問安，賈妃垂簾行參等事。又隔簾含淚謂其父曰：「田舍之家，雖齏鹽布帛⓬，終能聚天倫之樂；今雖富貴已極，骨肉各方，然終無意趣！」賈政亦含淚啟道：「臣草莽寒門，鳩群鴉屬之中，豈意得徵鳳鸞之瑞？此語猶在耳。今貴人上錫天恩，下昭祖德，此皆山川日月之精奇，祖宗之遠德鍾於一人，幸及政夫婦。且今上啟天地生物之大德，垂古今未有之曠恩，雖肝腦塗地，臣子豈能得報於萬一！惟朝乾夕惕⓭，忠於厥職外，願我君萬壽千秋，乃天下蒼生之同幸也。貴妃切勿以政夫婦殘年為念，懣憤金懷，更祈自加珍愛。惟業業兢兢，勤慎恭肅以侍上，不負上體貼眷愛如此之隆恩也。」賈妃亦囑「只以國事為重，暇時保養，切勿記念」等語。

賈政又啟：「園中所有亭臺軒館，皆係寶玉所題；如果有一二稍可寓目者，請別賜名為幸。」元妃聽了寶玉能題，便含笑說：「果進益了。」賈政退出。賈妃見寶、林二人益發比別姊妹不同，真是姣花軟玉一般。因問：「寶玉為何不進見？」至此方出寶玉。賈母乃啟：「無諭，外男不敢擅入。」元妃命快

⓫ 答應：這裡是聽從伺候的意思。

⓬ 齏鹽布帛：貧寒之家的日常生活。齏，音ㄐㄧ。切碎的醃菜。

⓭ 朝乾夕惕：從早到晚兢兢業業，不敢懈怠。乾，勤勞不懈。惕，小心翼翼。

皇恩重元妃省父母。（清上海畫冊）

引進來。小太監出去引寶玉進來，先行國禮畢，元妃命他進前，攜手攬於懷內，（作書人將批書人哭壞了。）又撫其頭頸，笑道：「比先竟長了好些……」一語未終，淚如雨下。（只此一句，便補足前面許多文字。）

尤氏、鳳姐等上來啟道：「筵宴齊備，請貴妃遊幸。」元妃等起身，命寶玉導引，遂同諸人步至園門前，早見燈光火樹之中，諸般羅列非常。進園來，先從「有鳳來儀」、「紅香綠玉」、「杏帘在望」、「蘅芷清芬」等處，登樓步閣，涉水緣山，百般眺覽徘徊。一處處鋪陳不一，一樁樁點綴新奇。賈妃極加獎讚，又勸：「以後不可太奢，此皆過分之極。」已而至正殿，諭免禮歸座，大開筵宴。賈母等在下相陪，尤氏、李紈、鳳姐等親捧羹把盞。元妃乃命傳筆硯伺候，親搦湘管，擇其幾處最喜者賜名。按其書云：

顧恩思義　匾額

天地啟宏慈，赤子蒼頭⓮同感戴；

古人垂曠典，九州萬國被恩榮。（此一匾一聯書於正殿是賈妃口氣。）

⓮ 赤子蒼頭：赤子，嬰兒。蒼頭，老年人。赤子蒼頭指所有的老百姓。

大觀園　園之名　有鳳來儀　賜名曰瀟湘館　紅香綠玉改作怡紅快綠　即名曰怡紅院

蘅芷清芬　賜名曰蘅蕪苑　杏帘在望　賜名曰澣葛山莊

正樓曰大觀樓，東面飛樓曰綴錦閣，西面斜樓曰含芳閣。更有蓼風軒、藕香榭、（雅而新。）紫菱洲、荇葉渚等名。又有四字的匾額十數個，諸如「梨花春雨」、「桐剪秋風」、「荻蘆夜雪」等名，此時悉難全記。（故意留下秋爽齋、凸碧山堂、凹晶溪館、暖香塢等處，為後文另換眼目之地步。）又命舊有匾聯俱不必摘去。於是先題一絕云：

啣山抱水建來精，多少工夫築始成。天上人間諸景備，芳園應錫大觀名。（詩却平平，蓋彼不長於此也，故只如此。）

寫畢，向諸姊妹笑道：「我素乏捷才，且不長於吟詠，妹輩素所深知。今夜聊以塞責，不負斯景而已。異日少暇，必補撰大觀園記並省親頌等文，以記今日之事。妹輩亦各題一匾一詩，隨才之長短，亦暫吟成，不可因我微才所縛。且喜寶玉竟知題詠，是我意外之想。此中瀟湘館、蘅蕪院二處，我所極愛，次之怡紅院、澣葛山莊。此四大處，必得別有章句題詠方妙。前所題之聯雖佳，如今再各賦五言律一首，使我當面試過，方不負我自幼教授之苦心。」寶玉只得答應了，下來自去搆思。迎、探、惜三人之中，要算探春又出於姊妹之上，然自忖亦難與薛、林爭衡，（只一語便寫出寶、黛二人，又寫出探卿知己知彼，伏下後文多少地步。）只得勉強隨眾塞責而已。李紈也勉強湊成一律。（不表薛、林可知。）賈妃先挨次看姊妹們的，寫道是：

曠性怡情　匾額　迎春

園成景備特精奇，奉命羞題額曠怡⑮。誰信世間有此境，遊來寧不⑯暢神思？

萬象爭輝　匾額　　探春

名園築出勢巍巍，奉命何慚學淺微。精妙一時言不出，果然萬物生光輝。

文章造化⑰　匾額　　惜春

山水橫拖千里外，樓臺高起五雲中⑱。園修日月光輝裡，景奪文章造化功。更牽強。三首之中還算探卿略有作意，故後文寫出許多意外妙文。

文采風流⑲　匾額　　李紈

秀水明山抱復迴，風流文采勝蓬萊⑳。超妙。綠裁歌扇迷芳草，紅襯湘裙舞落梅㉑。湊成。珠玉㉒自應傳盛世，神仙何幸下瑤臺㉓！名園一自邀遊幸，未許凡人到此來。此四詩列於前，正為瀹托下韻也。

⑮ 奉命句：奉命慚愧地題了「曠性怡情」的匾額。

⑯ 寧不：豈不。

⑰ 文章造化：文章，義同「文采」，此處指大觀園的景色。造化，天地創造化育萬物之神工。

⑱ 樓臺句：白居易長恨歌：「樓閣玲瓏五雲起，其中綽約多仙子。」隱以神宮仙府作比。五雲，五色雲霞。

⑲ 文采風流：既指大觀園風光秀麗，景色宜人；又指園中人富有文采，風流不凡。

⑳ 風流句：蓬萊，海上神山，相傳仙府秘書皆藏於此。李白宣州謝脁樓餞別校書叔雲詩：「蓬萊文章建安骨，中間小謝又清發。」

㉑ 綠裁兩句：綠色的歌扇與芳草的顏色迷離難分，紅色的湘裙舞動如梅花飄落。這兩句襲用吳偉業鴛湖曲：「芳草乍疑歌扇綠，落花錯認舞衣鮮。」綠裁歌扇，用綠絹裁成的歌扇。古代歌女演唱時用歌扇遮面。湘裙，用湘繡做的裙子。

㉒ 珠玉：比喻精彩的文章。杜甫和賈至早朝大明宮：「朝罷香烟攜滿袖，詩成珠玉在揮毫。」

凝暉鍾瑞❷❹ 匾額便有含蓄。 薛寶釵

芳園築向帝城西，華日祥雲籠罩奇。高柳喜遷鶯出谷，修篁時待鳳來儀❷❺。恰極！文風已著宸遊❷❻夕，孝化應隆歸省時。睿藻仙才盈彩筆❷❼，自慚何敢再為辭！好詩。此不過頌聖應酬耳，猶未見長，以後漸知。

世外仙源 匾額落思便不與人同。 林黛玉

名園築何處？仙境別紅塵。借得山川秀，添來景物新。所謂「信手拈來無不是」，阿顰自是一種心思。香融金谷酒❷❽，花媚玉堂人❷❾。何幸邀恩寵，宮車過往頻。末二首是應制詩。余謂寶、林此作未見長，何也？蓋後文別有驚人之句也。在寶卿有生不屑為此，在黛卿實不足一為。

賈妃看畢，稱賞一番，又笑道：「終是薛、林二妹之作與眾不同，非愚姊妹可同列者。」原來林黛玉

❷❸ 瑤臺：相傳西王母的居處，此處借指皇宮。李白清平調把楊貴妃稱為瑤臺仙子。此句說元春省親，猶如神仙下凡。

❷❹ 凝暉鍾瑞：日光和祥瑞聚集的地方。凝、鍾，皆有聚集之意。暉，日光，借喻皇恩。瑞，祥瑞。

❷❺ 高柳兩句：上句言喜慶鶯從深谷飛上高柳，比喻元春從深閨進入皇宮為妃。詩經小雅伐木：「伐木丁丁，鳥鳴嚶嚶。出自幽谷，遷于喬木。」下句喻元春歸家省親。修篁，修竹。篁，竹林。鳳來儀，鳳凰來臨。此處以鳳凰比喻元春。

❷❻ 宸遊：皇帝出外遊幸。此處借指元春探親。宸，皇帝居處。

❷❼ 睿藻句：此句頌揚元春才思充溢，辭藻華美，作詩下筆如有神助。睿，明智。彩筆，南朝文人江淹曾夢見神人授五色彩筆，醒後文思大進。

❷❽ 金谷：晉石崇的園林。石崇曾在園中宴請賓客，命賦詩，不成者罰酒三斗。此句以金谷比喻大觀園，言大觀園中大擺宴席，到處洋溢著酒香。

❷❾ 玉堂人：玉堂，嬪妃所居之處。玉堂人指元春。此句言園中之花為討好元春，呈現出千嬌百媚的姿態。

安心今夜大展奇才，將眾人壓倒，（這卻何必，然尤物方如此。）不想賈妃只命一匾一詠，倒不好違諭多作，只胡亂作一首五言律應景罷了。（請看前詩，卻云是胡亂應景。）

彼時寶玉尚未作完，只剛作了「瀟湘館」與「蘅蕪苑」二首，正作「怡紅院」一首，起草內有「綠玉春猶捲」一句。▼寶釵轉眼瞥見，便趁眾人不理論，急忙回身悄推他道：▲「他（此「他」字指賈妃。）因不喜『紅香綠玉』四字，改了『怡紅快綠』；你這會子偏用『綠玉』二字，豈不是有意和他爭馳了？況且蕉葉之說也頗多，再想一個字改了罷。」寶玉見寶釵如此說，便拭汗道：（想見其構思之苦，方是至情。最厭近之小說中滿紙神童天分等語。）「我這會子總想不起什麼典故出處來。」寶釵笑道：「你只把『綠玉』的『玉』字改作『蠟』字就是了。」▼寶玉道：「『綠蠟』（好極！）可有出處？」寶釵見問，悄悄的咂嘴點頭笑道：（媚極，韻極！）「虧你今夜不過如此，將來金殿對策30，你大約連趙錢孫李都忘了呢！▲（有得寶卿奚落，但就謂寶卿無情？只是較阿顰施之特正耳。）唐錢珝詠芭蕉31詩頭一句『冷燭無烟綠蠟乾』，你都忘了不成？」（此等處便用硬證實處，最是大力量。但不知是何心思，是從何落想？穿插到如此玲瓏錦繡地步。）寶玉聽了，不覺洞開心臆，笑道：「該死，該死！現成眼前之物，偏倒想不起來了！真可謂『一字師』了。從此後我只叫你師父，再不叫姐姐了。」寶釵亦悄悄的笑道：「還不快作上去，只管姐姐妹妹的。誰是你姐姐？那上頭穿黃袍的纔是你姐姐。

▼這樣章法，又是不曾見過的。

▼如此穿插，安得不令人拍案叫絕？壬午季春。

30 金殿對策：金殿，宮殿。對策，古代就政事、經義等設問，由應試者對答，稱為對策。自漢代起作為取士考試的一種形式。明清時代，舉人參加會試，合格後還要殿試，由皇帝親臨殿廷策試，應試者作策問數道，回答有關政事、經義的問題，最後決定進士的名次。

31 唐錢珝詠芭蕉詩：錢珝，晚唐詩人，全唐詩存詩一卷。錢珝詠芭蕉詩題為未展芭蕉，詩云：「冷燭無烟綠蠟乾，芳心猶卷怯春寒。一緘書札藏何事？會被東風暗拆看。」

你姐姐，你又認我這姐姐來了！」一面說笑，因說笑又怕他耽延工夫，遂抽身走開了。一段忙中閒文，已是好看之極，出人意外。寶玉只得續成，共有了三首。

此時林黛玉未得展其抱負，自是不快。因見寶玉獨作四律，大費神思，何不代他作兩首，也省他些精神不到之處。寫黛卿之情思，待寶玉卻又如此，是與前文特犯不犯之處。想著，便也走至寶玉案旁，悄問：「可都有了？」寶玉道：「纔有了三首，只少『杏帘在望』一首了。」黛玉道：「既如此，你只抄錄前三首罷。趕你寫完那三首，我也替你作出這首了。」說畢，低頭一想，早已吟成一律，瞧他寫阿顰只如此，便妙極！便寫在紙條上，搓成個團子，擲在他跟前。寶玉打開一看，只覺此首比自己所作的三首高過十倍，真是喜出望外，這等文字亦是觀書者望外之想。遂忙恭楷呈上。賈妃看道：

▲偏又寫一樣，是何心意構思而得？畸笏。

▲紙團送遞，係應童生秘訣，黛卿自何處學得？一笑。丁亥春。

有鳳來儀　　臣寶玉謹題

秀玉初成實㉜，堪宜待鳳凰。起便拿得住。竿竿青欲滴，个个㉝綠生涼。迸砌防階水，穿簾礙鼎香㉞。妙句。古云：「竹密何妨水過。」今偏翻案。莫搖清碎影，好夢晝初長。

蘅芷清芬

蘅蕪滿淨苑，蘿薜助芬芳。助字妙！通部書所以皆善練字。軟襯三春草，柔拖一縷香。刻畫入妙。輕烟迷曲徑，冷翠滴

㉜ 秀玉句：秀玉，以美玉喻竹。實，竹實。相傳鳳凰非竹實不食。

㉝ 个个：竹葉成个字形，故以个个稱竹葉。

㉞ 迸砌兩句：意謂茂密的竹林擋住了繞階的泉水迸濺到臺階上來，阻礙鼎爐裡的香霧穿簾而散。

迴廊㉟。（甜脆滿頰。）誰謂池塘曲，謝家幽夢長㊱。

怡紅快綠

深庭長日靜，兩兩出嬋娟。（雙起雙敲。讀此首始信前云「有蕉無棠不可，有棠無蕉更不可」等批，非泛泛妄批駁他人，到自己身上則無能為之論也。）綠蠟（本是「玉」字，此遵寶卿改，似較「玉」字佳。）春猶捲㊲，（是蕉。）紅妝夜未眠㊳。（是海棠。）憑欄垂絳袖㊴，（是海棠之情。）倚石護青烟㊵，（是芭蕉之神。何得如此工恰自然，真是好詩，卻是好書。）對立東風裡，（雙收。）主人應解憐。（歸到主人，方不落空。王梅隱云：「詠物體又難雙承雙落，一味雙拿，則不免牽強。」此首可謂詩題兩稱，極工極切，極流離嫵媚。）

杏帘在望

杏帘招客飲，在望有山莊。（分題作一氣呵成，格調熟練，自是阿顰口氣。）菱荇鵝兒水，桑榆燕子梁。（阿顰之心臆才情原與人別，亦不是從讀書中得來。）一畦春韭綠，十里稻花香。盛世無飢餒，何須耕織忙。（以幻入幻，順水推舟，且不失應制，所以稱阿顰。）

㉟ 軟襯四句：形容蘅蕪、蘿薜等奇花異草的各種形態和芬芳。軟襯，輕輕地鋪墊。輕烟，比喻藤蔓牽繞延生的樣子，因此女蘿也稱烟蘿。冷翠，指花草上的露水。

㊱ 誰謂兩句：池塘曲，指南朝詩人謝靈運登池上樓詩，詩中「池塘生春草，園柳變鳴禽」被稱為千古名句。謝家幽夢，據南史謝惠連傳、謝氏家錄等載：有一天謝靈運寫詩，想不出佳句。在夢中遇見族弟惠連，即得「池塘生春草」句，大以為工，並說此語有神助。

㊲ 綠蠟句：此句套用錢珝未展芭蕉詩，見此回注⑲。

㊳ 紅妝句：此句套用蘇軾海棠詩：「只恐夜深花睡去，故燒高燭照紅妝。」

㊴ 絳袖：喻指海棠。劉說歐園海棠：「玉膚柔薄絳袖寒。」

㊵ 青烟：喻指芭蕉。古人以烟雲比喻芭蕉，如徐茂吳芭蕉詩：「當空炎日降，倚檻碧雲流。」

▼仍用玉兄前擬稻香村，卻如此幻筆幻體，文章之格式至矣盡矣！壬午春。

賈妃看畢，喜之不盡，說：「果然進益了。」又指杏帘一首為前三首之冠，▼遂將澣葛山莊改為稻香村。▲如此服善，妙！又命探春另以綵箋謄錄出方纔一共十數首詩，出令太監傳與外廂。賈政等看了，都稱頌不已。賈政又進歸省頌。元春又命以瓊酥、金膾等物賜與寶玉並賈蘭。百忙中點出賈蘭，一人不落。此時賈蘭極幼，未達諸事，只不過隨母依叔行禮，故無別傳。賈環從年內染病未痊，自有閒處調養，故亦無傳。補明，方不遺失。

那時賈薔帶領十二個女戲，在樓下正等的不耐煩，只見一太監飛跑來說：「作完了詩，快拿戲單來！」賈薔急將錦冊呈上，並十二個花名單子。少時太監出來，只點了四齣戲：

第一齣豪宴 41 一捧雪中伏賈家之敗。　　第二齣乞巧 42 長生殿中伏元妃之死。

第三齣仙緣 43 邯鄲夢中伏甄寶玉送玉。　　第四齣離魂 44 伏黛玉死。所點之戲劇伏四事，乃牡丹亭中，通部書之大過節、大關鍵。

賈薔忙張羅扮演起來，一個個歌欺裂石之音，舞有天魔之態。雖是妝演的形容，卻作盡悲歡情狀。二句畢矣。剛演完了，一太監執一金盤糕點之屬進來，問：「誰是齡官？」賈薔便知是賜齡官之物，喜的忙接了，何喜之有？伏下後面許多文字，只用一「喜」字。命齡官叩頭。太監又道：「貴妃有諭，說：『齡官極好，再作兩齣戲，不拘哪兩齣就是了。』」賈薔忙答應了，因命齡官作遊園、驚夢 45 二齣。齡官自為此二齣原非本角之戲，執意不

41 豪宴：清李玉一捧雪中一齣，演莫懷古把精於裝裱字畫和鑑別古董的湯勤推薦給嚴世蕃，嚴設宴招待。

42 乞巧：清洪昇長生殿中一齣，原本為密誓，舞臺演出時分為乞巧和密誓兩齣，演唐明皇和楊貴妃七夕在長生殿定情。

43 仙緣：明湯顯祖邯鄲夢中一齣，原作合仙，舞臺本稱仙緣或仙圓，演呂洞賓度脫盧生至仙境，與另七仙相會。

44 離魂：明湯顯祖牡丹亭中一齣，原名鬧殤，演杜麗娘因思念夢中情人憔悴而死。

作，定要作相約、相罵㊻二齣。釵釧記中，總隱後文不盡風月等文。　按近之俗語云：「寧養千軍，不養一戲。」蓋甚言優伶之不可養之意也。大抵一班之中，此一人技業稍優出眾，此一人則拿腔作勢，轄眾恃能，種種可惡，使主人逐之不捨，責之不可，雖不欲不憐而實不能不憐，雖欲不愛而實不能不愛。余歷梨園子弟廣矣，各各皆然。亦曾與慣養梨園諸世家兄弟談議及此，眾皆知其事，而皆不能言。今閱石頭記至「原非本角之戲」，「執意不作」二語，便見其恃能壓眾，喬酸姣妒，淋漓滿紙矣。復至「情悟梨香院」一回，更將和盤托出，與余三十年前目睹身親之人，現形於紙上。便言石頭記之為書，情之至極，言之至恰，然非領略過乃事，迷陷過乃情，即觀此茫然嚼蠟，亦不知其神妙也。賈薔扭他不過，如何反扭他不過？其中隱許多文字。只得依他作了。賈妃甚喜，命：「不可難為了這女孩子，好生教習。」可知尤物了。額外賞了兩疋宮緞、兩個荷包並金銀錁子、食物之類。又伏下一個尤物，一段新文。然後撤筵，將未到之處復又遊頑。忽見山環佛寺，忙另盥手進去焚香拜佛，又題一匾云「苦海慈航」，寓通部人事。一篇熱文，卻如此冷收。又額外加恩與一班幽尼女道。

少時，太監跪啟：「賜物俱齊，請驗等例。」乃呈上略節。賈妃從頭看了，俱甚妥協，即命照此遵行。太監聽了，下來一一發放。原來賈母的是金、玉如意各一柄，沉香拐杖一根，茄楠念珠一串，「富貴長春」宮緞四疋，「福壽綿長」宮綢四疋，紫金「筆錠如意」錁十錠，「吉慶有魚」銀錁十錠。邢夫人、王夫人二分，只減了如意、拐、珠四樣。賈敬、賈赦、賈政等每分御製新書二部，寶墨二匣，金、銀爵各二隻，表禮按前。寶釵、黛玉諸姊妹等每人新書一部，寶硯一方，新樣格式金銀錁二對。

㊺ 遊園驚夢：湯顯祖牡丹亭中驚夢一齣，在演出時分為遊園和驚夢兩齣，演杜麗娘遊後花園，在牡丹亭畔做了一夢，在夢中與意中人定情交歡。夢醒後，感到無限惆悵。

㊻ 相約相罵：皆出於明月榭主人釵釧記。相約演史家丫鬟芸香，請皇甫吟的母親向其子轉達史碧桃的約會。相罵演芸香再次到皇甫家，向老夫人責備皇甫吟接受碧桃所贈的釵釧而不提親；老夫人則說兒子未曾赴約，也沒有得到釵釧。兩人於是爭吵起來。

寶玉亦同此。（此中忽夾上寶玉，可思。）賈蘭則是金銀項圈二個，金銀錁二對。尤氏、李紈、鳳姐等皆金銀錁四錠，表禮四端。外表禮二十四端，清錢一百串，是賜與賈母、王夫人及諸姊妹房中奶娘、眾丫鬟的。賈珍、賈璉、賈環、賈蓉等皆是表禮一分，金錁一雙。其餘彩緞百端，金銀千兩，御酒華筵，是賜東西兩府凡園中管理工程、陳設、答應❹❼及司戲、掌燈諸人的。外有清錢五百串，是賜廚役、優伶、百戲、雜行人丁的。

眾人謝恩已畢，執事太監啟道：「時已丑正三刻，請駕回鑾。」▼賈妃聽了，不由的滿眼又滾下淚來，卻又勉強推笑，拉住賈母、王夫人的手，緊緊的不忍釋放，（使人鼻酸。）再四叮嚀：「不須掛念，好生自養。如今天恩浩瀚，一月許進內省視一次。見面是盡有的，何必傷慘？倘明歲天恩仍許歸省，萬不可如此奢華靡費了！」（妙極之讖。試看別書中專能故用一不祥之語為讖？今偏不然，只有如此現成一語，便是不再之讖。只看他用一「倘」字便隱諱，自然之至！）▲賈母等已哭的哽噎難言了。賈妃雖不忍別，怎奈皇家規範，違錯不得，只得忍心上輿去了。這裡諸人好容易將賈母、王夫人安慰解勸，攙扶出園去了。正是❹❽：

▼一回離合悲歡夾寫之文，真如山陰道上，令人應接不暇，尚有許多忙中閒、閒中忙小波瀾，一絲不漏，一筆不苟。

❹❼ 答應：本是清代宮女的稱號，此處代指僕人。

❹❽ 正是：此處各本皆缺下文。

第十九回　情切切良宵花解語　意綿綿靜日玉生香

話說賈妃回宮，次日見駕謝恩，並回奏歸省之事。龍顏甚悅，又發內帑彩緞金銀等物以賜賈政及各椒房等員，（補還一句，細，方見省親不獨賈家一門也。）不必細說。

且說榮寧二府中，因連日用盡心力，真是人人力倦，各各神疲，又將園中一應陳設動用之物收拾了兩三天方完。第一個鳳姐事多任重，別人或可偷安躲靜，獨他是不能脫得的；二則本性要強，不肯落人褒貶，只扎掙著與無事的人一樣。（伏下病源。）第一個寶玉是極無事最閒暇的。偏這日一早，襲人的母親又親來回過賈母，接襲人家去吃年茶，晚間纔得回來。因此寶玉只和眾丫頭們擲骰子、趕圍棋作戲。（寫出正月光景。）正在房內頑的沒興頭，忽見丫頭們來回說：「東府珍大爺來請過去看戲、放花燈。」（一回一回各生機軸，總在人意想之外。）寶玉聽了，便命換衣裳。纔要去時，忽又有賈妃賜出糖蒸酥酪來。（總是新正妙景。）寶玉想上次襲人喜吃此物，便命留與襲人了。自己回過賈母，過去看戲。

誰想賈珍這邊唱的是丁郎認父、黃伯央大擺陰魂陣，更有孫行者大鬧天宮、姜子牙斬將封神等類的戲文❶。（真真熱鬧。）倏爾神鬼亂出，忽又妖魔畢露，甚至於揚旛過會，號佛行香，鑼鼓喊叫之聲遠聞巷外。

---

❶ 丁郎認父兩句：丁郎認父，演丁郎的父親受嚴嵩管家嚴七的陷害，被充軍遠地，丁郎外出尋父，在武昌遇見其父，其父已娶張鳳英為妻，害怕鳳英吵鬧，不敢認丁郎。後丁郎終於得到鳳英同情，父子相認。黃伯央大擺陰魂陣取材於七國春秋平話，當為黃伯揚大擺迷魂陣，演燕國樂毅帶兵攻打齊國，請黃伯揚下山，大擺迷魂陣，將孫臏困在陣中。齊國便請

形容剋剝之至，弋陽腔能事畢矣。閱至此，則有如耳內喧嘩，目中離亂。後文至隔牆聞「裊晴絲」數曲，則有如魂隨笛轉，魄逐歌銷。形容一事，一事畢真，石頭是第一能手矣。「滿街之人個個都讚：「好熱鬧戲，別人家斷不能有的。」必有之言。寶玉見繁華熱鬧到如此不堪的田地，只略坐了一坐便走開，各處閒耍。先是進內去，和尤氏和丫鬟姬妾說笑了一回，便出二門來。尤氏等仍料他出來看戲，遂也不曾照管。賈珍、賈璉、薛蟠等只顧猜枚行令，百般作樂，也不理論，縱一時不見他在座，只道在裡邊去了，故也不問。至於跟寶玉的小廝們，那年紀大些的，知寶玉這一來了，必是晚間纔散，因此偷空也有去會賭的，也有往親友家去吃年茶的，更有或嫖或飲的，都私散了，待晚間再來；那小些的，都鑽進戲房裡瞧熱鬧去了。寶玉見一個人沒有，因想：「這裡素日有個小書房，內曾掛著一軸美人，極畫的得神。今日這般熱鬧，想那裡自然無人，那美人也自然是寂寞的，須得我去望慰他一回。」極不通極胡說中寫出絕代情痴，宜乎眾人謂之瘋傻。想著便往書房裡來。

剛到窗前，聞得房內有呻吟之韻。寶玉倒嚇了一跳，「敢是美人活了不成？」又帶出小兒心意，一絲不落。乃乍著膽子，舔破窗紙，向內一看，那軸美人卻不曾活，卻是茗烟按著一個女孩子，也幹那警幻所訓之事。寶玉禁不住大叫：「了不得！」一腳踹進門去，將那兩個嚇開了，抖衣而顫。茗烟見是寶玉，忙跪求不迭。寶玉道：「青天白日，這是怎麼說！開口便好。珍大爺知道，你是死是活？」一面看那丫頭，雖不標

孫臏的師傅鬼谷子下山，大破迷魂陣，救出孫臏。戲文原指宋元時代用南曲演唱的南戲，在明初流傳到各地，形成多種地方戲，主要有弋陽腔、海鹽腔、餘姚腔、崑山腔。明萬曆後，崑山腔成為流行全國的劇種，被文人視為戲曲的正宗，而其他地方戲則被視作下里巴人而受輕視。此處「戲文」泛指戲曲。賈珍處所演四劇，皆為弋陽腔劇目，為傳統文人所不齒。

緻，倒還白淨，些微亦有動人處，羞的臉紅耳赤，低首無言。寶玉跺腳道：「還不快跑！」此等搜神奪魄，至神至妙處，只在囫圇不解中得。一語提醒了那丫頭，飛也似去了。寶玉又趕出去叫道：「你別怕，我是不告訴人的。」活寶玉，移之他人不可。急的茗烟在後叫：「祖宗！這是分明告訴人了。」寶玉因問：「那丫頭十幾歲了？」茗烟道：「大不過十六七歲了。」寶玉道：「連他的歲數也不問問，別的自然越發不知了。可見他白認得你了，可憐，可憐！」按此書中寫一寶玉，其寶玉之為人，是我輩於書中見而知有此人，實未目曾親睹者。又寫寶玉之發言，每每令人不解；寶玉之生性，件件令人可笑；不獨於世上親見這樣的人不曾，即閱今古所有之小說奇傳中，亦未見這樣的文字。於顰兒處更為甚，其囫圇不解之中實可解，可解之中又說不出理路。合目思之，卻如真見一寶玉，真聞此言者，移之第二人萬不可，亦不成文字矣。余閱石頭記中至奇至妙之文，全在寶玉、顰兒至痴至呆囫圇不解之語中，其詩詞雅謎、酒令、奇衣奇食奇玩等類，固他書中未能，然在此書中評之，猶為二著。又問：「名字叫什麼？」茗烟大笑道：「若說出名字來話長，真真新鮮奇文，竟是寫不出來的。若都寫的出來，何以見此書中之妙？脂研。據他說，他母親養他的時節做了個夢，又一個夢，只是隨手成趣耳。夢見得了一疋錦，上面是五色富貴不斷頭卍字的花樣，千奇百怪之想。所謂牛溲馬勃皆至藥也，魚鳥昆蟲皆妙文也。天地間無一物不是妙物，無一物不可不成文，但在人意捨取耳。所以他的名字叫作卍音萬兒。」此皆信手拈來，隨筆成趣，大遊戲、大慧悟、大解脫之妙文也。寶玉聽了笑道：「真也新奇，想必他將來有些造化。」說著，沉思一會。

茗烟因問：「二爺為何不看這樣的好戲？」寶玉道：「看了半日，怪煩的，出來逛逛，就遇見你們了。這會子作什麼呢？」茗烟▲欸欸▼笑道：「這會子沒人知道，我悄悄的引二爺往城外逛逛去。一會子再往這裡來，他們就不知道了。」茗烟此時只要掩飾方纔之過，故設此以悅寶玉之心。寶玉道：「不好，仔細花子❷拐了去。便是他們知道了，又鬧大了。不如往熟近些的地方去，還可就來。」茗烟道：「熟近地方誰家可去？這卻難了。」寶玉笑道：「依我的主意，偺們竟找你花大姐姐去，瞧他在家作什麼呢！」妙！寶玉心中早安了這著，但恐茗烟不肯引去

▲欸，音希。欸欸，笑貌。

❷ 花子：即「叫花子」。乞丐。這裡指誘騙小孩的拐子。

耳。恰遇茗烟私行淫媾，為寶玉所脅，故以城外引以悅其心，寶玉始悅，出往花家去。非茗烟適有罪所脅，萬不敢如此私引出外。別家子弟尚不敢私出，況寶玉哉？況茗烟哉？文字榫楔，細極！茗烟笑道：「好，好！倒忘了他家。」又道：「若他們知道了，說我引著二爺胡走，要打我呢！」必不可少之語。寶玉道：「有我呢！」茗烟聽說，拉了馬，二人從後門就走了。

幸而襲人家不遠，不過一半里路程，展眼已到門前。茗烟先進去叫襲人之兄花自芳。隨姓成名，隨手成文。彼時襲人之母接了襲人與幾個外甥女兒一樹千枝，一源萬派，無意隨手，伏脈千里。、幾個侄女兒來家，正吃果茶。聽見外面有人叫「花大哥」，花自芳忙出去看時，見是他主僕兩個，嚇的驚疑不止，連忙抱下寶玉來，在院內嚷道：「寶二爺來了！」別人聽見還可，襲人聽了，也不知為何，忙跑出來迎著寶玉，一把拉著問：「你怎麼來了？」寶玉笑道：「我怪悶的，來瞧瞧你作什麼呢。」襲人聽了，纔放下心來，精細周到。嗐了一聲，笑道：轉至「笑」字，妙，神！「你也特胡鬧了，該說，說得是。可作什麼來呢？」一面又問茗烟：「還有誰跟來？」細！茗烟笑道：「別人都不知，就只我們兩個。」襲人聽了，復又驚慌，是必有之神理，非特故作頓挫。說道：「這還了得！倘或碰見了人，或是遇見了老爺，街上人擠車碰，馬轎紛紛的，若有個閃失，也是頑得的？你們的膽子比斗還大！都是茗烟調唆的，回去我定告訴嬤嬤們打你。」該說，說的更是。脂研。茗烟撅了嘴道：「二爺罵著、打著叫我引了來，這會子推到我身上。我說別來罷——不然我們還去罷。」茗烟賊。花自芳忙勸：「罷了，已是來了，也不用多說了。只是茅簷草舍，又窄又髒，爺怎麼坐呢！」襲人之母也早迎了出來。

襲人拉了寶玉進去，寶玉見房中三五個女孩兒，見他進來都低了頭，羞慚慚的。花自芳母子兩個百般怕寶玉冷，又讓他上炕，又忙另擺果桌，又忙倒好茶。連用三「又」字，上文一個「百般」，神理活現。脂硯。襲人笑道：「你們不用白忙，妙！不寫襲卿忙，正是忙之至；若一寫襲人忙，便是庸俗小派了。我自然知道。果子也不用擺，也不敢亂給東西吃。」如此至微至小中便帶出家常情，他書寫不及此。一面說，一面將自己的坐褥拿了，鋪在一個炕上，寶玉坐了；用自己的腳爐墊了腳；向荷包內取出兩個梅花香餅兒來，又將自己的手爐掀開焚上，仍蓋好放與寶玉懷內；然後將自己的茶杯斟了茶，送與寶玉。疊用四「自己」字，寫得寶、襲二人素日如何親洽，如何尊榮，此時一盤托出。蓋素日身居侯府綺羅錦繡之中，其安富尊榮之寶玉，親密浹洽、勤慎委婉之襲人，是分所應當，不必寫者也。今於此一補，更見其二人平素之情義，且暗透此回中所有母女兄長欲為贖身角口等未到之過文。補明寶玉自幼何等嬌貴。以此一句，留與下部後數十回「寒冬噎酸齏，雪夜圍破氈」等處對看，可為後生過分之戒。嘆嘆！彼時他母兄已是忙另齊齊整整擺上一桌子果品來。襲人見總無可吃之物，因笑道：「既來了，沒有空去之理，好歹嘗一點兒，也是來我家一趟。」得意之態，是纔與母兄較爭以後之神理，最細。說著，便拈了幾個松子穰，惟此品稍可一拈，別品便大錯了。吹去細皮，用手帕托著送與寶玉。

寶玉看見襲人兩眼微紅，粉光融滑，八字畫出纔收淚之一女兒，是好形容，且是寶玉眼中意中。因悄問襲人：「好好的，哭什麼？」襲人笑道：「何嘗哭？纔迷了眼揉的。」因此便遮掩過了。伏下後文所補未到多少文字。當下寶玉穿著大紅金蟒狐腋箭袖，外罩石青貂裘排穗褂。襲人道：「你特為往這裡來又換新服，他們指晴雯、麝月等。就不問你往哪去的？」必有是問。閱此則又笑盡小說中無故家常穿紅掛綠綺繡綾羅等語，自謂是富貴語，究竟反是寒酸話。寶玉笑道：「珍大爺那裡去看戲換的。」襲人點頭，又道：至交切己之事。「坐一坐就回去罷，這個地方不是你來的。」寶玉笑道：「你就家去纔好呢，我還替你留著好東西呢。」襲人悄笑道：「悄悄的，叫他們聽著，什麼意思？」想見二人素日情常。一面又伸手從寶玉項上將通靈玉摘了下來，向他姊妹們笑道：「你們見識見識。時常說起來，都當希罕，恨不能一見，今兒可盡力瞧了再瞧。什麼希罕物兒？也不過是這麼個東西。」行文至此固好看之極，且勿論。按此言固是襲人得意之話，蓋言你等所希罕不得一見之寶，我卻常守常見，視為平物。然余今窺其用意之旨，則是作者借此正為貶玉，原非大觀者也。說畢，遞與他們傳看了一遍，仍與寶玉掛好。只知保重耳。又命他哥哥去，或僱一乘小轎，或僱一輛小車，送寶玉回去。花自芳道：「有我送去，騎馬也不妨了。」襲人道：「不為不妨，為的是碰見人。」

▼自「一把拉住」至此諸形景動作，襲卿有意微露絳芸軒中隱事也。

（細極！）花自芳忙去僱了一頂小轎來。眾人也不敢相留，只得送寶玉出去。襲人又抓果子與茗烟，又把些錢與他買花炮放，教他：「不可告訴人，連你也有不是！」一直送寶玉至門前，看著上轎，放下轎簾。花、茗二人牽馬跟隨，來至寧府街，茗烟命住轎，向花自芳道：「須等我同二爺還到東府裡混一混，纔好過去的，不然人家就疑惑了。」花自芳聽說有理，忙將寶玉抱出轎來，送上馬去。寶玉笑說：「倒難為你了。」（公子口氣。）於是仍進後門來，俱不在話下。

卻說寶玉自出了門，他房中這些丫鬟們都越性恣意的頑笑，也有趕圍棋的，也有擲骰抹牌的，磕了一地瓜子皮。偏奶母李嬤嬤拄拐進來請安，瞧瞧寶玉。見寶玉不在家，丫頭們只顧頑鬧，十分看不過，（人人都看不過，獨寶玉看得過。）因嘆道：「只從我出去了，不大進來，你們越發沒個樣兒了，（說得是，原該說。）別的媽媽們越不敢說你們了。（補明好，寶玉雖不吃乳，豈無伴從之媪嫗哉？）那寶玉是個丈八的燈臺——照見人家，照不見自家的，（用俗語入妙！）只知嫌人家髒。這是他的屋子，由著你們糟蹋，越不成體統了。」（所以為今古未有之一寶玉。）這些丫頭們明知寶玉不講究這些，二則李嬤嬤已是告老解事出去的了，（調侃入微，妙妙！）如今管他們不著，因此只顧頑，並不理他。

那李嬤嬤還只管問「寶玉如今一頓吃多少飯、什麼時辰睡覺」等語，（可嘆。）丫頭們總胡亂答應，有的說：「好一個討厭的老貨。」（實在有的。）李嬤嬤又問道：「這蓋碗裡是酥酪，怎不送與我去？我就吃了罷。」說畢，拿匙就吃。（寫龍鍾奶姆，便是龍鍾奶姆。）一個丫頭道：「快別動！那是說了給襲人留著的。（過下無痕。）回來又惹氣了，你老人家自己承認，別帶累我們受氣。」（這等話語聲口，必是晴雯無疑。）李嬤嬤聽了，又氣又愧，便說道：「我（照應茜雪楓露茶前案。）不信他這樣壞了，別說我吃了一碗牛奶，就是再比這個值錢的，也是應該的。難道待襲人比我還重？難道他不想想怎麼長大了？我的血變的奶，吃的長這麼大，如今我吃他一碗牛奶，他就生氣了？我偏吃了，看怎麼樣！你們看襲人不知怎樣，那是我手裡調理出來的毛丫頭，什麼阿物兒❸！」（雖暫委屈唐突襲卿，然亦怨不得李媼。）一面說，一面賭氣將酥酪吃盡。又一丫頭笑道：「他們不會說話，怨不得你老人家生氣。寶玉還時常送東西孝敬你老去，豈有為這個不自在的？」（聽這聲口，必是麝月無疑。）李嬤嬤道：「你們也不必裝狐媚子❹哄我，打量上次為茶攆茜雪的事我不知道呢！（照應前文，又用一「攆」屈殺寶玉。然在李媼心中口中畢肖。）明兒有了不是，我再來領！」說著，賭氣去了。（過至下回。）

少時寶玉回來，命人去接襲人。只見晴雯躺在床上不動，（嬌態已慣。）寶玉因問：「敢是病了？再不然輸了？」秋紋道：「他倒是贏的，誰知李老太太來了，混輸了，他氣的睡去了。」寶玉笑道：「你別和他一般見識，由他去就是了。」說著，襲人已來，彼此相見。襲人又問寶玉何處吃飯，多早晚回來，又代母妹問諸同伴姊妹好。一時換衣卸妝。寶玉命取酥酪來，丫鬟們回說：「李奶奶吃了。」寶玉纔要說話，襲人便忙笑道：「原來是留的這個，多謝費心。前兒我吃的時候好吃，吃過了，好肚子疼，足鬧的吐了纔好。他吃了倒好，擱在這裡倒白糟蹋了。（與前文應失手碎鍾遙對。通部襲人皆是如此，一絲不錯。）我只想風乾栗子吃，你替我剝栗子。我去鋪床。」（必如此方是。）

寶玉聽了，信以為真，方把酥酪丟開，取栗子來，自向燈前檢剝。一面見眾人不在房中，乃笑問襲人道：「今兒那個穿紅的是你什麼人？」（若見過女兒之後沒有一段文字，便不是寶玉，亦非石頭記矣。）襲人道：「那是我兩姨妹子。」寶玉聽了，讚歎了兩聲。（這一讚歎又是令人囫圇不解之語，只此便抵過一大篇文字。）襲人道：「歎什麼？（只一「歎」字，便引出「花解語」一回來。）我知道你心

---

❸ 阿物兒：猶言「東西」，對人的戲稱或蔑稱。

❹ 裝狐媚子：獻媚；獻殷勤。

裡的原故，想是說他哪裡配紅的？」（補出寶玉素喜紅色，這是激語。）寶玉笑道：「不是，不是。那樣的不配穿紅的，誰還敢穿？（活寶玉。）我因為見他實在好的很，怎麼也得他在偺們家就好了。」（妙談，妙意。）襲人冷笑道：「我一個人是奴才命罷了，難道連我的親戚都是奴才命不成？定還要揀『實在好』的丫頭纔往你家來？」（妙答。寶玉並未說「奴才」二字，襲人連補「奴才」二字，最是勁節。怨不得作此語。）寶玉聽了，忙笑道：「你又多心了。我說往偺們家來，必定是奴才不成？（勉強，如聞。）說親戚就使不得？」（更強。）襲人道：「那也搬配不上。」（說的是。）寶玉便不肯再說，只是剝栗子。襲人笑道：「怎麼不言語了？想是我纔冒撞沖犯了？你明兒賭氣花幾兩銀子，買他們進來就是了。」（總是故意激他。）寶玉笑道：「你說的話怎麼叫我答言呢？我不過是讚他好，正配生在這深堂大院裡，沒的我們這種濁物（妙號，後文又曰「鬚眉濁物」之稱。今古未有之一人，始有此今古未有之妙稱妙號。）倒生在這裡。」（這皆寶玉意中心中確實之念，非前勉強之詞，所以謂今古未有之一人耳。聽其囫圇不解之言，察其幽微感觸之心，審其痴妄委婉之意，皆今古未見之人，亦是未見之文字。說不得賢，說不得愚，說不得不肖，說不得善，說不得惡，說不得正大光明，說不得混賬惡賴，說不得聰明才俊，說不得庸俗平凡，說不得好色好淫，說不得情痴情種，恰恰只有一顰兒可對，令他人徒加評論，總未摸著他二人是何等脫胎，何等骨肉。余閱此書亦愛其文字耳，實亦不能評出此二人終是何等人物。後觀情榜評曰：「寶玉情不情，黛玉情情。」此二評自在評痴之上，亦屬囫圇不解，妙甚！）襲人道：「他雖沒這造化，倒也是嬌生慣養的呢。我姨爹姨娘的寶貝，如今十七歲，各樣的嫁粧都齊備了，明年就出嫁。」（所謂不入耳之言是也。）

寶玉聽了「出嫁」二字，不禁又嗐了兩聲，（寶玉心思，另是一樣，余前評可見。）正是不自在，又聽襲人嘆道：（襲人亦嘆，自有別論。）「只從我來了這幾年，姊妹們都不得在一處；如今我要回去了，他們又都去了。」寶玉聽這話內有文章，（余亦如此。）不覺吃一驚，（余亦吃驚。）忙丟下栗子，問道：「怎麼你如今要回去了？」襲人道：「我今兒聽見我媽和哥哥商議，教我再耐煩❺一年，明年他們上來，就贖我出去的呢。」（即余今日猶難為情，況當日之寶玉哉？）寶玉聽了這話，越發怔了，因問：「為什麼要贖你？」襲人道：「這話奇了！我又比不得是你這裡的家生子兒❻。

❺ 耐煩：忍耐；能耐煩瑣。

一家子都在別處，獨我一個人在這裡，怎麼是個了局？」（說得極是。）寶玉道：「我不叫你去也難。」（是頭一句駁，故用貴公子聲口，無理。）襲人道：「從來沒這道理。便是朝廷宮裡，也有個定例，或幾年一選，幾年一入，也沒有個長遠留下人的理；別說你了！」（一駁，更有理。）寶玉想一想，果然有理，（自然。）又道：「老太太不放你也難。」（第二層仗祖母溺愛，更無理。）襲人道：「為什麼不放？我果然是個最難得的，或者感動了老太太、太太，（寶玉並不提王夫人，襲人必偏自補出，周密之至！）必不放我出去的，設或多給我們家幾兩銀子留下我，然或有之；其實我也不過是個平常的人，比我強的多而且多。自我從小兒來了，跟著老太太，先伏侍了史大姑娘幾年，（百忙中又補出湘雲來，真是七穿八達，得空便入。）如今又伏侍了你幾年。如今我們家來贖，正是該叫去的，只怕連身價也不要，就開恩叫我去呢。若說為伏侍的你好不叫我去，斷然沒有的事。那伏侍的好是分內應當的，不是什麼奇功。（這卻是真心話。）我去了，仍舊有好的來了，不是沒了我就不成事。」（再一駁，更精細，更有理。）寶玉聽了這些話，竟是有去的理，無留的理，（自然。）心內越發急了，因又道：（原當急。）「雖然如此說，我只一心留下你，不怕老太太不和你母親說，多多給你母親些銀子，他也不好意思接你了。」（急心腸，故入於霸道無理。）襲人道：「我媽自然不敢強。且漫說和他好說，又多給銀子；就便不好和他說，一個錢也不給，安心要強留下我，他也不敢不依。但只是咱們家從沒幹過這倚勢仗貴霸道的事。這比不得別的東西，因為你喜歡，加十倍利弄了來給你，那賣的人不得吃虧，可以行得。如今無故平空留下我，於你又無益，反叫我們骨肉分離，這件事老太太、太太斷不肯行的。」（三駁，不獨更有理，且又補出賈府自家慈善寬厚等事。口氣像極。）寶玉聽了，思忖半晌，（正是思忖只有去理，實無留理。）乃說道：「依你說，你是去定了？」（自然。）襲人道：「去定了。」（「都是要去的」，妙）

寶玉聽了，自思道：「誰知這樣一個人，這樣薄情無義！」（余亦如此見疑。）乃嘆道：「早知道都是要去的，

❻ 家生子兒：奴僕所生的子女。按清代法律規定，家生子兒只能終身為奴，不准贖出。

（！可謂觸類旁通，活是寶玉。）我就不該弄了來，臨了剩我一個孤鬼兒。」（可謂見首知尾，活是寶玉。）說著便賭氣上床睡去了。（又到無可奈何之時了。）

原來襲人在家，聽見他母兄要贖他回去，（補前文。）他就說至死也不回去的，又說：「當日原是你們沒飯吃，就剩我還值幾兩銀子，若不叫你們賣，沒有個看著老子娘餓死的理。（孝女義女。）（補出襲人幼時艱辛苦狀，與前文之香菱、後文之晴雯大同小異，自是又副十二釵中之冠，故不得不補傳之。）如今幸而賣到這個地方，（可謂不幸中之幸。）吃穿和主子一樣，又不朝打暮罵。況且如今爹雖沒了，你們卻又整理的家成業就，復了元氣。（孝女義女。）若果然還艱難，把我贖出來再多掏澄幾個錢也還罷了，其實又不難了。這會子又贖我作什麼？（可憐可憐。）權當我死了，再不必起贖我的念頭。」（我也要哭。）因此哭鬧了一陣。（以上補在家今日之事，與寶玉問哭一句針對。）他母兄見他這般堅執，自然必不出來的了。況且原是賣倒的死契❼，明仗著賈宅是慈善寬厚之家，不過求一求，只怕身價銀一併賞了，這是有的事呢。（又夾帶出賈府平素施為來，與襲人口中針對。）二則賈府中從不曾作賤下人，只有恩多威少的，（伏下多少後文。）且凡老少房中所有親侍的女孩子們，更比待家下眾人不同，平常寒薄人家的小姐也不能那樣尊重的。（又伏下多少後文。先一句是傳中陪客，此一句是傳中本旨。）因此他母子兩個也就死心不贖了。（既如此，何得襲人又作前語以愚寶玉？不知何意，且看後文。）次後忽然寶玉去了，他二人又是那般景況，（一件閒事一句閒文皆無，警甚！）他母子二人心下更明白了，越發石頭落了地；而且是意外之想，彼此放心，再無贖念了。（一段情結。脂硯。）

如今且說襲人自幼見寶玉性格異常，（四字好。所謂說不得好，又說不得不好也。）其淘氣憨頑自是出於眾小兒之外，更有幾件千奇百怪口不能言的毛病兒。（只如此說更好，所謂說不得聰明賢良，說不得痴呆愚昧也。）近來仗著祖母溺愛，父母亦不能十分嚴緊拘管，更覺放蕩弛縱，（四字妙評。脂硯。）任性恣情，（四字更好，亦不涉於惡，亦不涉於淫，亦不涉於驕，不過一味任性耳。）最不喜務正。（這還是小兒同病。）每欲勸時，

---

❼ 賣倒的死契：舊時賣身為奴有「死契」和「活契」之分。「死契」是和自己家庭斷絕一切關係，不准贖回的契約。「活契」則容許在一定期限內贖回。

料不能聽。今日可巧有贖身之論，故先用騙詞以探其情，以壓其氣，然後好下箴規。（原來如此。）今見他默默睡去了，知其情有不忍，氣已餒墮。（不獨解語，亦且有智。）自己原不想栗子吃的，只因怕為酥酪又生事故，亦如茜雪之茶等事，（可謂賢而多智術之人。）是以假以栗子為由混過，寶玉不提就完了。於是命小丫頭子們將栗子拿去吃了，自己來推寶玉。

只見寶玉淚痕滿面，（正是無可奈何之時。）襲人便笑道：「這有什麼傷心的？你果然留我，我自然不出去了。」寶玉見這話有文章，（寶玉不愚。）便說道：「你倒說說，我還要怎麼留你？我自己也難說了。」（二人素常情義。）襲人笑道：「偺們素日好處，再不用說。但今日你安心留我，不在這上頭。我另說出兩三件事來，你果然依了我，就是你真心留我了，刀擱在脖子上，我也是不出去的了。」寶玉忙笑道：「你說，哪幾件？我都依你。好姐姐，好親姐姐！（疊二語，活見從紙上走一寶玉下來，如聞其呼，見其笑。）別說兩三件，就是兩三百件我也依。（兩三百不成話，卻是寶玉口中。）只求你們同看著我，守著我，等我有一日化成了飛灰，（脂硯齋所謂不知是何心思，始得口出此等不成話之至奇至妙之話。諸公請如何解得？如何評論？所勸者正為此，偏於勸時一犯，妙甚！）——飛灰還不好，灰還有形有跡，還有知識。（灰還有知識，奇之不可甚言矣。余則謂人尚無知識者多多。）——等我化成一股輕烟，風一吹便散了的時候，你們也管不得我，我也顧不得你們了。那時憑我去，我也憑你們愛哪裡去就去了。」（是聰明？是愚昧？是小兒淘氣？余皆不知，只覺悲感難言，奇理愈妙。）急的襲人忙握他的嘴，說：「好好的，正為勸你這些，更說的狠了。」寶玉忙說道：「再不說這話了。」（只說今日一次，呵呵！玉兄，玉兄，你到底哄的哪一個？）襲人道：「這是頭一件要改的。」寶玉道：「改了！再要說，你就擰嘴。還有什麼？」

襲人道：「第二件，（所謂開方便門。）你真喜讀書也罷，假喜也罷，（新鮮，真新鮮。）只是在老爺跟前或在別人跟前，你別只管批駁誚謗，只作出個喜讀書的樣子來，（寶玉又誚謗讀書人？恨此時不能一見如何誚謗。）也教老爺少生些氣，在人前也好說嘴。（大家聽聽，可是丫鬟說的話。）他心裡想著，我家代代讀書，只從有了你，不承望你不喜讀書，已經他心裡又氣又愧了；而且背前背後亂說那些混話，凡讀書上進的人，你就起個名字叫作『祿蠹』❽，二字從古未見，新奇之至。難怨世人謂之可殺，余卻最喜。又說只除『明明德』❾外無書，都是前人自己不能解聖人之書，便另出己意，混編纂出來的。寶玉目中猶有「明明德」三字，心中猶有「聖人」二字，又素日皆作如是等語，宜乎人人謂之瘋傻不肖。這些話，怎麼怨得老爺不氣，不時時打你？叫別人怎麼想你？」寶玉笑道：「再不說了。那原是那小時不知天高地厚信口胡說，如今再不敢說了。又作是語，說不得不乖覺，然又是作者瞞人之處也。還有什麼？」襲人道：「再不可毀僧謗道，調脂弄粉。一件。是婦女心意。二件。若不如此，亦非寶玉。還有更要緊的一件，忽又作此一語。再不許吃人嘴上擦的胭脂了，此一句是聞所未聞之語，宜乎其父母嚴責也。與那愛紅的毛病兒。」寶玉道：「都改，都改！再有什麼？快說！」▼襲人笑道：「再也沒有了。只是百事檢點些，不任意任情的就是了。總包括盡矣。其所謂「花解語」者大矣，不獨冗冗為兒女之分也。你若果都依了，便拿八人轎也抬不出我去了。」寶玉笑道：「你在這裡長遠了，不怕沒八人轎你坐。」襲人冷笑道：「這我可不希罕的。有那個福氣，沒有那個道理，縱坐了也沒甚趣。」▲調侃不淺。然在襲人能作是語，實可愛可敬可服之至，所謂「花解語」也。

二人正說著，只見秋紋走進來，說：「快三更了，該睡了。方纔老太太打發嬤嬤來問，我答應睡了。」寶玉命取表來，照應前鳳姐之文。看時果然針已指到亥正，表則是表的寫法。前形容自鳴鐘則是自鳴鐘，各盡其神妙。方從新盥漱寬衣安歇，不在話下。

▼「花解語」一段，乃襲卿滿心滿意將玉兄為終身得靠，千妥萬當，故有是語。閱至此，余為襲卿一嘆。丁亥春，畸笏叟。

❽ 祿蠹：只知追求功名利祿，對國家毫無用處的社會蛀蟲。蠹，蛀蟲。韓非子五蠹把儒家稱為蛀蟲。

❾ 明明德：大學中的第一句：「大學之道，在明明德。」意謂大學的道理，在於發揚自己光明的德性。明，闡明；發揚。明德，指上天賦予人的光輝的道德。

至次日清晨，襲人起來，便覺身體發重，頭疼目脹，四肢火熱。先時還扎掙的住，次後捱不住，只要睡著，因而和衣躺在炕上。（過下引線。）寶玉忙回了賈母，傳醫診視，說道：「不過偶感風寒，吃一兩劑藥，疏散疏散就好了。」開方去後，令人取藥來煎好，剛服下去，命他蓋上被渥汗。寶玉自去黛玉房中來看視。（為下文留地步。）

彼時黛玉自在床上歇午，丫鬟們皆出去自便，滿屋內靜悄悄的。寶玉揭起繡線軟簾，進入裡間，只見黛玉睡在那裡，忙走上來推他道：「好妹妹，（纔住了「好姐姐」，又聞「好妹妹」，大約寶玉一日之中，一時之內，此六個字未曾暫離口角，妙！）纔吃了飯，又睡覺！」將黛玉喚醒。（若是別部書中寫此時之寶玉，一進來便生不軌之心，突萌苟且之念，更有許多賊形鬼狀等醜態邪言矣。此卻反推喚醒他，毫不在意，所謂說不得淫蕩是也。）黛玉見是寶玉，因說道：「你且出去逛逛。我前兒鬧了一夜，今兒還沒有歇過來，渾身酸疼。」（補出嬌怯態度。）寶玉道：「酸疼事小，睡出來的病大。我替你解悶兒，混過困去就好了。」（寶玉又知養身。）黛玉只合著眼，說道：「我不困，只略歇歇兒。你且別處去鬧會子再來。」寶玉推他道：「我往哪去呢？見了別人就怪膩的。」（所謂只有一顰可對，亦屬怪事。）黛玉聽了，嗤的一聲笑道：「你既要在這裡，那邊去老老實實的坐著，咱們說話兒。」寶玉道：「我也歪著。」黛玉道：「你就歪著。」寶玉道：「沒有枕頭，（綿纏密秘入微。）咱們在一個枕頭上。」（更妙，漸逼漸近，所謂「意綿綿」也。）黛玉道：「放屁！（如聞。）外頭不是枕頭？拿一個來枕著。」寶玉出至外間，看了一看，回來笑道：「那個我不要，也不知是哪個髒婆子的。」黛玉聽了，睜開眼，（睜眼。）起身（起身。）笑道：（笑。）「真真你就是我命中的『天魔星』！（妙語，妙之至，想見其態度。）請枕這一個。」說著，將自己枕的推與寶玉，又起身將自己的再拿了一個來，自己枕了。二人對面倒下。

黛玉因看寶玉左邊腮上有鈕扣大小的一塊血漬，便欠身湊近前來，以手撫之細看，（想見其綿纏態度。）又道：

「這又是誰的指甲刮破了?」妙極,補出素日。寶玉側身,對推醒看。一面躲一面笑道:「不是刮的,只怕是纔剛替他們淘澻❿胭脂膏子,擸⓫上了一點兒。」遙與後文平兒於怡紅院晚妝時對照。說著,便找手帕子要揩拭。黛玉便用自己的帕子替他揩拭了,想見情之脈脈,意之綿綿。口內說道:「你又幹這些事了。又是勸戒語。幹也罷了,一轉細極,這方是顰卿,不比別人一味固執死勸。必定還要帶出幌子來。便是舅舅看不見,別人看見了,又當奇事新鮮話兒去學舌討好兒。補前文之未到,伏後文之線脈。吹到舅舅耳朵,又該大家不乾淨惹氣。」「大家」二字,何妙之至,神之至,細膩之至!乃父責其子,縱加以笞楚,何能使大家不乾淨哉?今偏「大家不乾淨」,則知賈母如何管孫責子,怒於眾,及自己心中多少抑鬱難堪難禁,代憂代痛,一齊托出。▼可知昨夜「情切切」之語,亦屬行雲流水矣。寶玉總未聽見這些話,▲只聞得一股幽香,卻是從黛玉袖中發出,聞之令人醉魂酥骨。口頭語,猶在寒冷之時。卻像似淫極,然究竟不犯一些淫意。寶玉一把便將黛玉的袖子拉住,要瞧籠著何物。黛玉笑道:「冬寒十月,誰帶什麼香呢!」寶玉笑道:「既然如此,這香是哪裡來的?」黛玉道:「連我也不知道,正是。按諺云:「人在氣中忘氣,魚在水中忘水。」余今續之曰:「美人忘容,花則忘香。」此則黛玉不知自骨肉中之香同。想必是櫃子裡頭的香氣,衣服上燻染的也未可知。」有理。寶玉搖頭道:「未必。這香的氣味奇怪,不是那些香餅子、香毬子、香袋子的香。」自然。黛玉冷笑道:冷笑便是文章。「難道我也有什麼羅漢、真人給我些香不成?便是得了奇香,也沒有親哥哥、親兄弟弄了花兒朵兒、霜兒雪兒替我炮製。活顰兒,一絲不錯。我有的是那些俗香罷了。」

寶玉笑道:「凡我說一句,你就拉上這麼些,不給你個利害,也不知道!從今兒可不饒你了。」說著,翻身起來,將兩隻手呵了兩口,活畫。便伸手向黛玉膈肢窩內兩脇下亂撓。黛玉素性觸癢不禁,寶玉兩手伸來亂撓,便笑的喘不過氣來,口裡說:「寶玉!你再鬧,我就惱了。」如見如聞。寶玉方住了手,

▼一句描寫玉刻骨刻髓,至矣盡矣。壬午春。

---

❿ 淘澻:指調和胭脂。澻,液體往下滲;濾。

⓫ 擸:當為「蹭」。磨擦沾上。

笑問道：「你還說這些不說了？」黛玉笑道：「再不敢了。」一面理鬢，笑道：「我有奇香，你有暖香沒有？」（奇問。）寶玉見問，一時解不來，（一時原難解，終遜黛卿一等，正在此等處。）因問：「什麼暖香？」黛玉點頭嘆笑道：「蠢才，蠢才！你有玉，人家就有金配你；人家有冷香，你就沒有暖香去配？」寶玉方聽出來。（是顰兒活畫。然這是阿顰一生心事，故每不禁自及之。）寶玉笑道：「方纔求饒，如今更說狠了。」說著，又去伸手。黛玉忙笑道：「好哥哥！我可不敢了。」寶玉笑道：「饒便饒你，只把袖子我聞一聞。」說著，便拉了袖子籠在面上，聞個不住。黛玉奪了手，道：「這可該去了。」寶玉笑道：「去，不能；偺們斯斯文文的躺著說話兒。」說著，復又倒下。

黛玉也倒下，用手帕子蓋上臉。（畫。）寶玉有一搭沒一搭的說些鬼話，（先一總。）黛玉只不理。寶玉問他幾歲上京，路上見何景致古蹟，揚州有何遺跡故事、土俗民風，黛玉只不答。寶玉只怕他睡出病來，（原來只為此，故不暇傍人嘲笑，所以放蕩無忌處，不特此一件耳。）便哄他道：「噯喲！你們揚州衙門裡有一件大故事，（像個說故事的。）你可知道？」黛玉見他說的鄭重，且又正言厲色，只當是真事，因問：「什麼事？」寶玉見問，便忍著笑，（又哄我看書人。）順口謅道：「揚州有一座黛山，山上有個林子洞……」黛玉笑道：（山名洞名，顰兒已知之矣。）「這就是扯謊！自來也沒聽見這山。」寶玉道：「天下山水多著呢，你哪裡知道這些不成？（不先了此句，可知此謊再謅不完的。）等我說完了，你再批評。」黛玉道：「你且說。」寶玉又謅道：「林子洞裡原來有群耗子精。那一年臘月初七日，老耗子升座議事，（耗子亦能升座且議事，自是耗子有賞罰有制度矣。何今之耗子猶穿壁嚙物，其升座者置而不問哉？）因說：『明日乃是臘八，世上人都熬臘八粥。如今我們洞中果品短少，（難道耗子也要臘八粥吃？一笑。）須得趁此打劫些來方妙。』（議的是這事，宜乎為鼠矣。）乃拔令箭一枝，遣一能幹的小耗（原來能於此者便是小鼠。）前去打聽。一時小耗回報：『各處察訪打聽已畢，惟有山下廟裡果米最多。』（廟裡原來最多，妙妙！）老耗問：『米有幾樣？果有幾品？』小耗道：『米豆成倉，不可勝記。

果品有五種：一紅棗，二栗子，三落花生，四菱角，五香芋。』老耗聽了大喜，即時點耗前去。乃拔令箭問：『誰去偷米？』一耗便接令去偷米。又拔令箭問：『誰去偷豆？』又一耗接令去偷豆。然後一一的都各領令去了，（玉兒也知瑣碎以抄近為妙。）只剩了香芋一種。因又拔令箭問：『誰去偷香芋？』只見一個極小極弱的小耗（玉兒玉兒，唐突顰兒了。）應道：『我願去偷香芋。』老耗並眾耗見他這樣，恐不諳練，且怯懦無力，都不准他去。小耗道：『我雖年小身弱，卻是法術無邊，口齒伶俐，機謀深遠。（凡三句暗為黛玉作評，諷的妙！）此去管比他們偷的還巧呢！』眾耗忙問：『如何比他們巧呢？』小耗道：『我不學他們直偷，（不直偷，可畏可怕。）我只搖身一變，也變成個香芋，滾在香芋堆裡，使人看不出，聽不見，卻暗暗的用分身法搬運，漸漸的就搬運盡了。（可怕可畏。）豈不比直偷硬取的巧些？』（果然巧，而且最毒。直偷者可防，此法不能防矣。可惜這樣才情，這樣學術，卻只一耗耳。）眾耗聽了，都道：『妙卻妙，只是不知怎麼個變法，你先變個我們瞧瞧。』小耗聽了，笑道：『這個不難，等我變來。』說畢，搖身說：『變！』竟變了一個最標緻美貌的一位小姐。（奇文怪文。）眾耗忙笑道：『變錯了，變錯了！原說變果子的，如何變出小姐來？』（余亦說變錯了。）小耗現形笑道：『我說你們沒見世面，只認得這果子是香芋，卻不知鹽課林老爺的小姐纔是真正「香玉」呢！』（前面有「試才題對額」，故緊接此一篇無稽亂話。前無則可，此無則不可。蓋前係寶玉之懶為者，此係寶玉不得不為者。世人誹謗無礙，獎譽不必。）黛玉聽了，翻身爬起來，按著寶玉笑道：『我把你爛了嘴的！我就知道你是編我呢。』說著，便擰的寶玉連連央告，說：『好妹妹，饒我罷，再不敢了。我因為聞你香，忽然想起這個故典來。』黛玉笑道：『饒罵了人，還說是故典呢！』

一語未了，只見寶釵走來，笑問：（妙！）『誰說故典呢？我也聽聽。』黛玉忙讓坐，笑道：『你瞧瞧，有誰！他饒罵了人，還說是故典。』寶釵笑道：『原來是寶兄弟，怨不得他。他肚子裡的故典原多，（妙諷。）只是可惜一件，（妙轉。）凡該用故典之時，他偏就忘了。（更妙！）有今日記得的，前兒夜裡的芭蕉詩就該記

▼「玉生香」是要與「小恙梨香院」對看，愈覺生動活潑。且前以黛玉，後以寶釵，特犯不犯，好看煞！丁亥春，畸笏叟。

得。眼面前的倒想不起來，別人冷的那樣，你急的只出汗。與前「拭汗」二字針對。不知此書何妙至如此，有許多妙談妙語，機鋒詼諧，各得其時，各盡其理。前梨香院黛玉之諷則偏而趣，此則正而趣。二人真是對手，兩不相犯。這會子偏又有記性了。」黛玉聽了，笑道：「阿彌陀佛！到底是我的好姐姐，你一般也遇見對子⑫了。可知一還一報，不爽不錯的。」剛說這裡，只聽寶玉房中一片聲嚷吵鬧起來。

正是⑬：

1. 庚辰本無此回目，據戚本補。

⑫ 對子：對手。

⑬ 正是：以下缺文。

第二十回　王熙鳳正言彈妒意　林黛玉俏語謔嬌音

話說寶玉在林黛玉房中說耗子精，寶釵撞來，諷刺寶玉元宵不知「綠蠟」之典。三人正在房中互相譏刺取笑。那寶玉正恐黛玉飯後貪眠，一時存了食，或夜間走了困，皆非保養身體之法；云寶玉亦知醫理，卻只是在顰、釵等人前方露，亦如後回許多明理之語，只在閨前現露三分，越在雨村等經濟人前如痴如呆，實令人可恨。但雨村等視寶玉不是人物，豈知寶玉視彼等更不是人物，故不與接談也。寶玉之情痴，真乎，假乎？看官細評。幸而寶釵走來，大家談笑，那林黛玉方不欲睡，自己纔放了心。忽聽他房中嚷起來，大家側耳聽了一聽，林黛玉先笑道：「這是你媽媽和襲人叫喊呢。那襲人也罷了，你媽媽再要認真排場❶他，可見老背晦❷了。」襲卿能使顰卿一讚，愈見彼之為人矣。觀者諸公以為如何？寶玉忙要趕過來，寶釵忙一把拉住道：的是寶釵行事。「你別和你媽媽吵纔是，他老糊塗了，倒要讓他一步為是。」寶釵如何？觀者思之。寶玉道：「我知道了。」

說畢，走來。只見李嬤嬤拄著拐棍，在當地罵襲人：活像過時奶媽罵丫頭。「忘了本的小娼婦！在襲卿身上卻叫下撞天屈來。我抬舉起你來，這會子我來了，你大模大樣的躺在炕上，見我來也不理一理。一心只想裝狐媚子哄寶玉，看這句幾把批書人嚇殺了。幸有此二句，不然，我石兄襲卿掃地矣。哄的寶玉不理我，聽你們的話。你不過是幾兩臭銀子買來的毛丫頭，這屋裡你就作耗❸，如何使得！好不好拉出去配一個小子，看你還妖精似的哄寶玉不哄！」雖寫得酷肖，然唐突我襲卿，實難為情。若知好事多魔，方會作者之意。襲人先只道李嬤嬤不過為他躺著生氣，少不得分辨說「病了，

❶ 排場：不合理的批評指責。與下文「排揎」義同。

❷ 背晦：年老糊塗，不明事理。

❸ 作耗：製造事端，無事生非。

▼特為乳母傳照，暗伏後文倚勢奶娘線脈，石頭記無閒文並虛字在此。壬午孟夏，畸笏老人。

▼茜雪至獄神廟方呈正文。襲人正文標目曰「花襲人有始有終」，余只見有一次謄清時，與獄神廟慰寶玉等五六稿，被借閱者迷失，嘆嘆！丁亥夏，畸笏叟。

纔出汗，蒙著頭，原沒看見你老人家」等語；後來只管聽他說哄寶玉、裝狐媚，又說配小子等，由不得又愧又委屈，禁不住哭起來。寶玉雖聽了這些話，也不好怎樣，少不得替襲人分辨「病了吃藥」等話，又說：「你不信，只問別的丫頭們。」▼李嬤嬤聽了這話，益發氣起來了，說道：「你只護著那起狐狸，哪裡認得我了？叫我問誰去？（真有是語。）誰不幫著你呢？（真是有事。）誰不是襲人拿下馬來❹的？（冤枉冤哉！）我都知道那些事！（囫圇語，難解。）我只和你在老太太、太太跟前去講。把你奶了這麼大，（奶媽拿手話。）到如今吃不著奶了，把我丟在一旁，逞❺著丫頭們要我的強。」一面說，一面也哭起來。▲彼時黛玉、寶釵等也走過來勸說：「媽媽，你老人家擔待他們一點子就完了。」（四字，嬤嬤是看重二人身分。）李嬤嬤見他二人來了，便拉住訴委屈，將當日吃茶，▼茜雪出去，▲與昨日酥酪等事，嘮嘮叨叨說個不清。（好極，妙極，畢肖極！）

可巧鳳姐正在上房算完輸贏賬，聽得後面聲嚷動，便知是李嬤嬤老病發了，排揎寶玉的人——正值他今兒輸了錢，遷怒於人——（找上文。有是爭競事。）便連忙趕過來，拉了李嬤嬤笑道：「好媽媽，別生氣。大節下老太太纔喜歡了一日，你是個老人家，別人高聲，你還要管他們呢，難道反不知道規矩，在這裡嚷起來，叫老太太生氣不成？（阿鳳兩提老太太，是叫老嫗想襲卿是老太太的人；況又雙關大體，勿泛泛看去。）你只說誰不好，我替你打他。我家裡燒的滾熱的野雞，（何等現成，何等自然，的是鳳卿筆法。）快來跟我吃酒去。」一面說，一面拉著走，又叫豐兒：「替你李奶奶拿著拐棍子、擦眼淚的手帕子。」（一絲不漏。）那李嬤嬤腳不沾地跟了鳳姐走了，一面還說：「我也不要這老命了，越性今兒沒了規矩，鬧一場子討個沒臉，強如受那娼婦蹄子的氣！」後面寶釵、黛玉隨著，見鳳姐兒這般，都拍手笑道：「虧這一陣風來，把個老婆子撮了去了。」（批書人也是這樣說。看官將一部書中人一一想來，收拾文字非阿鳳俱有瑣細引跡事。石頭記得力處俱在此。）

❹ 拿下馬來：降伏。

❺ 逞：縱容；鼓動。

▼一段特為怡紅襲人、晴雯、茜雪三鬟之性情、見識、身分而寫。己卯冬夜。

▼麝月閒閒無語，令余酸鼻，正所謂對景傷情。丁亥夏，畸笏。

寶玉點頭嘆道：「這又不知是哪裡的賬，只揀軟的排揎。昨兒又不知是哪個姑娘得罪了，上在他賬上了。」▼一句未了，晴雯在旁笑道：「誰又不瘋了，得罪他作什麼？便得罪了他，就有本事承任，不犯帶累別人。」襲人一面哭，一面拉寶玉道：「為我得罪了一個老奶奶，你這會子又為我得罪這些人，這還不夠我受的？還只是拉別人。」寶玉見他這般病勢，又添了這些煩惱，連忙忍氣吞聲，安慰他仍舊睡下出汗。又見他湯燒火熱，自己守著他，歪在旁邊勸他：「只養著病，別想著這些沒要緊的事生氣。」襲人冷笑道：「要為這些事生氣，這屋裡一刻還站不得了。[實言，非謬語也。]但只是天長日久，只管這樣，可叫人怎麼樣纔好呢？時常我勸你，別為我們得罪人，你只顧一時為我們那樣，他們都記在心裡，遇著坎兒，說的好說不好聽，大家什麼意思！[從狐媚子等語來，實實好語，的是襲卿。]」一面說，一面禁不住流淚；又怕寶玉煩惱，只得又勉強忍著。一時雜使的老婆子煎了二和藥❻來。寶玉見他纔有汗意，不肯叫他起來，自己便端著，就枕與他吃了，即命小丫頭子們鋪炕。襲人道：「你吃飯不吃飯？到底[心中時時刻刻正意語也。]老太太、太太跟前坐一會子，和姑娘們頑一會子再回來。我就靜靜的躺一躺也好。」寶玉聽說，只得替他去了簪環，看他躺下，▲自往上房來。同賈母吃畢飯，賈母猶欲同那幾個老管家嬤嬤鬥牌解悶。

寶玉惦著襲人，便回至房中。見襲人朦朦睡去，自己要睡，天氣尚早。▼彼時晴雯、綺霰、秋紋、碧痕都尋熱鬧，找鴛鴦、琥珀等耍戲去了，獨見麝月一個人在外間房裡燈下抹骨牌。▲寶玉笑問道：「你怎不同他們頑去？」麝月道：「沒有錢。」寶玉道：「床底下堆著那麼些，還不夠你輸的？」麝月道：

❻ 二和藥：中藥煎湯藥，第一次煎好的藥汁稱「頭煎藥」或「頭和藥」；原藥第二次加水再煎的藥汁，稱「二煎藥」或「二和藥」。

「都頑去了，這屋裡交給誰呢？（正文。）那一個又病了，滿屋裡上頭是燈，（燈節。）地下是火；那些老媽媽子們老天拔地❼，伏侍一天，也該叫他們歇歇。小丫頭子們也是伏侍了一天，這會子還不叫他們頑頑去？所以讓他們都去罷，我在這裡看著。」寶玉聽了這話，公然又是一個襲人。（豈敢？）因笑道：（每於如此等處，石兄何嘗輕輕放過，不介意來？亦作者欲瞞看官，又被批書人看出，呵呵。）「我在這裡坐著，你放心去罷。」麝月道：「你既在這裡，越發不用去了。咱們兩個說話頑笑，豈不好？」（全是襲人口氣，所以後來代任。）寶玉笑道：「咱兩個作什麼呢？怪沒意思的。也罷了，早上你說頭癢，這會子沒什麼事，我替你篦頭罷。」麝月聽了，便道：「就是這樣。」說著，將文具鏡匣搬來，卸去釵釧，打開頭髮。寶玉拿了篦子，替他一一的梳篦。（金閨細事如此寫。）只篦了三五下，只見晴雯忙忙走進來，原為取錢，一見了他兩個，便冷笑道：「哦！交杯盞還沒吃，倒上頭❽了。」（雖謔語，亦少露怡紅細事。）寶玉笑道：「你來，我也替你篦一篦。」晴雯道：「我沒那麼大福。」說著，拿了錢便摔簾子出去了。寶玉在麝月身後，麝月對鏡，二人在鏡內相視。（此係石兄得意處。）寶玉便向鏡內笑道：「滿屋裡就只是他磨牙❾。」麝月聽說，忙向鏡中擺手。（▼好看，趣。▲）

▼嬌憨滿紙，令人叫絕。壬午九月。

麝月聽了，便道：「就是這樣。」說著，將文具鏡匣搬來，卸去釵釧，打開頭髮……。（清改琦繪，改七薌紅樓夢仕女）

❼ 老天拔地：形容老年人的行動不靈活。

❽ 上頭：古代女子出嫁時，梳髮髻，插簪釵等飾物，稱「上頭」。

❾ 磨牙：多費口舌，無意義的爭辯。

寶玉會意，忽聽唿一聲簾子響，（麝月搖手為此，可兒可兒。）晴雯又跑進來，問道：「我怎麼磨牙了？（好看煞！）偺們倒得說說！」麝月道：「你去你的罷！又來問人了。」晴雯笑道：「你又護著！你們那瞞神弄鬼的我都知道，（找上文。）等我撈回本兒來再說話。」說著，一徑出去了。（聞上一段兒女口舌，卻寫麝月一人。在襲人出嫁之後，寶玉、寶釵身邊還有一人，雖不及襲人周到，亦可免微嫌小敝等患，方不負寶釵之為人也。故襲人出嫁後云「好歹留著麝月」一語，寶玉便依從此話。可見襲人雖去，實未去也。寫晴雯之疑忌，亦為下文跌扇角口等文伏脈，卻又輕輕抹去，正見此時都在幼時，雖微露其疑忌，見得人各稟天真之性，善惡不一，往後漸大漸生心矣。但觀者凡見晴雯諸人則惡之，何愚也哉！要知自古及今，愈是尤物，其猜忌嫉妒愈甚。若一味渾厚大量涵養，則有何可令人憐愛護惜哉？然後知寶釵、襲人等行為，並非一味蠢拙古板，以女夫子自居。當繡幕燈前，綠窗月下，亦頗有或調或妒、輕俏豔麗等說。不過一時取樂買笑耳，非切切一味妒才嫉賢也，是以高諸人百倍。不然，寶玉何甘心受屈於二女夫子哉？看過後文則知矣。故觀書諸君子不必惡晴雯，正該感晴雯金閨繡閣中生色方是。）這裡寶玉通了頭，命麝月悄悄的伏侍他睡下，不肯驚動襲人。一宿無話。

至次日清晨起來，襲人已是夜間發了汗，覺得輕省了些，只吃些米湯靜養。寶玉放了心，因飯後走到薛姨媽這邊來閒逛。彼時正月內，學房中放年學，閨閣中忌針黹，卻都是閒時。賈環也過來頑，正遇見寶釵、香菱、鶯兒三個趕圍棋作耍，賈環見了也要頑。寶釵素昔看他亦如寶玉，並沒他意，今兒聽他要頑，讓他上來坐了一處。一磊十個錢，頭一回自己贏了，心中十分歡喜。後來接連輸了幾盤，便有些著急。趕著這盤正該自己擲骰子，若擲個七點便贏，若擲個六點，下該鶯兒擲三點就贏了。因拿起骰子來，狠命一擲，一個作定了五，那一個亂轉。鶯兒拍著手只叫「么」，（好看煞。）（嬌憨如此。）賈環便瞪著眼，（更也好看。）「六！七！八！」混叫。那骰子偏生轉出么來。賈環急了，伸手便抓起骰子來，然後就拿錢說是個六點。鶯兒便說：「分明是個么！」寶釵見賈環急了，便瞅鶯兒說道：「越大越沒規矩，難道爺們還賴你？還不放下錢來呢！」鶯兒滿心委屈，見寶釵說，不敢則聲，只得放下錢來，口內嘟囔說：「一個作爺的還賴我們！（酷肖。）這幾個錢連我也不在眼裡。前兒我和寶二爺頑，（倒捲簾法。實寫幼時往事，可傷。）他輸了那些也沒著急，下剩的錢還

▼寫環兒先贏，亦是天生地設現成文字。己卯冬夜。

是幾個小丫頭子們一搶，他一笑就罷了……」寶釵不等說完，連忙斷喝。賈環道：「我拿什麼比寶玉呢？你們怕他，都和他好，都欺負我不是太太養的！」蠢驢！說著便哭了。觀者至此，有不捲簾厭看者乎？余替寶卿實難為情。寶釵忙勸他：「好兄弟，快別說這話，人家笑話你。」又罵鶯兒。

正值寶玉走來，見了這般形況，問：「是怎麼了？」賈環不敢則聲。寶釵素知他家規矩，凡作兄弟的都怕哥哥，大族規矩原是如此，一絲兒不錯。卻不知那寶玉是不要人怕他的。他想著：「弟兄們一併都有父母教訓，何必我多事，反生疏了。況且我是正出，他是庶出，饒這樣還有人背後談論，此意不獃。還禁得轄治他了？」▼更有個獃意思存在心裡，▲你道是何獃意？因他自幼姊妹叢中長大，親姊妹有元春、探春，伯叔的有迎春、惜春，親戚中又有史湘雲、林黛玉、薛寶釵等諸人，他便料定原來天生人為萬物之靈，凡山川日月之精秀，只鍾於女兒，鬚眉男子不過是些渣滓濁沫而已。因有這個獃念在心，把一切男子都看成混沌濁物，可有可無；只是父親叔伯兄弟中，因孔子是亙古第一人說下的，聽了這一個人之話，豈是獃子？由你自己說罷。我把你作極乖的人看。不可忤慢，只得要聽他這句話，所以弟兄之間不過盡其大概的情理就罷了，並不想自己是丈夫，須要為子弟之表率。是以賈環等都不怕他，卻怕賈母，纔讓他三分。如今寶釵恐怕寶玉教訓他，倒沒意思，便連忙替賈環掩飾。寶玉道：「大正月裡，哭什麼！這裡不好，你別處頑去。你天天念書，倒念糊塗了。比如這件東西不好，橫豎那一件好，就棄了這件取那個。難道你守著這個東西哭一會子，就好了不成？你原是來取樂頑的，既不能取樂，就往別處去再尋樂，頑一會子。難道這算取樂頑了不成？倒招自己煩惱，不如快去為是。」獃子都會立這樣意，說這樣話。賈環聽了，只得回來。

▼又用諱人語瞞著看官。己卯冬夜。

趙姨娘見他這般，因問：「又是哪裡墊了踹窩⑩來了？」多事人等口角談吐。一問不答，畢肖。再問時，賈環便說：「同寶姐姐頑的，鶯兒欺負我，賴我的錢。寶玉哥哥攆我來了。」趙姨娘啐道：「誰叫你上高抬攀去了？下流沒臉的東西！哪裡頑不得，誰叫你跑了去討沒意思！」正說著，可巧鳳姐在窗外過，都聽在耳內，▼便隔窗說道：「大正月又怎麼了？環兄弟小孩子家，一半點兒錯了，你只教導他，說這些淡話作什麼！（反得了理了。）（所謂貶中褒。想趙姨即不畏阿鳳，亦無可回答。）憑他怎麼去，還有太太、老爺管他呢，就大口啐他！他現是主子，不好了，橫豎有教導他的人，與你什麼相干！環兄弟，出來，跟我頑去！」賈環素日怕鳳姐比怕王夫人更甚，聽見叫他，忙唯唯的出來。（「彈妒意」正文。）▲趙姨娘也不敢則聲。鳳姐向賈環道：「你也是個沒氣性的。時常說給你，要吃要喝，要頑要笑，只愛同哪一個姐姐妹妹、哥哥嫂子頑，就同哪個頑。你不聽我的話，反叫這些人教的歪心邪意，狐媚子霸道的。（借人發脫，好阿鳳，好口齒，句句正言正理。趙姨安得不抿翅低頭，靜聽發揮？批至此，不禁一大白又大白矣。）自己不尊重，要往下流走，安著壞心，還只管怨人家偏心。輸了幾個錢？（轉得好。）就這麼個樣兒！」賈環見問，只得諾諾的回說：「輸了一二百。」（作者當記一大百乎？笑笑。）鳳姐道：「虧你還是爺，輸了一二百錢就這樣！」回頭叫豐兒去取一吊錢來，「姑娘們都在後頭頑呢，把他送了頑去。（收拾得好。）——你明兒再這麼下流狐媚子，我先打了你，打發人告訴學裡，皮不揭了你的！（又一折筆，更覺有味。）為你這個不尊重，恨的你哥哥牙癢癢，不是我攔著，窩心腳把你的腸子窩出來了。」（本來面目，斷不可少。）喝命：「去罷！」賈環喏喏的跟了豐兒，（三字寫著環哥。）得了錢，自己和迎春等頑去，不在話下。

（一段大家子奴妾吆吻，如見如聞，正為下文五鬼作引也。余為寶玉肯效鳳姐一點餘風，亦可繼榮、寧之盛，諸公當為如何？）

且說寶玉正和寶釵頑笑，忽見人說：「史大姑娘來了。」（妙極！凡寶玉、寶釵正閒相遇時，非黛玉來，即湘雲來，是恐洩漏文章之精華也。若不如此，則寶玉久坐忘情，必被寶卿見棄杜絕，後文成其夫婦時無可談舊之情，有何趣味哉？）寶玉聽了，抬身就走。寶釵笑道：▼「等著！咱們兩個一齊走，瞧瞧他去。」▲說著，下了炕，同寶玉一齊來至賈母這邊。只見史湘雲大笑大說的，見他兩個來，忙問好廝見。（寫湘雲又一筆法，特犯不犯。）

▼嫡嫡是彼親生，句句竟成正中貶，趙姨實難答言。至此方知題標用「彈」甚妥協。己卯冬夜。

▼「等著」二字大有神情。看官閉目熟思，方知趣味，非批書人漫擬也。己卯冬夜。

⑩ 塾了踹窩：即「塾背」。代人受過。

。正值林黛玉在旁，因問寶玉：「在哪裡的？」寶玉便說：「在寶姐姐家的。」黛玉冷笑道：「我說呢，虧在那裡絆住，不然早就飛了來了。」（總是心中事語，故機栝一動，隨機而出。）寶玉笑道：「只許同你頑，替你解悶兒？不過偶然去他那裡一趟，就說這話！」林黛玉道：「好沒意思的話！去不去管我什麼事？我又沒叫你替我解悶兒，可許你從此不理我呢！」說著，便賭氣回房去了。

寶玉忙跟了來，問道：「好好的，又生氣了？就是我說錯了，你到底也還坐在那裡，和別人說笑一會子，又來自己納悶。」林黛玉道：「你管我呢！」寶玉笑道：「我自然不敢管你，只沒有個看著你自己作賤了身子呢！」林黛玉道：「我作賤壞了身子，我死，與你何干？」寶玉道：「何苦來？大正月裡，死了活了的。」林黛玉道：「偏說死！我這會子就死。你怕死，你長命百歲的，如何？」寶玉笑道：「要像只管這樣鬧，我還怕死呢？倒不如死了乾淨。」黛玉忙道：「正是了，要是這樣鬧，不如死了乾淨。」寶玉道：「我說我自己死了乾淨，別聽錯了話賴人。」正說著，寶釵走來道：「史大妹妹等你呢！」說著，便推寶玉走了。（此時寶釵尚未知他二人心性，故來勸，後文察其心性，故擲之不聞矣。）這裡黛玉越發氣悶，只向窗前流淚。

沒兩盞茶的工夫，寶玉仍來了。（蓋寶玉亦是心中只有黛玉，見寶釵難卻其意，故暫隨彼去，以完寶釵之情，故少坐仍來也。）林黛玉見了，越發抽抽噎噎的哭個不住。寶玉見了這樣，知難挽回，打疊起千百樣的款語溫言來勸慰。不料自己未張口，（石頭慣用如此筆仗。）只見黛玉先說道：「你又來作什麼？橫豎如今有人和你頑，比我又會念，又會作，又會寫，又會說笑，又怕你生氣，拉了你去，你又作什麼來？死活憑我去罷了。」寶玉聽了，忙上來悄悄的說道：「你這麼個明白人，難道連『親不間疏，先不僭後』（八字足可消氣。）也不知道？我雖糊塗，卻明白這兩句話。頭一件，咱們是姑舅姊妹，寶姐姐是兩姨姊妹，論親戚他比你疏。第二件，你先來，偺們兩個一桌吃，一床睡，長的這麼大了。他是纔來的，豈有個為他疏你的？」林黛玉啐道：「我難道為叫你疏他？我成了個什麼人了呢？我為的是我的心。」寶玉道：「我也為的是我的心。難道你就知你的心，不知我的心不成？」此二語不獨觀者不解，料作者亦未必解；不但作者未必解，想石頭亦不解，不過述寶、林二人之語耳。石頭既未必解，寶、林此刻更自己亦不解，皆隨口說出耳。若觀者必欲要解，須自揣自身是寶、林之流，則洞然可解；若自料不是寶、林之流，則不必求解矣。萬不可記此二句不解，錯謗寶、林及石頭、作者等人。林黛玉聽了，低頭一語不發。半日說道：「你只怨人行動嗔怪了你，你再不知道你自己慪人難受。就拿今日天氣比，分明今兒冷的這樣，你怎麼倒反把個青肷⓫披風脫了呢？」真真奇絕妙文，真如羚羊掛角，無跡可求。此等奇妙，非口中筆下可形容出者。寶玉笑道：「何嘗不穿著？見你一惱，我一炮燥，就脫了。」林黛玉嘆道：「回來傷了風，又該餓著吵吃的了。」一語仍歸兒女本傳，卻又輕輕抹去也。

▼二人正說著，只見湘雲走來，笑道：「二哥哥，林姐姐，你們天天一處頑，我好容易來了，也不理我一理兒。」黛玉笑道：「偏是咬舌子愛說話，連個『二』哥哥也叫不出來，只是『愛』哥哥『愛』哥哥的。回來趕圍棋兒，又該你鬧『么愛三四五』了！」寶玉笑道：「你學慣了他，明兒連你還咬起來呢！」▲可笑近之野史中，滿紙羞花閉月，鶯啼燕語，殊不知真正美人方有一陋處，如太真之肥，飛燕之瘦，西子之病，若施於別個不美矣。今見「咬舌」二字加以湘雲，是何大法手眼，敢用此二字哉？不獨不見其陋，且更覺輕俏嬌媚，儼然一嬌憨湘雲立於紙上，掩卷合目思之，其「愛厄」嬌音如入耳內。然後將滿紙鶯啼燕語之字樣，填糞窖可也。史湘雲道：「他再不放人一點兒，專挑人的不好。你自己便比世人好，也不犯著見一個打趣一個。指出一個人來，你敢挑他，我就伏你！」黛玉忙問是誰，湘雲道：「▼你敢挑寶姐姐的短處，就算你是好的。我算不如你，他怎麼不及你呢？」黛玉聽了，冷笑道：「我當是誰？原來是他。我哪裡敢挑他呢！」▲寶玉不等說完，忙用話分開。湘雲笑道：「這一輩

▼明明寫湘雲來是正文，只用二三答言，反接寫玉、林小角口，又用寶釵岔開，仍不了局。再用千句柔言，百般溫態，正在情完未完之時，湘雲突至，「謔嬌音」之文才見，真是「賣弄有家私」之筆也。丁亥夏，畸笏叟。

▼此作者放筆寫，非褒釵貶顰也。

⓫ 青肷：青狐腋。肷，音ㄑㄧㄢˇ。

子我自然比不上你，我只保佑著明兒得一個咬舌的林姐夫，時時刻刻你可聽『愛』、『厄』去。阿彌陀佛！那纔現在我眼裡。」說的眾人一笑，湘雲忙回身跑了。要知端詳，下回分解。

此回文字重作輕抹。得力處是鳳姐拉李嬤嬤去、借環哥彈壓趙姨。細緻處寶釵為李嬤嬤勸寶玉、安慰環哥、斷喝鶯兒。至急為難處是寶、顰論心。無可奈何處是就拿今日天氣比、黛玉冷笑道：「我當是誰，原來是他？」冷眼最好看處是寶釵、黛玉看鳳姐拉李嬤云「這一陣風」；玉、麝一節；湘雲到，寶玉就走，寶釵笑說「等著」；湘雲大笑大說；顰兒學咬舌；湘雲念佛跑了數節。可使看官於紙上能耳聞目睹其音其形之文。

第二十一回　賢襲人嬌嗔箴寶玉　俏平兒軟語救賈璉

當得起。

有客題紅樓夢一律，失其姓氏，惟見其詩意駭警，故錄於斯：「自執金矛又執戈，自相戕戮自張羅。茜紗公子情無限，脂硯先生恨幾多。是幻是真空歷過，閒風閒月枉吟哦。情機轉得情天破，情不情兮奈我何？」凡是書題者不少，此為絕調。詩句警拔，且深知擬書底裡，惜乎失名矣。

按此回之文固妙，然未見後三十回，猶不見此回之妙。此曰「嬌嗔箴寶玉，軟語救賈璉」，後曰「薛寶釵借詞含諷諫，王熙鳳知命強英雄。」今只從二婢說起，後則直指其主。然今日之襲人，之寶玉，亦他日之襲人，他日之寶玉也；今日之平兒，之賈璉，亦他日之平兒，他日之賈璉也。何今日之玉猶可箴，他日之玉已不可箴耶？今日之璉猶可救，他日之璉已不可救耶？箴與諫無異也，而襲人安在哉？寧不悲乎！救與強無別也，今因平兒救，此日阿鳳英氣何如是也？他日之強，何身微運蹇，展眼何如彼耶？甚矣，人世之變遷如此，光陰倏爾如此！今日寫襲人，後文寫寶釵；今日寫平兒，後文寫阿鳳。文是一樣情理，景況光陰，事卻天壤矣。多少恨淚灑出此兩回書。

此回襲人三大功，直與寶玉一生三大病映射。

話說史湘雲跑了出來，怕林黛玉趕上，寶玉在後忙說：「仔細絆跌了！哪裡就趕上了？」林黛玉趕到門前，被寶玉叉手在門框上攔住，笑勸道：「饒他這一遭罷。」林黛玉搬著手說道：「我若饒過雲兒，再不活著！」湘雲見寶玉攔住門，料黛玉不能出來，寫得湘雲與寶玉又親厚之極，卻不見疏遠黛玉，是何情思耶？便立住腳笑道：「好姐姐，饒我這一遭罷。」恰值寶釵來在湘雲身後，也笑道：「我勸你兩個看寶兄弟分上，都丟開手罷。」好極，妙極！玉、顰、雲三人已難解難分，插入寶釵云「我勸你兩個看寶玉兄弟分上」，話只一句，便將四人一齊籠住，不知孰遠孰近，孰親孰疏，真好文字。黛玉道：「我不依，你們是一氣的，都戲弄我不成？」活是顰兒口吻，雖屬尖利，真實堪愛堪憐。寶玉勸道：「誰敢戲弄你！你不打趣他，他焉敢說你？」好！二「你」字連二「他」字，華灼之至。「四人正難分解，好！前三人，今忽四人，俱是書中正眼，不可少矣。有人來請吃飯，方往前邊來。好文章！正是閨中女兒口角之事。若只管諄諄不已，則成何文矣！那天早又掌燈時分，王夫人、李紈、鳳姐、迎、探、惜等，都往賈母這邊來，大家閒話了一回，各自歸寢。湘雲仍往黛玉房中安歇。前文黛玉未來時，湘雲、寶玉則隨賈母。今湘雲已去，黛玉既來，年歲漸成，寶玉各自有房，黛玉亦各有房，故湘雲自應同黛玉一處也。

寶玉送他二人到房，那天已二更多時，襲人來催了幾次，方回自己房中來睡。次日天明時，便披衣靸鞋❶，往黛玉房中來時，不見紫鵑、翠縷二人，只見他姊妹兩個尚臥在衾內。那林黛玉嚴嚴密密裹著一幅杏子紅綾被，安穩合目而睡。寫黛玉身分。一個睡態。那湘雲卻一把青絲拖於枕畔，被只齊胸，一彎雪白的膀子撂於被外，又帶著兩個金鐲子。又一個睡態。寫黛玉之睡態，儼然就是嬌弱女子，可憐；湘雲之態，則儼然是個嬌態女兒，可愛。真是人人俱盡，個個活跳，吾不知作者胸中埋伏多少裙釵。寶玉見了嘆道：「嘆」字奇！除玉卿外，世人見之自曰喜也。不醒不是黛玉了。「睡覺還是不老實，回來風吹了，又嚷肩窩疼了。」一面說，一面輕輕的替他蓋上。林黛玉早已醒了，覺得有人，就猜著定是寶玉，因翻身一看，果中其料，一絲不亂。因說道：「這早晚就跑過來作什麼？」寶玉笑道：「這天還早呢？你起來瞧瞧！」黛玉道：「你先出去，讓我們起來。」寶玉聽了，轉身出至外邊。

黛玉起來，叫醒湘雲，二人都穿了衣服。寶玉復又進來，坐在鏡臺旁邊。只見紫鵑、雪雁進來伏

❶ 靸鞋：拖著鞋。

侍梳洗。湘雲洗了面，翠縷便拿殘水要潑，寶玉道：「站著！我趁勢洗了就完了，省得又過去費事。」說著，便走過來，彎腰洗了兩把。（妙在兩把。）紫鵑遞過香皂去，寶玉道：「這盆裡的就不少，不用搓了。」再洗（在怡紅何其費事多多。）了兩把，便要手巾。翠縷道：「還是這個毛病兒，多早晚纔改！」（冷眼人旁點，一絲不漏。）寶玉也不理，忙忙的要過青鹽，擦了牙，漱了口，完畢。見湘雲已梳完了頭，便走過來笑道：「好妹妹，替我梳上頭罷。」湘雲道：「這可不能了。」寶玉笑道：「好妹妹，你先時怎麼替我梳了呢？」湘雲道：▼「如今我忘了怎麼梳呢！」寶玉道：「橫豎我不出門，又不帶冠子、勒子，不過打幾根散辮子就完了。」說著，又「千妹妹萬妹妹」的央告。湘雲只得扶過他的頭來，一一梳篦——在家不戴冠，並不總角，只將四圍短髮編成小辮，往頂心髮上歸了總，編一根大辮，紅絲結住。自髮頂至辮梢，一路四顆珍珠，下面有金墜腳——湘雲一面編著，一面說道：（梳頭亦有文字，前已敘過，今將珠子一穿插，卻天生有是事。）「這珠子只三顆了，這一顆不是的。我記得是一樣的，怎麼少了一顆？」寶玉道：「丟了一顆。」湘雲道：「必定是外頭去掉下來，不妨被人揀了去，▼倒便宜他。▲」（妙談。道「倒便宜他」四字，是大家千金口吻。近日多用「可惜了的」四字。今失一珠，不聞此四字，妙極！是極！）（純用畫家烘染法。）黛玉一旁盥手，冷笑道：「也不知是真丟了，也不知是給了人鑲什麼戴去了？」寶玉不答。（有神理，有文章。）因鏡臺兩邊俱是妝奩等物，順手拿起來賞玩，（何賞玩也？寫來奇特。）不覺又順手拈了胭脂，意欲要往口邊送。（是襲人勸後餘文。）因又怕史湘雲說，（好極！的是寶玉也。）正猶豫間，湘雲果在身後看見，一手掠著辮子，便伸手來，拍的一下從手中將胭脂打落，說道：「這不長進的毛病兒，多早晚纔改過！」（前翠縷之言並非白寫。）

一語未了，只見襲人進來，看見這般光景，知是梳洗過了，只得回來自己梳洗。忽見寶釵走來，因問：「寶兄弟哪去了？」襲人含笑道：「寶兄弟哪裡還有在家裡的工夫！」寶釵聽說，心中明白，又聽襲人嘆道：「姊妹們和氣也有個分寸禮節，也沒個黑家白日鬧的，憑人怎麼勸，都是耳旁風。」

▼「忘了」二字在嬌憨。口中自是應聲而出，捉筆人卻從何處設想而來，成此天然對答？壬午九月。

▼「倒便宜他」四字與「忘了」二字是一氣而來，將一侯府千金白描矣。畸笏。

寶釵聽了，心中暗忖道：「倒別看錯了這個丫頭，聽他說話，倒有些識見。」（此是寶卿初試，以下漸成知己，蓋寶卿從此心察得襲人果賢女子也。）寶釵便在炕上坐了，（好！逐回細看，寶卿待人接物，不疏不親，不遠不近，可厭之人，亦未見冷淡之態，形諸聲色；可喜之人，亦未見醴蜜之情，形諸聲色。今日便在炕上坐了，蓋深取襲卿矣。二人文字，此回為始，詳批於此，諸公請記之。）慢慢的閒言中套問他年紀、家鄉等語，留神窺察其言語志量，深可敬愛。（四字包羅許多文章筆墨，不似近之開口便云「非諸女子之可比」者。此句大壞。然襲人故佳矣，不書此句是大手眼。）一時寶玉來了，寶釵方出去。（奇文。寫得釵、玉二人形景較諸人皆遠，何也？寶玉之心，凡女子前不論貴賤，皆親密之至，豈於寶釵前反生遠心哉？蓋寶釵之行止，端肅恭嚴，不可輕犯，寶玉欲近之，而恐一時有瀆，故不敢狎犯也。寶釵待下愚，尚且和平親密，何及於兄弟前有遠心哉？蓋寶玉之形景已泥於閨閣，近之則恐不遜，反成遠離之端也。故二人之遠，實相近之至也。至顰兒於寶玉實近之至矣，卻遠之至也。不然，後文如何反較勝角口諸事，皆出於顰哉？以及寶玉砸玉，顰兒之淚枯，種種孽障，種種憂忿，皆情之所陷，更何辯哉？此一回將寶玉、襲人、釵、顰、雲等行止大概一描，已啟後大觀園中文字也。今詳批於此，後久不忽矣。釵與玉遠中近，顰與玉近中遠，是要緊兩大股，不可粗心看過。）

寶玉便問襲人道：「怎麼寶姐姐和你說的這麼熱鬧，見我進來就跑了？」（此問必有。）問一聲不答，再問時，襲人方道：「你問我麼？我哪裡知道你們的原故。」寶玉聽了這話，見他臉上氣色非往日可比，便笑道：「怎麼動了真氣？」（寶玉如此。）襲人冷笑道：「我哪裡敢動氣？只是從今以後別進這屋子了，橫豎有人伏侍你，再別來支使我。我仍舊還伏侍老太太去。」一面說，一面便在炕上合眼倒下。（醋妒妍憨假態，至矣盡矣。觀者但莫認真此態為幸。）寶玉見了這般景況，深為駭異。禁不住趕來勸慰。（好！可知未嘗見襲人之如此技藝也。）那襲人只管合了眼不理。（與顰兒前番嬌態如何？愈覺可愛猶甚。）寶玉無了主意，因見麝月進來，（偏麝月來，好文章。）便問道：「你姐姐怎麼了？」（如見如聞。）麝月道：「我知道麼？問你自己便明白了。」（又好麝月。）寶玉聽說，呆了一回，自覺無趣，便起身嘆道：「不理我罷，我也睡去。」（真乎詐乎？）說著，便起身下炕，到自己床上歪下。襲人聽他半日無動靜，微微的打鼾，料他睡著，便起身拿一領斗篷來，替他剛壓上，只聽忽的一聲，（文是好文，唐突我襲卿，吾不忍也。）寶玉便掀過去，也仍合目裝睡。（寫得爛熳。）襲人明知其意，便點頭冷笑道：「你也不用生氣，從此後我只當啞巴，再不說你一聲兒，如何？」寶玉禁不住起身問道：「我又怎麼了？你又勸我！你勸我也罷了，纔剛又沒見你勸我，一進來你就不理我，賭氣睡了，我還摸不著是為什麼。這會子你又說我惱了，我何嘗聽見你勸我什麼話了？」（這是委屈了石兄。）襲人道：「（亦是囫圇語，▼）你心裡還不明白？還等我說呢！」（卻從有生以來肺腑中出，千斤重。▲）

正鬧著，賈母遣人來叫他吃飯，方往前邊來，胡亂吃了半碗，仍回自己房中。只見襲人睡在外頭炕上，麝月在旁邊抹骨牌。寶玉素知麝月與襲人親厚，一併連麝月也不理，揭起軟簾自往裡間來。麝月只得跟進來，寶玉便推他出去，說：「不敢驚動你們。」麝月只得笑著出來，喚了兩個小丫頭進來。寶玉拿一本書，歪著看了半天，因要茶，抬頭只見兩個小丫頭在地下站著。一個大些兒的生得十分水秀，（二字奇絕，多少嬌態包括一盡，今古野史中，無有此文也。）寶玉便問：「你叫什麼名字？」那丫頭便說：「叫蕙香。」（也好。）寶玉便問：「是誰起的？」蕙香道：「我原叫芸香的，（原俗。）是花大姐姐改了蕙香。」寶玉道：「正經該叫『晦氣』罷了，什麼蕙香呢！」（好極，趣極！）又問：「你姊妹幾個？」蕙香道：「四個。」寶玉道：「你是第幾個的？」蕙香道：「我是第四個的。」寶玉道：「明兒就叫四兒，不必什麼『蕙香』、『蘭氣』的，哪一個配比這些花？沒的玷辱了好名好姓。」（花襲人三字在內，說的有趣。）一面說，一面命他倒了茶來吃。襲人和麝月在外間聽了，抿嘴而笑。（一絲不漏，好精神。）

這一日，寶玉也不大出房，（此是襲卿第一功勞也。）也不和姊妹丫頭等廝鬧，（此是襲卿第二功勞也。）自己悶悶的，只不過拿著書解悶，或弄筆墨；（此雖未必成功，較往日終有微補小益，所謂襲卿有三大功也。）也不使喚眾人，只叫四兒答應。誰知四兒是個聰敏乖巧不過的丫頭，（又是一個有害無益者。作者一生為此所誤，批者一生亦為此所誤，於開卷凡見如此人，世人故為喜，余反抱恨。蓋四字誤人甚矣。被誤者深感此批。）見寶玉用他，他變盡方法籠絡寶玉。（他好，但不知襲卿之心思何如？）至晚飯後，寶玉因吃了兩杯酒，眼餳耳熱之際，若往日則有襲人等大家喜笑

▼石頭記每用囫圇語處，無不精絕奇絕，且總不覺相犯。壬午九月，畸笏。

有興，今日卻冷清清的一人對燈，好沒興趣。待要趕❷了他們去，又怕他們得了意，以後越發來勸；寶玉惡勸，此是第一大病也。若拿出做上的規矩來鎮唬，似乎無情太甚。寶玉重情不重禮，此是第二大病也。說不得，橫心只當他們死了，橫豎自然也要過的，便權當他們死了，毫無牽掛，反能怡然自悅。此意卻好，但襲卿輩不應如此棄也。寶玉之情，今古無人可比，固矣。然寶玉有情極之毒，亦世人莫忍為者，看至後半部，則洞明矣。此是寶玉三大病也。寶玉看此世人莫忍為之毒，故後文方有「懸崖撒手」一回。若他人得寶釵之妻，麝月之婢，豈能棄而為僧哉？玉一生偏僻處。因命四兒剪燈烹茶，自己看了一回南華經。正看至外篇胠篋一則❸，其文曰：「故絕聖棄知❹，大盜乃止；擿玉毀珠，小盜不起。焚符破璽，而民朴鄙；掊斗折衡❺，而民不爭。殫殘❻天下之聖法，而民始可與論議。擢亂六律❼，鑠絕竽瑟，塞瞽曠❽之耳，而天下始人含其聰❾矣；滅文章，散五采，膠離朱❿之目，而天

---

❷ 趕：此處是迎合的意思。

❸ 自己看了一回南華經二句：南華經，莊子的別名。莊子現存三十三篇，其中內篇七篇，通常認為是莊子本人所著；外篇十五篇，雜篇十一篇，是莊子門人和後來道家的作品。胠篋是外篇中之一篇。胠，打開。篋，箱子。

❹ 絕聖棄知：棄絕聖人和智者。知，通「智」。

❺ 掊斗折衡：掊，劈碎。衡，秤。

❻ 殫殘：徹底毀壞。殫，音ㄉㄢ。盡。

❼ 擢亂六律：擢亂，攪亂。六律，古代表示音階的音樂術語。中國古代用長短不等的十二根竹管來確定音律，將一個八度分成十二個半音，其中奇數為陽，稱六律；偶數為陰，稱六呂。此處「六律」泛指樂律。

❽ 瞽曠：曠，春秋時晉國著名的音樂家，因其失明，故稱「瞽曠」。瞽，盲人。

❾ 聰：聽力。

❿ 離朱：傳說是古代視力最好的人。

下始人含其明矣；毀絕鉤繩而棄規矩⓫，攦工倕之指⓬，而天下始人有其巧矣。」〔此上語本莊子。〕看至此，意趣洋洋，▼趁著酒興，不禁提筆續曰：

焚花散麝，而閨閣始人含其勸矣；〔奇！〕戕寶釵之仙姿，灰黛玉之靈竅⓭，喪減情意，而閨閣之美惡始相類矣。彼含其勸，則無參商之虞矣；戕其仙姿，無戀愛之心矣；灰其靈竅，無才思之情矣。彼釵玉花麝者，皆張其羅而穴其隧，所以迷眩纏陷天下者▲⓮也。〔直似莊老，奇甚怪甚！〕

▼續畢，擲筆就寢。頭剛著枕，便忽睡去，一夜竟不知所之，直至天明方醒。▲〔此猶是襲人餘功也。想每日每夜，寶玉自是心忙身忙口忙之極，今則怡然自適，雖此一刻，於身心無所補益，能有一時之閒閒自若，亦豈非襲卿之所使也？〕

翻身看時，只見襲人和衣睡在衾上。〔神極之筆！試思襲人不來同臥，亦不成文字，來同臥更不成文字，卻云「和衣衾上」，正是來同臥不來同臥之間，何神奇文？妙絕矣。好襲人。真好石頭記得真，真好述者述得不錯，真好批者批得出。〕寶玉將昨日的事已付與度外，〔更好！可見玉卿的是天真爛熳之人也，近之所謂獃公子，又曰老好人，又曰無心道人是也。殊不知尚古淳風。〕便推他說道：「起來好生睡，看凍著了。」原來襲人見他無曉夜和姊妹們廝鬧，若直勸他，料不能改，故用柔情以警之，料他不過半日片刻仍復好了。不想寶玉一日夜竟不回轉，自己反不得主意，直一夜沒好生睡得。今忽見寶玉如此，料他心意回轉，便越性不睬他。寶玉見他不應，便伸手替他解衣。剛

▼趁著酒興，不禁而續，是作者自站地步處。謂余何人耶，敢續莊子？然奇極怪極之筆，從何設想？怎不令人叫絕！己卯冬夜。

▼這亦暗露玉兄閒窗淨几，不寂不離之功業。壬午孟夏。

⓫ 毀絕句：鉤，木匠用來定曲線的工具。繩，木匠用來定直線的工具。規，畫圓形的工具。矩，畫方形的工具。

⓬ 攦工倕句：攦，音ㄌㄧˋ。折斷。工倕，傳說堯時的能工巧匠。

⓭ 灰黛玉句：灰，消滅。靈竅，聰慧靈巧。

⓮ 皆張其羅兩句：言襲人、麝月、寶釵、黛玉張大了網，深挖了陷阱，專門迷惑、捕捉天下之人。

▼趙香梗先生秋樹根偶譚內，兗州少陵臺有子美祠為郡守毀為己祠。先生歎子美生遭喪亂，奔走無家，熟料千百年後數椽片瓦猶遭貪吏之毒手，甚矣！才人之厄也。因改公茅屋為秋風所破歌數句，為少陵解嘲：「少陵遺像太守欺無力，忍能對面為盜賊，公然折克非

解開了鈕子，被襲人將手推開，（好看煞！）又自扣了。寶玉無法，只得拉住他的手，笑道：「你到底怎麼了？」連問幾聲，襲人睜眼說道：「我也不怎麼。你睡醒了，你自過那邊房裡去梳洗，再遲了就趕不上。」（說得好痛快。）寶玉道：「我過哪裡去？」（問得更好。）襲人冷笑道：「你問我，（三字如聞。）我知道？你愛往哪裡去，就往哪裡去。從今咱們兩個丟開手，省得雞聲鵝鬥，叫別人笑。橫豎那邊膩了，過來這邊，又有個什麼四兒五兒伏侍。我們這起東西，可是白玷辱了好名好姓的。」寶玉笑道：「你今還記著呢！」（非渾一純粹，哪能至此！）襲人道：「一百年還記著呢！比不得你，拿著我的話當耳旁風，夜裡說了，早起就忘了。」（這方是正文，直勾起「花解語」一回文字。）寶玉見他嬌嗔滿面，（又用幻筆瞞過看官。）情不可禁，便向枕邊拿起一根玉簪來，一跌兩段，說道：「我再不聽你說，就同這個一樣！」襲人忙的拾了簪子，說道：「大清早起，這是何苦來？聽不聽什麼要緊，（已留後文地步。）也值得這種樣子！」寶玉道：「你哪裡知道我心裡急！」襲人笑道：（自此方笑。）「你也知道著急麼？可知我心裡怎麼樣？快起來洗臉去罷。」（結得一星渣汁全無，且合怡紅常事。）說著，二人方起來梳洗。

▼寶玉往上房去後，誰知黛玉走來，見寶玉不在房中，因翻弄案上書看，可巧翻出昨兒的莊子來。看至所續之處，不覺又氣又笑，不禁也提筆續書一絕云：

無端弄筆是何人？作踐南華莊子因⑮。
不悔自己無見識，卻將醜語怪他人。（罵得痛快，非顰兒不可，真好顰兒，真好顰兒，好詩。若云知音者，顰兒也。至此方完「箴玉」半回。不用寶玉見此詩若長若短，亦是大手法。）

⑮ 莊子因：清代林雲銘所作闡述莊子意義的著作。林雲銘，約一六二八～一六九七，順治十五年（一六五八）中進士。

寫畢，也往上房來見賈母，後往王夫人處來。▲

誰知鳳姐之女大姐病了，正亂著請大夫來診脈。大夫便說：「替夫人、奶奶們道喜，姐兒發熱是見喜⑯了，並非別病。」王夫人、鳳姐聽了，忙遣人問：「可好不好？」醫生回道：「病雖險，卻順，（在子嗣艱難化出。）倒還不妨。預備桑蟲豬尾要緊。」鳳姐聽了，登時忙將起來，一面打掃房屋供奉痘疹娘娘；一面傳與家人，忌煎炒等物；一面命平兒打點鋪蓋衣服與賈璉隔房；一面又拿大紅尺頭與奶子丫頭親近人等裁衣。（幾個「一面」寫得如見其景。）外面又打掃淨室，款留兩個醫生，輪流斟酌診脈下藥，十二日不放家去。賈璉只得搬出外書房來齋戒。（此二字內生出許多事來。）鳳姐與平兒都隨著王夫人日日供奉娘娘。

那個賈璉，只離了鳳姐便要尋事，獨寢了兩夜，便十分難熬，便暫將小廝們內有清俊的選來出火。不想榮國府內有一個極不成器、破爛酒頭廚子，名喚多官，（今是多多也，妙名。）人見他懦弱無能，都喚他作多渾蟲。（更好。今之渾蟲更多也。）因他自小父母替他在外娶了一個媳婦，今年方二十來往年紀，生得有幾分人才，見者無不羨愛。他生性輕浮，最喜拈花惹草，多渾蟲又不理論，只是有酒有肉有錢，便諸事不管了，所以榮寧二府之人都得入手。因這個媳婦美貌異常，輕浮無比，眾人都呼他作「多姑娘兒」。（更妙！）如今賈璉在外熬煎，往日也曾見過這媳婦，失過魂魄，只是內懼嬌妻，外懼孌寵，不曾下得手。那多姑娘兒也曾有意於賈璉，只恨沒空。今聞賈璉挪在外書房來，他便沒事也要走兩趟去招惹，惹的賈璉似飢鼠一般。少不得和心腹的小廝們計議，合同遮掩謀求，多以金帛相許。小廝們焉有不允之理？況都和這媳婦是好友，一說便成。是夜二鼓人定，多渾蟲醉昏在炕，賈璉便溜了來相會。進門一見其態，早已魄▼

己祠，旁人有口呼不得。夢歸來今聞歎息，白日無光天地黑。安得曠宅千萬宮，太守取之不盡生歡顏，公祠免毀安如山。」讀之令人感慨悲憤，心常耿耿。壬午九月，因索書甚迫，姑志於此，非批石頭記也，為續莊子因數句。真是打破胭脂陣，坐透紅粉關，另開生面之文，無可評處。又借阿鞚詩自相鄙

⑯ 見喜：出天花。舊時「天花」極兇險，瘡豆出來就比較平安，因此稱「見喜」。

飛魂散，也不用情談款敘，便寬衣動作起來。誰知這媳婦有天生的奇趣，一經男子挨身，便覺遍身筋骨癱軟，（淫極！虧想得出。）使男子如臥棉上，（如此境界，自勝西方蓬萊等處。）更兼淫態（總為後文寶玉一篇作引。）浪言，壓倒娼妓。諸男子至此，豈有惜命者哉？（涼水灌頂之句。）那賈璉恨不得連身化在他身上。那媳婦故作浪語，在下說道：「你家女兒出花兒，供著娘娘，你也該忌兩日，倒為我髒了身子。（淫婦勾人，慣加反語，看官著眼。）（親極之語，趣極之語。）快離了我這裡罷！」賈璉一面大動，一面喘吁吁答道：「你就是娘娘，我哪裡管什麼娘娘！」（亂語不倫，的是有之。）那媳婦越浪，賈璉越醜態畢露。一時事畢，（可以噴飯。）兩個又海誓山盟，難分難捨。此後遂成相契。（著眼，再從前看如何光景？）▲（趣文。「相契」作如此用，相契掃地矣。）

一日，大姐兒毒盡斑回，（好快日子吓！）十二日後送了娘娘，合家祭天祀祖，還願焚香，慶賀放賞已畢，賈璉仍復搬進臥室。見了鳳姐，正是俗語云「新婚不如遠別」，更有無限恩愛，自不必煩絮。（隱得好。）

次日早起，鳳姐往上屋去後，平兒收拾賈璉在外的衣服鋪蓋，不承望枕套中抖出一綹青絲來。平兒會意，忙拽在袖內，（好極！不料平兒大有襲卿之身分，可謂何地無材，蓋造際有別耳。也有今日。）便走至這邊房內來，拿出頭髮來向賈璉笑道：「這是什麼？」（好看之極！）賈璉看見，著了忙，搶上來要奪。平兒便跑，被賈璉一把揪住，按在炕上，掰手要奪，口內笑道：「小蹄子，你不趁早拿出來，我把你膀子撅了。」（無情太甚！）平兒笑道：「你就是沒良心的！我好意瞞著他來問你，你倒賭狠。你只賭狠，等他回來我告訴他，看你怎麼著！」（有是語！恐卿口不應。）賈璉聽說，忙陪笑道：「好人，賞我罷，我再不賭狠了。」（好聽好看之極，迴不犯襲卿。）

一語未了，（石頭記大法小法累累如是，並不為厭。）只聽鳳姐聲音進來。（驚天駭地之文！如何？不知下文怎樣了結？使賈璉及觀者一齊喪膽。）二人都怕他知道，平兒剛起身，鳳姐已走進來，命平兒：「快開匣子，替太太找樣子。」平兒忙答應了找時，鳳姐見了賈璉，忽然想起來，便問平兒：「拿出去的東西，都收進來了麼？」平兒道：「收進來了。」鳳姐道：「可少什麼沒有？」

駁，可見余前批不謬。己卯冬夜。

寶玉不見詩，是後文餘步也，石頭記得力所在。丁亥夏，畸笏叟。

▼一部書中，只有此一段醜極太露之文，寫於賈璉身上，恰極當極！己卯冬夜。

看官熟思，寫珍、璉輩當以何等文方妥方恰也？壬午孟夏。

平兒道：「我也怕丟下一兩件，細細的查了查，也不少。」鳳姐道：「不少就好，只是別多出來罷？」看至此，寧不拍案叫絕？奇！平兒笑道：「不丟萬幸，可兒可兒，卿亦明知故說耳。誰還添出來呢？」鳳姐冷笑道：「這半個月難保乾淨，或者有相厚的丟下的東西——戒指、汗巾、香袋兒，再至於頭髮、指甲，都是東西。」好阿鳳，令人膽寒。余自有三分主意。一席話，說的賈璉臉都黃了。賈璉在鳳姐身後，只望著平兒殺雞抹脖⑰使眼色兒，平兒只裝著看不見，因笑道：「怎麼我的心就和奶奶的心一樣，我就怕有這些個，留神搜了一搜，竟一點破綻也沒有。奶奶不信時，那些東西我還沒收呢，奶奶親自翻尋一遍去。」好平兒，遍天下懼內者來感謝。鳳姐笑道：「傻丫頭，可嘆可笑，竟不知誰傻。他便有這些東西，哪裡就叫偺們翻著了。」好阿鳳，好文字，雖係閨中女兒口角小事，讀之不無聰明得失、痴心真假之感。說著，尋了樣子又上去了。

▼平兒指著鼻子，晃著頭笑道：好看煞！可見可見。「這件事怎麼回謝我呢？」嬌俏如見，迥不犯襲卿、麝月一筆。喜的個賈璉身癢難撓，跑不但賈兒癢癢，即批書人此刻幾乎落筆。試問看官此際若何光景！上來摟著，「心肝腸肉」亂叫亂謝。平兒仍拿了頭髮，笑道：「這是我一生的把柄了。好就好，不好就抖漏出這事來。」賈璉笑道：「你只好生收著罷，千萬別叫他知道。」口裡說著，畢肖。瞅他不防，便搶了璉兒不分玉石，但負我平姐，奈何奈何！過來，笑道：「你拿著終是禍患，不如我燒了他完事。」一面說著，一面妙說！使平兒再不致泄漏，故仍用賈璉搶回，後文遺失梭過脈也。便塞於靴掖內。平兒咬牙道：「沒良心的東西，過了河就拆橋，明兒還想我替你撒謊？」賈璉見他嬌俏動情，便摟著求歡，被平兒奪手跑了，急的賈璉彎著腰恨道：「死促狹⑱小淫婦！一定浪上人的火來，他又跑了。」醜態如見，淫聲如聞，今古淫書未有之章法。平兒在窗外笑道：「我浪我的，誰叫你動火了？妙極之談。直是理學工夫，所謂不可正照風月鑑也。難道圖你受用一回，阿平，「你」字作牽強，余不畫押，一笑。叫他知道了，又不待見⑲我。」鳳姐醋妒，於平兒前猶如是，況他人乎？余謂鳳姐必是甚於諸人，觀者不信，今平兒說出，然乎？否乎？賈

▼此段係書中情之瑕疵，寫為「阿鳳生日潑醋」回及「天風流寶玉悄看晴雯」回作引，伏線千里外之筆也。丁亥夏，畸笏。

⑰ 殺雞抹脖：表示內心急迫的手勢。

⑱ 促狹：刁鑽古怪，愛捉弄人。

璉道：「你不用怕他，等我性子上來，把這醋罐子打個稀爛，他纔認得我呢！他防我像防賊的，只許他同男人說話，不許我和女人說話；我和女人略近些，他就疑惑。他不論小叔子、侄兒，大的小的，說說笑笑，就不怕我吃醋了？以後我也不許他見人！」▲（無理之甚，卻是妙極趣談，天下懼內者背後之談皆如此。）平兒道：「他醋你使得，你醋他使不得。他原行的正、走的正；你行動便有個壞心，連我也不放心，別說他了。」賈璉道：「你兩個一口賊氣，都是你們行的是，我凡行動都存壞心。多早晚都死在我手裡！」

一句未了，鳳姐走進院來。因見平兒在窗外，就問道：「要說話兩個人不在屋裡說，怎麼跑出一個來，隔著窗子是什麼意思？」▼賈璉在窗內接道：「你可問他，倒像屋裡有老虎吃他呢！」（好！）平兒道：「屋裡一個人沒有，我在他跟前作什麼？」▲鳳姐兒笑道：「正是沒人纔好呢！」平兒聽說，便說道：「這話是說我呢！」鳳姐笑道：（「笑」字妙！平兒反正色，鳳姐反陪笑，奇極意外之文。）「不說你說誰？」平兒道：「別叫我說出好話來了！」說著，也不打簾子讓鳳姐，（若在屋裡，何敢如此形景？不要加上許多小心！平兒平兒，有你說嘴的。）自己先摔簾子進來，往那邊去了。鳳姐自掀簾子進來，說道：「平兒瘋魔了，這蹄子認真要降伏我，仔細你的皮要緊！」賈璉聽了，已絕倒炕上，（懼內形景寫盡了。）拍手笑道：「我竟不知平兒這麼利害，從此倒伏他了。」鳳姐道：「都是你慣的他，我只和你說！」賈璉聽說，忙道：「你兩個不卯⑳，又拿我來作人㉑！我躲開你們。」鳳姐道：「我看你躲到哪裡去！」賈璉道：「我就來！」鳳姐道：「我有話和你商量。」不知商量何事，且聽下回分解。正是：（收後淡雅之至！）

▼此等章法是在戲場上得來。一笑。畸笏。

⑲ 不待見：不喜歡。含有「厭惡」的意思。

⑳ 不卯：不投卯；不和。

㉑ 作人：這裡是作踐人、拿人出氣之意。

淑女從來多抱怨，嬌妻自古便含酸。二語包盡古今萬萬世裙釵。

1. 「那林黛玉嚴嚴密密裹著一幅杏子紅綾被」，「嚴嚴密密」庚辰本原抄作雙行小字批文。今依各本改作正文。

2. 「因命四兒剪燈烹茶，自己看了一回南華經」，庚辰本原無，據甲戌本補入。

第二十二回　聽曲文寶玉悟禪機　製燈謎賈政悲讖語

▼將薛、林作甄玉、賈玉看書，則不失執筆人本旨矣。丁亥夏，畸笏叟。

話說賈璉聽鳳姐兒說有話商量，因止步問是何話。鳳姐道：「二十一是薛妹妹的生日，你到底怎麼樣呢？」[好！] 賈璉道：「我知道怎麼樣？你連多少大生日都料理過了，這會子倒沒了主意？」鳳姐道：「大生日料理，不過是有一定的則例在那裡；如今他這生日，大又不是，小又不是，所以和你商量。」賈璉聽了，低頭想了半日，道：「你今兒糊塗了，現有比例呀！那林妹妹就是比例。往年怎麼給林妹妹過的，如今也照依給薛妹妹過就是了。」[有心機人在此。] 鳳姐聽了，冷笑道：「我難道連這個也不知道？我原也這麼想定了。但昨兒聽見老太太說，問起大家的年紀生日來，聽見薛大妹妹今年十五歲，雖不是整生日，也算得將笄之年❶。老太太說要替他作生日。想來若果真替他作，自然比往年與林妹妹的不同了。」[此例引的極是，無怪賈政委以家務也。] 賈璉道：「既如此，比林妹妹的多增些。」鳳姐道：「我也這麼想著，所以討你的口氣。我若私自添了東西，你又怪我不告訴明白你了。」賈璉笑道：「罷，罷！這空頭情我不領，你不盤察我就夠了，我還怪你！」說著，一逕去了。不在話下。[一段題綱寫得如見如聞，且不失前篇懼內之旨。最奇者，黛玉乃賈母溺愛之人也，不聞為作生辰，卻云特意與寶釵，實非人想得著之文也。此書通部皆用此法，瞞過多少見者，余故云不寫而寫是也。]

且說史湘雲住了兩日，因要回去。賈母因說：「等過了你寶姐姐的生日，看了戲再回去。」史湘雲聽了，只得住下；又一面遣人回去，將自己舊日作的兩色針線活計取來，為寶釵生辰之儀。

❶ 將笄之年：古代女子十五歲或訂婚時，才在頭上戴笄（一種簪類的飾物），後來便以「及笄之年」表示女子成年。

▼誰想賈母自見寶釵來了，喜他穩重和平，（四字評倒黛玉，是以特從賈母眼中寫出。）正值他纔過第一個生辰，便自己捐資二十兩，（寫出太君高興，世家之常事耳。）喚了鳳姐來，交與他置酒戲。▲鳳姐湊趣笑道：「一個老祖宗給孩子們作生日，不（家常話，卻是空中樓閣，陡然架起。）拘怎樣，誰還敢爭？又辦什麼酒戲！既高興要熱鬧，就說不得自己花上幾兩；巴巴的找出這霉爛的二十兩銀子來作東道，這意思還叫我賠上？果然拿不出來也罷了，▼金的、銀的、圓的、扁的，壓塌了箱子底，▲只是勒掯❷我們。舉眼看看，誰不是兒女？難道將來只有寶兄弟頂了你老人家上五臺山❸不成？那些梯己只留於他。我們如今雖不配使，別苦了我們。這個夠酒的？夠戲的？」說的滿屋裡都笑起來，賈母亦笑道：「你們聽聽這嘴！我也算會說的，怎麼說不過這猴兒？你婆婆也不敢強嘴，你和我啷呀啷的❹！」（正文在此一句。）鳳姐笑道：「我婆婆也是一樣的疼寶玉，我也沒處去訴冤，倒說我強嘴。」說著，又引著賈母笑了一回，賈母十分喜悅。

到晚間，眾人都在賈母前，定昏之餘，大家娘兒姊妹等說笑時，賈母因問寶釵愛聽何戲、愛吃何物等語。寶釵深知賈母年老人喜熱鬧戲文，愛吃甜爛之食，便總依賈母往日素喜者說了出來。（看他寫寶釵，比顰兒如何？）賈母更加歡悅。次日，便先送過衣服玩物禮去，王夫人、鳳姐、黛玉等諸人皆有隨分不一，不須多記。

至二十一日，就賈母內院中搭了家常小巧戲臺，（另有大禮所用之戲臺也，侯門風俗斷不可少。）定了一班新出小戲，崑弋兩腔❺

▼前看鳳姐問璉作生日數語，甚泛泛，至此見賈母捐資，方知作者寫阿鳳心機，無絲毫漏筆。己卯冬夜。

▼小科諢解頤，卻為借當伏線。壬午九月。

❷ 勒掯：強行索討、敲詐。掯，音ㄎㄣˋ。

❸ 頂了你老人家上五臺山：舊時出殯時，孝子在靈前領路，叫做「頂喪駕靈」。此處「頂」為「頂喪」之義。五臺山是佛教聖地，此處以五臺山代指墓地，有升天成佛的意思。

❹ 啷呀啷的：形容說話口齒伶俐，聲音輕快。

皆有。（是賈母好熱鬧之故。）就在賈母上房排了幾席家宴酒席，（是家宴，非東閣盛設也，非世代公子再想不及此。）並無一個外客，只有薛姨媽、史湘雲、寶釵是客，餘者皆是自己人。（將黛玉亦算為自己人，奇甚！）這日早起，寶玉因不見林黛玉，（又轉至黛玉，文字亦不可少也。）便到他房中來尋。只見林黛玉歪在炕上，寶玉笑道：「起來吃飯去，就開戲了。你愛看哪一齣？我好點。」林黛玉冷笑道：「你既這樣說，你特叫一班戲來，揀我愛聽的唱給我看。這會子犯不上跐著人借光兒❻問我。」（好聽之極，令人絕倒。）寶玉笑道：「這有什麼難的？明兒就這樣行，也叫他們借偺們的光兒。」一面說，一面拉起他來，攜手出去。

吃了飯點戲時，賈母一定先叫寶釵點，寶釵推讓一遍，無法，只得點了一折西遊記，（是順賈母之心也。）賈母自是歡喜。然後便命鳳姐點，鳳姐亦知賈母喜熱鬧，更喜謔笑科諢，（寫得周到，想得奇趣，實是必真有之。）便點了一齣劉二當衣▲❼，賈母果真更又喜歡。然後便命黛玉點，（先讓鳳姐點者，是非待鳳先而後玉也。蓋亦素喜鳳嘲笑得趣之故，今故命彼點，彼亦自知，並不推讓，承命一點，便合其意。此篇是賈母取樂，非禮筵大典，故如此寫。）黛玉因讓薛姨媽、王夫人等，賈母道：「今日原是我特帶著你們取笑，偺們只管偺們的，別理他們。我巴巴的唱戲擺酒，為他們不成？他們在這裡白聽白吃，已經便宜了，還讓他們點呢！」說著，大家都笑了。黛玉方點了一齣。（不題何戲，妙！蓋黛玉不喜看戲也。正是與後文「妙曲警芳心」留地步，正見此時不過草草隨眾而已，非心之所願也。）然後寶玉、史湘雲、迎、探、惜、李紈等俱各點了，按齣扮演。

▼鳳姐點戲，脂硯執筆事，今知者寥寥矣，不悲夫！

前批書知者寥寥，今丁亥夏只剩朽物一枚，寧不痛乎！

---

❺ 崑弋兩腔：指崑山腔和弋陽腔。清代乾隆年間，許多戲班兼演崑山腔和弋陽腔，稱為「崑弋班」。

❻ 跐著人借光兒：指靠著別人沾光。跐，音ㄘˇ。踩踏。

❼ 劉二當衣：弋陽腔劇目，演劉二到當鋪質當衣服，當鋪還沒開門，他就在當鋪門前等候，唱戲解悶，南腔北調，插科打諢，是一齣滑稽熱鬧的小戲。

至上酒席時，賈母又命寶釵點，寶釵點了一齣魯智深醉鬧五臺山❽。寶玉道：「只好點這些戲。」寶釵道：「你白聽了這幾年的戲，哪裡知道這齣戲的好處！排場又好，詞藻更妙。」寶玉道：「我從來怕這些熱鬧。」寶釵笑道：「要說這一齣熱鬧，你還算不知戲呢！是極！寶釵可謂博學矣，不似黛玉，只一牡丹亭，便心身不自主矣。真有學問如此，寶釵是也。你過來，我告訴你，這一齣戲熱鬧不熱鬧——是一套北點絳唇❾，鏗鏘頓挫，韻律不用說是好的了；只那詞藻中有一枝寄生草，填的極妙，你何曾知道？」寶玉見說的這般好，便湊近來央告：「好姐姐，念與我聽聽。」寶釵便念道：

漫揾❿英雄淚，相離處士⓫家。謝慈

至上酒席時，賈母又命寶釵點，寶釵點了一齣魯智深醉鬧五臺山。寶玉道……。（清上海畫冊）

❽ 魯智深醉鬧五臺山：此戲又叫山門，原是明末清初丘園虎囊彈中一齣，取材於水滸傳第四回魯智深大鬧五臺山。

❾ 一套北點絳唇：點絳唇是曲牌名，一般用作北曲仙呂套曲的首曲，故稱為北點絳唇套曲。下文寄生草也是曲牌名。

❿ 揾：擦拭。

▼湘雲、探春二卿，正「事無不可對人言」芳性。丁亥夏，畸笏叟。

悲，剃度在蓮臺⑫下。沒緣法，轉眼分離乍。赤條條來去無牽掛。哪裡討、烟蓑雨笠捲單行？一任俺、芒鞋破鉢隨緣化⑬！此闋出自山門傳奇。近之唱者將「一任俺」改為「早辭卻」，無理不通之甚。必從「一任俺」三字，則「隨緣」二字方不脫落。

寶玉聽了，喜的拍膝畫圈，稱賞不已，又讚寶釵無書不知。林黛玉道：「安靜看戲罷，還沒唱山門，你倒裝瘋⑭了。」趣極！今古利口莫過於優伶，此一詼諧，優伶亦不得如此急速得趣，可謂才人百技也。一段醋意可知。說的湘雲也笑了。於是大家看戲。

至晚散時，賈母深愛那作小旦的與一個作小丑的，因命人帶進來。細看時，益發可憐見。是賈母眼中之內之想。因問年紀，那小旦纔十一歲，小丑纔九歲。大家嘆息一回，賈母令人另拿些肉、果與他兩個，又另外賞錢兩串。鳳姐笑道：「這個孩子扮上活像一個人，明明不叫人說出。你們再看不出來。」寶釵心裡也知道，便只一笑不肯說。寶釵如此。寶玉也猜著了，亦不敢說。不可少。▼史湘雲接著笑道：「倒像林妹妹的模樣兒！」▲事無不可對人言。口直心快，無有不可說之事。寶玉聽了，忙把湘雲瞅了一眼，使個眼色。眾人卻都聽了這話，留神細看，都笑起來了，說果然不錯。一時散了。

晚間，湘雲更衣時，便命翠縷把衣包打開收拾，都包了起來。翠縷道：「忙什麼！等去的日子再包不遲。」湘雲道：「明兒一早就走，在這裡作什麼？看人家的鼻子眼睛，什麼意思！」此是真惱，非顰兒之惱可比，然錯怪寶玉矣。亦不可不惱。寶玉聽了這話，忙趕近前拉他，說道：「好妹妹，你錯怪了我。林妹妹是個多心的人，別人分

⑪ 處士：指有才德而不願意做官的人。

⑫ 蓮臺：指佛座，佛座雕有蓮花圖案，故稱蓮臺。

⑬ 芒鞋破鉢隨緣化：穿著草鞋拿著破碗到處化緣。芒鞋，草鞋。鉢，和尚用的碗。

⑭ 裝瘋：出於不伏老雜劇，演唐代尉遲敬德對朝廷不滿，不願掛帥出征，借裝瘋拒絕朝廷任命。

明知道，不肯說出來，也皆因怕他惱。誰知你不防頭就說了出來，他豈不惱你？我是怕你得罪了他，所以纔使眼色。你這會子惱我，不但辜負了我，而且反倒委屈了我。若是別人，哪怕他得罪了十個人，與我何干呢？」湘雲摔手道：「你那花言巧語別哄我！我也原不如你林妹妹，別人說他、拿他取笑都使得，只我說了就有不是。我原不配說他，他是小姐主子，我是奴才丫頭，得罪了他，使不得！」寶玉急的說道：「我倒是為你，反為出不是來了。我要有外心，（玉兄急了。）立刻就化成灰，叫萬人踐踹！」（千古未聞之誓，懇切盡情，寶玉此刻之心為何？）湘雲道：「大正月裡，少信嘴胡說。（回護石兄。）這些沒要緊的惡誓、散話、歪話，說給那些小性兒、行動愛惱的人、會轄治你的人聽去，（此人為誰？）別叫我啐你。」說著，一逕至賈母裡間，忿忿的躺著去了。

寶玉沒趣，只得又來尋黛玉。剛到門檻前，黛玉便推出來，將門關上。寶玉又不解何意，在窗外只是吞聲叫「好妹妹」，黛玉總不理他。寶玉悶悶的垂頭自審。襲人早知端的，當此時斷不能勸。（寶玉在此時一勸必崩了，襲人見機甚妙！）那寶玉只是呆呆的站在那裡，黛玉只當他回房去了，便起來開門，只見寶玉還站在那裡，黛玉反不好意思，不好再闖，只得抽身上床躺著。寶玉隨進來問道：「凡事都有個原故，說出來，人也不委屈。好好的就惱了，終是什麼原故起的？」林黛玉冷笑道：「問的我倒好，我也不知為什麼原故。我原是給你們取笑的，拿我比戲子取笑。」▼寶玉道：「我並沒有比你，我並沒笑，為什麼惱我呢？」黛玉道：「你還要比？你還要笑？（可謂官斷十條路是也。）你不比不笑，比人比了笑了的還利害呢！」寶玉聽說，無可分辯，不則一聲。（何便無言可辯？真令人不解。前文湘雲方來，「正言彈妒意」一篇中，顰、玉角口後收至褂子一篇，余已注明不解矣。回思自心自身是玉、顰之心，則洞然可解，否則無可解也。身非寶玉，則有辯有答；若寶玉，則再不能辯不能答。何也？總在二人心上想來。）黛玉又道：「這一節還恕得。再你為什麼又和雲兒使眼色？這安的是什麼心？莫不是他和我頑，他就自輕自賤了？他原是公侯的小姐，我原是貧民的丫頭，他和我頑，設若我回了口，

▼此書如此等文章多多，不能枚舉，機栝神思自從天分而有。其毛錐寫人口氣傳神

豈不他自惹人輕賤呢？是這主意不是？這卻也是你的好心，只是那一個偏又不領你這好情，一般也惱了。（顰兒自知雲兒惱，用心甚矣。）你又拿我作情，倒說我小性兒，行動肯惱；你又怕他得罪了我，我惱他。我惱他，與你何干？他得罪了我，又與你何干？」（顰兒卻又聽見，用心甚矣。問的卻極是，但未必心應。若能如此，將來淚盡夭亡已化烏有，世間亦無此一部紅樓夢矣。）

寶玉見說，方纔與湘雲私談，他也聽見了。細想自己原為他二人，怕生隙惱，方在中調和，不想並未調和成功，反已落了兩處的貶謗，正合著前日所看南華經上有「巧者勞而智者憂，無能者無所求，飽食而遨遊，泛若不繫之舟⑮」，又曰「山木自寇」、「源泉自盜」⑯（按原注，山木，漆樹也，精脈自出，豈人所使之？故云「自寇」，言自相戕賊也。）等語，（源泉味甘，然後人爭取之，自尋乾涸也，亦如山木，意皆寓人智能聰明多知之害也。前文無心云看南華經，不過襲人等惱時，無聊之甚，偶以釋悶耳；殊不知用於今日，大解悟大覺迷之功甚矣。市徒見此必云前日看的是外篇胠篋，如何今日又知若許篇？然則彼只曾看外篇數語乎？想其理，自然默默看過幾篇，適至外篇，故偶觸其機，方續之也。且更有見前所續，則曰續的不通，更可笑矣。若云只看了那幾句便續，則寶玉彼時之心是有意續莊子，並非釋悶時偶續之也。

試思寶玉雖愚，豈有安心立意與莊子爭衡哉？且寶玉有生以來，此身此心為諸女兒應酬不暇，眼前多少現成有益之事尚無暇去作，豈忽然要分心於腐言糟粕之中哉？可知除閨閣之外，並無一事是寶玉立意作出來的。大則天地陰陽，小則功名榮枯，以及吟篇琢句，皆是隨分觸情，偶得之不喜，失之，不悲。若當作有心，則謬矣。只看大觀園題詠之文，已算平生得意之句，得意之事矣，然亦總不見再吟一句，再題一事，據此可見矣。然後可知前夜是無心順手拈了一本莊子在手，且酒興醮醮，芳愁默默，順手不計工拙，草草一續也。若使順手拈一本近時鼓詞，或如「鐘無豔赴會，齊太子走國」等草野風邪之傳，必亦續之矣。觀者試看此批，然後謂余不謬。所以可恨者，彼夜卻不曾拈了山門一齣傳奇；若使山門在案，彼時拈著，又不知於寄生草後續出何等超凡入聖、大覺大悟諸語錄來。黛玉一生是聰明所誤。寶玉是多事所誤。多事者情之事也，非世事也。多情曰多事，亦宗莊筆而來，蓋余亦偏矣，可笑。阿鳳是機心所誤，寶釵是博知所誤，湘雲是自愛所誤，襲人是好勝所誤，皆不能跳出莊叟言外，悲亦甚矣。再筆。）因此越想越無趣。再細想來，目下不過這兩個人，尚未應酬妥協，將來猶

攝魄處，怎不令人拍案稱奇叫絕？丁亥夏，畸笏叟。

神工乎，鬼工乎？文思至此盡矣。丁亥夏，畸笏。

---

⑮ 泛若不繫之舟：像沒有纜繩拴縛的小船到處漂泊，語出莊子列禦寇。

⑯ 山木兩句：莊子人間世：「山木自寇也，膏火自煎也。桂可食，故伐之；漆可用，故割之。人皆知有用之用，而莫知無用之用也。」莊子山木云：「直木先伐，甘井先竭。」此兩句意為，樹木成材，才會被人採伐；泉水甘洌，才會使用過度而乾涸。一切煩惱、禍害都是自己招來的。

欲何為？看他只這一筆，寫得寶玉又如何用心於世道？言閨中紅粉尚不能周全，何碌碌偕欲治世待人接物哉？視閨中自然如兒戲，視世道如虎狼矣，誰云不然？想到其間，也無庸分辯回答，自己轉身回房來。顰兒云「與你何干」，寶玉如此一回則曰「與我何干」可也。口雖未出，心已悟矣，但恐不常耳。若常存此念，無此一部書矣。看他下文如何轉折。林黛玉見他去了，便知回思無趣，賭氣去了，一言也不曾發；不禁自己越發添了氣，只此一句，又勾起波浪。去則去，來則來，又何氣哉？總是斷不了這根孽腸，忘不了這個禍害，既無而又有也。便說道：「這一去，一輩子也別來，也別說話！」

寶玉不理，此是極心死處，將來如何？回房躺在床上，只是瞪瞪的。襲人深知原委，不敢就說，一說必崩。只得以他事來解釋，因說道：「今兒看了戲，又勾出幾天戲來。寶姑娘一定要還席的。」寶玉冷笑道：「他還不還，管誰什麼相干？」大奇大神之文。此「相干」之語，仍是近文與顰兒之語之「相干」也。上文來說終存於心，卻於寶釵身上發洩。素厚者惟顰、雲，今為彼等尚存此心，況於素不契者，有不直言者乎？情理筆墨，無不盡矣。襲人見這話不是往日的口吻，因又笑道：「這是怎麼說？好好的大正月裡，娘兒們、姊妹們都喜喜歡歡的，你又怎麼這個形景了？」寶玉冷笑道：「他們娘兒們、姊妹們歡喜不歡喜，也與我無干。」先及寶釵，後及眾人，皆一顰之禍流毒於眾人。寶玉之心實僅有一顰乎！襲人笑道：「他們既隨和，你也隨和，豈不大家彼此有趣？」寶玉道：「什麼是『大家彼此』？他們有『大家彼此』，我是赤條條來去無牽掛。」拍案叫好。當此一發，西方諸佛亦來聽此棒喝，參此語錄。談及此句，不覺淚下。還是心中不淨不了，斷不斷之故。襲人見此光景，不肯再說。寶玉細想這句趣味，不禁大哭起來，此是忘機大悟，世人所謂瘋顛是也。翻身起來至案，遂提筆立占一偈云：

你證我證，心證意證。
是無有證，斯可云證。
無可云證，是立足境。⓱已悟已覺，是好偈矣。寶玉悟禪亦由情，讀書亦由情，讀莊亦由情，可笑。

寫畢，自雖解悟，又恐人看此不解，自悟則自了，又何用人亦解哉？此正是猶未正覺大悟也。因此亦填一支寄生草，也寫在偈後。此處亦續寄生草。余前批云不曾見續，今卻見之，是意外之幸也。蓋前夜莊子是道悟，此日是禪悟，天花散漫之文也。自己又念一遍，自覺無掛礙，中心自得，便上床睡了。前夜已悟，今夜又悟，二次翻身不出，故一世墮落無成也。不寫出曲文何辭，卻留與寶釵眼中寫出，是交代過節也。

誰想黛玉見寶玉此番果斷而去，故以尋襲人為由，來視動靜。這又何必？總因慧刀不利，未斬毒龍之故也。大都如此，嘆嘆！襲人笑回：「已經睡了。」黛玉聽說，便要回去。襲人笑道：「姑娘請站住，有一個字帖兒，瞧瞧是什麼話。」說著，便將方纔那曲子與偈語悄悄拿來，遞與黛玉看。黛玉看了，知是寶玉一時感忿而作，不覺可笑可嘆，是個善知覺，何不趁此大家一解齊證上乘，甘心墮落迷津哉？便向襲人道：「作的是頑意兒，無甚關係。」黛玉說無關係，將來必無關係。余正恐顰、玉從此一悟，則無妙文可看矣。不想顰兒視之為漠然，更曰「無關係」，可知寶玉不能悟也。余心稍慰。蓋寶玉一生行為，顰知最確，故余聞顰語則信而又信，不必寶玉而後證之方信也。余云恐他二人一悟則無妙文可看，然欲為開我懷，為醒我目，卻願他二人永墮迷津，生出孽障，余心甚不公矣。世云損人利己者，余此願是矣。試思之，可發一笑。今自呈於此，亦可為後人一笑，以助茶前酒後之興耳。而今後天地間豈不又添一趣談乎？凡書皆以趣談讀去，其理自明，其趣自得矣。說畢，便攜了回房去，與湘雲同看。次日，又與寶釵看。卻不同湘雲分崩，有趣。寶釵看其詞：出自寶釵目中，正是大關鍵處。

無我原非你，從他不解伊。肆行無礙憑來去。茫茫著甚悲愁喜，紛紛說甚親疏密。從前碌碌卻因何？到如今，回頭試想真無趣⑱！看此一曲，試思作者當日發願不作此書，卻立意要作傳奇，則又不知有如何詞曲矣。

---

⑰ 你證我證六句：這首偈語的大意是：我們彼此從對方尋求感情的印證，我們都在精神和意念中尋求這種印證。可是只有到了無可尋求印證之時，才是真正的印證。無可印證，才是真正的立足之境。

⑱ 無我原非你八句：這支曲子大意是：我是虛無的，你也不是真實的你，任憑別人不瞭解你，隨心所欲，無牽無掛，來去自如。人事紛紜，說什麼親密疏遠！從前忙忙碌碌為了什麼？回頭想想真沒有意思。

看畢，又看那偈語，又笑道：「這個人悟了！都是我的不是，都是我昨兒一支曲子惹出來的。這些道書禪機最能移性，拍案叫絕。此方是大悟徹語錄，非寶卿不能談此也。明兒認真說起這些瘋話來，存了這個意思，都是從我這一支曲子上來，我成了個罪魁了。」說著，便撕了個粉碎，遞與丫頭們說：「快燒了罷。」黛玉笑道：「不該撕，等我問他。你們跟我來，包管叫他收了這個痴心邪話。」三人果然都往寶玉屋裡來。

一進來，黛玉便笑道：「寶玉，我問你：至貴者是寶，至堅者是玉，你有何貴？你有何堅？」拍案叫絕。大和尚來答此機鋒，想亦不能答也。非顰兒，第二人無此靈心慧性也。寶玉竟不能答。三人拍手笑道：「這樣愚鈍，還參禪呢！」黛玉又道：「你那偈末云：『無可云證，是立足境』，固然好了；只是據我看還未盡善，我再續兩句在後。」因念云：▼「無立足境，是方乾淨。」拍案叫絕。此又深一層也。亦如諺云：「去年貧，只立錐；今年貧，錐也無。」其理一也。寶釵道：「實在這方悟徹。當日南宗六祖惠能⑲，初尋師至韶州，聞五祖弘忍在黃梅，他便充役火頭僧。五祖欲求法嗣，令徒弟諸僧各出一偈。上座神秀說道：『身是菩提樹，心如明鏡臺。時時勤拂拭，莫使有塵埃。』彼時惠能在廚房碓米，聽了這偈，說道：『美則美矣，了則未了。』因自念一偈曰：『菩提本非樹，明鏡亦非臺。本來無一物，何處染塵埃？』五祖便將衣鉢傳他。▲出語錄。總寫寶卿博學宏覽，勝諸才人；顰兒卻聰慧靈智，非學力所致：皆絕世絕倫之人也。寶玉寧不愧殺！今兒這偈語，亦同此意了。只是方纔這句機鋒，尚未完全了結，這便丟開手不成？」黛玉笑道：「彼時不能答，就算輸了，這會子答上了也不為出奇。只是以後再不許談禪了，連我們兩個所知所能的，你還不知不能呢，還去參禪呢！」▼寶玉自以為覺悟，不想忽被黛玉一問，便不能答，寶釵又比出語錄來，此皆素

▼用得妥當之極！

▼前以莊子為引，故偶續之；又借顰兒詩一鄙駁，兼不寫著落，以為瞞過看官矣。此回用若許曲折，仍用老莊引出一偈來，再續一寄生草，可為大

⑲ 南宗六祖惠能：唐以後，中國的禪宗分為南北兩派，南派主張頓悟，北派主張漸悟。禪宗以達摩東渡為始祖，南派傳至第六世為惠能，稱為「南宗六祖」。

覺大悟已。以之上承果位，以後無書可作矣。卻又輕輕用黛玉一問機鋒，又續偈言二句，並用寶釵講五祖六祖問答二實偈子，使寶玉無言可答，仍將一大善知識，始終跌不出警幻幻榜中，作下回若干回書，真有機心遊龍不測之勢，安得不叫絕？且歷來小說中萬寫不到者。己卯冬夜。

不見他們能者。自己想了一想：「原來他們比我的知覺在先，尚未解悟，我如今何必自尋苦惱。」想畢，便笑道：「誰又參禪？不過一時頑話罷了。」說著，四人仍復如舊。（輕輕抹去也。「心淨難」三字不謬。）

忽然人報：「娘娘差人送出一個燈謎兒，命你們大家去猜。猜著了，每人也作一個進去。」四人聽說，忙出去至賈母上房。只見一個小太監，拿了一盞四角平頭白紗燈，專為燈謎而製。上面已有一個，眾人都爭看亂猜。小太監又下諭道：「眾小姐猜著了，不要說出來，每人只暗暗的寫在紙上，一齊封進宮去，娘娘自驗是否。」寶釵聽了，近前一看，是一首七言絕句，並無甚新奇，口中少不得稱讚，只說難猜，故意尋思，其實一見就猜著了。寶玉、黛玉、湘雲、探春（此處透出探春，正是草蛇灰線，後文方不突然。）四個人也都解了，各自暗暗的寫了半日。一併將賈環、賈蘭等傳來，一齊各揣機心，（寫出猜謎人形景，看他偏於兩次禪機後，寫此機心機事，足見用意至深至遠。）都猜了寫在紙上。然後各人拈一物作成一謎，恭楷寫了，掛在燈上。

太監去了。至晚出來傳諭：「前娘娘所製，俱已猜著，惟二小姐與三爺猜的不是。（迎春、賈環也。小交錯有法。）小姐們作的，也有猜著了，不知是否。」說著，也將寫的拿出來，也有猜著的，也有猜不著的，都胡亂說猜著了。太監又將頒賜之物送與猜著之人，每人一個宮製詩筒，（詩筒，身邊所佩之物，以待偶成之句草錄暫收之，其歸至窗前不致有亡也。或茜牙成，或琢香屑，或以綾素為之不一，想來奇特事，從不知也。）一柄茶筅。（破竹如帚，以淨茶具之積也。二物極微極雅。）獨迎春、賈環二人未得。迎春自為頑笑小事，並不介意。（大家小姐。）賈環便覺得沒趣，且又聽太監說：「三爺說的這個不通，娘娘也沒猜，叫我帶回問三爺是個什麼？」眾人聽了，都來看他作的什麼，寫道是：

大哥有角只八個，二哥有角只兩根。大哥只在床上坐，二哥愛在房上蹲。（可發一笑，真環哥之謎。）

眾人看了，大發一笑。（諸卿勿笑，難為了作者摹擬。）賈環只得告訴太監說：「一個枕頭，一個獸頭。」（虧他好才情，怎麼想來？）太監記了，領茶而去。

賈母見元春這般有興，自己越發喜樂，便命速作一架小巧精緻圍屏燈來，設於當屋，命他姊妹各自暗暗的作了，寫出來粘於屏上。然後預備下香茶細果以及各色玩物，為猜著之賀。賈政朝罷，見賈母高興，況在節間，晚上也來承歡取樂。設了酒果，備了玩物，上房懸了綵燈，請賈母賞燈取樂。上面賈母、賈政、寶玉一席，下面王夫人、寶釵、黛玉、湘雲又一席，迎、探、惜三個又一席。地下婆娘丫鬟站滿。（細致。）李宮裁、王熙鳳二人在裡間又一席。賈政因不見賈蘭，便問：「怎麼不見蘭哥？」（看他透出賈政極愛賈蘭。）地下婆娘忙進裡間問李氏，李氏起身笑著回道：「他說方纔老爺並沒去叫他，他不肯來。」婆娘回覆了賈政。眾人都笑說：「天生的牛心古怪。」賈政忙遣賈環與兩個婆娘將賈蘭喚來，賈母命他在身旁坐了，抓果品與他吃。大家說笑取樂。

往常間只有寶玉長談闊論，今日賈政在這裡，便惟唯唯而已。（寫寶玉如此，非世家曾經嚴父之訓者，斷寫不出此一句。）餘者湘雲雖係閨閣弱女，卻素喜談論，今日賈政在席，也自緘口禁言。（非世家經明訓者，斷不知此一句。寫湘雲如此。）黛玉本性懶與人共，原不肯多語。（黛玉如此。與人多話則不肯，何得與寶玉話更多哉？）寶釵原不妄言輕動，便此時亦是坦然自若。（瞧他寫寶釵，真是又曾經嚴父慈母之明訓，又是世府千金，自己又天性從禮合節，前三人之長並歸於一身。前三人向有捏作之態，故惟寶釵一人作坦然自若，亦不見逾規越矩也。）故此一席雖是家常取樂，反見拘束不樂。（非世家公子斷寫不及此。想近時之家，縱其兒女哭笑索飲，長者反以為樂，其違禮不法，何如是耶？）賈母亦知因賈政一人在此所致之故，（這一句又明補出賈母亦是世家明訓之千金也，不然斷想不及此。）酒過三巡，便攆賈政去歇息。賈政亦知賈母之意，攆了自己去後，好讓他們姊妹兄弟取樂的。賈政忙陪笑道：「今日原聽見老太太這裡大設春燈雅謎，故也備了綵禮酒席，特來入會。何疼孫子孫女之心，便不略賜以兒子半點？」賈政如此，余亦淚下。賈母笑道：「你在這裡，他們都不敢說笑，沒的倒叫我悶。你要猜謎時，我便說一個你猜，猜不著是要罰的。」賈政忙笑道：「自然要罰。若猜著了，也是要領賞的。」賈母道：「這個自然。」說著，便念道：

猴子身輕站樹梢。所謂「樹倒猢猻散」是也。　打一果名。

賈政已知是荔枝，的是賈母之謎。便故意亂猜別的，罰了許多東西，然後方猜著，也得了賈母的東西。然後也念一個與賈母猜，念道：

身自端方，體自堅硬。雖不能言，有言必應。好極！的是賈老之謎，包藏賈府祖宗自身，「必」字隱「筆」字。妙極妙極！　打一用物。

說畢，便悄悄的說與寶玉，寶玉意會，又悄悄的告訴了賈母。賈母想了想，太君身分。果然不差，便說：「是硯臺。」賈政笑道：「到底是老太太，一猜就是。」回頭說：「快把賀彩送上來。」地下婦女答應一聲，大盤小盤一齊捧上。賈母逐件看去，都是燈節下所用所頑新巧之物，甚喜，遂命：「給你老爺斟酒。」寶玉執壺，迎春送酒。賈母因說：「你瞧瞧，那屏上都是他姊妹們做的，再猜一猜我聽。」賈政答應，起身走至屏前，只見頭一個寫道是：

能使妖魔膽盡摧，身如束帛氣如雷。
一聲震得人方恐，回首相看已化灰。此元春之謎。纔得僥倖，奈壽不長，可悲哉！

賈政道：「這是炮竹嗄！」寶玉答道：「是。」

賈政又看道：

天運人功理不窮，有功無運也難逢。

因何鎮日紛紛亂，只為陰陽數不同。（此迎春一生遭際，惜不得其夫何！）

賈政道：「是算盤。」迎春笑道：「是。」又往下看是：

階下兒童仰面時，清明妝點最堪宜。

遊絲一斷渾無力，莫向東風怨別離。（此探春遠適之讖也。使此人不遠去，將來事敗，諸子孫不至流散也，悲哉，傷哉！）

賈政道：「這是風箏。」探春笑道：「是。」

又看道是：

▼前身色相總無成，不聽菱歌聽佛經。

莫道此生沉黑海，性中自有大光明。▲（此惜春為尼之讖也。公府千金至緇衣乞食，寧不悲夫！）

▼此後破失，俟再補。

賈母因說：「你瞧瞧，那屏上都是他姊妹們做的，再猜一猜我聽。」賈政答應，起身走至屏前……。　（清上海畫冊）

賈政道：「這是佛前海燈嘎！」惜春笑答道：「是海燈。」賈政心內沉思道：「娘娘所作爆竹，此乃一響而散之物；迎春所作算盤，是打動亂如麻；探春所作風箏，乃飄飄浮蕩之物；惜春所作海燈，益發清淨孤獨。今乃上元佳節，如何皆用此不祥之物為戲耶？」心內愈思愈悶，因在賈母之前，不敢形於色，只得仍勉強往下看去。只見後面寫著七言律詩一首，卻是寶釵所作，隨念道：

朝罷誰攜兩袖烟？琴邊衾裡總無緣。
曉籌不用雞人報⓴，五夜㉑無煩侍女添。
焦首朝朝還暮暮，煎心日日復年年。
光陰荏苒須當惜，風雨陰晴任變遷。

賈政看完，心內自忖道：「此物還倒有限，只是小小之人作此詩句，更覺不祥，皆非永遠福壽之輩。」想到此處，愈覺煩悶，大有悲戚之狀，因而將適纔的精神減去十之八九，只垂頭沉思。賈母見賈政如此光景，想道或是他身體勞乏，亦未可定，又兼恐拘束了眾姊妹，不得高興頑耍，即對賈政云：「你竟不必猜了，去安歇罷，讓我們再坐一會，也好散了。」賈政一聞此言，連忙答應幾個「是」字，又勉強勸了賈母一回酒，方纔退出去了。回至房中，只是思索，翻來覆去竟難成寐，不由傷悲感慨。不

⓴ 曉籌句：曉籌，早晨計算更點數目的竹籌。雞人，宮廷中負責守夜報時的人。
㉑ 五夜：五更。

在話下。

且說賈母見賈政去了，便道：「你們可自在樂一樂罷。」一言未了，早見寶玉跑至圍屏燈前，指手畫腳，滿口批評：「這個這一句不好，那一個做的不恰當……」如同開了籠的猴子一般。寶釵便道：「還像適纔坐著，大家說說笑笑，豈不斯文些兒？」鳳姐自裡間忙出來，插口道：「你這個人，就該老爺每日令你寸步不離方好。適纔我忘了，為什麼不當著老爺攛掇，叫你也作詩謎兒？若如此，怕不得這會子正出汗呢！」說的寶玉急了，扯著鳳姐兒，扭股兒糖似的只是廝纏。賈母又與李宮裁並眾姐妹說笑了一會，也覺有些困倦起來。聽了聽，已是漏下四鼓，命將食物撤去，賞散與眾人。隨起身道：「我們安歇罷，明日還是節下，該當早起。明日晚間再頑罷。」且聽下回分解。

（庚辰本回後原有脂評：）

暫記寶釵製謎云：朝罷誰攜兩袖烟？琴邊衾裡總無緣。曉籌不用雞人報，五夜無煩侍女添。焦首朝朝還暮暮，煎心日日復年年。光陰荏苒須當惜，風雨陰晴任變遷。

此回未成而芹逝矣，歎歎！丁亥夏，畸笏叟。

校記

1. 庚辰本至惜春所製燈謎後缺文，只餘回末脂評。惜春燈謎以下文字據戚本補。

第二十三回　西廂記妙詞通戲語　牡丹亭豔曲警芳心

話說賈元春自那日幸大觀園回宮去後，便命將那日所有的題詠，命探春依次抄錄妥協，自己編次，敘其優劣，又命在大觀園勒石，為千古風流雅事。因此賈政命人各處選拔精工名匠，在大觀園磨石鐫字。賈珍率領蓉、莘等監工。因賈薔又管理著文官等十二個女戲並行頭等事，不大得便，因此賈珍又將賈菖、賈菱喚來監工。一日，湯蠟釘硃❶，動起手來。這也不在話下。

且說那個玉皇廟並達摩庵兩處，一班的十二個小沙彌並十二個小道士，如今挪出大觀園來，賈政正想著要打發到各廟去分住。不想後街上住的賈芹之母周氏，正盤算著也要到賈政這邊謀一個大小事務與兒子管管，也好弄些銀錢使用。可巧聽見有這件事，便坐轎子來求鳳姐。鳳姐因見他素日不大拿班作勢❷的，便依允了。想了幾句話（一派心機。），便回王夫人說：「這些小和尚道士萬不可打發到別處去，一時娘娘出來就要承應，倘或散了夥，若再用時，可是又費事。依我的主意，不如將他們竟送到偺們家廟裡鐵檻寺去，月間不過派一個人拿幾兩銀子去買柴米就完了。說聲用，走去叫來，一點兒不費事。」王夫人聽了，便商之於賈政。賈政聽了笑道：「倒是提醒了我，就是這樣。」即時喚賈璉來。

❶ 湯蠟釘硃：湯蠟，將熔化的蠟塗抹在石碑上，使其光澤。釘硃，先在石碑上用丹硃書寫文字，叫「書丹」，然後石工按照朱色碑文鐫刻，叫「釘硃」。

❷ 拿班作勢：裝模作樣。

當下賈璉正同鳳姐吃飯，一聞呼喚，不知何事，放下飯便走。鳳姐一把拉住，笑道：「你且站住，聽我說話。若是別的事，我不管；若是為小和尚們的事，好歹依我這麼著……」如此這般教了一套話。賈璉笑道：「你有本事你說去！」鳳姐聽了，把頭一梗，把筷子一放，腮上似笑不笑的瞅著賈璉道：「你當真的？是頑話？」賈璉笑道：「西廊下五嫂子的兒子芸兒來求了我兩三遭，要個事情管管，我依了，叫他等著。好容易出來這件事，你又奪了去。」鳳姐兒笑道：「你放心，園子東北角子上，娘娘說了，還叫多多的種松柏樹，樓底下還叫種些花草。等這件事出來，我管保叫芸兒管這件工程。」賈璉道：「果這樣也罷了。只是昨兒晚上我不過是要改個樣兒，你就扭手扭腳的。」寫鳳姐風月之文如此，總不脫漏。鳳姐兒聽了，嗤的一聲笑了，好章法。向賈璉啐了一口，低下頭便吃飯。賈璉已經笑著去了。

到了前面，見了賈政，果然是小和尚一事。賈璉便依了鳳姐主意，說道：「如今看來，芹兒倒大大的出息了，這件事竟交與他去管辦，橫豎照在裡頭的規例，每月叫芹兒支領就是了。」賈政原不理論這些事，聽賈璉如此說，便如此依了。賈璉回到房中告訴鳳姐兒，鳳姐即命人去告訴了周氏。賈芹便來見賈璉夫妻兩個，感謝不盡。鳳姐又作情央賈璉先支三個月的，叫他寫領字。賈璉批票畫了押，登時發了對牌出去，銀庫上按數發出三個月的工給來——白花花二三百兩。賈芹隨手拈一塊，撂與掌平的人，叫他們吃了茶罷。於是命小廝拿回家，與母親商議。登時僱了大腳驢，自己騎上；又僱了幾輛車，至榮國府角門，喚出二十四個人來，坐上車，一逕往城外鐵檻寺去了。當下無話。

如今且說賈元春，因在宮中自編大觀園題詠之後，忽想起那大觀園中景致，自己幸過之後，賈政必定敬謹封鎖，不敢使人進去搔擾，豈不冷落？況家中現有幾個能詩會賦的姊妹，何不命他們進去居

▼大觀園原係十二釵棲止之所，然工程浩大，故借元春之名而起，再用元春之命以安諸豔，不見一絲扭捻。己卯冬夜。

住，也不使佳人落魄，花柳無顏；（韻人行韻事。）卻又想到寶玉自幼在姊妹叢中長大，不比別的兄弟，若不命他進去，只怕他冷清了，一時不大暢快，未免賈母、王夫人愁慮，須得也命他進園居住方妙。想畢，▼遂命太監夏守忠到榮國府來下一道諭，命寶釵等只管在園中居住，不可禁約封錮，命寶玉仍隨進去讀書。▲

賈政、王夫人接了這諭，待夏守忠去後，便來回明賈母，遣人進去各處收拾打掃，安設簾幔床帳。別人聽了還自猶可，惟寶玉聽了這諭，喜的無可不可。正和賈母盤算要這個弄那個，忽見丫鬟來說：「老爺叫寶玉。」（多大力量寫此句？余亦驚駭，況寶玉乎！回思十二三時亦曾有是病來，想時不再至，不禁淚下。）寶玉聽了，好似打了個焦雷，登時掃去興頭，臉上轉了顏色，便拉著賈母，扭的好似扭股兒糖，殺死不敢去。賈母只得安慰他道：「好寶貝，你只管去，有我呢，他不敢委屈了你，況且你又作了那篇好文章。想是娘娘叫你進去住，他吩咐你幾句話，不過不教你在裡頭淘氣。他說什麼，你只好生答應著就是了。」一面安慰，一面喚了兩個老嬷嬷來，吩咐：「好生帶了寶玉去，別叫他老子嚇著他。」老嬷嬷答應了。寶玉只得前去，一步挪不了三寸，蹭到這邊來。

可巧賈政在王夫人房中商議事情，金釧兒、彩雲、彩霞、綉鸞、綉鳳等眾丫鬟都在廊簷下站著呢，一見寶玉來，都抿著嘴笑。金釧一把拉住寶玉，（有是事，有是人。）悄悄的笑道：「我這嘴上是纔擦的香浸胭脂，（活像活現。）你這會子可吃不吃了？」彩雲一把推開金釧，笑道：「人家正心裡不自在，你還奚落他。趁這會子喜歡，快進去罷。」寶玉只得挨進門去。原來賈政和王夫人都在裡間呢。趙姨娘打起簾子，寶玉躬身進去。只見賈政和王夫人對面坐在炕上說話，地下一溜椅子，迎春、探春、惜春、賈環四個人都坐在那裡。一見他進來，惟有探春和惜春、賈環站了起來。賈政一舉目，見寶玉站在跟前，神彩飄逸，（消氣散用的好。）秀色奪人；看看賈環，人物委瑣，舉止荒疏；忽又想起賈珠來，（批至此幾乎失聲哭出。）又看看王夫人，只有這一個親生的兒子，素愛如

▼寫寶玉可入園，用「禁管」二字，得體理之至。壬午九月。

珍，自己的鬍鬚將已蒼白。因這幾件上，把素日嫌惡處分寶玉之心，不覺減了八九。半晌說道：「娘娘吩咐，說你日日外頭嬉遊，漸次疏懶，▼如今叫禁管同你姊妹在園裡讀書寫字。▲你可好生用心習學，再如不守分安常，你可仔細！」寶玉連連的答應了幾個「是」。王夫人便拉他在身旁坐下。他姊弟三人依舊坐下。

王夫人摸挲著寶玉的脖項，說道：「前兒的丸藥都吃完了？」寶玉答道：「還有一丸。」王夫人道：「明兒再取十丸來，天天臨睡的時候，叫襲人伏侍你吃了再睡。」寶玉道：「只從太太吩咐了，襲人天天晚上想著，打發我吃。」（大家細細聽去，活似小兒口氣。）賈政問道：「襲人是何人？」王夫人道：「是個丫頭。」賈政道：「丫頭不管叫個什麼罷了，是誰這樣刁鑽，起這樣的名字？」王夫人見賈政不自在了，便替寶玉掩飾道：「是老太太起的。」賈政道：「老太太如何知道這話？一定是寶玉。」寶玉見瞞不過，只得起身回道：「因素日讀詩，曾記古人有一句詩云：『花氣襲人知晝暖❸』，因這個丫頭姓花，便隨口起了這個。」王夫人忙又道：「寶玉，你回去改了罷。老爺也不用為這小事動氣。」賈政道：「究竟也無礙，又何用改！（幾乎改去好名。）只是可見寶玉不務正，專在這些濃詞豔賦上作工夫。」說畢，斷喝一聲：「作業的畜生，還不出去！（好收拾。）」王夫人也忙道：「去罷，只怕老太太等你吃飯呢。」寶玉答應了，慢慢的退出去，向金釧兒笑著伸伸舌頭，帶著兩個嬤嬤，一溜烟去了。

剛至穿堂門前，（妙！這便是鳳姐掃雪拾玉之處，一絲不亂。）只見襲人倚門立在那裡，（等壞了，愁壞了，所以有「堆下笑來問」之話。）一見寶玉平安回來，堆下笑來問道：「叫你作什麼？」寶玉告訴他：「沒有什麼，不過怕我進園去淘氣，吩咐吩咐。」（就說大話，畢肖之至！）一面說，一面回至

❸ 花氣襲人知晝暖：陸游村居書喜：「紅橋梅市繞山橫，白塔樊江春水生。花氣襲人知晝暖，鵲聲穿樹喜新晴。」

賈母跟前，回明原委。只見林黛玉正在那裡，寶玉便問他：「你住哪一處好？」林黛玉正心裡盤算這（顰兒亦有盤算事，揀擇清幽處耳，未知擇鄰否？一笑。）事，忽見寶玉問他，便笑道：「我心裡想著瀟湘館好，愛那幾竿竹子隱著一道曲欄，比別處更覺幽靜。」寶玉聽了，拍手笑道：「正和我的主意一樣，我也要叫你住這裡呢。我就住怡紅院，偺們兩個又近，（擇鄰出於玉兄，所謂真知己。）又都清幽。」二人正計較，就有賈政遣人來回賈母說：「二月二十二日子好，哥兒姐兒們好搬進去的。這幾日內遣人進去分派收拾。」薛寶釵住了蘅蕪苑，林黛玉住了瀟湘館，賈迎春住了綴錦樓，探春住了秋爽齋，惜春住了蓼風軒，李氏住了稻香村，寶玉住了怡紅院。每一處添兩個老嬤嬤、四個丫頭，除各人奶娘、親隨丫鬟不算外，另有專管收拾打掃的。至二十二日一齊進去，登時園內花招繡帶，柳拂香風，（八字寫得滿園之內處處有人，無一處不到。）不似前番那等寂寞了。

閒言少敘，且說寶玉自進花園以來，心滿意足，再無別項可生貪求之心。每日只和姊妹丫頭們一處，或讀書，（未必。）或寫字，或彈琴下棋，作畫吟詩，以及描鸞刺鳳，（有之。）鬥草❹簪花，低吟悄唱，拆字猜枚❺，無所不至，倒也十分快樂。他曾有幾首即事詩，雖不算好，卻倒是真情真景，略記幾首云：

▼春夜即事

霞綃雲幄❻任鋪陳，隔巷蟆更❼聽未真。枕上輕寒窗外雨，眼前春色夢中人。盈盈燭淚因誰泣？

---

❹ 鬥草：一種遊戲，各人採集花草，以多寡優劣定勝負。小說第六十二回有鬥草為戲的描寫。

❺ 猜枚：也叫「猜單雙」。手握蓮子、瓜子等小果品，或黑白棋子，讓人猜其單雙、枚數、顏色，以決勝負。

❻ 霞綃雲幄：用色彩鮮麗的絲綢做成的被褥，用柔若雲烟的絲織品做成的帳幔。幄，帳幔。

❼ 蟆更：拂曉時所打的更叫「蝦蟆更」。明郎瑛七修類稿六更鼓：「宋內五鼓絕，梆鼓遍作，謂之蝦蟆更。其時禁門開而

▼四詩作盡安福尊榮之貴介公子也。壬午孟夏。

點點花愁為我嗔。自是小鬟嬌懶慣，擁衾不耐笑言頻。

夏夜即事

倦繡佳人幽夢長，金籠鸚鵡喚茶湯。窗明麝月開宮鏡❽，室靄檀雲❾品御香。琥珀杯傾荷露滑❿，玻璃檻納柳風涼。水亭處處齊紈⓫動，簾捲朱樓罷晚妝。

秋夜即事

絳芸軒裡絕喧嘩，桂魄⓬流光浸茜紗。苔鎖石紋容睡鶴，井飄桐露濕棲鴉。抱衾婢至舒金鳳⓭，倚檻人歸落翠花⓮。靜夜不眠因酒渴，沉烟重撥索烹茶。

冬夜即事

梅魂竹夢已三更，錦罽鸘衾⓯睡未成。松影一庭惟見鶴，梨花滿地不聞鶯。女兒翠袖詩懷冷，

---

❽ 窗明句：此句言明月如鏡，照入窗內。麝月，月亮，典出南朝徐陵玉臺新詠：「麝月共嫦娥競爽。」百官入，所謂六更也。」

❾ 檀雲：焚燒檀香，輕烟如雲。

❿ 荷露滑：荷露，指酒。古人以荷葉盛酒，稱為「荷葉杯」，此處即以荷上之清露指代酒。滑，形容酒之甘醇。

⓫ 齊紈：古時齊國出產的絲織品，在當時很著名，故稱「齊紈」。

⓬ 桂魄：指月亮。傳說月中有桂花樹，遂以月為桂之精魄。

⓭ 金鳳：繡有金色鳳凰圖案的被子。

⓮ 翠花：指婦女頭上所戴的首飾。

⓯ 錦罽鸘衾：織有錦花的毛毯，用雁鳥毛做的被子。罽，毛毯。鸘，雁類的一種。

公子金貂酒力輕。卻喜侍兒知試茗，掃將新雪及時烹。▲

因這幾首詩，當時有一等勢利人，見榮國府十二三歲的公子作的，抄錄出來各處稱頌；再有一等輕浮子弟，愛上那風騷妖豔之句，也寫在扇頭壁上，不時吟哦賞讚。因此竟有人來尋詩覓字，倩⑯畫求題的。寶玉益發得了意，鎮日家作這些外務。

誰想靜中生煩惱，忽一日不自在起來，這也不好，那也不好，出來進去只是悶悶的。園中那些人多半是女孩兒，正在混沌世界，天真爛熳之時，坐臥不避，嬉笑無心，哪裡知寶玉此時的心事？那寶玉心內不自在，便懶在園內，只在外頭鬼混，卻又痴痴的。（不進園去，真不知何心事？余至今痛恨。）茗烟見他這樣，因想與他開心，左思右想，皆是寶玉頑煩了的，不能開心，惟有這件，（書房伴讀，累累如是。）寶玉不曾看見過。想畢，便走去到書坊內，把那古今小說，並那飛燕、合德⑰、武則天、楊貴妃的外傳，與那傳奇角本⑱買了許多來，引寶玉看。寶玉何曾見過這些書？一看見了，便如得了珍寶。茗烟又囑咐他：「不可拿進園去，若叫人知道了，我就吃不了兜著走呢。」寶玉哪裡捨的不拿進去？踟躕再三，單把那文理細密的揀了幾套進去，放在床頂上，無人時自己密看。那粗俗過露的，都藏在外面書房裡。

那一日正當三月中浣⑲，早飯後，寶玉攜了一套會真記⑳走到沁芳閘橋邊桃花底下一塊石上坐著，

⑯ 倩：同「請」。

⑰ 飛燕合德：趙飛燕兩姐妹，漢成帝的后和妃。飛燕，參見第五回注⑪。

⑱ 角本：即「腳本」。劇本。

⑲ 中浣：古代每十天有一次洗滌沐浴的休假，因此前十天為「上浣」，中十天為「中浣」，後十天為「下浣」，相當於後來

展開會真記，從頭細玩。正看到「落紅成陣」㉑，只見一陣風過，（好一陣湊趣風。）把樹頭上桃花吹下一大半來，落的滿身滿書滿地皆是。寶玉要抖將下來，恐怕腳步踐踏了，只得兜了那花瓣，（情不情。）來至池邊，抖在池內。那花瓣浮在水面，飄飄蕩蕩，竟流出沁芳閘去了。

回來只見地下還有許多，寶玉正踟躕間，只聽背後有人說道：「你在這裡作什麼？」（如見如聞。）寶玉一回頭，卻是林黛玉來了，（▼一幅採芝圖，非葬花圖也。）肩上擔著花鋤，鋤上掛著紗囊，手內拿著花帚。寶玉笑道：「好，好，來把這個花掃起來，撂在那水裡。我纔撂了好些在那裡呢。」林黛玉道：「撂在水裡不好。你看這裡的水乾淨，只一流出去，有人家的地方髒的臭的混倒，仍舊把花遭蹋了。那畸角上我有一個花塚，（好名色，新奇，葬花亭裡埋花人。）如今把他掃了，裝在這絹袋裡，拿土埋上，日久不過隨土化了，（寧使香魂隨土化。）豈不乾淨？」（▲寫黛玉又勝寶玉十倍痴情。）寶玉聽了喜不自禁，笑道：「待我放下書，（顧了這頭，忘卻那頭。）幫你來收拾。」黛玉道：「什麼書？」寶玉見問，慌的藏之不

寶玉展開會真記，從頭細玩。正看到「落紅成陣」，只見一陣風過，把樹頭上桃花吹下一大半來……。（清改琦繪，改七薌紅樓夢仕女）

▼此圖欲畫之心久矣，誓不過仙筆不寫，恐褻我顰卿故也。己卯冬。

丁亥春間，偶識一浙省新發，其白描美人，真神品物，甚合余意。奈彼因宦緣所纏無暇，且不能久留都下，未幾南行矣。余至今耿耿，悵然之至。恨與阿顰結一墨緣之難若此！嘆嘆！丁亥夏，畸笏叟。

的上旬、中旬、下旬。

⑳ 會真記：唐元稹作唐傳奇會真記，敘張生和崔鶯鶯情事。元王實甫據此改編為雜劇西廂記。此處會真記指雜劇西廂記。

㉑ 落紅成陣：語出西廂記第二本第一折〔混江龍〕：「落紅成陣，風飄萬點正愁人。」

迭，便說道：「不過是中庸、大學。」黛玉笑道：「你又在我跟前弄鬼！趁早兒給我瞧，好多著呢。」寶玉道：「好妹妹，若論你，我是不怕的。你看了，好歹別告訴別人去。真真這是好書，你要看了，連飯也不想吃呢。」一面說，一面遞了過去。

林黛玉把花具且都放下，接書來瞧。從頭看去，越看越愛，不到一頓飯工夫，將十六齣俱已看完，自覺詞藻警人，餘香滿口。雖看完了書，卻只管出神，心內還默默記誦。寶玉笑道：「妹妹，你說好不好？」林黛玉笑道：「果然有趣。」寶玉笑道：「我就是個『多愁多病身』，你就是那『傾國傾城貌』㉒。」看官說寶玉忘情有之，若認作有心取笑，則看不得石頭記。林黛玉聽了，不覺帶腮連耳通紅，登時直豎起似蹙非蹙的眉，瞪兩隻似睜非睜的眼，微腮帶怒，薄面含嗔，指寶玉道：「你這該死的胡說！好好的把這淫詞豔曲弄了來，學了這些混話來欺負我。我告訴舅舅、舅母去。」說到「欺負」兩個字上，早又把眼睛圈兒紅了，轉身就走。嚇殺急殺。寶玉著了急，向前攔住，說道：「好妹妹，千萬饒我這一遭。原是我說錯了，若有心欺負你，明兒我掉在池子裡，教個癩頭黿吞了去，變個大忘八。等你明兒做了一品夫人，病老歸西的時候，我往你墳上替你駝一輩子的碑去。」雖是混話一串，卻成了最新最奇的妙文。看官想用何等話，令黛玉一笑收科？說的林黛玉嗤的一聲笑了，揉著眼睛，一面笑道：「一般也嚇的這個調兒，還只管胡說。呸，原來是『苗而不秀』，『是個銀樣蠟鎗頭』㉓。」寶玉聽了笑道：「你這個呢？我也告訴去。」林黛玉笑道：

㉒ 多愁多病身兩句：語出西廂記第一本第四折〔雁兒落〕：「小子多愁多病身，怎當他傾國傾城貌。」

㉓ 苗而不秀兩句：語出西廂記第四本第二折〔小桃紅〕：「我棄了部署不收，你原來苗而不秀。呸！你是個銀樣鑞槍頭。」苗而不秀指莊稼出了苗卻不秀穗，比喻虛有其表，華而不實的人。銀樣蠟槍頭比喻中看不中用。原文「鑞」是鉛和錫的合金，色似銀而質地柔軟。小說改為「蠟」，則更見其軟。

「你說你會過目成誦，難道我就不能一目十行麼？」寶玉一面收書，一面笑道：「正經快把花埋了罷，別提那個了。」二人便收拾落花，正纔掩埋妥協，只見襲人走來，說道：「哪裡沒找到，摸在這裡來。那邊大老爺身上不好，姑娘們都過去請安，老太太叫打發你去呢。快回去換衣裳去罷。」寶玉聽了，忙拿了書，別了黛玉，同襲人回房換衣不提。（一語度下。）

這裡林黛玉見寶玉去了，又聽見眾姊妹也不在房，自己悶悶的。（有原故。）正欲回房。剛走到梨香院牆角上，只聽牆內笛韻（入正文方不牽強。）悠揚，歌聲婉轉。林黛玉便知是那十二個女孩子演習戲文呢。只是林黛玉素昔不大喜看戲文，（妙法，必云不大喜看。）便不留心，只管往前走。偶然兩句吹到耳內，明明白白，一字不落，唱（卻一喜便總不忘，方見契得緊。）道是：▼「原來姹紫嫣紅開遍，似這般都付與斷井頹垣[24]。」▲林黛玉聽了，倒也十分感慨纏綿，便止住步，側耳細聽。又聽唱道是：「良辰美景奈何天，賞心樂事誰家院。」聽了這兩句，不覺點頭自嘆，心下自思道：（非不及釵，係不曾於雜學上用意也。）「原來戲上也有好文章，（將進門便是知音。）可惜世人只知看戲，未必能領略這其中的趣味。」想畢，又後悔不該胡想，耽誤了聽曲子。又側耳時，只聽唱道：「則為你如花美眷，似水流年[25]……」林黛玉聽

▼情小姐故以情小姐詞曲警之，恰極當極！己卯冬。

牡丹亭豔曲警芳心。　（清吳鎬紅樓夢散套插圖）

[24] 原來兩句：此兩句與下文「良辰」兩句，出自湯顯祖牡丹亭第十齣驚夢中杜麗娘所唱之〔皂羅袍〕。

了這兩句上，不覺心動神搖。又聽道「你在幽閨自憐」等句，益發如醉如痴，站立不住，便一蹲身坐在一塊山子石上，細嚼「如花美眷，似水流年」八個字的滋味。忽又想起前日見古人詩中，有「水流花謝兩無情」㉖之句，再又有詞中有「流水落花春去也，天上人間」㉗之句，又兼方纔所見西廂記中「花落水流紅，閒愁萬種」㉘之句，都一時想起來，湊聚在一處。仔細忖度，不覺心痛神痴，眼中落淚。正沒個開交，忽覺背上擊了一下，及回頭看時，原來是……且聽下回分解。正是：

妝晨繡夜心無矣，對月臨風恨有之。

前以會真記文，後以牡丹亭曲，加以有情有景銷魂落魄詩詞，總是急於令顰兒種病根也。看其一路不跡不離，曲曲折折寫來，令觀者亦技難持，況瘦怯怯之弱女乎！

校記

1.「命寶玉仍隨進去讀書」至「遣人進去各處收拾打掃」，庚辰本缺「讀書。賈政、王夫人接了這諭，待夏守忠去後，便來回明賈母，遣人進去」二十七字，各本有，據以補入。

㉕ 則為你兩句：出自牡丹亭驚夢中柳夢梅所唱之〔小桃紅〕：「則為你如花美眷，似水流年，是答兒閒尋遍。在幽閨自憐。」

㉖ 水流句：唐崔塗春夕詩：「水流花謝兩無情，送盡東風過楚城。」

㉗ 流水兩句：出自南唐李煜（後主）浪淘沙詞。

㉘ 花落兩句：西廂記第一本「楔子」中鶯鶯所唱〔么篇〕：「花落水流紅，閒愁萬種，無語怨東風。」

第二十四回 醉金剛輕財尚義俠 痴女兒遺帕惹相思

夾寫醉金剛一回是書中之大淨場，聊醒看官倦眼耳。然亦書中必不可少之文，必不可少之人。今寫在市井俗人身上，又加一「俠」字，則大有深意存焉。

話說林黛玉正自情思縈逗，纏綿固結之時，忽有人從背後擊了一掌，說道：「你作什麼一個人在這裡？」林黛玉倒嚇了一跳，回頭看時，不是別人，卻是香菱。林黛玉道：「你這個傻丫頭，嚇了我這麼一跳好的。此「傻」字加於香菱，則有多少丰神跳於紙上？其嬌憨之態可想而知。你這會子打哪裡來？」香菱嘻嘻的笑道：「我來尋我們的姑娘的，找他總找不著。你一絲不漏。們紫鵑也找你呢，說璉二奶奶送了什麼茶葉來給你的。走罷，回家去坐著。」「回家去坐著」之言，是恐石上冷意。一面說著，一面拉著黛玉的手回瀟湘館來了。果然鳳姐兒送了兩小瓶上用新茶來。林黛玉和香菱坐了，況他們有甚正事談講，為學詩伏線。不過說些這一個繡的好，那一個刺的精，又下一回棋，看兩句書，棋不論盤，書不論章，皆是嬌憨女兒神理。寫得不即不離，似有若無，妙極！香菱便走了。不在話下。

是書最好看如此等處，係畫家山水樹頭邱壑俱備，末用濃淡墨點苔法也。丁亥夏，畸笏叟。

如今且說寶玉因被襲人找回房去，果見鴛鴦歪在床上看襲人的針線呢。見寶玉來了，便說道：「你往哪裡去了？老太太等著你呢，叫你過那邊請大老爺的安去。還不快換了衣服走呢！」襲人便進房去取衣服。寶玉坐在床沿上，褪了鞋，等靴子的工夫，回頭見鴛鴦穿著水紅綾子襖兒，青緞子背心，束著白縐綢汗巾兒，臉向那邊低著頭看針線，脖子上戴著花領子。寶玉便把臉湊在脖項聞那香油氣，不住用手摩挲，其白膩不在襲人之下。便猴上身去，涎皮❶笑道：「好姐姐，把你嘴上的胭脂賞我吃了（胭脂是這樣吃法，看官可經過否？）罷。」一面說著，一面扭股糖似的黏在身上。鴛鴦便叫道：「襲人，你出來瞧瞧！你跟他一輩子，也（不向寶玉說話，又叫襲人，鴛鴦亦是幻情洞天也。）不勸勸，還是這麼著。」襲人抱了衣服出來，向寶玉道：「左勸也不改，右勸也不改，你到底是怎麼樣？你再這麼著（此五字內有深意深心。），這個地方可就難住了。」一邊說，一邊催他穿了衣服，同鴛鴦往前面來見賈母。（一絲不漏。）

見過賈母，出至外面，人馬俱已齊備。剛欲上馬，只見賈璉請安回來了，正下馬，二人對面彼此問了兩句話。只見旁邊轉出一個人來（芸哥此處一現，後文不見突然。），「請寶叔安。」寶玉看時，只見這人容長臉❷，長挑身材，年紀只好十八九歲，生得著實斯文清秀，倒也十分面善（大族人眾，畢真，有是理。），只是想不起是哪一房的，叫什麼名字。賈璉笑道：「你怎麼發獃，連他也不認得？他是後廊上住的五嫂子的兒子芸兒。」寶玉笑道：「是了，是了，我怎麼就忘了。」因問他母親好，這會子什麼勾當？賈芸指賈璉道：「找二叔說句話。」寶玉笑道：「你倒比先越發出挑❸了（何嘗是十二三歲小孩語。），倒像我的兒子。」賈璉笑道：「好不害臊！人家比你大四五歲呢，就替你作兒子了？」寶玉笑道：「你今年十幾歲了？」賈芸道：「十八歲。」原來這賈芸最伶俐乖覺，聽寶玉這樣說，便笑道：「俗語說的，『搖車裡的爺爺，拄拐的孫孫』，雖然歲數大，山高高不過太陽。只從我（雖是隨機而應，伶俐人之語，余卻傷心。）父親沒了，這幾年也無人照管教導，如若寶叔不嫌侄兒蠢笨，認作兒子，就是我的造化了。」（是兄湊弟趣，可嘆！）賈璉笑道：「你聽見了？認兒子不是好開交❹的呢。」說著，就進去了。寶玉笑道：「明兒你閒了，只管來

❶ 涎皮：涎皮賴臉；厚著臉皮跟人糾纏。

❷ 容長臉：美觀的長臉型，與過長過瘦的長臉不同。

❸ 出挑：發育、變化、成長，指青年人在體格、相貌、智能等向美好的方面發展。

找我，別和他們鬼鬼祟祟的。（何其唐皇正大之語。）這會子我不得閒兒，明兒你到書房裡來，和你說天話兒，我帶你園裡頑耍去。」說著，扳鞍上馬，眾小廝圍隨，往賈赦這邊來。（一絲不亂。）見了賈赦，不過是偶感些風寒，先述了賈母問的話，然後自己請了安。賈赦先站起來，回了賈母話，次後便喚人來：「帶哥兒進去，太太屋裡坐著。」

寶玉退出，來至後面，進入上房。邢夫人見了他來，先倒站了起來，請過賈母安，（一絲不亂。）寶玉方請安。邢夫人拉他上炕坐了，方問別人好，（好層次，好禮法，誰家故事？）又命人倒茶來。一鍾茶未吃完，只見那賈琮來問寶玉好。邢夫人道：「哪裡找活猴兒去！你那奶媽子死絕了，也不收拾收拾你。弄的黑眉烏嘴的，哪裡像大家子念書的孩子！」正說著，只見賈環、賈蘭小叔侄兩個也來了，請過安，邢夫人便叫他兩個椅子上坐了。賈環見寶玉同邢夫人坐在一個坐褥上，邢夫人又百般摩娑撫弄他，早已心中不自在了。（千里伏線。）坐不多時，便和賈蘭使眼色兒要走。賈蘭只得依他，一同起身告辭。寶玉見他們要走，自己也就起身，要同回去。邢夫人笑道：「你且坐著，我還和你說話呢。」寶玉只得坐了。邢夫人向他兩個道：「你們回去，各人替我問你們各人母親好。你們姑娘、姐姐、妹妹都在這裡呢，鬧的我頭暈，（明顯薄情之至。）今兒不留你們吃飯了。」賈環等答應著，便出來回家去了。寶玉笑道：「可是姐姐們都過來了，怎麼不見？」邢夫人道：「他們坐了一會子，都往後頭不知哪屋裡去了。」寶玉道：「大娘方纔說有話說，不知是什麼話？」邢夫人笑道：「哪裡什麼話，不過是叫你等著，同你姊妹們吃了飯去。還有一個好頑的東西給你帶回去頑。」娘兒兩個說話，不覺早又晚飯時節。調開桌椅，羅列杯盤，母女姊妹們吃畢了飯。寶玉又去辭別了賈

❹ 開交：打發；開銷。

赦，同姊妹一同回家，見過賈母、王夫人等，各自回房安歇，不在話下。一段為五鬼魔魔法作引。脂硯。

且說賈芸進去，見了賈璉，因打聽可有什麼事情。賈璉告訴他：「前兒倒有一件事情出來，偏生你嬸子再三求了我，給了賈芹了。反說體面話，懼內人累累如是。他許了我說，明兒園裡還有幾處要栽花木的地方，等這個工程出來，一定給你就是了。」賈芸聽了，半晌說道：「既是這樣，我就等著罷。叔叔也不必先在嬸子跟前提我今兒來打聽的話，已得了主意了。到跟前再說也不遲。」賈璉道：「提他作什麼？已被芸哥瞞過了。我哪裡有這些工夫說閒話兒呢。明兒一個五更，還要到興邑去走一趟，須得當日趕回來纔好。你先去等著，後日起更以後，你來討信，早了我不得閒。」說著，便回後面換衣服去了。賈芸出了榮國府回家，一路思量出一個主意來，便一逕往他母舅卜世仁家來。既云「不是人」，如何肯共事？想芸哥此來空了。

原來卜世仁現開香料舖，方纔從舖子裡來。忽見賈芸進來，彼此見過了，因問他這早晚什麼事跑了來？賈芸道：「有件事求舅舅幫襯幫襯。我有一件事，要些冰片❺、麝香使用，好歹舅舅每樣賒四兩給我，八月裡按數送了銀子來。」甥舅之談如此，嘆嘆！卜世仁冷笑道：「再休提賒欠一事。何如，何如？余言不謬。前兒也是我們舖子裡一個夥計，替他的親戚賒了幾兩銀子的貨，至今總未還上。因此我們大家賠上，立了合同，再不許替親友賒欠。誰要賒欠，就要罰他二十兩銀子的東道。況且如今這個貨也短，你就拿現銀子到我們這不三不四的舖子裡來買，推脫之辭。也還沒有這些，只好倒扁兒❻去，這是一；二則你哪裡有正經事？不過賒了去又是胡鬧。你只說舅舅見你一遭兒，就派你一遭兒不是；你小人兒家，很不知好歹，也到底立個主

❺　冰片：一種以龍腦香的樹膠製成的藥，有強烈的香氣，以潔白透明者為佳。

❻　倒扁兒：意思是沒有貨買，只好把銀子倒揣回去。

意，賺幾個錢，弄的穿是穿吃是吃的，我看著也喜歡。」賈芸笑道：「舅舅說的倒乾淨。我父親沒的時候，我年紀又小，不知事。後來聽見我母親說，都還虧舅舅們在我們家去作主意，料理的喪事。難道舅舅就不知道的，還是有一畝地、兩間房子，如今我手裡花了不成？巧媳婦做不出沒米的粥來，叫我怎麼樣呢？還虧是我呢，要是別的，死皮賴臉，〔芸哥亦善談，井井有理。余二人亦不曾有是氣。〕三日兩頭兒來纏著舅舅，要三升米二升豆子的，舅舅也就沒有法呢。」

卜世仁道：「我的兒，舅舅要有，還不是該的。我天天和你舅母說，只愁你沒計算兒。你但凡立的起來，到你大房裡，就是他們爺兒們見不著，便下個氣，和他們的管家或者管事的人們嬉〔可憐可嘆，余竟為之一哭。〕和嬉和，也弄個事兒管管。前兒我出城去，撞見了你們三房裡的老四，騎著大叫驢，帶著五輛車，有四五十和尚道士，〔妙極！寫小人口角羨慕之言加一倍，畢肖，卻又是背面傅粉法。〕往家廟去了。他哪不虧能幹，這事就到他了！」賈芸聽他韶刀❼的不堪，便起身告辭。〔有志氣，有果斷。〕卜世仁道：「怎麼急的這樣？吃了飯再去罷。」一句未完，只見他娘子說道：「你〔雖寫小人家澀細，一吹一唱，酷肖之至，卻是一氣逼出，後文方不突然。石頭記筆仗全在如此樣者。〕又糊塗了。說著沒有米，這裡買了半斤麵來下給你吃，這會子還裝胖呢！留下外甥挨餓不成？」卜世仁說：「再買半斤來添上就是了。」他娘子便叫女孩兒：「銀姐，往對門王奶奶家去問，有錢借二三十個，明兒就送過來。」夫妻兩個說話，那賈芸早說了幾個「不用費事」，〔有知識，有果斷人，自是不同。〕去的無影無蹤了。

不言卜家夫婦，且說賈芸賭氣離了母舅家門，一逕回歸舊路，心下正自煩惱，一邊想，一邊低頭只管走，不想一頭就碰在一個醉漢身上，〔自上看來，可是一口氣否？〕▼把賈芸唬了一跳。聽那醉漢罵道：「肏你娘的！瞎了眼睛，碰起我來了。」賈芸忙要躲身，早被那醉漢一把抓住，對面一看，不是別人，卻是緊鄰倪二。原來這

▼這一節對水滸記楊志賣刀遇沒毛大蟲一回看，覺好看多矣。己卯冬夜，脂硯。

❼ 韶刀：囉嗦；嘮叨。

倪二是個潑皮，專放重利債，在賭博場吃閒錢，專慣打降❽吃酒。如今正從欠錢人家索了利錢，吃醉回來，不想被賈芸碰了一頭，正沒好氣，掄拳就要打。▲只聽那人叫道：「老二住手！是我沖撞了你。」（寫生之筆。）倪二聽見是熟人的語音，將醉眼睜開看時，見是賈芸，忙把手鬆了，趔趄❾著笑道：「原來是賈二爺，（如此稱呼，可知芸哥素日行止是「金盆雖破分兩在」也。）我該死，我該死！這會子往哪裡去？」（如聞。）賈芸道：「告訴不得你，平白的又討了個沒趣兒。」（本無心之談也。）倪二道：「不妨，不妨。有什麼不平的事，告訴我，替你出氣。（寫得酷肖，總是漸次逼出，不見一絲勉強。）這三街六巷，憑他是誰，有人得罪了我醉金剛倪二的街坊，管叫他人離家散！」

賈芸道：「老二，你且別氣，聽我告訴你這原故。」（可是一順而來。）說著，便把卜世仁一段事告訴了倪二。倪二聽了大怒：「要不是令舅，我便罵不出好話來。（仗義人豈有不知禮者乎？何嘗是破落戶？冤殺金剛了。）真真氣死我倪二。也罷，你也不用愁煩，我這裡現有幾兩銀子，你若用什麼，只管拿去買辦。但只一件，你我作了這些年的街坊，我在外頭有名放賬，你卻從沒有和我張過口，也不知你厭惡我是個潑皮，（知己知彼之話。）怕低了你的身分；也不知是你怕我難纏，利錢重？若說怕利錢重，這銀子我是不要利錢的，也不用寫文約；若說怕低了你的身分，我就不敢借給你了，（知己知彼之話。）各自走開。」一面說，一面果然從搭包❿裡掏出一卷銀子來。

賈芸心下自思：「素日倪二雖然是潑皮無賴，卻因人而施，（四字是評，難得難得，非豪傑不可當。）頗頗的有義俠之名。若今日不領他這情，怕他臊了，倒恐生事，不如借了他的，改日加倍還他，也倒罷了。」想畢，笑道：「老二，你果

❽ 打降：以武力制服對方。
❾ 趔趄：音ㄌㄧㄝˋ ㄐㄩ。身體搖晃，站立不穩的樣子。
❿ 搭包：又叫「搭膊」，用綢布做的腰帶，可以裹繫錢物。

▼讀閱醉金剛一回，務吃劉鉉丹家山楂丸一付，一笑。余三十年來得遇金剛之樣人不少，不及金剛者亦不少，惜書上不便歷歷注上芳諱，是余不是心事也。壬午孟夏。

然是個好漢，我何曾不想著你，和你張口？但只是我見你所相與交結的，都是些有膽量的、有作為的人，似我們（芸哥亦善談，好口齒。）這等無能無為的，你倒不理。我若和你張口，你豈肯借給我？今日既蒙高情，我怎敢不領？回家按例寫了文約過來便是了。」倪二大笑道：「好會說話的人，我卻聽不上這話。（「光棍眼內揉不下沙子」是也。）既說『相與交結』四個字，如何放賬給他，使他的利錢？（如今不單是親友言利；不但親友，即閨閣中亦然。不但生意新發戶，即大戶舊族頗頗有之。）既把銀子借與他，圖他的利錢，便不是相與交結了。閒話也不必講，既肯青目⓫，這是十五兩三錢有零的銀子，便拿去置買東西。你要寫什麼文契？趁早把銀子還我，讓我放給那些有指望的人使去。」（爽快人，爽快話。）▼賈芸聽了，一面接了銀子，一面笑道：「我便不寫罷了，有何著急的？」▲倪二笑道：「這不是話。天氣黑了，也不讓茶讓酒，我還到那邊有點事情去，你竟請回去。我還求你帶個信兒與舍下，叫他們早些關門睡罷，我不回家去了；倘或有要緊事兒，叫我們女兒明兒一早到馬販子王短腿（常起作處人，畢真。）家來找我。」一面說，一面趔趄著腳兒去了。（仍應前。）不在話下。

且說賈芸偶然碰了這件事，心中也十分罕希，想那倪二倒果然有些意思，只是還怕他一時醉中慷慨，（芸哥實怕倪二，並非以小人之心度君子也。）到明日加倍的要起來，便怎處？心內猶豫不決。忽又想道：「不妨，等那件事成了，也可加倍還他。」想畢，一直走到個錢鋪裡，將那銀子稱一稱，十五兩三錢四分二厘。賈芸見倪二不撒謊，心下越發歡喜，收了銀子，來至家門，先到隔壁將倪二的信捎了與他娘子知道，方回家來。見他母親自在炕上拈線，見他進來，便問哪去了一日？（孝子可敬。此人後來榮府事敗，必有一番作為。）賈芸恐他母親生氣，便不說起卜世仁的事來，只說在西府裡等璉二叔的。問他母親吃了飯不曾？他母親已吃過了，說留的飯在那裡，小丫頭子拿過來與他吃。那

⓫ 青目：表示對人的喜歡和重視，這裡有「看得起」的意思。世說新語載：阮籍能作青白眼，凡見世俗之人，以白眼相對，對喜歡和尊重的人，則以青眼相對。後以「青目」、「青睞」、「垂青」表示對人的尊重和喜歡。

天已是掌燈時候，賈芸吃了飯，收拾歇息，一宿無語。

次日一早起來，洗了臉便出南門，大香舖裡買了冰、麝，便往榮國府來。打聽賈璉出了門，賈芸便往後面來。到賈璉院門前，只見幾個小廝拿著大高笤帚在那裡掃院子呢。忽見周瑞家的從門裡出來，叫小廝們：「先別掃，奶奶出來了。」賈芸忙上前笑問：「二嬸嬸哪去？」（當家人有是派。）周瑞家的道：（哪一個不喜奉承？）「老太太叫，想必是裁什麼尺頭。」正說著，只見一群人簇著鳳姐出來了。賈芸深知鳳姐是喜奉承尚排場的，忙把手逼著⑫，恭恭敬敬搶上來請安。鳳姐連正眼也不看，仍往前走著，問他母親好，「怎麼不來我們這裡逛逛？」賈芸道：「只是身上不大好，倒時常記掛著嬸嬸，要來瞧瞧，又不能來。」鳳姐笑道：「可是會撒謊，不是我提起他來，你就不說他想我了。」賈芸笑道：「姪兒不怕雷打了，就敢在長輩前撒謊？昨兒晚上還提起嬸嬸來，說嬸嬸身子生的單弱，事情又多。虧嬸嬸好大精神，竟料理的周周全全；要是差一個兒的，累的不知怎麼樣呢。」

▼鳳姐聽了，滿臉是笑，不由的便止了步，問道：「怎麼好好的，你娘兒們在背地裡嚼起我來？」（過下無痕，天然而來文字。）賈芸道：「有個原故。（接得如何？）只因我有個朋友，家裡有幾個錢，現開香舖。只因他身上捐著個通判⑬，前兒選了雲南不知哪一處，（隨口語，極妙！）連家眷一齊去，把這香舖也不在這裡開了，便把賬物攢了一攢，該給人的給人，該賤發的賤發了。像這細貴的貨，都分著送與親朋。他就一共送了我些冰片、麝香。（像得緊，何嘗撒謊？）我就和我母親商量，若要轉賣，不但賣不出原價來，而且誰家拿這些銀子買這個作什麼？便是很有錢的大家子，也不

▼自往卜世仁處去已安排下的。芸哥可用。己卯冬夜。

⑫ 逼著：兩手緊貼身體兩側，以示恭敬的樣子。逼，貼近；迫近。

⑬ 通判：明清州府設通判，為地方長官的助手，管理漕運和水利等事務。

過使個幾分幾錢就挺折腰了；若說送人，也沒個人配使這些，倒叫他一文不值半文轉賣了。因此我就想起嬸嬸來。往年間我還見嬸嬸大包的銀子買這些東西呢，別說今年貴妃宮中，就是這個端陽節下，不用說這些香料自然是比往常加上十倍去的。因此想來想去，只孝順嬸嬸一個人纔合式，方不算蹧蹋這東西。」一邊說，一邊將一個錦匣舉起來。▲

鳳姐正是要辦端陽的節禮，採買香料藥餌的時節，忽見賈芸如此，一來聽這一篇話，心下又是得意，又是歡喜，便命豐兒：「接過芸哥兒的來，送了家去，交給平兒。」像個嬸子口氣，好看煞！因又說道：「看著你這樣知好歹，怪道你叔叔常提你，說你說話兒也明白，心裡有見識。」看官須知，鳳姐所喜者是奉承之言，打動了心，不是見物而歡喜。若說是見物而喜，便不是阿鳳矣。賈芸聽這話入了港，便打進一步來，故意問道：「原來叔叔也曾提我的？」鳳姐見問，纔要告訴他與他事情管的那話，便忙又止住，心下想到：的是阿鳳行事心機筆意。「我如今要告訴他那話，倒叫他看著我見不得東西似的，為得了這點子香，就混許他管事了。今兒先別提起這事。」想畢，便把派他監種花木工程的事，都隱瞞的一字不提，隨口說了兩句淡話，便往賈母那裡去了。賈芸也不好提的，只得回來。

因昨日見了寶玉，叫他到外書房等著，賈芸吃了飯便又進來，到賈母那邊儀門外綺霰齋書房裡來。只見焙茗⑭、鋤藥兩個小廝下象棋，為奪「車」正拌嘴；還有引泉、掃花、挑雲、伴鶴四五個，好名色。又在房簷上掏小雀兒頑。賈芸進入院內，把腳一跺，說道：「猴頭們淘氣，我來了。」眾小廝看見賈芸進來，都纔散了。賈芸進入房內，便坐在椅子上，問：「寶二爺沒下來？」焙茗道：「今兒總沒下來。

⑭ 焙茗：即前幾回裡的「茗烟」。自本回至三十四回，皆用「焙茗」，第三十九回後又改用「茗烟」。何以改名，小說中並無交代。

二爺說什麼？（五遁之外，名曰哨探遁法。）我替你哨探哨探去。」說著，便出去了。

這裡賈芸便看字畫古玩。有一頓飯工夫，還不見來，再看看別的小廝，都頑去了。正是煩悶，只聽門前嬌聲嫩語的叫了一聲「哥哥」，賈芸往外瞧時，看是一個十六七歲的丫頭，生的倒也細巧乾淨。那丫頭見了賈芸，便抽身躲了過去。恰值焙茗走來，見那丫頭在門前，便說道：「好，好，（二「好」字是遮飾半句來不到語。）正抓不著個信兒。」賈芸見了焙茗，也就趕了出來，問怎麼樣。焙茗道：「等了這一日，也沒個人兒過來。這就是寶二爺房裡的。（口氣極像。）好姑娘，你進去帶個信兒，就說廊下的二爺來了。」那丫頭聽說，方知是本家的爺們，便不似先前那等回避，（一句禮當。）下死眼把賈芸釘了兩眼。（這句是情孽上生。）聽那賈芸說道：「什麼是廊上廊下的？你只說是芸兒就是了。」半晌，那丫頭冷笑了一笑：（神情是深知房中事的。）「依我說，二爺竟請回家去，有什麼話明兒再來。今兒晚上得空兒，我回了他。」焙茗道：「這是怎麼說？」那丫頭道：「他今兒也沒睡中覺，自然吃的晚飯早。晚上他又不下來，（一連兩個「他」字，怡紅院中使得，否則有假矣。）難道只是耍的二爺在這裡等著挨餓不成？不如家去，明兒來是正經。便是回來有人帶信，那都是不中用；他不過口裡應著，他倒給帶呢！」賈芸聽這丫頭說話簡便俏麗，待要問他的名字，因是寶玉房裡的，又不便問，只得說道：「這話倒是，我明兒再來。」說著，便往外走。焙茗道：「我倒茶去，（滑賊。）二爺吃茶再去。」賈芸一面走，一面回頭說：「不吃茶，我還有事呢。」口裡說話，眼睛瞧那丫頭還站在那裡呢。

那賈芸一逕回家。至次日，來至大門前，可巧遇見鳳姐往那邊去請安，纔上了車，見賈芸來，便命人喚住，隔窗子笑道：「芸兒，你竟有膽子在我的跟前弄鬼，怪道你給我東西，原來你有事求我。（也作的不像撒謊，用心機人可怕是此等處。）昨兒你叔叔纔告訴我，說你求他。」賈芸笑道：「求叔叔這事，嬸嬸休提，我昨兒正後悔呢。早知這樣，我竟一起頭求嬸嬸，這會子也早完了。誰承望叔叔竟不能的。」鳳姐笑道：「怪道你那裡沒成兒，昨兒又來尋我。」賈芸道：「嬸嬸辜負了我的孝心，我並沒有這個意思。若有這個意思，昨兒還不求嬸嬸？如今嬸嬸既知道了，我倒要把叔叔丟下，少不得求嬸嬸好歹疼我一點兒。」鳳姐冷笑道：「你們要揀遠路兒走，叫我也難說。曹操語。早告訴我一聲兒，什麼不成的！多大點子事，耽誤到這會子。那園子裡還要種花，我只想不出一個人來，你早來不早完了！」賈芸笑道：「既這樣，嬸嬸明兒就派我罷。」鳳姐半晌道：「這個我看著不大好，又一折。等明年正月裡烟火燈燭那個大宗兒下來，再派你罷。」賈芸道：「好嬸嬸，先把這個派了我罷。果然這個辦的好，再派我那個。」鳳姐笑道：「你倒會拉長線兒。罷了，要不是你叔叔說，我不管你的事。總不認受泳、麝賄。我也不過吃了飯就過來，你到午錯的時候來領銀子，後兒就進去種樹。」說畢，令人駕起香車，一逕去了。

賈芸喜不自禁，來至綺霰齋打聽寶玉，誰知寶玉一早便往北靜王府裡去了。賈芸便呆呆的坐到晌午，打聽鳳姐回來，便寫個領票來領對牌。至院外，命人通報了。彩明走了出來，單要了領票進去，批了銀數、年月，一併連對牌交與了賈芸。賈芸接了，看那批上銀數，批了二百兩，心中喜不自禁，翻身走到銀庫上，交與收牌票的，領了銀

賈芸。　（清改琦繪，紅樓夢圖詠）

子。回家告訴母親，自是母子俱各歡喜。次日一個五鼓，賈芸先找了倪二，將前銀按數還他。那倪二見賈芸有了銀子，他便按數收回，不在話下。這裡賈芸又拿了五十兩，出西門找到花兒匠方椿家裡去買樹，不在話下。（至此便完種樹工程。一者見得趲趕工程原非正文，不過虛描盛時光景，借此以出情文。二者又為避難法。若不如此了，必曰其樹其價怎麼，買定幾株，豈不煩絮矣？）

如今且說寶玉，自那日見了賈芸，曾說明日著他進來說話兒。如此說了之後，他原是富貴公子的口角，哪裡還把這個放在心上？（若是一個女孩兒，可保不忘的。）因而便忘了。這日晚上從北靜王府裡回來，見過賈母、王夫人等，回至園內，換了衣服，正要洗澡。襲人因被薛寶釵煩了去打結子，秋紋、碧痕兩個去催水，檀雲又因他母親的生日接了出去，麝月又現在家中養病，雖還有幾個作粗活聽喚的丫頭，估著叫不著他們，都出去尋夥覓伴的頑去了。不想這一刻的工夫，（妙！必用「一刻」二字，方是寶玉的房中，見得時時原有人的。又有今一刻無人，所謂湊巧具一也。）只剩了寶玉在房內。偏生的（三字不可少。）寶玉要吃茶，一連叫了兩三聲，方見兩三個老嬤嬤走進來。（妙！文字細密，一絲不落，非批得出者。）寶玉見了他們，連忙搖手兒說：「罷，罷，不用你們。」（是寶玉口氣。）老婆子們只得退出。寶玉見沒丫頭們，只得自己下來，拿了碗向茶壺去倒茶。只聽背後說道：「二爺仔細燙了手，讓我們來倒。」（神龍變化之文，人豈能測？）一面說，一面走上來，早接了碗過去。寶玉倒唬了一跳，問：「你在哪裡的？忽然來了，唬我一跳。」那丫頭一面遞茶，一面回說：「我在後院子裡，纔從裡間的後門進來，難道二爺就沒聽見腳步響？」寶玉一面吃茶，一面（六個「一面」，是神情，並不覺厭。）仔細打量那丫頭：穿著幾件半新不舊的衣裳，倒是一頭黑鬒鬒⑮的頭髮，挽著個鬢，容長臉面，細巧身材，卻十分俏麗乾淨。（與賈芸目中所見不差。）寶玉看了，便笑問道：（神情寫得出。）「你也是我這屋裡的人麼？」（妙問。必如此問，方是籠絡前文。）那丫頭道：「是的。」寶玉道：「既是這屋裡的，我怎麼不認得？」那丫頭

⑮ 黑鬒鬒：形容頭髮濃密烏黑。鬒，音ㄓㄣˇ。

（怡紅細事俱用帶筆白描，是大章法也。丁亥夏，畸笏叟。）

聽說，便冷笑了一聲道：（神理如畫。）「認不得的也多，豈只我一個？從來我又不遞茶遞水，拿東拿西，眼見的事一點兒不作，哪裡認得呢？」寶玉道：「你為什麼不作那眼見的事？」（這是下情不能上達意語也。）那丫頭道：「這話我也難（不伏氣語，況非爾可完，故云「難說」。）說。只是有一句話回二爺：昨兒有個什麼芸兒來找二爺，我想二爺不得空兒，便叫焙茗回他，叫他今日早起來，不想二爺又往北府裡去了。」

剛說到這句話，只見秋紋、碧痕嘻嘻哈哈的說笑著進來，兩個人共提著一桶水，一手撩著衣裳，趔趔趄趄，潑潑撒撒的。那丫頭便忙迎去接。（好有眼色。）那秋紋正對著碧痕抱怨：「你濕了我的裙子！」那個又說：「你踹了我的鞋！」忽見走一個人來接水，二人看時，不是別人，原來是小紅。二人便都詫異，將水放下，忙進房來東瞧西望，（四字漸露大丫頭素日怡紅細事也。）並沒個別人，只有寶玉，便心中大不自在。只得預備下洗澡之物，待寶玉脫了衣裳，二人便帶上門出來，（清楚之至！）走到那邊房內，便找小紅，問他方纔在屋裡說什麼？小紅道：「我何曾在屋裡的？只因我的手帕子不見了，往後頭找手帕子去。不想二爺要茶吃，叫姐姐們一個沒有，是我進去了，纔倒了茶，姐姐們便來了。」秋紋聽了，兜臉啐了一口，罵道：「沒臉的下流東西！正經叫你催水去，你說有事故，倒叫我們去，你可等著做這個巧宗兒。（難說小紅無心。白描。）一里一里的⑯，這不上來了！難道我們倒跟不上你了？你也拿鏡子照照，配遞茶遞水不配！」（「難說」二字全在此句來。）碧痕道：「明兒我說給他們，凡要茶要水、送東送西的事，咱們都別動，只叫他去便是了。」秋紋道：「這麼說，不如我們散了，單讓他在這屋裡呢。」

二人你一句我一句正鬧著，只見有個老嬤嬤進來，傳鳳姐的話說：「明日有人帶花兒匠來種樹，

⑯ 一里一里的：一步一步地。

叫你們嚴禁些，衣服裙子別混曬混晾的。那土山上一溜都攔著幃幕呢，可別混跑。」秋紋便問：（用秋紋問，）「明兒不知是誰帶進匠人來監工？」（是暗透之法。）那婆子道：「說什麼後廊下的芸哥兒。」秋紋、碧痕聽了，都不知道，只管混問別的話。那小紅聽見了，心內卻明白，（可是暗透法！）就知是昨兒外書房所見那人了。原來這小紅本姓林，（又是個林。）小名紅玉。（「紅」字切絳珠，「玉」字則直通矣。）只因「玉」字犯了林黛玉、寶玉，（妙文。）便都把這個字隱起來，都叫他小紅。原是榮國府中世代的舊僕，他父母現在收管各處房田事務。這紅玉年方十六歲，因分人在大觀園的時節，把他便分在怡紅院中，倒也清幽雅靜。不想後來命人進來居住，偏生這一所兒又被寶玉占了。這紅玉雖然是個不諳事的丫頭，卻因他原有三分容貌，（有三分容貌尚且不肯受屈，況黛玉等一干才貌者乎？）心內著實妄想痴心的向上攀高，（爭奪者同來一看。）每每的要在寶玉面前現弄現弄。只是寶玉身邊一干人都是伶牙俐爪的，（難說的）（原故在此。）哪裡插的下手去？（余前批不謬。）不想今兒纔有些消息，又遭秋紋等一場惡意，心內早灰了一半。（爭名奪利者齊來一哭。）正悶悶的，忽然聽見老嬤嬤說起賈芸來，不覺心中一動，便悶悶的回至房中，睡在床上暗暗盤算。翻來覆去正沒個抓尋，忽聽窗外低低的叫道：「紅玉，你的手帕子我拾在這裡呢。」紅玉聽了，忙走出來，一看不是別人，正是賈芸。紅玉不覺的粉面含羞，問道：「二爺在哪裡拾著的？」（睡夢中當然一跑，這方是怡紅之鬟。）賈芸笑道：「你過來，我告訴你。」一面說，一面就上來拉他。那紅玉急回身一跑，卻被門檻絆倒。要知端的，下回

小紅。（清改琦繪，紅樓夢圖詠）

分解。

紅樓夢寫夢，章法總不雷同。此夢更寫的新奇，不見後文，不知是夢。

紅玉在怡紅院為諸鬟所掩，亦可謂生不遇時，但看後四章供阿鳳驅使可知。

校記

1. 「你只說舅舅見你一遭兒，就派你一遭兒不是。你小人兒家很不知好歹，也到底立個主意，賺幾個錢，弄的穿是穿吃是吃的，我看著也喜歡。」庚辰本缺「你小人兒家很不知好歹，也到底立個主意，賺幾個錢，弄的穿是穿吃是」二十八字，各本有，據以補入。

2. 「我還求你帶個信兒與舍下，叫他們早些關門睡罷，我不回家去了；倘或有要緊事兒」，庚辰本缺「叫他們早些關門睡罷，我不回家去了；倘或有要緊事兒」二十二字，各本有，據以補入。

第二十五回 魘魔法姊弟逢五鬼 紅樓夢通靈遇雙真

話說紅玉心神恍惚，情思纏綿，忽朦朧睡去，遇見賈芸要拉他，卻回身一跑，被門檻絆了一跤，嚇醒過來，方知是夢。因此翻來覆去，一夜無眠。至次日天明方纔起來，就有幾個丫頭子來會他去打掃房子地面，提洗臉水。這紅玉也不梳洗，向鏡中胡亂挽了一挽頭髮，洗了洗手，腰內束了一條汗巾子，便來打掃房屋。誰知寶玉昨兒見了紅玉，也就留了心。若要直點名喚他來使用，一則怕襲人等寒心；（是寶玉心中想，不是襲人拈酸。）二則又不知紅玉是何等行為，若好還罷了，（不知「好」字是如何講。答曰：在「何等行為」四字上看便知。玉兒每情不情，況有情者乎？）若不好起來，那時倒不好退送的。因此心下悶悶的，早起來也不梳洗，只坐著出神。一時下了窗子，隔著紗屜子❶向外看的真切，只見好幾個丫頭在那裡掃地，都擦胭抹粉，簪花插柳的，（八字寫盡蠢鬟，是為襯紅玉，亦如用豪貴人家濃妝豔飾、插金帶銀的襯寶釵、黛玉也。）獨不見昨兒那一個。寶玉便靸了鞋，晃出了房門，只裝著看花兒，（文字有層次。）這裡瞧瞧，那裡望望。一抬頭，只見西南角上遊廊底下欄杆上，似有一個人倚在那裡，卻恨面前有一株海棠花遮著，看不真切。（余所謂此書之妙，皆從詩詞句中泛出者，皆係此等筆墨也。試問觀者，此非「隔花人遠天涯近」乎？可知上幾回非余妄擬。）只得又轉了一步，仔細一看，可不是昨兒那個丫頭在那裡出神？待要迎上去，又不好去的。正想著，忽見碧痕來催他洗臉，只得進去了。不在話下。

卻說紅玉正自出神，忽見襲人招手叫他，（此處方寫出襲人來，是襯貼法。）只得走上前來。襲人笑道：「我們這裡的

---

❶ 紗屜子：即窗屜，窗槅內層嵌的木框條，糊上窗紗，可以脫卸。

噴壺還沒有收拾了來呢，你到林姑娘那裡去，把他們的借來使使。」紅玉答應了，便走出來，往瀟湘館去。正走上翠烟橋，抬頭一望，只見山坡上高處都是攔著幃幕，方想起今兒有匠役在裡頭種樹。因轉身一望，只見那邊遠遠一簇人在那裡掘土，賈芸正坐在那山子石上。紅玉待要過去，又不敢過去，只得悶悶的向瀟湘館取了噴壺回來，無精打彩，自向房內倒著。眾人只說他一時身上不爽快，都不理論。文字到此一頓，狡滑之甚。

展眼過了一日，必云「展眼過了一日」者，是反襯紅玉「挨一刻似一夏」也，知乎？原來次日就是王子騰夫人的壽誕。那裡原打發人來請賈母、王夫人的，王夫人見賈母不自在，也便不去了。倒是薛姨媽同鳳姐兒並賈家幾個姊妹、寶釵、寶玉一齊都去了，至晚方回。所謂一筆兩用也。可巧王夫人見賈環下了學，命他來抄個金剛咒❷唪誦唪誦。用金剛咒引五鬼法。那賈環正在王夫人炕上坐著，命人點燈，拿腔作勢的抄寫。小人乍得意者齊來一玩。一時又叫彩雲倒杯茶來，一時又叫玉釧兒來剪剪蠟花，一時又說金釧兒擋了燈影。眾丫鬟們素日厭惡他，都不答理。只有彩霞還和他合的來，暗中又伏一風月之隙。倒了一鍾茶來遞與他。因見王夫人和人說話，他便悄悄的向賈環說道：「你安些分罷，何苦討這個厭那個厭的。」賈環道：「我也知道了，你別哄我。如今你和寶玉好，把我不答理，我也看出來了。」彩霞咬著嘴唇，向賈環頭上戳了一指頭，說道：▼「沒良心的！狗咬呂洞賓，不識好人心。」▲風月之情，皆係彼此業障所牽。雖云「惺惺惜惺惺」，但亦從業障而來。蠢婦配才郎，世間固不少，然俏女慕村夫者猶多。所謂業障牽魔，不在才貌之論。

兩人正說著，只見鳳姐來了，拜見過王夫人。王夫人便一長一短的問他「今兒是哪幾位堂客，戲

▼此等世俗之言，亦因人而用，妥極當極！壬午孟夏，雨窗，畸笏。

❷ 金剛咒：金剛經的咒語。金剛經全稱為金剛般若波羅蜜經，用金剛之堅實比喻般若（智慧）之不變不移，有斬斷煩惱的功效。

文好歹，酒席如何」等語。說了不多幾句話，寶玉也來了，進門見了王夫人，不過規規矩矩說了幾句（是大家子弟模樣。）便命人除去抹額，脫了袍服，拉了靴子，便一頭滾在王夫人懷裡。（余幾幾失聲哭出。）王夫人便用手滿身滿臉摩挲撫弄他，（普天下幼年喪母者齊來一哭。）寶玉也搬著王夫人的脖子，說長道短的。王夫人道：「我的兒，你又吃多了酒，臉上滾熱。你還只是揉搓，一會鬧上酒來。還不在那裡靜靜的倒一會子呢。」說著，便叫人拿個枕頭來。寶玉聽說，下來在王夫人身後倒下，又叫彩霞來替他拍著。寶玉便和彩霞說笑，只見彩霞淡淡的，不大答理，兩眼睛只向賈環處看。寶玉便拉他的手，笑道：「好姐姐，你也理我理兒呢。」一面說，一面拉他的手。彩霞奪手不肯，便說：「再鬧，我就嚷了。」

二人正鬧著，原來賈環聽的見，素日原恨寶玉，如今又見他和彩霞鬧，心中越發按不下這口毒氣。雖不敢明言，卻每每暗中算計，只是不得下手。今見相離甚近，便要用熱油燙瞎他的眼睛，因而故意裝作失手，把那一盞油汪汪的蠟燈向寶玉臉上只一推。只聽寶玉「噯喲」了一聲，滿屋裡眾人都嚇了一跳，連忙將地下的戳燈挪過來，又將裡外間屋的拿了三四盞看時，只見寶玉滿臉滿頭都是油。王夫人又急又氣，一面命人來替寶玉擦洗，一面又罵賈環。鳳姐三步兩步的上炕去，替寶玉收拾著，一面笑道：「老三還是這麼慌腳雞似的。我說你上不得高臺盤❸，（為下文緊一步。）趙姨娘時常也該教導教導他。」一句話提醒了王夫人。那王夫人不罵賈環，便叫過趙姨娘來罵道：「養出這樣黑心、不知道理下流種子來，也不管管！幾番幾次我都不理論，你們得了意了，越發上來了！」那趙姨娘素日也雖然常懷嫉妒之心，不忿鳳姐、寶玉兩個，也不敢露出來；如今賈環又生了事，受這場惡氣，不但吞聲承受，而且還要走

---

❸ 上不得高臺盤：上不得檯面；見不得世面。

去替寶玉收拾。只見寶玉左邊臉上燙了一溜燎泡出來，幸而眼睛竟沒動。王夫人看了，又是心疼，又怕明日賈母問怎麼回答，急的又把趙姨娘數落一頓。總是為楔緊「五鬼」一回文字。然後又安慰了寶玉一回，又命取敗毒消腫藥來敷上。寶玉道：「有些疼，還不妨事。明兒老太太問，就說是我自己燙的罷了。」▼鳳姐笑道：兩笑壞極！「便說是自己燙的，也要罵人為什麼不小心看著，叫你燙了。橫豎有一場氣生的，到明兒憑你怎麼說去罷。」▲壞極！總是調唆口吻，趙氏寧不覺乎？王夫人命人好生送了寶玉回房去後，襲人等見了，都慌的了不得。

林黛玉見寶玉出了一天門，就覺悶悶的，沒個可說話的人。至晚正打發人來問了兩三遍回來不曾，這遍方纔回來，又偏生燙了。林黛玉便趕著來瞧，只見寶玉正拿鏡子照呢，左邊臉上滿滿的敷了一臉的藥。林黛玉只當燙的十分利害，忙上來問怎麼燙了，要瞧瞧。寶玉見他來了，忙把臉遮著，搖手叫他出去，不肯叫他看——知道他的癖性喜潔，見不得這些東西。寫寶玉文字，此等方是正緊筆墨。林黛玉自己也知道自己也有這件癖性，寫林黛玉文字，此等方是正緊筆墨。故二人文字雖多，如此等暗伏淡寫處亦不少，觀者實實看不出者。知道寶玉的心內怕他嫌髒，將二人一並，真真寫他二人之心玲瓏七竅。因笑道：「我瞧瞧燙了哪裡了，有什麼遮著藏著的？」一面說，一面就湊上來，強搬著脖子瞧了一瞧，問他疼的怎麼樣？寶玉道：「也不很疼，養一兩日就好了。」林黛玉坐了一回，悶悶的回房去了。一宿無語。次日寶玉見了賈母，雖然自己稱認是自己燙的，不與別人相干，免不得那賈母又把跟從的人罵一頓。此原非正文，故草草寫去。

過了一日，就有寶玉寄名的乾娘馬道婆進榮國府來請安。見了寶玉，唬一大跳，問起原由，說是燙的，便點頭嘆息一回，向寶玉臉上用指頭畫了一畫，口內嘟嘟囔囔的又持頌了一回，說道：「管保就好了，這不過是一時飛災。」又向賈母道：「祖宗老菩薩哪裡知道，那經典佛法上說的利害。大凡一段無倫無理信口開合的混話，卻句句都是耳聞目睹者，並非杜撰

▼為五鬼法作耳，非泛文也。雨窗。

撰而有。

那王公卿相人家的子弟，只一生長下來，暗裡便有許多促狹鬼跟著他，作者與余實實經過。得空便擰他一下，或掐他一下，或吃飯時打下他的飯碗來，或走著推他一跤。所以往往的那些大家子孫，多有長不大的。」賈母聽如此說，便趕著問：「這有什麼佛法解釋❹沒有呢？」馬道婆道：「這個容易，只是替他多作些因果善事，也就罷了。再那經上還說，西方有位大光明普照菩薩❺，專管照耀陰暗邪祟。若有善男子善女人虔心供奉者，可以永佑兒孫康寧安靜，再無驚恐邪祟撞客❻之災。」賈母道：「倒不知怎麼個供奉這位菩薩？」馬道婆道：「也不值些什麼，不過除香燭供養之外，一天多添幾斤香油，點上個大海燈❼。這海燈便是菩薩現身法像，晝夜不敢息的。」賈母道：「一天一夜也得多少油？明白告訴我，我也好作這件功德的。」馬道婆聽如此說，便笑道：「這也不拘，隨施主菩薩們願心。像我家裡，就有好幾賊婆先用大鋪排試之。處的王妃誥命供奉的：南安郡王府裡的太妃，他許的願心大，一天是四十八斤油，一斤燈草，那海燈也只比缸略小些。錦田侯的誥命次一等，一天不過二十四斤油。再還有幾家，也有五斤的，三斤的，一斤的，都不拘數。那小家子窮人家捨不起這些，就是四兩半斤，也少不得替他點。」▼賈母聽了，點頭思忖。▲賊道婆。是自「太君思忖」上來，後用如此數語收之，使太君必心悅誠馬道婆又道：「還有一件，若是為父母尊親長上的，多捨些不妨；若是像老祖宗如今為寶玉，

▼「點頭思忖」，是量事之大小，非吝嗇也。壬午夏，雨窗，畸笏。

❹ 解釋：消解、解脫的意思。

❺ 大光明普照菩薩：即「大光普照觀音」。據佛教的說法，觀音有六身，分別是大悲觀音、大慈觀音、獅子無畏觀音、大光普照觀音、天人丈夫觀音、大梵深遠觀音。大光普照觀音專能破除人們由嗔、慢、疑而生的魔障。

❻ 撞客：迷信說法，鬼神附體，令人精神失常，稱做「撞客」。

❼ 大海燈：佛前供奉的長明燈。

服願行。賊婆，賊婆，費我作者許多心機摹寫也。

若捨多了倒不好，還怕哥兒禁不起，倒折了福，也不當家花花❽的。要捨，大則七斤，小則五斤，也就是了。」賈母說：「既是這樣說，你便一日五斤，合準了，每月打躉來關了去❾。」馬道婆念一聲：「阿彌陀佛慈悲大菩薩。」賈母又命人來吩咐：「以後大凡寶玉出門的日子，拿幾串錢交給他的小子們帶著，遇見僧道窮苦人好捨。」

說畢，那馬道婆又坐了一回，便又往各院各房問安，閒逛了一回。一時來至趙姨娘房內，二人見過。趙姨娘命小丫頭倒了茶來與他吃。馬道婆因見炕上堆著些零碎綢緞灣角，趙姨娘正黏鞋呢。馬道婆道：「可是我正沒了鞋面子了，見者有分是也。趙奶奶你有零碎緞子，不拘什麼顏色的，弄一雙鞋面給我。」趙姨娘聽說，便嘆口氣說道：「你瞧瞧，那裡頭還有哪一塊是成樣的？成了樣的東西，也不能到我手裡來。有的沒的都在這裡，你不嫌，就挑兩塊子去。」馬道婆見說，果真便挑了兩塊，袖將起來。趙姨娘問道：「前日我送了五百錢去藥王❿跟前上供，你可收了沒有？」馬道婆道：「早已替你上了供了。」趙姨娘嘆口氣道：「阿彌陀佛！我手裡但凡從容些，也時常的上個供，只是心有餘力量不足。」馬道婆道：「你只管放心，將來熬的環哥兒大了，得個一官半職，那時你要作多大的功德不能？」趙姨娘聽說，鼻子裡笑了一聲，說道：「罷，罷！再別說起。如今就是個樣兒，我們娘兒們跟的上這屋裡哪一個兒？也不是有了寶玉，竟是得了活龍！他還是小孩子家，長的得人意兒，大人偏疼他些也還罷了；趙嫗數語，可知玉兒之身分，況在背後之言。

❽ 不當家花花：罪過；不應該。

❾ 每月句：打躉，整批的買賣。躉，音ㄉㄨㄣˇ。關，支付或領取。

❿ 藥王：施良藥醫治眾生病苦的菩薩。

我只不伏這個主兒。」一面說，（活像趙嫗。）一面伸出兩個指頭兒來。（活現阿鳳。）馬道婆會意，便問道：「可是璉二奶奶？」趙姨娘唬的忙搖手兒，走到門前，掀簾子向外看看無人，方進來向馬道婆悄悄說道：「了不得！提起這個主兒，這一分家私要不都叫他搬送到娘家去，（這是妒心正題目。）我也不是個人！」馬道婆見他如此說，便（有隙即入，所謂賊婆，是極！）探他口氣說道：「我還用你說，難道都看不出來？也虧你們心裡也不理論，只憑他去，倒也妙。」趙姨娘道：「我的娘，不憑他去，難道誰還敢把他怎麼樣呢？」

馬道婆聽說，鼻子裡一笑，（二笑。）半晌說道：「不是我說句造孽的話，你們沒有本事，也難怪別人。明（賊婆操必勝之權，趙嫗已墮術中，故敢直出明言，可畏可怕。）不敢怎樣，暗裡也就算計了，還等到這如今！」趙姨娘聞聽這話裡有道理，心內暗暗的歡喜，便說道：「怎麼暗裡算計？我倒有這個意思，只是沒這樣的能幹人。你若教給我這法子，我大大的謝你。」馬道婆聽說這話打攏了一處，便又故意說道：「阿彌陀佛！你快休問我，我哪裡知道這些事？（遠一步卻是近一步，賊婆，賊婆！）罪過，罪過。」趙姨娘道：「你又來了！你是最肯濟困扶危的人，難道就眼睜睜的看人家來擺布死了我們娘兒兩個不成？難道還怕我不謝你？」馬道婆聽說如此，便笑道：「若說我不忍叫你娘兒們受人委屈還猶可，若說謝我的這兩個字，可是你錯打算盤了。就便是我希圖你謝，靠你有些什麼東西能打動我？」（探謝禮輕重，是這樣說法，可怕可畏！）趙姨娘聽這話口氣鬆動了，便說道：「你這麼個明白人，怎麼糊塗起來了！你若果然法子靈驗，把他兩個絕了，明日這家私不怕不是我環兒的，那時你要什麼不得？」馬道婆聽了，低了頭，半晌說道：「那時候事情妥了，又無憑據，你還理我呢！」趙姨娘道：「這又何難？如今我雖手裡沒什麼，也零碎攢了幾兩梯己，還有幾件衣服簪子，你先拿些去。下剩的，我寫個欠銀子文契給你，你要什麼保人也有，那時我照數給你。」馬道婆道：「果然這樣？」趙姨娘道：「這如何還撒得謊？」說著，便叫過一個心腹婆子來，（所謂狐群狗黨是也，大族所在不免，看官著眼。）耳根底下嘁嘁喳喳說了幾句話。那婆子出去了，一時回來，果然寫了個五百兩欠契來。趙姨娘便印了手模，走到廚櫃裡，將梯己拿了出來，與馬道婆看看，道：「這個你先拿了去，做香燭供奉使費，可好不好？」馬道婆看看白花花的一堆銀子，又有欠契，並不顧青紅皂白，（「並不顧」三字寫得怕殺人，細想千萬件壞事皆從此三字上作來，嘆嘆！）滿口裡應著，伸手先去抓了銀子掖起來，然後收了欠契。又向褲腰裡掏了半晌，（如此現成，想賊婆所害之人豈止寶玉、阿鳳二人哉？大家太君夫人誡之慎之。）掏出十個紙鉸的青面白髮的鬼來，並兩個紙人，遞與趙姨娘。又悄悄的教他道：「把他兩個的年庚八字⑪寫在這兩個紙人身上，一併五個鬼都掖在他們各人的床上就完了。我只在家裡作法，自有效驗。千萬小心，不要害怕。」正纔說著，只見王夫人的丫鬟進來找道：「奶奶可在這裡？太太等你呢。」二人方散了，不在話下。

▼寶玉係馬道婆寄名乾兒，一樣下此毒手，況阿鳳乎？三姑六婆之為害如此。即買母之神明，在所不免，其他只知吃齋念佛之夫人、太君，豈能防嫌得來？此係老太君一大病。作者一片婆心，不避嫌疑，特為寫出，使看官再四思之慎之，戒之戒之！

卻說林黛玉因見寶玉近日燙了臉，總不出門，倒時常在一處說說話兒。這日飯後，看了兩篇書，自覺無趣，便同紫鵑、雪雁做了一回針線，更覺煩悶。便倚著房門出了一回神，（所謂「閒倚繡房吹柳絮」是也。）信步出來，看階下新迸出的稚筍。（好好，妙妙！是翻「筍根稚子無人見」句也。）不覺出了院門，一望園中，四顧無人，惟見花光柳影，鳥語溪聲。（全用畫家筆意寫法。）林黛玉信步便往怡紅院中來，只見幾個丫頭舀水，都在迴廊上圍著看畫眉洗澡呢。（閨中女兒樂事。）聽見房內有笑聲，林黛玉便入房中看時，原來是李宮裁、鳳姐、寶釵都在這裡呢。一見他進來，都笑道：「這不又來了一個！」（有照應。）林黛玉笑道：「今兒齊全，誰下帖子請來的？」鳳姐道：「前兒我打發了丫頭送了兩瓶茶葉去，你往哪去了？」林黛玉笑道：「哦，可是倒忘了，多謝多謝。」（該云「我正看會真記呢。」一笑。）鳳姐兒又道：「你嘗了可還好不好？」沒有說完，寶玉便說道：「論理可倒罷了，只是我說不大甚好，也不知別人嘗著怎麼樣。」寶釵道：「味

▼二寶答言是補出諸豔俱領過之文。

⑪ 年庚八字：即生辰八字，表示人出生的年、月、日、時，因分別用干支計算，如甲子（年）、乙丑（月）、丙寅（日）、丁卯（時），合起來為八個字，所以叫「八字」。

（乙酉冬，雪窗，畸笏老人。）

倒輕，只是顏色不大好些。▲」鳳姐道：「那是暹羅⑫進貢來的，我嘗著也沒什麼趣兒，還不如我每日吃的呢。」林黛玉道：「我吃著好，不知你們的脾胃是怎樣？」寶玉道：「你果然愛吃，把我這個也拿了去吃罷。」鳳姐笑道：「你要愛吃，我那裡還有呢。」林黛玉道：「果真的？我就打發丫頭取去了。」鳳姐道：「不用取去，我打發人送來就是了。我明兒還有一件事求你，一同打發人送來。」林黛玉聽了笑道：「你們聽聽，這是吃了他們家一點子茶葉，就來使喚人了。」鳳姐笑道：「倒求你，你倒說這些閒話，吃茶吃水的！你既吃了我們家的茶，怎麼還不給我們家作媳婦？⑬」（二玉之配偶，在賈府上下諸人，即觀者、批者、作者皆謂無疑，故常常有此等點題語。我也要笑。）眾人聽了，一齊都笑起來。林黛玉紅了臉，一聲兒不言語，便回過頭去了。李宮裁笑向寶釵道：（此句還要候查。）「真真我們二嬸子的詼諧是好的。」（好讚，該他讚。）林黛玉道：「什麼詼諧！不過是貧嘴賤舌，討人厭惡罷了。」說著，便啐了一口。鳳姐笑道：「你別作夢。你替我們家作了媳婦，少什麼？」指寶玉道：「你瞧瞧，人物兒門第配不上？根基配不上？家私配不上？哪一點還玷辱了誰呢？」（大大一瀉，好接下文。）林黛玉抬身就走，寶釵便叫：「顰兒急了，還不回來坐著，走了倒沒意思。」說著，便站起來拉住。

剛至房門前，只見趙姨娘和周姨娘兩個人進來瞧寶玉。李宮裁、寶釵、寶玉等都讓他兩個坐，獨鳳姐只和林黛玉說笑，正眼不看他們。寶釵方欲說話時，只見王夫人房內的丫頭來說：「舅太太來了，

---

⑫ 暹羅：音ㄒㄧㄢ ㄌㄨㄛˊ。泰國的舊名。

⑬ 你既兩句：吃茶的普通意義是喝茶，舊時女子受聘也稱「吃茶」。明郎瑛七修類稿事物未見得吃茶云：「種茶下子，不可移植，移植則不復生也。故女子受聘，謂之『吃茶』。」林黛玉說：「吃了他們家一點子茶葉」，王熙鳳附會到受聘上，取笑說「你既吃了我們家的茶，怎麼還不給我們家作媳婦。」

請奶奶、姑娘們出去呢。」李宮裁聽了，連忙叫著鳳姐等走了。趙、周兩個忙辭了寶玉出去。寶玉道：「我也不能出去，你們好歹別叫舅母進來。」又道：「林妹妹，你先略站一站，我說一句話。」鳳姐聽了，回頭向林黛玉笑道：「有人叫你說話呢！」說著，便把林黛玉往裡一推，和李紈一同去了。

這裡寶玉拉著林黛玉的袖子，只是嘻嘻的笑，（此刻好看之至！）心裡有話，只是口裡說不出來。（是已受鎮，說不出來，勿得錯會了意。）此時林黛玉只是禁不住把臉紅脹了，掙著要走。寶玉忽然「噯喲」了一聲，說：「好頭疼！」（自黛玉看書起，聞聞一段寫來，真無容針之空。如夏日烏雲四起，疾閃長雷不絕，不知雨落何時，忽然霹靂一聲，傾盆大注，何快如之！何樂如之！真令人寧不叫絕！）林黛玉道：▼「該，阿彌陀佛！」▲寶玉大叫一聲：「我要死！」將身一縱，離地跳有三四尺高，口內亂嚷亂叫，說起胡話來了。林黛玉並丫頭們都唬慌了，忙去報知王夫人、賈母等。此時王子騰的夫人也在這裡，都一齊來時，寶玉益發拿刀弄杖，尋死覓活的，鬧得天翻地覆。賈母、王夫人見了，唬的抖衣而顫，且「兒」一聲、「肉」一聲放聲慟哭。於是驚動諸人，連賈赦、邢夫人、賈珍、賈政、賈璉、賈蓉、賈芸、賈萍、薛姨娘、薛蟠，並周瑞家的一干家中上上下下、裡裡外外眾媳婦丫頭等，都來園內看視。（寫玉兄驚動若許人忙亂，正寫太君一人之鍾愛耳。看官勿被作者瞞過。）登時園內亂麻一般，正沒個主見，只見鳳姐手持一把明晃晃鋼刀，砍進園來，見雞殺雞，見狗殺狗，見人就要殺人。（此處焉用雞犬？然輝煌富麗非處家之常也，雞犬閒閒始為兒孫千年之業，故於此處必用雞犬二字，方是一簇騰騰大舍。）眾人慌了，周瑞媳婦忙帶著幾個有力量的、膽壯的婆娘上去抱住，奪下刀來，抬回房去。平兒、豐兒等哭的淚天淚地。賈政等心中也有些煩難，顧了這裡，丟不下那裡。別人慌張自不必講，獨有薛蟠更比諸人忙到十分去，又恐薛姨媽被人擠倒，又恐薛寶釵被人瞧見，（寫獃兄忙是躲煩碎文字法。好想頭，好筆力，石頭記最得力處在此。）又恐香菱被人臊皮⑭——知道賈珍等是在女人身上做工夫的——因此忙的不堪。忽一眼瞥見了林黛玉，風流婉轉，已酥倒在那裡。（忙中寫閒，真大手眼，大章法。）

▼黛玉念佛，是吃茶之語在心故也。然摹寫神妙，一絲不漏如此。己卯冬夜。

⑭ 臊皮：調戲；輕薄。

當下眾人七言八語，有的說請端公送祟⑮的，有的說請巫婆跳神⑯的，有的又薦玉皇閣的張真人，種種喧騰不一。也曾百般醫治祈禱，問卜求神，皆無效驗。堪堪日落，王子騰夫人告辭去後，次日王子騰也來瞧問。接著小史侯家、邢夫人弟兄輩並各親戚眷屬都來瞧看。也有送符水的，也有薦僧道的，總不見效。他叔嫂二人愈發糊塗不省人事，睡在床上，渾身火炭一般，口內無般不說。到夜晚間，那些婆娘媳婦丫頭們都不敢上前，因此把他二人都抬到王夫人的上房內，（收拾的得體正大。）夜間派了賈芸帶著小廝們挨次輪班看守。賈母、王夫人、邢夫人、薛姨媽等寸地不離，只圍著乾哭。此時賈赦、賈政又恐哭壞了賈母，日夜熬油費火，鬧的人口不安，也都沒了主意。賈赦還各處去尋僧覓道，賈政見不靈效，著實懊（四字寫盡政老矣。）惱，因阻賈赦道：「（讀書人自應如是。）兒女之數皆由天命，非人力可強者。他二人之病出於不意，百般醫治不效，想天意該如此，也只好由他們去罷。」賈赦也不理此話，仍是百般忙亂，哪裡見些效驗？

看看三日光陰，那鳳姐和寶玉躺在床上，益發連氣都將沒了。合家人口無不驚慌，都說沒了指望，忙著將他二人的後世的衣履都治備下了。賈母、王夫人、賈璉、平兒、襲人這幾個人，更比諸人哭的忘餐廢寢，覓死尋活。趙姨娘、賈環等自是稱願。（補明趙嫗進怡紅為行法也。）到了第四日早晨，賈母等正圍著寶玉哭時，只見寶玉睜開眼，說道：「從今以後，（語不驚人死不休，此之謂也。）我可不在你家了！快收拾了，打發我走罷。」（斷不可少此句。）賈母聽了這話，如同摘心去肝一般。趙姨娘在旁勸道：「老太太也不必過於悲痛，哥兒已是不中用了。不如把哥兒的衣服穿好，讓他早些回去，也免些苦；只管捨不得他，這口氣不斷，他那世裡也受罪不安生……（大遂心人必有是語。）」

---

⑮ 端公送祟：端公，巫師。送祟，通過燒紙錢或作法送走鬼祟。

⑯ 跳神：巫師燒香上供，請神靈附體，然後又唱又跳，代神降旨，驅除病魔妖祟，這樣的儀式叫「跳神」。

這些話沒說完，被賈母照臉啐了一口唾沫，罵道：「爛了舌頭的混帳老婆！誰叫你來多嘴多舌的？你怎麼知道他在那世裡受罪不安生？怎麼見得不中用了？你願他死了，有什麼好處？你別做夢！他死了，我只和你們要命！素日都不是你們調唆著，逼他寫字念書，[奇語。所謂溺愛者不明，然天生必有是一段文字的。]把膽子唬破了，見了他老子，不像個避貓鼠兒？都不是你們這起淫婦調唆的？這會子逼死了，你們遂了心，我饒哪一個？」一面罵，一面哭。賈政在旁聽見這些話，心裡越發難過，便喝退趙姨娘，自己上來委宛解勸。一時又有人來回說：「兩口棺槨都做齊了，[偏寫一頭不了又一頭之文，真步步緊。]請老爺出去看。」賈母聽了，如火上澆油一般，便罵：「是誰做了棺槨？」一疊聲只叫把做棺材的拉來打死。

正鬧的天翻地覆，沒個開交，只聞得隱隱的木魚聲響，[你看他不費絲毫勉強，輕輕收住數百言之文，石頭記得力處全在如此。以幻作真，以真作幻，看官亦要如此看法為幸。]念了一句：「南無解冤孽菩薩，有那人口不利，家宅顛傾，或逢凶險，或中邪祟者，我們善能醫治。」賈母、王夫人聽見這些話，哪裡還耐得住？便命人去快請進來。賈政雖不自在，奈賈母之言如何違拗？想如此深宅，何得聽的這樣真切？心中亦希罕，命人請了進來。眾人舉目看時，原來是一個癩頭和尚與一個跛足道人。[僧因鳳，道因玉，一絲不亂。]見那和尚是怎的模樣：

鼻如懸膽兩眉長，目似明星蓄寶光。破衲芒鞋無住跡，腌臢更有滿頭瘡。

那道人又是怎生模樣：

一足高來一足低，渾身帶水又拖泥。相逢若問家何處，卻在蓬萊弱水⑰西。

賈政問道：「你道友二人，在哪廟焚修？」那僧笑道：「長官不須多話，（避俗套法。）因聞得府上人口不利，故特來醫治。」賈政道：「倒有兩個人中邪，不知你們有何符水？」那道人笑道：「你家現有希世奇珍，如何還問我們有符水？」賈政聽這話有意思，心中便動了，因說道：「小兒落草時雖帶了一塊寶玉下來，上面說能除邪祟，（點題。）誰知竟不靈驗！」那僧道：「長官你哪裡知道那物的妙用？只因他如今被聲色（棒喝之聲。）貨利所迷，（石皆能迷，可知其害不小。觀者著眼，方可讀石頭記。）故不靈驗了。（讀書者觀之。）你今且取他出來，待我們持頌持頌，只怕就好了。」（「只怕」二字，是不知此石肯聽持誦否。）賈政聽說，便向寶玉項上取下那玉來，遞與他二人。那和尚接了過來，擎在掌上，長嘆一聲道：（正點題，大荒山手捧時語。）「青埂峰一別，轉眼已過十三載矣！人世光陰如此迅速，塵緣滿日，若似彈指。（見此一句，令人可嘆可驚，不忍往後再看矣。）可羨你當時的那段好處：

天不拘兮地不羈，心頭無喜亦無悲；卻因煅煉通靈後，便向人間覓是非。（所謂越不聰明越快活是也。）

可歎你今日這番經歷：

粉漬脂痕污寶光，綺櫳晝夜困鴛鴦⑱。沉酣一夢終須醒，冤孽償清好散場。」（又是一番煅煉，焉得不成佛作祖？）

▼念畢，又摩弄一回，說了些瘋話，遞與賈政道：「此物已靈，不可褻瀆。懸於臥室上檻，將他二人安一屋之內，除親身妻母外，不可使陰人沖犯。（是要緊語，是不可不寫之套語。）三十三日之後，包管身安病退，復舊如初。」說著，回

⑰ 弱水：神話傳說中西方的水名，此處和蓬萊同為神仙居住的地方。

⑱ 綺櫳句：綺櫳，華麗的房舍。櫳，窗戶。困鴛鴦，指寶玉整天和女孩子糾纏在一起。

▼通靈玉除邪，全部百回只此一見，何得再言？僧道蹤跡虛實，幻筆幻想，寫幻人於幻文也。○壬午孟夏，雨窗。

通靈玉聽癩和尚二偈即刻靈應，抵卻前回若干莊子及語錄機鋒偈子，正所謂物各有主也。

嘆不能得見寶玉懸崖撒手文字為恨。丁亥夏，畸笏叟。

頭便走了。▲賈政趕著還說話，讓二人坐了吃茶，要送謝禮，他二人早已出去了。賈母等還只管著人去趕，哪裡有個蹤影？

少不得依言將他二人就安放在王夫人臥室之內，將玉懸在門上，王夫人親身守著，不許別個人進來。至晚間，他二人竟漸漸醒來，（肯聽持誦，故有是靈。）說腹中飢餓。賈母、王夫人如得了珍寶一般，（昊天罔極之恩如何得報？哭殺幼而喪父母者。）旋熬了米湯來與他二人吃了，精神漸長，邪祟稍退，一家子纔把心放下來。李宮裁並賈府三豔、薛寶釵、林黛玉、平兒、襲人等在外間聽信息，聞得吃了米湯，省了人事，別人未開口，林黛玉先就念了一聲「阿彌陀佛」。（針對得病時一聲。）薛寶釵便回頭看了半日，嗤的一聲笑。眾人都不會意，賈惜春道：「寶姐姐，好好的笑什麼？」寶釵笑道：「我笑如來佛比人還忙，（這一句作正意看，餘皆雅謔，但此一謔抵顰兒半部之謔。）又要講經說法，又要普渡眾生；這如今寶玉、鳳姐姐病了，又燒香還願，賜福消災；今纔好些，又管林姑娘的姻緣了。你說忙的可笑不可笑？」林黛玉不覺的紅了臉，啐了一口道：「你們這起人不是好人，不知怎麼死！再不跟著好人學，只跟著鳳姐貧嘴爛舌的學！」一面說，一面摔簾子出去了。不知端詳，且聽下回分解。

此回書因才幹乖覺太露引出事來，作者婆心，為世之乖覺人為鑑。

1. 「趙姨娘便印了手模，走到廚櫃裡，將梯己拿了出來，與馬道婆看看，道：『這個你先拿了去，做香燭供奉使費，可好不好？』馬道婆看看白花花的一堆銀子」，庚辰本缺「道：『這個你先拿了去，做香燭供奉使費，可好不好？』馬道婆看看」二十四字，據甲戌本補。

2. 「寶玉忽然『嗳喲』了一聲，說：『好頭疼！』」，庚辰本原作「寶玉道：『嗳喲！好頭疼！』」，據甲戌本改。

第二十六回 蜂腰橋設言傳心事 瀟湘館春困發幽情

▼此等細事是舊族大家閨中常情，今特為暴發錢奴寫來作鑑。一笑。壬午夏，雨窗。

話說寶玉養過了三十三天之後，不但身體強壯，亦且連臉上瘡痕平服，仍回大觀園內去。這也不在話下。

且說近日寶玉病的時節，賈芸帶著家下小廝坐更看守，晝夜在這裡。那紅玉同眾丫鬟也在這裡守著寶玉。彼此相見多日，都漸漸混熟了。那紅玉見賈芸手裡拿著手帕子，倒像是自己從前掉的，待要問他，又不好問的。不料那和尚道士來過，用不著一切男人，賈芸仍種樹去了。這件事待要放下，心內又放不下；待要問去，又怕人猜疑。正是猶豫不決，神魂不定之際，你看他偏不寫正文，偏有許多閒文， 忽聽窗外問道：「姐姐在屋裡沒有？」卻是補遺。 紅玉聞聽，在窗眼內望外一看，原來是本院的個小丫頭名叫佳蕙的，因答說：「在家裡，你進來罷。」佳蕙聽了，跑進來就坐在床上，笑道：「我好造化。纔剛在院子裡洗東西，寶玉叫往林姑娘那裡送茶葉，前文有言。 花大姐姐交給我送去。交代井井有法。 ▼可巧老太太那裡給林姑娘送錢來，是補寫否？ 正分給他們的丫頭們呢，▲見我去了，林姑娘就抓了兩把給我，也不知多少。你替我收著。」便把手帕子打開，把錢倒了出來，紅玉替他一五一十的數了收起。佳蕙道：「你這一程子❶心裡到底覺怎麼樣？依我說，你竟家去住兩日，請一個大夫來瞧瞧，吃兩劑藥就好了。」紅玉道：「哪裡的話？好好的，家去作什麼？」佳蕙道：「我想起來了，林姑娘生的弱，是補寫否？ 時常他吃藥，你就和他要些來吃，也是一樣。」閒言中敘出黛玉之弱，草蛇灰線。

❶ 這一程子：這些日子；最近這段時間。北京話。程子，時日；時期。

紅玉道：「胡說！藥也是混吃的？」（如聞。）佳蕙道：「你這也不是個長法兒，（從旁人眼中口中出，妙極！）又懶吃懶喝的，終久怎麼樣？」紅玉道：「怕什麼！還不如早些兒死了倒乾淨。」（此句令人氣噎，總在無可奈何上來。）佳蕙道：「好好的，怎麼說這些話？」紅玉道：「▼你哪裡知道我心裡的事！」

佳蕙點頭想了一會，道：「可也怨不得，這個地方難站。就像昨兒，（是補文否？）老太太因寶玉病了這些日子，說跟著伏侍的這些人都辛苦了，如今身上好了，各處還完了願，（是補寫否？）叫把跟著的人都按著等兒賞他們。（是補寫否？）我們算年紀小，上不去，我也不抱怨。像你怎麼也不算在裡頭？（道著心病。）我心裡就不服。襲人哪怕他得十分兒，也不惱他，原該的。（卻論公論，方見襲卿身分。）說良心話，誰還敢比他呢？別說他素日殷勤小心，便是不殷勤小心，也拼不得。可氣晴雯、綺霰他們這幾個，都算在上等裡去，仗著老子娘的臉面，眾人倒捧著他去。你說可氣不可氣？」紅玉道：「也不犯著氣他們，俗語說的好：『千里搭長棚，沒有個不散的筵席。』（此時寫出此等言語，令人墮淚。）誰守誰一輩子呢？不過三年五載，各人幹各人的去了，那時誰還管誰呢？」▲這兩句話不覺感動了佳蕙（不但佳蕙，批書者亦淚下矣。）的心腸，由不得眼睛紅了，又不好意思好端端的哭，只得勉強笑道：「你這話說的卻是。昨兒寶玉還（還是補文。）說明兒怎麼樣收拾房子，怎麼樣做衣裳，倒像有幾百年的熬煎。」（卻是小女兒口中無味之談，實是寫寶玉不如一鬟婢。）

紅玉聽了，冷笑了兩聲，方要說話，（文字又一頓。）只見一個未留頭的小丫頭子走進來，手裡拿著些花樣子並兩張紙，說道：「這是兩個樣子，叫你描出來呢。」說著，向紅玉擲下，回身就跑了。紅玉向外問道：「倒是誰的？也等不得說完就跑。誰蒸下饅頭等著你，怕冷了不成！」（又是不合式之言，擢心語。）那小丫頭在窗外只說得一聲：「是綺大姐姐的。」抬起腳來，咕咚咕咚又跑了。（活龍活現之文。）紅玉便賭氣把那樣子擲在一邊，（如畫。何如？）向抽屜內找筆，找了半天都是禿了的，因說道：「前兒一枝新筆放在哪裡了？（是補文否？）怎麼一時想不起來。」（既在矮簷下，怎敢不低頭！）一面說著，一面

▼紅玉一腔委屈怨憤，係身在怡紅不能遂志，看官勿錯認為芸兒害相思也。己卯冬。

獄神廟回有茜雪、紅玉一大回文字，惜迷失無稿。嘆嘆。丁亥夏，畸笏叟。

出神。（總是畫境。）想了一會，方笑道：「是了，前兒晚上鶯兒拿了去了。」（還是補文。）便向佳蕙道：「你替我取了來。」佳蕙道：「花大姐姐還等著我替他抬箱子呢，你自己取去罷。」紅玉道：「他等著你，你還坐著閒打（襲人身分。）牙兒？我不叫你取去，他也不等著你了？壞透了的小蹄子！」

說著，自己便出房來。出了怡紅院，一逕往寶釵院內來。（曲折再四，方逼出正文來。）剛至沁芳亭畔，只見寶玉的奶娘李嬤嬤從那邊走來，（奇文，真令人不得機關。）紅玉立住，笑問道：「李奶奶，你老人家哪去了？怎打這裡來？」李嬤嬤站住，將手一拍道：「你說說，好好的，又看上了那個種樹的什麼雲哥兒雨哥兒的，（奇文，神文。）這會子逼著我叫了他來。明兒叫上房裡聽見，可又是不好。」紅玉笑道：「你老人家當真的就依了他去叫了？」（是遂心語。）李嬤嬤道：「可怎麼樣呢？」（妙！的是老嫗口氣。）紅玉笑道：「那一個要是知道好歹，就回不進來纔是。」（是私心語，神妙！）李嬤嬤道：「他又不痴，為什麼不進來？」紅玉道：「既是進來，你老人家該同他一齊來，回來叫他一個人亂碰，可是不好呢。」（總是私心語，要直問又不敢，只用這等語慢慢的套出，有神理。）李嬤嬤道：「我有那樣工夫和他走？不過告訴了他，回來打發個小丫頭子或是老婆子，帶進他來就完了。」說著，拄著拐杖一逕去了。紅玉聽說，便站著出神，且不去取筆。（總是不言神情，另出花樣。）

一時，只見一個小丫頭子跑來，見紅玉站在那裡，便問道：「林姐姐，你在這裡作什麼呢？」紅玉抬頭見是小丫頭子墜兒，（墜兒者，贅也。人生天地間已是贅疣，況又生許多冤情孽債，嘆嘆！）紅玉道：「哪去？」墜兒道：「叫我帶進芸二爺來。」（等的是這句話。）說著，一逕跑了。這裡紅玉剛走到蜂腰橋門前，只見那邊墜兒引著賈芸來了。（妙！不說紅玉不走，亦不說走，只說「剛走到」三字，可知紅玉有私心矣。若說出必定不走，必定走，則文字死板，亦且稜角過露，非寫女兒之筆也。）那賈芸一面走，一面拿眼把紅玉一溜；那紅玉只裝著和墜兒說話，也把眼去一溜賈芸。四目恰相對時，紅玉不覺臉紅了，（看官至此，須掩卷細想上三十回中篇篇句句點紅字處，可與此處想如何？）一扭身

那賈芸一面走，一面拿眼把紅玉一溜；那紅玉只裝著和墜兒說話，也把眼去一溜賈芸……。　（清上海畫冊）

往蘅蕪苑去了。不在話下。

這裡賈芸隨著墜兒，逶迤來至怡紅院中，墜兒先進去回明了，然後方領賈芸進去。賈芸看時，只見院內略略有幾點山石，種著芭蕉，那邊有兩隻仙鶴，在松樹下剔翎。一溜迴廊上吊著各色籠子，各色仙禽異鳥。上面小小五間抱廈，一色雕鏤新鮮花樣隔扇，上面懸著一個匾額，四個大字，題道是「怡紅快綠」。賈芸想道：「怪道叫怡紅院，原來匾上是恁樣四個字。」正想著，（此文若張僧繇點睛之龍，破壁飛矣。傷哉，展眼便紅稀綠瘦矣。嘆嘆！焉得不拍案叫絕？）只聽裡面隔著紗窗子笑說道：「快進來罷，我怎麼就忘了你兩三個月！」賈芸聽得是寶玉的聲音，連忙進入房內。抬頭一看，只見金碧輝煌，（器皿不能細覽之文。）文章閃灼，（陳設不得細玩之文。）卻看不見寶玉在哪裡。一回頭，只見左邊立著一架大穿衣鏡，（武彝九曲之文。）從鏡後轉出兩個一般大的十五六歲的丫頭來，說：「請二爺裡頭屋裡坐。」賈芸連正眼也不敢看，連忙答應了。又進一道碧紗廚，只見小小一張填漆床上，懸著大紅銷金撒花帳子。寶玉穿著家常衣服，靸著鞋，倚在床上，拿著本書看。（這是等芸哥看，故作款式。若果真看書，在隔紗窗子說話時已放下了。）見他進來，將書擲下，早堆著笑立起身來。（玉兄若小叔身段。）賈見此批，必云：老貨，他處處不放鬆，可恨可恨！回思將余比作釵、顰等，乃一知己，余何幸也！一笑。芸忙上前請了安。寶玉讓坐，便在下面一張椅子上坐了。寶玉笑道：「只從那個月見了你，我叫你往書房裡來，誰知接接連連許多事情，就把你忘了。」賈芸笑道：「總是我沒福，偏偏又遇著叔叔身上欠安。叔叔如今可大安了？」寶玉道：「大好了。我倒聽見說你辛苦了好幾天。」賈芸道：「也是該當的。叔叔大安了，也是我們一家子誰一家子？可發一大笑。的造化。」說著，只見有個丫鬟端了茶來與他。那賈芸口裡和寶玉說著話，眼睛卻溜瞅那丫鬟此句是認人，非前溜紅玉之文。——細挑身材，容長臉面，穿著銀紅襖兒，青緞背心，白綾細摺裙——水滸文法，用的恰當，是芸哥眼中也。不是別個，卻是襲人。那賈芸只從寶玉病了幾天，他在裡頭混了兩日，他卻把那有名人口都記了一半。一路總是賈芸是個有心人，一絲不亂。他也知道襲人在寶玉房中比別個不同，何如？可知前批非謬。今見他端了茶來，寶玉又在旁邊坐著，便忙站起來，笑道：「姐姐怎麼替我倒起茶來？我來到叔叔這裡，又不是客，讓我自己倒罷。」總寫賈芸乖覺，一絲不亂。寶玉道：「你只管坐著罷，丫頭們跟前也是這樣！」賈芸笑道：「雖如此說，叔叔房裡姐姐們，我怎麼敢放肆呢？」一面說，一面坐下吃茶。那寶玉便和他說些沒要緊的散話，妙極，是極！況寶玉又有何正緊可說的？此批被作者騙過了。又說道誰家的戲子好，誰家的花園好，又告訴他誰家的丫頭標緻，誰家的酒席豐盛，又是誰家有奇貨，又是誰家有異物。幾個「誰家」，自北靜王公侯駙馬諸大家包括盡矣，寫盡紈袴口角。脂硯齋再筆：對芸兄原無可說之話。那賈芸口裡只得順著他說。說了一會，見寶玉有些懶懶的了，便起身告辭。寶玉也不甚留，只說：「你明兒閒了，只管來。」仍命小丫頭子墜兒送他出去。

出了怡紅院，賈芸見四顧無人，便把腳慢慢停著些走，口裡一長一短和墜兒說話。先問他：「幾歲了？名字叫什麼？你父母在哪一行上？在寶叔房內幾年了？漸漸入港。一個月多少錢？共總寶叔房內有幾個女孩子？」那墜兒見問，便一樁樁的都告訴他了。賈芸又道：「纔剛那個與你說話的，他可是叫小紅？」墜兒笑道：「他倒叫小紅，你問他作什麼？」賈芸道：「方纔他問你什麼手帕子，我倒揀了一塊。」墜兒聽了，笑道：「他問了我好幾遍，可有看見他的帕子。我有那麼大工夫管這些事？今兒他又問我，他說我替他找著了，他還謝我呢。（「傳」字正文，此處方露。）纔在蘅蕪苑門口說的，二爺也聽見了，不是我撒謊。好二爺，你既揀了，給我罷。我看他拿什麼謝我！」原來上月賈芸進來種樹之時，便揀了一塊羅帕，便知是所在園內的人失落的，但不知是哪一個人的，故不敢造次。今聽見紅玉問墜兒，便知是紅玉的，心內不勝喜幸。又見墜兒追索，心中早得了主意，便向袖內將自己的一塊取了出來，向墜兒笑道：「我給是給你，你若得了他的謝禮，不許瞞著我。」墜兒滿口裡答應了，接了手帕子，送出賈芸，回來找紅玉，不在話下。（至此一頓，狡猾之甚！原非書中正文之人，寫來間色耳。）

如今且說寶玉打發了賈芸去後，意思懶懶的歪在床上，似有朦朧之態。襲人便走上來，坐在床沿上推他，說道：「怎麼又要睡覺？悶的很，你出去逛逛不是？」寶玉見說，便拉他的手笑道：「我要去，只是捨不得你。」襲人笑道：「快起來罷！」（不答上文，妙極。）一面說，一面拉了寶玉起來。寶玉道：「可往哪去（玉兄最得意之文，起筆卻如此寫。）呢？怪膩膩煩煩的。」襲人道：「你出去了就好了，只管這麼葳蕤❷，越發心裡煩膩。」寶玉無精打彩的，只得依他，晃出了房門，在迴廊上調弄了一回雀兒；出至院外，順著沁芳溪看了一回金魚。只見那邊山坡上兩隻小鹿箭也似的跑來，寶玉不解其意，正自納悶，只見賈蘭在後面，拿著一張小弓追（此等文可是人能意料的？）了下來。一見寶玉在前面，便站住了，笑道：「二叔叔在家裡呢，我只當出門去了。」（答的何其堂皇正大，何其坦然之至。）寶玉道：「你又淘氣了，好好的射他作什麼？」賈蘭笑道：「這會子不念書，閒著作什麼？所以演習演習騎射。」

❷ 葳蕤：音ㄨㄟ ㄖㄨㄟˊ。原形容枝葉繁密、草木茂盛的樣子。這裡是形容萎靡不振的樣子。

▼先用「鳳尾森森，龍吟細細」八字，「一縷幽香自紗窗中暗暗透出」，「細細的長嘆一聲」等句，方引出「每日家情思睡昏昏」仙音妙音來，非純化工夫之筆不能，可見行文之難。

二玉這回文字，作者亦在無意上寫來，所謂「信手拈來無不是」是也。

寶玉道：「把牙栽了，那時纔不演呢！」像無意。▼說著，順著腳一逕來至一個院門前，只見鳳尾森森❸，龍吟❹細細。原無意。舉目望門上一看，只見匾上寫著「瀟湘館」三字。與後文「落葉蕭蕭，寒烟漠漠」一對，可傷可嘆。三字如此出，足見真出無意。寶玉信步走入，只見湘簾垂地，悄無人聲。走至窗前，覺得一縷幽香從碧紗窗中暗暗透出。寶玉便將臉貼在紗窗上，往裡看時，耳內忽聽得細細的長嘆了一聲，道：未曾看見先聽見，有神理。「每日家情思睡昏昏❺。」▲寶玉聽了，不覺心內癢將起來。再看時，只見黛玉在床上伸懶腰。有神理，真真畫出。寶玉在窗外笑道：「為甚麼『每日家情思睡昏昏』？」一面說，一面掀簾子進來了。林黛玉自覺忘情，不覺紅了臉，拿袖子遮了臉，翻身向裡裝睡著了。寶玉纔走上來，要搬他的身子，只見黛玉的奶娘並兩個婆子卻跟了進來，說：「妹

寶玉聽了，不覺心內癢將起來。再看時，只見黛玉在床上伸懶腰。寶玉在窗外笑道……。（清汪惕齋繪，手繪紅樓夢）

❸ 鳳尾森森：鳳尾，古人以「鳳尾」比喻細長的竹葉。森森，竹子枝葉茂盛。

❹ 龍吟：形容音樂之美，這裡是說竹葉發出的聲響如笛音悠揚。

❺ 每日句：引自西廂記第二本第一折鶯鶯所唱〔油葫蘆〕，原文是「每日價情思睡昏昏。」意謂為情所困，精神不振，好像昏睡不醒。

妹睡覺呢，等醒來再請來。」剛說著，黛玉便翻身坐了起來，笑道：「誰睡覺呢？」（妙極！可知黛玉是怕寶玉去也。）那兩三個婆子見黛玉起來，便笑道：「我們只當姑娘睡著了。」說著，便叫紫鵑，說：「姑娘醒了，進來伺候。」一面說，一面都去了。

黛玉坐在床上，一面抬手整理鬢髮，一面笑向寶玉道：「人家睡覺，你進來作什麼？」寶玉見他星眼微餳，香腮帶赤，不覺神魂早蕩，一歪身坐在椅子上，笑道：「你纔說什麼？」黛玉道：「我沒說什麼。」寶玉笑道：「給你個榧子❻吃！我都聽見了。」二人正說話，只見紫鵑進來，寶玉笑道：「紫鵑，把你們好茶倒碗我吃。」紫鵑道：「哪裡是好的呢？要好的，只是等襲人來。」黛玉道：「別理他，你先給我舀水去罷。」紫鵑笑道：「他是客，自然先倒了茶來，再舀水去。」說著，倒茶去了。▼寶玉笑道：「好丫頭，『若共你多情小姐同鴛帳，怎捨得疊被鋪床？』▲（真正無意忘情衝口而出之語。）❼」林黛玉登時撂下臉來，（我也要惱。）說道：「二哥哥，你說什麼？」寶玉笑道：「我何嘗說什麼！」黛玉便哭道：「如今新興的，外頭聽了村話來，也說給我聽；看了混賬書，也來拿我取笑兒。我成了爺們解悶的。」一面哭著，一面下床來，往外就走。寶玉不知要怎樣，心下慌了，忙趕上來：「好妹妹，我一時該死，你別告訴去。我再要敢，嘴上就長個疔，爛了舌頭！」

▼正說著，只見襲人走來說道：「快回去穿衣服，老爺叫你呢！」▲（不止玉兄一驚，即阿顰也不免一嚇。作者只顧寫來收拾二玉之文，忘卻顰兒也。想作者亦似寶玉西廂之句，忘情而出也。呵呵。）寶玉聽了，不覺打了個雷的一般，也顧不得別的，疾忙回來穿衣服。出園來，只見焙茗在二門前等著。寶玉問道：「你可知道叫我是為

▼方纔見芸哥所拿之書，一定是西廂。不然，如何忘情至此？

▼若無如此文字收拾二玉，寫顰無非至再哭慟，玉只以陪盡小心軟求漫

---

❻ 榧子：本是一種堅果類食物。用拇指和中指相粘，發出清脆的聲響，叫「打榧子」。榧，音ㄈㄟˇ。

❼ 若共兩句：引自西廂記第一本第二折張生所唱〔么篇〕：「若共他多情小姐同鴛帳，怎捨得他疊被鋪床。」

什麼？」焙茗道：「爺快出來罷，橫豎是見去的，到那裡就知道了。」一面說，一面催著寶玉。轉過大廳，寶玉心裡還自狐疑，只聽牆角邊一陣呵呵大笑，回頭只見薛蟠拍著手笑了出來，笑道：「要不（非獃兄行不出此等戲弄，但作者有多少丘壑在胸中？寫來酷肖。）說姨夫叫你，你哪裡出來的這麼快？」焙茗也笑道：「爺別怪我。」忙跪下了。寶玉怔了半天，方解過來了，是薛蟠哄他出來。薛蟠連忙打恭作揖陪不是，（酷肖。）又求：「不要難為了小子，都是我逼他去的。」寶玉也無法了，只好笑問道：「你哄我也罷了，怎麼說我父親呢？我告訴姨娘去，評評這個理，可使得麼？」薛蟠忙道：「好兄弟，我原為求你快些出來，就忘了忌諱這句話。改日你也哄我，說我的父親就完了。」（真真亂話。）寶玉道：「噯噯！越發該死了。」又向焙茗道：「反叛肏的，還跪著作什麼？」焙茗連忙叩頭起來。

薛蟠道：「要不是我也不敢驚動，只因明兒五月初三日是我的生日，誰知古董行的程日興，他不知哪裡尋了來的這麼粗這麼長粉脆的鮮藕，（如見如聞。）這麼大的大西瓜，這麼長一尾新鮮的鱘魚，這麼大的一個暹羅國進貢的靈柏香燻的暹豬。你說，他這四樣禮可難得不難得？那魚、豬不過貴而難得，這藕和瓜虧他怎麼種出來的！我連忙孝敬了母親，趕著給你們老太太、姨父、姨母送了些去。如今留了些，我要自己吃，恐怕折福。（獃兄亦有此話，批書人至此誦往生咒至恒河沙數也。）左思右想，除我之外，惟有你還配吃，（此語令人哭不得笑不得，亦真心語也。）所以特請你來。可巧唱曲兒的小么兒又纔來了，我同你樂一天何如？」一面說，一面來至他書房裡。只見詹光、程日興、胡斯來、單聘仁等並唱曲兒的都在這裡，見他進來，請安的，問好的，都彼此見過了。吃了茶，薛蟠即命人擺酒來。說猶未了，眾小廝七手八腳擺了半天，（又一個寫法。）方纔停當歸坐。寶玉果見瓜藕新異，因笑道：「我的壽禮還未送來，倒先擾了。」薛蟠道：「可是呢，明兒你送我什麼？（畢真酷肖。）」寶玉道：「我可有什麼可送的？若論銀錢、

愍，二人一笑而止；且書內若此亦多多矣，未免有犯雷同之病，故用險句結住，使二玉心中不得不將現事拋卻，各懷一驚心意，再作下文。壬午孟夏，雨窗，畸笏。

▼閒事順筆，將罵死不學之紈袴。壬午，雨窗，畸笏。

▼紫英豪俠小文三段，是為金閨間色之文。壬午，雨窗。寫倪二、紫英、湘蓮、玉菡俠文，皆各得傳真寫照之筆。丁亥夏，畸笏叟。

惜衛若蘭射圃文字

吃的穿的東西，究竟還不是我的。(誰說的出？經過者方說得出。嘆嘆。)惟有我寫一張字，畫一張畫，纔算是我的。」薛蟠笑道：「你提畫兒，我纔想起來，昨兒我看人家一張春宮❽(啊，獃兄所見之畫也。)，畫的著實好。上面還有許多的字，也沒細看，只看落的款是『庚黃』畫的，真真的好的了不得！」寶玉聽說，心下猜疑道：「古今字畫也都見過些，哪裡有個『庚黃』？」想了半天，不覺笑將起來，命人取過筆來，在手心裡寫了兩個字，又問薛蟠道：「你看真了是『庚黃』？」薛蟠道：「怎麼看不真？」▼寶玉將手一撒與他看，道：「別是這兩字罷？其實與『庚黃』相去不遠。」眾人都看時，原來是「唐寅」兩個字，都笑道：「想必是這兩字，大爺一時眼花了，也未可知。▲」薛蟠只覺沒意思，(實心人。)笑道：「誰知他糖銀果銀的？」

正說著，小廝來回：「馮大爺來了。」寶玉便知是神武將軍馮唐之子馮紫英來了。薛蟠等一齊都叫：「快請！」說猶未了，(如見如聞。)只見馮紫英一路說笑，已進來了。眾人忙起席讓坐，▼馮紫英笑道：「好呀！也不出門了，在家裡高樂罷。」(如見其人於紙上。)寶玉、薛蟠都笑道：「一向少會，老世伯身上康健？」紫英答道：「家父倒也托庇康健。近來家母偶著了些風寒，不好了兩天。」薛蟠見他面上有些青傷，便笑道：「這臉上又和誰揮拳的？掛了幌子了。」馮紫英笑道：「從那一遭把仇都尉打傷了，我就記了，再不嘔氣，如何又揮拳？這個臉上，是前日打圍，在鐵網山教兔鶻❾捎一翅膀。」(如何著想？新奇字樣。)▲寶玉道：「幾時的話？」紫英道：「三月二十八日去的，前兒也就回來了。」寶玉道：「怪道前兒初三四兒，我在沈世兄家赴席，不見你呢！我要問，不知怎麼就忘了。單你去了，還是老世伯也去了？」紫英道：「可不是家父去！

❽ 春宮：春宮畫。指描寫男女交歡的色情畫。

❾ 兔鶻：一種局部羽毛帶赭色的白鷹。鶻，音ㄏㄨˊ。

迷失無稿。嘆嘆。丁亥夏，畸笏叟。

我沒法兒，去罷了。難道我閒瘋了，偺們幾個人吃酒聽唱的不樂，尋那個苦惱去？這一次，大不幸之中又大幸。」

薛蟠眾人見他吃完了茶，都說道：「且入席，有話慢慢的說。」（餘文再述。）馮紫英聽說，便立起身來說道：「論理我該陪飲幾杯纔是，只是今兒有一件大大要緊的事，回去還要見家父面回，實不敢領。」薛蟠、寶玉眾人哪裡肯依，死拉著不放。馮紫英笑道：「這又奇了，（如聞如見。）你我這些年，哪回兒有這個道理的？果然不能尊命。若必定叫我領，拿大杯來，我領兩杯就是了。」（寫豪爽人如此。）眾人聽說，只得罷了。薛蟠執壺，寶玉把盞，斟了兩大海。那馮紫英站著，一氣而盡。（爽快人如此，令人羨煞。）寶玉道：「你到底把這個不幸之幸說完了再走。」馮紫英笑道：「今兒說的也不盡興，我為這個，還要特治一東，請你們去細談一談，一則還有所懇之處。」說著，執手就走。薛蟠道：「越發說的人熱刺刺的丟不下，多早晚纔請我們？（實心人如此，絲毫形跡俱無，令人痛快煞。）告訴了也免的人猶疑。」馮紫英道：「多則十日，少則八天。」一面說，一面出門上馬去了。眾人回來，依席又飲了一回方散。

寶玉回至園中，襲人正記掛著他去見賈政，不知是禍是福。（下文伏線。）只見寶玉醉醺醺的回來，問其原故，寶玉一一向他說了。襲人道：「人家牽腸掛肚的等著，你且高樂去，也到底打發人來給個信兒！」寶玉道：「我何嘗不要送信兒？只因馮世兄來了，就混忘了。」正說，只見寶釵走進來，笑道：「偏了我們新鮮東西了。」寶玉笑道：「姐姐家的東西，自然先偏了我們了。」寶釵搖頭笑道：「昨兒哥哥倒特特的請我吃，我不吃，叫他留著請人送人罷。我知道我的命小福薄，不配吃那個。」說著，丫鬟倒了茶來。吃茶說閒話兒，不在話下。

卻說那林黛玉聽見賈政叫了寶玉去了，一日不回來，心中也替他憂慮。至晚飯後，聞聽寶玉來了，心裡要找他問問是怎麼樣了。（這席東道是和事酒不是？）一步步行來，見寶釵進寶玉的院內去了，自己也便隨後走了來。剛到了沁芳橋，只見各色水禽都在池中浴水，也認不出名色來。但見一個個文彩炫耀，好看異常，因而站住看了一會，（避難法。）再往怡紅院來。只見院門關著，黛玉便以手扣門。▼誰知晴雯和碧痕正拌了嘴，沒好氣，忽見寶釵來了，那晴雯正把氣移在寶釵身上，正在院內抱怨說：「有事沒事，跑了來坐著，（犯寶卿如此寫法。）叫我們三更半夜的不得睡覺！」（指明人則暗寫。）忽聽又有人叫門，▲晴雯越發動了氣，也並不問是誰，便說道：「都睡下了，（寫黛玉如此犯。不）明兒再來罷！」（知人則明寫。）林黛玉素知丫頭們的情性，他們彼此頑耍慣了，恐怕院內的丫頭沒聽真是他的聲音，只當是別的丫頭們了，所以不開門。因而又高聲說道：（想黛玉高聲亦不過你我平常說話一樣耳，況晴雯素昔浮燥多氣之人，如何辨得出？此刻須得批書人唱「大江東去」的喉嚨，嚷著「是我林黛玉叫門」方可。）「是我，還不開麼？」晴雯偏生還沒聽出來，便使性子說道：「憑你是誰，二爺吩咐的，一概不許放人進來呢！」（又想若開了門，如何有後面許多好字樣好文章看，觀者意為是否？）林黛玉聽了，不覺氣怔在門外，待要高聲問他，逗起氣來，自己又回思一番：「雖說是舅母家如同自己家一樣，（寄食者著眼，況顰兒何等人乎？）到底是客邊。如今父母雙亡，無依無靠，現在他家依棲。如今認真淘氣，也覺沒趣。」一面想，一面又滾下淚珠來。正是回去不是，站著不是。

正沒主意，只聽裡面一陣笑語之聲，細聽一聽，竟是寶玉、寶釵二人。林黛玉心中益發動了氣，左思右想，忽然想起了早起的事來：「必竟是寶玉惱我告他的原故；但只我何嘗告他了？你也打聽打聽，就惱我到這步田地！你今兒不叫我進來，難道明兒就不見面了？」越想越傷感起來，也不顧蒼苔露冷，花徑風寒，獨立牆角邊花陰之下，悲悲戚戚嗚咽起來。原來這林黛玉秉絕代姿容，具希世俊美，不期這一哭，那附近柳枝花朵上的宿鳥棲鴉一聞此聲，俱忒楞楞飛起遠避，不忍再聽。（沉魚落雁，閉月羞花，原來是哭了出來的。一笑。）真是花魂默默無情緒，鳥夢痴痴何處驚？因有一首詩道：

▼晴雯遷怒是常事耳，寫釵、顰二卿身上，與踢襲人之文，令人於何處設想著筆？丁亥夏，畸笏叟。

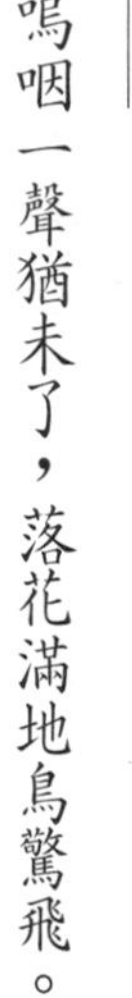

顰兒才貌世應希，獨抱幽芳出繡閨。
嗚咽一聲猶未了，落花滿地鳥驚飛。

那林黛玉正自啼哭，忽聽「吱嘍」一聲，院門開處，不知是哪一個出來？要知端的，且聽下回分解。

林黛玉。　（清改琦繪，紅樓夢圖詠）

校記

1.「佳蕙點頭想了一會，道……」，庚辰本作「佳蕙道：『我想了會子……』」，據各本改。

第二十七回　滴翠亭楊妃戲彩蝶　埋香塚飛燕泣殘紅

葬花吟是大觀園諸豔之歸源小引，故用在餞花日諸豔畢集之期。餞花日不論其典與不典，只取其韻耳。

話說林黛玉正自悲泣，忽聽院門響處，只見寶釵出來了。寶玉、襲人一群人送了出來。待要上去問著寶玉，又恐當著眾人問，羞了寶玉不便，因而閃過一旁，讓寶釵去了，寶玉等進去關了門，方轉過來，猶望著門灑了幾點淚。（四字閃煞顰兒也。）自覺無味，方轉身回來，無精打彩的卸了殘妝。紫鵑、雪雁素日知道林黛玉的情性，無事悶坐，不是愁眉，（畫美人之秘訣。）便是長嘆，且好端端的，不知為了什麼，常常的便自淚道不乾的。（補寫，卻是避繁文法。）先時還有人解勸，怕他思父母，想家鄉，受了委屈，用話來寬慰解勸。誰知後來一年一月的，竟常常的如此，把這個樣兒看慣，也都不理論了。所以也沒人理，由他去悶坐，只管睡覺去了。（所謂「久病床前少孝子」是也。）那林黛玉倚著床欄杆，兩手抱著膝，眼睛含著淚，（前批得畫美人秘訣，今竟畫出金閨夜坐圖來了。）好似木雕泥塑的一般，（木是枴檀，泥是金沙纔用得。）直坐到二更多天方纔睡了。一宿無話。

至次日乃是四月二十六日，原來這日未時交芒種節❶。尚古風俗，（無論事之有無，看去有理。）凡交芒種節的這日，都要設擺各色禮物，祭餞花神，言芒種一過，便是夏日了，眾花皆卸，花神退位，須要餞行。然閨中更興這件

❶ 芒種節：農曆二十四節氣之一，在陰曆四月底五月初，舊時有在芒種節舉行祭餞花神之會的習俗（見南朝崔靈恩三禮義宗）。

風俗，所以大觀園中之人，都早起來了。那些女孩子們，或用花瓣柳枝編成轎馬的，或用綾錦紗羅疊成干旄旌幢❷的，都用綵線繫了。每一棵樹上，每一枝花上，都繫了這些事物。（數句抵省親一回文字，反覺閒閒有趣有味的領略。）滿園裡繡帶飄颻，花枝招展，更兼這些人打扮得桃羞柳讓，燕妒鶯慚，（桃、杏、燕、鶯是這樣用法。）一時也道不盡。

▼且說寶釵、迎春、探春、惜春、李紈、鳳姐等，並大姐、香菱與眾丫鬟們，在園內頑耍，獨不見▲林黛玉。迎春因說道：「林妹妹怎麼不見？好個懶丫頭，這會子還睡覺不成？」寶釵道：「你們等著，我去鬧了他來。」說著，便丟下了眾人，一直往瀟湘館來。正走著，只見文官等十二個女孩子也來了，（一人不漏。）上來問了好，說了一回閒話。寶釵回身指道：「他們都在那裡呢，你們找他們去罷。我叫林姑娘去就來。」說著，（安插一處，好寫一處，正一張口難說兩家話也。）便逶迤往瀟湘館來。忽然抬頭見寶玉進去了，寶釵便站住，低頭想了想：「寶玉和林黛玉是從小兒一處長大，他兄妹間多有不避嫌疑之處，嘲笑喜怒無常；（道盡二玉連日事。）況且林黛玉素昔多猜忌，好弄小性兒的。此刻自己也跟了進去，一則寶玉不便，二則黛玉嫌疑。罷了，倒是回來的妙。」（道盡黛玉每每尖刺，全不在寶釵心上。）想畢，抽身回來。

▼寫鳳姐隨大眾一筆，不見紅玉一段，則認為泛文矣。何一絲不滴若此！畸笏。

剛要尋別的姊妹去，忽見前面一雙玉色蝴蝶，大如團扇，一上一下迎風翩躚，十分有趣。寶釵意欲撲了來頑耍，（可是一味知書識理女夫子行止？）遂向袖中取出扇子來，（寫寶釵無不相宜。）向草地下來撲。只見那一雙蝴蝶忽起忽落，來來往往，穿花度柳，將欲過河去了。倒引的寶釵躡手躡腳的，一直跟到池中滴翠亭上，香汗淋漓，嬌喘細細。（若玉兄在，必有許多張羅。）寶釵也無心撲了，（原是無可無不可。）剛欲回來，只聽滴翠亭裡邊嘁嘁喳喳有人說話。原來這亭子四面俱是遊廊曲橋，蓋造在池中水上，四面雕鏤槅子，糊著紙。寶釵在亭外聽見說話，便煞住腳，往裡細聽，只聽說道：▼「你瞧瞧，

❷ 干旄旌幢：干旄，旌旗的一種，以犛牛尾裝飾旗杆，作為儀仗。旌幢，類似傘形的旗子。

▼這椿風流案，又一體，寫法甚當。己卯冬夜。

▼這是自難自法，好極，好極！慣用險筆如此！壬午夏，雨窗。

這手帕子果然是你丟的那塊，你就拿著；要不是，就還芸二爺去。▲」又有一人說話：「可不是我那塊！拿來給我罷。」又聽道：「你拿什麼謝我呢？難道白尋了來不成？」 又答道：「我既許了謝你，自然不哄你。」又聽說道：「我尋了來給你，自然謝我；但只是揀的人，你就不拿什麼謝他？」又回道：「你別胡說！他是個爺們家，揀了我的東西，自然該還的。我拿什麼謝他呢？」又聽說道：「你不謝他，我怎麼回他呢？況且他再三再四的和我說了，若沒謝的，不許我給你呢！」半晌，又聽答道：「也罷，拿我這個給他，算謝他的罷。你要告訴別人呢？須說個誓來。」又聽說道：「我要告訴一個人，就長一個疔，日後不得好死。」又聽說道：「▼噯呀，偺們只顧說話，看有人來悄悄在外頭聽見！▲豈敢？不如把這槅子都推開了，賊起飛志，不假。便是人見偺們在這裡，他們只當我們說頑話呢。若走到跟前，偺們也看的見，就別說了。」

寶釵在外面聽見這話，心中吃驚，四字寫寶釵守身如此。想道：「怪道從古至今，那些奸淫狗盜的人，心機都不錯。道盡矣。這一開了，見我在這裡，他們豈不臊了？況纔說話的語音，大似寶玉房裡的紅兒的言語。他素昔眼空心大，是個頭等刁鑽古怪東西。今兒我聽了他的短兒，一時人急造反，狗急跳牆，不但生事，而且我還沒趣。如今便趕著躲了，料也躲不及，少不得要使個金蟬脫殼的法子……」猶未想完，只聽咯吱一聲，

薛寶釵。 （清改琦繪，紅樓夢圖詠）

▼此節實借紅玉反寫寶釵也，勿得認錯作者章法。

閨中弱女機變如此之便，如此之急！寶釵便故意放重了腳步，笑著道：「嬖兒，我看你往哪裡藏！」一面說，一面故意往前趕。▼那亭內的紅玉、墜兒剛一推窗，只聽寶釵如此說著往前趕，兩個人都嚇怔了。▲寶釵反向他二人笑道：「你們把像極，好煞，妙煞，焉得不拍案叫絕？林姑娘藏在哪裡了？」墜兒道：「何曾見林姑娘了？」寶釵道：「我纔在河那邊看著林姑娘在這裡蹲著弄水兒的。我要悄悄的嚇他一跳，還沒有走到跟前，他倒看見我了，朝東一繞就不見了。別是藏在這裡頭了？」像極，是極！一面說，一面故意進去尋了一尋，像極！抽身就走，是極！口內說道：「一定是又鑽在山子洞裡去了。遇見蛇，咬一口也罷了。」一面說，一面走，心中又好笑：真弄嬰兒，輕便如此，即余至此亦要發笑。這件事算遮過去了，不知他二人是怎樣？

誰知紅玉聽了寶釵的話，寶釵身分，實有這一句的。便信以為真，讓寶釵去遠，便拉墜兒道：「了不得了！林姑娘蹲在這裡，移東挪西，任意寫去，卻是真有的。一定聽了話去了。」墜兒聽說，也半日不言語。紅玉又道：「這可怎麼樣呢？」二句係黛玉身分。墜兒道：「便是聽了，管誰筋疼❸？各人幹各人就完了。」勉強話。紅玉道：「若是寶姑娘聽見，還倒罷了。林姑娘嘴裡又愛刻薄人，心裡又細，他一聽見了，倘或走露了風聲，怎麼樣呢？」二人正說著，只見文官、香菱、司棋、侍書等上亭來了，二人只得掩住這話，且和他們頑笑。

只見鳳姐兒站在山坡上招手叫，紅玉連忙棄了眾人，跑至鳳姐前，堆著笑問：「奶奶使喚作什麼事？」鳳姐打量了一打量，見他生的乾淨俏麗，說話知趣，因笑道：「我的丫頭今兒沒跟進來，我這會子想起一件事來，要使喚個人出去，不知你能幹不能幹，說的齊全不齊全？」紅玉笑道：「奶奶有什麼話，只管吩咐我說去。若說的不齊全，誤了奶奶的事，憑奶奶責罰就是了。」鳳姐笑道：「你是哪位小姐房裡的？反如此問。我使你出去，他回來找你，我好替你說的。問那小姐為此。」紅玉道：「我是寶二爺房裡的。」鳳

❸ 管誰筋疼：不相干；不關痛癢。

姐聽了笑道：「噯喲，你原來是寶玉房裡的，怪道呢！（誇讚語也。）也罷了，等他問，我替你說。你到我們家，告訴你平姐姐：外頭屋裡桌子上汝窯盤子架兒底下放著一卷銀子，那是一百六十兩，給繡匠的工價，等張材家的來要，當面秤給他瞧了，再給他拿去；（一件。）再裡頭床頭間有一個小荷包，拿了來。（二件。）」紅玉聽說，撤身去了。

一回來，只見鳳姐不在這山坡子上了。因見司棋從山洞裡出來，站著繫裙子，（小點綴，一笑。）便趕上來問道：「姐姐，不知道二奶奶往哪裡去了？」司棋道：「沒理論❹。（妙極！）」紅玉聽了，抽身又往四下裡一看，只見那邊探春、寶釵在池邊看魚，紅玉上來陪笑問道：「姑娘們可知道二奶奶哪去了？」（又一折。）探春道：「往你大奶奶院裡找去。」紅玉聽了，纔往稻香村來，頂頭只見晴雯、綺霰、碧痕、紫鵑、麝月、侍書、入畫、鶯兒等一群人來了。晴雯一見了紅玉，便說道：「你只是瘋跑罷，院子裡花兒也不澆，雀兒也不餵，（必有此數句，方引出稱心得意之語來。再不用本院人）茶爐子也不爖❺，（見小紅，此差只幾分遂心。）就在外頭逛。」紅玉道：「昨兒二爺說了，今兒不用澆花，過一日澆一回罷。我餵雀兒的時候，姐姐還睡覺呢。」碧痕道：「茶爐子呢？」紅玉道：「今兒不該我爖的班兒，有茶沒茶別問我。」綺霰道：「你聽聽他的嘴！你們別說了，讓他逛去罷。」紅玉道：「你們再問問，我逛了沒有？二奶奶使喚我說話取東西的。」說著，將荷包舉給他們看，（得意。稱心如意在此一舉荷包。）方沒言語了，大家分路走開。晴雯冷笑道：「怪道呢！原來爬上高枝兒去了，把我們不放在眼裡。不知說了一句話半句話，名兒姓兒知道了不曾呢？就把他興的這樣。這一遭半遭兒的算不得什麼，過了後兒還得聽呵❻！有本事從今兒出

---

❹ 沒理論：這裡是不知道、沒有理會、沒有注意的意思。

❺ 爖：燒火；生火。

了這園子，長長遠遠的在高枝兒上，（雖是醋語，卻與下無痕。）纔算得。」一面說著去了。

這裡紅玉聽說，不便分爭，只得忍著氣來找鳳姐兒。到了李氏房中，果見鳳姐兒在這裡和李氏說話兒呢。紅玉上來回道：「平姐姐說奶奶剛出來了，他就把銀子收了起來。纔張材家的來討，當面秤了給他拿去了。」（兩件完了。）說著，將荷包遞了上去。又道：「平姐姐教我回奶奶：纔旺兒進來討奶奶的示下，好往那家子去，平姐姐就把那話按著奶奶的主意打發他去了。」鳳姐笑道：「他怎麼按我的主意打發去了？」紅玉道：「平姐姐說：我們奶奶問這裡奶奶好。原是我們二爺不在家，雖然遲了兩天，只管請奶奶放心。等五奶奶好些，我們奶奶還會了五奶奶來瞧奶奶呢。五奶奶前兒打發了人來說，舅奶奶帶了信來了，問奶奶好，還要和這裡的姑奶奶尋兩丸延年神驗萬全丹。若有了，奶奶打發人來，只管送在我們奶奶這裡。明兒有人去，就順路給那邊舅奶奶帶去的。」話未說完，李氏道：「噯喲喲！（又一潤色。）這些話我就不懂了，什麼奶奶、爺爺的一大堆！」鳳姐道：「怨不得你不懂，這是四五門子的話呢……」說著，又向紅玉笑道：「好孩子，難為你說的齊全，別像他們扭扭捏捏的蚊子似的。」（寫死假斯文。）「嫂子，你不知道，如今除了我隨手使的幾個丫頭老婆之外，我就怕和他們說話。他們必把一句話拉長了，作兩三截兒，咬文咬字，拿著腔兒，哼哼唧唧的，急的我冒火，他們哪裡知道？先時我們平兒也是這麼著，我就問著他，難道必定裝蚊子哼哼，就是美人了？（貶殺，罵殺。）說了幾遭，纔好些兒了。」李宮裁笑道：「都像你潑皮破落戶纔好。」

鳳姐又道：「這一個丫頭就好。（紅玉聽見了麼？）方纔兩遭說話雖不多，聽那口聲就簡斷。」（紅玉此刻心內想：可惜晴雯等不在旁。）說著，又向紅玉笑道：

❻ 聽呵：聽別人的呵責、驅使。

「你明兒伏侍我去罷，我認你作女兒。我一調理，你就出息了。」（不假。）紅玉聽了，撲哧一笑。鳳姐道：「你怎麼笑？你說我年輕，比你大幾歲，就作你的媽了？你還作春夢呢！你打聽打聽，這些都比你大的大的，趕著我叫媽，我還不理。今兒抬舉了你呢！」紅玉笑道：「我不是笑這個，我笑奶奶認錯了輩數了。我媽是奶奶的女兒，（所以說「比你大的大的」。）這會子又認我作女兒。」鳳姐道：「誰是你媽？」（晴雯說過。）李宮裁笑道：「你原來不認得他！他是林之孝之女。」鳳姐聽了，十分詫異，說道：「哦！原來是他的丫頭。」又笑道：「林之孝兩口子，都是錐子扎不出一聲兒來的，我成日家說他們倒是配就了的一對夫妻，一個天聾，一個地啞。哪裡承望養出這麼個伶俐丫頭來？你十幾歲了？」紅玉道：「十七歲了。」又問名字，紅玉道：「原叫紅玉的，因為重了寶二爺，如今只叫紅兒了。」鳳姐聽說，將眉一皺，把頭一回，說道：「討人嫌的很，得了玉的益似的，（又一下針。）你也玉，我也玉。」因說道：「既這麼著肯跟，我還和他媽說：『賴大家的如今事多，也不知這府裡誰是誰，你替我好好的挑兩個丫頭我使。』他一般答應著，他饒不挑，倒把這女孩子送了別處去。難道跟我必定不好？」李氏笑道：「你可是又多心了。他進來在先，你說在後，怎麼怨的他媽？」鳳姐道：「既這麼著，明兒我和寶玉說，叫他再要人，叫這丫頭跟我去。可不知本人願意不願意？」（總是追足紅玉十分心事。）紅玉笑道：「願意不願意，（有話。）我們也不敢說。（好答。）只是跟著奶奶，我們也學些眉眼（千願意萬願意之言。）高低，出入上下大小的事，也得見識見識。」（好。接得更好。）剛說著，只見王夫人的丫頭來請，（截得真好。）鳳姐便辭了李宮裁去了。紅玉回怡紅院去，不在話下。

▼奸邪婢豈是怡紅應答者，故即逐之。前良兒，後篆兒，便是確證。作者又不得可也。己卯冬夜。

此係未見抄沒、獄神廟諸事，故有是批。丁亥夏，畸笏。

如今且說林黛玉，因夜間失寐，次日起來遲了。聞得眾姊妹都在園中作餞花會，恐人笑他痴懶，連忙梳洗了出來。剛到了院中，只見寶玉進門來了，笑道：「好妹妹，你昨兒可告我了不曾？（明知無是事，不可不作開談。並）教我懸

〔不為告懸心。〕了一夜心。」林黛玉便回頭叫紫鵑道：〔倒像不曾聽見的。〕「把屋子收拾了，撂下一扇紗屜；看那大燕子回來，把簾子放下來，拿獅子❼倚住；燒了香就把爐罩上。」一面說，一面仍往外走。寶玉見他這樣，還認作是昨日〔畢真不錯。〕中晌的事，哪知晚間的這段公案，還打恭作揖的。林黛玉正眼也不看，各自出了院門，一直找別的姊妹去了。寶玉心中納悶，自己猜疑：「看起這個光景來，不像是為昨日的事。但只昨日我回來的晚了，又沒有見他，再沒有沖撞了他的去處了。」〔畢真不錯。〕一面想，一面由不得隨後追了來。

▼只見寶釵、探春正在那邊看鶴舞，見黛玉去了，三個一同站著說話兒。▲〔二玉文字豈是容易寫的，故有此截。〕又見寶玉來了，探春便笑道：「寶哥哥，身上好？我整整的三天沒見你了。」寶玉笑道：「妹妹身上好？我前兒還在大嫂子跟前問你呢。」探春道：「寶哥哥，你往這裡來，〔是移一處語。〕我和你說話。」寶玉聽說，便跟了他，離了釵玉兩個，到了一棵石榴樹下。探春因說道：「這幾天老爺可曾叫你？」寶玉笑道：「沒有叫。」探春說：「昨兒我恍惚聽見，說老爺叫你出去的。」〔老爺叫寶玉再無喜事，故園中合宅皆知。〕寶玉笑道：「那想是別人聽錯了，〔怕文繁。〕並沒叫的。」探春又笑道：「這幾個月，我又攢下有十來吊錢了，你還拿了去。明兒出門逛去的時候，或是好字畫，好輕巧頑意兒，替我帶些來。」寶玉道：「我這麼城裡城外、大廟小廟的逛，也沒見個新奇精緻東西，左不過是那些金玉銅磁，沒處撂的古董，再就是綢緞吃食衣服了。」探春道：「誰要這些？怎麼像你上回買的那柳枝兒編的小籃子，整竹子根摳的香盒兒，膠泥垛的風爐兒，這就好了。我喜歡的什麼似的，誰知他們都愛上了，都當寶貝似的搶了去了。」寶玉笑道：「原來要這個！這不值什麼，拿五百錢出去給〔不知物理艱難，公子口氣也。〕小子們，管拉一車來。」探春道：「小廝們知道什麼？你揀那樸而不俗，直而不拙者〔是論物是論人？看〕這些東西，你多

▼石頭記用截法、突岔法、伏線法、由近漸遠法、將繁改簡法、重作輕抹法、虛敲實應法。種種諸法，總在人意料之外，且不曾見一絲牽強，所謂「信手拈來無不是」是也。己卯冬夜。

若無此一岔，二玉和合，則成嚼蠟文字。石頭記得力處正此。丁亥夏，畸笏叟。

❼ 獅子：用來頂門壓簾的石雕小獅子。

（官著眼。）多的替我帶了來。我還像上回的鞋作一雙你穿，比那一雙還加工夫，如何呢？」寶玉笑道：「你提起鞋來，我想起個故事。那一回我穿著，可巧遇見了老爺（補遺法。），老爺就不受用，問是誰作的。我哪裡敢提『三妹妹』三個字，我就回說是前兒我生日，是舅母給的。老爺聽了是舅母給的，纔不好說什麼。半日還說：『何苦來，虛耗人力，作踐綾羅，作這樣的東西。』我回來告訴了襲人，襲人說：『這還罷了，趙姨娘氣的抱怨的了不得，說正經兄弟（指環哥。），鞋搭拉襪搭拉❽的，沒人看的見，且作這些東西！』」探春聽說，登時沉下臉來道：「這話糊塗到什麼田地！怎麼我是該作鞋的人麼？環兒難道沒有分例之人？一般的衣裳是衣裳，鞋襪是鞋襪，丫頭老婆一屋子，怎麼說這些話，給誰聽呢！我不過是閒著沒事兒，作一雙半雙，愛給哪個哥哥兄弟，隨我的心，誰敢管我不成？這也是他瞎氣。」寶玉聽了，點頭笑道：「你不知道，他心裡自然又有個想頭了。」探春聽說，益發動了氣，將頭一扭，▼說道：「連你也糊塗了。他那想頭自然是有的，不過是那陰微鄙賤的見識。他只管這麼想，我只管認得老爺、太太兩個人，別人我一概不管。就是姊妹弟兄跟前，誰和我好，我就和誰好。什麼偏的庶的，我也不知道。論理我不該說他，但特昏憒的不像了。還有笑話呢，就是上回我給你那錢，替我帶那頑的東西。過了兩天，他見了我，也是說沒錢使怎麼難，我也不理論。誰知後來丫頭們去了，他就抱怨起來，說我攢的錢為什麼給你使，倒不給環兒使呢？我聽見這話，又好笑又好氣，我就出來往太太跟前去了。▲」正說著，只見寶釵那邊笑道（截得好。）：「說完了來罷，顯見的是哥哥妹妹了，丟下別人且說梯己去，我們聽一句兒就使不得了？」說著，探春、寶玉二人方笑著來了。

▼這一節特為「興利除弊」一回伏線。

❽ 鞋搭拉襪搭拉：指鞋、襪破舊。搭拉，勉強維持。

兄妹話雖久長，心事總未少歇，接得好。

▼寶玉因不見了林黛玉，便知他躲了別處去了。想了一想，索性遲兩日，等他的氣消一消再去也罷了。因低頭看見許多鳳仙、石榴等各色落花，錦重重的落了一地，因嘆道：「這是他心裡生了氣，也不收拾這花兒來了。待我送了去，明兒再問著他。」（至埋香塚方不牽強，好情思。）▲說著，只見寶釵約著他們往外頭去。（收拾得乾淨。）寶玉道：「我就來。」（怕人說笑。）說畢，等他二人去遠了，便把那花兜了起來，登山渡水，過樹穿花，一直奔了那日同林黛玉葬桃花的去處來。▼將已到了花塚，（新鮮。）猶未轉過山坡，只聽山坡那邊有嗚咽之聲，一行數落著，哭的好不傷感。寶玉心下想道：「這不知是哪房裡的丫頭？受了委屈，跑到這個地方來哭。」一面想，一面煞住腳步，聽他哭道是：（詩詞文章，試問有如此行筆者乎？）

花謝花飛花滿天，紅消香斷有誰憐？遊絲軟繫飄春榭❾，落絮❿輕沾撲繡簾。閨中女兒惜春暮，愁緒滿懷無釋處⓫，手把花鋤出繡簾，忍踏落花來復去。柳絲榆莢自芳菲，不管桃飄與李飛。桃李明年能再發，明年閨中知有誰？三月香巢已壘成，梁間燕子太無情！明年花發雖可啄，卻不道人去梁空巢也傾。一年三百六十日，風刀霜劍嚴相逼；明媚鮮妍能幾時，一朝飄泊難尋覓。花開易見落難尋，階前悶殺葬花人。獨把花鋤淚暗灑，灑上空枝見血痕⓬。杜鵑⓭無語正黃昏，

▼不因見落花，寶玉如何突至埋香塚？不至埋香塚，如何寫葬花吟？石頭記無閒文閒字正此。丁亥夏。畸笏叟。

▼開生面，立新場，是書不止紅樓夢一回，惟是回更生更新。且讀去非阿顰無是佳吟，非石兄斷無是章法行文，愧殺古今小說家也。畸笏。

❾ 遊絲句：遊絲，春天昆蟲吐的細絲，飄遊在空中。軟繫，柔軟地糾結在一起。榭，築在高臺上的房子。

❿ 落絮：飄落的柳絮。

⓫ 無釋處：沒有排遣的地方。

⓬ 灑上句：此句用湘妃哭舜的典故。舜南巡死於蒼梧，湘妃哭泣出血，染竹成斑。

⓭ 杜鵑：傳說古代蜀帝杜宇，死後精魂化為杜鵑鳥，泣血染花，即為杜鵑花。

余讀《葬花吟》凡三閱，其淒楚感慨，令人身世兩忘，舉筆再四，不能加批。有客曰：「先生想身非寶玉，何得而下筆？即字字雙圈，料難遂顰兒之意。俟看過玉兄後文再批。」噫嘻！客亦《石頭記》化來之人，故擲筆以待。

荷鋤歸去掩重門。青燈照壁人初睡，冷雨敲窗被未溫。怪奴底事⓮倍傷神？半為憐春半惱春：憐春忽至惱忽去，至又無言去未聞。昨宵庭外悲歌發，知是花魂與鳥魂？花魂鳥魂總難留，鳥自無言花自羞。願奴脇下生雙翼，隨花飛到天盡頭。天盡頭，何處有香丘⓯？未若錦囊收豔骨，一抔淨土掩風流。質本潔來還潔去，強於汙淖陷渠溝。爾今死去儂收葬，未卜儂身何日喪？儂今葬花人笑痴，他年葬儂知是誰？試看春殘花漸落，便是紅顏老死時。一朝春盡紅顏老，花落人亡兩不知！

寶玉聽了，不覺痴倒▲。要知端詳，且聽下回分解。

⓮ 底事：何事。

⓯ 香丘：香墳。指花塚。

黛玉葬花。　（清，上海畫譜）

第二十八回　蔣玉菡情贈茜香羅　薛寶釵羞籠紅麝串

茜香羅、紅麝串寫於一回，蓋琪官雖係優人，後回與襲人供奉玉兄、寶卿得同終始者，非泛泛之文也。

自「聞曲」回以後，回回寫藥方，是白描顰兒添病也。

話說林黛玉只因昨夜晴雯不開門一事，錯疑在寶玉身上。至次日，又可巧遇見餞花之期，正是一腔無明❶正未發洩，又勾起傷春愁思，因把些殘花落瓣去掩埋，由不得感花傷己，哭了幾聲，便隨口念了幾句。▼不想寶玉在山坡上聽見，先不過點頭感嘆；次後聽到「儂今葬花人笑痴，他年葬儂知是誰？一朝春盡紅顏老，花落人亡兩不知」等句，不覺慟❷倒山坡之上，懷裡兜的落花撒了一地。試想林黛玉的花顏月貌，將來亦到無可尋覓之時，寧不心碎腸斷？既黛玉終歸無可尋覓之時，推之於他人，如寶釵、香菱、襲人等，亦可到無可尋覓之時矣；寶釵等終歸無可尋覓之時，則自己又安在哉？且自身尚不知何在何往，則斯處、斯園、斯花、斯柳，又不知當屬誰姓矣！因此一而二，二而三，反復推求▲百轉千回矣。

▼不言煉句煉字，辭藻工拙，只想景想情，想事想理，反復推求悲感，乃玉兄一生之天性。真顰兒之知己，玉兄外實無一人。想昨阻批〈葬花吟〉之客

❶ 無明：怒火。無明本為佛教用語，意為「痴」、「昏暗不明」。佛教認為，人不明正理，被事物所蒙蔽，所以會產生煩惱和憤怒，後也以「無明」指憤怒。

❷ 慟：極度悲痛。

了去，真不知此時此際欲為何等蠢物，杳無所知，逃大造❸，出塵網，使可解釋這段悲傷！〔非大善知識道不出此等語來。〕正是：花影不離身左右，鳥聲只在耳東西。〔二句作禪語參。〕

那林黛玉正自傷感，忽聽山坡上也有悲聲，心下想道：「人人都笑我有些痴病，難道還有一個痴子不成？」想著，抬頭一看，見是寶玉。林黛玉看見，便道：「啐，我道是誰，原來是這個狠心短命的……」剛說道「短命」二字，又把口掩住，〔情情。〕長嘆了一聲，〔不忍也。〕自己抽身便走了。

這裡寶玉悲慟了一回，忽然抬頭不見了黛玉，便知黛玉看見他躲開了。自己也覺無味，抖抖土起來，下山尋歸舊路，往怡紅院來。可巧看見林黛玉在前頭走，連忙趕上去，說道：「你且站住。〔哄人字眼。〕我知你不理我，我只說一句話，從今後撂開手。」▼〔非此三字難留蓮步，玉兄之機變如此。〕林黛玉回頭看見是寶玉，待要不理他，聽他說只說一句話，從此撂開手，這話裡有文章，少不得站住，說道：「有一句話，請說來。」寶玉笑道：「兩句話，〔相離尚遠，用此句補空，好近阿顰。〕說了你聽不聽？」黛玉聽說，回頭就走。〔走的是。〕寶玉在身後面嘆道：「既有今日，何必當初！」〔自言自語，真是一句話。〕林黛玉聽見這話，由不得站住，回頭道：「當初怎麼樣？今日怎麼樣？」寶玉嘆道：「當初姑娘來了，〔此下乃答言，非一句話也。〕哪不是我陪著頑笑？〔阿顰惱者，在玉兄實摸頭不著，不得不將自幼之苦心實事一訴，方明心以白今之故，勿作閒文為幸。〕憑我心愛的，姑娘要，就拿去；我愛吃的，聽見姑娘也愛吃，連忙乾乾淨淨收著，等姑娘吃。一桌子吃飯，一床上睡覺。丫頭們想不到的，我怕姑娘生氣，我替丫頭們想到了。我心裡想著：姊妹們從小兒長大，親也罷，熱也罷，和氣到了兒，纔見得比人好。〔要緊語。〕如今誰承望姑娘人大心大，〔反派不是。〕不把我放在眼睛裡，倒把外四路的什麼寶姐姐、〔心事。〕鳳姐姐的〔用此人瞞看官也。〕放在心坎兒上，倒把我三日不理、四日不見的。我又沒個親兄弟親姊妹；雖然有兩個，你難道不知道是和我隔母的？我也和你似的獨出，只怕同我的

❸ 大造：天地自然。

，的是寶玉之化身無疑。余幾作點金為鐵之人。幸甚幸甚！

▼「撂開手」句起，至後「纔得托生」句止，此一段作者能替寶玉細訴受委屈之衷腸，使黛玉竟不能回答一語。其心裡為何如？真令人嘆服。予曾親歷其境，竟至有「相逢半句無」之事。予固深悔之。閱此，恍如將予所

心一樣。誰知我是白操了這個心，弄的有冤無處訴。」說著，不覺滴下眼淚來。（玉兄淚不是容易有的。）黛玉耳內聽了這話，眼內見了這形景，心內不覺灰了大半，也不覺滴下眼淚來，低頭不語。寶玉見他這般形景，遂又說道：「我也知道我如今不好了，但只憑著怎麼不好，萬不敢在妹妹跟前有錯處。（有是語。）便有一二分錯處，你倒是或教導我，戒我下次，（可憐語。）或罵我兩句，打我兩下，我都不灰心。誰知你總不理我，（實難為情。）叫我摸不著頭腦，少魂失魄，不知怎麼樣纔好。（真有是事。）就便死了，也是個屈死鬼，任憑高僧高道懺悔，也不能超生。（又瞞看官及批書人。）還得你申明了原故，我纔得托生呢！▲」黛玉聽了這個話，不覺將昨晚的事都忘在九霄雲外了，（情情衷腸。）便說道：「你既這麼說，昨兒為什麼我去了，你不叫丫頭開門？」（正文，該問。）寶玉詫異道：「這話從哪裡說起？（實實不知。）我要是這麼樣，立刻就死了！」（真急了。）林黛玉啐道：（如聞。）「大清早起，死呀活的，也不忌諱。你說有呢就有，沒有就沒有，起什麼誓呢！」寶玉道：「實在沒有見你去，就是寶姐姐坐了一坐，（不用兄言，彼已親睹。）就出來了。」林黛玉想了一想，笑道：「是了，想必是你的丫頭們懶待動，喪聲歪氣的，也是有的。」寶玉道：「想必是這個原故。等我回去，問了是誰，教訓教訓他們就好了。」（玉兄口氣畢真。）黛玉道：「你的那些姑娘們，（不快活之稱。）也該教訓教訓，（照樣的妙！）只是我論理不該說。今兒得罪了我的事小，（也還一句，的是心坎上人。）倘或明兒寶姑娘來，什麼貝姑娘來，也得罪了，事情不大了？」說著，抿著嘴笑。（至此心事全無矣。）寶玉聽了，又是咬牙，又是笑。

二人正說話，只見丫頭來請吃飯，（收拾得乾淨。）遂都往前頭來了。王夫人見了林黛玉，因問道：「大姑娘，你吃那鮑太醫的藥，（是新換了的口氣。）可好些？」林黛玉道：「也不過這麼著。老太太還叫我吃王大夫的藥呢。」（何如？）寶玉道：「太太不知道，林妹妹是內症，先天生的弱，所以禁不住一點風寒，不過吃兩劑煎藥就好了，散了風寒，還是吃丸藥的好。」（引下文。）王夫人道：「前兒大夫說了個丸藥的名字，我也忘了。」寶玉道：「我知道

歷委屈細陳，心身一暢。作者如此用心，得能不叫絕乎！

一節頗似說辭，在玉兄口中卻是衷腸之語。己卯冬夜。

▼此寫玉兄，亦是釋卻心中一夜半日要事，故大大一泄。己卯冬夜。

▼寫藥案是暗度顰卿病勢漸加之筆，非泛泛閒文也。丁亥夏，畸笏叟。

▼寫得不犯冷香丸方子。

前「玉生香」回中，顰云他有金你有玉，他有冷香你豈不該有暖香，是寶玉無藥可配矣。今

那些丸藥，不過叫他吃什麼人參養榮丸。」王夫人道：「不是。」寶玉又道：「八珍益母丸？左歸？右歸❹？再不就是麥味地黃丸。」王夫人道：「都不是，我只記得有個『金剛』（奇文奇語。）兩個字的。」▼寶玉扎（慈母前放肆了。）手❺笑道：「從來沒聽見有個什麼『金剛丸』。若有了『金剛丸』，自然有『菩薩散』了。」（寶玉因黛玉事完，一心無罣礙，故不知不覺手之舞之足之蹈之。）說的滿屋裡人都笑了。寶釵抿嘴笑道：「想是天王補心丹。」（慧心人自應知之。）王夫人笑道：「是這個名兒。如今我也糊塗了。」▲寶玉道：「太太倒不糊塗，都是叫『金剛』『菩薩』支使糊塗了。」（是語甚對，余幼時所聞之語合符，哀哉傷哉！）王夫人道：「扯你娘的臊！又欠你老子捶你了。」（伏線。）寶玉笑道：「我老子再不為這個捶我的。」（此言亦不假。）

▼王夫人又道：「既有這個名兒，明兒個就叫人買些來吃。」▲寶玉笑道：「這些都不中用的。太太給我三百六十兩銀子，我替妹妹配一料丸藥，包管一料不完就好了。」王夫人道：「放屁！什麼藥就這麼貴？」寶玉笑道：（只聞名。）「▼當真的呢！我這個方子比別的不同，那個藥名兒也古怪，一時也說不清。只講那頭胎紫河車、人形帶葉參，三百六十兩不足。龜大何首烏、千年松根茯苓膽，（聽也不曾聽過。）諸如此類的藥都不（還有奇的。）算為奇，只在群藥裡算。▲那為君的藥❻，說起來唬人一跳。前兒薛大哥哥求了我一二年，我纔給了他這方子。他拿了方子去，又尋了二三年，花了有上千的銀子，纔配成了。太太不信，只問寶姐姐。」寶釵聽說，笑著搖手兒說：「我不知道，也沒聽見，你別叫姨娘問我。」王夫人笑道：「到底是寶丫頭好孩子，不撒謊。」寶玉站在當地，聽見如此說，一回身把手一拍，說道：「我說的倒是真話呢！

❹ 左歸右歸：左歸丸、右歸丸，兩味補腎益氣的丸藥。

❺ 扎手：攤開雙手。扎，音ㄓㄚ。

❻ 為君的藥：中醫的藥方講究主次配合，稱為「君臣佐使」，為君的藥，指發揮主要作用的藥。

倒說我撒謊。」口裡說著，忽一回身，只見林黛玉坐在寶釵身後，抿著嘴笑，用手指頭在臉上畫著羞（好看煞，在顰兒必有之。）他。

（顰兒之劑若許材料，皆係滋補熱性之藥，兼有許多奇物，而尚未擬名，何不竟以暖香名之，以代補寶玉之不足？豈不三人一體矣！己卯冬夜。）

（且不接寶玉文字，妙！）鳳姐因在裡間屋裡看著人放桌子，聽如此說，便走來笑道：「寶兄弟不是撒謊，這倒是有的。前日薛大哥親自和我來尋珍珠，我問他作什麼，他說配藥。他還抱怨說：『不配也罷了，如今哪裡知道這麼費事！』我問他什麼藥，他說是寶兄弟的方子，說了多少藥，我也沒工夫聽。他說不然我也買幾顆珍珠了，只是定要頭上帶過的，所以來和我尋。他說：『妹妹就沒散的，花兒上也使得，掐下來，過後兒我揀好的再給妹妹穿了來。』我沒法兒，把兩枝珠花兒現拆了給他。還要了一塊三尺上用大紅紗去，乳缽乳了❼隔面子呢。」鳳姐說一句，那寶玉念一句佛，說：「太陽在屋子裡呢！」鳳姐說完了，寶玉又道：「太太想，這不過是將就呢。正經按那方子，這珍珠寶石定要在古墳裡的，有那古時富貴人家裝裹的頭面❽拿了來纔好。如今哪裡為這個去刨墳掘墓？所以只是活人帶過的也可以使得。」王夫人道：「阿彌陀佛！不當家花花的。就是墳裡有這個，人家死了幾百年，這會子翻屍盜骨的，作了藥也不靈。」（不止阿鳳圓謊，今作者亦為圓謊了，看此數句則知矣。）寶玉向林黛玉說道：「你聽見了沒有？難道二姐姐也跟著我撒謊不成？」臉望著林黛玉說話，卻拿眼睛飄著寶釵。黛玉便拉王夫人道：「舅母聽聽，寶姐姐不替他圓謊，他直問著我。」王夫人也道：「寶玉很會欺負你妹妹。」寶玉笑道：「太太不知道這原故。（分析的是，不敢正犯。）寶姐姐先在家裡住著，那薛大哥哥的事他也不知道，何況如今在裡頭住著呢，自然是越發不知道了。林妹妹纔在背後羞我，打

---

❼ 乳缽乳了：乳缽，研細藥材用的小臼。後一「乳」字作動詞，磨碎研細的意思。

❽ 裝裹的頭面：裝裹，殮葬的服裝。頭面，首飾。

量我撒謊呢。」

正說著，只見賈母房裡的丫頭找寶玉、林黛玉去吃飯。林黛玉也不叫寶玉，便起身拉了那丫頭走。那丫頭說：「等著寶玉一塊兒走。」林黛玉道：「他不吃飯了，咱們走。我先走了。」說著，便出去了。寶玉道：「我今兒還跟著太太吃罷。」王夫人道：「罷，罷！我今兒吃齋，你正經吃去罷。」寶玉道：「我也跟著吃齋。」說著，便叫那丫頭去罷，自己先跑到桌子上坐了。王夫人向寶釵等笑道：「你們只管吃你們的，由他去罷。」寶釵因笑道：「你正經去罷，吃不吃，陪著林姑娘走一趟，他心裡打緊的不自在呢。」寶玉道：「理他呢！過一會子就好了。」（後文方知。）

一時吃過飯，寶玉一則怕賈母記掛，二則他記掛著林黛玉，忙忙的要茶漱口。探春、惜春卻笑道：「二哥哥，你成日家忙些什麼，（冷眼人自然了了。）吃飯吃茶也是這麼忙碌碌的！」寶釵笑道：「你叫他快吃了，瞧林妹妹去罷。叫他在這裡胡羼些什麼！」寶玉吃了茶便出來，一直往西院來，可巧走到鳳姐兒院門前。鳳姐兒蹬著門檻子，（如聞。）拿耳挖子剔牙，（也纔吃了飯。是阿鳳身段。）看著十來個小廝們挪花盆呢。見寶玉來了，笑道：「你來的好，進來，進來，替我寫幾個字兒。」寶玉只得跟了進來。到了屋裡，鳳姐命人取過筆硯紙來，向寶玉道：「大紅妝緞四十疋，蟒緞四十疋，上用紗各色一百疋，金項圈四個。」寶玉道：「這算什麼？又不是賬，又不是禮物，怎麼個寫法？」鳳姐兒道：「你只管寫上，橫豎我自己明白就罷了。」（有是語，有是事。）寶玉聽說，只得寫了。鳳姐一面收起，一面笑道：「還有句話告訴你，不知你依不依？你屋裡有個丫頭叫紅玉，我要叫了來使喚。明兒我再替你挑幾個，可使得？」寶玉道：「我屋裡的人也多的很，姐姐喜歡誰，只管叫了來，何必問我？」鳳姐笑道：「既這麼著，我就叫人帶他去了。」（又了卻怡紅孽冤。一嘆。）寶玉道：「只管帶去。」

說著，便要走。鳳姐兒道：「你回來！我還有一句話呢。」寶玉道：「老太太叫我呢，（也非，林妹妹叫我呢。一嘆。）有話等我回來罷。」說著，便來至賈母這邊。只見都已吃完飯了。賈母因問他：「跟著你娘吃了什麼好的？」寶玉笑道：「也沒什麼好的，我倒多吃了一碗飯。」因問：「林妹妹在哪裡？」（如何？余言不謬。）賈母道：「裡頭屋裡呢。」

寶玉進來，只見地下一個丫頭吹熨斗，炕上兩個丫頭打粉線❾，黛玉彎著腰，拿著剪子裁什麼呢。寶玉走進來，笑道：「哦，（句。）這是作什麼呢？纔吃了飯，這麼空著頭❿，一會子又頭疼了。」黛玉並不理，只管裁他的。有一個丫頭說道：「那塊綢子角兒還不好呢，再熨他一熨。」黛玉便把剪子一擱，說道：「理他呢！過一會子就好了。」（有意無意，暗合針對，無怪玉兄納悶。）寶玉聽了，只是納悶。只見寶釵、探春等也來了，和賈母說了一回話。寶釵也進來問：「林妹妹，作什麼呢？」因見林黛玉裁剪，因笑道：「妹妹越發能幹了，連裁剪都會了。」黛玉笑道：「這也不過是撒謊哄人罷了。」寶釵笑道：「我告訴你個笑話兒，纔剛為那個藥，我說了個不知道，寶兄弟心裡不受用了。」▼林黛玉道：「理他呢！過會子就好了。」▲寶玉向寶釵道：「老太太要抹骨牌，正沒人呢，你抹骨牌去罷。」寶釵聽說，便笑道：「我是抹骨牌纔來了？」說著，便走了。林黛玉道：「你倒是去罷，這裡有老虎，看吃了你！」說著又裁。寶玉見他不理，只得還陪笑說道：「你也出去逛逛再裁不遲。」林黛玉總不理。寶玉便問丫頭們：「這是誰叫裁的？」林黛玉見問丫頭們，便說道：「憑他誰叫我裁，也不管二爺的事。」寶玉方欲說話，只見有人進來回說：「外頭有人請。」寶玉聽了，忙撤身出來。黛玉向外頭說道：「阿彌陀佛，趕你回來，我死了也（何苦來，余不

▼連重兩遍前言，是顰、玉氣味相仿，無非偶然暗合相符，勿認作有過言小人也。

❾ 打粉線：用沾了粉的線在布料上彈印線條，然後按照粉線裁剪。

❿ 空著頭：程高本作「控著頭」，低著頭的意思。

（忍聽。）罷了。」

寶玉出來外面，只見焙茗說道：「馮大爺家請。」寶玉聽了，知道是昨日的話，便說：「要衣裳去。」自己便往書房裡來。（此門請出玉兒來，故信步又至書房，文人弄筆，虛點綴也。）焙茗一直到了二門前等人，只見一個老婆子出來了，焙茗上去說道：「寶二爺在書房裡，等出門的衣裳。你老人家進去帶個信兒。」那婆子說：「放你娘的屁倒好！（活現活跳。）寶二爺如今在園裡住著，跟他的人都在園裡，你又跑了這裡來帶信兒來了。」焙茗聽了，笑道：「罵的是，我也糊塗了。」說著，一逕往東邊二門上來。可巧門上小廝在甬路底下踢球，焙茗將原故說了，小廝跑了進去，半日抱了一個包袱出來，遞與焙茗，回到書房裡。寶玉換了，命人備馬，只帶著焙茗、鋤藥、雙瑞、雙壽四個小廝去了。

一逕到了馮紫英家門口，有人報與了紫英，出來迎接進去。只見薛蟠早已在那裡久候，還有許多唱曲兒的小廝，並唱小旦的蔣玉菡、錦香院的妓女雲兒。大家都見過了，然後吃茶。寶玉擎茶笑道：「前兒所言『幸與不幸』之事，我晝懸夜想，今日一聞呼喚即至。」馮紫英笑道：「你們令表兄弟倒都心實。▼前日不過是我的設辭，誠心請你們一飲，恐又推托，故說下這句話。▲今日一邀即至，誰知都信真了。」說畢，大家一笑。然後擺上酒來，依次坐定。馮紫英先命唱曲兒的小廝過來讓酒，然後命雲兒也來敬酒。那薛蟠三杯下肚，不覺忘了情，拉著雲兒的手笑道：「你把那梯己新樣兒的曲子唱個我聽，我吃一罈，如何？」雲兒聽說，只得拿起琵琶來，唱道：

兩個冤家，都難丟下，想著你來又記掛著他。兩個人形容俊俏，都難描畫。想昨宵，幽期私訂

▼若真有一事，則不成石頭記文字也。作者得三昧在茲，批書人得書中三昧亦在茲。壬午孟夏。

在荼蘼架。一個偷情，一個尋拿，拿住了三曹對案⓫，我也無回話。此唱一曲為直刺寶玉。

唱畢，笑道：「你喝一罈子罷了。」薛蟠聽說，笑道：「不值一罈，再唱好的來。」

寶玉笑道：「聽我說來：如此濫飲，易醉而無味。我先喝一大海，發一新令，有不遵者，連罰十大海，逐出席外，與人斟酒。」馮紫英、蔣玉菡等都道：「有理，有理。」寶玉拿起海來，一氣飲乾，說道：「如今要說悲、愁、喜、樂四字，卻要說出女兒來，還要註明這四字原故。說完了，飲門杯⓬。酒面⓭要唱一個新鮮時樣曲子，酒底⓮要席上生風一樣東西，或古詩、舊對、四書五經成語……」薛蟠未等說完，先站起來攔道：爽人爽語。「我不來，別算我。這竟是捉弄我呢！」豈敢？雲兒也站起來，推他坐下，笑道：「怕什麼！這還虧你天天吃酒呢。難道連我也不如？我回來還說呢，說是了，罷；不是了，不過罰上幾杯，哪裡就醉死了！你如今一亂令，倒喝十大海，下去斟酒不成？」有理。眾人都拍手道：「妙！」

▼大海飲酒，西堂產九臺靈芝日也。批書至此，寧不悲乎？壬午重陽日。

薛蟠聽說無法，只得坐了。聽寶玉說道：

女兒悲，青春已大守空閨。女兒愁，悔教夫婿覓封侯⓯。

⓫ 三曹對案：也叫「三造對案」，指原告、被告、證人三方當堂作證對質，聽候審判。

⓬ 門杯：自己面前的酒杯，也叫「門前杯」。

⓭ 酒面：飲酒前行的酒令。

⓮ 酒底：飲過酒再行的酒令。

⓯ 悔教句：引自唐王昌齡閨怨詩。

女兒喜，對鏡晨妝顏色美。女兒樂，鞦韆架上羅衫薄。

眾人聽了，都說道：「說得有理。」薛蟠獨揚著臉，搖頭說：「不好，該罰！」眾人問：「如何該罰？」薛蟠道：「他說的我通不懂，怎麼不該罰？」雲兒便擰他一把，笑道：「你悄悄的想你的罷，回來說不出，又該罰了。」於是拿琵琶聽寶玉唱道：

滴不盡相思血淚拋紅豆⑯，開不完春柳春花滿畫樓。睡不穩紗窗風雨黃昏後，忘不了新愁與舊愁。嚥不下玉粒金蓴⑰噎滿喉，照見菱花鏡裡形容瘦。展不開的眉頭，捱不明的更漏。呀，恰便似遮不住的青山隱隱，流不斷的綠水悠悠。

唱完，大家齊聲喝彩，獨薛蟠說無板。寶玉飲了門杯，便拈起一片梨來，說道：

雨打梨花深閉門⑱。

完了令。下該馮紫英，說道：

女兒悲，兒夫染病在垂危。女兒愁，大風吹倒梳妝樓。

⑯紅豆：相思豆，後成為男女愛情的信物。此處以紅豆比喻相思淚。

⑰玉粒金蓴：比喻精美的飲食。蓴，音ㄔㄨㄣˊ。蓴菜，江浙一帶出產的水菜，嫩滑鮮美。

⑱雨打句：引自宋秦觀憶王孫詞。

女兒喜，頭胎養了雙生子。女兒樂，私向花園掏蟋蟀。

說畢，端起酒來唱道：

你是個可人，你是個多情，你是個刁鑽古怪鬼靈精，你是個神仙也不靈，我說的話兒你全不信，只叫你去背地裡細打聽，纔知道我疼你不疼！

唱完，飲了門杯，說道：

雞鳴茅店月⑲。

令完，下該雲兒。雲兒便說道：

女兒悲，將來終身指靠誰？

薛蟠嘆道：「我的兒，有你薛大爺在，你怕什麼！」眾人都道：「別混他，別混他！」雲兒又道：

女兒愁，媽媽打罵何時休！

薛蟠道：「前兒我見了你媽，還吩咐他，不叫他打你呢。」眾人都道：「再多言者，罰酒十杯！」薛

⑲ 雞鳴句：引自唐溫庭筠商山早行詩，原句為「雞聲茅店月」。

蟠連忙自己打了一個嘴巴子，說道：「沒耳性⑳，再不許說了。」雲兒又道：

女兒喜，情郎不捨還家裡。女兒樂，住了簫管弄弦索。

說完，便唱道：

荳蔻開花三月三，一個蟲兒往裡鑽。鑽了半日不得進去，爬到花兒上打鞦韆。肉兒小心肝，我不開了你怎麼鑽？

唱畢，飲了門杯，便拈起一個桃來，說道：

桃之夭夭㉑。

令完，下該薛蟠。薛蟠道：「我可要說了，女兒悲……」說了半日，不見說底下的。馮紫英笑道：「悲什麼？快說來。」薛蟠登時急的眼睛鈴鐺一般，瞪了半日，纔說道：「女兒悲……」又咳嗽了兩聲，說道：「女兒悲，嫁了個男人是烏龜。」眾人聽了，都大笑起來。薛蟠道：「笑什麼！難道我說的不是？一個女兒嫁了漢子，要當忘八，怎麼不傷心呢！」眾人笑的彎腰，說道：「你說的很是，快說底下的。」薛蟠瞪了一瞪眼，又說道：「女兒愁……」說了這句，又不言語了。眾人道：「怎麼？」

⑳ 沒耳性：聽不進話。

㉑ 桃之夭夭：引自詩經周南桃夭。

薛蟠道：「繡房攛出個大馬猴。」眾人呵呵笑道：「該罰，該罰！這句更不通，先還可恕。」說著，便要篩酒。寶玉笑道：「押韻就好。」薛蟠道：「令官都准了，你們鬧什麼？」眾人聽說，方纔罷了。雲兒笑道：「下兩句越發難說了，我替你說罷。」薛蟠道：「胡說，當真我就沒好的了？聽我說罷：女兒喜，洞房花燭朝慵起。」眾人聽了，都詫異道：「這句何其太韻？」薛蟠又道：「女兒樂，一根𣯾𣯴往裡戳。」眾人聽了，都回頭說道：「該死，該死！快唱了罷。」薛蟠便唱道：「一個蚊子哼哼哼。」眾人都怔了，說：「這是個什麼曲兒？」薛蟠還唱道：「兩個蒼蠅嗡嗡嗡。」眾人都道：「罷罷罷！」薛蟠道：「愛聽不聽？這是新鮮曲兒，叫作哼哼韻。你們要懶待聽，連酒底都免了，我就不唱。」眾人都道：「免了罷，免了罷，倒別耽誤了別人家。」於是蔣玉菡說道：

女兒悲，丈夫一去不回歸。女兒愁，無錢去打桂花油。

女兒喜，燈花並頭結雙蕊。女兒樂，夫唱婦隨真和合。

說畢，唱道：

可喜你天生百媚嬌，恰便似活神仙離碧霄。度青春，年正小；配鸞鳳，真也著。呀，看天河正高，聽譙樓鼓敲，剔銀燈同入鴛幃悄。

唱畢，飲了門杯，笑道：「這詩詞上我倒有限，幸而昨日見了一副對子，可巧只記得這句，幸而席上還有這件東西。」說畢，便乾了酒，拿起一朵木樨㉒來，念道：

花氣襲人知晝暖。

▼雲兒知怡紅細事，可想玉兒之風情意也。王午重陽。

眾人倒都依了，完令，薛蟠又跳了起來，喧嚷道：「了不得，了不得！該罰，該罰！這席上又沒有寶貝，你怎麼念起寶貝來？」蔣玉菡怔了，說道：「何曾有寶貝？」薛蟠道：「你還賴呢！你再念來。」蔣玉菡只得又念了一遍。薛蟠道：「襲人可不是寶貝，是什麼？你們不信，只問他！」說畢，指著寶玉。寶玉沒好意思起來，說：「薛大哥，你該罰多少？」薛蟠道：「該罰，該罰！」說著，拿起酒來，一飲而盡。馮紫英與蔣玉菡等不知原故，雲兒便告訴了出來。蔣玉菡忙起身陪罪，眾人都道：「不知者不作罪。」

▼用雲兒說出，是章法▲

少刻，寶玉出席解手，蔣玉菡便隨了出來。二人站在廊簷下，蔣玉菡又陪不是。寶玉見他嫵媚溫柔，心中十分留戀，便緊緊的搭著他的手，叫他：「閒了往我們那裡去。還有一句話借問，也是你們貴班中，有一個叫琪官的，他在哪裡？如今名馳天下，我獨無緣一見。」蔣玉菡笑道：「就是我的小名兒。」寶玉聽說，不覺欣然，跌足笑道：「有幸，有幸！果然名

蔣玉菡。　（清改琦繪，紅樓夢圖詠）

㉒ 木樨：也作「木犀」。即桂花。

不虛傳。今兒初會，便怎麼樣呢？」想了一想，向袖中取出扇子，將一個玉玦扇墜解下來，遞與琪官道：「微物不堪，略表今日之誼。」琪官接了，笑道：「無功受祿，何以克當！也罷，我這裡得了一件奇物，今日早起方繫上，還是簇新的，聊可表我一點親熱之意。」說畢，撩衣將繫小衣兒一條大紅汗巾子解了下來，遞與寶玉道：「這汗巾子是茜香國女國王所貢之物，夏天繫著，肌膚生香，不生汗漬。昨日北靜王給我的，今日纔上身。若是別人，我斷不肯相贈。二爺請把自己繫的解下來，給我繫著。」寶玉聽說，喜不自禁，連忙接了。將自己一條松花汗巾解了下來，遞與琪官。二人方束好，只聽一聲大叫：「我可拿住了！」只見薛蟠跳了出來，拉著二人道：「放著酒不吃，兩個人逃席出來，幹什麼？快拿出來我瞧瞧！」二人都道沒有什麼，薛蟠哪裡肯依？還是馮紫英出來，纔解開了。於是復又歸坐飲酒，至晚方散。

寶玉回至園中，寬衣吃茶。襲人見扇子上的墜兒沒了（身上事。），便問他往哪裡去了？寶玉道：「馬上丟了。」（隨口謊言。）睡覺時，只見腰裡一條血點似的大紅汗巾子，襲人便猜了八九分，因說道：「你有了好的繫褲子，把我那條還我罷。」寶玉聽說，方想起那條汗巾子原是襲人的，不該給人纔是。心裡後悔，口裡說不出來，只得笑道：「我賠你一條罷。」襲人聽了，點頭嘆道：「我就知道又幹這些事，也不該拿著我的東西給那起混賬人去。也難為你，心裡沒個算計兒。」再要說幾句，又恐慪上他的酒來，少不得也睡了。一宿無語。至次日天明，方纔醒了，只見寶玉笑道：「夜裡失了盜也不曉得，你瞧瞧褲子上。」襲人低頭一看，只見昨日寶玉繫的那條汗巾子，繫在自己腰裡呢，便知是寶玉夜間換了，忙一頓把解下來，「我不希罕這行子㉓，趁早兒拿了去。」寶玉見他如此，只得委婉解勸了一回。襲人無法，只得繫在腰裡。過後寶玉出去，終究解下來，擲在個空箱子裡，自己又換了一條繫著。

寶玉並未理論，因問起昨日可有什麼事情，襲人便回說：「二奶奶打發人叫了紅玉去了。他原要等你來的，我想什麼要緊，我就作了主，打發他去了。」寶玉道：「很是。我已知道了，不必等我罷了。」襲人又道：「昨兒貴妃打發夏太監出來，送了一百二十兩銀子，叫在清虛觀初一到初三打三天平安醮，唱戲獻供，叫珍大爺領著眾位爺們跪香拜佛呢。還有端午兒的節禮也賞了。」說著，命小丫頭子來，將昨日所賜之物取了出來，只見上等宮扇兩柄、紅麝香珠二串、鳳尾羅二端、芙蓉簟一領。寶玉見了，喜不自勝，問：「別人的也都是這個？」襲人道：「老太太的多著一個香如意、一個瑪瑙枕；太太、老爺、姨太太的只多著一個如意。你的同寶姑娘的一樣，林姑娘同二姑娘、三姑娘、四姑娘只單有扇子同數珠兒。別人都沒了。大奶奶、二奶奶他兩個是每人兩疋紗、兩疋羅、兩個香袋、兩個錠子藥㉔。」寶玉聽了，笑道：「這是怎麼樣原故？怎麼林姑娘的倒不同我的一樣，倒是寶姐姐的同我一樣，別是傳錯了罷？」襲人道：「昨兒拿出來，都是一份一份的寫著籤子，怎麼就錯了？你的是在老太太屋裡的，我去拿了來了。老太太說了，明兒叫你一個五更天進去謝恩呢。」寶玉道：「自然要走一趟。」說著，便叫紫綃來：「拿了這個到林姑娘那裡去，就說是昨兒我得的，愛什麼留下什麼。」紫綃答應了，拿了去。不一時回來說：「林姑娘說了，昨兒也得了，二爺留著罷。」

寶玉聽說，便命人收了。剛洗了臉出來，要望賈母那裡請安去，只見林黛玉頂頭來了。寶玉趕上

㉓ 行子：稱呼不喜歡的人或物。行，音ㄏㄤˊ。

㉔ 錠子藥：把中藥做成固體的成藥，叫「錠子藥」，也叫「藥錠子」。

去笑道：「我的東西叫你揀，你怎麼不揀？」林黛玉昨日所惱寶玉的心事早又丟開，只顧今日的事了，因說道：「我沒這麼大福禁受，比不得寶姑娘什麼金什麼玉的，我們不過是草木之人。」寶玉聽他提出「金玉」二字來，不覺心動疑猜，便說道：「除了別人說什麼金什麼玉，我心裡要有這個想頭，天誅地滅，萬世不得人身。」林黛玉聽他這話，便知他心裡動了疑，忙又笑道：「好沒意思，白白的說什麼誓？管你什麼金什麼玉的呢！」寶玉道：「我心裡的事也難對你說，日後自然明白。除了老太太、老爺、太太這三個人，第四個就是妹妹了。要有第五個人，我也說個誓。」林黛玉道：「你也不用說誓，我很知道你心裡有妹妹，但只是見了姐姐，就把妹妹忘了。」寶玉道：「那是你多心，我再不的。」林黛玉道：「昨兒寶丫頭不替你圓謊，為什麼問著我呢？那要是我，你又不知怎麼樣了。」正說著，只見寶釵從那邊來了，二人便走開了。

寶釵分明看見，只裝看不見，低著頭過去了。到了王夫人那裡坐了一回，然後到了賈母這邊，只見寶玉在這裡呢。薛寶釵因往日母親對王夫人等曾提過「金鎖是個和尚給的，等日後有玉的方可結為婚姻」等語，所以總遠著寶玉。昨兒見元春所賜的東西，獨他與寶玉一樣，心裡越發沒意思起來。幸虧寶玉被一個林黛玉纏綿住了，心心念念只記掛著林黛玉，並不理論這事。此刻忽見寶玉笑問道：「寶姐姐，我瞧瞧你的紅麝串子。」可巧寶釵左腕上籠著一串，見寶玉問他，少不得褪了下來。寶釵生的肌膚豐澤，容易褪不下來㉕。寶玉在旁看著雪白一段酥臂，不覺動了羨慕之心，暗暗想道：「這個膀子要長在林妹妹身上，或者還得摸一摸，偏生長在他身上。」正是自恨沒福得摸，忽然想起「金玉」

㉕ 容易褪不下來：指褪下來有點吃力。容易，輕易；隨便。

一事來，再看看寶釵形容，只見臉若銀盆，眼似水杏，唇不點而紅，眉不畫而翠，比林黛玉另具一種嫵媚風流，不覺就獃了。寶釵褪了串子來遞與他，也忘了接。寶釵見他怔了，自己倒不好意思的，丟下串子，回身纔要走，只見林黛玉蹬著門檻子，嘴裡咬著手帕子笑呢。寶釵道：「你又禁不得風吹，怎麼又站在那風口裡？」林黛玉笑道：「何曾不是在屋裡的，只因聽見天上一聲叫喚，出來瞧了瞧，原來是個獃雁㉖。」薛寶釵道：「獃雁在哪裡呢？我也瞧一瞧。」林黛玉道：「我纔出來，他就忒兒一聲飛了。」口裡說著，將手裡的帕子一甩，向寶玉臉上甩來。寶玉不防，正打在眼上，噯喲了一聲。要知端的，且聽下回分解。

1. 自「唱畢，飲了門杯，便拈起一個桃來」至「你說的很是，快說底下的」，庚辰本漏抄，據紅樓夢八十回校本補入。

㉖ 獃雁：譏笑人痴呆，如同說「傻子」、「呆子」。黛玉借天上之雁嘲笑寶玉見了寶釵忘情痴呆的樣子。

第二十九回　享福人福深還禱福　斟情女情重愈斟情

清虛觀，賈母、鳳姐原意大適意、大快樂，偏寫出多少不適意事來，此亦天然至情至理必有之事。

二玉心事，此回大書，卻用太君一言以定，是道悉通部書之大旨。

話說寶玉正自發怔，不想黛玉將手帕子甩了來，正碰在眼睛上，倒嚇了一跳。問是誰，林黛玉搖著頭兒笑道：「不敢，是我失了手。因為寶姐姐要看獃雁，我比給他看，不想失了手。」寶玉揉著眼睛，待要說什麼，又不好說的。

一時鳳姐兒來了，因說起初一日在清虛觀打醮的事來，約著寶釵、寶玉、黛玉等看戲去。寶釵笑道：「罷罷，怪熱的，什麼沒看過的戲？我可不去。」鳳姐兒道：「他們那裡涼快，兩邊又有樓。偺們要去，我頭幾天打發人去，把那些道士都趕出去，把樓打掃乾淨，掛起簾子來，一個閒人不許放進廟去，纔是好呢。我已經回了太太了，你們不去，我去。這些日子也悶的很了，家裡唱動戲，我又不得舒舒服服的看。」賈母聽說，笑道：「既這麼著，我同你去。」鳳姐聽說，笑道：「老祖宗也去，敢情❶好了，就只是我又不得受用了。」賈母道：「到明兒，我在正面樓上，你在旁邊樓上，你也不

❶ 敢情：自然；當然。

用到我這邊來立規矩❷，可好不好？」鳳姐兒笑道：「這就是老祖宗疼我了。」賈母因而向寶釵道：「你也去，連你母親也去。長天老日的，在家裡也是睡覺。」寶釵只得答應著。賈母又打發人去請了薛姨媽，順路告訴王夫人，要帶了他們姊妹去。王夫人因一則身上不好，二則預備著元春有人出來，早已回了不去的；聽賈母如今這樣說，笑道：「還是這麼高興。」因打發人去到園裡告訴：「有要逛的，只管初一跟了老太太逛去。」這個話一傳開了，別人都還可已，只是那些丫頭們天天不得出門檻子，聽了這話，誰不要去？便是各人的主子懶怠去，他也百般攛掇了去。因此李宮裁等都說去，賈母越發心中喜歡，早已吩咐人去打掃安置，都不必細說。

單表到了初一這一日，榮國府門前車輛紛紛，人馬簇簇。那底下凡執事人等，聞得是貴妃作好事，賈母親去拈香，正是初一日──乃月之首日，況是端陽節間，因此凡動用的什物，一色都是齊全的，不同往日。少時，賈母等出來。賈母坐一乘八人大轎，李氏、鳳姐兒、薛姨媽每人一乘四人轎，寶釵、黛玉二人共坐一輛翠蓋珠纓八寶車，迎春、探春、惜春三人共坐一輛朱輪翠蓋車。然後賈母的丫頭鴛鴦、鸚鵡、琥珀、珍珠，林黛玉的丫頭紫鵑、雪雁、春纖，寶釵的丫頭鶯兒、文杏，迎春的丫頭司棋、繡橘，探春的丫頭侍書、翠墨，惜春的丫頭入畫、彩屏，薛姨媽的丫頭同喜、同貴，外帶著香菱、香菱的丫頭臻兒，李氏的丫頭素雲、碧月，鳳姐兒的丫頭平兒、豐兒、小紅，並王夫人兩個丫頭，也要跟了鳳姐兒來──金釧、彩雲。奶子抱著大姐兒另在一車，還有兩個丫頭，一共又連上各房的老嬤嬤、奶娘並跟出門的家人媳婦子，烏壓壓的占了一街的車。賈母等已經坐轎去了多遠，這門前尚未坐完。

❷ 立規矩：按照規矩恭立伺候。

這個說「我不同你在一處」，那個說「你壓了我們奶奶的包袱」，那邊車上又說「蹭了我的花兒」，這邊又說「碰折了我的扇子」。咭咭呱呱，說笑不絕。周瑞家的過來過去的，說道：「姑娘們，這是街上，看人笑話。」說了兩遍，方覺好了。前頭的全副執事擺開，早已到了清虛觀了。寶玉騎著馬，在賈母轎前。街上人都站在兩邊。

將至觀前，只聽鐘鳴鼓響，早有張法官❸執香披衣，帶領眾道士在路旁迎接。賈母的轎剛至山門❹以內，賈母在轎內因看見有守門大帥並千里眼、順風耳、當方土地、本境城隍各位泥胎聖像，便命住轎。賈珍帶領各子弟上來迎接。鳳姐兒知道鴛鴦等在後面，趕不上來攙賈母，自己下了轎，忙要上來攙。可巧有個十二三歲的小道士兒，拿著剪筒❺，照管剪各處蠟花，正

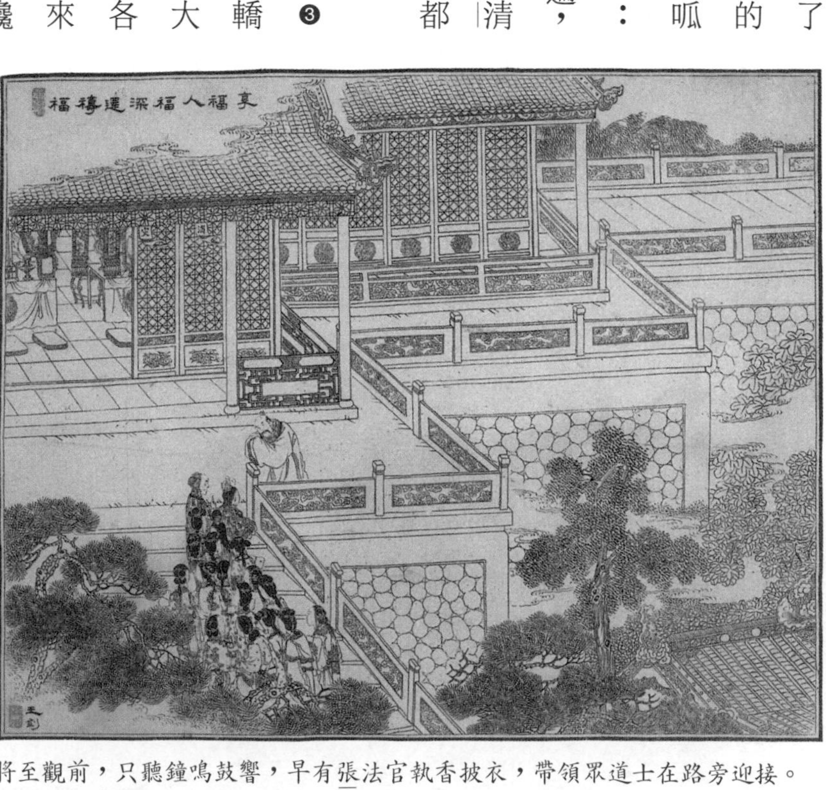

將至觀前，只聽鐘鳴鼓響，早有張法官執香披衣，帶領眾道士在路旁迎接。（清上海畫冊）

❸ 法官：對道士的尊稱。

❹ 山門：佛寺道觀的外門，因佛寺道觀多建於山上，故稱山門。

欲得便且藏出去，不想一頭撞在鳳姐兒懷裡。鳳姐便一揚手，照臉一下，把那小孩子打了一個筋斗，罵道：「野牛肏的，胡朝哪裡跑！」那小道士也不顧拾燭剪，爬起來往外還要跑，正值寶釵等下車，眾婆娘媳婦正圍隨的風雨不透，但見一個小道士子滾了出來，都喝聲叫：「拿，拿，拿！打，打，打！」賈母聽了，忙問：「是怎麼了？」賈珍忙出來問。鳳姐上去攙住賈母，就回說：「一個小道士兒剪燈花的，沒躲出去，這會子混鑽呢。」賈母聽說，忙道：「快帶了那孩子來，別嚇著他。小門小戶的孩子，都是嬌生慣養的，哪裡見的這個勢派。倘或嚇著他，倒怪可憐見的，他老子娘豈不疼的慌？」說著，便叫賈珍去好生帶了來。賈珍只得去拉了那孩子來，那孩子還一手拿著蠟剪，跪在地下亂顫。賈母命賈珍拉起來，叫他別怕，問他幾歲了，那孩子通說不出話來。賈母還說「可憐見的」，又向賈珍道：「珍哥兒帶他去罷，給他些錢買果子吃，別叫人難為了他。」賈珍答應，領他去了。

這裡賈母帶著眾人，一層一層的瞻拜觀玩。外面小廝們見賈母等進入二層山門，忽見賈珍領了一個小道士出來，叫人來帶去，給他幾百錢，不要難為了他。家人聽說，忙上來領了下去。賈珍站在階磯上，因問：「管家在哪裡？」底下站的小廝們見問，都一齊喝聲說：「叫管家！」登時林之孝一手整理著帽子，跑了來，到賈珍跟前。賈珍道：「雖說這裡地方大，今兒不承望來這麼些人。你使的人，你就帶了往你的那院裡去，使不著的，打發到那院裡去。把小么兒們多挑幾個，在這二層門上同兩邊的角門上，伺候著要東西傳話。你可知道不知道？今兒小姐奶奶們都出來，一個閒人也到不了這裡。」林之孝忙答應「曉得」，又說了幾個「是」。賈珍道：「去罷。」又問：「怎麼不見蓉兒？」一聲未了，

❺ 剪筒：剪蠟花的工具，也叫「蠟夾子」。

只見賈蓉從鐘樓裡跑了出來。賈珍道：「你瞧瞧他，我這裡也還沒敢說熱，他倒乘涼去了！」喝命家人啐他。那小廝們都知道賈珍素日的性子，違拗不得，有個小廝便上來，向賈蓉臉上啐了一口。賈珍又道：「問著他！」那小廝便問賈蓉道：「爺還不怕熱，哥兒怎麼先乘涼去了？」賈蓉垂著手，一聲不敢說。那賈芸、賈萍、賈芹等聽見了，不但他們慌了，亦且連賈璉、賈𤨿、賈瓊等也都忙了，一個一個從牆根下慢慢的溜下來。賈珍又向賈蓉道：「你站著作什麼？還不騎了馬，跑到家裡告訴你娘母子去，老太太同姑娘們都來了，叫他們快來伺候。」賈蓉聽說，忙跑了出來，一疊聲要馬，一面抱怨道：「早都不知作什麼的，這會子尋嗔我。」一面又罵小子：「綑著手呢！馬也拉不來。」要打發小子去，又恐後來對出來，說不得親自走一趟，騎馬去了，不在話下。

且說賈珍方要抽身進來，只見張道士站在旁邊，陪笑說道：「論理我不比別人，應該裡頭伺候，只因天氣炎熱，眾位千金都出來了，法官不敢擅入，請爺的示下。恐老太太問我，要隨喜哪裡，我只在這裡伺候罷了。」賈珍知道這張道士雖然是當日榮國府國公的替身，曾經先皇御口親呼為「大幻仙人」，如今現掌「道錄司」印，又是當今封為「終了真人」，現今王公藩鎮都稱他為神仙，所以不敢輕慢；二則他又常往兩個府裡去，凡夫人小姐都是見的。今見他如此說，便笑道：「偺們自己，你又說起這話來。再多說，我把你這鬍子還撏了呢！還不跟我進來。」那張道士呵呵大笑，跟了賈珍進來。賈珍到賈母跟前，控身❻陪笑說：「這張爺爺進來請安。」賈母聽了忙道：「攙他來。」賈珍忙去攙了過來。那張道士先哈哈笑道：「無量壽佛❼！老祖宗一向福壽安康，眾位奶奶小姐納福。一向沒到

❻ 控身：上半身前傾，表示恭敬。

府裡請安，老太太氣色越發好了。」賈母笑道：「老神仙，你好？」張道士笑道：「託老太太萬福萬壽，小道也還康健。別的倒罷了，只記掛著哥兒，一向身上好？前日四月二十六日，我這裡做遮天大王❽的聖誕，人也來的少，東西也很乾淨，我說請哥兒來逛逛，怎麼說不在家？」賈母說道：「果真不在家。」一面回頭叫寶玉。

誰知寶玉解手去了纔來，忙上前問：「張爺爺好！」張道士忙抱住問了好，又向賈母笑道：「哥兒越發發福了。」賈母道：「他外頭好，裡頭弱，又搭著他老子逼著他念書，生生的把個孩子逼出病來了。」張道士道：「前日我在好幾處看見哥兒寫的字，作的詩，都好的了不得，怎麼老爺還抱怨說哥兒不大歡喜念書呢？依小道看來，也就罷了。」又嘆道：「我看見哥兒的這個形容身段，言談舉動，怎麼就同當日國公爺一個稿子！」說著，兩眼流下淚來。賈母聽說，也由不得滿臉淚痕，說道：「正是呢。我養這些兒子孫子，也沒一個像他爺爺的，就只這玉兒像他爺爺。」那張道士又向賈珍道：「當日國公爺的模樣兒，爺們一輩的不用說，自然沒趕上，大約連大老爺、二老爺也記不清楚了。」說畢，呵呵又一大笑，道：「前日在一個人家，看見一位小姐，今年十五歲了，生的倒也好個模樣兒。我想著哥兒也該尋親事了，若論這個小姐模樣兒，聰明智慧，根基家當，倒也配的過，但不知老太太怎麼樣，小道也不敢造次。等請了老太太的示下，纔敢向人去說。」賈母道：「上回有和尚說了，這孩子命裡不該早娶，等再大一大兒再定罷。你可如今打聽著，不管他根基富貴，只要模樣配的上就好，來

❼ 無量壽佛：即阿彌陀佛，本是佛教的口號，張道士對賈母口稱阿彌陀佛，是奉承賈母是老壽星。

❽ 遮天大王：民間信奉的神祇。

告訴我。便是那家子窮，不過給他幾兩銀子罷了，只是模樣性格兒難得好的。」

說畢，只見鳳姐兒笑道：「張爺爺，我們丫頭的寄名符兒❾，你也不換去。前兒虧你還有那麼大臉，打發人和我要鵝黃緞子去。要不給你，又恐怕你那老臉上過不去。」張道士呵呵大笑道：「你瞧，我眼花了，也沒看見奶奶在這裡，也沒道多謝。符早已有了，前日原要送去的，不指望娘娘來作好事，就混忘了。還在佛前鎮著，待我取來。」說著，跑到大殿上去，一時拿了一個茶盤，搭著大紅蟒緞經袱子❿，托出符來。大姐兒的奶子接了符，張道士方欲抱過大姐兒來，只見鳳姐笑道：「你就手裡拿出來罷了，又用個盤子托著。」張道士道：「手裡不乾不淨的，怎麼拿？用盤子潔淨些。」鳳姐兒笑道：「你只顧拿出盤子來，倒唬我一跳。我不說你是為送符，倒像是和我們化布施來了。」眾人聽說，鬨然一笑，連賈珍也掌不住笑了。賈母回頭道：「猴兒，猴兒！你不怕割舌頭下地獄？」鳳姐兒笑道：「我們爺兒們不相干，他怎麼常常的說我該積陰騭，遲了就短命呢！」張道士也笑道：「我拿出盤子來，一舉兩用，卻不為化布施，倒要將哥兒的這玉請了下來，托出去給那些遠來的道友並徒子徒孫們見識見識。」賈母道：「既這麼著，你老人家老天拔地⓫的跑什麼，就帶他去瞧了，叫他進來，豈不省事？」張道士道：「老太太不知道，看著小道是八十多歲的人，託老太太的福，倒也健壯；二則外面的人多，氣味難聞，況是個暑熱的天，哥兒受不慣，倘或哥兒受了腌臢氣味，倒值多的。」賈母聽

❾ 寄名符兒：舊時迷信，恐小孩夭折，常寄名於道觀為徒，道士所授之符籙稱為「寄名符」。

❿ 經袱子：包裹經卷的小包袱。

⓫ 老天拔地：形容老年人行動不靈活。

說，便命寶玉摘下通靈玉來，放在盤內。那張道士兢兢業業的用蟒袱子墊著，捧了出去。這裡賈母與眾人各處遊頑了一回，方去上樓。

只見賈珍回說：「張爺爺送了玉來。」剛說著，只見張道士捧了盤子，走到跟前笑道：「眾人託小道的福，見了哥兒的玉，實在可罕。都沒什麼敬賀之物，這是他們各人傳道的法器⑫，都願意為敬賀之禮。哥兒便不希罕，只留著在房裡頑耍賞人罷。」賈母聽說，向盤內看時，只見也有金璜，也有玉玦，或有事事如意，或有歲歲平安，皆是珠穿寶貫，玉琢金鏤，共有三五十件。因說道：「你也胡鬧。他們出家人是哪裡來的？何必這樣，這不能收。」張道士笑道：「這是他們一點敬心，小道也不能阻擋。老太太若不留下，豈不叫他們看著小道微薄，不像是門下出身⑬了。」賈母聽如此說，方命人接了。寶玉笑道：「老太太，張爺爺既這麼說，又推辭不得。我要這個也無用，不如叫小子們捧了這個，跟著我出去，散給窮人罷。」賈母笑道：「這倒說的是。」張道士又忙攔道：「哥兒雖要行好，但這些東西雖說不甚希奇，到底也是幾件器皿。若給了乞丐，一則與他們無益，二則反倒蹧蹋了這些東西。要捨給窮人，何不就散錢與他們。」寶玉聽說，便命收下，等晚間拿錢施捨罷了。說畢，張道士方退出去。

這裡賈母與眾人上了樓，在正面樓上歸坐。鳳姐等占了東樓，眾丫頭等在西樓，輪流伺候。賈珍一時來回：「神前點了戲，頭一本白蛇記。」賈母問：「白蛇記是什麼故事？」賈珍道：「是漢高祖

⑫ 法器：僧道齋醮所用的樂器，這裡指傳道所用的工具。

⑬ 門下出身：指張道士曾當過榮國公的替身。

斬蛇方起首的故事。第二本是滿床笏⑭。」賈母笑道：「這倒是第二本上也罷了，神佛要這樣，也只得罷了。」又問第三本，賈珍道：「第三本是南柯夢⑮。」賈母聽了，便不言語。賈珍退了下來，至外邊預備著申表、焚錢糧⑯、開戲，不在話下。

且說寶玉在樓上，坐在賈母旁邊，因叫個小丫頭子捧著方纔那一盤子賀物，將自己的玉帶上，用手翻弄尋撥，一件一件的挑與賈母看。賈母因看見有個赤金點翠的麒麟，便伸手翻弄，拿了起來，笑道：「這件東西，好像我看見誰家的孩子也帶著這麼一個的。」寶釵笑道：「史大妹妹有一個，比這個小些。」賈母道：「是雲兒有這個。」寶玉道：「他這麼往我們家去住著，我也沒看見。」探春笑道：「寶姐姐有心，不管什麼他都記得。」林黛玉冷笑道：「他在別的上還有限，惟有這些人帶的東西上越發留心。」寶釵聽說，便回頭裝沒聽見。寶玉聽見史湘雲有這件東西，自己便將那麒麟忙拿起來，揣在懷裡，一面心裡又想到怕人看見他聽見史湘雲有了，他就留這件，因此手裡揣著，卻拿眼睛瞟人。只見眾人都倒不大理論，惟有林黛玉瞅著他點頭兒，似有讚歎之意。寶玉不覺心裡沒好意思起來，又掏了出來，向黛玉笑道：「這個東西倒好頑，我替你留著，到了家穿上你帶。」林黛玉將頭一扭，說道：「我不希罕。」寶玉笑道：「你果然不希罕，我少不得就拿著。」說著，又揣了起來。

⑭ 滿床笏：清范希哲所著的傳奇，演唐代郭子儀七子八壻、一門富貴，過六十大壽時，子婿都來祝賀，笏板堆滿床的故事。

⑮ 南柯夢：明湯顯祖創作的傳奇，演淳于棼在夢中到大槐國當駙馬，官居太守，顯赫一時。後來妻子亡故，失寵被逐。夢醒後，領悟到人生的虛無。

⑯ 焚錢糧：在神前焚燒紙錢、金銀紙錠和其他冥器的總稱。

剛要說話，只見賈珍、賈蓉的妻子婆媳兩個來了，彼此見過。賈母方說：「你們又來做什麼？我不過沒事來逛逛。」一句話沒說了，只見人報馮將軍家有人來了。原來馮紫英家聽見賈府在廟裡打醮，連忙預備了豬羊香燭茶銀之類的東西送禮。鳳姐兒聽了，忙趕過正樓來，拍手笑道：「嗳呀！我就不防這個。只說俗們娘兒們來閒逛逛，人家只當俗們大擺齋壇⑰的來送禮，都是老太太鬧的。這又不得不預備賞封兒。」剛說了，只見馮家的兩個管家娘子上樓來了。馮家兩個未去，接著趙侍郎也有禮來了。於是接二連三都聽見賈府打醮，女眷都在廟裡，凡一應遠親近友、世家相遇都來送禮。賈母纔後悔起來，說：「又不是什麼正經齋事，我們不過閒逛逛，就想不到這禮上，沒的驚動了人。」因此雖看了一天戲，至下午便回來了，次日便懶怠去。鳳姐又說：「打牆也是動土，已經驚動了人，今兒樂得還去逛逛。」那賈母因昨日張道士提起寶玉說親的事來，誰知寶玉一日心中不自在，回家來生氣，嗔著張道士與他說了親，口口聲聲說，從今以後再不見張道士了。別人也並不知為什麼原故；二則林黛玉昨日回家又中了暑。因此二事，賈母便執意不去了。鳳姐見不去，自己帶了人去，也不在話下。

且說寶玉因此見林黛玉又病了，心裡放不下，飯也懶去吃，不時來問。林黛玉又怕他有個好歹，因說道：「你只管看你的戲去，在家裡作什麼？」寶玉因昨日張道士提親，心中大不受用，今聽見林黛玉如此說，心裡因想道：「別人不知道我的心還可恕，連他也奚落起我來。」因此心中更比往日的煩惱加了百倍。若是別人跟前，斷不能動這肝火，只是林黛玉說了這話，倒比往日別人說這話不同，由不得立刻沉下臉來，說道：「我白認得了你，罷了，罷了！」林黛玉聽說，便冷笑了兩聲：「我也

⑰ 齋壇：僧道誦經朝禮的場所。

知道白認得了我，哪裡像人家有什麼配的上呢？」寶玉聽了，便向前來直問到臉上：「你這麼說，是安心咒我天誅地滅？」林黛玉一時解不過這個話來，寶玉又道：「昨兒還為這個賭了幾回咒，今兒你到底又准我一句。我便天誅地滅，你又有什麼益處？」林黛玉一聞此言，方想起上日的話來，今日原是自己說錯了，又是著急，又是羞愧，便顫顫兢兢的說道：「我要安心咒你，我也天誅地滅！何苦來？我知道昨日張道士說親，你怕阻了你的好姻緣，你心裡生氣，來拿我煞性子。」

原來那寶玉自幼生成有一種下流痴病，況從幼時和黛玉耳鬢廝磨，心情相對，及如今稍明時事，又看了那些邪書僻傳，凡遠親近友之家所見的那些閨英闈秀，皆未有稍及林黛玉者，所以早存了一段心事，只不好說出來。故每每或喜或怒，變盡法子暗中試探。那林黛玉偏生也是個有些痴病的，也每用假情試探。因你既將真心真意瞞了起來，只用假意；我也將真心真意瞞了起來，只用假意。如此兩假相逢，終有一真，其間瑣瑣碎碎，難保不有口角之爭。即如此刻，寶玉的心內想的是：「別人不知我的心，還有可恕，難道你就不想我的心裡眼裡只有你。你不能為我煩惱，反來以這話奚落堵我，可見我心裡一時一刻白有你，你竟心裡沒我。」心裡這意思，只是口裡說不出來。那林黛玉心裡想著：「你心裡自然有我。雖有『金玉相對』之說，你豈是重這邪說，不重我的？我便時常提這金玉，你只管了然自若無聞的，方見得是待我重，而毫無此心了。如何我只一提金玉的事，你就著急？可知你心裡時時有金玉，見我一提，你又怕我多心，故意著急，安心哄我。」看來兩個人原本是一個心，但都多生了枝葉，反弄成兩個心了。那寶玉心中又想著：「我不管怎麼樣都好，只要你隨意，我便立刻因你死了也情願。你知也罷，不知也罷，只由我的心，方可見你和我近，不和我遠。」那林黛玉心裡又想著：「你只管你，你好我自好。你何必為我而自失？殊不知你失我自失。可見是你不叫我近你，有意叫我遠你了。」如此看來，卻都是求近之心，反弄成疏遠之意。如此之話，皆他二人素昔所存私心，也難備述。

如今只述他們外面的形容。那寶玉又聽見他說「好姻緣」三個字，越發逆了己意，心裡乾噎，口裡說不出話來，便賭氣向頸上抓下通靈寶玉，咬牙恨命往地下一摔，道：「什麼勞什骨子，我砸了你完事！」偏生那玉堅硬非常，摔了一下，竟文風沒動。寶玉見沒摔碎，便回身找東西來砸。林黛玉見他如此，早已哭起來，說道：「何苦來！你摔砸那啞吧物件。有砸他的，不如來砸我。」二人鬧著，紫鵑、雪雁等忙來解勸。後來見寶玉下死砸玉，忙上來奪，又奪不下來。見比往日鬧的大了，少不得去叫襲人。襲人忙趕了來，纔奪了下來。

寶玉冷笑道：「我砸我的東西，與你們什麼相干？」襲人見他臉都氣黃了，眼眉都變了，從來沒氣的這樣，便拉著他的手笑道：「你同妹妹拌嘴，不犯著砸他；倘或砸壞了，叫他心裡臉上怎麼過的去？」林黛玉一行哭著，一行聽了這話說到自己心坎兒上來，可見寶玉連襲人不如，越發傷心大哭起來。心裡一煩惱，方纔吃的香薷飲⑱解暑湯便受不住，哇的一聲都吐了出來。紫鵑忙上來用手帕子接住，登時一口一口的把一塊手帕子吐濕。雪雁忙上來捶。紫鵑道：「雖然生氣，姑娘到底也該保重著些。纔吃了藥好些，這會子因和寶二爺拌嘴，又吐出來。倘或犯了病，寶二爺怎麼過的去呢？」寶玉聽了這話說到自己心坎兒上來，可見黛玉不如一紫鵑。又見林黛玉臉紅頭脹，一行啼哭一行氣湊，一

⑱ 香薷飲：以香薷為主藥的中藥方劑，治發熱惡寒、腹中不和、吐瀉等症。薷，音ㄖㄨˊ。

行是淚一行是汗，不勝怯弱。寶玉見了這般，又自己後悔方纔不該同他較證，這會子他這樣光景，我又替不了他，心裡想著，也由不的滴下淚來了。襲人見他兩個哭，由不得守著寶玉也心酸起來；又摸著寶玉的手冰涼，待要勸寶玉不哭罷，一則又恐寶玉有什麼委屈悶在心裡，二則又恐薄了林黛玉，不如大家一哭，就丟開手了，因此也流下淚來。紫鵑一面收拾了吐的藥，一面拿扇子替林黛玉輕輕的搧著，見三個人都鴉雀無聲，各人哭各人的，也由不得傷心起來，也拿手帕子擦淚。四個人都無言對泣。

一時襲人勉強笑向寶玉道：「你不看別的，你看看這玉上穿的穗子，也不該同林姑娘拌嘴。」林黛玉聽了，也不顧病，趕來奪過去，順手抓起一把剪子來要剪。襲人、紫鵑剛要奪，已經剪了幾段。林黛玉哭道：「我也是白效力，他也不希罕，自有別人替他再穿好的去。」襲人忙接了，說道：「何苦來！這是我纔多嘴的不是了。」寶玉向林黛玉道：「你只管剪，我橫豎不帶他，也沒什麼。」

只顧裡頭鬧，誰知那些老婆子們見林黛玉大哭大吐，寶玉又砸玉，不知道要鬧到什麼田地，倘或連累了他們，便一齊往前頭回賈母、王夫人知道，好不干連了他們。那賈母、王夫人見他們忙忙的作一件正經事來告訴，也都不知有了什麼大禍，便一齊進園來瞧他兄妹。急的襲人抱怨紫鵑為什麼驚動了老太太、太太；紫鵑又只當是襲人去告訴的，也抱怨襲人。那賈母、王夫人進來，見寶玉也無言，林黛玉也無話，問起來又沒為什麼事，便將這禍移到襲人、紫鵑兩個人身上，說：「為什麼你們不小心伏侍，這會子鬧起來，都不管了？」因此將他二人連罵帶說教訓了一頓。二人都沒話，只得聽著。還是賈母帶出寶玉去了，方纔平服。

過一日，至初三日，乃是薛蟠生日，家裡擺酒唱戲，來請賈府諸人。寶玉因得罪了林黛玉，二人總未見面，心中正自後悔，無精打彩的，哪裡還有心腸去看戲，因而推病不去。林黛玉不過前日中了些暑溽之氣，本無甚大病，聽見他不去，心裡想：「他是好吃酒看戲的，今日反不去，自然是因為昨兒氣著了。再不然，他見我不去，他也沒心腸去。只是昨兒千不該萬不該，剪了那玉上的穗子，管定他再不帶了，還得我穿了他纔帶。」因而心中十分後悔。

那賈母見他兩個都生了氣，只說趁今兒那邊看戲，他兩個見了也就完了，不想又都不去。老人家急的抱怨說：「我這老冤家，是哪世裡孽障，偏生遇見了這麼兩個不省事的小冤家，沒有一天不叫我操心。真是俗語說的：『不是冤家不聚頭。』幾時我閉了這眼，斷了這口氣，憑著這兩個冤家鬧上天去，我眼不見心不煩，也就罷了。偏又不嚥這口氣！」自己抱怨著，也哭了。這話傳入寶、林二人耳內，原來他二人竟是從未聽見過「不是冤家不聚頭」的這句俗語，如今忽然得了這句話，好似參禪的一般，都低頭細嚼這句的滋味，都不覺潸然泣下。雖不曾會面，然一個在瀟湘館臨風灑淚，一個在怡紅院對月長吁，卻不是「人居兩地，情發一心」！

襲人因勸寶玉道：「千萬不是，都是你的不是。往日家裡小廝們和他們的姊妹拌嘴，或是兩口子分爭，你聽見了，你還罵小廝們蠢，不能體貼女孩兒們的心。今兒你也這麼著了。明兒初五，大節下，你們兩個再這麼仇人似的，老太太越發要生氣，一定弄的大家不安生。依我勸，你正經下個氣，陪個不是，大家還是照常一樣，這麼也好，那麼也好。」那寶玉聽見了，不知依與不依，要知端詳，且聽下回分解。

第三十回 寶釵借扇機帶雙敲 齡官劃薔痴及局外

借扇敲雙玉，是寫寶釵金蟬脫殼。
銀釵畫薔字是痴女夢中說夢。
腳踢襲人，是斷無是理，竟有是事。

話說林黛玉與寶玉角口後，也自後悔，但又無去就他之理，因此日夜悶悶，如有所失。紫鵑度其意，乃勸道：「若論前日之事，竟是姑娘太浮躁了些。別人不知寶玉那脾氣，難道偺們也不知道的？為那玉也不是鬧了一遭兩遭了。」黛玉啐道：「你倒來替人派我的不是！我怎麼浮躁了？」紫鵑笑道：「好好的，為什麼又剪了那穗子？豈不是寶玉只有三分不是，姑娘倒有七分不是。我看他素日在姑娘身上就好，皆因姑娘小性兒，常要歪派❶他，纔這麼著。」林黛玉正欲答話，只聽院外叫門。紫鵑聽了一聽，笑道：「這是寶玉的聲音，想必是來賠不是來了。」林黛玉聽了，道：「不許開門！」紫鵑道：「姑娘又不是了。這麼熱天，毒日頭地下曬壞了他，如何使得呢！」口裡說著，便出去開門，果然是寶玉。一面讓他進來，一面笑道：「我只當是寶二爺再不上我們這門了，誰知這會子又來了。」寶玉笑道：「你們把極小的事倒說大了，好好的，為什麼不來？我便死了，魂也要一日來一百遭。妹

❶ 歪派：沒有道理的指責。

妹可大好了？」紫鵑道：「身上病好了，只是心裡氣不大好。」寶玉笑道：「我曉得有什麼氣。」一面說著，一面進來。只見林黛玉又在床上哭。

那林黛玉本不曾哭，聽見寶玉來，由不得傷了心，止不住滾下淚來。寶玉笑著走近床來，道：「妹妹身上可大好了？」林黛玉只顧拭淚，並不答應。寶玉因便挨在床沿上坐了，一面笑道：「我知道妹妹不惱我，但只是我不來，叫旁人看著，倒像是偺們又拌了嘴的似的。若等他們來勸偺們，那時節豈不偺們倒覺生分❷了。不如這會子你要打要罵，憑著你怎麼樣，千萬別不理我。」說著，又把「好妹妹」叫了幾萬聲。林黛玉心裡原是再不理寶玉的，這會子見寶玉說「別叫人知道他們拌了嘴，就生分了似的」這一句話，又可見得比人原親近，因又掌不住哭道：「你也不用哄我。從今以後，我也不敢親近二爺，二爺也全當我去了。」寶玉聽了笑道：「你往哪去呢？」林黛玉道：「我回家去。」寶玉笑道：「我跟了你去。」林黛玉道：「我死了。」寶玉道：「你死了，我做和尚！」林黛玉一聞此言，登時將臉放下來，問道：「想是你要死了！胡說的是什麼？你家倒有幾個親姐姐親妹妹呢，明兒都死了，你幾個身子去作和尚？明兒我倒把這話告訴別人去評評。」寶玉自知這說的造次❸了，後悔不來，登時臉上紅脹起來，低著頭不敢則一聲。

幸而屋裡沒人。林黛玉直瞪瞪的瞅了他半天，氣的一聲兒也說不出來。見寶玉憋的臉上紫脹，便咬著牙，用指頭狠命的在他額顱上戳了一下，哼了一聲，咬牙說道：「你這……」剛說了兩個字，便

❷ 生分：疏遠。

❸ 造次：說話匆忙、鹵莽。

又嘆了一口氣，仍拿起手帕子來擦眼淚。寶玉心裡原有無限的心事，又兼說錯了話，正自後悔；又見黛玉戳他一下，要說又說不出來，自嘆自泣，因此自己也有所感，不覺滾下淚來。要用帕子揩拭，不想又忘了帶來，便用衫袖去擦。林黛玉雖然哭著，卻一眼看見了，見他穿著簇新藕合紗衫，竟去拭淚，便一面自己拭著淚，一面回身將枕邊搭的一方綃帕子拿起來，向寶玉懷裡一摔，一語不發，仍掩面自泣。寶玉見他摔了帕子來，忙接住拭了淚，又挨近前些，伸手挽了林黛玉一隻手，笑道：「我的五臟都碎了，你還只是哭。走罷，我同你往老太太跟前去。」林黛玉將手一摔道：「誰同你拉拉扯扯的！一天大似一天的，還這麼涎皮賴臉的，連個道理也不知道。」

一句沒說完，只聽喊道：「好了！」寶、林二人不防，都嚇了一跳，回頭看是鳳姐兒跳了進來，笑道：「老太太在那裡抱怨天抱怨地，只叫我來瞧瞧你們好了沒有。我說不用瞧，過不了三天，他們自己就好了。老太太罵我，說我懶。我來了，果然應了我的話了。也沒見你們兩個人有些什麼可拌的，三日好了，兩日惱了，越大越成了孩子了。有這會子拉著手哭的，昨兒為什麼又成了烏眼雞❹呢？還不跟我走，到老太太跟前，叫老人家也放些心。」說著，拉了林黛玉就走。林黛玉回頭叫丫頭們，一個也沒有。鳳姐道：「又叫他們作什麼？有我伏侍你呢。」一面說，一面拉了就走。寶玉在後面跟著，出了園門。

到了賈母跟前，鳳姐笑道：「我說他們不用人費心，自己就會好的。老祖宗不信，一定叫我去說合。我及至到那裡要說合，誰知兩個人倒在一處對賠不是了，對笑對訴，倒像「黃鷹抓住了鷂子的腳」，

❹ 烏眼雞：烏眼雞好鬥，比喻心懷不滿，怒目而視的樣子。

說的滿屋裡都笑起來。此時寶釵正在這裡，那林黛玉只一言不發，挨著賈母坐下。寶玉沒甚說的，便向寶釵笑道：「大哥哥好日子，偏生我又不好了，沒別的禮送，連個頭也不得磕去。大哥哥不知我病，倒像我懶，推故不去的。倘或明兒惱了，姐姐替我分辯分辯。」寶釵笑道：「這也多事，你便要去也不敢驚動，何況身上不好。弟兄們日日一處，要存這個心，倒生分了。」寶玉又笑道：「姐姐知道體諒我就好了。」又道：「姐姐怎麼不看戲去？」寶釵道：「我怕熱，看了兩齣，熱的很，要走，客又不散。我少不得推身上不好，就來了。」寶玉聽說，自己由不得臉上沒意思，只得又搭訕笑道：「怪不得他們拿姐姐比楊妃，原來也體豐怯熱。」寶釵聽說，不由的大怒，待要怎樣，又不好怎樣；回思了一回，臉紅起來，便冷笑了兩聲，說道：「我倒像楊妃，只是沒一個好哥哥好兄弟可以作得楊國忠的！」二人正說著，可巧小丫頭靛兒因不見了扇子，和寶釵笑道：「必是寶姑娘藏了我的，好姑娘，賞我罷。」寶釵指他道：「你要仔細！我和你頑過，你再疑我！和你素日嘻皮笑臉的那些姑娘們跟前，你該問他們去！」說的個靛兒跑了。寶玉自知又把話說造次了，當著許多人，更比方纔在林黛玉跟前更不好意思，便急回身又同別人搭訕去了。

林黛玉聽見寶玉奚落寶釵，心中著實得意，纔要搭言，也趁勢兒取個笑，不想靛兒因找扇子，寶釵又發了兩句話，他便改口笑道：「寶姐姐，你聽兩齣什麼戲？」寶釵因見林黛玉面上有得意之態，一定是聽了寶玉方纔奚落之言，遂了他的心願，忽又見問他這話，便笑道：「我看的是李逵罵了宋江，後來又賠不是。」寶玉便笑道：「姐姐通今博古，色色都知道，怎麼連這一齣戲的名字也不知道，就說了這麼一串子。這叫負荊請罪❺。」寶釵笑道：「原來這叫作『負荊請罪』！你們通今博古，纔知道『負荊請罪』，我不知道什麼是『負荊請罪』！」一句話還未說完，寶玉、林黛玉二人心裡有病，聽了這話，早把臉羞紅了。鳳姐於這些上雖不通達，但只看他三人形景，便知其意，便也笑著問人道：「你們大暑天，誰還吃生薑呢？」眾人不解其意，便說道：「沒有吃生薑。」鳳姐故意用手摸著腮，詫異道：「既沒人吃生薑，怎麼這麼辣辣的？」寶玉、黛玉二人聽見這話，越發不好過了。寶釵再要說話，見寶玉十分慚愧，形景改變，也就不好再說，只得一笑收住。別人總未解得他四個人的言語，因此付之流水。

一時寶釵、鳳姐去了，林黛玉笑向寶玉道：「你也試著比我利害的人了，誰都像我心拙口笨的，由著人說呢。」寶玉正因寶釵多了心，自己沒趣，又見林黛玉來問著他，越發沒好氣起來。待要說兩句，又恐林黛玉多心，說不得忍著氣，無精打彩，一直出來。

誰知目今盛暑之時，又當早飯已過，各處主僕人等多半都因日長神倦之時，寶玉背著手，到一處，一處鴉雀無聞。從賈母這裡出來，往西走過了穿堂，便是鳳姐的院落。到他們院門前，只見院門掩著。知道鳳姐素日的規矩，每到天熱，午間要歇一個時辰的，進去不便，遂進角門，來到王夫人上房內。只見幾個丫頭子手裡拿著針線，卻打盹兒呢。王夫人在裡間涼榻上睡著，金釧兒坐在旁邊搥腿，也乜斜著眼亂晃。寶玉輕輕的走到跟前，把他耳上帶的墜子一摘。金釧兒睜開眼，見是寶玉。寶玉悄悄的笑道：「就困的這麼著？」金釧抿嘴一笑，擺手令他出去，仍合上眼。寶玉見了他，就有些戀戀不捨

❺ 負荊請罪：即元代康進之的雜劇李逵負荊，說李逵誤信宋江強搶民女，大鬧忠義堂，宋江下山與苦主對質，李逵方知是歹徒冒充宋江搶走了民女，於是向宋江負荊請罪。

的，悄悄的探頭瞧瞧王夫人合著眼，便自己向身邊荷包裡帶的香雪潤津丹掏了出來，便向金釧兒口裡一送。金釧兒並不睜眼，只管噙了。寶玉上來便拉著手，悄悄的笑道：「我明日和太太討你，偺們在一處罷。」金釧兒不答。寶玉又道：「不然等太太醒了，我就討。」金釧兒睜開眼，將寶玉一推，笑道：「你忙什麼？『金簪子掉在井裡頭，有你的只是有你的』，連這句話語難道也不明白？我倒告訴你個巧宗兒❻，你往東小院子裡拿環哥兒彩雲去。」寶玉笑道：「憑他怎麼去罷，我只守著你。」只見王夫人翻身起來，照金釧兒臉上就打了個嘴巴子，指著罵道：「下作❼小娼婦！好好的爺們，都叫你教壞了。」寶玉見王夫人起來，早一溜烟去了。

這裡金釧兒半邊臉火熱，一聲不敢言語。登時眾丫頭聽見王夫人醒了，都忙進來。王夫人便叫玉釧兒：「把你媽叫來，帶出你姐姐去。」金釧兒聽說，忙跪下哭道：「我再不敢了。太太要打要罵，只管發落，別叫我出去就是天恩了。我跟了太太十來年，這會子攆出去，我還見人不見人呢？」王夫人固然是個寬仁慈厚的人，從來不曾打過丫頭們一下；今忽見金釧兒行此無恥之事，此乃平生最恨者，故氣忿不過打了一下，罵了幾句。雖金釧兒苦求，亦不肯收留，到底喚了金釧兒之母白老媳婦來領了下去。那金釧兒含羞忍辱的出去，不在話下。

且說那寶玉見王夫人醒來，自己沒趣，忙進大觀園來。只見赤日當空，樹陰合地，滿耳蟬聲，靜無人語。剛到了薔薇花架，只聽有人哽噎之聲。寶玉心中疑惑，便站住細聽，果然架下那邊有人。如

❻ 巧宗兒：機會難得的好事。

❼ 下作：下賤無恥。

今五月之際，那薔薇正是花葉茂盛之際。寶玉便悄悄的隔著籬笆洞兒一看，只見一個女孩子蹲在花下，手裡拿著根綰頭的簪子，在地下摳土，一面悄悄的流泣。寶玉心中想道：「難道這也是個痴子，又像顰兒來葬花不成？」因又自嘆道：「若真也葬花，可謂『東施效顰』❽，不但不為新特，且更可厭了。」想畢，便要叫那女子說：「你不用跟著那林姑娘學了。」話未出口，幸而再看時，這女孩子面生，不是個侍兒，倒像是那十二個學戲的女孩子之內的，卻辨不出他是生旦淨丑哪一個角色來。寶玉忙把舌頭一伸，將口掩住，自己想道：「幸而不曾造次。上兩次皆因造次了，顰兒也生氣，寶兒也多心。如今再得罪了他們，越發沒意思了。」一面想，一面又恨認不得這個是誰。再留神細看，只見這女孩子眉蹙春山，眼顰秋水，面薄❾腰纖，嫋嫋婷婷，大有林黛玉之態。寶玉早又不忍棄他相去，只管痴看。只見他雖然用金簪劃地，並不是掘土埋花，竟是向土上畫字。寶玉用眼隨著簪子的起落，一直一畫、一點一勾的看了去，數一數十八筆。自己又在手心裡用指頭按著他方纔下筆的規矩寫了，猜是個什麼字。寫成一想，原來就是個薔薇花的「薔」字。寶玉想道：「必定是他也要作詩填詞，這會子見了這花，因有所感；或者偶成了兩句，一時興至恐忘，在地下畫著推敲，也未可知。且看他底下再寫什麼。」一面想，一面又看。只見那女孩子還在那裡畫呢，畫來畫去，還是個「薔」字；再看，還是個「薔」字。裡面的原是早已痴了，畫完一個，又畫一個，已經畫了有幾十個「薔」；外面的不覺也看痴了，

---

❽ 東施效顰：典出莊子天運，言西施有心疼病，常捧心皺眉，鄰里以為美。東施效仿她的模樣，鄉人以為醜極，嚇得不敢出門。

❾ 面薄：形容面貌精緻細巧。

兩個眼珠兒只管隨著簪子動，心裡卻想：「這女孩子一定有什麼話說不出來的大心事，纔這樣個形景。外面既是這個形景，心裡不知怎麼熬煎。看他的模樣兒這般單薄，心裡哪裡還擱的住熬煎？可恨我不能替你分些過來！」

伏中陰晴不定，片雲可致雨，忽一陣涼風過了，唰唰的落下一陣雨來。寶玉看著那女子頭上滴下水來，紗衣裳登時濕了。寶玉想道：「這時下雨，他這個身子，如何禁得驟雨一激！」因此禁不住便說道：「不用寫了，你看下大雨，身上都濕了。」那女孩子聽說，倒嚇了一跳。抬頭一看，只見花外一個人，叫他：「不要寫了，下大雨了！」一則寶玉臉面俊秀，二則花葉繁茂，上下俱被枝葉隱住，剛露著半邊臉，那女孩子只當是個丫頭，再不想是寶玉，因笑道：「多謝姐姐提醒了我。難道姐姐在外頭，有什麼遮雨的？」一句提醒了寶玉，噯喲了一聲，纔覺得渾身冰涼，低頭一看，自己身上也都濕了。說聲「不好」，只得一氣跑回怡紅院去了，心裡卻還記掛著那女孩子沒處避雨。

齡官劃薔痴及局外。（清北京燈屏畫）

原來明日是端陽節，那文官等十二個女子都放了假，進園來各處頑耍。可巧小生寶官、正旦玉官兩個女孩子正在怡紅院和襲人頑笑，被大雨阻住。大家把溝堵了，水積在院內，把些綠頭鴨、花鸂鶒⑩、

⑩ 花鸂鶒：一種類似鴛鴦的水鳥。

彩鴛鴦捉的捉，趕的趕，縫了翅膀，放在院內頑耍，將院門關了。襲人等都在遊廊上嘻笑，寶玉見關著門，便以手扣門，裡面諸人只顧笑，哪裡聽見？叫了半日，拍的門山響，裡面方聽見了。估量著寶玉這會子再不回來的，襲人笑道：「誰這會子叫門？誰人開去？」寶玉道：「是我！」麝月道：「是寶姑娘的聲音。」晴雯道：「胡說！寶姑娘這會子做什麼來？」襲人道：「讓我隔著門縫兒瞧瞧，可開就開，要不可開，叫他淋著去。」說著，便順著遊廊到門前，往外一瞧，只見寶玉淋的雨打雞一般。襲人見了，又是著忙，又是可笑，忙開了門，笑的彎著腰，拍手道：「怎麼大雨裡跑什麼？哪裡知道爺回來了！」寶玉一肚子沒好氣，滿心裡要把開門的踢幾腳，及開了門，並不看真是誰，還只當是那些小丫頭子們，便抬腿踢在肋上。襲人噯喲了一聲，寶玉還罵道：「下流東西們！我素日擔待你們得了意，一點兒也不怕，越發拿我取笑兒了。」口裡說著，一低頭見是襲人哭了，方知踢錯了，忙笑道：「噯喲，是你來了！踢在哪裡了？」襲人從來不曾受過大話❶的，今兒忽見寶玉生氣踢他一下，又當著許多人，又是羞，又是氣，又是疼，真一時置身無地。待要怎麼樣，料著寶玉未必是安心❷踢他，少不得忍著說道：「沒有踢著，還不換衣裳去！」

寶玉一面進房來解衣，一面笑道：「我長了這麼大，今是頭一遭兒生氣打人，不想就偏遇見了你！」襲人一面忍痛換衣，一面笑道：「我是個起頭兒的人，不論事大事小，事好事歹，自然也該從我起。但只是別說打了我，明兒順了手也打起別人來。」寶玉道：「我纔也不是安心。」襲人道：「誰說你

❶ 大話：粗聲惡氣、語氣嚴厲的話。
❷ 安心：有心；存心。

是安心了？素日開門關門都是那起小丫頭子們的事，他們是憨皮慣了的，早已恨的人牙癢癢，他們也沒個怕懼兒。你當是他們，踢一下子，唬唬他們也好些。纔剛是我淘氣，不叫開門的。」

說著，那雨已住了，寶官、玉官也早去了。襲人只覺肋下疼的心裡發鬧，晚飯也不曾好生吃。至晚間洗澡時脫了衣服，只見肋上青了碗大一塊，自己倒唬了一跳，又不好聲張。一時睡下，夢中作痛，由不得噯喲之聲從睡中哼出。寶玉雖說不是安心，因見襲人懶懶的，也睡不安穩。忽夜間聽得『噯喲』，便知踢重了，自己下床，悄悄的秉燈來照。剛到床前，只見襲人嗽了兩聲，吐出一口痰來，噯喲一聲，睜開眼見了寶玉，倒唬了一跳，道：「作什麼？」寶玉道：「你夢裡噯喲，必定踢重了，我瞧瞧。」襲人道：「我頭上發暈，嗓子裡又腥又甜，你倒照一照地下罷。」寶玉聽說，果然持燈向地下一照，只見一口鮮血在地。寶玉慌了，只說：「了不得了！」襲人見了，也就心冷了半截。要知端的，且聽下回分解。

1. 本回回目「齡官劃薔痴及局外」，「齡官」庚辰本原作「椿靈」，據戚本改。

第三十一回　撕扇子作千金一笑　因麒麟伏白首雙星

撕扇子是以不知情之物，供姣嗔不知情事之人一笑，所謂「情不情」。

金玉姻緣已定，又寫一金麒麟，是間色法也。何顰兒為其所惑？故顰兒謂「情情」。

話說襲人見了自己吐的鮮血在地，也就冷了半截，想著往日常聽人說：「少年吐血，年月不保，縱然命長，終是廢人了。」想起此言，不覺將素日想著後來爭榮誇耀之心，盡皆灰了，眼中不覺滴下淚來。寶玉見他哭了，也不覺心酸起來，因問道：「你心裡覺的怎麼樣？」襲人勉強笑道：「好好的，覺怎麼呢？」寶玉的意思，即刻便要叫人燙黃酒，要山羊血黎洞丸❶來。襲人拉了他的手，笑道：「你這一鬧不大緊，鬧多少人來，倒抱怨我輕狂。分明人不知道，倒鬧的人知道了，你也不好，我也不好。正經明兒你打發小子問問王太醫去，弄點子藥吃吃就好了。人不知鬼不覺的，可不好？」寶玉聽了有理，也只得罷了，向案上斟了茶來，給襲人漱了口。襲人知寶玉心內是不安穩的，待要不叫他伏侍，他又未必依，二則定要驚動別人，不如由他去罷，因此只在榻上由寶玉去伏侍。一交五更，寶玉也顧不得梳洗，忙穿衣出來，將王濟仁叫來，親自確問。王濟仁問其原故，不過是傷損，便說了個丸藥的

❶ 山羊血黎洞丸：黎洞丸，以三七、牛黃、冰片、麝香等中藥製成，專治跌打損傷、無名腫毒、小兒驚風等症。因用山羊血配方，故稱山羊血黎洞丸。

名字，怎麼服，怎麼敷。寶玉記了，回園依方調治，不在話下。

這日正是端陽佳節，蒲艾簪門，虎符繫臂❷。午間王夫人治了酒席，請薛家母女等賞午❸。寶玉見寶釵淡淡的，也不和他說話，自知是昨兒的原故。王夫人見寶玉沒精打彩，也只當是為金釧兒昨日之事，他沒好意思的，越發不理他。林黛玉見寶玉懶懶的，只當是他因為得罪了寶釵的原故，心中不自在，形容也就懶懶的。鳳姐昨日晚間王夫人就告訴了他寶玉金釧的事，知道王夫人不自在，自己如何敢說笑，也就隨著王夫人的氣色行事，便覺淡淡的。賈迎春姊妹見眾人無意思，也都無意思了。因此大家坐了一坐就散了。

林黛玉天性喜散不喜聚，他想的也有個道理，他說：「人有聚就有散，聚時歡喜，到散時豈不清冷？既清冷則生傷感，所以不如倒是不聚的好。比如那花開時令人愛慕，謝時則增惆悵，所以倒是不開的好。」故此，人以為喜之時，他反以為悲；那寶玉的情性只願常聚，生怕一時散了添悲。那花只願常開，生怕一時謝了沒趣。只到筵散花謝，雖有萬種悲傷，也就無可如何了。因此今日之筵，大家無興散了，林黛玉倒不覺得，倒是寶玉心中悶悶不樂，回至自己房中長吁短嘆。

偏生晴雯上來換衣服，不防又把扇子失了手，跌在地上，將股子❹跌折。寶玉因嘆道：「蠢才，

❷ 蒲艾簪門兩句：蒲，菖蒲。艾，艾草。都是香草。簪門，插在門上。虎符，在布上畫虎，或用綾羅製成小虎，繫在小孩臂上。門上插蒲艾，小孩繫虎符，是端午節避邪的風俗。

❸ 賞午：指過端午節的一系列活動，如飲雄黃酒，吃粽子，賞石榴花等，還有各家之間互相宴請，這一切活動，都叫「賞午」。

蠢才！將來怎麼樣？明日你自己當家立事，難道也是這麼顧前不顧後的？」晴雯冷笑道：「二爺近來氣大的很，行動就給臉子瞧。前兒連襲人都打了，今兒又來尋我們的不是。要踢要打憑爺去。就是跌了扇子，也是平常的事。先時連那麼樣的玻璃缸、瑪瑙碗不知弄壞了多少，也沒見個大氣兒，這會子一把扇子就這麼著了。何苦來！要嫌我們，就打發我們，再挑好的使。好離好散的，倒不好？」寶玉聽了這些話，氣的渾身亂戰，因說道：「你不用忙，將來有散的日子。」襲人在那邊早已聽見，忙趕過來，向寶玉道：「好好的，又怎麼了？可是我說的，一時我不到，就有事故兒。」晴雯聽了，冷笑道：「姐姐既會說，就該早來，也省了爺生氣。自古以來，就是你一個人伏侍爺的，我們原沒伏侍過。因為你伏侍的好，昨日纔挨窩心脚；我們不會伏侍的，到明兒還不知是個什麼罪呢！」襲人聽了這話，又是惱又是愧，待要說幾句話，又見寶玉已經氣的黃了臉，少不得自己忍了性子，推晴雯道：「好妹妹，你出去逛逛，原是我們的不是。」晴雯聽他說「我們」兩個字，自然是他和寶玉了，不覺又添了酸意，冷笑幾聲道：「我倒不知道你們是誰？別教我替你們害臊了！便是你們鬼鬼祟祟幹的那事兒，也瞞不過我去，哪裡就稱起『我們』來了？明公正道❺連個姑娘❻還沒掙上去呢，也不過和我似的，哪裡就稱上『我們』了！」襲人羞的臉紫脹起來，想一想，原來是自己把話說錯了。寶玉一面說：「你們氣不忿，我明兒偏抬舉他。」襲人忙拉了寶玉的手：「他一個糊塗人，你和他分證什麼？況且你素

---

❹ 股子：指扇骨。

❺ 明公正道：堂堂皇皇；光明正大。

❻ 姑娘：此處指收房丫頭。參見第六回注⓮。

日又是有擔待的，比這大的過去了多少，今兒是怎麼了？」晴雯冷笑道：「我原是糊塗人，哪裡配和我說話呢！」襲人聽說道：「姑娘倒是和我拌嘴呢，是和二爺拌嘴呢？要是心裡惱我，你只和我說，不犯著當著二爺吵；要是惱二爺，不該這麼吵的萬人知道。我纔也不過為了事，進來勸開了，大家保重。姑娘倒尋上我的晦氣。又不像是惱我，又不像是惱二爺，夾槍帶棒❼，終久是個什麼主意？我就不多說，讓你說去。」說著，便往外走。

寶玉向晴雯道：「你也不用生氣，我也猜著你的心事了。我回太太去，你也大了，打發你出去，好不好？」晴雯聽見了這話，不覺又傷起心來，含淚說道：「為什麼我出去？要嫌我，變著法兒打發我出去，也不能夠。」寶玉道：「我何曾經過這個吵鬧？一定是你要出去了，不如回太太，打發你去罷！」說著，站起來就要走。襲人忙回身攔住，笑道：「往哪裡去？」寶玉道：「回太太去。」襲人笑道：「好沒意思！真個的去回，你也不怕臊了？便是他認真的要去，也等把這氣下去了，等無事中說話兒回了太太也不遲。這會子急急的當作一件正經事去回，豈不叫太太犯疑？」寶玉道：「太太必不犯疑，我只明說是他鬧著要去的。」晴雯哭道：「我多早晚鬧著要去了？饒生了氣，還拿話壓派我。只管去回，我一頭碰死了，也不出這門兒。」寶玉道：「這也奇了，你又不去，你又鬧些什麼？我禁不起這吵，不如去了倒乾淨。」說著，一定要去回。襲人見攔不住，只得跪下了。碧痕、秋紋、麝月等眾丫鬟見吵鬧，都鴉雀無聞的在外頭聽消息。這會子聽見襲人跪下央求，便一齊進來都跪下了。寶玉忙把襲人扶起來，嘆了一聲，在床上坐下，叫眾人起去。向襲人道：「叫我怎麼樣纔好？這個心便

❼ 夾槍帶棒：話裡有話，有指桑罵槐的意思。

碎了，也沒人知道。」說著，不覺滴下淚來。襲人見寶玉流下淚來，自己也就哭了。晴雯在旁哭著，方欲說話，只見林黛玉進來，晴雯便出去了。

林黛玉笑道：「大節下怎麼好好的哭起來？難道是為爭粽子吃，爭惱了不成？」寶玉和襲人嗤的一笑，黛玉道：「二哥哥不告訴我，我問你就知道了。」一面說，一面拍著襲人的肩，笑道：「好嫂子，你告訴我。必定是你兩個拌了嘴了，告訴妹妹，替你們和勸和勸。」襲人推他道：「林姑娘，你鬧什麼？我們一個丫頭，姑娘只是混說。」黛玉笑道：「你說你是丫頭，我只拿你當嫂子待。」寶玉道：「你何苦來替他招罵名兒！饒這麼著，還有人說閒話，還擱的住你來說他？」襲人笑道：「林姑娘，你不知道我的心事，除非一口氣不來，死了倒也罷了。」林黛玉笑道：「你死了，別人不知怎麼樣，我就先哭死了。」寶玉笑道：「你死了，我作和尚去。」襲人笑道：「你老實些罷，何苦還說這些話。」林黛玉把兩個指頭一伸，抿嘴笑道：「作了兩個和尚了。我從今以後，都記著你作和尚的遭數兒。」寶玉聽得，知道是他點前日的話，自己一笑也就罷了。

一時黛玉去後，就有人說：「薛大爺請。」寶玉只得去了。原來是吃酒，不能推辭，只得盡席而散。晚間回來，已帶了幾分酒，踉蹌來至自己院內，只見院中早把乘涼枕榻設下，榻上有個人睡著。寶玉只當是襲人，一面在榻沿上坐下，一面推他，問道：「疼的好些了？」只見那人翻身起來，說：「何苦來又招我！」寶玉一看，原來不是襲人，卻是晴雯。寶玉將他一拉，拉在身旁坐下，笑道：「你的性子越發慣嬌了。早起就是跌了扇子，我不過說了那兩句，你就說上那些話。說我也罷了，襲人好意來勸，你又括上他。你自己想想，該不該？」晴雯道：「怪熱的，拉拉扯扯作什麼！叫人來看見作什麼！我這身子也不配坐在這裡。」寶玉笑道：「你既知道不配，為什麼睡著呢？」晴雯沒的話，嗤的又笑了，說：「你不來便使得，你來了就不配了。起來，讓我洗澡去。襲人、麝月都洗了澡了，我叫了他們來。」寶玉笑道：「我纔又吃了好些酒，還得洗一洗。你既沒有洗，拿了水來，偺們兩個洗。」晴雯搖手笑道：「罷，罷！我不敢惹爺。還記得碧痕打發你洗澡，足有兩三個時辰，也不知道作什麼呢，我們也不好進去的。後來洗完了，進去瞧瞧，地下的水淹著床腿，連蓆子上都汪著水，也不知是怎麼洗了，笑了幾天。我也沒那工夫收拾，也不用同我洗去。今兒也涼快，那會子洗了，可以不用再洗。我倒舀一盆水來，你洗洗臉，通通頭。纔剛鴛鴦送了好些果子，都湃❽在那水晶缸裡呢，叫他們打發你吃。」

寶玉笑道：「既這麼著，你也不許洗去，只洗洗手來拿果子來吃罷。」晴雯笑道：「我慌張的很，連扇子還跌折了，哪裡還配打發吃果子？倘或再打破了盤子，還更了不得呢。」寶玉笑道：「你愛打就打，這些東西原不過是借人所用，你愛這樣，我愛那樣，各自性情不同。比如那扇子，原是搧的，你要撕著頑，也可以使得，只是不可生氣時拿他出氣。就如杯盤原是盛東西的，你喜聽那聲響，就故意的碎了，也可以使得，只是別在生氣時拿他出氣。這就是愛物了。」晴雯聽了笑道：「既這麼說，你就拿了扇子來我撕。我最喜歡撕的。」寶玉聽了，便笑著遞與他，晴雯果然接過來，嗤的一聲撕了兩半，接著嗤嗤又聽幾聲。寶玉在旁笑著說：「響的好，再撕響些！」正說著，只見麝月走過來，笑道：「少作些孽罷！」寶玉趕上來，一把將他手裡的扇子也奪了，遞與晴雯。晴雯接了，也撕了幾半

---

❽ 湃：把東西浸在冰或冷水中，使之降溫，叫做「湃」。

子。二人都大笑，麝月道：「這是怎麼說？拿我的東西開心兒。」寶玉笑道：「打開扇子匣子，你揀去，什麼好東西！」麝月道：「既這麼說，就把匣子搬了出來，讓他盡力的撕，豈不好？」寶玉笑道：「你就搬去。」麝月道：「我可不造這孽。他也沒折了手，叫他自己搬去。」晴雯笑著倚在床上，說道：「我也乏了，明兒再撕罷。」寶玉笑道：「古人云『千金難買一笑』，幾把扇子，能值幾何？」一面說著，一面叫襲人。襲人纔換了衣服走出來，丫頭佳蕙過來拾去破扇，大家乘涼，不消細說。

至次日午間，王夫人、薛寶釵、林黛玉眾姊妹正在賈母房內坐著，就有人回：「史大姑娘來了。」一時果見史湘雲帶領眾多丫鬟媳婦走進院來。寶釵、黛玉等忙迎至階下相見。青年姊妹間經月不見，一旦相逢，其親密自不必細說。一時進入房中，請安問好，都見過了。賈母因說：「天熱，把外頭的衣服脫脫罷。」史湘雲忙起來寬衣。王夫人因笑道：「也沒見穿上這些作什麼？」史湘雲笑道：「都是二嬸嬸叫穿的，誰願意穿這些。」寶釵一旁笑道：「姨娘不知道，他穿衣裳，還更愛穿別人的衣裳。可記得舊年三四月裡，他在這裡住著，把寶兄弟的袍子穿上，靴子也穿上，額子也勒上，猛一瞧，倒像是寶兄弟，就是多兩個墜子。他站在那椅子後邊，哄的老太太只是叫：『寶玉，你過來，仔細那上頭掛的燈穗子招下

撕扇子作千金一笑。　（清汪惕齋繪，手繪紅樓夢）

灰來，迷了眼。』他只是笑，也不過去。後來大家掌不住笑了，老太太纔笑了，說：『倒扮上男人好看了。』林黛玉道：「這算什麼，惟有前年正月裡接了他來了，住了沒兩日就下起雪來。老太太和舅母那日想是纔拜了影❾回來，老太太的一個新新的大紅猩猩氈斗篷放在那裡。誰知眼錯不見，他就披了，又大又長，他就拿了個汗巾子攔腰繫上，和丫頭們在後院子撲雪人兒去。一跤栽到溝跟前，弄了一身泥水。」說著，大家想著前情，都笑了。寶釵笑向那周奶媽道：「周媽，你們姑娘還是那麼淘氣不淘氣了？」周奶娘也笑了。迎春笑道：「淘氣也罷了，我就嫌他愛說話。也沒見睡在那裡，還是咭咭呱呱，笑一陣，說一陣，也不知哪裡來的那些話。」王夫人道：「只怕如今好了。前日有人家來相看，眼見有婆婆家了，還是那麼著？」賈母因問：「今兒還是住著，還是家去呢？」周奶娘笑道：「老太太沒有看見，衣服都帶了來，可不住兩天？」

史湘雲問道：「寶玉哥哥不在家麼？」寶釵笑道：「他再不想著別人，只想寶兄弟。兩個人好憨的。這可見還沒改了淘氣。」賈母道：「如今你們大了，別提小名兒了。」剛只說著，只見寶玉來了，笑道：「雲妹妹來了。怎麼前兒打發人接你去，怎麼不來？」王夫人道：「這裡老太太纔說這一個，他又來提名道姓的了。」林黛玉道：「你哥哥得了好東西，等著你呢。」史湘雲道：「什麼好東西？」寶玉笑道：「你信他呢！幾日不見，越發高了。」湘雲笑道：「襲人姐姐好？」寶玉道：「多謝你記掛。」湘雲道：「我給他帶了好東西來了。」說著，拿出手帕子來，挽著一個疙瘩。寶玉道：「什麼好的？你倒不如把前兒送來的那種絳紋石的戒指兒帶兩個給他。」湘雲笑道：「這是什麼？」說著，

❾ 拜了影：影，即「影像」，祖先的畫像。習俗每逢年節和祖先忌日，子孫叩拜祖先的畫像。

便打開，眾人看時，果然就是上次送來的那絳紋戒指，一包四個。林黛玉笑道：「你們瞧瞧，他這主意。前兒一般的打發人給我們送了來，你就把他的帶來，豈不省事？今兒巴巴的自己帶了來，我當又是什麼新奇東西，原來還是他。真真你是糊塗人。」史湘雲笑道：「你纔糊塗呢！我把這理說出來，大家評一評誰糊塗。給你們送東西，就是使人來，不用說話，拿進來一看，自然就知是送姑娘們的了；若帶他們的東西，這得我先告訴來人：這是哪一個丫頭的，那是哪一個丫頭的。那使來的人明白還好，再糊塗些，丫頭的名字他也不記得，混鬧胡說的，反連你們的東西都攪糊塗了。若是打發個女人，素日知道的還罷了，偏生前兒又打發小子來，可怎麼說丫頭們的名字呢？橫豎我來，給他們帶來，豈不清白❿？」說著，把四個戒指放下，說道：「襲人姐姐一個，鴛鴦姐姐一個，金釧兒姐姐一個，平兒姐姐一個。這倒是四個人的，難道小子們也記得這麼清白？」眾人聽了，都笑道：「果然明白。」寶玉笑道：「還是這麼會說話，不讓人。」林黛玉聽了，冷笑道：「他不會說話，他的金麒麟會說話。」一面說著，便起身走了。幸而諸人都不曾聽見，只有薛寶釵抿嘴一笑。寶玉聽見了，倒自己後悔又說錯了話，忽見寶釵一笑，由不得也笑了。寶釵見寶玉笑了，忙起身走開，找了林黛玉去說話。

賈母向湘雲道：「吃了茶，歇一歇，瞧瞧你的嫂子們去。園裡也涼快，同你姐姐們去逛逛。」湘雲答應了，將三個戒指兒包上，歇了一歇，便起身要瞧鳳姐等人去。眾奶娘丫頭跟著，到了鳳姐那裡，說笑了一回出來，便往大觀園來。見過了李宮裁，少坐片時，便往怡紅院來找襲人。因回頭說道：「你們不必跟著，只管瞧你們的朋友親戚去，留下翠縷伏侍就是了。」眾人聽了，自去尋姑覓嫂，早剩下

---

❿ 清白：這裡是清楚明白的意思。

湘雲翠縷兩個人。翠縷道：「這荷花怎麼還不開？」史湘雲道：「時候沒到。」翠縷道：「這也和咱們家池子裡的一樣，也是樓子花❶。」湘雲道：「他們這個還不如咱們的。」翠縷道：「他們那邊有棵石榴，接連四五枝，真是樓子上起樓子。這也難為他長。」史湘雲道：「花草也是同人一樣，氣脈充足，長的就好。」翠縷把臉一扭，說道：「我不信這話。若說同人一樣，我怎麼不見頭上又長出一個頭來的人？」湘雲聽了，由不得一笑，說道：「我說你不用說話，你偏好說。這叫人怎麼好答言？天地間都賦陰陽二氣所生，或正或邪，或奇或怪，千變萬化，都是陰陽順逆。多少一生出來，人罕見的就奇，究竟理還是一樣。」翠縷道：「這麼說起來，從古至今，開天闢地，都是陰陽了？」湘雲笑道：「糊塗東西，越說越放屁！什麼都是些陰陽？難道還有個『陰陽』不成？陰陽兩個字，還只是一字，陽盡了就成陰，陰盡了就成陽。不是陰盡了又有個陽生出來，陽盡了又有個陰生出來。」翠縷道：「這糊塗死了我！什麼是個陰陽？沒影沒形的。我只問姑娘，這陰陽是怎麼個樣兒？」湘雲道：「陰陽有什麼樣兒？不過是個氣，器物賦了成形。比如天是陽，地就是陰；水是陰，火就是陽；日是陽，月是陰。」翠縷聽了，笑道：「是了，是了。我今兒可明白了。怪道人都管著日頭叫『太陽』呢，算命的管著月亮叫什麼『太陰星』，就是這個理了。」湘雲笑道：「阿彌陀佛！剛剛的明白了。」翠縷道：「這些大東西有陰陽也罷了，難道那些蚊子、虼蚤、蠓蟲兒、花兒、草兒、瓦片兒、磚頭兒也有陰陽不成？」湘雲道：「怎麼沒有陰陽的呢？比如那一個樹葉兒，還分陰陽呢。那邊向上朝陽的便是陽，這邊背陰覆下的便是陰。」翠縷聽了，點頭笑道：「原來這樣，我可明白了。只是咱們這手裡的扇子，

---

❶ 樓子花：在花蕊裡又開出一層花。又叫「重台」。俗稱「起樓子」。

怎麼是陽，怎麼是陰呢？」湘雲道：「這邊正面就是陽，那邊反面就為陰。」翠縷又點頭笑了，還要找幾件東西問，因想不起個什麼來，猛低頭就看見湘雲宮絛上繫的金麒麟，便提起來笑道：「姑娘這個難道也有陰陽？」湘雲道：「走獸飛禽，雄為陽，雌為陰；牝為陰，牡為陽，怎麼沒有呢！」翠縷道：「這是公的，到底是母的呢？」湘雲道：「這連我也不知道。」翠縷道：「這也罷了。怎麼東西都有陰陽，咱們人倒沒有陰陽呢？」湘雲照臉啐了一口，道：「下流東西！好生走罷。越問越問出好的來了。」翠縷笑道：「這有什麼不告訴我的呢？我也知道了，不用難我。」湘雲笑道：「你知道什麼？」翠縷道：「姑娘是陽，我就是陰。」說著，湘雲拿手帕子握著嘴，呵呵的笑起來。翠縷道：「說是了，就笑的這樣了。」湘雲道：「很是，很是！」翠縷道：「人規矩，主子為陽，奴才為陰。我連這大道理也不懂的？」湘雲笑道：「你很懂得。」

一面說，一面走，剛到薔薇架下，湘雲道：「你瞧那是誰掉的首飾，金晃晃在那裡。」翠縷聽了，忙趕上拾在手裡攥著，笑道：「可分出陰陽來了。」說著，先拿史湘雲的麒麟瞧。湘雲要他撿的瞧，翠縷只管不放手，笑道：「是件寶貝，姑娘瞧不得。這是從哪裡來的？好奇怪！我從來在這裡沒見有人有這個。」湘雲道：「拿來我看。」翠縷將手一撒，笑道：「請看。」湘雲舉目一驗，卻是文彩輝煌的一個金麒麟，比自己佩的又大又有文彩。湘雲伸手擎在掌上，只是默默不語。正自出神，忽見寶玉從那邊來了，笑問道：「你兩個在這日頭底下作什麼呢？怎麼不找襲人去。」湘雲連忙將那麒麟藏起，道：「正要去呢！咱們一處走。」說著，大家進入怡紅院來。襲人正在階下倚檻追風⑫，忽見湘

⑫ 追風：乘涼。

雲來了，連忙迎下來，攜手笑說一向久別情況。一時進來歸坐。寶玉因笑道：「你該早來，我得了一件好東西，專等你呢！」說著，一面在身上摸掏。掏了半天，呵呀了一聲，便問襲人：「那個東西你收起來了麼？」襲人道：「什麼東西？」寶玉道：「前兒得的麒麟。」襲人道：「你天天帶在身上的，怎麼問我？」寶玉聽了，將手一拍，說道：「這可丟了，往哪裡找去？」就要起身自己尋去。湘雲聽了，方知是他遺落的，便笑問道：「你幾時又有了麒麟了？」寶玉道：「前兒好容易得的呢。不知多早晚丟了，我也糊塗了。」湘雲笑道：「幸而是頑的東西，還是這麼慌張。」說著，將手一撒：「你瞧瞧，是這個不是？」寶玉一見，由不得歡喜非常，因說道……不知是如何，且聽下回分解。

後數十回若蘭在射圃所佩之麒麟，正此麒麟也。提綱伏於此回中，所謂草蛇灰線，在千里之外。

1. 「翠縷把臉一扭，說道」，庚辰本原作「翠縷道」，據各本改。

第三十二回 訴肺腑心迷活寶玉 含恥辱情烈死金釧

前明顯祖湯先生有懷人詩一絕，讀之堪合此回，故錄之以待知音：「無情無盡卻情多，情到無多得盡麼？解到多情情盡處，月中無樹影無波。」

話說寶玉見那麒麟，心中甚是歡喜，便伸手來拿，笑道：「虧你撿著了，你是哪裡撿的？」史湘雲笑道：「幸而是這個，明兒倘或把印也丟了，難道也就罷了不成？」寶玉笑道：「倒是丟了印平常，若丟了這個，我就該死了。」襲人斟了茶來與史湘雲吃，一面笑道：「大姑娘，聽見前兒你大喜了。」史湘雲紅了臉，吃茶不答。襲人道：「這會子又害臊了。你還記得十年前，偺們在西邊暖閣住著，晚上你同我說的話兒？那會子不害臊，這會子怎麼又害臊了？」史湘雲笑道：「你還說呢！那會子偺們那麼好，後來我們太太沒了，我家去住了一程子，怎麼就把你派了跟二哥哥。我來了，你就不像先待我了。」襲人笑道：「你還說呢！先姐姐長姐姐短，哄著我替你梳頭洗臉，作這個弄那個，如今大了，就拿出小姐的款來。你既拿小姐的款，我怎敢親近呢？」史湘雲道：「阿彌陀佛！冤枉冤哉！我要這樣，就立刻死了。你瞧瞧，這麼大熱天，我來了，必定趕來先瞧瞧你。不信你問問縷兒，我在家時時刻刻，哪一回不念你幾聲……」話未說了，忙的襲人和寶玉都勸道：「頑話你又認真了，還是這麼性急。」史湘雲道：「你不說你的話噎人，倒說人性急。」一面說，一面打開手帕子，將戒指遞與襲人。

襲人感謝不盡，因笑道：「你前兒送你姐姐們的，我已得了。今兒你親自又送來，可見是沒忘了我。只這個就試出你來了。戒指兒能值多少？可見你的心真。」史湘雲道：「是誰給你的？」襲人道：「是寶姑娘給我的。」湘雲笑道：「我只當是林姐姐給你的，原來是寶姐姐給了你。我天天在家裡想著，這些姐姐們再沒一個比寶姐姐好的。可惜我們不是一個娘養的，我但凡有這麼個親姐姐，就是沒了父母，也是沒妨礙的。」說著，眼睛圈兒就紅了。寶玉道：「罷罷罷！不用提這個話。」史湘雲道：「提了便怎麼？我知道你的心病，恐怕你的林妹妹聽見，又怪嗔我讚了寶姐姐。可是為這個不是？」襲人在旁嗤的一笑，說道：「雲姑娘，你如今大了，越發心直口快了。」寶玉笑道：「我說你們這幾個人難說話，果然不錯。」史湘雲道：「好哥哥，你不必說話叫我惡心。只會在我們跟前說話，見了你林妹妹，又不知怎麼了。」

襲人道：「且別說頑話，正有一件事還要求你呢。」史湘雲便問：「什麼事？」襲人道：「有一雙鞋，摳了墊心子❶，我這兩日身上不好，不得做，你可有工夫替我做做？」史湘雲笑道：「這又奇了，你家放著這些巧人不算，還有什麼針線上的、裁剪上的，怎麼教我做起來？你的活計叫誰做，誰好意思不做呢？」襲人笑道：「你又糊塗了。你難道不知道，我們這屋裡的針線，是不要那些針線上的人做的。」史湘雲聽了，便知是寶玉的鞋了，因笑道：「既這麼說，我就替你做了罷。只是一件，你的我纔做，別人的我可不能。」襲人笑道：「又來了，我是個什麼，就煩你做鞋了？實告訴你，可不是我的。你別管是誰的，橫豎我領情就是了。」史湘雲道：「論理，你的東西也不知煩我做了多少

❶ 摳了墊心子：在鞋面料上按照一定的圖樣挖空，背後襯上其他顏色的材料，形成各種圖案。

了，今兒我倒不做了的原故，你必定也知道。」襲人道：「倒也不知道。」史湘雲冷笑道：「前兒我聽見把我做的扇套子拿著和人家比，賭氣又鉸了。我早就聽見了，你還瞞我！這會子又叫我做，我成了你們的奴才了。」寶玉忙笑道：「前兒的那事，本不知是你做的。」襲人也笑道：「他本不知是你做的，是我哄他的話，說是新近外頭有個會做活的女孩子，說扎的出奇的花。我叫他拿了一個扇套子試試看好不好。他就信了，拿出去給這個瞧，給那個看的。不知怎麼又惹惱了林姑娘，鉸了兩段。回來他還叫著再做去，我纔說了是你做的，他後悔的什麼似的。」史湘雲道：「越發奇了，林姑娘他也犯不上生氣。他既會剪，就叫他做。」襲人道：「他可不做呢。饒這麼著，老太太還怕他勞碌著了。大夫又說好生靜養纔好，誰還煩他做？舊年好一年的工夫，做了個香袋兒，今年半年，還沒見拿針線呢。」

正說著，有人來回說：「興隆街的大爺來了，老爺叫二爺出去會。」寶玉聽了，便知是賈雨村來了，心中好不自在。襲人忙去拿衣服。寶玉一面蹬著靴子，一面抱怨道：「有老爺和他坐著就罷了，回回定要見我。」史湘雲一邊搖著扇子，笑道：「自然你能會賓接客，老爺纔叫你出去呢。」寶玉道：「哪裡是老爺？都是他自己要請我去見的。」湘雲笑道：「主雅客來勤，自然你有些警❷他的好處，他纔只要會你。」寶玉道：「罷，罷！我也不敢稱雅，俗中又俗的一個人，並不願同這些人往來。」湘雲笑道：「還是這個情性不改。如今大了，你就不願讀書，去考舉人進士的，也該常常的會會這些為官做宰的人們，談談講講些仕途經濟的學問，也好將來應酬世務，日後也有個朋友。沒見你成年家

❷ 警：驚動的意思。程高本作「警動」。

只在我們隊裡攪些什麼！」寶玉聽了道：「姑娘請別的姊妹屋裡坐坐，我這裡仔細汙了你知經濟學問的。」襲人道：「雲姑娘快別說這話。上回也是寶姑娘也說過一回，他也不管人臉上過的去過不去，他就咳了一聲，拿起腳來走了。這裡寶姑娘的話也沒說完，見他走了，登時羞的臉通紅，說又不是，不說又不是。幸而是寶姑娘，那要是林姑娘，不知又鬧到怎麼樣，哭的怎麼樣呢。提起這個話來，真真的寶姑娘叫人敬重，自己訕❸了一會子去了。我倒過不去，只當他惱了，誰知過後還是照舊一樣，真真有涵養，心地寬大。誰知這一個反倒同他生分了。那林姑娘見你賭氣不理他，你得賠多少不是呢！」寶玉道：「林姑娘從來說過這些混賬話不曾？若他也說過這些混賬話，我早和他生分了。」襲人和湘雲都點頭笑道：「這原是混賬話。」

原來林黛玉知道史湘雲在這裡，寶玉又趕來，一定說麒麟的原故。因此心下忖度著：近日寶玉弄來的外傳野史，多半才子佳人，都因小巧玩物上撮合，或有鴛鴦，或有鳳凰，或玉環金珮，或鮫帕鸞絛，皆由小物而遂終身。今忽見寶玉亦有麒麟，便恐由此生隙，同史湘雲也做出那些風流佳事來。因而悄悄走來，見機行事，以察二人之意。不想剛走來，正聽見史湘雲說經濟事，寶玉又說：「林妹妹不說這樣混賬話，若說這話，我也和他生分了。」林黛玉聽了這話，不覺又喜又驚，又悲又嘆。所喜者，果然自己眼力不錯，素日認他是個知己，果然是個知己。所驚者，他在人前一片私心稱揚於我，其親熱厚密，竟不避嫌疑。所嘆者，你既為我之知己，自然我亦可為你之知己矣；既你我為知己，則又何必有金玉之論哉！既有金玉之論，亦該你我有之，則又何必來一寶釵哉！所悲者，父母早逝，雖

❸ 訕：尷尬、難為情的樣子。

有銘心刻骨之言，無人為我主張；況近日每覺神思恍惚，病已漸成，醫者更云氣弱血虧，恐致勞怯之症。你我雖為知己，但恐自不能久待；你縱為知己，奈我薄命何！想到此間，不禁滾下淚來。待要進去相見，自覺無味，便一面拭淚，一面抽身回去了。

這裡寶玉忙忙的穿了衣裳出來，忽見林黛玉在前面慢慢的走著，似有拭淚之狀，便忙趕上來笑道：「妹妹往哪裡去？怎麼又哭了？又是誰得罪了你？」林黛玉回頭見是寶玉，便勉強笑道：「好好的，我何曾哭了？」寶玉笑道：「你瞧瞧，眼睛上的淚珠兒未乾，還撒謊呢。」一面說，一面禁不住抬起手來替他拭淚。林黛玉忙向後退了幾步，說道：「你又要死了，作什麼這麼動手動腳的！」寶玉笑道：「說話忘了情，不覺的動了手，也就顧不的死活。」林黛玉道：「你死了倒不值什麼，只是丟下了什麼金，又是什麼麒麟，可怎麼樣呢？」一句話又把寶玉說急了，趕上來問道：「你還說這話，到底是咒我，還是氣我呢？」林黛玉見問，方想起前日的事來，遂自悔自己又說造次了，忙笑道：「你別著急，我原說錯了。這有什麼的，筋都暴起來，急的一臉汗。」一面說，一面禁不住近前伸手替他拭面上的汗。寶玉瞅了半天，方說道「你放心」三個字。林黛玉聽了，怔了半天，方說道：「我有什麼不放心的？我不明白這話。你倒說說，怎麼放心不放心？」寶玉嘆了一口氣，問道：「你果不明白這話？難道我素日在你身上的心都用錯了？連你的意思若體貼不著，就難怪你天天為我生氣了。」林黛玉道：「果然我不明白放心不放心的話。」寶玉點頭嘆道：「好妹妹，你別哄我。果然不明白這話，不但我素日之意白用了，且連你素日待我之意也都辜負了。你皆因總是不放心的原故，纔弄了一身病。但凡寬慰些，這病也不得一日重似一日。」林黛玉聽了這話，如轟雷掣電，細細思之，竟比自己肺腑中掏出來的還覺懇切，竟有萬句言語滿心要說，卻是半個字也不能吐，卻怔怔的望著他。此時寶玉心中也有萬句言語，不知從哪一句上說起，卻也怔怔的望著黛玉。兩個人怔了半天，林黛玉只咳了一聲，兩眼不覺滾下淚來，回身便要走。寶玉忙上前拉住，說道：「好妹妹，且略站住，我說一句話再走。」

此時寶玉心中也有萬句言語，不知從哪一句上說起，卻也怔怔的望著黛玉……。
（清上海畫冊）

林黛玉一面拭淚，一面將手推開，說道：「有什麼可說的，你的話我早知道了。」口裡說著，卻頭也不回竟去了。

寶玉站著，只管發起獃來。原來方纔出來慌忙，不曾帶得扇子，襲人怕他熱，忙拿了扇子趕來送與他。忽抬頭見了林黛玉和他站著，一時黛玉走了，他還站著不動，因而趕上來說道：「你也不帶了扇子去，虧我看見趕了送來。」寶玉出了神，見襲人和他說話，並未看出是何人來，便一把拉住說道：「好妹妹，我的這心事，從來也不敢說。今兒我大膽說出來，死也甘心。我為你也弄了一身的病在這裡，又不敢告訴人，只好掩著。只等你的病好了，只怕我的病纔得好呢。睡裡夢裡也忘不了你！」

襲人聽了這話，嚇得魄消魂散，只叫：「神天菩薩，坑死我了！」便推他道：「這是哪裡的話！敢是中了邪？還不快去！」寶玉一時醒過來，方知是襲人送扇子來，羞的滿面紫脹，奪了扇子，便忙忙的抽身跑了。

這裡襲人見他去了，自思方纔之言，一定是因黛玉而起。如此看來，將來難免不才之事❹，令人可驚可畏。想到此間，也不覺怔怔的滴下淚來。心下暗度如何處治，方免此醜禍。正猜疑間，忽有寶釵從那邊走來，笑道：「大毒日頭地下，出什麼神呢？」襲人見問，忙笑道：「那邊兩個雀兒打架，倒也好頑，我就看住了。」寶釵道：「寶兄弟這會子穿了衣服，忙忙的哪去了？我纔看見走過去，倒要叫住問他呢；他如今說話越發沒了經緯❺，我故此沒叫他，由他過去罷。」襲人道：「老爺叫他出去。」寶釵聽了，忙道：「噯喲！這麼黃天暑熱的，叫他做什麼？別是想起什麼來，生了氣，叫出去教訓一場。」襲人笑道：「不是這個，想是有客要會。」寶釵笑道：「這個客也沒意思，這麼熱天，不在家裡涼快，還跑些什麼？」襲人笑道：「倒是你說說罷。」

寶釵因而問道：「雲丫頭在你們家做什麼呢？」襲人笑道：「纔說了一會子閒話。你瞧，我前兒黏的那雙鞋，明兒煩他做去。」寶釵聽見這話，便兩邊回頭，看無人來往，便笑道：「你這麼個明白人，怎麼一時半刻的就不會體人情？我近來看著雲丫頭神情，再風裡言風裡語的聽起來，那雲丫頭在家裡竟一點兒作不得主。他們家嫌費用大，竟不用那些針線上的人，差不多的東西多是他們娘兒們動

---

❹ 不才之事：不名譽的事。

❺ 說話越發沒了經緯：說話更加沒有條理，顛三倒四。經緯，秩序；條理。

手。為什麼這幾次他來了，他和我說話兒，見沒人在跟前，他就說家裡累的很？我再問他兩句家常過日子話，他就連眼圈兒都紅了，口裡含含糊糊，待說不說的。想其形景來，自然是從小兒沒爹娘的苦。我看著他，也不覺的傷起心來。」襲人見說這話，將手一拍，說：「是了，是了。怪道上月我煩他打十根蝴蝶結子，過了那些日子纔打發人送來，還說：『打的粗，且在別處能著使❻罷。要勻淨的，等著明兒來住著，再好生打罷。』如今聽寶姑娘這話，想來我們煩他，他不好推辭，不知他在家裡怎麼三更半夜的做呢！可是我也糊塗了，早知是這樣，我也不煩他了。」寶釵道：「上次他就告訴我，在家裡做活做到三更天。若是替別人做一點半點，他家的那些奶奶太太們還不受用呢。」襲人道：「偏偏我們那牛心的小爺，憑著小的大的活計，一概不要家裡這些活計上的人做，我又弄不開這些。」寶釵笑道：「你理他呢！只管叫人做去，只說是你做的就是了。」襲人道：「哪裡哄的信他？他纔是認得出來呢！說不得，我只好慢慢的累去罷了。」寶釵笑道：「你不必忙，我替你做些如何？」襲人笑道：「當真的這樣，就是我的福了。晚上我親自送過來。」

一句話未了，忽見一個老婆子忙忙走來，說道：「這是哪裡說起？金釧兒姑娘好好的投井死了！」襲人嚇了一跳，忙問：「哪個金釧兒？」那老婆子道：「哪裡還有兩個金釧兒呢？就是太太屋裡的。前兒不知為什麼攆他出去，在家裡哭天哭地的，也都不理會他。誰知找他不見了。剛纔打水的人在那東南角上井裡打水，見一個屍首，趕著叫人打撈起來，纔知是他。他們家裡還只管亂著要救活，哪裡中用了？」寶釵道：「這也奇了。」襲人聽說，點頭讚嘆，想素日同氣之情❼，不覺流下淚來。寶釵

❻ 能著使：將就著用的意思。

聽見這話，忙向王夫人處來道安慰。這裡襲人回去不提。

卻說寶釵來至王夫人處，只見鴉雀無聞，獨有王夫人在裡間房內坐著垂淚。寶釵便不好提這事，只得一旁坐了。王夫人便問：「你從哪裡來？」寶釵道：「從園裡來。」王夫人道：「你從園裡來，可見你寶兄弟？」寶釵道：「纔倒看見了他，穿了衣服出去了，不知哪裡去。」王夫人點頭哭道：「你可知道一樁奇事？金釧兒忽然投井死了！」寶釵見說，道：「怎麼好好的投井？這也奇了。」王夫人道：「原是前兒他把我一件東西弄壞了，我一時生氣，打了他幾下，攆了他下去。我只說氣他兩天，還叫他上來。誰知他這麼氣性大，就投井死了。豈不是我的罪過！」寶釵嘆道：「姨娘是慈善人，固然這麼想。據我看來，他並不是賭氣投井，多半他下去住著，或是在井跟前憨頑，失了腳掉下去的。他在上頭拘束慣了，這一出去，自然要到各處去頑頑逛逛。豈有這樣大

含恥辱情烈死金釧。（清上海畫冊）

❼ 同氣之情：同氣，原指兄弟姐妹有血統關係的親屬，這裡泛指姐妹之情。

氣的理？縱然有這樣大氣，也不過是個糊塗人，也不為可惜。」王夫人點頭嘆道：「這話雖然如此說，到底我心不安。」寶釵嘆道：「姨娘也不必念念於茲。十分過不去，不過多賞他幾兩銀子發送他，也就盡主僕的情了。」王夫人道：「剛纔我賞了他娘五十兩銀子。原要還把你妹妹們的新衣服拿兩套給他裝裹，誰知鳳丫頭說，可巧都沒什麼新做的衣服，只有你林妹妹作生日的兩套。我想你林妹妹那個孩子素日是個有心的，況且他也三災八難的，既說了給他過生日，這會子又給人裝裹去，豈不忌諱？因為這麼樣，我現叫裁縫趕兩套給他。要是別的丫頭，賞他幾兩銀子也就完了，只是金釧兒雖然是個丫頭，素日在我跟前，比我的女兒也差不多。」口裡說著，不覺淚下。寶釵忙道：「姨娘這會子又何用叫裁縫趕去，我前兒倒做了兩套，拿來給他，豈不省事？況且他活著的時候也穿過我的舊衣服，身量又相對。」王夫人道：「雖然這樣，難道你不忌諱？」寶釵笑道：「姨娘放心，我從來不計較這些。」一面說，一面起身就走。王夫人忙叫了兩個人來，跟寶姑娘去。

一時寶釵取了衣服回來，只見寶玉在王夫人旁邊坐著垂淚。王夫人正纔說他，因寶釵來了，卻掩了口不說了。寶釵見此光景，察言觀色，早知覺了八分，於是將衣服交割明白。王夫人將他母親叫來拿了去。再看下回便知。

1. 「林姑娘從來說過這些混賬話不曾？若他也說過這些混賬話，我早和他生分了。」庚辰本缺「不曾？若他也說過這些混賬話」，據戚本補。

第三十三回 手足眈眈❶小動唇舌 不肖種種大承笞撻

卻說王夫人喚他母親上來，拿幾件簪環，當面賞與；又吩咐請幾眾僧人念經超度。他母親磕頭謝了出去。原來寶玉會過雨村，回來聽見了，便知金釧兒含羞賭氣自盡，心中早又五內❷摧傷。進來被王夫人數落教訓，也無可回說。見寶釵進來，方得便出來，茫然不知何往，背著手，低頭一面感嘆，一面慢慢的走著。信步來至廳上，剛轉過屏門，不想對面來了一人，正往裡走，可巧兒撞了個滿懷。只聽那一人喝了一聲：「站住！」寶玉唬了一跳，抬頭一看，不是別人，卻是他父親，不覺的倒抽了一口氣，只得垂手一旁站了。賈政道：「好端端的，你垂頭喪氣，嗐些什麼？方纔雨村來了，要見你，那半天你纔出來了。既出來，全無一點慷慨揮灑談吐，仍是葳葳蕤蕤。我看你臉上一團思欲愁悶氣色，這會子又唉聲嘆氣，你那些還不足，還不自在？無故這樣，卻是為何？」寶玉素日雖是口角伶俐，只是此時一心總為金釧兒感傷，恨不得此時也身亡命殞，跟了金釧兒去。如今見了他父親說這些話，究竟不曾聽見，只是怔呵呵的站著。

賈政見他惶悚，應對不似往日，原本無氣的，這一來倒生了三分氣。方欲說話，忽有回事人來回：「忠順親王府裡有人來，要見老爺。」賈政聽了，心下疑惑，暗暗思忖道：「素日並不和忠順府來往，

❶ 眈眈：不懷好意地注視，伺機而動。眈，音ㄉㄢ。

❷ 五內：五臟。指內心。

為什麼今日打發人來？」一面想，一面令快請。急走出來看時，卻是忠順府長史官❸，忙接進廳上坐了獻茶。未及敘談，那長史官先就說道：「下官此來，並非擅造潭府❹，皆因奉王命而來，有一件事相求。看王爺面上，敢煩老大人作主。不但王爺知情，且連下官輩亦感謝不盡。」賈政聽了這話，抓不住頭腦，忙陪笑起身問道：「大人既奉王命而來，不知有何見諭？望大人宣明，學生好遵諭承辦。」那長史官便冷笑道：「也不必承辦，只用大人一句話就完了。我們府裡有一個做小旦的琪官，一向好好在府裡，如今竟三五日不見回去，各處去找，又摸不著他的道路。因此各處訪察，這一城內，十停人倒有八停人都說，他近日和啣玉的那位令郎相與甚厚。下官輩等聽了，尊府不比別家，可以擅入索取，因此啟明王爺。王爺亦云：『若是別的戲子呢，一百個也罷了；只是這琪官隨機應答，謹慎老成，甚合我老人家的心，竟斷斷少不得此人。』故此求老爺轉諭令郎，請將琪官放回，一則可慰王爺諄諄奉懇，二則下官輩也可免操勞求覓之苦。」說畢，忙打一躬。

賈政聽了這話，又驚又氣，即命喚寶玉來。寶玉也不知是何原故，忙趕來時，賈政便問：「該死的奴才！你在家不讀書也罷了，怎麼又做出這些無法無天的事來！那琪官現是忠順王爺駕前承奉的人，你是何等草芥❺，無故引逗他出來，如今禍及於我。」寶玉聽了，唬了一跳，忙回道：「實在不知此事，究竟連『琪官』兩個字，不知為何物，豈更又加『引逗』二字！」說著，便哭了。賈政未及開言，

❸ 長史官：清代親王府和郡王府皆設長史，總管府中事務。

❹ 潭府：原指豪門府邸，後也用以尊稱他人的居宅。語見韓愈符讀書城南：「一為公與相，潭潭府中居。」潭潭，深邃貌。

❺ 草芥：小草。比喻細小、沒有價值的東西。

只見那長史官冷笑道：「公子也不必掩飾，或隱藏在家，或知其下落，早說了出來，我們也少受些辛苦，豈不念公子之德？」寶玉連說不知，「恐是訛傳，也未見得。」那長史官冷笑道：「現有據證，何必還賴？必定當著老大人說了出來，公子豈不吃虧？既云不知此人，那紅汗巾子怎麼到了公子腰裡？」寶玉聽了這話，不覺轟去魂魄，目瞪口呆，心下自思：「這話他如何得知？他既連這樣機密事都知道了，大約別的瞞他不過，不如打發他去了，免的再說出別的事來。」因說道：「大人既知他的底細，如何連他置買房舍這樣大事倒不曉得了？聽得說他如今在東郊離城二十里有個什麼紫檀堡，他在那裡置了幾畝田地，幾間房舍。想是在那裡也未可知。」那長史官聽了，笑道：「這樣說，一定是在那裡。我且去找一回，若有了便罷，若沒有，還要來請教。」說著，便忙忙走了。

賈政此時氣的目瞪口歪，一面送那長史官，一面回頭命寶玉：「不許動，回來有話問你！」一直送那官員去了。纔回身，忽見賈環帶著幾個小廝一陣亂跑，賈政喝令小廝：「快打，快打！」賈環見了他父親，嚇的骨軟筋酥，忙低頭站住。賈政便問：「你跑什麼？帶著你的那些人都不管你，不知往哪裡逛去，由你野馬一般！」喝令叫跟上學的人來。賈環見他父親盛怒，便乘機說道：「方纔原不曾跑，只因從那井邊一過，那井裡淹死了一個丫頭，我看人頭這樣大，身子這樣粗，泡的實在可怕，所以纔趕著跑了過來。」賈政聽了，驚疑問道：「好端端的，誰去跳井？我家從無這樣事情，自祖宗以來，皆是寬柔以待下人。大約我近年於家務疏賴，自然執事人操剋奪之權，致使出這暴殄輕生的禍患。若外人知道，祖宗顏面何在！」喝令快叫賈璉、賴大、來興。小廝們答應了一聲，方欲叫去，賈環忙上前拉住賈政的袍襟，貼膝跪下道：「父親不用生氣。此事除太太房裡的人，別人一點也不知道。我聽見我母親說……」說到這裡，便回頭四顧一看。賈政知意，將眼一看眾小廝。小廝們明白，都往兩邊後面退去。賈環便悄悄說道：「我母親告訴我說，寶玉哥哥前日在太太屋裡，拉著太太的丫頭金釧兒，強奸不遂，打了一頓，那金釧兒便賭氣投井死了……」

話未說完，把個賈政氣的面如金紙，大喝：「快拿寶玉來！」一面說，一面便往裡邊書房裡去，喝令：「今日再有人勸我，我把這冠帶家私❻一應交與他與寶玉過去，我免不得做個罪人，把這幾根煩惱鬢毛❼剃去，尋個乾淨去處自了，也免得上辱先人，下生逆子之罪！」眾門客僕從見賈政這個形景，便知又是為寶玉了，一個個都是啖指咬舌，連忙退出。那賈政喘吁吁直挺挺坐在椅子上，滿面淚痕，一疊聲：「拿寶玉！拿大棍！拿索子捆上！把各門都關上！有人傳信往裡頭去，立刻打死！」眾小廝們只得齊聲答應，有幾個來找寶玉。

那寶玉聽見賈政吩咐他不許動，早知多凶少吉，哪裡承望賈環又添了許多的話。正在廳上乾轉，怎得個人來往裡頭去捎信，偏生沒個人，連焙茗也不知在哪裡。正盼望時，只見一個老姆姆出來，寶玉如得了珍寶，便趕上來拉他，說道：「快進去告訴，老爺要打我呢！快去，快去！要緊，要緊！」寶玉一則急了，說話不明；二則老婆子偏生又聾，竟不曾聽見是什麼話，把「要緊」二字，只聽見「跳井」二字，便笑道：「跳井讓他跳去，二爺怕什麼？」寶玉見是個聾子，便著急道：「你出去叫我的

❻ 冠帶家私：官爵和財產。

❼ 煩惱鬢毛：佛門以剃除鬚髮為受戒出家，現清淨僧尼相的標誌之一，所以稱頭髮為「煩惱絲」。「煩惱鬢毛」即從「煩惱絲」而來。剃去煩惱鬢毛，意味著要出家為僧。

小廝來罷。」那婆子道：「有什麼不了的事？老早的完了。太太又賞了衣服，又賞了銀子，怎麼不了事的！」寶玉急的跺腳。正沒抓尋處❽，只見賈政的小廝走來，逼著他出去了。賈政一見，眼都紅紫了，也不暇問他在外流蕩❾優伶，表贈私物❿，在家荒疏學業，淫辱母婢等語，只喝令：「堵起嘴來，著實打死！」小廝們不敢違拗，只得將寶玉按在凳上，舉起大板，打了十來下。賈政猶嫌打輕了，一腳踢開掌板的，自己奪過來，咬著牙狠命蓋了三四十下。眾門客見打的不祥了，忙上前奪勸。賈政哪裡肯聽，說道：「你們問問他幹的勾當，可饒不可饒！素日皆是你們這些人把他釀壞了，到這步田地還來解勸！明日釀到他弒君殺父，你們纔不勸不成！」眾人聽這話不好聽，知道氣急了，忙又退出，只得覓人進去給信。

王夫人不敢先回賈母，只得忙穿衣出來，也不顧有人沒人，忙忙趕往書房中來，慌的眾門客小廝等避之不及。王夫人一進房來，賈政更如火上澆油一般，那板子越發下去的又狠又快。按寶玉的兩個小廝忙鬆了手走開，寶玉早已動彈不得了。賈政還欲打時，早被王夫人抱住板子。賈政道：「罷了，罷了！今日必定要氣死我纔罷！」王夫人哭道：「寶玉雖然該打，老爺也要自重。況且炎天暑日的，老太太身上也不大好，打死寶玉事小，倘或老太太一時不自在了，豈不事大！」賈政冷笑道：「倒休提這話。我養了這不肖的孽障，已不孝，教訓他一番，又有眾人護持；不如趁今日一發勒死了，亦絕

❽ 沒抓尋處：束手無策，毫無辦法。

❾ 流蕩：迷戀；留戀。

❿ 表贈私物：贈送私人物品作為信物。

將來之患。」說著，便要繩索來勒死。王夫人連忙抱住，哭道：「老爺雖然應當管教兒子，也要看夫妻分上。我如今已將五十歲的人，只有這個孽障⓫。必定苦苦的以他為法，我也不敢深勸，今日越發要他死，豈不是有意絕我？既要勒死他，快拿繩子來，先勒死我再勒死他。我們娘兒們不敢含怨，到底在陰司裡得個依靠。」（未喪母者來細玩，既喪母者來痛哭。）說畢，爬在寶玉身上大哭起來。賈政聽了此話，不覺長嘆一聲，向椅上坐了，淚如雨下。王夫人抱著寶玉，只見他面白氣弱，底下穿著一條綠紗小衣，皆是血漬。禁不住解下汗巾看，由臀至脛，或青或紫，或整或破，竟無一點好處，不覺失聲大哭起來：「苦命的兒啊！」因哭出「苦命兒」來，又想起賈珠來，便叫著賈珠哭道：「若有你活著，便死一百個我也不管了！」此時裡面的人聞得王夫人出來，那李宮裁、王熙鳳與迎春姊妹早已出來了。王夫人哭著賈珠的名字，別人還可，惟有宮裁禁不住也放聲哭了。賈政聽了，那淚珠更似滾瓜一般滾了下來。

正沒開交處，忽聽丫鬟來說：「老太太來了。」一句話未了，只聽窗外顫巍巍的聲氣說道：「先打死我，再打死他，豈不乾淨了！」賈政見他母親來了，又急又痛，連忙迎接出來。只見賈母扶著丫頭，喘吁吁的走來。賈政上前，躬身陪笑道：「大暑熱天，母親有何生氣，親自走來？有話只該叫了兒子進去吩咐。」賈母聽說，便止住步，喘息一回，厲聲說道：「你原來是和我說話！我倒有話吩咐，只是可憐我一生沒養個好兒子，卻叫我和誰說去！」賈政聽這話不像⓬，忙跪下含淚說道：「為兒的教訓兒子，也為的是光宗耀祖。母親這話，我做兒的如何禁得起？」賈母聽說，便啐了一口，說道：

⓫ 孽障：禍根。對子女的昵稱。

⓬ 這話不像：這話不對頭。

「我說一句話，你就禁不起；你那樣下死手的板子，難道寶玉就禁得起了？你說教訓兒子是光宗耀祖，當初你父親怎麼教訓你來？」說著，不覺就滾下淚來。賈政又陪笑道：「母親也不必傷感，皆是作兒的一時性起，從此以後再不打他了。」賈母便冷笑道：「你也不必和我使性子賭氣的。你的兒子，我也不該管你打不打。我猜著你也厭煩我們娘兒們，不如我們趕早兒離了你，大家乾淨！」說著，便令人去看轎馬，「我和你太太、寶玉立刻回南京去。」家下人只得乾答應著。賈母又叫王夫人道：「你也不必哭了。如今寶玉年紀小，你疼他；他將來長大成人，為官作宰的，也未必想著你是他母親了。你如今倒不要疼他，只怕將來還少生一口氣呢！」賈政聽說，忙叩頭哭道：「母親如此說，賈政無立足之地。」賈母冷笑道：「你分明使我無立足之地，你反說起你來！只是我們回去了，你心裡乾淨，看有誰來許你打。」一面說，一面只令快打點行李車轎回去。賈政苦苦叩求認罪。賈母一面說話，一面又記掛寶玉，忙進來看時，只見今日這頓打不比往日，又是心疼，又是生氣，也抱著哭個不了。王夫人與鳳姐等解勸了一會，方漸漸的止住。

早有丫鬟媳婦等上來要攙寶玉，鳳姐便罵道：「糊塗東西！也不睜開眼瞧瞧，打的這麼個樣兒，還要攙著走！還不快進去，把那籐屜子春凳❸抬出來呢。」眾人聽說，連忙進去，果然抬出春凳來，將寶玉抬放凳上，隨著賈母、王夫人等進去，送至賈母房中。彼時賈政見賈母氣未全消，不敢自便，也跟了進去。看看寶玉，果然打重了，再看看王夫人，兒一聲、肉一聲，「你替珠兒早死了，留著珠兒，免你父親生氣，我也不白操這半世的心了。這會子你倘或有個好歹，丟下我，叫我靠哪一個？」數落

❸ 籐屜子春凳：春凳，長方形可坐可臥的凳子。用籐條編成凳面的稱「籐屜子」。

一場，又哭「不爭氣的兒」。賈政聽了，也就灰心自悔，不該下毒手打到如此地步。先勸賈母，賈母含淚道：「你不出去，還在這裡做什麼？難道於心不足，還要眼看著他死了纔去不成？」賈政聽說，方退了出來。

此時薛姨媽同寶釵、香菱、襲人、史湘雲也都在這裡。襲人滿心委屈，只不好十分使出來。見眾人圍著，灌水的灌水，打扇的打扇，自己插不下手去，便越性走出來，到二門前，令小廝們找了焙茗來細問：「方纔好端端的，為什麼打起來？你也不早來透個信兒。」焙茗急的說：「偏生我沒在跟前，打到半中間，我纔聽見了。忙打聽原故，卻是為琪官、金釧姐姐的事。」襲人道：「老爺怎麼得知道的？」焙茗道：「那琪官的事，多半是薛大爺素日吃醋，沒法兒出氣，不知在外頭挑唆了誰來，在老爺跟前下的火。那金釧兒的事，是三爺說的。我也是聽見老爺的人說的。」襲人聽了這兩件事都對景，心中也就信了八九分。然後回來，只見眾人都替寶玉療治，調停完備，賈母令：「好生抬到他房內去。」眾人答應，七手八腳，忙把寶玉送入怡紅院內自己床上臥好。又亂了半日，眾人漸漸散去，襲人方進前來經心伏侍，問他端的。且聽下回分解。

第三十四回 情中情因情感妹妹 錯裡錯以錯勸哥哥

話說襲人見賈母、王夫人等去後，便走來寶玉身邊坐下，含淚問他：「怎麼就打到這步田地？」寶玉嘆氣說道：「不過為那些事，問他做什麼！只是下半截疼的很，你瞧瞧打壞了哪裡？」襲人聽說，便輕輕伸手進去，將中衣褪下，寶玉略動一動，便咬著牙叫「噯喲」，襲人連忙停住手。如此三四次，纔褪了下來。襲人看時，只見腿上半段青紫，都有四指寬的僵痕高了起來。襲人咬著牙說道：「我的娘，怎麼下這般的狠手！你但凡聽我一句話，也不得到這步地位。幸而沒動筋骨，倘或打出個殘疾來，可叫人怎麼樣呢？」

正說著，只聽丫鬟們說：「寶姑娘來了。」襲人聽見，知道穿不及中衣，便拿了一床袷紗被替寶玉蓋了。只見寶釵手裡托著一丸藥走進來，向襲人說道：「晚上把這藥用酒研開，替他敷上，把那淤血的熱毒散開，可以就好了。」說畢，遞與襲人。又問道：「這會子可好些？」寶玉一面道謝說：「好了。」又讓坐。寶釵見他睜開眼說話，不像先時，心中也寬慰了好些，便點頭嘆道：「早聽人一句話，也不至今日。別說老太太、太太心疼，就是我們看著，心裡也疼……」剛說了半句，又忙咽住，自悔說的話急了，不覺的就紅了臉，低下頭來。寶玉聽得這話如此親切稠密，大有深意；忽見他又咽住不往下說，紅了臉低下頭，只管弄衣帶，那一種嬌羞怯怯，非可形容得出者，不覺心中大暢，將疼痛早丟在九霄雲外。心中自思：「我不過捱了幾下打，他們一個個就有這些憐惜悲感之態露出，令人可玩可觀，可憐可敬。假若我一時竟遭殃橫死，他們還不知是何等悲感呢！既是他們這樣，我便一時死了，得他們如此，一生事業縱然盡付東流，亦無足嘆息；冥冥之中，若不怡然自得，亦可謂糊塗鬼祟矣。」想著，只聽寶釵問襲人道：「怎麼好好的動了氣，就打起來了？」襲人便把焙茗的話說了出來。

寶玉原來還不知道賈環的話，見襲人說出，方纔知道。因又拉上薛蟠，惟恐寶釵沉心❶，忙又止住襲人道：「薛大哥哥從來不這樣的，你們不可混猜度。」寶釵聽說，便知道是怕他多心，用話相攔襲人，因心中暗暗想道：「打的這個形像，疼還顧不過來，還是這樣細心，怕得罪了人。可見在我們身上，也算是用心了。你既這樣用心，何不在外頭大事上做工夫，老爺也歡喜了，也不能吃這樣虧。但你固然怕我沉心，所以攔襲人的話，難道我就不知我的哥哥素日恣心縱欲，毫無防犯的那種心性？當日為一個秦鐘，還鬧的天翻地覆，自然如今比先又更利害了。」想畢，因笑道：「你們也不必怨這個，怨那個。據我想，到底寶兄弟素日不正，肯和那些人來往，老爺纔生氣。就是我哥哥說話不防頭，一時說出寶兄弟來，也不是有心調唆。一則也是本來的實話，二則他原不理論這些防嫌小事。襲姑娘從小兒只見寶兄弟這麼樣細心的人，你何嘗見過天不怕地不怕，心裡有什麼口裡就說的人。」襲人因說出薛蟠來，見寶玉攔他的話，早已明白自己說造次了，恐寶釵沒意思；聽寶釵如此說，更覺羞愧無言。寶玉又聽寶釵這番話，一半堂皇正大，一半是去己疑心，更覺比先暢快了。方欲說話時，只見寶釵起身說道：「明兒再來看你，你好生養著罷。方纔我拿了藥來交給襲人，晚上敷上管就好了。」說著，便走出門去。

❶ 沉心：介意；放在心裡。

襲人趕著送出院外，說：「姑娘倒費心了。改日寶二爺好了，親自來謝。」寶釵回頭笑道：「有什麼謝處！你只勸他好生靜養，別胡思亂想的就好了。不必驚動老太太、太太眾人，倘或吹到老爺耳朵裡，雖然彼時不怎麼樣，將來對景，終是要吃虧的。」說著，一面去了。襲人抽身回來，心內著實感激寶釵。進來見寶玉沉思默默，似睡非睡的模樣，因而退出房外，自去櫛沐。寶玉默默的躺在床上，無奈臀上作痛，如針挑刀挖一般，更又熱如火炙，略展轉時，禁不住「噯喲」之聲。那時天色將晚，因見襲人去了，卻有三兩個丫鬟伺候。此時並無呼喚之事，因說道：「你們且去梳洗，等我叫時再來。」眾人聽了，也都退出。

這裡寶玉昏昏默默，只見蔣玉菡走了進來，訴說忠順府拿他之事；又見金釧兒進來，哭說為他投井之情。寶玉半夢半醒，都不在意。忽又覺有人推他，恍恍忽忽聽得有人悲戚之聲。寶玉從夢中驚醒，睜眼一看，不是別人，卻是林黛玉。寶玉猶恐是夢，忙又將身子欠起來，向臉上細細一認，只見兩個眼睛腫的桃兒一般，滿面淚光，不是黛玉，卻是哪個？寶玉還欲看時，怎奈下半截疼痛難忍，支持不住，便噯喲一聲，仍就倒下，嘆了一聲，說道：「你又做什麼跑來？雖說太陽落下去，那地上的餘熱未散，走兩趟又要受了暑。我雖然捱了打，並不覺疼痛。我這個樣兒，只裝出來哄他們，好在外頭佈散與老爺聽，其實是假的。你不可認真。」此時林黛玉雖不是嚎啕大哭，然越是這等無聲之泣，氣噎喉堵，更覺利害。聽了寶玉這番話，心中雖然有萬句言詞，只是不能說得半句，半日，方抽抽噎噎的說道：「你從此可都改了罷！」寶玉聽說，便長嘆一聲道：「你放心，別說這樣話。就便為這些人死了，也是情願的。」一句話未了，只見院外人說：「二奶奶來了。」林黛玉便知是鳳姐來了，連忙立起身，說道：「我從後院子去罷，回來再來。」寶玉一把拉住道：「這可奇了，好好的怎麼怕起他來？」林黛玉急的跺腳，悄悄的說道：「你瞧瞧我的眼，又該他取笑開心呢！」寶玉聽說，趕忙的放手。黛玉三步兩步轉過床後，出後院而去。鳳姐從前頭已進來了，問寶玉：「可好些了？想什麼吃，叫人往我那裡取去。」接著，薛姨媽又來了，一時賈母又打發了人來。

至掌燈時分，寶玉只喝了兩口湯，便昏昏沉沉的睡去。接著周瑞媳婦、吳新登媳婦、鄭好時媳婦，這幾個有年紀常往來的，聽見寶玉捱了打，也都進來。襲人忙迎出來，悄悄的笑道：「嬸嬸們來遲了一步，二爺纔睡著了。」說著，一面帶他們到那邊房裡坐了，倒茶與他們吃。那幾個媳婦子都悄悄的坐了一回，向襲人說：「等二爺醒了，你替我們說罷。」襲人答應了，送他們出去。剛要回來，只見王夫人使個婆子來，口稱：「太太叫一個跟二爺的人呢。」襲人見說，想了一想，便回身悄悄告訴晴雯、麝月、檀雲、秋紋等，說：「太太叫人，你們好生在房裡，我去了就來。」說畢，同那婆子一逕出了園子。

來至上房，王夫人正坐在涼榻上，搖著芭蕉扇子，見他來了，說：「不管叫了誰來也罷了，你又丟下他來了，誰伏侍他呢？」襲人見說，連陪笑說道：「二爺纔睡安穩了，那四五個丫頭如今也好了，會伏侍二爺了。太太請放心。恐怕太太有什麼話吩咐，打發他們來，一時聽不明白，倒耽誤了。」王夫人道：「也沒甚話，白問問他這會子疼的怎麼樣？」襲人道：「寶姑娘送去的藥，我給二爺敷上了，比先好些了。先疼的躺不穩，這會子都睡沉了，可見好些了。」王夫人又問：「吃了什麼沒有？」襲人道：「老太太給的一碗湯，喝了兩口，只嚷乾渴，要吃酸梅湯。我想著酸梅是個收斂的東西，纔剛捱了打，又不許叫喊，自然急的那熱毒熱血未免不存在心裡，倘或吃下這個去，激在心裡，再弄出大病來，可怎麼樣呢？因此我勸了半天，纔沒吃。只拿那糖醃的玫瑰滷子和了吃，吃了半碗，又嫌吃絮了❷不香甜。」王夫人道：「噯喲，你不該早來和我說！前兒有人送了兩瓶子香露來，原要給他點子的，我怕他胡蹧蹋了，就沒給。既是他嫌那些玫瑰膏子絮煩，把這個拿兩瓶子去。一碗水裡只用挑一茶匙兒，就香的了不得呢。」說著，就喚彩雲來：「把前兒的那幾瓶香露拿了來。」襲人道：「只拿兩瓶來罷，多了也白蹧蹋。等不夠再要，再來取也是一樣。」彩雲聽說，去了半日，果然拿了兩瓶來，付與襲人。襲人看時，只見兩個玻璃小瓶，卻有三寸大小，上面螺絲銀蓋，鵝黃箋上寫著「木樨清露」，那一個寫著「玫瑰清露」。襲人笑道：「好金貴東西。這麼個小瓶兒，能有多少？」王夫人道：「那是進上的，你沒看見鵝黃箋子？你好生替他收著，別蹧蹋了。」

襲人答應著，方要走時，王夫人又叫：「站著，我想起一句話來問你。」襲人忙又回來。王夫人見房內無人，便問道：「我恍惚聽見寶玉今兒捱打，是環兒在老爺跟前說了什麼話，你可聽見這個了？你要聽見，告訴我聽聽。我也不吵出來，教人知道是你說的。」襲人道：「我倒沒聽見這話。為二爺霸占著戲子，人家來和老爺要，為這個打的。」王夫人搖頭說道：「也為這個？還有別的原故。」襲人道：「別的原故實在不知道了。我今兒在太太跟前大膽說句不知好歹的話，論理……」說了半截，忙又咽住。王夫人道：「你只管說。」襲人笑道：「太太別生氣，我就說了。」王夫人道：「我有什麼生氣的？你只管說來。」襲人道：「論理，我們二爺也須得老爺教訓兩頓，若老爺再不管，將來不

❷ 吃絮了：吃厭了。

知做出什麼事來呢。」王夫人一聞此言，便合掌念聲「阿彌陀佛」，由不得趕著襲人叫了一聲：「我的兒，虧了你也明白，這話和我的心一樣。我何曾不知道管兒子？先時你珠大爺在，我是怎麼樣管他，難道我如今倒不知管兒子了？只是有個原故：如今我想我已經快五十歲的人，通共剩了他一個，他又長的單弱，況且老太太寶貝似的。若管緊了他，倘或再有個好歹，或是老太太氣壞了，那時上下不安，豈不倒壞了，所以就縱壞了他。我常常掰著口兒❸勸一陣，說一陣，氣的罵一陣，哭一陣，彼時他好，過後兒還是不相干，端的吃了虧纔罷了。若打壞了，將來我靠誰呢！」說著，由不得滾下淚來。

襲人見王夫人這般悲感，自己也不覺傷了心，陪著落淚。又道：「二爺是太太養的，豈不心疼？便是我們做下人的，伏侍一場，大家落個平安，也算是造化了。要這樣起來，連平安都不能了。哪一日、哪一時我不勸二爺，只是再勸不醒。偏生那些人又肯親近他，也怨不得他這樣，總是我們勸的倒不好了。今兒太太提起這話來，我還記掛著一件事，每要來回太太，討太太個主意。只是我怕太太疑心，不但我的話白說了，且連葬身之地都沒了。」王夫人聽了這話內有因，忙問道：「我的兒，你有話只管說。近來我因聽見眾人背前背後都誇你，我只說你不過是在寶玉身上留心，或是諸人跟前和氣，這些小意思好，所以將你和老姨娘一體行事。誰知你方纔和我說的話全是大道理，正和我的想頭一樣。有什麼只管說什麼，只別教別人知道就是了。」襲人道：「我也沒什麼別的說，我想著討太太一個示下，怎麼變個法兒，以後竟還教二爺搬出園外來住就好了。」王夫人聽了，吃一大驚，忙拉了襲人的手，問道：「寶玉難道和誰作怪❹了不成？」襲人連忙回道：「太太別多心，並沒有這話，這不過是

❸ 掰著口兒：耳提面命的意思。

我的小見識。如今二爺也大了，裡頭姑娘們也大了，況且林姑娘、寶姑娘又是兩姨姑表姊妹，雖說是姊妹們，到底是男女之分，日夜一處起坐不方便，由不得叫人懸心，便是外人看著，也不像一家子的事。俗語說的『沒事常思有事』，世上多少無頭腦的事，多半因為無心中做出，有心人看見，當作有心事，反說壞了。只是預先不防著，斷然不好。二爺素日性格，太太是知道的，他又偏好在我們隊裡鬧。倘或不防，前後錯了一點半點，不論真假，人多口雜。那起小人的嘴有什麼避諱，心順了，說的比菩薩還好；心不順，就貶的連畜牲不如。二爺將來倘或有人說好，不過大家直過沒事❺；若要叫人說出一個不好字來，我們不用說，粉身碎骨，罪有萬重，都是平常小事，但後來二爺一生的聲名品行，豈不完了？二則太太也難見老爺。俗語又說『君子防未然』❻，不如這會子防避的為是。太太事情多，一時固然想不到。我們想不到則可，既想到了，若不回明太太，罪越重了。近來我為這事日夜懸心，又不好說與人，惟有燈知道罷了。」王夫人聽了這話，如雷轟電掣的一般，正觸了金釧兒之事，心內越發感愛襲人不盡，忙笑道：「我的兒，你竟有這個心胸，想的這樣周全。我何曾又不想到這裡？只是這幾次有事就忘了。你今兒這一番話提醒了我，難為你成全我娘兒兩個聲名體面，真真我竟不知道你這樣好。罷了，你且去罷，我自有道理。只是還有一句話：你今既說了這樣的話，我就把他交給你了，好歹留心，保全了他，就是保全了我。我自然不辜負了你。」襲人連連答應著去了。

---

❹ 作怪：做不好的事情。這裡指有不正當的關係。

❺ 直過沒事：只是沒有出事，還算過得去。

❻ 防未然：「防患於未然」的略語，對於即將發生的禍患，事先有所防範。

回來正值寶玉睡醒，襲人回明香露之事。寶玉喜不自禁，即令調來嘗試，果然香妙非常。因心下記掛著黛玉，滿心裡要打發人去，只是怕襲人；便設一法，先使襲人往寶釵那裡去借書。襲人去了，寶玉便命晴雯來，前文晴雯放肆，原有把柄所恃也。吩咐道：「你到林姑娘那裡看看，他做什麼呢？他要問我，只說我好了。」晴雯道：「白眉赤眼❼，做什麼去呢？到底說句話兒，也像一件事。」寶玉道：「沒有什麼可說的。」晴雯道：「若不然，或是送件東西，或是取件東西。不然我去了，怎麼搭訕❽呢？」寶玉想了一想，便伸手拿了兩條手帕子撂與晴雯，笑道：「也罷，就說我叫你送這個給他去了。」晴雯道：「這又奇了，他要這半新不舊的兩條手帕子？他又要惱了，說你打趣他。」寶玉笑道：「你放心，他自然知道。」

晴雯聽了，只得拿了帕子往瀟湘館來。只見春纖正在欄杆上晾手帕子，見他進來，忙擺手兒說：「睡下了。」晴雯走進來，滿屋魆黑，並未點燈。黛玉已睡在床上，問：「是誰？」晴雯忙答道：「晴雯。」黛玉道：「做什麼？」晴雯道：「二爺送手帕子來給姑娘。」黛玉聽了，心中發悶：「做什麼送手帕子來給我？」因問：「這帕子是誰送他的？必是上好的。叫他留著送別人罷，我這會子不用這個。」晴雯笑道：「不是新的，就是家常舊的。」林黛玉聽見，越發悶住，著實細心搜求，思忖一時，方大悟過來，連忙說：「放下去罷。」晴雯聽了，只得放下，抽身回去。一路盤算，不解何意。

這裡林黛玉體貼出手帕子的意思來，不覺神魂馳蕩：「寶玉這番苦心，能領會我這番苦意，又令

---

❼ 白眉赤眼：平白無故。明沈榜宛署雜記民風二：「語無稽曰白眉赤眼。」

❽ 搭訕：為了跟人接近或敷衍尷尬場面而故意找話說。

我可喜；我這番意思，不知將來如何，又令我可悲；忽然好好的送兩塊舊帕子來，若不是領我深意，單看了這帕子，又令我可笑；再想令人私相傳遞與我，令我可懼；我自己每每好哭，想來也無味，又令我可愧。」如此左思右想，一時五內沸然炙起。黛玉由不得餘意綿纏，令掌燈，也想不起嫌疑避諱等事，便向案上研墨蘸筆，便向那兩塊舊帕上題筆寫道：

眼空蓄淚淚空垂，暗灑閒拋卻為誰？
尺幅鮫綃❾勞解贈，叫人焉得不傷悲！

其二

拋珠滾玉只偷潸，鎮日無心鎮日閒。
枕上袖邊難拂拭，任他點點與斑斑。

其三

彩線難收面上珠，湘江舊跡❿已模糊；
窗前亦有千竿竹，不識香痕漬也無？

林黛玉還要往下寫時，覺得渾身火熱，面上作燒。走至鏡臺，揭起錦袱一照，只見腮上通紅，自羨壓倒桃花，卻不知病由此萌。一時，方上床睡去，猶拿著那帕子思索。不在話下。

❾ 鮫綃：述異記載：海中有鮫人，流淚化為明珠，吐絲織絹即為「鮫綃」。
❿ 湘江舊跡：用湘妃哭舜，淚灑斑竹的典故。

卻說襲人來見寶釵，誰知寶釵不在園內，往他母親那裡去了，襲人便空手回來。等至二更，寶釵方回來。原來寶釵素知薛蟠情性，心中已有一半疑薛蟠調唆了人來告寶玉的，誰知又聽襲人說出來，越發信了。究竟襲人是焙茗說的，那焙茗也是私心窺度，一半據實，竟認準是他說的。那薛蟠都因素日有這個名聲，其實這一次卻不是他幹的，被人生生的一口咬死是他，有口難分。這日正從外頭吃了酒回來，見過母親，只見寶釵在這裡，說了幾句閒話，因問：「聽見寶兄弟吃了虧，是為什麼？」薛姨媽正為這個不自在，見他問時，便咬著牙道：「不知好歹的東西，都是你鬧的，你還有臉來問！」薛蟠見說便怔了，忙問道：「我何嘗鬧什麼？」薛姨媽道：「你還裝憨呢！人人都知道是你說的，還賴呢！」薛蟠道：「人人說我殺了人，也就信了罷？」薛姨媽道：「連你妹妹都知道是你說的，難道他也賴你不成？」寶釵忙勸道：「媽和哥哥且別叫喊，消消停停的，就有個青紅皂白了。」因向薛蟠道：「是你說的也罷，不是你說的也罷，事情也過去了，不必較證，倒把小事兒弄大了。我只勸你從此以後在外頭少去胡鬧，少管別人的事。天天一處大家胡逛，你是個不防頭⓫的人，過後兒沒事就罷了，倘或有事，不是你幹的，人人都也疑惑，說是你幹的。不用說別人，我就先疑惑。」

薛蟠本是個心直口快的人，一生見不得這樣藏頭露尾的事，又見寶釵勸他不要逛去，他母親又說他犯舌，寶玉之打是他治的，早已急的亂跳，賭身發誓的分辯。又罵眾人：「誰這樣贓派⓬我？我把那囚攮的牙敲了纔罷！分明是為打了寶玉，沒的獻勤兒，拿我來作幌子。難道寶玉是天王，他父親打

⓫ 不防頭：不留神。這裡是說沒有心計。

⓬ 贓派：誣陷；冤枉。

他一頓，一家子定要鬧幾天？那一回為他不好，姨爹打了他兩下子，過後老太太不知怎麼知道了，說是珍大哥哥治的，好好的叫了去罵了一頓。今兒越發拉上我了！既拉上，我也不怕，越性進去把寶玉打死了，我替他償了命，大家乾淨。」一面嚷，一面抓起一根門閂來就跑。慌的薛姨媽一把抓住，罵道：「作死的孽障！你打誰去？你先打我來！」薛蟠急的眼似銅鈴一般，嚷道：「何苦來！又不叫我去，又好好的賴我。將來寶玉活一日，我擔一日的口舌，不如大家死了清靜。」寶釵忙也上前勸道：「你忍耐些兒罷。媽急的這個樣兒，你不說來勸媽，你還反鬧的這樣。別說是媽，便是旁人來勸你，也為你好，倒把你的性子勸上來了。」薛蟠道：「這會子又說這話，都是你說的！」寶釵道：「你只怨我說，再不怨你顧前不顧後的形景。」薛蟠道：「你只會怨我顧前不顧後，你怎麼不怨寶玉外頭招風惹草的那個樣子？別說多的，只拿前兒琪官的事比給你們聽：那琪官我們見過十來次的，我並未和他說一句親熱話；怎麼前兒他見了，連姓名還不知道，就把汗巾子給他了？難道這也是我說的不成？」薛姨媽和寶釵急的說道：「還提這個！可不是為這個打他呢。可見是你說的了。」薛蟠道：「真真的氣死人了！賴我說的我不惱，我只為一個寶玉鬧的這樣天翻地覆的！」寶釵道：「誰鬧了？你先持刀動杖的鬧起來，倒說別人鬧。」薛蟠見寶釵說的話句句有理，難以駁正，比母親的話反難回答，因此便要設法拿話堵回他去，就無人敢攔自己話了；也因正在氣頭上，未曾想話之輕重，便說道：「好妹妹，你不用和我鬧，我早知道你的心了。從先媽和我說，你這金要揀有玉的纔可正配。你留了心，見寶玉有那勞什骨子，你自然如今行動護著他……」話未說了，把個寶釵氣怔了，拉著薛姨媽哭道：「媽媽，你聽哥哥說的是什麼話！」薛蟠見妹妹哭了，便知自己冒撞了，便賭氣走到自己房裡安歇不提。

這裡薛姨媽氣的亂戰，一面又勸寶釵道：「你素日知那孽障說話沒道理，明兒我叫他給你陪不是。」寶釵滿心委屈氣忿，待要怎樣，又怕他母親不安，少不得含淚別了母親，各自回來，到房裡整哭了一夜。次日一早起來，也無心梳洗，胡亂整理整理，便出來瞧母親。可巧遇見林黛玉獨立在花陰之下，問他哪裡去？薛寶釵因說家去。口裡說著，便只管走。黛玉見他無精打彩的去了，又見眼上有哭泣之狀，大非往日可比，便在後面笑道：「姐姐也自保重些兒，就是哭出兩缸眼淚來，也醫不好棒瘡。」不知寶釵如何答對，且聽下回分解。

1. 「襲人因說出薛蟠來」至「聽寶釵如此說」，庚辰本缺「寶玉攔他的話，早已明白自己說造次了，恐寶釵沒意思；聽」二十三字，據甲辰本補入。

第三十五回 白玉釧親嘗蓮葉羹　黃金鶯巧結梅花絡

話說寶釵分明聽見林黛玉刻薄他，因記掛著母親哥哥，並不回頭，一逕去了。這裡林黛玉還自立於花陰之下，遠遠的卻向怡紅院內望著，只見李宮裁、迎春、探春、惜春並各項人等都向怡紅院內去過之後，一起一起的散盡了，只不見鳳姐兒來。心裡自己盤算道：「如何他不來瞧寶玉？便是有事纏住了，他必定也是要來打個花胡哨❶，討老太太和太太的好兒纔是。今兒這早晚不來，必有原故。」一面猜疑，一面抬頭再看時，只見花花簇簇一群人，又向怡紅院內來了。定睛看時，只見賈母搭著鳳姐兒的手，後頭邢夫人、王夫人，跟著周姨娘並丫鬟媳婦等人，都進院去了。黛玉看了，不覺點頭，想起有父母的人的好處來，早又淚珠滿面。少頃，只見寶釵、薛姨媽等也進去了。忽見紫鵑從背後走來，說道：「姑娘吃藥去罷，開水又冷了。」黛玉道：「你到底要怎麼樣？只是催。我吃不吃，管你什麼相干？」紫鵑笑道：「咳嗽的纔好了些，又不吃藥了。如今雖然是五月裡，天氣熱，到底也該還小心些。大清早起，在這個潮地方站了半日，也該回去歇息歇息了。」一句話提醒了黛玉，方覺得有點腿酸，呆了半日，方慢慢的扶著紫鵑，回瀟湘館來。

一進院門，只見滿地下竹影參差，苔痕濃淡，不覺又想起西廂記中所云「幽僻處可有人行？點蒼苔白露泠泠」❷二句來，因暗暗的嘆道：「雙文❸，雙文，誠為命薄人矣。然你雖命薄，尚有孀母弱

❶ 花胡哨：花言巧語，虛情假意地敷衍。

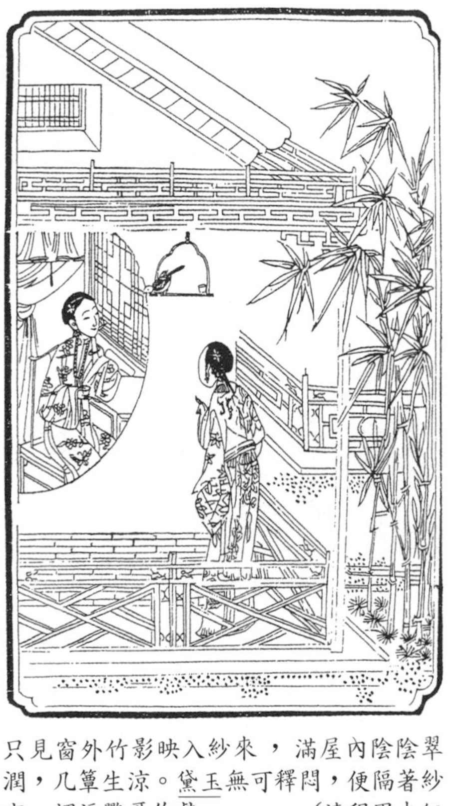

只見窗外竹影映入紗來，滿屋內陰陰翠潤，几簟生涼。黛玉無可釋悶，便隔著紗窗，調逗鸚哥作戲……。（清程甲本紅樓夢插圖）

弟；今日林黛玉之命薄，一併連孀母弱弟俱無。古人云『佳人命薄』，然我又非佳人，何命薄勝於雙文哉❸？」一面想，一面只管走。不防廊上的鸚哥見林黛玉來了，嘎的一聲撲了下來，倒嚇了一跳。因說道：「作死的，又搧了我一頭灰。」那鸚哥仍飛上架去，便叫：「雪雁，快掀簾子，姑娘來了。」黛玉便止住步，以手扣架，道：「添了食水不曾？」那鸚哥便長嘆一聲，竟大似林黛玉素日吁嗟音韻，接著念道：「儂今葬花人笑痴，他年葬儂知是誰？試看春盡花漸落，便是紅顏老死時。一朝春盡紅顏老，花落人亡兩不知！」黛玉、紫鵑聽了，都笑起來。紫鵑笑道：「這都是素日姑娘念的，難為他怎麼記了？」黛玉便令將架摘下來，另掛在月洞窗外的鉤上。於是進了屋子，在月洞窗內坐了。吃畢藥，只見窗外竹影映入紗來，滿屋內陰陰翠潤，几簟生涼。黛玉無可釋悶，便隔著紗窗，調逗鸚哥作戲，又將素日所喜的詩詞也教與他念。這且不在話下。

且說薛寶釵來至家中，只見母親正自梳頭呢。一見他來了，便說道：「你大清早起跑來作什麼？」

❷ 幽僻處兩句：此兩句是西廂記第二本第二折紅娘的唱詞。

❸ 雙文：指崔鶯鶯。

寶釵道：「我瞧瞧媽身上好不好。昨兒我去了，不知他可又過來鬧了沒有？」一面說，一面在他母親身旁坐了，由不得哭將起來。薛姨媽見他一哭，自己掌不住也就哭了一場，一面又勸他：「我的兒，你別委屈了，你等我處分他。你要有個好歹，我指望哪一個來！」薛蟠在外邊聽見，連忙跑了過來，對著寶釵左一個揖，右一個揖，只說：「好妹妹，恕我這一次罷！原是我昨兒吃了酒，回來的晚了，路上撞客著了，來家未醒，不知胡說了什麼，連自己也不知道，怨不得你生氣。」寶釵原是掩面哭的，聽如此說，由不得又好笑了，遂低頭向地下啐了一口，說道：「你不用做這些像生兒❹。我知道你的心裡多嫌我們娘兒兩個，是要變著法兒叫我們離了你，你就心淨了。」薛蟠聽說，連忙笑道：「妹妹這話從哪裡說起來的？這樣我連立足之地都沒了。妹妹從來不是這樣多心說歪話的人。」薛姨媽忙又接著道：「你只會聽見你妹妹的歪話，難道昨兒晚上你說的那話，就應該的不成？當真是你發昏了。」薛蟠道：「媽也不必生氣，妹妹也不用煩惱。從今以後，我再不同他們一處吃酒閒逛如何？」寶釵笑道：「這不明白過來了！」薛姨媽道：「你要有這個橫勁，那龍也下蛋了。」薛蟠道：「我若再和他們一處逛，妹妹聽見了，只管啐我，再叫我畜生，不是人，如何？何苦來，為一個人，娘兒兩個天天操心。媽為我生氣還有可恕，若只管叫妹妹為我操心，我更不是人了。如今父親沒了，我不能多孝順媽，多疼妹妹，反教媽生氣，妹妹煩惱，真連個畜生也不如了。」口裡說，眼睛裡禁不起也滾下淚來。薛姨媽本不哭了，聽他一說，又勾起傷心來。寶釵勉強笑道：「你鬧夠了，這會子又招著媽哭起來了。」薛蟠聽說，忙收了淚，笑道：「我何曾招媽哭來！罷罷罷，丟下這個別提了。叫香菱來倒茶妹妹吃。」

---

❹ 像生兒：即「相聲兒」。借指滑稽虛假的言辭動作。

寶釵道：「我也不吃茶，等媽洗了手，我們就過去了。」薛蟠道：「妹妹的項圈，我瞧瞧只怕該炸❺一炸去了。」寶釵道：「黃澄澄的，又炸他作什麼？」薛蟠又道：「妹妹如今也該添補些衣裳了，要什麼顏色花樣，告訴我。」寶釵道：「連那些衣服我還沒穿遍了，又做什麼？」一時薛姨媽換了衣裳，拉著寶釵進去，薛蟠方出去了。

這裡薛姨媽和寶釵進園來瞧寶玉，到了怡紅院中，只見抱廈裡外迴廊上許多丫鬟老婆站著，便知賈母等都在這裡。母女兩個進來，大家見過了。只見寶玉躺在榻上，薛姨媽問他可好些？寶玉忙欲欠身，口裡答應著「好些」，又說：「只管驚動姨娘、姐姐，我禁不起。」薛姨媽忙扶他睡下，又問他：「想什麼吃，只管告訴我。」寶玉笑道：「我想起來，自然和姨娘要去的。」王夫人又問：「你想什麼吃？回來好給你送來的。」寶玉笑道：「也倒不想什麼吃，倒是那一回做的那小荷葉兒小蓮蓬兒的湯還好些。」鳳姐一旁笑道：「聽聽，口味不算高貴，只是太磨牙❻了，巴巴的想這個吃了。」賈母便一疊聲的叫人做去，鳳姐兒笑道：「老祖宗別急，等我想一想，這模子誰收著呢？」因回頭吩咐了婆子，去問管廚房的要去。那婆子去了半天，來回說：「管廚房的說，四副湯模子都交上來了。」鳳姐兒聽說，想了一想道：「我記得交給誰了，多半在茶房裡。」一面又遣人去問管茶房的，也不曾收。次後還是管金銀器皿的送了來。

薛姨媽先接過來瞧時，原來是個小匣子，裡面裝著四副銀模子，都有一尺多長，一寸見方，上面

---

❺ 炸：金銀首飾舊了，放在火上加工，使其重現光澤，叫做「炸」。

❻ 磨牙：這裡是麻煩、費事的意思。

鑿著有豆子大小，也有菊花的，也有梅花的，也有蓮蓬的，也有菱角的，共有三四十樣，打的十分精巧。因笑向賈母、王夫人道：「你們府上也都想絕了，吃碗湯還有這些樣子。若不說出來，我見這個，也不認得這是作什麼用的。」鳳姐兒也不等人說話，便笑道：「姑媽哪裡曉得，這是舊年備膳，他們想的法兒，不知弄些什麼麵印出來，借點新荷葉的清香，全仗著好湯。究竟沒意思，誰家常吃他了？那一回呈樣的作了一回，他今日怎麼想起來了？」說著，接了過來，遞與個婦人：「吩咐廚房裡，立刻拿幾隻雞，另外添了東西，做出十來碗來。」王夫人道：「要這些做什麼？」鳳姐兒笑道：「有個原故，這一宗東西家常不大作，今兒寶兄弟提起來了，單做給他吃，老太太、姑媽、太太都不吃，似乎不大好。不如借勢兒弄些大家吃，託賴連我也上個俊兒❼。」賈母聽了，笑道：「猴兒，把你乖的！拿著官中的錢你做人。」說的大家笑了。鳳姐也忙笑道：「這不相干，這個小東道我還孝敬的起。」便回頭吩咐婦人：「說給廚房裡，只管好生添補著做了，在我的賬上來領銀子。」婦人答應著去了。

寶釵一旁笑道：「我來了這麼幾年，留神看起來，鳳丫頭憑他怎麼巧，巧不過老太太去。」賈母聽說，便答道：「我如今老了，哪裡還巧什麼？當日我像鳳哥兒這麼大年紀，比他還來得呢。他如今雖說不如我們，也就算好了，比你姨娘強遠了。你姨娘可憐見的，不大說話，和木頭似的，在公婆跟前就不大顯好。鳳兒嘴乖，怎麼怨得人疼他！」寶玉笑道：「若這麼說，不大說話的就不疼了？」賈母道：「不大說話的，又有不大說話的可疼之處；嘴乖的，也有一宗可嫌的，倒不如不說話的好。」寶玉笑道：「這就是了。我說大嫂子倒不大說話呢，老太太也是和鳳姐姐的一樣看待。若是單是會說

❼ 上個俊兒：嘗新、沾光的意思。

話的可疼，這些姊妹裡頭也只是鳳姐姐和林妹妹可疼了。」賈母道：「提起姊妹，不是我當著姨太太的面奉承，千真萬真，從我們家四個女孩兒算起，全不如寶丫頭。」薛姨媽聽說，忙笑道：「這話是老太太說偏了。」王夫人忙又笑道：「老太太時常背地裡和我說寶丫頭好，這倒不是假話。」寶玉勾著賈母，原為讚林黛玉的，不想反讚起寶釵來，倒也意出望外，便看著寶釵一笑。寶釵早扭過頭去，和襲人說話去了。

忽有人來請吃飯，賈母方立起身來，命寶玉好生養著，又把丫頭們囑咐了一回，方扶著鳳姐兒，讓著薛姨媽，大家出房去了。因問湯好了不曾，又問薛姨媽等：「想什麼吃，只管告訴我，我有本事叫鳳丫頭弄了來咱們吃。」薛姨媽笑道：「老太太也會慪他的。時常他弄了東西孝敬，究竟又吃不了多少。」鳳姐兒笑道：「姑媽倒別這樣說。我們老祖宗只是嫌人肉酸，若不嫌人肉酸，早已把我還吃了呢。」一句話沒說了，引的賈母眾人都哈哈的笑起來，寶玉在房裡也掌不住笑了。襲人笑道：「真真的二奶奶的這嘴怕死人！」寶玉伸手拉著襲人，笑道：「你站了這半日，可乏了？」一面說，一面拉他身旁坐了。襲人笑道：「可是又忘了！趁寶姑娘在院子裡，你和他說，煩他鶯兒來打上幾根絡子。」寶玉笑道：「虧你提起來。」說著，便仰頭向窗外道：「寶姐姐，吃過飯叫鶯兒來，煩他打幾根絡子，可得閒兒？」寶釵聽見，回頭道：「怎麼不得閒兒？一會叫他來就是了。」賈母等尚未聽真，都止步問寶釵，寶釵說明了，大家方明白。賈母又說道：「好孩子，叫他來替你兄弟作幾根。你要無人使喚，我那裡閒著的丫頭多呢，你喜歡誰，只管叫了來使喚。」薛姨媽、寶釵等都笑道：「只管叫他來作就是了，有什麼使喚的去處？他天天也是閒著淘氣。」大家說著，往前邁步正走，忽見史湘雲、平兒、香菱等在山石邊掐鳳仙花呢，見了他們走來，都迎上來了。

少頃至園外，王夫人恐賈母乏了，便欲讓至上房內坐。賈母也覺腿酸，便點頭依允。王夫人便令丫頭忙先去鋪設坐位。那時趙姨娘推病，只有周姨娘與眾婆娘丫頭們，忙著打簾子，立靠背，鋪褥子。賈母扶著鳳姐兒進來，與薛姨媽分賓主坐了。薛寶釵、史湘雲坐在下面。王夫人親捧了茶，奉與賈母，李宮裁奉與薛姨媽。賈母向王夫人道：「讓他們小妯娌伏侍，你在那裡坐了，好說話兒。」王夫人方向一張小杌子上坐下，便吩咐鳳姐兒道：「老太太的飯在這裡放，添了東西來。」鳳姐兒答應出去，便令人去賈母那邊告訴。那邊的婆娘忙往外傳了，丫頭們忙都趕過來。王夫人便令請姑娘們去，請了半天，只有探春、惜春兩個來了。迎春身上不耐煩，不吃飯；林黛玉自不消說，平素十頓飯只好吃五頓，眾人也不著意了。少頃飯至，眾人調放了桌子，鳳姐兒用手巾裹著一把牙筯，站在地下笑道：「老祖宗和姑媽不用讓，還聽我說就是了。」賈母笑向薛姨媽道：「我們就是這樣。」薛姨媽笑著應了。於是鳳姐放了四雙：上面兩雙是賈母、薛姨媽，兩邊是薛寶釵、史湘雲的。王夫人、李宮裁等都站在地下看著放菜。鳳姐先忙著要乾淨家伙來，替寶玉揀菜。少頃荷葉湯來，賈母看過了，王夫人回頭見玉釧兒在那邊，便令玉釧與寶玉送去。鳳姐道：「他一個人拿不去。」可巧鶯兒和喜兒都來了，寶釵知道他們已吃了飯，便向鶯兒道：「寶兄弟正叫你去打絡子，你們兩個一同去罷。」鶯兒答應，同著玉釧兒出來。鶯兒道：「這麼遠，怪熱的，怎麼端了去？」玉釧笑道：「你放心，我自有道理。」說著，便令一個婆子來，將湯飯等物放在一個捧盒裡，令他端了跟著。他兩個卻空著手走，一直到了怡紅院門內，玉釧兒方接了過來，同鶯兒進入寶玉房中。

襲人、麝月、秋紋三個人正和寶玉頑笑呢，見他兩個來了，都忙起來，笑道：「你兩個怎麼來的這麼碰巧，一齊來了。」一面說，一面接了下來。玉釧便向一張杌子上坐了，鶯兒不敢坐下。襲人便忙端了個腳踏來，鶯兒還不敢坐。寶玉見鶯兒來了，卻倒十分歡喜；忽見了玉釧兒，便想到他姐姐金釧兒身上，又是傷心，又是慚愧，便把鶯兒丟下，且和玉釧兒說話。襲人見把鶯兒不理，恐鶯兒沒好意思的，又見鶯兒不肯坐，便拉了鶯兒出來，到那邊房裡去吃茶說話兒去了。這裡麝月等預備了碗筯來伺候吃飯，寶玉只是不吃，問玉釧兒道：「你母親身子好？」玉釧兒滿臉怒色，正眼也不看寶玉，半日方說了一個「好」字。寶玉便覺沒趣，半日，只得又陪笑問道：「誰叫你給我送來的？」玉釧兒道：「不過是奶奶太太們。」寶玉見他還是這樣哭喪著臉，便知他是為金釧兒的原故，待要虛心下氣磨轉他，又見人多，不好下氣的，因而變盡方法，將人都支出去，然後又陪笑問長問短。

那玉釧兒先雖不喜，只管見寶玉一些性子沒有，憑他怎麼喪謗❽，他還是溫存和氣，自己倒不好意思的了，臉上方有三分喜色。寶玉便笑求他：「好姐姐，你把那湯拿了來我嘗嘗。」玉釧兒道：「我從不會餵人東西，等他們來了再吃。」寶玉笑道：「我不是要你餵我，我因為走不動，你遞給我吃了，你好趕早兒回去交代了，你好吃飯的。我只管耽誤時候，你豈不餓壞了？你要懶待動，我少不了忍了疼下去取來。」說著，便要下床來，扎掙起來，禁不住噯喲之聲。玉釧兒見他這般，忍不住起身說道：「躺下罷！哪世裡造了來的孽，這會子現世現報，教我哪一個眼睛看的上！」一面說，一面哧的一聲又笑了，端過湯來。寶玉笑道：「姐姐，你要生氣，只管在這裡坐罷。見了老太太、太太，可放和氣

❽ 喪謗：態度生硬，語言不中聽。

些。若還這樣，你就又要捱罵了。」玉釧兒道：「吃罷，吃罷！不用和我甜嘴蜜舌的，我可不信這樣話。」說著，催寶玉喝了兩口湯。寶玉故意說：「不好吃，不吃了！」玉釧兒道：「阿彌陀佛！這還不好吃，什麼好吃？」寶玉道：「一點味兒也沒有。你不信，嘗一嘗就知道了。」玉釧兒真就賭氣嘗了一嘗，寶玉笑道：「這可好吃了。」玉釧兒聽說，方解過意來，原是寶玉哄他吃一口，便說道：「你既說不好吃，這會子說好吃，也不給你吃了。」寶玉只管央求陪笑要吃，玉釧兒又不給他，一面又叫人打發吃飯。

丫頭方進來時，忽有人來回話：「傅二爺家的兩個嬤嬤來請安，來見二爺。」寶玉聽說，便知是通判傅試家的嬤嬤來了。那傅試原是賈政的門生，歷年來都賴賈家的名勢得意，賈政也著實看待，故與別個門生不同。他那裡常遣人來走動。寶玉素昔最厭勇男蠢女的，今日卻如何又令兩個婆子過來？其中原來有個原故：只因那寶玉聞得傅試有個妹子，名喚傅秋芳，也是個瓊閨秀女，常有人傳說才貌俱全。雖自未親睹，然遐思遙愛之心十分誠敬，不命他們進來，恐薄了傅秋芳，痴想。因此連忙命讓進來。那傅試原是暴發的，因傅秋芳有幾分姿色，聰明過人，那傅試安心仗著妹妹，要與豪門貴族結姻，不肯輕意許人，所以耽誤到如今。目今傅秋芳年已二十三歲，尚未許人。爭奈那些豪門貴族又嫌他窮酸，根基淺薄，不肯求配。那傅試與賈家親密，也自有一段心事。今日遣來的兩個婆子，偏生是極無知識的。聞得寶玉要見，進來只剛問了好，說了沒兩句話，那玉釧見生人來，也不和寶玉廝鬧了，手裡端著湯，只顧聽話。寶玉又只顧和婆子說話，一面吃飯，一面伸手去要湯，兩個人的眼睛都看著人，不想伸猛了手，便將碗撞落，將湯潑了寶玉手上。玉釧兒倒不曾燙著，嚇了一跳，忙笑了，「這是怎麼說？」

慌的丫頭們忙上來接碗。寶玉自己燙了手，倒不覺的，卻只管問玉釧兒：「燙了哪裡了？疼不疼？」玉釧兒和眾人都笑了。玉釧兒道：「你自己燙了，只管問我！」寶玉聽說，方覺自己燙了。眾人上來連忙收拾。寶玉也不吃飯了，洗手吃茶。又和那兩個婆子說了兩句話，然後兩個婆子告辭出去。晴雯等送至橋邊方回。

那兩個婆子見沒人了，一行走，一行談論。這一個笑道：「怪道有人說他家寶玉是外像好，裡頭糊塗，中看不中吃的，果然有些獃氣。他自己燙了手，倒問人疼不疼，這可不是個獃子？」那一個又笑道：「我前一回來，聽見他家裡許多人抱怨，千真萬真的有些獃氣。大雨淋的水雞似的，他反告訴別人：『下雨了，快避雨去罷。』你說可笑不可笑？時常沒人在跟前，就自哭自笑的。看見燕子，就和燕子說話；河裡看見了魚，就和魚說話；見了星星月亮，不是長吁短嘆，就是咕咕噥噥的。且是連一點剛性也沒有，連那些毛丫頭的氣都受的。愛惜東西，連個線頭兒都是好的；遭踏起來，哪怕值千值萬的都不管了。」兩個人一面說，一面走出園來，辭別眾人回去。不在話下。寶玉之為人，非此一論，亦描寫不盡；寶玉之不肖，非此一鄙，亦形容不到。試問作者是醜寶玉乎，是讚寶玉乎？試問觀者是喜寶玉乎，是惡寶玉乎？

如今且說襲人見人去了，便攜了鶯兒過來，問寶玉打什麼絡子。寶玉笑向鶯兒道：「纔只顧說話，就忘了你。煩你不為別的，卻為替我打幾根絡子。」鶯兒道：「裝什麼的絡子？」寶玉見問，便笑道：「不管裝什麼的，你都每樣打幾個罷。」鶯兒拍手笑道：「這還了得！要這樣，十年也打不完了。」寶玉笑道：「好姐姐，你閒著也沒事，都替我打了罷。」襲人笑道：「哪裡一時都打得完，如今先揀要緊的打兩個罷。」鶯兒道：「什麼要緊？不過是扇子、香墜兒、汗巾子。」寶玉道：「汗巾子就好。」

鶯兒道：「汗巾子是什麼顏色的？」寶玉道：「大紅的。」鶯兒道：「大紅的須是黑絡子纔好看的，或是石青的纔壓的住顏色。」寶玉道：「松花色配什麼？」鶯兒道：「松花配桃紅。」寶玉笑道：「這纔嬌豔。再要雅淡之中帶些嬌豔。」鶯兒道：「葱綠柳黃是我最愛的。」寶玉道：「也罷了，也打一條桃紅，再打一條葱綠。」鶯兒道：「什麼花樣呢？」寶玉道：「共有幾樣花樣？」鶯兒道：「一炷香、朝天凳、象眼塊、方勝、連環、梅花、柳葉。」寶玉道：「前兒你替三姑娘打的那花樣是什麼？」鶯兒道：「那是攢心梅花。」寶玉道：「就是那樣好。」一面說，一面叫襲人。剛拿了線來，窗外婆子說：「姑娘們的飯都有了。」寶玉道：「你們吃飯去，快吃了來罷。」襲人笑道：「有客在這裡，我們怎好去的？」鶯兒一面理線，一面笑道：「這話又打哪裡說起？正經快吃了來罷。」襲人聽說，方去了，只留下兩個小丫頭聽呼喚。

鶯兒。（民初，北京箋譜）

寶玉一面看鶯兒打絡子，一面說閒話。因問他：「十幾歲了？」鶯兒手裡打著，一面答話說：「十六歲了。」寶玉道：「你本姓什麼？」鶯兒道：「姓黃。」寶玉笑道：「這個名姓倒對了，果然是個黃鶯兒。」鶯兒笑道：「我的名字本來是兩個字，叫作金鶯。姑娘嫌拗口，就單叫鶯兒，如今就叫開了。」寶玉道：「寶姐姐也算疼你了。明兒寶姐姐出閣，少不得是你跟去了。」鶯兒抿嘴一笑。寶玉笑道：「我常常和襲人說，明兒不知哪一個有福的，消受你們主子奴才兩個呢。」鶯兒笑道：「你還不知道我們姑娘，有幾樣世人都沒有的好處呢，模樣兒還在次。」寶玉見鶯兒嬌憨婉轉，語笑如痴，早不勝其情了，哪禁提起寶釵來，便問他道：「好處在哪裡？好姐姐，細細告訴我聽。」鶯兒笑道：「我告訴你，你可不許又告訴他去。」寶玉笑道：「這個自然的。」正說著，只聽外頭說道：「怎麼這樣靜悄悄的？」二人回頭看時，不是別人，正是寶釵來了。寶玉忙讓坐。寶釵坐了，因問鶯兒：「打什麼呢？」一面問，一面向他手裡去瞧，纔打了半截。寶釵笑道：「這有什麼趣兒？倒不如打個絡子，把玉絡上呢。」一句話提醒了寶玉，便拍手笑道：「倒是姐姐說得是，我就忘了。只是配個什麼顏色纔好？」寶釵道：「若用雜色，斷然使不得。大紅又犯了色，黃的又不起眼，黑的又過暗。等我想個法兒……把那金線拿來，配著黑珠兒線，一根一根的拈上，打成絡子，這纔好看。」寶玉聽說，喜之不盡，一疊聲便叫襲人來取金線。

正值襲人端了兩碗菜走進來，告訴寶玉道：「今兒奇怪，纔剛太太打發人，給我送了兩碗菜來。」寶玉笑道：「必定是今兒菜多，送來給你們大家吃的。」襲人道：「不是，指名給我送來，還不叫我過去磕頭。這可是奇了。」寶釵笑道：「給你的，你就吃了，這有什麼猜疑的。」襲人笑道：「從來沒有的事，倒叫我不好意思的。」寶釵抿嘴一笑，說道：「這就不好意思了？明兒比這個更叫你不好意思的還有呢。」襲人聽了話內有因，素知寶釵不是輕嘴薄舌奚落人的，自己方想起上日王夫人的意思來，便不再提。將菜與寶玉看了，說：「洗了手來拿線。」說畢，便一直的出去了。吃過飯，洗了手，進來拿金線與鶯兒打絡子。此時寶釵早被薛蟠遣人來請出去了。

這裡寶玉正看著打絡子，忽見邢夫人那邊遣了兩個丫鬟，送了兩樣果子來與他吃，問他：「可走得了？若走得動，叫哥兒明兒過來散散心。太太著實記掛著呢。」寶玉忙道：「若走得了，必請太太的安去。疼的比先好些，請太太放心罷。」一面叫他兩個坐下，一面又叫秋紋來，把纔拿來的那果子，拿一半送與林姑娘去。秋紋答應了，剛欲去時，只聽黛玉在院內說話。寶玉忙叫快請。要知端的，且聽下回分解。

第三十六回　繡鴛鴦夢兆絳芸軒　識分定情悟梨香院

絳芸軒夢兆是金針暗度法。夾寫月錢是為襲人漸入金屋步位。梨香院是明寫大家蓄戲，不免奸淫之陋，可不慎哉，慎哉！

話說賈母自王夫人處回來，見寶玉一日好似一日，心中自是歡喜。因怕將來賈政又叫他，遂命人將賈政的親隨小廝頭兒喚來，吩咐他：「以後倘有會人待客諸樣的事，你老爺要叫寶玉，你不用上來傳話，就回他說：我說了，一則打重了，得著實將養幾個月纔走得；二則他的星宿不利，祭了星，不見外人，過了八月纔許出二門。」那小廝頭兒聽了，領命而去。賈母又命李嬤嬤、襲人等來，將此話說與寶玉，使他放心。那寶玉本就懶與士大夫諸男人接談，又最厭峨冠禮服賀弔往還等事，今日得了這句話，越發得了意，不但將親戚朋友一概杜絕了，而且連家庭中晨昏定省一發都隨他的便了。日日只在園中遊臥，不過每日一清早到賈母、王夫人處走走就回來了，卻每每甘心為諸丫鬟充役，竟也得十分閒消日月。或如寶釵輩有時見機導勸，反生起氣來，只說：「好好的一個清淨潔白女兒，也學的釣名沽譽，入了國賊祿鬼❶之流。這總是前人無故生事，立言豎辭，原為導後世的鬚眉濁物，不想我生不幸，亦且瓊閨繡閣中亦染此風，真真有負天地鍾靈毓秀之德。」因此禍延古人，除四書外，竟將

❶ 國賊祿鬼：國賊，危害國家的人。祿鬼，對著力追求官位俸祿的人的蔑稱。

別的書焚了。眾人見他如此瘋癲，也都不向他說這些正經話了。獨有林黛玉自幼不曾勸他去立身揚名等語，所以深敬黛玉。

閒言少述。如今且說王鳳姐，自見金釧死後，忽見幾家僕人常來孝敬他些東西，又不時的來請安奉承，自己倒生了疑惑，不知何意。這日又見人來孝敬他東西，因晚間無人時，笑問平兒道：「這幾家人不大管我的事，為什麼忽然這麼和我貼近？」平兒冷笑道：「奶奶連這個都想不起來了？我猜他們的女兒，都必是太太房裡的丫頭。如今太太房裡有四個大的，一個月一兩銀子的分例，下剩的都是一個月幾百錢。如今金釧兒死了，必定他們要弄這一兩銀子的巧宗兒呢。」鳳姐聽了，笑道：「是了，是了，倒是你提醒了我。看這些人也太不知足，錢也賺夠了，苦事情又侵不著，弄個丫頭搪塞身子也就罷了，又還想這個。也罷了，他們幾家的錢，容易也不能花到我跟前。這是他們自尋的，送什麼來，我就收什麼，橫豎我有主意。」鳳姐兒安下這個心，所以自管遷延著，等那些人把東西送足了，然後乘空方回王夫人。

這日午間，薛姨媽母女兩個與林黛玉等正在王夫人房裡，大家吃西瓜呢。鳳姐兒得便，回王夫人道：「自從玉釧兒姐姐死了，太太跟前少著一個人。太太或看準了哪個丫頭好，就吩咐，下月好發放月錢的。」王夫人聽了，想了一想，道：「依我說，什麼是例，必定四個五個的？夠使就罷了，竟可以免了罷。」鳳姐笑道：「論理，太太說的也是；這原是舊例，別人屋裡還有兩個呢，太太倒不按例了？況且省下一兩銀子也有限。」王夫人聽了，又想一想，道：「也罷，這個分例只管關❷了來，不

❷ 關：領取。

用補人，就把這一兩銀子給他妹妹玉釧兒罷。他姐姐伏侍了我一場，沒個好結果，剩下他妹妹跟著我，吃個雙分子不為過逾了。」鳳姐答應，回著頭找玉釧兒，笑道：「大喜，大喜！」玉釧兒過來磕了頭。

王夫人問道：「正要問你，如今趙姨娘、周姨娘的月例多少？」鳳姐道：「那是定例，每人二兩。趙姨娘有環兄弟的二兩，共是四兩，另外四串錢。」王夫人道：「可都按數給他們？」鳳姐見問的奇怪，忙道：「怎麼不按數給？」王夫人道：「前兒我恍惚聽見有人抱怨，說短了一吊錢，是什麼原故？」鳳姐忙笑道：「姨娘們的丫頭月例，原是人各一吊，從舊年他們外頭商議的，姨娘們每位的丫頭分例減半，人各五百錢。每位兩個丫頭，所以短了一吊錢。這也抱怨不著我，我倒樂得給他們呢。他們外頭又扣著，難道我添上不成？這個事我不過是接手兒，怎麼來怎麼去，由不得我作主。我倒說了兩三回，仍舊添上這兩分的。他們說只有這個項數，叫我也難再說了。如今我手裡，每月連日子都不錯給他們呢；先時在外頭關，哪個月不打飢荒❸，何曾順順溜溜的得過一遭兒？」

王夫人聽說，也就罷了。半日又問：「老太太屋裡幾個一兩的？」鳳姐道：「八個，如今只有七個。那一個是襲人。」王夫人道：「這就是了。你寶兄弟也並沒有一兩的丫頭，襲人還算是老太太房裡的人。」鳳姐笑道：「襲人原是老太太的人，不過給了寶兄弟使，他這一兩銀子，還在老太太的丫頭分例上領。如今說因為襲人是寶玉的人，裁了這一兩銀子，斷然使不得。若說再添一個人給老太太，這個還可以裁他的。若不裁他的，須得環兄弟屋裡也添上一個，纔公道均勻了。就是晴雯、麝月等七個大丫頭，每月人各月錢一吊；佳蕙等八個小丫頭，每月人各月錢五百，還是老太太的話，別人如何

❸ 打飢荒：比喻經濟困難或借債。

惱得氣得呢？」薛姨媽笑道：「只聽鳳丫頭的嘴，倒像倒了核桃車子❹的，只聽他的賬也清楚，理也公道。」鳳姐笑道：「姑媽，難道我說錯了不成？」薛姨媽笑道：「說的何嘗錯？只是你慢些說，豈不省力。」鳳姐纔要笑，忙又忍住了，聽王夫人示下。

王夫人想了半日，向鳳姐兒道：「明兒挑一個好丫頭，送去老太太使，補襲人。把襲人的一分裁了，把我每月的月例二十兩銀子裡拿出二兩銀子一吊錢來給襲人。以後凡事有趙姨娘、周姨娘的，也有襲人的，只是襲人的這一分都從我的分例上勻出來，不必動官中的就是了。」鳳姐一一的答應了，笑推薛姨媽道：「姑媽聽見了，我素日說的話如何？今兒果然應了我的話。」薛姨媽道：「早就該如此。模樣兒自然不用說的，他的那一種行事大方，說話見人和氣裡頭帶著剛硬要強，這個實在難得。」王夫人含淚說道：「你們哪裡知道襲人那孩子的好處，「孩子」二字愈見親熱，故後文連呼二聲「我的兒」。比我的寶玉強十倍。忽加「我的寶玉」四字，愈令人墮淚。加「我的」二字者，是明顯襲人是彼的；然彼的何如此好，我的何如此不好，又氣又恨，寶玉罪有萬重矣。作者有多少眼淚寫此一句，觀者又不知有多少眼淚也。寶玉果然是有造化的，能夠得他長長遠遠的伏侍他一輩子，也就罷了。」真好文字，此批得出者。鳳姐道：「既這麼樣，就開了臉，明放他在屋裡豈不好？」王夫人道：「那就不好了。一則都年輕；二則老爺也不許；三則那寶玉見襲人是個丫頭，縱有放縱的事，倒能聽他的勸。如今作了跟前人❺，那襲人該勸的也不敢十分勸了。如今且混著，等再過二三年再說。」說畢半日，鳳姐見無話，便轉身出來。

剛至廊簷上，只見有幾個執事的媳婦子正等他回事呢。見他出來，都笑道：「奶奶今兒回什麼事？

---

❹ 倒了核桃車子：以核桃滾落地面比喻說話連貫一氣，不容別人插話。

❺ 跟前人：在身邊的人，指做了妾的丫頭，和「屋裡人」意思一樣。

這半天，可是要熱著了。」鳳姐把袖子挽了幾挽，跐著那角門的門檻子，笑道：「這裡過門風倒涼快，吹一吹再走。」又告訴眾人道：「你們說我回了這半日的話，太太把二百年頭裡的事都想起來問我，難道我不說罷？」又冷笑道：「我從今以後倒要幹幾樣刻毒事了，抱怨給太太聽，我也不怕。糊塗油蒙了心❻，爛了舌頭，不得好死的下作東西，別作娘的春夢！明兒一裹腦子❼扣的日子還有呢。如今裁了丫頭的錢，就抱怨了咱們。也不想一想自己，也配使兩三個丫頭！」一面罵，一面方走了，自去挑人回賈母話去。不在話下。

卻說王夫人等這裡吃畢西瓜，又說了一回閒話，各自方散去。寶釵與黛玉等回至園中，寶釵因約黛玉往藕香榭去，黛玉回說立刻要洗澡，便各自散了。寶釵獨自行來，順路進了怡紅院，意欲尋寶玉談講，以解午倦。不想一入院來，鴉雀無聞，一並兩隻仙鶴在芭蕉下都睡著了。寶釵便順著遊廊來至房中，只見外間床上橫三豎四，都是丫頭們睡覺。轉過十錦槅子，來至寶玉的房內。寶玉在床上睡著了，襲人坐在身旁，手裡做針線，旁邊放著一柄白犀麈❽。寶釵走近前來，悄悄的笑道：「你也過於小心了。這個屋裡哪裡還有蒼蠅蚊子，還拿蠅帚子趕什麼？」襲人不防，猛抬頭見是寶釵，忙放下針線起身，悄悄笑道：「姑娘來了，我倒也不防，嚇了一跳。姑娘不知道，雖然沒有蒼蠅蚊子，誰知有一種小蟲子，從這紗眼裡鑽進來，人也看不見，只睡著了咬一口，就像螞蟻夾的。」寶釵道：「怨不

---

❻ 糊塗油蒙了心：罵人糊塗，心裡不開竅。

❼ 一裹腦子：即「一股腦兒」。「一總」、「一齊」的意思。

❽ 白犀麈：白犀牛角做柄的拂塵。麈，鹿的一種，古代以麈尾做拂塵，後來就以麈指代拂塵。

得。這屋子後頭又近水，又都是香花兒，這屋子裡頭又香。這種蟲子都是花心裡長的，聞香就撲。」說著，一面又瞧他手裡的針線，原來是個白綾紅裡的兜肚，上扎著鴛鴦戲蓮的花樣，紅蓮綠葉，五色鴛鴦。寶釵道：「噯喲！好鮮亮活計。這是誰的，也值的費這麼大工夫？」襲人向床上努嘴兒，寶釵笑道：「這麼大了，還帶這個？」襲人笑道：「他原是不帶，所以特特的做的好了，叫他看見，由不得不帶。如今天氣熱，睡覺都不留神，哄他帶上了，便是夜裡縱蓋不嚴些兒，也就不怕了。你說這一個就用了工夫，還沒看見他身上現帶的那一個呢。」寶釵笑道：「也虧你耐煩。」襲人道：「今兒做的工夫大了，脖子低的怪酸的。」又笑道：「好姑娘，你略坐一坐，我出去走走就來。」說著，便走了。寶釵只顧看著活計，便不留心，一蹲身，剛剛的也坐在襲人方纔坐的所在。因又見那活計實在可愛，不由的拿起針來，替他代刺。

不想林黛玉因遇見史湘雲，約他來與襲人道喜。二人來至院中，見靜悄悄的，湘雲便轉身先到廂房裡去找襲人。林黛玉卻來至窗外，隔著紗窗往裡一看，只見寶玉穿著銀紅紗衫子，隨便睡著在床上。寶釵坐在身旁做針線，旁邊放著蠅帚子。林黛玉見了這個景兒，連忙把身子一藏，手握著嘴不敢笑出來，招手兒叫湘雲。湘雲一見他這般景況，只當有什麼新聞，忙也來一看，也要笑時，忽然想起寶釵素日待他厚道，便忙掩住口。知道林黛玉不讓人，怕他言語之中取笑，便忙拉過他來道：「走罷！我想起襲人來，他說午間要到池子裡去洗衣裳，想必去了。偺們那裡找他去。」林黛玉心下明白，冷笑了兩聲，只得隨他走了。

這裡寶釵只剛做了兩三個花瓣，忽見寶玉在夢中喊罵說：「和尚道士的話如何信得？什麼是『金玉姻緣』？我偏說是『木石姻緣』！」薛寶釵聽了這話，不覺怔了。忽見襲人走過來，笑道：「還沒有醒呢？」寶釵搖頭。襲人又笑道：「我纔碰見林姑娘、史大姑娘，他們可曾進來？」寶釵道：「沒見他們進來。」因向襲人笑道：「他們沒告訴你什麼話？」襲人笑道：「左不過是他們那些頑話，有什麼正經說的。」寶釵笑道：「他們說的可不

繡鴛鴦夢兆絳芸軒。（清程甲本紅樓夢插圖）

是頑話。我正要告訴你呢，你又忙忙出去了。」一句話未完，只見鳳姐兒打發人來叫襲人。寶釵笑道：「就是為那話了。」襲人只得喚起兩個丫鬟來，一同寶釵出怡紅院，自往鳳姐這裡來。果然是告訴他這話，又叫他與王夫人叩頭，且不必去見賈母，倒把襲人不好意思的。

見過王夫人，急忙回來，寶玉已醒了。問起原故，襲人且含糊答應。至夜間人靜，襲人方告訴。寶玉喜不自禁，又向他笑道：「我可看你回家去不去了？那一回往家裡走了一趟，回來就說你哥哥要贖你，又說在這裡沒著落，終久算什麼，說了那麼些無情無義的生分話嚇我。（「嚇」字妙！爾果係明決男子，何得畏女子嚇哉？從）今以後，我可看誰來敢叫你去。」襲人聽了，便冷笑道：「你倒別這麼說。從此以後，我是太太的人了。我要走，連你也不必告訴，只回了太太就走。」寶玉笑道：「就便算我不好，你回了太太竟去了，叫別人聽見說我不好，你去了你也沒意思。」襲人笑道：「有什麼沒意思？難道作了強盜賊，我也跟

著罷？再不然，還有一個死呢。人活百歲，橫豎要死，這一口氣不在，聽不見看不見就罷了。」寶玉聽見這話，便忙握他的嘴，說道：「罷罷罷，不用說這些話了。」襲人深知寶玉性情古怪，聽見奉承吉利話又厭虛而不實，聽了盡情實話又生悲感，便悔自己說冒撞了，連忙笑著用話截開，只揀那寶玉素喜談者問之。先問他春風秋月，再談及粉淡脂瑩，然後談到女兒如何好。又談到女兒死，襲人忙掩住口。

寶玉談至濃快時，見他不說了，便笑道：「人誰不死，只要死的好。那些個鬚眉濁物，只知道文死諫、武死戰❾，這二死是大丈夫死名死節，竟何如不死的好！必定有昏君，他方諫；他只顧邀名，猛拼一死，將來棄君於何地？必定有刀兵，他方戰；猛拼一死，他只顧圖汗馬❿之名，將來棄國於何地？所以這皆非正死。」襲人道：「忠臣良將，出於不得已他纔死。」寶玉道：「那武將不過仗血氣之勇，疏謀少略。他自己無能，送了性命，這難道也是不得已？那文官更不可比武官了，他念兩句書汙在心裡，若朝廷少有疵瑕，他就胡談亂勸，只顧他邀忠烈之名，濁氣一湧，即時拼死，這難道也是不得已？還要知道，那朝廷是受命於天，他不聖不仁，那天地斷不把這萬幾⓫重任與他了。可知那些死的都是沽名，並不知大義。比如我此時若果有造化，該死於此時的，趁你們在，我就死了；再能夠，

❾ 文死諫句：文官不惜以死規勸皇帝，武將不要命地為皇帝去打仗。明李贄藏書智謀名臣論：「屈平以死諫顯於楚，李牧以死戰顯於趙。」

❿ 汗馬：汗馬功勞。指戰功。

⓫ 萬幾：同「萬機」。指帝王日常處理的紛繁的政務。

你們哭我的眼淚流成大河，把我的屍首漂起來，送到那鴉雀不到的幽僻之處，隨風化了，自此再不要托生為人，就是我死的得時了。」襲人忽見說出這些瘋話來，忙說困了，不理他。那寶玉方合眼睡著，至次日也就丟開了。

一日，寶玉因各處遊的煩膩，便想起牡丹亭曲來，自己看了兩遍，猶不愜懷。因聞得梨香院的十二個女孩子中，有小旦齡官最是唱的好，因著意出角門來找時，只見寶官、玉官都在院內。見寶玉來了，都笑嘻嘻的讓坐。寶玉因問：「齡官在哪裡？」眾人都告訴他說：「在他房裡呢。」寶玉忙至他房內，只見齡官獨自倒在炕上，見他進來，文風不動。寶玉素昔與別的女孩子頑慣了的，只當齡官也同別人一樣，因進前來，身旁坐下，又陪笑央他起來唱「裊晴絲」一套⓬。不想齡官見他坐下，忙抬身起來躲避，正色說道：「嗓子啞了。前兒娘娘傳進我們去，我還沒有唱呢。」寶玉見他坐正了，再一細看，原來就是那日薔薇花下劃「薔」字那一個。又見如此景況，從來未經過這番被人棄厭，自己便訕訕的紅了臉，只得出來了。寶官等不解何故，因問其所以。寶玉便說了，遂出來。寶官便說道：「只略等一等，薔二爺來了，叫他唱，是必唱的。」寶玉聽了，心下納悶，因問：「薔哥兒哪去了？」寶官道：「纔出去了，一定還是齡官要什麼，他去變弄去了。」

寶玉聽了，以為奇特。少站片時，便見賈薔從外頭來了，手裡又提著個雀兒籠子，上面扎著個小

⓬ 裊晴絲一套：一套，指古代戲曲或散曲中的一支套曲。中國古代戲曲每一折或每一齣使用一個宮調，一個宮調由若干支曲子組成，叫做一套。「裊晴絲」是牡丹亭驚夢一齣中步步嬌曲的第一句：「裊晴絲吹來閒庭院，搖漾春如線。」此處用「裊晴絲」來代表這支曲子。

戲臺並一個雀兒，興頭頭的往裡走著找齡官。見了寶玉，只得站住。寶玉問他：「是個什麼雀兒？會啣旗串戲臺？」賈薔笑道：「是個玉頂金豆。」寶玉道：「多少錢買的？」賈薔道：「一兩八錢銀子。」一面說，一面讓寶玉坐，自己往齡官房裡來。寶玉此刻把聽曲子的心都沒了，且要看他和齡官是怎樣。只見賈薔進去，笑道：「你起來，瞧這個頑意兒。」齡官起身問：「是什麼？」賈薔道：「買了雀兒你頑，省得天天悶悶的，無個開心。我先頑個你看。」說著，便拿些穀子，哄的那個雀兒在戲臺上亂串，啣鬼臉旗幟。眾女孩子都笑道：「有趣。」獨齡官冷笑了兩聲，賭氣仍睡去了。賈薔還只管陪笑，問他：「好不好？」齡官道：「你們家把好好的人弄了來，關在這牢坑裡，學這個勞什子還不算；你這會子又弄個雀兒來，也偏生幹這個。你分明是弄了他來打趣形容我們，還問我好不好？」賈薔聽了，不覺慌起來，連忙賭身立誓，又道：「今兒我哪裡的香脂油蒙了心！費一二兩銀子買他來，原說解悶，就沒有想到這上頭。罷，罷，放了生，免免你的災病。」說著，果然將雀兒放了，一頓把將籠子拆了。齡官還說：「那雀兒雖不如人，他也有個老雀兒在窩裡。你拿了他來，弄這個勞什子也忍得！今兒我咳嗽出兩口血來，太太叫大夫來瞧，不說替我細問問，你且弄這個來取笑。偏生我這沒人管沒人理的，又偏病。」說著，又哭起來。賈薔忙道：「昨兒晚上我問了大夫，他說不相干。他說吃兩劑藥，後兒再瞧。誰知今兒又吐了。這會子請他去。」說著，便要請去。齡官又叫：「站住！這會子大毒日頭地下，你賭氣子去請了來，我也不瞧。」賈薔聽如此說，只得又站住。寶玉見了這般景況，不覺痴了。這纔領會了劃「薔」深意。自己站不住，也抽身走了。賈薔一心都在齡官身上，也不顧送，倒是別的女孩子送了出來。

那寶玉一心裁奪盤算，痴痴的回至怡紅院中，正值林黛玉和襲人坐著說話兒呢。寶玉一進來，就和襲人長嘆，說道：「我昨晚上的話竟說錯了，怪道老爺說我是『管窺蠡測』。昨夜說你們的眼淚單葬我，這就錯了。我竟不能全得了，從此後只是各人各得眼淚罷了。」襲人昨夜不過是些頑話，已經忘了，不想寶玉今又提起來，便笑道：「你可真真有些瘋了。」寶玉默默不對。自此深悟人生情緣，各有分定，只是每每暗傷：「不知將來葬我灑淚者為誰？」此皆寶玉心中所懷也，不可十分妄擬。

且說林黛玉當下見了寶玉如此形像，便知是又從哪裡著了魔來，也不便多問。因向他說道：「我纔在舅母跟前聽的，明兒是薛姨媽的生日，叫我順便來問你出去不出去？你打發人前頭說一聲去。」寶玉道：「上回連大老爺的生日我也沒去，這會子我又去，倘或碰見了人呢？我一概都不去。這麼怪熱的，又穿衣裳，我不去姨媽也未必惱。」襲人忙道：「這是什麼話？他比不得大老爺。這裡又住的近，又是親戚，你不去，豈不叫他思量？你怕熱，只清早起到那裡磕個頭，吃鍾茶再來，豈不好看！」寶玉未說話，黛玉便先笑道：「你看著人家趕蚊子分上，也該去走走。」寶玉不解，忙問：「怎麼趕蚊子？」襲人便將昨日睡覺，無人作伴，寶姑娘坐了一坐的話說了出來。寶玉聽了，忙說：「不該！我怎麼睡著了，褻瀆了他。」一面又說：「明日必去。」

正說著，忽見史湘雲穿的齊齊整整的走來，辭說家裡打發人來接他。寶玉、林黛玉聽說，忙站起來讓坐，史湘雲也不坐，寶、林兩個只得送他至前面。那史湘雲只是眼淚汪汪的，見有他家人在跟前，又不敢十分委屈。少時薛寶釵趕來，愈覺繾綣難捨。還是寶釵心內明白，他家人若回去告訴了他嬸娘，待他家去又恐受氣，因此倒催他走了。眾人送至二門前，寶玉還要往外送，每逢此時就忘卻嚴父，可知前云「為你們死也情願」不假。倒是湘雲攔住了。一時回身，又叫寶玉到跟前，悄悄的囑道：「便是老太太想不起我來，你時常提著，打發人接我去。」寶玉連連答應了，眼看著他上車去了，大家方纔進來。要知端的，且聽下回分解。

第三十七回　秋爽齋偶結海棠社　蘅蕪苑夜擬菊花題

美人用別號，亦新奇花樣，且韻且雅，呼去覺滿口生香。起社出自探春意，作者已伏下回「興利除弊」之文也。

此回纔放筆寫詩寫詞作札，看他詩復詩，詞復詞，札又札，總不相犯。

湘雲，詩客也，前回寫之。其今纔起社後，用不即不離閒人數語數折，仍歸社中，何巧活之筆如此！

這年賈政又點了學差❶，擇於八月二十日起身。是日，拜過宗祠及賈母，寶玉諸子弟等送至灑淚亭。卻說賈政出門去後，外面諸事不能多記。單表寶玉每日在園中任意縱性的曠蕩，真把光陰虛度，歲月空添。這日正無聊之際，只見翠墨進來，手裡拿著一副花箋送與他。寶玉回道：「可是我忘了，纔說要瞧瞧三妹妹去的，可好些了？你偏走來。」翠墨道：「姑娘好了，今兒也不吃藥了，不過是涼著一點兒。」寶玉聽說，便展開花箋看時，上面寫道：

娣❷探謹奉

❶ 學差：巡視地方教育，選拔人才的差使。

❷ 娣：女弟。古代女子對姐稱娣，對兄稱妹。探春對寶玉稱娣而不稱妹，是把寶玉當作姐妹中人，既顯探春的風趣，也寓

二兄文几❸：前夕新霽，月色如洗，因惜清景難逢，詎忍就臥？時漏已三轉❹，猶徘徊於桐檻之下❺，未防風露所欺，致獲採薪之患❻。昨蒙親勞撫囑❼，復又數遣侍兒問切❽，兼以鮮荔並真卿❾墨跡見賜，何痌瘝❿惠愛之深哉！今因伏几憑床處默之時，因思及歷來古人中處名攻利敵之場，猶置一些山滴水⓫之區，遠招近揖，投轄攀轅⓬，務結二三同志盤桓於其中，或豎詞壇，或開吟社⓭，雖一時之偶興，遂成千古之佳談。娣雖不才，竊同叨棲處於泉石之間，而

作者深意。

---

❸ 文几：書房中置於座側的几案，倦時可憑靠休息。此句言我很恭敬地把這封信放在你的几案前。

❹ 漏已三轉：夜已三更。漏，滴漏，古代計時的工具。

❺ 桐檻之下：在欄杆旁的梧桐樹下。

❻ 採薪之患：自稱有病的謙辭，見孟子公孫丑下，原文為「采薪之憂」。

❼ 撫囑：慰勞囑咐。

❽ 問切：問候，關切。

❾ 真卿：唐代著名書法家顏真卿。

❿ 痌瘝：音ㄍㄨㄢ ㄊㄨㄥ。亦作「恫瘝」，疾病。語出尚書康誥：「恫瘝乃身。」意思是像病痛在自己的身上那樣關懷人民的疾苦。探春用此語表示寶玉對自己的關懷。

⓫ 些山滴水：供賞玩的山水盆景之類的景致。些，少；小。

⓬ 投轄攀轅：形容留客心切。投轄，用漢代陳遵的典故。陳遵大宴賓客，把客人的車轄（固定車輪的零件）投入井中，使客人不能離去（見漢書陳遵傳）。攀轅，抓住車轅，使車子不能移動。

⓭ 或豎兩句：豎，創立。詞壇、吟社，即指詩社。

兼慕薛林之技。風庭月榭，惜未讌集詩人；帘杏溪桃，或可醉飛吟盞⓮。孰謂蓮社⓯之雄才，獨許鬚眉？直以東山之雅會⓰，讓余脂粉。若蒙棹雪而來⓱，娣則掃花以待。此謹奉。

寶玉看了，不覺喜的拍手笑道：「倒是三妹妹的高雅，我如今就去商議。」一面說，一面就走。翠墨跟在後面。剛到了沁芳亭，只見園中後門上值日的婆子，手裡拿著一個字帖走來，見了寶玉便迎上去，口內說道：「芸哥兒請安，在後門只等著，叫我送來的。」寶玉打開看時，寫道是：

不肖男　芸恭請

父親大人萬福金安。男思自蒙天恩，認於膝下，日夜思一孝順，竟無可孝順之處。前因買辦花草，上託大人金福，竟認得許多花兒匠，直欲噴飯，真好新鮮文字。並認得許多名園。因忽見有白海棠一種，不可多得，故變盡方法，只弄得兩盆。大人若視男是親男一般，皆千古未有之奇文，初讀令人不解，思之則噴飯。便留下賞玩。因天氣暑熱，恐園中姑娘們不便，故不敢面見。奉書恭啟，並叩

台安。

男芸跪書。

寶玉看了，笑道：「獨他來了，還有什麼人？」婆子道：「還有兩盆花兒。」寶玉道：「你出去說，

⓮ 醉飛吟盞：飲酒作詩。飛，舉杯。吟盞，能助長詩興的酒杯。

⓯ 蓮社：即白蓮社，東晉名僧慧遠在廬山虎溪東林寺組織的淨土宗社團，當時有許多文人參加。

⓰ 東山之雅會：東晉謝安隱居會稽東山時，經常和文人名士遊山玩水，吟詩作文，被稱為東山雅會。

⓱ 棹雪而來：乘興而來。用東晉王子猷雪夜乘興駕船訪戴安道，及門不見而歸的典故。棹，划船用的工具。

我知道了。難為他想著，你便把花兒送到我屋裡去就是了。」一面說，一面同翠墨往秋爽齋來。只見寶釵、黛玉、迎春、惜春已都在那裡了。卻因芸之一字工夫，已將諸豔請來，省卻多少閒文。不然，必云如何請，如何來，則必至有犯寶玉，終成重複之文矣。

眾人見他進來，都笑說：「又來了一個。」探春笑道：「我不算俗，偶然起個念頭，寫了幾個帖兒試一試，誰知一招皆到。」寶玉笑道：「可惜遲了，早該起個社的。」黛玉道：「你們只管起社，可別算上我，我是不敢的。」迎春笑道：「你不敢，誰還敢呢？」必得如此，方是妙文。若也如寶玉說興頭話，則不是黛玉矣。寶玉道：「這是一件正緊大事，大家鼓舞起來，不要你謙我讓的。各有主意，自管說出來，大家平章⑱。「這是正緊大事」已妙，且曰「平章」更妙。的是寶玉的口角。寶姐姐也出個主意，林妹妹也說個話兒。」寶釵道：「你忙什麼？人還不全呢。」妙！寶釵自有主見，真不誣也。一語未了，李紈也來了，進門笑道：「雅的緊！要起詩社，我自薦我掌壇。前兒春天，我原有這個意思的，我想了一想，我又不會作詩，瞎亂些什麼？因而也忘了，就沒有說得。既是三妹妹高興，我就幫你作興⑲起來。」看他又是一篇文字，分敘單傳之法也。黛玉道：「既然定要起詩社，偺們都是詩翁了，先把這些姐妹叔嫂的字樣改了纔不俗。」看他寫黛玉，真可人也。李紈道：「極是。何不大家起個別號，彼此稱呼則雅。未起詩社，先起別號。我是定了『稻香老農』，再無人占的。」最妙！一個花樣。探春笑道：「我就是『秋爽居士』罷。」寶玉道：「居士、主人到底不恰，且又累贅。這裡梧桐、芭蕉盡有，或指梧桐、芭蕉起個倒好。」探春笑道：「有了。我最喜芭蕉，就稱『蕉下客』罷。」眾人都道別致有趣。黛玉笑道：「你們快牽了他去，燉了脯子吃酒。」眾人不解，黛玉笑道：「古人曾云『蕉葉覆鹿』⑳，他自稱『蕉下客』，可不是一隻鹿了？

---

⑱ 平章：評議；商量。

⑲ 作興：這裡是創建的意思。

快做了鹿脯來。」眾人聽了，都笑起來。探春因笑道：「你別忙中使巧話來罵人，我已替你想了個極當的美號了。」又向眾人道：「當日娥皇、女英灑淚在竹上成斑，故今斑竹又名湘妃竹。如今他住的是瀟湘館，他又愛哭，將來他想林姐夫，那些竹子也是要變成斑竹的。以後都叫他作『瀟湘妃子』就完了。」大家聽說，都拍手叫妙。林黛玉低了頭，方不言語。（妙極，趣極。所謂「夫人必自侮，然後人侮之」，看因一謔便勾出一笑號來，何等妙文哉？另一花樣。）李紈笑道：「我替薛大妹妹也早已想了個好的，也只三個字。」惜春、迎春都問是什麼，（妙文。迎春、惜春故不能答言，然不便置之不序，故插他二人問。試思近日諸豪宴集，雄語偉辯之時，座上或有一二愚夫不敢接談，然偏好問，亦真可厭之事。）李紈道：「我是封他『蘅蕪君』了，不知你們如何？」探春笑道：「這個封號極好。」寶玉道：「我呢？你們也替我想一個。」（必有是問。）寶釵笑道：「你的號早有了，『無事忙』三字恰當的很。」（真恰當，形容的盡。）李紈道：「你還是你的舊號『絳洞花主』就好。」（妙極，又點前文。通部中從頭至末，前文已過者恐去之冷落，使人忘懷，得便一點；未來者恐來之突然，或先伏一線。皆行文之妙訣也。）寶玉笑道：「小時候幹的營生，還提他作什麼？」（赧言如聞，不知大時又有何營生？）探春道：「你的號多的很，又起什麼？我們愛叫你什麼，你就答應著就是了。」（更妙！若只管挨次一個一個亂起，則成何文字？另一花樣。）寶釵道：「還得我送你個號罷。有最俗的一個號，卻於你最當。天下難得的是富貴，又難得的是閒散，這兩樣再不能兼有，不想你兼有了，就叫你『富貴閒人』也罷了。」寶玉笑道：「當不起，當不起，倒是隨你們混叫去罷。」李紈道：「二姑娘、四姑娘起個什麼號？」迎春道：「我們又不大會詩，白起個號作什麼？」（假斯文、守錢虜來看這句。）探春道：「雖如此，也起個纔是。」寶釵道：「他住的是紫菱洲，就叫他『菱洲』；四丫頭在藕香榭，就叫他『藕榭』就完了。」

⑳ 蕉葉覆鹿：列子周穆王載：鄭國有個人打死一隻鹿，怕人看見，埋在土坑裡，蓋上蕉葉。一轉眼就忘記鹿藏在什麼地方了，還以為是做了一場夢。

李紈道：「就是這樣好。但序齒我大，你們都要依我的主意，敢情說了大家合意。我們七個人起社，我和二姑娘、四姑娘都不會作詩，須得讓出我們三個人去。我們三個各分一件事。」探春笑道：「已有了號，還只管這樣稱呼，不如不有了。以後錯了，也要立個罰約纔好。」李紈道：「立定了社，再定罰約。我那裡地方大，竟在我那裡作社。我雖不能作詩，這些詩人竟不厭俗客，我作個東道主人，我自然也清雅起來了。若是要推我作社長，我一個社長自然不夠，必要再請兩位副社長，就請菱洲、藕榭二位學究來，一位出題限韻，一位謄錄監場。亦不可拘定了我們三個人不作，若遇見容易些的題目韻腳，我們也隨便作一首。你們四個卻是要限定的。若如此便起，若不依我，我也不敢附驥❷了。」迎春、惜春本性懶於詩詞，又有薛、林在前，聽了這話，便合己意，二人皆說極是。探春等也知此意，見他二人悅服，也不好強，只得依了。因笑道：「這話也罷了。只是自想好笑，好好的我起了個主意，反叫你們三個來管起我來了。」寶玉道：「既這樣，偺們就往稻香村去。」李紈道：「都是你忙！今日不過商議了，等我再請。」寶釵道：「也要議定幾日一會纔好。」探春道：「若只管會的多，又沒趣了。一月之中，只可兩三次纔好。」寶釵點頭道：「一月只要兩次就夠了。擬定日期，風雨無阻。除這兩日外，倘有高興的，他情願加一社的，或情願到他那裡去，或附就了來，亦可使得，豈不活潑有趣！」眾人都道：「這個主意更好。」

探春道：「只是原係我起的意，我須得先作個東道主人，方不負我這興。」李紈道：「既這樣說，明日你就先開一社，如何？」探春道：「明日不如今日，此刻就很好。你就出題，菱洲限韻，藕榭監

❷ 附驥：靠依附別人而出名。史記伯夷列傳：「蒼蠅附驥尾而致千里。」意為蒼蠅飛不遠，但附在馬尾上，可以遠達千里。

場。」迎春道：「依我說，也不必隨一人出題限韻，竟是拈鬮公道。」李紈道：「方纔我來時，看見他們抬進兩盆白海棠來，倒是好花。你們何不就詠起他來？」（真正好題，妙在未起詩社，先得了題目。）迎春道：「都還未賞，先倒作詩。」寶釵道：「不過是白海棠，又何必定要見了纔作。古人的詩賦，也不過都是寄興寫情耳，若都是等見了作，如今也沒這些詩了。」（真詩人語。）迎春道：「既如此，待我限韻。」說著，走到書架前，抽出一本詩來，隨手一揭，這首竟是一首七言律，遞與眾人看了，都該作七言律。迎春掩了詩，又向一個小丫頭道：「你隨口說一個字來。」那丫頭正倚門立著，便說了個「門」字。迎春笑道：「就是門字韻，『十三元』㉒了。頭一個韻定要這『門』字。」說著，又要了韻牌匣子過來，抽出『十三元』一屜，又命那小丫頭隨手拿四塊。那丫頭便拿了「盆」、「魂」、「痕」、「昏」四塊來。寶玉道：「這『盆』『門』兩個字不大好作呢！」

侍書一樣預備下四分紙筆，便都悄然各自思索起來。獨黛玉或撫梧桐，或看秋色，或又和丫鬟們嘲笑。（看他單寫黛玉。）迎春又令丫鬟炷了一支「夢甜香」。原來這「夢甜香」只有三寸來長，有燈草粗細，以其易燼，故以此燼為限。如香燼未成，便要罰。（好香，專能撰此新奇字樣。）一時探春便先有了，自提筆寫出，又改抹了一回，遞與迎春。因問寶釵：「蘅蕪君，你可有了？」寶釵道：「有卻有了，只是不好。」寶玉背著手，在迴廊上踱來踱去，因向黛玉說道：「你聽，他們都有了。」黛玉道：「你別管我。」寶玉又見寶釵已謄寫出來，因說道：「了不得！香只剩了一寸了，我纔有了四句。」又向黛玉道：「香就完

㉒ 十三元：清人作詩，據佩文詩韻，分為一百零六部，其中上平聲第十三韻以元開頭，所以稱「十三元」。「門」字在十三元中。

了，只管蹲在那潮地下作什麼？」黛玉也不理。寶玉道：「可顧不得你了，好歹也寫出來罷。」說著，也走在案前寫了。

李紈道：「我們要看詩了。若看完了還不交卷，是必罰的。」寶玉道：「稻香老農雖不善作，卻善看，又最公道。理豈不公？你就評閱優劣，我們都服的。」眾人都道：「自然。」於是先看探春的稿上寫道是：

詠白海棠限門盆魂痕昏

斜陽寒草帶重門㉓，苔翠㉔盈鋪雨後盆。玉是精神難比潔，雪為肌骨易銷魂㉕。芳心一點嬌無力，倩影三更月有痕。莫謂縞仙能羽化㉖，多情伴我詠黃昏。

秋爽齋偶結海棠社。（清汪惕齋繪，手繪紅樓夢）

次看寶釵的是：

㉓ 寒草句：寒草，秋草。帶，連接。重門，層層院門。

㉔ 苔翠：即翠苔，深綠色的蒼苔。

㉕ 玉是兩句：蘇軾松風亭下梅花盛開，又韻詩：「羅浮山下梅花村，玉雪為骨冰為魂。」探春詩化用蘇詩，以玉和冰比喻白海棠的高潔。

㉖ 莫謂句：縞仙，穿著白衣服的仙女。縞，白色的絲織品。羽化，道家稱得道成仙為羽化。

珍重芳姿晝掩門，寶釵詩全是自寫身分，諷刺時事，只以品行為先，才技為末。纖巧流蕩之詞，綺靡穠豔之語，一洗皆盡，非不能也，屑而不為也。最恨近日小說中，一百美人詩詞語氣，只得一個豔稿。自攜手甕㉗濯苔盆。胭脂洗出秋階影，冰雪招來露砌魂㉘。看他清潔自厲，終不肯作一輕浮語。淡極始知花更豔，好極！高情巨眼能幾人哉？正「一鳥不鳴山更幽」也。愁多焉得玉無痕㉙。看他諷刺林、寶二人，省手。欲償白帝憑清潔㉚，看他自己收到身上來，是何等身分。不語婷婷日又昏。

李紈笑道：「到底是蘅蕪君。」說著，又看寶玉的，道是：

秋容㉛淺淡映重門，七節攢成㉜雪滿盆。出浴太真㉝冰作影，捧心西子玉為魂。曉風不散愁千點，這句直是自己一生心事。宿雨還添淚一痕。妙在終不忘黛玉。獨倚畫欄如有意，清砧怨笛㉞送黃昏。寶玉再細心作，只怕還有好的，只是一心掛著黛玉，故平妥不警也。

㉗ 手甕：手提的水壺。甕，一種口小腹大的陶器。

㉘ 胭脂兩句：此兩句意謂秋階旁有洗去胭脂而現出本色的倩影，露砌上招來冰雪的精魂。露砌，帶有露水的臺階邊沿。

㉙ 愁多句：此句謂愁思太多，怎能使白玉沒有淚痕。玉，喻指海棠。

㉚ 欲償句：此句言海棠要用自己的高潔來報答白帝的雨露化育之恩。白帝，掌管西方和秋天的神。

㉛ 秋容：指花的容貌。

㉜ 七節攢成：言海棠枝葉茂盛，簇集成團。

㉝ 出浴太真：太真，指楊貴妃，曾得唐玄宗寵倖，賜浴華清池。白居易長恨歌曾寫到貴妃出浴事。

㉞ 清砧怨笛：清砧，洗衣服時敲擊捶衣石發出清脆的聲音。砧，捶衣石。怨笛，笛子奏出哀怨的樂曲。

大家看了，寶玉說探春的好，李紈終要推寶釵這詩有身分，因又催黛玉。黛玉道：「你們都有了？」說著，提筆一揮而就，擲與眾人。李紈等看他寫道是：

半捲湘簾半掩門，（且不說花，且說看花的人，起的突然別致。）碾冰為土玉為盆。（極妙！料定他自與別人不同。）

看了這句，寶玉先喝起彩來，只說：「從何處想來！」又看下面道：

偷來梨蕊三分白，借得梅花一縷魂㉟。

眾人看了，也都不禁叫好，說：「果然比別人又是一樣心腸。」又看下面道是：

月窟仙人縫縞袂，秋閨怨女拭啼痕㊱。（虛敲旁比，真逸才也，且不脫落自己。）嬌羞默默同誰訴，倦倚西風夜已昏。（看他終結到自己。一人是一人口氣。逸才仙品固讓顰兒，溫雅沉著終是寶釵。今日之作，寶玉自應居末。）

眾人看了，都道是這首為上。李紈道：「若論風流別致，自是這首；若論含蓄渾厚，終讓蘅稿。」探春道：「這評的有理，瀟湘妃子當居第二。」李紈道：「怡紅公子是壓尾，你服不服？」寶玉道：「我的那首原不好了，這評的最公。」（話內細思，則似有不服先評之意。）又笑道：「只是蘅瀟二首還要斟酌。」李紈道：「原

㉟ 偷來兩句：這兩句說海棠像梨花那樣潔白，像梅花那樣有風韻。宋盧梅坡雪梅詩：「梅須遜雪三分白，雪卻輸梅一段香。」

㊱ 月窟兩句：月窟，月宮。袂，衣袖。縞袂，泛指白色的衣服。縞袂亦用以喻花。蘇軾梅花詩：「月黑林間逢縞袂。」此兩句將白海棠比喻為月宮仙子縫製的白衣，秋閨中的怨女用它來擦拭眼淚。

是依我評論，不與你們相干。再有多說者必罰。」寶玉聽說，只得罷了。李紈道：「從此後，我定於每月初二、十六這兩日開社，出題限韻都要依我。這其間你們有高興的，你們只管另擇日子補開，哪怕一個月每天都開社，我只不管。只是到了初二、十六這兩日，是必往我那裡去。」寶玉道：「到底要起個社名纔是。」探春道：「俗了又不好，特新了，刁鑽古怪也不好。可巧纔是海棠詩開端，就叫個『海棠社』罷。雖然俗些，因真有此事，也就不礙了。」說畢，大家又商議了一回，略用些酒果，方各自散去，也有回家的，也有往賈母、王夫人處去的。

當下別人無話，（一路總不大寫薛、林興頭，可見他二人並不著意於此。不寫薛、林，正是大手筆，獨他二人長於詩，必使他二人為之則板腐矣。全是錯綜法。）且說襲人（忽然寫到襲人，真令人不解，看他如何終此詩社之文。）因見寶玉看了字帖兒便慌慌張張的同翠墨去了，也不知是何事。後來又見後門上婆子送了兩盆海棠花來，襲人問是哪裡來的？婆子便將寶玉前一番原故說了。襲人聽說，便命擺好，讓他們在下房裡坐了。自己走到自己房內，秤了六錢銀子封好，又拿了三百錢走來，都遞與那兩個婆子，道：「這銀子賞那抬花來的小子們，這錢你們打酒吃罷。」那婆子們站起來，眉開眼笑，千恩萬謝的不肯受，見襲人執意不收，方領了。襲人又道：「後門上外頭可有該班的小子們？」婆子忙應道：「天天有四個，原預備裡面差使的。姑娘有什麼差使，我們吩咐去。」襲人笑道：「我有什麼差使？今兒寶二爺要打發人到小侯爺家與史大姑娘送東西去，可巧你們來了，順便出去叫後門小子們僱輛車來。回來你們就往這裡拿錢，不用叫他們又往前頭混碰去。」婆子答應著去了。

襲人回至房中，拿碟子盛東西與史湘雲送去，（線頭卻牽出，觀者猶不理會。不知是何碟何物，令人犯思索。）卻見槅子上碟槽空著。（妙極細極。因此處係依古董式樣摳成槽子，故無此件此槽遂空。若忘卻前文，此句不解。）因回頭見晴雯、秋紋、麝月等都在一處做針黹，襲人問道：「這一個纏絲白瑪瑙碟子哪去了?」眾人見問，都你看我，我看你，都想不起來。半日，晴雯笑道：「給三姑娘送荔枝去的，還沒送來呢。」襲人道：「家常送東西的傢伙也多，巴巴的拿這個去。」晴雯道：「我何嘗不也這樣說。他說這個碟子，配上鮮荔枝纔好看。自然好看，原該如此。可恨今之有一二好花者，不肯象景而用。我送去，三姑娘見了也說好看，叫連碟子放著，就沒帶來。你再瞧，那槅子盡上頭的一對聯珠瓶還沒收來呢。」

秋紋笑道：「提起瓶來，我又想起笑話。我們寶二爺說聲孝心一動，也孝敬到二十分。因那日見園裡桂花，折了兩枝，原是自己要插瓶的，忽然想起來，說這是自己園裡的纔開的新鮮花，不敢自己先頑，巴巴的把那一對瓶拿下來，親自灌水插好了，叫個人拿著，親自送一瓶進老太太，又進一瓶與太太。誰知他孝心一動，連跟的人都得了福了。可巧那日是我拿去的，老太太見了這樣，喜的無可無不可㊲，見人就說：『到底是寶玉孝順我，連一枝花兒也想的到。別人還只抱怨我疼他。』你們知道，老太太素日不大同我說話的，有些不入他老人家的眼的。那日竟叫人拿幾百錢給我，說我可憐見的，生的單弱。這可是再想不到的福氣。幾百錢是小事，難得這個臉面。及至到了太太那裡，太太正和二奶奶、趙姨奶奶、周姨奶奶好些人翻箱子，找太太當日年輕的顏色衣裳，不知給哪一個。一見了，連衣裳也不找了，且看花兒。又有二奶奶在旁邊湊趣兒，誇寶玉又是怎麼孝敬，又是怎樣知好歹，有的沒的說了兩車話。當著眾人，太太自為又增了光，堵了眾人的嘴，太太越發喜歡了，現成的衣裳就賞了我兩件。衣裳也是小事，年年橫豎也得，卻不像這個彩頭。」

晴雯笑道：「呸！沒見世面的小蹄子！那是把好的給了人，挑剩下的纔給你，你還充有臉呢。」

㊲ 喜的無可無不可：高興得不知怎樣纔好。

秋紋道：「憑他給誰剩的，到底是太太的恩典。」晴雯道：「要是我，我就不要。若是給別人剩下的給我，也罷了；一樣這屋裡的人，難道誰又比誰高貴些？把好的給他，剩下的纔給我，我寧可不要。沖撞了太太，我也不受這口軟氣。」秋紋忙問：「給這屋裡誰的？我因為前兒病了幾天，家去了，不知是給誰的。好姐姐，你告訴我知道知道。」晴雯道：「我告訴了你，難道你這會子退還太太去不成？」秋紋笑道：「胡說！我白聽了喜歡喜歡。哪怕給這屋裡的狗剩下的，我只領太太的恩典，也不犯管別的事。」眾人聽了，都笑道：「罵的巧！可不是給了那西洋花點子哈吧兒了。」襲人笑道：「你們這起爛了嘴的！得了空就拿我取笑打牙兒㊳，一個個不知怎麼死呢。」秋紋笑道：「原來姐姐得了，我實在不知道。我陪個不是罷。」襲人笑道：「少輕狂罷！你們誰取了碟子來是正經。」看他忽然夾寫女兒喁喁一段，總不脫落正事。所謂此書一回是兩段，兩段中卻有無限事體，或有一語透至一回者，或有反補上回者，錯綜穿插，從不一氣直起直瀉至終為了。麝月道：「那瓶得空兒也該收來了。老太太屋裡還罷了，太太屋裡人多手雜，別人還可以，趙姨奶奶一夥的人見是這屋裡的東西，又該使黑心弄壞了纔罷。太太也不大管這些，不如早些收來正經。」晴雯聽說，便擲下針黹道：「這話倒是，等我取去。」秋紋道：「還是我取去罷，你取你的碟子去。」晴雯笑道：「我偏取一遭兒去。是巧宗兒你們都得了，難道不許我得一遭兒？」麝月笑道：「通共秋丫頭得了一遭兒衣裳，哪裡今兒又巧，你也遇見找衣裳不成？」晴雯冷笑道：「雖然碰不見找衣裳，或者太太看見我勤謹，一個月也把太太的公費裡分出二兩銀子來給我，也定不得。」說著又笑道：「你們別和我裝神弄鬼的，什麼事我不知道！」一面說，一面往外跑了。秋紋也同他出來，自去探春那裡取了碟子來。

㊳ 打牙兒：鬥嘴；說俏皮話。

襲人打點齊備東西，叫過本處的一個老宋媽媽來，〔宋，送也。隨事生文，妙！〕向他說道：「你先好生梳洗了，換了出門的衣裳來。如今打發你與史姑娘送東西去。」那宋嬤嬤道：「姑娘只管交給我，有話說與我，我收拾了就好一順去的。」襲人聽說，便端過兩個小掐絲盒子來，先揭開一個，裡面裝的是紅菱和雞頭米㊴〔妙！〕兩樣鮮果；又那一個，是一碟子桂花糖蒸新栗粉糕。又說道：「這都是今年偺們這裡園裡新結的果子，寶二爺送來與姑娘嘗嘗。再前日姑娘說這瑪瑙碟子好，姑娘就留下頑罷。〔妙！隱這一件公案。余想襲人必要瑪瑙碟子盛去，何必驕奢輕發如是耶？固有此一案，則無怪矣。〕這絹包兒裡頭是姑娘上日叫我作的活計，姑娘別嫌粗糙，能著用罷。替我們請安，替二爺問好就是了。」宋嬤嬤道：「寶二爺不知還有什麼說的，姑娘再問問去，回來又別說忘了。」襲人因問秋紋：「方纔可見在三姑娘那裡？」秋紋道：「他們都在那裡，商議起什麼詩社呢，又都作詩。想來沒話，你只去罷。」宋嬤嬤聽了，便拿了東西出去，另外穿戴了。襲人又囑咐他：「從後門出去，有小子和車等著呢。」宋媽去後，不在話下。

寶玉回來，先忙著看了一回海棠，至房內告訴襲人起詩社的事。襲人也把打發宋媽媽與史湘雲送東西去的話，告訴了寶玉。寶玉聽了，拍手道：「偏忘了他！我自覺心裡有件事，只是想不起來，虧你提起來，正要請他去。這詩社裡若少了他，還有什麼意思？」襲人勸道：「什麼要緊！不過頑意兒。他比不得你們自在，家裡又作不得主兒。告訴他，他要來，又由不得他；不來，他又牽腸掛肚的。沒的叫他不受用。」寶玉道：「不妨事，我回老太太，打發人接他去。」正說著，宋媽媽已經回來，回復道生受，與襲人道乏㊵。又說：「問二爺作什麼呢？我說和姑娘們起什麼詩社作詩呢。史姑娘說，

㊴ 雞頭米：也叫「雞頭」。即芡實，一種生在水中的植物，可當水果食用。

他們作詩也不告訴他去，急的了不的。」寶玉聽了，立身便往賈母處來，立逼著叫人接去。賈母因說：「今兒天晚了，明日一早再去。」寶玉只得罷了，回來悶悶的。次日一早，便又往賈母處來催逼人接去。

直到午後，史湘雲纔來，寶玉方放了心。見面時，就把始末原由告訴他，又要與他詩看。李紈等因說道：「且別給他詩看，先說與他韻。他後來，先罰他和了詩。若好，便請入社；若不好，還要罰他一個東道再說。」史湘雲道：「你們忘了請我，我還要罰你們呢！就拿韻來，我雖不能，只得勉強出醜。容我入社，掃地焚香，我也情願。」眾人見他這般有趣，越發喜歡，都埋怨昨日怎麼忘了他，遂忙告訴他韻。史湘雲一心興頭，等不得推敲刪改，一面只管和人說著話，心內早已和成，即用隨便的紙筆錄出。（可見越是好文字，不管怎樣就有了。越用工夫，越講究筆墨，終成塗鴉。）先笑說道：「我卻依韻和了兩首，（更奇！想前四律已將形容盡矣，一首猶恐重犯，不知二首又從何處著筆？）好歹我卻不知，不過應命而已。」說著遞與眾人。眾人道：「我們四首也算想絕了，再一首也不能了，你倒弄了兩首。哪裡有許多話說？必要重了我們。」一面說，一面看時，只見那兩首詩寫道：

其一

神仙昨日降都門，（落想便新奇，不落彼四套。）種得藍田玉㊶一盆。（好！「盆」字押得更穩，總不落彼三套。）自是霜娥㊷偏愛冷，（又不脫自己將來形）

㊵ 回復兩句：生受，有兩種意義，對自己說是吃苦、受罪的意思；對別人說是麻煩、難為、感謝的意思。道乏，因為受到對方的幫助，向對方表示感謝和慰問。這裡是宋媽媽轉達湘雲對襲人的感謝和問候。

㊶ 藍田玉：藍田，縣名，在今西安市南，以出產玉而著名。其玉潔白光潤，稱為「藍田玉」。此處以藍田玉比喻白海棠。

㊷ 霜娥：神話中主管霜雪的女神。

景。非關倩女亦離魂㊸。秋陰㊹捧出何方雪？拍案叫絕，壓倒群芳，在此一句。雨漬添來隔宿痕。卻喜詩人吟不倦，豈令寂寞度朝昏！真好！

其二

蘅芷階通蘿薜門，也宜牆角也宜盆。更好！花因喜潔難尋偶，人為悲秋易斷魂。玉燭滴乾風裡淚㊺，晶簾隔破月中痕㊻。幽情欲向嫦娥訴，無奈虛廊夜色昏。二首真可壓卷。詩是好詩，文是奇奇怪怪之文，總令人想不到，忽有二首來壓卷。

眾人看一句，驚訝一句，看到了，讚到了，都說：「這個不枉作了海棠詩，真該要起海棠社了。」史湘雲道：「明日先罰我個東道，就讓我先邀一社，可使得？」眾人道：「這更妙了。」因又將昨日的詩與他評論了一回。

至晚，寶釵將湘雲邀往蘅蕪苑安歇去。湘雲燈下計議，如何設東擬題。寶釵聽他說了半日，皆不妥當。卻於此刻方寫寶釵。因向他說道：「既開社，便要作東。雖然是頑意兒，也要瞻前顧後，又要自己便宜，又要不得罪了人，然後方大家有趣。你家裡你又作不得主，一個月通共那幾串錢，你還不夠盤纏呢。

㊸ 倩女亦離魂：唐陳玄祐離魂記傳奇寫倩娘與王宙訂有婚約，其父嫌貧愛富欲毀約，倩娘的靈魂離開了軀殼，隨王宙而去。五年後其魂歸來，與在病榻上的軀殼合而為一。

㊹ 秋陰：秋天的陰雲。

㊺ 玉燭句：此句說蠟燭在風中燃盡，點點蠟淚凝聚成花朵的形狀，就像白海棠一樣。玉燭，白蠟燭。

㊻ 晶簾句：此句說由於水晶簾的阻隔，看不清月下海棠的花影。晚唐韋莊白櫻桃詩：「王母階前種幾株，水精簾外看似無。」湘雲此句當從韋詩而來。

這會子又幹這沒要緊的事，你嬸子聽見了，越發抱怨你了。況且你就都拿出來做這個東道，也是不夠。難道為這個家去要不成？還是往這裡要呢？」一席話提醒了湘雲，倒躊躕起來。寶釵道：「這個我已經有個主意。我們當舖裡有個夥計，他家田上出的很好的肥螃蟹，前兒送了幾斤來。現在這裡的人，從老太太起，連上園裡的人，有多一半都是愛吃螃蟹的。前日姨娘還說要請老太太在園裡賞桂花吃螃蟹，因為有事還沒有請呢。你如今且把詩社別提起，只管普通一請。等他們散了，偺們有多少詩作不得的？我和我哥哥說，要幾簍極肥極大的螃蟹來，再往舖子裡取上幾罈好酒，再備上四五桌果碟，豈不又省事，又大家熱鬧了！」湘雲聽了，心中自是感服，極讚他想的周到。寶釵又笑道：「我是一片真心為你的話，你千萬別多心，想著我小看了你，偺們兩個就白好了。你若不多心，我就好叫他們辦去的。」湘雲忙笑道：「好姐姐，你這樣說，倒多心待我了。憑他怎麼糊塗，連個好歹也不知，還成個人了？我若不把姐姐當作親姐姐一樣看，上回那些家常話煩難事，也不肯盡情告訴你了。」寶釵聽說，便叫一個婆子來：「出去和大爺說，依前日的大螃蟹要幾簍來，明日飯後請老太太、姨娘賞桂花。你說大爺好歹別忘了，我今兒已請下人了。」必得如此叮嚀，阿獃兄方記得。那婆子出去說明，回來無話。

這裡寶釵又向湘雲道：「詩題也不要過於新巧了。你看古人詩中，那些刁鑽古怪的題目和那極險的韻㊼了，若題過於新巧，韻過於險，再不得有好詩，終是小家氣。詩固然怕說熟話，更不可過於求生。只要頭一件立意清新，自然措詞就不俗了。究竟這也算不得什麼，還是紡績針黹是你我的本等。一時閒了，倒是於你我深有益的書看幾章是正經。」湘雲只答應著，因笑道：「我如今心裡想著昨日

㊼ 極險的韻：作詩以生僻的字為韻，叫「險韻」。

作了海棠詩，我如今要作個菊花詩，如何？」寶釵道：「菊花倒也合景，只是前人太多了。」湘雲道：「我也是如此想著，恐怕落套。」寶釵想了一想，說道：「有了。如今以菊花為賓，以人為主，竟擬出幾個題目來，都是兩個字：一個虛字，一個實字；實字便用菊字，虛字就用通用門的。如此又是詠菊，又是賦事，前人也沒作過，也不能落套。賦景詠物兩關著，又新鮮，又大方。」湘雲笑道：「這卻很好，只是不知用何等虛字纔好？你先想一個我聽聽。」寶釵想了一想，笑道：「『菊夢』就好。」湘雲笑道：「果然好。我也有一個，『菊影』可使得？」寶釵道：「也罷了，只是也有人作過。若題目多，這個也算的上。我又有了一個。」湘雲道：「快說出來。」寶釵道：「『問菊』如何？」湘雲拍案叫妙，因接說道：「我也有了，『訪菊』如何？」寶釵也讚有趣，因說道：「越性擬出十個來，寫上再來。」說著，二人研墨蘸筆，湘雲便寫，寶釵便念，一時湊了十個。湘雲看了一遍，又笑道：「十個還不成幅，越性湊成十二個，便全了，也如人家的字畫冊頁一樣。」寶釵聽說，又想了兩個，一共湊成十二個。又說道：「既這樣，越性編出他個次序先後來。」湘雲道：「如此更妙，竟弄成個菊譜了。」寶釵道：「起首是『憶菊』；憶之不得，故訪，第二是『訪菊』；訪之既得，便種，第三是『種菊』；種既盛開，故相對而賞，第四是『對菊』；相對而興有餘，故折來供瓶為玩，第五是『供菊』；既供而不吟，亦覺菊無彩色，第六便是『詠菊』；既入詞章，不可不供筆墨，第七便是『畫菊』；既為菊如是碌碌，究竟不知菊有何妙處，不禁有所問，第八便是『問菊』；菊如解語，使人狂喜不禁，第九便是『簪菊』；如此人事雖盡，猶有菊之可詠者，『菊影』、『菊夢』二首續在第十、第十一；末卷便以『殘菊』總收前題之盛。這便是三秋的妙景妙事都有了。」湘雲依說，將題錄出，又看了一回，又問：

「該限何韻？」寶釵道：「我平生最不喜限韻的，分明有好詩，何苦為韻所縛？咱們別學那小家派，只出題不拘韻。原為大家偶得了好句取樂，並不為以此難人。」湘雲道：「這話很是。這樣大家的詩還進一層。但只咱們五個人，這十二個題目，難道每人作十二首不成？」寶釵道：「那也太難人了。將這題目謄好，都要七言律，明日貼在牆上。他們看了，誰作哪一個就作哪一個。有力量者，十二首都作也可；不能的，一首不成也可。高才捷足者為尊。若十二首已全，便不許他後趕著又作，罰他就完了。」湘雲道：「這倒也罷了。」二人商議妥貼，方纔息燈安寢。要知端的，且聽下回分解。

1. 「黛玉道：『你們都有了？』說著，提筆一揮而就，擲與眾人。」庚辰本缺「說著，提筆一揮而就，擲與眾人」十二字，據甲辰本補入。

第三十八回　林瀟湘魁奪菊花詩　薛蘅蕪諷和螃蟹詠

題曰「菊花詩」、「螃蟹詠」，偏自太君前，阿鳳若許詼諧中不失體，鴛鴦、平兒寵婢中多少放肆之迎合取樂，寫來似難入題，卻輕輕用弄水、戲魚、看花等遊頑事及王夫人云「這裡風大」一句收住入題，並無纖毫牽強。此重作輕抹法也。妙極，好看煞。

話說寶釵、湘雲二人計議已妥，一宿無話。湘雲次日便請賈母等賞桂花。賈母等都說道：「是他有興頭，須要擾他這雅興。」若在世俗小家，則云：「你是客，在我們舍下，怎麼反擾你的呢？」一何可笑！至午，果然賈母帶了王夫人、鳳姐，兼請薛姨媽等進園來。賈母因問：「哪一處好？」必如此問方好。王夫人道：「憑老太太愛在哪一處，就在哪一處。」必是王夫人如此答方妙。鳳姐道：「藕香榭已經擺下了。那山坡下兩棵桂花開的又好，河裡的水又碧清，坐在河當中亭子上，豈不敞亮？看著水，眼也清亮。」智者樂水，豈其然乎？賈母聽了，說：「這話很是。」說著，就引了眾人往藕香榭來。

原來這藕香榭蓋在池中，四面有窗，左右有曲廊可通，亦是跨水接岸，後面又有曲折竹橋暗接。眾人上了竹橋，鳳姐忙上來攙著賈母，口裡說：「老祖宗只管邁大步走，不相干的，這竹子橋規矩是咯吱咯喳的。」如見其勢，如臨其上，非走過者必形容不到。一時進入榭中，只見欄杆外另放著兩張竹案，一個上面設著杯箸酒具，一個上頭設著茶筅、茶盂各色茶具。那邊有兩三個丫頭煽風爐煮茶，這一邊另外幾個丫頭也煽風爐燙酒呢。賈母喜的忙問：「這茶想的倒很好，且是地方、東西都乾淨。」湘雲笑道：「這是寶姐姐幫著我預備的。」賈母道：「我說這個孩子細緻，凡事想的妥當。」一面說，一面又看見柱上掛的黑漆嵌蚌❶的對子，命人念。湘雲念道：

芙蓉影破歸蘭槳，菱藕香深寫竹橋。❷妙極！此處忽又補出一處，不入賈政試才一回，皆錯綜其事，不作一直筆也。

賈母聽了，又抬頭看匾，因回頭向薛姨媽道：「我先小時，家裡也有這麼一個亭子，叫做什麼『枕霞閣』。我那時也只像他們這麼大年紀時，同姊妹們天天頑去。那日誰知我失了腳掉下去，幾乎沒淹死，好容易救了上來，到底被那木釘把頭碰破了。如今這鬢角上那指頭頂大一塊窩兒，就是那殘破了。眾人都怕經了水，又怕冒了風，都說活不得了，誰知竟好了。」鳳姐不等人說，先笑道：「那時要活不得，如今這大福可叫誰享呢？可知老祖宗從小兒的福壽就不小，神差鬼使碰出那個窩兒來，好盛福壽的。壽星老兒頭上原是一個窩兒，因為萬福萬壽盛滿了，所以倒凸高出些來了。」未及說完，賈母與眾人都笑軟了。看他忽用賈母數語，閒閒又補出此書之前，似已有一部十二釵的一般，令人遙憶不能一見。余則將欲補出枕霞閣中十二釵來，豈不又添一部新書？賈母笑道：「這猴兒慣的了不得了，只管拿我取笑兒起來，恨的我撕你那油嘴！」鳳姐笑道：「回來吃螃蟹，恐積了冷在心裡，討老祖宗笑一笑，開開心。一高興，多吃兩個就無妨了。」賈母笑道：「明兒叫你日夜跟著我，我倒

---

❶ 嵌蚌：又名「螺鈿」，用蚌殼裡面有光彩的部分，經雕琢後拼成圖案，嵌入木器或漆器家具，作為裝飾。

❷ 芙蓉兩句：意謂小舟歸來攪亂了水中荷花的倒影，在菱藕茂密的地方架了一座竹橋。芙蓉，荷花。蘭槳，用蘭木做的船槳，這裡指代小船。寫，畫，這裡作「架」解釋，景色如畫，架設的竹橋猶如畫成。

常笑笑，覺的開心，不許你回家去。」王夫人笑道：「老太太因為喜歡他，纔慣的他這樣。還這樣說，他明兒越發無禮了。」賈母笑道：「我喜歡他這樣，況且他又不是那不知高低的孩子。家常沒人，娘兒們原該這樣，橫豎禮體不錯就罷。沒的倒叫他從神兒似的作什麼！」近之暴發專講禮法，竟不知禮法；此似無禮，而禮法井井。所謂「整瓶不動半瓶搖」，又曰「習慣成自然」，真不謬也。

說著，一齊進入亭子。獻過茶，鳳姐忙著搭桌子，要杯箸。上面一桌，賈母、薛姨媽、寶釵、黛玉、寶玉；東邊一桌，史湘雲、王夫人、迎、探、惜；西邊靠門一桌，李紈和鳳姐的，虛設坐位。二人皆不敢坐，只在賈母、王夫人兩桌上伺候。鳳姐吩咐：「螃蟹不可多拿來，仍舊放在蒸籠裡。拿十個來，吃了再拿。」一面又要水洗了手，站在賈母跟前剝蟹肉。頭次讓薛姨媽，薛姨媽道：「我自己掰著吃香甜，不用人讓。」鳳姐便奉與賈母。二次的便與寶玉。又說：「把酒燙的滾熱的拿來。」又命小丫頭們去取菊花葉兒、桂花蕊薰的綠豆麵子來，預備洗手。史湘雲陪著吃了一個，就下座來讓人。又出至外頭，令人盛兩盤子與趙姨娘、周姨娘送去。又見鳳姐走來道：「你不慣張羅，你吃你的去。我先替你張羅，等散了我再吃。」湘雲不肯，又令人在那邊廊上擺了兩桌，讓鴛鴦、琥珀、彩雲、彩霞、平兒去坐。鴛鴦因向鳳姐笑道：「二奶奶在這裡伺候，我們可吃去了。」鳳姐兒道：「你們只管去，都交給我就是了。」說著，史湘雲仍入了席，鳳姐和李紈也胡亂應個景兒❸。

鳳姐仍是下來張羅。一時出至廊上，鴛鴦等正吃的高興，見他來了，鴛鴦等站起來道：「二奶奶又出來作什麼？讓我們也受用一會子。」鳳姐笑道：「鴛鴦小蹄子越發壞了，我替你當差，倒不領情，

❸ 應個景兒：應付或配合當前場面。這裡指也吃了一兩口。

還抱怨我。還不快斟一鍾酒來我喝呢！」鴛鴦笑著，忙斟了一杯酒，送至鳳姐唇邊，鳳姐一揚脖子吃了。琥珀、彩霞二人也斟上一杯，送至鳳姐唇邊，那鳳姐也吃了。平兒早剔了一殼黃子送來，鳳姐道：「多倒些薑醋。」一面也吃了。笑道：「你們坐著吃罷，我可去了。」鴛鴦笑道：「好沒臉，吃我們的東西。」鳳姐兒笑道：「你和我少作怪。你知道你璉二爺愛上了你，要和老太太討了你作小老婆呢！」鴛鴦道：「啐！這也是作奶奶說出來的話？我不拿腥手抹你一臉算不得！」說著，趕來就要抹。鳳姐兒央道：「好姐姐，饒我這一遭兒罷。」琥珀笑道：「鴛丫頭要去了，平丫頭還饒他？你們看看，他沒有吃了兩個螃蟹，倒喝了一碟子醋，他也算不會攬酸了！」平兒手裡正掰了個滿黃的螃蟹，聽如此奚落他，便拿著螃蟹照著琥珀臉上抹來，口內笑罵：「我把你這嚼舌根的小蹄子！」琥珀也笑著往旁邊一躲，平兒使空了，往前一撞，正恰恰的抹在鳳姐兒腮上。鳳姐兒正和鴛鴦嘲笑，不妨嚇了一跳，噯喲了一聲。眾人掌不住都哈哈的大笑起來。鳳姐也禁不住笑罵道：「死娼婦！吃離了眼❹了，混抹你娘的。」平兒忙趕過來替他擦了，親自去端水。鴛鴦道：「阿彌陀佛！這是個報應。」賈母那邊聽見，一疊聲問：「見了什麼，這樣樂？告訴我們也笑笑。」鴛鴦等忙高聲笑回道：「二奶奶來搶螃蟹吃，平兒惱了，抹了他主子一臉的螃蟹黃子，主子奴才打架呢。」賈母和王夫人等聽了，也笑起來。賈母笑道：「你們看他可憐見的，把那小腿子臍子給他點子吃，也就完了。」鴛鴦等笑著答應了，高聲又說道：「這滿桌子的腿子，二奶奶只管吃就是了。」

鳳姐洗了臉走來，又伏侍賈母等吃了一回。黛玉獨不敢多吃，只吃了一點兒夾子肉，就下來了。

---

❹ 離了眼：走了眼；看錯了人和事。

賈母一時不吃了，大家方散，都洗了手。也有看花的，也有弄水看魚的，遊頑了一回。王夫人因回賈母說：「這裡風大，纔又吃了螃蟹，老太太還是回房去歇歇罷了。若高興，明日再來逛逛。」賈母聽了，笑道：「正是呢。我怕你們高興，我走了，又怕掃了你們的興。既這麼說，偺們就都去罷。」回頭又囑咐湘雲：「別讓你寶哥哥、林姐姐多吃了。」湘雲答應著。又囑咐湘雲、寶釵二人說：「你兩個也別多吃。那東西雖好吃，不是什麼好的，吃多了肚子疼。」二人忙應著，送出園外，仍舊回來，令將殘席收拾了另擺。寶玉道：「也不擺罷，偺們且作詩，把那大團圓桌就放在當中，酒菜都放著，也不必拘定坐位，有愛吃的大家去吃，散坐豈不便宜？」寶釵道：「這話極是。」湘雲道：「雖如此說，還有別人。」因又命另擺一桌，揀了熱螃蟹來，請襲人、紫鵑、司棋、侍書、入畫、鶯兒、翠墨等一處共坐。山坡桂樹底下鋪下兩條花氈，命答應的婆子並小丫頭等也都坐了，只管隨意吃喝，等使喚再來。

湘雲便取了詩題，用針綰在牆上。眾人看了，都說：「新奇固新奇，只怕作不出來。」湘雲又把不限韻的原故說了一番，寶玉道：「這纔是正理，我也最不喜限韻。」林黛玉因不大吃酒，又不吃螃蟹，自令人搬了一個繡墩倚欄杆坐著，拿著釣竿釣魚。寶釵手裡拿著一枝桂花，玩了一回，俯在窗檻上，掐了桂蕊擲向水面，引的游魚浮上來唼喋❺。湘雲出一回神，又讓一回襲人等，又招呼山坡下的眾人只管放量吃。探春和李紈、惜春立在垂柳中看鷗鷺。迎春又獨在花陰下，拿著花針穿茉莉花。看他各人各式，亦如畫家有孤聳獨出，則有攢三聚五，疏疏密密，直是一幅百美圖。寶玉又看了一回黛玉釣魚；一回又俯在寶釵旁邊說笑兩句；一回又看襲

❺ 唼喋：音ㄕㄚˋ ㄓㄚˊ。形容成群的魚和鳥吃食的聲音。

人等吃螃蟹，自己也陪他飲兩口酒。襲人又剝一殼肉給他吃。黛玉放下釣竿，走至座間，拿起那烏銀❻梅花自斟壺來，（寫壺非寫壺，正寫黛玉。）揀了一個小小的海棠凍石蕉葉杯❼。（妙杯，非寫杯，正寫黛玉。「揀」字有神理。）丫鬟看見，知他要飲酒，忙著走上來斟。黛玉道：「你們只管吃去，讓我自斟，這纔有趣兒。」說著，便斟了半盞，看時卻是黃酒，因說道：「我吃了一點子螃蟹，覺得心口微微的疼，須得熱熱的喝口燒酒。」寶玉忙道：「有燒酒。」便令將那合歡花浸的酒燙一壺來。（傷哉，作者猶記矮𩽾舫前以合歡花釀酒乎？屈指二十年矣。）黛玉也只吃了一口，便放下了。

寶釵也走過來，另拿了一隻杯來，也飲了一口，便蘸筆至牆上把頭一個「憶菊」勾了，底下又贅了一個「蘅」字。寶玉忙道：「好姐姐，第二個我已經有了四句了，你讓我作罷。」寶釵笑道：「我好容易有了一首，你就忙的這樣。」（妙極！韻極！）黛玉也不說話，接過筆來把第八個「問菊」勾了，接著把第十一個「菊夢」也勾了，也贅一個「瀟」字。（這兩個妙題，料定黛玉必喜，豈讓他人作去哉？）寶玉也拿起筆來，將第二個「訪菊」也勾了，也贅上一個「絳」字。探春走來看看道：「竟沒有人作『簪菊』，讓我作這『簪菊』。」又指著寶玉笑道：「纔宣過，總不許帶出閨閣字樣來，你可要留神。」說著，只見史湘雲走來，將第四第五「對菊」、「供菊」一連兩個都勾了，也贅上一個「湘」字。探春道：「你也該起個號。」湘雲笑道：「我們家裡如今雖有幾處軒館，我又不住著，借了來也沒趣。」（近之不讀書暴發戶，偏愛起一別號，一笑。）寶釵笑道：「方纔老太太說你們家也有這個水亭，叫枕霞閣，難道不是你的？如今雖沒了，你到底是舊主人。」眾人都

❻ 烏銀：一種摻雜硫磺，用特殊方法治煉而成的銀子。

❼ 海棠凍石蕉葉杯：用淺紅（海棠色）凍石做成的芭蕉葉形狀的酒杯。凍石，一種礦物，又叫「蠟石」。

道有理，寶玉不待湘雲動手，便代將「湘」字抹了，改了一個「霞」字。又有頓飯工夫，十二題已全，各自謄出來，都交與迎春。另拿了一張雪浪箋❽過來，一併謄錄出來，某人作的底下贅明某人的號。李紈等從頭看道：

憶菊　　蘅蕪君 真用此號，妙極！

悵望西風抱悶思❾，蓼紅葦白❿斷腸時。空籬舊圃秋無跡，瘦月清霜夢有知。念念⓫心隨歸雁遠，寥寥⓬坐聽晚砧痴。誰憐為我黃花⓭病？慰語重陽⓮會有期。

訪菊　　怡紅公子

閒趁霜晴試一遊，酒杯藥盞莫淹留。霜前月下誰家種？檻外籬邊何處秋⓯？蠟屐遠來情得得⓰，冷吟⓱不盡興悠悠。黃花若解憐詩客，休負今朝掛杖頭。

---

❽ 雪浪箋：一種有水紋圖案的白色紙箋，在宋代已經流傳。
❾ 悶思：鬱悶的情思。
❿ 蓼紅葦白：蓼，水蓼，長在水邊的草，夏秋之際開粉紅色小花。葦，蘆葦，開白花。
⓫ 念念：思念之切。
⓬ 寥寥：寂寞無聊。
⓭ 黃花：菊花。菊花以黃色為主，故以黃花指稱菊花。
⓮ 重陽：陰曆九月初九為重陽節，有登高賞菊的習俗。古代以九為陽數，故九月九為重陽。
⓯ 秋：此處指菊花。

種菊　　怡紅公子

攜鋤秋圃自移來，籬畔庭前故故⑱栽。昨夜不期經雨活，今朝猶喜帶霜開。
冷吟秋色詩千首，醉酹寒香酒一杯⑲。泉溉泥封勤護惜，好知井徑絕塵埃。

對菊　　枕霞舊友

別圃移來貴比金，一叢淺淡一叢深。蕭疏籬畔科頭⑳坐，清冷香中抱膝吟。
數去更無君傲世，看來惟有我知音。秋光荏苒㉑休辜負，相對原宜惜寸陰。

供菊　　枕霞舊友

彈琴酌酒喜堪儔，几案婷婷點綴幽。隔座香分三徑露㉒，拋書人對一枝秋。
霜清紙帳來新夢㉓，圃冷斜陽憶舊遊。傲世也因同氣味，春風桃李未淹留。

詠菊　　瀟湘妃子

⑯ 蠟屐句：蠟屐，打蠟的木底鞋，可以防雨。古人多穿木底鞋遊山玩水。得得，特地，唐代的方言。
⑰ 冷吟：在涼意漸濃的秋天吟誦詩句。
⑱ 故故：特地。
⑲ 吟吟兩句：秋色、寒香，皆指菊花。酹，以酒灑地表示祭奠。
⑳ 科頭：不戴帽子。古代常以科頭表示不拘禮法。
㉑ 荏苒：時光慢慢地過去。
㉒ 隔座句：此句意謂隔著座位就能聞到菊花的香氣。三徑露，指菊花，從陶淵明歸去來辭：「三徑就荒，松菊猶存」而來。
㉓ 霜清句：菊花的清香透入紙帳，引人入夢。霜清，指菊花清雅。紙帳，用藤皮繭紙做的帳子。

無賴詩魔❷❹昏曉侵，繞籬欹石自沉音❷❺。毫端運秀臨霜寫，口齒噙香對月吟。
滿紙自憐題素怨，片言誰解訴秋心❷❻？一從陶令❷❼平章後，千古高風說到今。

畫菊　　蘅蕪君

詩餘戲筆不知狂，豈是丹青費較量❷❽？聚葉潑成千點墨，攢花染出幾痕霜❷❾。
淡濃神會風前影，跳脫❸⓪秋生腕底香。莫認東籬閒採掇，粘屏聊以慰重陽。

問菊　　瀟湘妃子

欲訊秋情眾莫知，喃喃負手叩東籬❸❶。孤標傲世偕誰隱？一樣花開為底遲❸❷？
圃露庭霜何寂寞，鴻歸蛩病可相思？休言舉世無談者，解語❸❸何妨話片時！

---

❷❹ 無賴詩魔：無賴，無奈；無法可想。詩魔，寫詩入魔，不可克制的創作衝動。
❷❺ 沉音：即沉吟。沉思、低吟。
❷❻ 滿紙兩句：此兩句言自己孤傲高潔的情懷無人能理解。素怨、秋心皆指詩人高潔的情懷。
❷❼ 陶令：指陶淵明，他曾當過彭澤令，平生喜菊，寫有許多詠菊花的詩。
❷❽ 較量：斟酌，思量。
❷❾ 聚葉兩句：潑，中國畫的潑墨技法，即用筆蘸足濃淡不同的墨汁點染成畫，就像潑上去的一樣。攢花，一叢叢的花。攢，簇聚。染，指中國畫的暈染技法，不用線條勾勒，利用宣紙吸水的特點，用顏料染成各種不同的物象。
❸⓪ 跳脫：靈巧；生動。
❸❶ 叩東籬：叩問東籬的菊花。東籬，指菊花，用陶淵明飲酒詩意：「採菊東籬下，悠然見南山。」
❸❷ 一樣句：此句意謂花都是要開的，為什麼你開得最晚？為底，為何。

簪菊

蕉下客

瓶供籬栽日日忙，折來休認鏡中妝❸❹。長安公子因花癖❸❺，彭澤先生是酒狂❸❻。

短鬢冷沾三徑露，葛巾香染九秋霜❸❼。高情不入時人眼，拍手憑他笑路旁！

菊影

枕霞舊友

秋光❸❽疊疊復重重，潛度偷移❸❾三徑中。窗隔疏燈描遠近，籬篩破月鎖玲瓏❹⓿。

寒芳留照❹❶魂應駐，霜印傳神夢也空。珍重暗香休踏碎，憑誰醉眼認朦朧❹❷！

❸❸ 解語：能說話和聽得懂話。用五代後周王仁裕開元天寶遺事中解語花的典故。

❸❹ 鏡中妝：指婦女插戴的首飾。

❸❺ 長安句：長安公子，指唐代詩人杜牧，他是京兆（長安）人，祖父杜佑曾做過兩朝宰相，故稱他為長安公子。杜牧有九月齊山登高詩：「塵世難逢開口笑，菊花須插滿頭歸。但將酩酊酬佳節，不用登臨嘆落暉。」因此稱他為「花癖」。

❸❻ 彭澤句：彭澤先生，指陶淵明，他一生愛菊嗜酒。據說他在做彭澤令時，把公田全種了高粱，用來釀酒。江州刺史王弘送他二萬錢，他全存放在酒家，每日去喝酒。

❸❼ 葛巾句：葛巾，葛布做的頭巾。宋史隱逸傳載：陶淵明曾用葛巾漉酒。九秋，指秋季。秋季三個月九十天，故以「三秋」或「九秋」指秋天。

❸❽ 秋光：指菊影。

❸❾ 潛度偷移：隨著日光的流轉，菊影也在不知不覺的移動。

❹⓿ 窗隔兩句：隔著窗紗射出的稀疏燈光，描繪出菊影的濃淡遠近。從籬笆的縫隙中透過的破碎月光，籠罩著玲瓏的菊影。

❹❶ 留照：即留影。

菊夢　　瀟湘妃子

籬畔秋酣一覺清㊸，和雲伴月不分明。登仙非慕莊生蝶㊹，憶舊還尋陶令盟。睡去依依隨雁斷，驚迴故故惱蛩鳴。醒時幽怨同誰訴？衰草寒烟無限情！

殘菊　　蕉下客

露凝霜重漸傾欹㊺，宴賞纔過小雪㊻時。蒂有餘香金淡泊，枝無全葉翠離披㊼。半床落月蛩聲病，萬里寒雲雁陣遲㊽。明歲秋風知再會，暫時分手莫相思。

眾人看一首，讚一首，彼此稱揚不已。李紈笑道：「等我從公評來。通篇看來，各有各人的警句。今日公評：詠菊第一，問菊第二，菊夢第三，題目新，詩也新，立意更新，惱不得要推瀟湘妃子為魁了；然後簪菊、對菊、供菊、畫菊、憶菊次之。」寶玉聽說，喜的拍手叫：「極是，極公道。」黛玉

㊷ 珍重兩句：因為珍惜菊影，害怕把它踏碎。菊影本朦朧，醉眼迷離，更難辨認清楚。

㊸ 籬畔句：言菊花酣睡，夢境清幽。

㊹ 莊生蝶：用莊子夢中化身為蝶的典故。莊子夢中化身為蝴蝶，醒來說，不知道是莊周變成蝴蝶，還是蝴蝶變成了莊周（見莊子齊物論）。

㊺ 傾欹：傾側歪斜。

㊻ 小雪：農曆節氣之一，在陰曆十月，已是初冬。

㊼ 離披：散亂的樣子。

㊽ 雁陣遲：言天氣寒冷，大雁飛行緩慢。

道：「我那首也不好，到底傷於纖巧些。」李紈道：「巧的卻好，不露堆砌生硬。」黛玉道：「據我看來，頭一句好的是『圃冷斜陽憶舊遊』，這句背面傳粉㊾。『拋書人對一枝秋』已經妙絕，將供菊說完，沒處再說，故翻回來想到未折未供之先，意思深透。」李紈笑道：「固如此說，你的『口齒噙香』句也敵的過了。」探春又道：「到底要算蘅蕪君沉著，『秋無跡』、『夢有知』把個『憶』字竟烘染出來了。」寶釵笑道：「你的『短鬢冷沾』、『葛巾香染』也就把簪菊形容的一個縫兒也沒了。」湘雲道：「『偕誰隱』、『為底遲』真個把個菊花問的無言可對。」李紈笑道：「你的『科頭坐』、『抱膝吟』竟一時也不能別開，菊花有知，也必膩煩了。」說的大家都笑了。寶玉笑道：「我又落第。難道『誰家種』、『何處秋』、『蠟屐遠來』、『冷吟不盡』都不是訪，『昨夜雨』、『今朝霜』都不是種不成？但恨敵不上『口齒噙香對月吟』、『清冷香中抱膝吟』、『短鬢』、『葛巾』、『金淡泊』、『翠離披』、『秋無跡』、『夢有知』這幾句罷了。」（總寫寶玉不及，妙絕！）又道：「明兒閒了，我一個人作出十二首來。」李紈道：「你的也好，只是不及這幾句新巧就是了。」大家又評了一回，復又要了熱蟹來，就在大圓桌子上吃了一回。

寶玉笑道：「今日持螯賞桂，亦不可無詩。（全是他忙，全是他不及，妙極！）我已吟成，誰還敢作呢？」說著，便忙洗了手，提筆寫出，（且莫看詩，只看他偏於如許一大回詩後，又寫一回詩，豈世人想的到的？）眾人看道：

持螯㊿更喜桂陰涼，潑醋擂薑興欲狂。饕餮王孫應有酒，橫行公子卻無腸51。

㊾ 背面傳粉：中國畫技法之一，在畫絹上塗以鉛粉，襯托畫面。後在文學創作中把側面烘托的方法也稱為「背面傳粉」。

㊿ 持螯：吃蟹。螯，蟹鉗。

臍52間積冷饞忘忌，脂上沾腥洗尚香。原為世人美口腹，坡仙曾笑一生忙53。

黛玉笑道：「這樣的詩，要一百首也有。」看他這一說。寶玉笑道：「你這會子才力已盡，不能作了，還貶人家。」黛玉聽了，並不答言，也不思索，提起筆來一揮，已有了一首。眾人看道：

鐵甲長戈死未忘，堆盤色相喜先嘗。螯封嫩玉雙雙滿，殼凸紅脂塊塊香。

多肉更憐卿八足，助情誰勸我千觴？對斟佳品酬佳節，桂拂清風菊帶霜。

寶玉看了正喝彩，黛玉便一把撕了，令人燒去，因笑道：「我的不及你的，我燒了他。你那個很好，比方纔的菊花詩還好，你留著他給人看。」寶釵接著笑道：「我也勉強了一首，未必好，寫出來取笑兒罷。」說著，也寫了出來。大家看時，寫道是：

薛蘅蕪諷和螃蟹詠。（清天津楊柳青年畫）

51 橫行句：語出元好問送蟹與兄詩：「橫行公子本無腸，慣耐江湖十月霜。」螃蟹兩鉗八足橫行，沒有腸子，故螃蟹有「橫行公子」「無腸公子」之稱。

52 臍：蟹臍。蟹肉性寒，蟹臍尤冷，一般不食用。

53 坡仙句：蘇軾初到黃州詩：「自笑平生為口忙，老來事業轉荒唐。」

桂靄桐陰坐舉觴，長安涎口[54]盼重陽。眼前道路無經緯[55]，皮裡春秋空黑黃[56]。

看到這裡，眾人不禁叫絕。寶玉道：「寫得痛快！我的詩也該燒了。」又看底下道：

酒未敵腥還用菊，性妨積冷定須薑。於今落釜成何益？月浦空餘禾黍香[57]。

眾人看畢，都說：「這是食螃蟹絕唱。這些小題目，原要寓大意，纔算是大才；只是諷刺世人太毒了些。」說著，只見平兒復進園來。不知作什麼，且聽下回分解。

---

[54] 長安涎口：長安嘴饞的人。

[55] 眼前句：言螃蟹橫行，沒有一定的方向。南北路為經，東西路為緯。

[56] 皮裡句：從字面上說，此句說蟹膏有黃有黑，到頭來都被人掏空。皮裡，蟹殼裡。春秋的花顏色不同，比喻蟹膏的顏色不同。「皮裡春秋」還是句成語，又叫「皮裡陽秋」，形容人表面上不露好惡，心裡卻存褒貶（見世說新語賞譽）。此句又以蟹為喻，諷刺那些心機陰險的人，花樣再多，到頭來也是一場空。

[57] 於今兩句：螃蟹被放在鍋裡煮，牠的橫行和詭計又有什麼用？螃蟹是吃禾黍養肥的，現在螃蟹被烹食了，月下水邊空留下禾黍的芳香。

第三十九回　村姥姥是信口開河　情哥哥偏尋根究底

話說眾人見平兒來了，都說：「你們奶奶作什麼呢？怎麼不來了？」平兒笑道：「他哪裡得空兒來？因為說沒有好生吃得，又不得來，所以叫我來問還有沒有，叫我要幾個拿了家去吃罷。」湘雲道：「有，多著呢。」忙令人拿了十個極大的，平兒道：「多拿幾個團臍❶的。」眾人又拉平兒坐，平兒不肯。李紈拉著他笑道：「偏要你坐。」拉著他身旁坐下，端了一杯酒送到他嘴邊。平兒忙喝了一口，就要走。李紈道：「偏不許你去。顯見得只有鳳丫頭，就不聽我的話了。」說著，又命嬤嬤們先送了盒子去，「就說我留下平兒了。」那婆子一時拿了盒子回來，說：「二奶奶說，叫奶奶和姑娘們別笑話要嘴吃。這個盒子裡是方纔舅太太那裡送來的菱粉糕和雞油卷兒，給奶奶姑娘們吃的。」又向平兒道：「說使你來，你就貪住頑不去了，勸你少喝一杯兒罷。」平兒笑道：「多喝了，又把我怎麼樣？」一面說，一面只管喝，又吃螃蟹。

李紈攬著他笑道：「可惜這麼個好體面模樣兒，命卻平常，只落得屋裡使喚。不知道的人，誰不拿你當作奶奶太太看。」平兒一面和寶釵、湘雲等吃喝，一面回頭笑道：「奶奶別只摸的我怪癢的。」李氏道：「噯喲！這硬的是什麼？」平兒道：「鑰匙。」李氏道：「什麼鑰匙？要緊梯己東西怕人偷了去，卻帶在身上。我成日家和人說笑，有個唐僧取經，就有個白馬來馱他；劉智遠打天下，就有個

❶ 團臍：螃蟹腹臍，雌者圓形，雄者尖形。團臍即雌蟹。

瓜精來送盔甲❷；有個鳳丫頭，就有個你。你就是你奶奶的一把總鑰匙，還要這鑰匙作什麼？」平兒笑道：「奶奶吃了酒，又拿了我來打趣著取笑兒了。」

寶釵笑道：「這倒是真話。我們沒事評論起人來，你們這幾個，都是百個裡頭挑不出一個來。妙在各人有各人的好處。」李紈道：「大小都有個天理。比如老太太屋裡，要沒那個鴛鴦，如何使得？從太太起，哪一個敢駁老太太的回？現在他敢駁回，偏老太太只聽他一個人的話。老太太那些穿戴的，別人不記得，他都記得。要不是他經管著，不知叫人誆騙了多少去呢！那孩子心也公道，雖然這樣，倒常替人說好話兒，還倒不依勢欺人的。」惜春笑道：「老太太昨兒還說呢，他比我們還強呢。」平兒道：「那原是個好的，我們哪裡比的上他！」寶玉道：「太太屋裡的彩霞，是個老實人。」探春道：「可不是？外頭老實，心裡有數兒。太太是那麼佛爺似的，事情上不留心，他都知道。凡百一應事，都是他提著太太行，連老爺在家、出外去的一應大小事，他都知道。太太忘了，他背地裡告訴太太。」李紈道：「那也罷了。」指著寶玉道：「這一個小爺屋裡，要不是襲人，你們度量到個什麼田地！鳳丫頭就是楚霸王，也得這兩隻膀子好舉千斤鼎。他不是這丫頭，就得這麼周到了？」平兒笑道：「先時賠了四個丫頭，死的死，去的去，只剩下我一個孤鬼了。」李紈道：「你倒是有造化的，鳳丫頭也是有造化的。想當初你珠大爺在日，何曾也沒兩個人，你們看我還是那容不下人的？天天只見他兩個

❷ 劉智遠兩句：劉智遠是五代後漢的皇帝，南戲白兔記寫他發跡的故事。劇中寫到劉智遠早年貧寒，在李家莊做長工，後入贅李家，娶李三娘為妻。三娘的哥哥李洪一怕他侵吞家私，處心積慮要害死他。李家有塊瓜田，有瓜精專門吞食看瓜人，李洪一就讓劉智遠去看守瓜田。瓜精變成一副盔甲，劉智遠帶了盔甲去投軍，屢立戰功。

不自在，所以你珠大爺一沒了，趁年輕我都打發了。若有一個守得住，我倒有個膀臂。」說著，滴下淚來。眾人都道：「又何必傷心？不如散了倒好。」說著，便都洗了手，大家約往賈母、王夫人處問安。眾婆子丫頭打掃亭子，收拾杯盤。

襲人和平兒同往前去，讓平兒到房裡坐坐，便問道：「這個月的月錢，為什麼還不放？」平兒見問，忙悄悄說道：「遲兩天就放了。這個月的月錢，我們奶奶早已支了，放給人使了，等利錢收齊了纔放呢。你可不許告訴一個人去。」襲人笑道：「難道他還短錢使？何苦還操這心。」平兒笑道：「這幾年拿著這一項銀子、他的月例公費放出去，利錢一年不到，上千的銀子呢。」襲人笑道：「拿著我們的錢，你們主子奴才賺利錢，哄的我們獃獃的等著！」平兒道：「你又說沒良心的話。你難道還少錢使？」襲人道：「我雖不少，只是我也沒地方使去，就只預備我們那一個。」平兒道：「你倘若有要緊的事用錢使時，我那裡還有幾兩銀子，你先拿來使，明兒我扣下你的就是了。」襲人道：「此時也用不著。怕一時要用起來不夠了，我打發人去取就是了。」

平兒答應著，一逕出了園門，來至家內。只見鳳姐兒不在房裡。忽見上回來打抽豐❸的那劉姥姥和板兒又來了，坐在那邊屋裡，還有張材家的、周瑞家的陪著，又有兩三個丫頭在地下倒口袋裡的棗子、倭瓜並些野菜。眾人見他進來，都忙站起來了。妙文！上回是先見平兒後見鳳姐，此則先見鳳姐後見平兒也。何錯綜巧妙得情得理之至耶？劉姥姥因上次來過，知道平兒的身分，忙跳下地來，問：「姑娘好？」又說：「家裡都問好。早要來請姑奶奶的安，看姑娘來的，因為莊家忙。好容易今年多打了兩石糧食，瓜果菜蔬也豐盛。這是頭一起摘下來的，

❸ 打抽豐：也叫「打秋風」，假借某種名義向人索取財物。

並沒敢賣呢，留的尖兒❹孝敬姑奶奶、姑娘們嘗嘗。姑娘們天天山珍海味的也吃膩了，這個吃個野意兒❺，也算是我們的窮心。」平兒忙道：「多謝費心。」又讓坐，自己也坐了。又讓：「張嬸子、周大娘坐。」又令小丫頭子倒茶去。周瑞、張材兩家的因笑道：「姑娘今兒臉上有些春色，眼圈兒都紅了。」平兒笑道：「可不是。我原是不吃的，大奶奶和姑娘們只是拉著死灌，不得已喝了兩鍾，臉就紅了。」張材家的笑道：「我倒想著要吃呢，又沒人讓我。明兒再有人請姑娘，可帶了我去罷。」說著，大家都笑了。周瑞家的道：「早起我就看見那螃蟹了，一斤只好秤兩個三個。這麼三大簍，想是有七八十斤呢。」周瑞家的道：「若是上上下下，只怕還不夠。」平兒道：「哪裡夠？不過都是有名兒的吃兩個子。那些散眾的，也有摸的著的，也有摸不著的。」劉姥姥道：「這樣螃蟹，今年就值五分一斤。十斤五錢，五五二兩五，三五一十五，再搭上酒菜，一共倒有二十多兩銀子。阿彌陀佛，這一頓的錢，夠我們莊家人過一年了。」

平兒因問：「想是見過奶奶了？」（寫平兒伶俐如此。）劉姥姥道：「見過了，叫我們等著呢。」說著，又往窗外看天氣，（是八月中當開窗時，細緻之甚！）說道：「天好早晚了，我們也去罷。別出不去城，纔是飢荒❻呢。」周瑞家的道：「這話倒是，我替你瞧瞧去。」說著，一逕去了。半日方來，笑道：「可是你老的福來了，竟投了這兩個人的緣了。」平兒等問：「怎麼樣？」周瑞家的笑道：「二奶奶在老太太的跟前呢。我原

❹ 尖兒：拔尖的；最好的。
❺ 野意兒：野生的；不上檯面的東西。
❻ 飢荒：這裡是麻煩的意思。

是悄悄的告訴二奶奶：『劉姥姥要家去呢，怕晚了趕不出城去。』二奶奶說：『大遠的，難為他扛了那些沉東西來。晚了就住一夜，明兒再去。』這可不是投上二奶奶的緣了？這也罷了，偏生老太太聽見了，又問：『劉姥姥是誰？』二奶奶便回明白了。老太太說：『我正想個積古❼的老人家說話兒，請了來我見一見。』這可不是想不到天上緣分了！」說著，催劉姥姥下來前去。劉姥姥道：「我這生像兒，怎好見的？好嫂子，你就說我去了罷。」平兒道：「你快去罷，不相干的。我們老太太最是惜老憐貧的，比不得那個狂三詐四的那些人。想是你怯上，我和周大娘送你去。」說著，同周瑞家的引了劉姥姥，往賈母這邊來。

二門口該班的小廝們見了平兒出來，都站起來了。又有兩個跑上來，趕著平兒叫「姑娘」。（想這一個「姑娘」非下稱上之「姑娘」也。按北俗以姑母曰「姑姑」，南俗曰「娘娘」，此「姑娘」定是姑姑娘娘之稱。每見大家風俗，多有小童稱少主妾曰「姑姑」「娘娘」者。按此書中若干人說話語氣及動用前照飲食諸類，皆東西南北互相兼用，此姑娘之稱，亦南北相兼而用無疑矣。）平兒問：「又說什麼？」那小廝笑道：「這會子也好早晚了，我媽病了，等著我去請大夫。好姑娘，我討半日假，可使得？」平兒道：「你們倒好，都商議定了，一天一個告假，又不回奶奶，只和我胡纏。前兒住兒去了，二爺偏生叫他，叫不著，我應❽起來了，還說我作了情。你今兒又來了！」周瑞家的道：「當真的他媽病了，姑（分明幾回沒寫到賈璉，今忽閒中一語，便補得賈璉這邊天天鬧熱，令人卻如看見聽見一般，所謂不寫之寫也。劉姥姥眼中耳中，又一番識面，奇妙之甚！）娘也替他應著，放了他罷。」平兒道：「明兒一早來。聽著，我還要使你呢，再睡的日頭曬著屁股再來！你這一去，帶個信兒給旺兒，就說奶奶的話問著他，那剩的利錢，明兒若不交了來，奶奶也不要

❼ 積古：積累了很多經驗，知道很多過去的事情。

❽ 應：承擔。

了，就越性送他使罷！」交代過襲人的話，看他如此說，真比鳳姐又甚一層，李紈之語不謬也。不知阿鳳何等福，得此一人。那小廝歡天喜地答應去了。

平兒等來至賈母房中，彼時大觀園中姊妹們都在賈母前承奉。妙極！連寶玉一併算入姊妹隊中了。劉姥姥進去，只見滿屋裡珠圍翠繞，花枝招展，並不知都係何人。只見一張榻上歪著一位老婆婆，身後坐著一個紗羅裹的美人一般的一個丫鬟，在那裡搥腿。鳳姐兒站著正說笑。奇奇怪怪文章。在劉姥姥眼中以為阿鳳至尊至貴，普天下人都該站著說，阿鳳獨坐纔是。如何今見阿鳳獨站哉？真妙文字！劉姥姥便知是賈母了，忙上來陪著笑，道了萬福，口裡說：「請老壽星安。」更妙！賈母之號何其多耶？在諸人口中則曰「老太太」，在阿鳳口中則曰「老祖宗」，在僧尼口中則曰「老菩薩」，在劉姥姥口中則曰「老壽星」者，卻似有數人，想去則皆賈母，難得如此各盡其妙。劉姥姥亦善應接。賈母亦欠身問好，又命周瑞家的端過椅子來坐著。那板兒仍是怯人，不知問候。「仍」字妙，蓋有上文故也。不知教訓者來看此句。賈母道：「老親家，你今年多大年紀了？」神妙之極！看官至此，必愁賈母以何相稱。誰知公然曰「老親家」，何等現成，何等大方，何等有情理。若云作者心中編出，余斷斷不信。何也？蓋編得出者，斷不能有這等情理。劉姥姥忙立身答道：「我今年七十五了。」賈母向眾人道：「這麼大年紀了，還這麼健壯，比我大好幾歲呢。我要到這麼大年紀，還不知怎麼動不得呢。」劉姥姥笑道：「我們生來是受苦的人，老太太生來是享福的。若我們也這樣，那些莊家活也沒人做了。」賈母道：「眼睛牙齒都還好？」劉姥姥道：「都還好，就是今年左邊的槽牙活動了。」賈母道：「我老了，都不中用了，眼也花，耳也聾，記性也沒了。你們這些老親戚，我都不記得了。親戚們來了，我怕人笑我，我都不會。不過嚼的動的吃兩口，睡一覺，悶了時，和這些孫子孫女兒頑笑一回就完了。」劉姥姥笑道：「這正是老太太的福了，我們想這麼著也不能。」賈母道：「什麼福？不過是個老廢物罷了。」說的大家都笑了。賈母又笑道：「我纔聽見鳳哥兒說，你帶了好些瓜菜來，叫他快收拾去了。我正想個地裡現擷的瓜兒菜兒吃，外頭買的，不像你們田地裡的好吃。」劉姥姥笑道：「這是野意兒，不過吃個新鮮。依我們，想魚肉吃，只吃不起。」

賈母又道：「今兒既認著了親，別空空兒的就去。不嫌我這裡，就住一兩天再去。我們也有個園子，園子裡頭也有果子，你明日也嘗嘗，帶些家去。你也算看親戚一趟。」鳳姐兒見賈母喜歡，也忙留道：「我們這裡雖不比你們的場院大，空屋子還有兩間，你住兩天罷。把你們那裡的新聞故事兒，說些與我們老太太聽聽。」賈母笑道：「鳳丫頭，別和他取笑兒。他是鄉屯裡的人，老實，哪裡擱的住你打趣他？」說著，又命人去先抓果子與板兒吃。板兒見人多了，又不敢吃。賈母又命拿些錢給他，叫小么兒們帶他外頭頑去。劉姥姥吃了茶，便把些鄉村中所見所聞的事情，說與賈母，賈母益發得了趣味。

正說著，鳳姐兒便令人來請劉姥姥吃晚飯。賈母又將自己的菜揀了幾樣，命人送過去與劉姥姥吃。鳳姐知道合了賈母的心，吃了飯便又打發過來。鴛鴦忙令老婆子帶了劉姥姥去洗了澡，自己挑了兩件隨常的衣服，令給劉姥姥換上。一段鴛鴦身分權勢心機，只寫賈母也。那劉姥姥哪裡見過這般行事，忙換了衣裳出來，坐在賈母榻前，又搜尋些話出來說。彼時寶玉姊妹們也都在這裡坐著，他們何曾聽見過這些話，自覺比那些瞽目先生❾說的書還好聽。那劉姥姥雖是個村野人，卻生來的有些見識，況且年紀老了，世情上經歷過的。見頭一個賈母高興，第二見這些哥兒姐兒們都愛聽，便沒了說的也編出些話來講。因說道：「我們村莊上種地種菜，每年每日，春夏秋冬，風裡雨裡，哪有個坐著的空兒？天天都是在那地頭子上作歇馬涼亭❿，什麼奇奇怪怪的事不見呢。就像去年冬天，接連下了幾天雪，地下壓了三四尺深。

❾ 瞽目先生：失明的說書藝人。舊時很多盲人以說書為業，陸游有詩云：「斜陽古柳趙家莊，負鼓盲翁正作場。」把說書藝人稱為「說書先生」，一直延續至今。

❿ 歇馬涼亭：這裡是休息、小住的意思。

我那日起的早，還沒出房門，只聽外頭柴草響，我想著必定是有人偷柴草來了。我爬著窗戶眼兒一瞧，卻不是我們村莊上的人。」賈母道：「必定是過路的客人們，冷了，見現成的柴，抽些烤火去，也是有的。」劉姥姥笑道：「也並不是客人，所以說來奇怪。老壽星當個什麼人？原來是一個十七八歲的極標緻的一個小姑娘，梳著溜油光的頭，穿著大紅襖兒，白綾裙子……」劉姥姥口氣如此。剛說到這裡，忽聽外面人吵嚷起來，又說：「不相干的，別唬著老太太。」賈母等聽了，忙問：「怎麼了？」丫鬟回說：「南院馬棚裡走了水⑪。不相干，已經救下去了。」賈母最膽小的，聽了這個話，忙起身扶了人，出至廊上來瞧，只見東南上火光猶亮。賈母唬的口內念佛，忙命人去火神跟前燒香。王夫人等也忙都過來請安，又回說：「已經下去了，老太太請進房去罷。」賈母足的看著火光息了，方領眾人進來。一段為後回作引，然偏於寶玉愛聽時截住。

寶玉且忙著問劉姥姥：「那女孩兒大雪地作什麼抽柴草？倘或凍出病來呢？」賈母道：「都是纔說抽柴草，惹出火來了，你還問呢！別說這個了，再說別的罷。」寶玉聽說，心內雖不樂，也只得罷了。劉姥姥便又想了一篇，說道：「我們莊子東邊莊上，有個老奶奶子，今年九十多歲了。他天天吃齋念佛，誰知就感動了觀音菩薩，夜裡來託夢說：『你這樣虔心，原來你該絕後的，如今奏了玉皇，給你個孫子。』原來這老奶奶只有一個兒子，這兒子也只一個兒子，好容易養到十七八歲上死了，哭的什麼似的。後果然又養了一個，今年纔十三四歲，生的雪團兒一般，聰明伶俐非常。可見這些神佛是有的。」這一席話，實合了賈母、王夫人的心事，連王夫人也都聽住了。寶玉心中只記掛著抽柴的

⑪ 走了水：指失火。

故事，因悶的心中籌畫。探春因問他：「昨日擾了史大妹妹，偺們回去商議著邀一社，又還了席，也請老太太賞菊花，何如？」寶玉笑道：「老太太說了，還要擺酒還史妹妹的席，叫偺們作陪呢。等著吃了老太太的，偺們再請不遲。」探春道：「越往前去越冷了，老太太未必高興。」寶玉道：「老太太又喜歡下雨下雪的，不如偺們等下頭場雪，請老太太賞雪豈不好？偺們雪下吟詩，也更有趣了。」林黛玉忙笑道：「偺們雪下吟詩？依我說還不如弄一捆柴火，雪下抽柴還更有趣兒呢！」說著，寶釵等都笑了。寶玉瞅了他一眼，也不答話。

一時散了，背地裡寶玉足的拉了劉姥姥，細問那女孩兒是誰。劉姥姥只得編了告訴他道：「那原是我們莊北沿地埂子上，有一個小祠堂裡供的，不是神佛，當先有個什麼老爺……」說著，又想名姓。寶玉道：「不拘什麼名姓，你不必想了，只說原故就是了。」劉姥姥道：「這老爺沒有兒子，只有一位小姐，名叫茗玉。小姐知書識字，老爺太太愛如珍寶。可惜這茗玉小姐生到十七歲，一病死了。」寶玉聽了，跌足嘆惜，又問：「後來怎麼樣？」劉姥姥道：「因為老爺太太思念不盡，便蓋了這祠堂，塑了這茗玉小姐的像，派了人燒香撥火。如今日久年深的，人也沒了，廟也爛了，那像就成了精。」寶玉忙道：「不是成精，規矩這樣人是雖死不死的。」劉姥姥道：「阿彌陀佛！原來如此。不是哥兒說，我們都當他成精。他時常變了人出來，各村莊店道上閒逛。我纔說這抽柴火的就是他了。我們村莊上的人還商議著，要打了這塑像，平了廟呢。」寶玉忙道：「快別如此！若平了廟，罪過不小。」劉姥姥道：「幸虧哥兒告訴我，我明兒回去告訴他們就是了。」寶玉道：「我們老太太、太太都是善人，合家大小也都好善喜捨，最愛修廟塑神的。我明兒做一個疏頭⑫，替你化些佈施，你就做香頭⑬，攢了錢，把這廟修蓋，再裝潢了泥像，每月給你香火錢燒香，豈不好？」劉姥姥道：「若這樣，我託那小姐的福，也有幾個錢使了。」寶玉又問他地名莊名，來往遠近，坐落何方，劉姥姥便順口胡謅了出來。

寶玉信以為真，回至房中盤算了一夜。次日一早，便出來給了茗烟幾百錢，按著劉姥姥說的方向地名，著茗烟去先踏看明白，回來再做主意。那茗烟去後，寶玉左等也不來，右等也不來，急的熱鍋上的螞蟻一般。好容易等到日落，方見茗烟興興頭頭的回來。寶玉忙問：「可有廟了？」茗烟笑道：「爺聽的不明白，叫我好找。那地名坐落不似爺說的一樣，所以找了一日，找到東北上田埂子上，纔有一個破廟。」寶玉聽說，喜的眉開眼笑，忙說道：「劉姥姥有年紀的人，一時錯記了也是有的。你且說你見的。」茗烟道：「那廟門卻倒是朝南開，也是稀破的。我找的正沒好氣，一見這個，我說可好了，連忙進去。一看泥胎，嚇的我跑出來了，活似真的一般。」寶玉喜的笑道：「他能變化人了，自然有些生氣。」茗烟拍手道：「哪裡有什麼女孩兒？竟是一位青臉紅髮的瘟神爺。」寶玉聽了，啐了一口，罵道：「真是一個無用的殺才！這點子事也幹不來。」茗烟道：「二爺又不知看了什麼書，或者聽了誰的混話，信真了，把這件沒頭腦的事派我去碰頭，怎麼說我沒用呢？」寶玉見他急了，忙撫慰他道：「你別急，改日閒了，你再找去。若是他哄我們呢，自然沒了；若真是有的，你豈不也積了陰騭？我必重重的賞你。」正說著，只見二門上的小廝來說：「老太太房裡的姑娘們，站在二門口

⓬ 疏頭：為修廟募化錢財的啟事文章，也叫「捐啟」。疏，音ㄕㄨˋ。

⓭ 香頭：管理寺廟香火的人。

找二爺呢。」

1.「那些散眾的，也有摸的著的，也有摸不著的。」庚辰本原作「那些散眾的，也沒有摸著，吃的也少。」據己卯本改。

第四十回　史太君兩宴大觀園　金鴛鴦三宣牙牌令

話說寶玉聽了，忙進來看時，只見琥珀站在屏風跟前，說：「快去罷，立等你說話呢。」寶玉來至上房，只見賈母正和王夫人、眾姊妹商議，給史湘雲還席。寶玉因說道：「我有個主意。既沒有外客，吃的東西也別定了樣數，誰素日愛吃的，揀樣兒做幾樣；也不要按桌席，每人跟前擺一張高几，各人愛吃的東西一兩樣，再一個什錦攢心盒子❶、自斟壺，豈不別致？」賈母聽了，說「很是」，忙命傳與廚房：「明日就揀我們愛吃的東西作了，按著人數，再裝了盒子來。早飯也擺在園裡吃。」商議之間，早又掌燈，一夕無話。

次日清早起來，可喜這日天氣清朗。李紈侵晨先起來，看著老婆子、丫頭們掃那些落葉，並擦抹桌椅，預備茶酒器皿。只見豐兒帶了劉姥姥、板兒進來，說：「大奶奶倒忙的緊。」李紈笑道：「我說你昨兒去不成，只忙著要去。」劉姥姥笑道：「老太太留下我，叫我也熱鬧一天去。」豐兒拿了幾把大小鑰匙，說道：「我們奶奶說了，外頭的高几恐不夠使，不如開了樓，把那收著的拿下來使一天罷。奶奶原該親自來的，因和太太說話呢，請大奶奶開了，帶著人搬罷。」李氏便令素雲接了鑰匙，又令婆子出去把二門上的小廝叫幾個來。李氏站在大觀樓下往上看，令人上去開了綴錦閣，一張一張往下抬。小廝、老婆子、丫頭一齊動手，抬了二十多張下來。李紈道：「好生著，別慌慌張張鬼

❶ 什錦攢心盒子：一種盛放菜餚和果品的菜盒或果盤，盒內分為許多格子，都攢向中心，所以叫「攢心盒子」。攢，音ㄘㄨㄢˊ。

趕來似的，仔細碰了牙子❷。」又回頭向劉姥姥笑道：「姥姥，你也上去瞧瞧。」劉姥姥聽說，巴不得一聲兒，便拉了板兒，登梯上去。進裡面，只見烏壓壓的堆著些圍屏、桌椅、大小花燈之類，雖不大認得，只見五彩炫耀，各有奇妙。念了幾聲佛，便下來了。然後鎖上門，一齊纔下來，李紈道：「恐怕老太太高興，越性把船上划子、篙槳、遮陽幔子都搬了下來預備著。」眾人答應，復又開了，色色的搬了下來。令小廝傳駕娘❸們，到船塢裡撐出兩隻船來。

正亂著安排，只見賈母已帶了一群人進來了。李紈忙迎上去，笑道：「老太太高興，倒進來了。我只當還沒梳頭呢，纔擷了菊花要送去。」一面說，一面碧月早捧過一個大荷葉式的翡翠盤子來，裡面盛著各色的折枝菊花。賈母便揀了一朵大紅的簪於鬢上，因回頭看見了劉姥姥，忙笑道：「過來帶花兒。」一語未完，鳳姐便拉過劉姥姥來，笑道：「讓我打扮你。」說著，將一盤子花橫三豎四的插了一頭。賈母和眾人笑的不住。劉姥姥笑道：「我這頭也不知修了什麼福，今兒這樣體面起來。」眾人笑道：「你還不拔下來摔到他臉上呢，把你打扮的成了個老妖精了。」劉姥姥笑道：「我雖老了，年輕時也風流，愛個花兒粉兒的。今兒老風流纔好。」

說笑之間，已來至沁芳亭子上。丫鬟們抱了一個大錦褥子來，鋪在欄杆榻板上。賈母倚柱坐下，命劉姥姥也坐在旁邊，因問他：「這園子好不好？」劉姥姥念佛說道：「我們鄉下人，到了年下，都上城來買畫兒貼。時常閒了，大家都說，怎麼得也到畫兒上去逛逛！想著那個畫兒也不過是假的，哪

❷ 牙子：鑲在家具邊上的裝飾性雕花木片。

❸ 駕娘：划船的女子。

裡有這個真地方呢？誰知我今兒進這園裡一瞧，竟比那畫兒還強十倍。怎麼得有人也照著這個園子畫一張，我帶了家去給他們見見，死了也得好處。」賈母聽說，便指著惜春笑道：「你瞧，我這個小孫女兒，他就會畫。等明兒叫他畫一張，如何？」劉姥姥聽了，喜的忙跑過來，拉著惜春說道：「我的姑娘，你這麼大年紀兒，又這麼個好模樣，還有這個能幹，別是個神仙托生的罷！」

賈母少歇一回，自然領著劉姥姥都見識見識。先到了瀟湘館。一進門，只見兩邊翠竹夾路，土地下蒼苔佈滿，中間羊腸一條石子漫❹的路。劉姥姥讓出路來與賈母眾人走，自己卻走❺走土地。琥珀拉著他說道：「姥姥，你上來走，仔細蒼苔滑了。」劉姥姥道：「不相干的，我們走熟了的。姑娘們只管走罷，可惜你們的那繡鞋，別沾髒了。」他只顧上頭和人說話，不防底下果跴❻滑了，咕咚一跤跌倒。眾人拍手都哈哈的笑起來。賈母笑罵道：「小蹄子們，還不攙起來，只站著笑。」說話時，劉姥姥已爬了起來了，自己也笑了，說道：「纔說嘴，就打了嘴。」賈母問他：「可扭了腰了不曾？叫丫頭們搥一搥。」劉姥姥道：「哪裡說的我這麼嬌嫩了？哪一天不跌兩下子，都要搥起來，還了得呢！」

紫鵑早打起湘簾，賈母等進來坐下。林黛玉親自用小茶盤捧了一蓋碗茶來，奉與賈母。王夫人道：「我們不吃茶，姑娘不用倒了。」林黛玉聽說，便命一個丫頭把自己窗下常坐的一張椅子挪到下首，請王夫人坐了。劉姥姥因見窗下案上設著筆硯，又見書架上磊著滿滿的書，劉姥姥道：「這必定是哪

❹ 漫：當作「墁」。用磚石鋪路。

❺ 趄：音ㄑㄧㄣˇ。走路難；謹慎走路。

❻ 跴：音ㄘㄞˇ。踩；踏。

位哥兒的書房了。」賈母笑指黛玉道：「這是我這外孫女兒的屋子。」劉姥姥留神打量了黛玉一番，方笑道：「這哪像個小姐的繡房，竟比那上等的書房還好。」賈母因問：「寶玉怎麼不見？」眾丫頭們答說：「在池子裡船上呢。」賈母道：「誰又預備下船了？」李紈忙回說：「纔開樓拿几，我恐怕老太太高興，就預備下了。」賈母聽了，方欲說話時，有人回說：「姨太太來了。」賈母等剛站起來，只見薛姨媽早進來了，一面歸坐，笑道：「今兒老太太高興，這早晚就來了。」賈母笑道：「我纔說來遲了的要罰他，不想姨太太就來遲了。」

說笑一會，賈母因見窗上紗的顏色舊了，便和王夫人說道：「這個紗，新糊上好看，過了後來就不翠了。這個院子裡頭又沒有個桃杏樹，這竹子已是綠的，再拿這綠紗糊上，反不配。我記得偺們先有四五樣顏色糊窗的紗呢。明兒給他把這窗上的換了。」鳳姐兒忙道：「昨兒我開庫房，看見大板箱裡還有好些疋銀紅蟬翼紗，也有各樣折枝花樣的，也有流雲卍福花樣的，也有百蝶穿花花樣的，顏色又鮮，紗又輕軟，我竟沒見過這樣的。拿了兩疋出來，作兩床綿紗被，想來一定是好的。」賈母聽了，笑道：「呸！人人都說你沒有不經過不見過，連這個紗還不認得呢！明兒還說嘴。」薛姨媽等都笑說：「憑他怎麼經過見過，如何敢比老太太呢！老太太何不教導了他，我們也聽聽。」鳳姐兒也笑說：「好祖宗，教給我罷。」賈母笑向薛姨媽眾人道：「那個紗，比你們的年紀還大呢，怪不得他認作蟬翼紗。原也有些像，不知道的，都認作蟬翼紗。正經名字叫作『軟烟羅』。」鳳姐兒道：「這個名兒也好聽。只是我這麼大了，紗羅也見過幾百樣，從沒聽見過這個名色。」賈母笑道：「你能夠活了多大，見過幾樣沒處放的東西，就說嘴來了！那個軟烟羅，只有四樣顏色：一樣雨過天晴，一樣秋香色，一樣松綠的，一樣就是銀紅的。若是做了帳子，糊了窗屜，遠遠的看著，就似烟霧一樣，所以叫作『軟烟羅』。那銀紅的又叫作『霞影紗』。如今上用的府紗，也沒有這樣軟厚輕密的了。」薛姨媽笑道：「別說鳳丫頭沒見，連我也沒聽見過。」

鳳姐兒一面說，早命人取了一疋來了。賈母說：「可不是這個！先時原不過是糊窗屜，後來我們拿這個作被，作帳子，試試也竟好。明兒就找出幾疋來，拿銀紅的替他糊窗子。」鳳姐答應著。眾人都看了，稱讚不已。劉姥姥也覷著眼看個不了，念佛說道：「我們想他作衣裳也不能，拿著糊窗子，豈不可惜？」賈母道：「倒是做衣裳不好看。」鳳姐忙把自己身上穿的一件大紅綿紗襖子襟兒拉了出來，向賈母、薛姨媽道：「看我的這襖兒！」賈母、薛姨媽都說：「這也是上好的了。這是如今的上用內造❼的，竟比不上這個。」鳳姐兒道：「這個薄片子，還說是上用內造呢，竟連官用的也比不上了。」賈母道：「再找一找，只怕還有青的。若有時，拿出來，送這劉親家兩疋，做一個帳子我掛，下剩的添上裡子，做些夾背心子❽給丫頭們穿。白收著霉壞了。」鳳姐忙答應了，仍令人送去。

賈母起身笑道：「這屋裡窄，再往別處逛去。」劉姥姥念佛道：「人人都說大家子住大房。昨兒見了老太太正房，配上大箱、大櫃、大桌子、大床，果然威武。那櫃子比我們那一間房子還大還高。怪道後院子裡有個梯子，我想並不上房曬東西，預備個梯子作什麼？後來我想起來，定是為開頂櫃收放東西。離了那梯子，怎麼得上去呢？如今又見了這小屋子，更比大的越發齊整了。滿屋裡的東西都

❼ 上用內造：上用，皇帝所用。內造，內府所造。宮廷內專設負責織造名貴衣料的機構，供應皇家所需。

❽ 夾背心子：即「背心」，沒有領子和袖子的內衣。

只好看，都不知叫什麼，我越看越捨不得離了這裡。」鳳姐道：「還有好的呢，我都帶你去瞧瞧。」說著，已經離了瀟湘館，遠遠望見池中一群人在那裡撐船。賈母道：「他們既預備下船，偺們就坐。」一面說著，便向紫菱洲、蓼溆一帶走來。未至池前，只見幾個婆子手裡都捧著一色捏絲戧金❾五彩大盒子走來。鳳姐忙問王夫人：「早飯在哪裡擺？」王夫人道：「問老太太在哪裡，就在那裡擺罷了。」賈母聽說，便回頭說：「你三妹妹那裡就好，你就帶了人擺去，我們從這裡坐了船去。」

鳳姐聽說，便回身同了探春、李紈、鴛鴦、琥珀帶著端飯的人等，抄著近路到了秋爽齋，就在曉翠堂上調開桌案。鴛鴦笑道：「天天偺們說外頭老爺們吃酒吃飯，都有一個篾片相公❿，拿他取笑兒，偺們今兒也得了一個女篾片了。」李紈是個厚道人，聽了不解。鳳姐兒卻知是說的是劉姥姥了，也笑說道：「偺們今兒就拿他取個笑兒。」二人便如此這般的商議。李紈笑勸道：「你們一點好事也不做！又不是個小孩兒，還這麼淘氣，仔細老太太說。」鴛鴦笑道：「很不與你相干，有我呢。」正說著，只見賈母等來了，各自隨便坐下。先著丫鬟端過兩盤茶來，大家吃畢。鳳姐手裡拿著西洋布手巾，裹著一把烏木三鑲銀箸⓫，敁敠⓬人位，按席擺下。賈母因說：「把那一張小楠木桌子抬過來，讓劉親

❾ 捏絲戧金：捏絲，即刻絲、刻花。戧金，在器物上先刻上圖案，然後在刻畫的線條內填上金箔，這樣的工藝稱為「戧金」。戧，音ㄑㄧㄤˋ。

❿ 篾片相公：篾片、相公都指在富豪人家走動，幫閒湊趣的門客。

⓫ 烏木三鑲銀箸：用烏木做的筷子，在頂端、中間和尾端鑲有三道銀圈。

⓬ 敁敠：音ㄉㄧㄢ ㄉㄨㄛˊ。用手掂量物體的輕重，引申為忖度。這裡是估算的意思。

家近我這邊坐著。」眾人聽說，忙抬了過來。鳳姐一面遞眼色與鴛鴦，鴛鴦便拉了劉姥姥出去，悄悄的囑咐了劉姥姥一席話，又說：「這是我們家的規矩，若錯了，我們就笑話呢。」調停已畢，然後歸坐。

薛姨媽是吃過飯來的，不吃，只坐在一邊吃茶。妙！若只管寫薛姨媽來則吃飯，則成何文理？賈母帶著寶玉、湘雲、黛玉、寶釵一桌，王夫人帶著迎春姊妹三個人一桌，劉姥姥傍著賈母一桌。賈母素日吃飯，皆有小丫鬟在旁邊，拿著漱盂、麈尾、巾帕之物。如今鴛鴦是不當這差的了，今日鴛鴦偏接過麈尾來拂著。丫鬟們知道他要撮弄⓭劉姥姥，便躲開讓他。鴛鴦一面侍立，一面悄向劉姥姥說道：「別忘了。」劉姥姥道：「姑娘放心。」那劉姥姥入了坐，拿起箸來，沉甸甸的不伏手⓮。原是鳳姐和鴛鴦商議定了，單拿一雙老年四楞象牙鑲金的筷子與劉姥姥。劉姥姥見了，說道：「這叉爬子比俺那裡鐵掀還沉，哪裡犟⓯的過他？」說的眾人都笑起來。

只見一個媳婦端了一個盒子站在當地，一個丫鬟上來，揭去盒蓋，裡面盛著兩碗菜。李紈端了一碗放在賈母桌上，鳳姐兒偏揀了一碗鴿子蛋放在劉姥姥桌上。賈母這邊說聲「請」，劉姥姥便站起身來，高聲說道：「老劉，老劉，食量大似牛，吃一個老母豬不抬頭！」自己卻鼓著腮不語。眾人先是發怔，後來一聽，上上下下都哈哈的大笑起來。史湘雲掌不住⓰，一口飯都噴了出來；林黛玉笑岔了氣，伏

⓭ 撮弄：玩耍戲弄。撮，音ㄘㄨㄛ。

⓮ 不伏手：不順手。

⓯ 犟：音ㄐㄧㄤˋ。倔強；固執。這裡指筷子沉甸不好拿。

著桌子噯喲；寶玉早滾到賈母懷裡，賈母笑的摟著寶玉叫「心肝」；王夫人笑的用手指著鳳姐兒，只說不出話來；薛姨媽也掌不住，口裡茶噴了探春一裙子；探春手裡的飯碗，都合在迎春身上；惜春離了坐位，拉著他奶母，叫揉一揉腸子。地下的無一個不彎腰屈背，也有躲出去蹲著笑去的，也有忍著笑上來替他姊妹換衣裳的。獨有鳳姐、鴛鴦二人掌著，還只管讓劉姥姥。

劉姥姥拿起箸來，只覺不聽使，又說道：「這裡的雞兒也俊，下的這蛋也小巧，怪俊的。我且肏攮一個。」眾人方住了笑，聽見這話，又笑起來。賈母笑的眼淚出來，琥珀在後搥著。賈母笑道：「這定是鳳丫頭促狹鬼兒鬧的，快別信他的話了。」那劉姥姥正誇雞蛋小巧，要肏攮一個，鳳姐兒笑道：「一兩銀子一個呢，你快嘗嘗罷，那冷了就不好吃了。」劉姥姥便伸箸子要夾，哪裡夾的起來？滿碗裡鬧了一陣，好容易撮起一個來，纔伸著脖子要吃，偏又滑下來，滾在地下。忙放下箸子，要親自去揀，早有地下的人揀了出去了。劉姥姥嘆道：「一兩銀子，也沒聽見響聲兒，就沒了。」眾人已沒心吃飯，都看著他笑。賈母又說：「這會子又把那個筷子拿了出來，又不請客擺大筵席，都是鳳丫頭支使的，還不換了呢！」地下的人原不曾預備這牙箸，本是鳳姐和鴛鴦拿了來的，聽如此說，忙收了過去，也照樣換上一雙烏木鑲銀的。劉姥姥道：「去了金的，又是銀的，到底不及俺們那個伏手。」鳳姐兒道：「菜裡若有毒，這銀子下去了，就試的出來。」劉姥姥道：「這個菜裡若有毒，俺們那菜都成了砒霜了。哪怕毒死了，也要吃盡了。」賈母見他如此有趣，吃的又香甜，把自己的也都端過來與他吃。又命一個老嬤嬤來，將各樣的菜給板兒夾在碗上。

⑯ 掌不住：掌握不住；忍不住。

一時吃畢，賈母等都往探春臥室中去說閒話。這裡收拾過殘桌，又放了一桌。劉姥姥看著李紈與鳳姐兒對坐著吃飯，嘆道：「別的罷了，我只愛你們家這行事。怪道說『禮出大家』。」鳳姐兒忙笑道：「你可別多心，纔剛不過大家取笑兒。」一言未了，鴛鴦也進來笑道：「姥姥別惱，我給你老人家賠個不是。」劉姥姥笑道：「姑娘說哪裡話？偺們哄著老太太開個心兒，可有什麼惱的！你先囑咐我，我就明白了。不過大家取個笑兒，我要心裡惱，也就不說了。」鴛鴦便罵人：「為什麼不倒茶給姥姥吃？」劉姥姥忙道：「剛纔那個嫂子倒了茶來，我吃過了。姑娘也該用飯了。」鳳姐兒便拉鴛鴦：「你坐下，和我們吃了罷，省的回來又鬧。」鴛鴦便坐下了，婆子們添上碗箸來，三人吃畢。

劉姥姥笑道：「我看你們這些人，都只吃這一點兒就完了，虧你們也不餓。怪只道風兒都吹的倒。」鴛鴦便問：「今兒剩的菜不少，都哪去了？」婆子們道：「都還沒散呢，在這裡等著，一齊散與他們吃。」鴛鴦道：「他們吃不了這些，挑兩碗給二奶奶屋裡平丫頭送去。」鳳姐兒道：「他早吃了飯了，不用給他。」鴛鴦道：「他不吃了，餵你們的貓。」婆子聽了，忙揀了兩樣，拿盒子送去。鴛鴦道：「素雲哪去了？」李紈道：「他們都在這裡一處吃，又找他作什麼？」鴛鴦道：「這就罷了。」鳳姐兒道：「襲人不在這裡，你倒是叫人送兩樣給他去。」鴛鴦聽說，便命人也送兩樣去後，鴛鴦又問婆子們：「回來吃酒的攢盒可裝上了？」婆子道：「想必還得一會子。」鴛鴦道：「催著些兒。」婆子應喏了。

鳳姐兒等來至探春房中，只見他娘兒們正說笑。探春素喜闊朗，這三間屋子並不曾隔斷。當地放著一張花梨大理石大案，案上磊著各種名人法帖，並數十方寶硯，各色筆筒，筆海內插的筆如樹林一般。那一邊設著斗大的一個汝窯花囊⑰，插著滿滿的一囊水晶球兒的白菊。西牆上當中掛著一大幅米襄陽⑱烟雨圖，左右掛著一副對聯，乃是顏魯公⑲墨跡。其詞云：

烟霞閒骨格，泉石野生涯。

案上設著大鼎，左邊紫檀架上放著一個大觀窯⑳的大盤，盤內盛著數十個嬌黃玲瓏大佛手；右邊洋漆架上懸著一個白玉比目磬，旁邊掛著小鎚。那板兒略熟了些，便要摘那鎚子要擊。丫鬟們忙攔住他。他又要佛手吃，探春揀了一個與他，說：「頑罷，吃不得的。」東邊便設著臥榻，拔步床㉑上懸著葱綠雙繡花卉草蟲紗帳。板兒又跑過來看，說：「這是蟈蟈，這是螞蚱。」劉姥姥忙打了他一巴掌，罵道：「下作黃子㉒，沒乾沒淨的亂鬧！倒叫你進來瞧瞧，就上臉㉓了！」打的板兒哭起來，眾人忙勸

---

⑰ 花囊：插花的瓷器，上面有許多孔，可以插花。

⑱ 米襄陽：米芾，宋代著名的書畫家，世居太原，後遷襄陽，故自號襄陽漫士。以善畫烟雨山水著稱。

⑲ 顏魯公：顏真卿，唐代著名的書法家，因封魯郡公，故世稱顏魯公。據宋張唐英蜀檮杌載，中國的楹聯始於五代後蜀主孟昶。至明代後期，文人書寫對聯之風始盛。顏魯公並無對聯傳世，小說所寫為藝術虛構。

⑳ 大觀窯：大觀是宋徽宗年號。一說大觀窯是大觀、政和年間宮廷自設窯場所燒製的瓷器，即北宋官窯；一說是大觀年間景德鎮製作的瓷器。

㉑ 拔步床：也叫「八步床」，是一種形狀高大，結構複雜的床，床前有較寬的踏腳，床邊和床下附有小櫃和抽屜，四角豎有支架，可掛帳子。

㉒ 下作黃子：下作，鄙賤；下流。黃子，胚胎。下作黃子是罵人天生品格卑汙。

解方罷。賈母因隔著紗窗往後院內看了一回，說道：「後廊簷下的梧桐也好了，就只細些。」正說話，忽一陣風過，隱隱聽得鼓樂之聲。賈母問：「是誰家娶親呢？這裡臨街倒近。」王夫人等笑回道：「街上的哪裡聽的見？這是偺們的那十幾個女孩子們演習吹打呢。」賈母便笑道：「既是他們演，何不叫他們進來演習？他們也逛一逛，偺們可又樂了。」鳳姐聽說，忙命人出去叫來，又一面吩咐擺下條桌，鋪上紅氈子。賈母道：「就鋪排在藕香榭的水亭子上，借著水音更好聽。回來偺們就在綴錦閣底下吃酒，又寬闊，又聽的近。」眾人都說那裡好。賈母向薛姨媽笑道：「偺們走罷。他們姊妹們都不大喜歡人來坐著，怕髒了屋子。偺們別沒眼色，正經坐一回子船，喝酒去。」說著，大家起身便走。探春笑道：「這是哪裡的話？求著老太太、姨太太來坐坐，還不能呢。」賈母笑道：「我的這三丫頭卻好，只有兩個玉兒可惡。回來吃醉了，偺們偏往他們屋裡鬧去。」說著，眾人都笑了。

一齊出來，走不多遠，已到了荇葉渚。那姑蘇選來的幾個駕娘，早把兩隻棠木舫撐來。眾人扶了賈母、王夫人、薛姨媽、劉姥姥、鴛鴦、玉釧兒上了這一隻，落後李紈也跟上去。鳳姐兒也上去，立在船頭上，也要撐船。賈母在艙內道：「這不是頑的，雖不是河裡，也有好深的。你快不給我進來！」鳳姐兒笑道：「怕什麼！老祖宗只管放心。」說著，便一篙點開。到了池當中，船小人多，鳳姐只覺亂晃，忙把篙子遞與駕娘，方蹲下了。然後迎春姊妹等並寶玉上了那隻，隨後跟來。其餘老嬤嬤、眾丫鬟俱沿河隨行。寶玉道：「這些破荷葉可恨，怎麼還不叫人來拔去？」寶釵笑道：「今年這幾日，何曾饒了這園子閒了？天天逛，哪裡還有叫人來收拾的工夫？」林黛玉道：「我最不喜歡李義山的詩，

㉓ 上臉：恃寵而撒嬌。

只喜他這一句：『留得殘荷聽雨聲』㉔，偏你們又不留著殘荷了。」寶玉道：「果然好句，以後偺們就別叫人拔去了。」說著，已到了花漵的蘿港之下，覺得陰森透骨，兩灘上衰草殘菱，更助秋情。

賈母因見岸上的清廈曠朗，便問：「這是薛姑娘的屋子不是？」眾人道：「是。」賈母忙命攏岸，順著雲步石梯上去，一同進了蘅蕪苑。只覺異香撲鼻，那些奇草仙藤，愈冷愈蒼翠，都結了實，似珊瑚豆子一般，纍垂可愛。及進了房屋，雪洞一般，一色玩器全無。案上只有一個土定瓶㉕，中供著數支菊花，並兩部書、茶奩㉖茶杯而已。床上只吊著青紗帳幔，衾褥也十分樸素。賈母嘆道：「這孩子太老實了。你沒有陳設，何妨和你姨娘要些？我也不理論，也沒想到。你們的東西，自然在家裡沒帶了來。」說著，命鴛鴦去取些古董來，又嗔著鳳姐兒：「不送些玩器來與你妹妹，這樣小器！」王夫人、鳳姐兒等都笑回說：「他自己不要的。我們原送了來，他都退回去了。」薛姨媽也笑說：「他在家裡也不大弄這些東西的。」賈母搖頭道：「使不得。雖然他省事，倘或來一個親戚，看著不像；二則年輕的姑娘們，房裡這樣素淨，也忌諱。我們這老婆子，越發該住馬圈去了。你們聽那些書上戲上說的小姐們的繡房，精緻的還了得呢！他們姊妹們雖不敢比那些小姐們，也不要很離了格兒。有現成

㉔ 留得殘荷聽雨聲：出自唐李商隱宿駱氏亭寄懷崔雍崔袞：「竹塢無塵水檻清，相思迢遞隔重城。秋陰不散霜飛晚，留得枯荷聽雨聲。」

㉕ 土定瓶：定窯出產的瓷器。定窯在今河北曲陽，古屬定州府，故稱「定窯」。定窯的瓷器，色白滋潤者稱「粉定」或「白定」，質粗微黃者稱「土定」。

㉖ 茶奩：裝茶具的盒子。

的東西，為什麼不擺？若很愛素淨，少幾樣倒使得。我最會收拾屋子的，如今老了，沒有這些閒心了。他們姊妹們也還學著，收拾的好；只怕俗氣，有好東西也擺壞了。我看他們還不俗。如今讓我替你收拾，包管又大方又素淨。我的梯己兩件，收到如今，沒給寶玉看見過；若經了他的眼，也沒了。」說著，叫過鴛鴦來，親吩咐道：「你把那石頭盆景兒和那架紗桌屏，還有個墨烟凍石鼎，這三樣擺在這案上就夠了。再把那水墨字畫白菱帳子拿來，把這帳子也換了。」鴛鴦答應著，笑道：「這些東西都擱在東樓上的不知哪個箱子裡，還得慢慢找去。明兒再拿去也罷了。」賈母道：「明日後日都使得，只別忘了。」說著，坐了一回方出來，一逕來至綴錦閣下。文官等上來請過安，因問：「演習何曲？」賈母道：「只揀你們熟的演習幾套罷。」文官等下來，往藕香榭去，不提。

這裡鳳姐兒已帶著人擺設整齊，上面左右兩張榻，榻上都鋪著錦裀蓉簟㉗。每一榻前有兩張雕漆几，也有海棠式的，也有梅花式的，也有荷葉式的，也有葵花式的，也有方的，也有圓的，其式不一。一個上面放著爐瓶，一分攢盒；一個上面空設著，預備放人所喜食物。上面二榻四几，是賈母、薛姨媽；下面一椅兩几，是王夫人的。餘者都是一椅一几。東邊是劉姥姥，劉姥姥之下便是王夫人。西邊便是史湘雲，第二便是寶釵，第三便是黛玉，第四迎春、探春、惜春挨次下去，寶玉在末。李紈、鳳姐二人之几設於三層檻內，二層紗廚之外。攢盒式樣亦隨几之式樣。每人一把烏銀洋鏨自斟壺，一個十錦琺瑯㉘杯。大家坐定，賈母先笑道：「偺們先吃兩杯，今日也行一令，纔有意思。」薛姨媽等笑

㉗ 錦裀蓉簟：錦裀，錦做的坐褥。蓉簟，帶有芙蓉花圖案的席子。

㉘ 琺瑯：瓷器釉彩的名稱，原從西方傳入。清代的琺瑯彩瓷器，胎質輕薄細膩，畫面精緻，色彩鮮麗，非常珍貴。

道：「老太太自然有好酒令，我們如何會呢？安心要我們醉了。我們都多吃兩杯就有了。」賈母笑道：「姨太太今兒也過謙起來，想是厭我老了。」薛姨媽笑道：「不是謙，只怕行不上來，倒是笑話了。」王夫人忙笑道：「便說不上來，就便多吃一杯酒，醉了睡覺去，還有誰笑話咱們不成？」薛姨媽點頭笑道：「依令，老太太到底吃一杯令酒纔是。」賈母笑道：「這個自然。」說著，便吃了一杯。

鳳姐兒忙走至當地，笑道：「既行令，還叫鴛鴦姐姐來行更好。」眾人都知賈母所行之令，必得鴛鴦提著，故聽了這話，都說：「很是。」鳳姐兒便拉了鴛鴦過來，王夫人笑道：「既在令內，沒有站著的理。」回頭命小丫頭子：「端一張椅子，放在你二位奶奶的席上。」鴛鴦也半推半就，謝了坐，便坐下，也吃了一鍾酒，笑道：「酒令大如軍令，不論尊卑，惟我是主。違了我的話，是要受罰的。」王夫人等都笑道：「一定如此，快些說來。」鴛鴦未開口，劉姥姥便下了席，擺手道：「別這樣捉弄人家，我家去了。」眾人都笑道：「這卻使不得。」鴛鴦喝令小丫頭子們：「拉上席去！」小丫頭子們也笑著，果然拉入席中。劉姥姥只叫：「饒了我罷！」鴛鴦道：「再多言的，罰一壺。」劉姥姥方住了聲。鴛鴦道：「如今我說骨牌副兒㉙，從老太太起，順領說下去，至劉姥姥止。比如我說一副兒，將這三張牌拆開，先說頭一張，次說第二張，再說第三張，說完了，合成這一副兒的名字。無論詩詞歌賦、成語俗話，比上一句，都要叶韻。錯了的罰一杯。」眾人笑道：「這個令好，就說出來。」

鴛鴦道：「有了一副了，左邊是張『天』㉚。」賈母道：「頭上有青天。」眾人道：「好！」鴛

㉙ 骨牌副兒：幾張骨牌按照一定的點數和顏色配成套，並有一定的名稱，稱為一副。下文「蓬頭鬼」、「二郎遊五岳」等，都是一副骨牌的名稱。

鴦道：「當中是個『五與六』。」賈母道：「六橋梅花香徹骨。」鴛鴦道：「剩得一張『六與么』。」賈母道：「一輪紅日出雲霄。」鴛鴦道：「湊成便是個『蓬頭鬼』。」賈母道：「這鬼抱住鍾馗腿。」說完，大家笑說：「極妙！」賈母飲了一杯。鴛鴦又道：「有了一副，左邊是個『大長五』。」薛姨媽道：「梅花朵朵風前舞。」鴛鴦道：「右邊還是個『大五長』。」薛姨媽道：「十月梅花嶺上香㉛。」鴛鴦道：「當中『二五』是雜七。」薛姨媽道：「織女牛郎會七夕。」鴛鴦道：「湊成『二郎㉜遊五岳』。」薛姨媽道：「世人不及神仙樂。」說完，大家稱賞，飲了酒。

鴛鴦又道：「有了一副，左邊『長么』兩點明。」湘雲道：「雙懸日月照乾坤㉝。」鴛鴦道：「右邊『長么』兩點明。」湘雲道：「閒花落地聽無聲㉞。」鴛鴦道：「中間還得『么四』來。」湘雲道：「日邊紅杏倚雲栽㉟。」鴛鴦道：「湊成個『櫻桃九熟』。」湘雲道：「御園卻被鳥啣出㊱。」說完，飲了一杯。鴛鴦道：「有了一副，左邊是『長三』。」寶釵道：「雙雙燕子語梁間㊲。」鴛鴦道：「右

㉚ 天：即天牌。由上下兩組紅綠相間的六點組成，也稱長六。每張骨牌點數花色不同，有不同的名稱。如下文所說長五，是上下兩個五點；長么又名地牌，由兩個紅點組成。

㉛ 十月句：此句仿唐樊晃南中感懷詩：「十月先開嶺上梅。」「嶺上」指地處湘贛、粵桂邊界的五嶺。

㉜ 二郎：傳說中的二郎神。

㉝ 雙懸句：出自李白上皇西巡南京歌。

㉞ 閒花句：出自唐劉長卿贈別李士元詩。

㉟ 日邊句：出自唐高蟾下第後上永崇高侍郎詩。

㊱ 御園句：此句化用王維敕賜百官櫻桃：「才是寢園春薦後，非關御苑鳥銜殘。」

邊是『三長』。」寶釵道：「水荇牽風翠帶長㊳。」鴛鴦道：「當中『三六』九點在。」寶釵道：「三山半落青天外㊴。」鴛鴦道：「湊成『鐵鎖練孤舟』。」寶釵道：「處處風波處處愁㊵。」說完，飲畢。鴛鴦又道：「左邊一個『天』。」黛玉道：「良辰美景奈何天。」寶釵聽了，回頭看著他。黛玉只顧怕罰，也不理論。鴛鴦道：「中間『錦屏』顏色俏。」黛玉道：「紗窗也沒有紅娘報㊶。」鴛鴦道：「剩了『二六』八點齊。」黛玉道：「雙瞻玉座引朝儀㊷。」鴛鴦道：「湊成『籃子』好採花。」黛玉道：「仙仗香挑芍藥花。」說完，飲了一口。

鴛鴦道：「左邊『四五』成花九。」迎春道：「桃花帶雨濃㊸。」眾人道：「該罰！錯了韻，而且又不像。」迎春笑著飲了一口。原是鳳姐兒和鴛鴦都要聽劉姥姥的笑話，故意都令說錯，都罰了。至王夫人，鴛鴦代說了個，下便該劉姥姥。劉姥姥道：「我們莊家人閒了，也常會幾個人弄這個，但不如說的這麼好聽。少不得我也試一試。」眾人都笑道：「容易說的，不相干，只管說。」鴛鴦笑道：「左邊『四四』是個人。」劉姥姥聽了，想了半日，說道：「是個莊家人罷？」眾人鬨堂笑了，賈母

㊲ 雙雙句：此句來自宋劉孝孫題饒州酒務廳屏：「底事未驚夢裡客，呢喃燕子語梁間。」

㊳ 水荇句：出自杜甫曲江對雨詩。

㊴ 三山句：出自李白登金陵鳳凰臺詩。

㊵ 處處句：此句仿照薛瑩秋日湖上詩：「落日五湖遊，烟波處處愁。」

㊶ 紗窗句：出自金聖嘆批本西廂記第一本第四折張生唱的駐馬聽曲。

㊷ 雙瞻句：出自杜甫紫宸殿退朝口號詩。

㊸ 桃花句：出自李白訪戴天山道士不遇詩。

笑道：「說的好，就是這樣說。」劉姥姥也笑道：「我們莊家人不過是現成的本色，眾位別笑。」鴛鴦道：「中間『三四』綠配紅。」劉姥姥道：「大火燒了毛毛蟲。」眾人笑道：「這是有的。還說你的本色。」鴛鴦道：「右邊『么四』真好看。」劉姥姥道：「一個蘿蔔一頭蒜。」眾人又笑了。鴛鴦笑道：「湊成便是『一枝花』。」劉姥姥兩隻手比著，說道：「花兒落了結個大倭瓜。」眾人大笑起來。只聽外面亂嚷……

第四十一回 櫳翠庵茶品梅花雪 怡紅院劫遇母蝗蟲

此回櫳翠品茶，怡紅遇劫。蓋妙玉雖以清淨無為自守，而怪潔之癖未免有過，老嫗只污得一杯，見而勿用，豈似玉兄日享洪福，竟至無以復加而不自知。故老嫗眠其床，臥其席，酒屁熏其屋，卻被襲人遮過，則仍用其床其席其屋。亦作者特為轉眼不知身後事寫來作戒，紈袴公子豈不慎哉？

話說劉姥姥兩隻手比著說道：「花兒落了結個大倭瓜。」眾人聽了，鬨堂大笑起來。於是吃過門杯，因又逗趣笑道：「實告訴說罷，我的手腳子粗笨，又喝了酒，仔細失手打了這磁杯。有木頭酒杯取個子來，我便失了手，掉了地下，也無礙。」眾人聽了，又笑起來。鳳姐兒聽如此說，便忙笑道：「果真要木頭的，我就取了來。可有一句先說下，這木頭的可比不得磁的，他都是一套，定要吃遍一套方使得。」劉姥姥聽了，心下敁敠❶道：「我方纔不過是趣話取笑兒，誰知他果真竟有？我時常在村莊鄉紳大家，也赴過席，金杯銀杯倒都也見過，從來沒見有木頭杯之說。哦，是了，想必是小孩子們使的木碗兒，不過誆我多喝兩碗。別管他，橫豎這酒蜜水兒似的，多喝點子也無妨。」想畢，便說：「取來再商量。」鳳姐乃命豐兒：「到前面裡間屋裡，書架子上，有十個竹根套

為登廁伏脈。

❶ 敁敠：忖度；在心中衡量、考慮事態大小。

杯，取來。」豐兒聽了答應，纔然要去，鴛鴦笑道：「我知道你這十個杯還小，況且你纔說是木頭的，這會子又拿了竹根子的來，倒不好看，不如把我們那裡的黃楊根整摳的十個大套杯拿來，灌他十下子。」鳳姐兒笑道：「更好了。」鴛鴦果命人取來。劉姥姥一看，又驚又喜：驚的是一連十個，挨次大小分下來，那大的足似個小盆子，第十個極小的，還有手裡的杯子兩個大；喜的是雕鏤奇絕，一色山水樹木人物，並有草字以及圖印。因忙說道：「拿了那小的來就是了，怎麼這樣多？」鳳姐兒笑道：「這個杯沒有喝一個的理。我們家因沒有這大酒量的，所以沒人敢使他。姥姥既要，好容易尋了出來，必定要挨次吃一遍纔使得。」劉姥姥嚇的忙道：「這個不敢！好姑奶奶，饒了我罷！」賈母、薛姨媽、王夫人知道他有年紀的人，禁不起，忙笑道：「說是說，笑是笑，不可多吃了，只吃這頭一杯罷。」劉姥姥道：「阿彌陀佛！我還是小杯吃罷，把這大杯收著，我帶了家去，慢慢的吃罷。」說的眾人又笑起來。

鴛鴦無法，只得命人滿斟了一大杯。劉姥姥兩手捧著喝。賈母、薛姨媽都道：「慢些，不要嗆了。」薛姨媽又命鳳姐兒佈了菜來。鳳姐笑道：「姥姥要吃什麼，說出名兒來，我搛❷了餵你。」劉姥姥道：「我知道什麼名兒？樣樣都是好的。」賈母笑道：「你把茄鯗❸搛些餵他。」鳳姐兒聽說，依言搛些茄鯗送入劉姥姥口中，因笑道：「你們天天吃茄子，也嘗嘗我們的茄子，弄的可口不可口？」劉姥姥笑道：「別哄我了，茄子跑出這個味兒來了，我們也不用種糧食，只種茄子了。」眾人笑道：「真是

---

❷ 搛：音ㄐㄧㄢ。夾取。

❸ 茄鯗：茄乾。鯗，音ㄒㄧㄤˇ。曬乾的魚。這裡泛指成片或成丁的醃製食品。

茄子，我們再不哄你。」劉姥姥詫異道：「真是茄子？我白吃了半日。姑奶奶再餵我些，這一口細嚼嚼。」鳳姐兒果又搛了些放入口內。劉姥姥細嚼了半日，笑道：「雖有一點茄子香，只是還不像是茄子。告訴我是個什麼法子弄的，我也弄著吃去。」鳳姐兒笑道：「這也不難。你把纔下來的茄子，把皮劉❹了，只要淨肉，切成碎丁子，用雞油炸了，再用雞脯子肉，並香菌、新筍、蘑菇、五香腐乾、各色乾果子，俱切成丁子，用雞湯煨乾，將香油一收，外加糟油一拌，盛在磁罐子裡封嚴，要吃時拿出來，用炒的雞瓜❺一拌就是。」劉姥姥聽了，搖頭吐舌，說道：「我的佛祖！倒得十來隻雞來配他，怪道這個味兒。」一面說笑，一面慢慢的吃完了酒，還只管細玩那杯。鳳姐笑道：「還是不足興，再吃一杯罷。」劉姥姥忙道：「了不得，那就醉死了！我因為愛這樣範❻，虧他怎麼作了。」鴛鴦笑道：「酒吃完了，到底這杯子是什麼木的？」劉姥姥笑道：「怨不得姑娘不認得，你們在這金門繡戶的，如何認得木頭？我們成日家和樹林子作街坊，困了枕著他睡，乏了靠著他坐，荒年間餓了還吃他；眼睛裡天天見他，耳朵裡天天聽他，口兒裡天天講他，所以好歹真假，我是認得的。讓我認一認。」一面說，一面細細端詳了半日，道：「你們這樣人家，斷沒有那賤東西，那容易得的木頭，你們也不收著了。我掂著這杯體重，斷乎不是楊木，這一定是黃松的。」眾人聽了，鬨堂大笑起來。

只見一個婆子走來，請問賈母說：「姑娘們都到了藕香榭，請示下：就演罷，還是再等一會子？」

---

❹ 劉：音ㄑㄧㄢ。切割。

❺ 雞瓜：即雞丁。

❻ 樣範：模樣。

賈母忙笑道：「可是倒忘了他們，就叫他們演罷。」那個婆子答應去了。不一時，只聽得簫管悠揚，笙笛並發。正值風清氣爽之時，那樂聲穿林度水而來，自然使人神移心曠。寶玉先禁不住，拿起壺來斟了一杯，一口飲盡。復又斟上，纔要飲，只見王夫人也要飲，命人換暖酒，寶玉連忙將自己的杯捧了過來，送到王夫人口邊，（妙極！忽寫寶玉如此，便是天地間母子之至情至性。獻芹之民之意，令人酸鼻。）王夫人便就他手內吃了兩口。一時暖酒來了，寶玉仍歸舊坐。王夫人提了暖壺下席來，眾人皆都出了席，薛姨媽也立起來，賈母忙命李、鳳二人接過壺來：「讓你姨媽坐了，大家纔方便。」王夫人見如此說，方將壺遞與鳳姐，自己歸坐。賈母笑道：「大家吃上兩杯，今日著實有趣。」說著，擎杯讓薛姨媽，又向湘雲、寶釵道：「你姐妹兩個也吃一杯。你林妹妹雖不大會吃，也別饒他。」說著，自己已乾了。湘雲、寶釵、黛玉也都乾了。當下，劉姥姥聽見這般音樂，且又有了酒，越發喜的手舞足蹈起來。寶玉因下席過來，向黛玉笑道：「你瞧劉姥姥的樣子。」黛玉笑道：「當日聖樂一奏，百獸率舞❼。如今纔一牛耳。」眾姐妹都笑了。

須臾樂止，薛姨媽出席笑道：「大家的酒想也都有了，且出去散散再坐罷。」賈母也正要散散，於是大家出席，都隨著賈母遊玩。賈母因要帶著劉姥姥散悶，遂攜了劉姥姥至山前樹下盤桓了半晌，又說與他這是什麼樹，這是什麼石，這是什麼花。劉姥姥一一的領會，又向賈母道：「誰知城裡不但人尊貴，連雀兒也是尊貴的，偏這雀兒到了你們這裡，他也變俊了，也會說話了。」眾人不解，因問：「什麼雀兒變俊了，會講話？」劉姥姥道：「那廊下金架子上站的綠毛紅嘴是鸚哥兒，我是認得的。那籠子裡黑老鴰❽子，怎麼又長出鳳頭❾來，也會說話呢？」眾人聽了，都笑將起來。

❼ 當日兩句：用尚書舜典「予擊石拊石，百獸率舞」的典故。

一時只見丫鬟們來請用點心，賈母道：「吃了兩杯酒，倒也不餓。也罷，就拿了這裡來，大家隨便吃些罷。」丫鬟便去抬了兩張几來，又端了兩個小捧盒。揭開看時，每個盒內兩樣：這盒內一樣是藕粉桂糖糕，一樣是松瓤鵝油卷；那盒內一樣是一寸來大的小餃兒，賈母因問什麼餡兒，婆子們忙回是螃蟹的。賈母聽了，皺眉說：「這油膩膩的，誰吃這個！」那一樣是奶油炸的各色小麵果子，也不喜歡，因讓薛姨媽吃。薛姨媽只揀了一塊糕。賈母揀了一個卷子，只嘗了一嘗，剩的半個遞與丫鬟了。劉姥姥因見那小麵果子都玲瓏剔透，便揀了一朵牡丹花樣的，笑道：「我們那裡最巧的姐兒們，也不能鉸出這麼個紙的來，我又愛吃，又捨不得吃，包些家去給他們做花樣子去倒好。」眾人都笑了，賈母道：「家去我送你一罈子，你先趁熱吃這個罷。」別人不過揀各人愛吃的一兩點就罷了；劉姥姥原不曾吃過這些東西，且都作的小巧，不顯盤堆的，他和板兒每樣吃了些，就去了半盤子。剩的，鳳姐又命攢了兩盤，並一個攢盒，與文官等吃去。忽見奶子抱了大姐兒來，大家哄他頑了一會。那大姐兒因抱著一個大柚子頑的，忽見板兒抱著一個佛手，便也要佛手。（小兒常情，遂成千里伏線。）丫鬟哄他取去，大姐兒等不得，便哭了。眾人忙把柚子與了板兒，將板兒的佛手哄過來與他纔罷。那板兒因頑了半日佛手，此刻又兩手抓著些果子吃，又忽見這柚子又香又圓，更覺好頑，且當毬踢著頑去，也就不要佛手了。（柚子，即今香圓之屬也，應與緣通。佛手者，正指迷津者也。以小兒之戲，暗透前後通部脈絡，隱隱約約，毫無一絲漏洩。豈獨為劉姥姥之俚言博笑而有此一大回文字哉？）

當下賈母等吃過茶，又帶了劉姥姥至櫳翠庵來，妙玉忙接了進去。至院中，見花木繁盛，賈母笑

---

❽ 黑老鴰：老鴰，烏鴉。此處黑老鴰指八哥。

❾ 鳳頭：鳥類頭頂上的羽冠。

道：「到底是他們修行的人，沒事常常修理，比別處越發好看。」一面說，一面便往東禪堂來。妙玉笑往裡讓。賈母道：「我們纔都吃了酒肉，你這裡頭有菩薩，沖⑩了罪過。我們這裡坐坐，把你的好茶拿來，我們吃一杯就去了。」妙玉聽了，忙去烹了茶來。寶玉留神看他是怎麼行事，只見妙玉親自捧了一個海棠花式雕漆填金雲龍獻壽的小茶盤，裡面放一個成窯⑪五彩小蓋鍾，捧與賈母。賈母道：「我不吃六安茶⑫。」妙玉笑說：「知道。這是老君眉⑬。」賈母接了，又問是什麼水？妙玉笑回：「是舊年蠲⑭的雨水。」賈母便吃了半盞，便笑著遞與劉姥姥說：「你嘗嘗這個茶。」劉姥姥便一口吃盡，笑道：「好是好，就是淡些，再熬濃些更好了。」賈母眾人都笑起來。然後，眾人都是一色官窯脫胎填白蓋碗⑮。

那妙玉便把寶釵和黛玉的衣襟一拉，二人隨他出去。寶玉悄悄的隨後跟了來。只見妙玉讓他二人在耳房內，寶釵坐在榻上，黛玉便坐在妙玉的蒲團上。妙玉自向風爐上煽滾了水，另泡一壺茶。寶玉便走了進來，笑道：「偏你們吃梯己茶。」二人都笑道：「你又趕了來齹⑯茶吃。這裡並沒你的。」

▼尚記丁巳春日，謝園送茶乎？展眼二十年矣！丁丑仲春，畸笏。

---

⑩ 沖：沖犯；冒犯。

⑪ 成窯：明代成化年間官窯生產的瓷器。

⑫ 六安茶：產自安徽霍山縣的名茶，其味略帶苦澀，有消垢膩、去積滯功效。霍山古屬六安郡，故稱六安茶。

⑬ 老君眉：湖南洞庭湖君山所產的毛尖茶。其葉細長，如老人的壽眉，又產於君山，故稱老君眉。

⑭ 蠲：音ㄐㄩㄢ。潔淨；使清潔。此處是將雨水放在容器裡澄清的意思。

⑮ 官窯句：官窯，北宋汴京（今河南開封）的窯場，專門燒製御用的瓷器，稱為「官窯」。後來凡生產專供宮廷所需瓷器的窯場也稱官窯。脫胎，指超薄型瓷器，看上去只有一層釉彩而無骨胎。

妙玉剛要去取杯，只見道婆收了上面的茶盞來，妙玉忙命：「將那成窯的茶杯別收了，擱在外頭去罷。」寶玉會意，知為劉姥姥吃了，他嫌髒不要了。又見妙玉另拿出兩隻杯來，一個旁邊有一耳，杯上鐫著「𤓰瓟斝」⑰三個隸字，後有一行小真字，是「晉王愷⑱珍玩」，又有「宋元豐五年四月眉山蘇軾見於秘府」一行小字。妙玉便斟了一斝，遞與寶釵。那一隻形似鉢而小，也有三個垂珠篆字，鐫著「杏犀盉」⑲。妙玉斟了一盉與黛玉。仍將前番自己素日吃茶的那隻綠玉斗拿來，斟與寶玉。寶玉笑道：「常言『世法平等』⑳，他兩個就用那樣古玩奇珍，我就是個俗器了。」妙玉道：「這是俗器？不是我說狂話，只怕你家裡未必找的出這麼一個俗器來呢。」寶玉笑道：

三玉攏翠。（清天津楊柳青年畫）

⑯ 鬢：音ㄘㄣˊ。原意是嫌食，這裡是蹭的意思，即沾光、揩油。

⑰ 𤓰瓟斝：音ㄅㄢ ㄆㄠˊ ㄐㄧㄚˇ。斝，古代的一種大酒杯。𤓰瓟，都是葫蘆類的植物。𤓰瓟斝，在葫蘆成長的時候，用一個斝形的模子，套在葫蘆的外面，讓葫蘆按照模子的形狀生長。葫蘆成熟，便成𤓰瓟斝。

⑱ 王愷：晉東海（今山東郯城西南）人，做過後將軍，是當時有名的富豪。

⑲ 杏犀盉：用犀牛角做的碗類器皿。盉，音ㄑㄧㄠˊ。碗。

⑳ 世法平等：金剛經云：「是法平等，無有高下。」是法指佛法，意謂平等地對待世間一切事物。

「俗說『隨鄉入鄉』，到了你這裡，自然把那金玉珠寶一概貶為俗器了。」妙玉聽如此說，十分歡喜，遂又尋出一隻九曲十環、一百二十節、蟠虯整雕竹根的一個大盒出來，笑道：「就剩了這一個，你可吃的了這一海？」寶玉喜的忙道：「吃的了。」妙玉笑道：「你雖吃的了，也沒這些茶蹧蹋。（茶下「蹧蹋」二字，成窯杯已不屑再要。妙玉真清潔高雅，然亦怪譎孤僻甚矣，實有此等人物，但罕耳。）豈不聞一杯為品，二杯即是解渴的蠢物，三杯便是飲牛飲騾了。你吃這一海，便成什麼？」說的寶釵、黛玉、寶玉都笑了。妙玉執壺，只向海內斟了約有一杯，寶玉細細吃了，果覺輕淳無比，賞讚不絕。妙玉正色道：「你這遭吃的茶，是託他兩個福，獨你來了，我是不給你吃的。」寶玉笑道：「我深知道的，我也不領你的情，只謝他二人便是了。」妙玉聽了，方說：「這話明白。」黛玉因問：「這也是舊年的雨水麼？」妙玉冷笑道：「你這麼個人，竟是大俗人，連水也嘗不出來？這是五年前我在玄墓㉑蟠香寺住著，收的梅花上的雪，共得了那一鬼臉青㉒的花甕一甕，總捨不得吃，埋在地下。今年夏天纔開了，我只吃過一回，這是第二回了。你怎麼嘗不出來？隔年蠲的雨水，哪有這樣輕淳，如何吃得！」

黛玉知他天性怪僻，不好多話，亦不好多坐，吃完茶，便約著寶釵走了出來。寶玉和妙玉陪笑道：「那茶杯雖然髒了，白撂了豈不可惜？依我說，不如就給那貧婆子罷，他賣了也可以度日。你道可使得？」妙玉聽了，想了一想，點頭說道：「這也罷了，幸而那杯子是我沒吃過的，若我使過，我就砸碎了也不能給他。你要給他，我也不管你，只交給你，快拿了去罷。」寶玉笑道：「自然如此。你哪

▼玉兄獨至，豈真無茶？作書人又弄狡猾，只瞞不過老朽。然不知落筆時，作者如何想？丁亥夏。

㉑ 玄墓：即蘇州的鄧尉山。傳說東晉郁泰玄葬在此地，所以叫玄墓山。此山以盛開梅花著稱，有「香雪海」之稱。

㉒ 鬼臉青：一種深青色釉的瓷。

裡和他說話授受去？越發連你也髒了。只交與我就是了。」妙玉便命人拿來，遞與寶玉。寶玉接了，又道：「等我們出去了，我叫幾個小么兒來，河裡打幾桶水來洗地如何？」妙玉笑道：「這更好了。只是你囑咐他們，抬了水只擱在山門外頭牆根下，別進門來。」寶玉道：「這是自然的。」說著，便袖著那杯，遞與賈母房中小丫頭拿著，說：「明日劉姥姥家去，給他帶去罷。」交代明白，賈母已經出來要回去。妙玉亦不甚留，送出山門，回身便將門閉了。不在話下。

且說賈母因覺身上乏倦，便命王夫人和迎春姊妹陪了薛姨媽去吃酒，自己便往稻香村來歇息。鳳姐忙命人將小竹椅子抬來，賈母坐上，兩個婆子抬起，鳳姐、李紈和眾丫鬟婆子圍隨去了。不在話下。這裡薛姨媽也就辭出。王夫人打發文官等出去，將攢盒散與眾丫鬟們吃去，自己便也乘空歇著，隨便歪在方纔賈母坐的榻上，命一個小丫頭放下簾子來，又命他搥著腿，吩咐他：「老太太那裡有信，你就叫我。」說著，也歪著睡著了。

寶玉、湘雲等看著丫鬟們將攢盒擱在山石上，也有坐在山石上的，也有坐在草地下的，也有靠著樹的，也有傍著水的，倒也十分熱鬧。一時又見鴛鴦來了，要帶著劉姥姥各處去逛，眾人也都趕著取笑。一時來至「省親別墅」的牌坊底下，劉姥姥道：「噯呀！這裡還有個大廟呢。」說著，便爬下磕頭。眾人笑彎了腰。劉姥姥道：「笑什麼？這牌樓上字我都認得。我們那裡這樣的廟宇最多，都是這樣的牌坊，那字就是廟的名字。」眾人笑道：「你認得這是什麼廟？」劉姥姥便抬頭指那字道：「這不是『玉皇寶殿』四字？」眾人笑的拍手打腳，還要拿他取笑。劉姥姥覺得腹內一陣亂響，忙的拉著一個小丫頭，要了兩張紙，就解衣。眾人又是笑，又忙喝他：「這裡使不得！」忙命一個婆子帶了東北上去了。那婆子指與地方，便樂得走開去歇息。

那劉姥姥因喝了些酒，他脾氣不與黃酒相宜，且吃了許多油膩飲食，發渴多喝了幾碗茶，不免通瀉起來，蹲了半日方完。及出廁來，酒被風禁，且年邁之人，蹲了半天，忽一起身，只覺得眼花頭眩，辨不出路徑。四顧一望，皆是樹木山石，樓臺房舍，卻不知哪一處是往哪裡去的了。只得認著一條石子路，慢慢的走來。及至到了房舍跟前，又找不著門，再找了半日，忽見一帶竹籬。劉姥姥心中自忖道：「這裡也有扁豆架子？」一面想，一面順著花障走了來，得了一個月洞門進去。只見迎面忽有一帶水池，只有七八尺寬，石頭砌岸，裡面碧瀏清水，流往那邊去了。上面有一塊白石橫架在上面。劉姥姥便渡石過去，順著石子甬路走去，轉了兩個彎子，只見有一房門，於是進了房門。只見迎面一個女孩兒滿面含笑，迎了出來。劉姥姥忙笑道：「姑娘們把我丟下來了，要我碰頭碰到這裡來。」說了，只覺那女孩兒不答。劉姥姥便趕來拉他的手，咕咚一聲，便撞到板壁上，把頭碰的生疼。細瞧了一瞧，原來是幅畫兒。劉姥姥自忖道：「原來畫兒有這樣活凸出來的。」一面想，一面看，一面又用手摸去，卻是一色平的，點頭歎了兩聲。

一轉身，方得了一個小門，門上掛著蔥綠撒花軟簾。劉姥姥掀簾進去，抬頭一看，只見四面牆壁玲瓏剔透，琴劍瓶罏皆貼在牆上，錦籠紗罩，金彩珠光，連地下硒的磚，皆是碧綠鑿花，竟越發把眼花了。找門出去，哪裡有門？左一架書，右一架屏，剛從屏後得了一門，轉去，只見他親家母也從外面迎了進來。劉姥姥詫異，忙問道：「你想是見我這幾日沒家去，虧你找我來。哪一位姑娘帶你進來的？」他親家只是笑，不還言。劉姥姥笑道：「你好沒見世面，見這園裡的花好，你就沒死活帶了一頭！」他親家也不答，便心下忽然想起：「常聽大富貴人家有一種穿衣鏡，這別是我在鏡子裡頭呢罷！」說畢，伸手一摸，再細一看，可不是四面雕空，紫檀板壁，將鏡子嵌在中間？因說：「這已經攔住，如何走出去呢？」一面說，一面只管用手摸。這鏡子原是西洋機括，可以開合，不意劉姥姥亂摸之間，其力巧合，便撞開消息㉓，掩過鏡子，露出門來。劉姥姥又驚又喜，邁步出來，忽見有一副最精緻的床帳；他此時又帶了七八分醉，又走乏了，便一屁股坐在床上。只說歇歇，不承望身不由己，前仰後合的，朦朧著兩眼，一歪身，就睡熟在床上。

且說眾人等他不見，板兒見沒了他姥姥，急的哭了。眾人都笑道：「別是掉在茅廁裡了？快叫人去瞧瞧。」因命兩個婆子去找。回來說沒有。眾人各處搜尋不見。襲人度其道路，「是他醉了，迷了路，順著這一條路往我們後院子裡去了。若進了花障子，到後房門進去，雖然碰頭，還有小丫頭們知道；若不進花障子去，再往西南上去，若繞出去還好，若繞不出去，可夠他繞會子好的。我且瞧瞧去。」一面想，一面回來。進了怡紅院，便叫人，誰知那幾個房子裡小丫頭已偷空頑去了。襲人一直進了房門，轉過集錦槅子，就聽的鼾齁如雷。忙進來，只聞見酒屁臭氣滿屋，一瞧，只見劉姥姥扎手舞腳的仰臥在床上。襲人這一驚不小，慌忙趕上來，將他沒死活的推醒。那劉姥姥驚醒，睜眼見了襲人，連忙爬起來道：「姑娘，我失錯了！並沒弄髒了床帳。」一面說，一面用手去撣。襲人恐驚動了人，被寶玉知道了，只向他搖手，不叫他說話。忙將鼎內貯了三四把百合香，仍用罩子罩上。些須收拾收拾，所喜不曾嘔吐，忙悄悄的笑道：「不相干，有我呢。你隨我出來。」劉姥姥跟了襲人，出至小丫頭們

㉓ 消息：即「機括」，暗藏的機關，觸發後會牽動其他部分。

房中，命他坐了，向他說道：「你就說醉倒在山子石上，打了個盹兒。」劉姥姥答應「知道」。又與他兩碗茶吃，方覺酒醒了。因問道：「這是哪個小姐的繡房？這樣精緻，我就像到了天宮裡的一樣。」襲人微微笑道：「這個麼，是寶二爺的臥室。」那劉姥姥嚇的不敢作聲。襲人帶他從前面出去，見了眾人，只說他在草地下睡著了，帶了他來的。眾人都不理會，也就罷了。

一時賈母醒了，就在稻香村擺晚飯。賈母因覺懶懶的，也不吃飯，便坐了竹椅小敞轎，回至房中歇息，命鳳姐兒等去吃飯。他姊妹方復進園來。要知端的……

第四十二回　蘅蕪君蘭言解疑癖　瀟湘子雅謔補餘香

釵、玉名雖二個，人卻一身，此幻筆也。今書至是回時已過三分之一有餘，故寫是回，使二人合而為一。請看黛玉逝後寶釵之文字，便知余言不謬矣。

話說他姊妹復進園來，吃過飯，大家散出，都無別話。且說劉姥姥帶著板兒，先來見鳳姐兒，說：「明日一早定要家去了，雖住了兩三天，日子卻不多，把古往今來沒見過的，沒吃過的，沒聽見過的，都經驗了。難得老太太和姑奶奶並那些小姐們，連各房裡的姑娘們，都這樣憐貧惜老照看我。我這一回去後，沒別的報答，惟有請些高香，天天給你們念佛，保佑你們長命百歲的，就算我的心了。」鳳姐兒笑道：「你別喜歡，都是為你，老太太也被風吹病了，睡著說不好過；我們大姐兒也著了涼，在那裡發熱呢。」劉姥姥聽了，忙嘆道：「老太太有年紀的人，不慣十分勞乏的。」鳳姐兒道：「從來沒像昨兒高興。往常也進園子逛去，不過到一二處坐坐就來了。昨兒因為你在這裡，要叫你逛逛，一個園子倒走了多半個。大姐兒因為找我去，太太遞了一塊糕給他，誰知風地裡吃了，就發起熱來。」劉姥姥道：「小大姐兒只怕不大進園子，生地方兒，小人兒家原不該去。比不得我們的孩子，會走了，哪個墳圈子裡不跑去？一則風撲了，也是有的；二則只怕他身上乾淨，眼睛又淨，或是遇見什麼神了。依我說，給他瞧瞧祟書本子❶，仔細撞客❷著了。」一語提醒了鳳姐兒，便叫平兒拿出玉匣記，叫彩明來念。彩明翻了一回，念道：「八月二十五日病者，東南方得之，遇花神。用五色紙錢四十張，向東南方四十步送之，大吉。」鳳姐兒笑道：「果然不錯，園子裡頭可不是花神！只怕老太太也是遇見了。」一面命人請兩分紙錢來，叫兩個人來，一個與賈母送祟，一個與大姐兒送祟。果見大姐兒安穩睡了。豈真送了就安穩哉？蓋婦人之心意皆如此，即不送，豈有一夜不睡之理？作者正描愚人之見耳。

鳳姐兒笑道：「到底是你們有年紀的人經歷的多。我這大姐兒時常肯病，也不知是個什麼原故。」劉姥姥道：「這也有的事。富貴人家養的孩子多太嬌嫩，自然禁不得一些兒委屈；再他小人兒家過於尊貴了，也禁不起。以後姑奶奶少疼他些，就好了。」鳳姐兒道：「這也有理。我想起來，他還沒個名字，你就給他起個名字。一則借借你的壽；二則，你們是莊家人，不怕你惱，到底貧苦些，你貧苦人起個名字，只怕壓的住他。」劉姥姥聽說，便想了一想，笑道：▼「不知他幾時生的？」鳳姐兒道：「正是生日的日子不好呢，可巧是七月初七日。」一篇愚婦無理之談，實是世間必有之事。劉姥姥忙笑道：「這個正好，就叫他是巧哥兒。這叫做『以毒攻毒、以火攻火』的法子。姑奶奶定要依我這名字，他必長命百歲。日後大了，各人成家立業，或一時有不遂心的事，必然是遇難成祥、逢凶化吉，卻從這『巧』字上來。▲」

鳳姐兒聽了，自是歡喜，忙道謝，又笑道：「只保佑他應了你的話就好了。」說著，叫平兒來吩咐道：「明兒偺們有事，恐怕不得閒兒。你這空兒，把送姥姥的東西打點下，他明兒一早就好走的便宜了。」劉姥姥忙說：「不敢多破費了。已經遭擾了幾日，又拿著走，越發心裡不安起來。」鳳姐兒

▼應了這話固好，批書人焉能不心傷！獄廟相逢之日，始知「遇難成祥，逢凶化吉」，實伏線於千里，哀哉傷哉！此後文字，不忍卒讀！辛卯冬日。

❶ 祟書本子：講星象占卦、趨吉避凶的迷信書籍。下文玉匣記就是這樣的書。

❷ 撞客：碰到鬼邪。舊時以為一些突發的病症是鬼邪作祟所致。

道：「也沒有什麼，不過隨常的東西，好也罷，歹也罷，帶了去，你們街坊鄰舍看著也熱鬧些，也是上城一次。」只見平兒走來說：「姥姥過這邊瞧瞧。」劉姥姥忙跟了平兒到那邊屋裡，只見堆著半炕東西。平兒一一的拿與他瞧著，說道：「這是昨日你要的青紗一疋，奶奶另外送你一個實地子月白紗作裡子。這是兩個繭綢❸，作襖兒裙子都好。這包袱裡是兩疋綢子，年下做件衣裳穿。這是一盒子各樣內造點心，也有你吃過的，也有你沒吃過的，拿去擺碟子請客，比你們買的強些。這兩條口袋是你昨日裝瓜果子來的，如今這一個裡頭裝了兩斗御田粳米，熬粥是難得的；這一條裡頭是園子裡果子和各樣乾果子。這一包是八兩銀子，這都是我們奶奶給的。這兩包，每包裡頭五十兩，共是一百兩，是太太給的，叫你拿去，或者作個小本買賣，或者置幾畝地，以後再別求親靠友的。」說著，又悄悄笑道：「這兩件襖兒和兩條裙子，還有四塊包頭❹，一包絨線，可是我送姥姥的。衣裳雖是舊的，我也沒大很穿。你要棄嫌，我就不敢說了。」平兒說一樣，劉姥姥就念一句佛，已經念了幾千聲佛了，又見平兒也送他這些東西，又如此謙遜，忙念佛道：「姑娘說哪裡話？這樣好東西，我還棄嫌？我便有銀子也沒處去買這樣的呢。只是我怪臊的，收了又不好，不收又辜負了姑娘的心。」平兒笑道：「休說外話，偺們都是自己人，我纔這樣，你放心收了罷。我還和你要東西呢，到年下，你只把你們曬的那個灰條菜乾子和豇豆、扁豆、茄子、葫蘆條兒，各樣乾菜帶些來，我們這裡上上下下都愛吃。這個就算了，別的一概不要，別罔費了心。」劉姥姥千恩萬謝答應了。平兒道：「你只管睡你的去，我替

❸ 繭綢：以柞葉為飼料的野蠶所吐絲織成的綢。

❹ 包頭：即頭巾。

你收拾妥當了，就放在這裡。明兒一早打發小廝們僱輛車裝上，不用你費一點心的。」劉姥姥越發感激不盡，過來又千恩萬謝的辭了鳳姐兒，過賈母這一邊睡了一夜。次早梳洗了，就要告辭。

因賈母欠安，眾人都過來請安。出去傳請大夫，一時婆子回：「大夫來了。」老媽媽請賈母進幔子去坐，賈母道：「我已老了，哪裡養不出那阿物兒❺來，還怕他不成？不要放幔子，就這樣瞧罷。」眾婆子聽了，便拿過一張小桌來，放下一個小枕頭，便命人請。一時只見賈珍、賈璉、賈蓉三個人將王太醫領來。王太醫不敢走甬路，只走旁階。跟著賈珍到了階磯上，早有兩個婆子在兩邊打起簾子，兩個婆子在前導引進去，又見寶玉迎了出來。只見賈母穿著青縐綢一斗珠❻的羊皮褂子，端坐在榻上，兩邊四個未留頭的小丫鬟，都拿著蠅帚漱盂等物；又有五六個老嬤嬤雁翅擺在兩旁，碧紗櫥後隱隱約約有許多穿紅著綠戴寶簪珠的人。王太醫便不敢抬頭，忙上來請了安。賈母見他穿著六品服色，便知御醫了，也便含笑問：「供奉❼好？」因問賈珍：「這位供奉貴姓？」賈珍等忙回：「姓王。」賈母道：「當日太醫院正堂❽王君效，好脈息。」王太醫忙躬身低頭，含笑回說：「那是晚生家叔祖。」賈母聽了笑道：「原來這樣，也是世交了。」一面說，一面慢慢的伸手放在小枕上。老嬤嬤端著一張小杌，連忙放在小桌前，略偏些。王太醫便屈一膝坐下，歪著頭診了半日，又診了那隻手，忙欠身低頭退出。

❺ 阿物兒：稱人為東西、傢伙的意思。

❻ 一斗珠：也叫珍珠毛，是用未出生的胎羊皮製成，其毛雪白，盤曲如珍珠形狀。

❼ 供奉：有一技之長，在皇帝周圍供差遣的人，泛稱供奉。

❽ 太醫院正堂：太醫院，古代管理醫藥的中央機關。正堂，原是對府縣等地方正職官員的稱呼，這裡指太醫院院長。

賈母笑說：「勞動了。珍兒讓出去，好生看茶。」賈珍、賈璉等忙答了幾個「是」，復領王太醫出到外書房中。

王太醫說：「太夫人並無別症，偶感一點風寒，究竟不用吃藥，不過略清淡些，暖著一點兒就好了。如今寫個方子在這裡，若老人家愛吃，便按方煎一劑吃，若懶待吃，也就罷了。」說著，吃過茶，寫了方子，剛要告辭，只見奶子抱了大姐兒出來，笑說：「王老爺也瞧瞧我們。」王太醫聽說，忙起身就奶子懷中，左手托著大姐兒的手，右手診了一診，又摸了一摸頭，又叫伸出舌頭來瞧瞧，笑道：「我說，姐兒又罵我了。只是要清清淨淨的餓兩頓就好了，不必吃煎藥。我送丸藥來，臨睡時用薑湯研開，吃下去就是了。」說畢，作辭而去。賈珍等拿了藥方來，回明賈母原故，將藥方放在桌上出去。不在話下。

這裡王夫人和李紈、鳳姐兒、寶釵姊妹等見大夫出去，方從櫥後出來。王夫人略坐一坐，也回房去了。劉姥姥見無事，方上來和賈母告辭。賈母說：「閒了再來。」又命鴛鴦來：「好生打發劉姥姥出去，我身上不好，不能送你了。」劉姥姥道了謝，又作辭，方同鴛鴦出來。到了下房，鴛鴦指炕上一個包袱說道：「這是老太太的幾件衣服，都是往年間生日節下眾人孝敬的。老太太從不穿人家做的，收著也可惜，卻是一次也沒穿過的，昨日叫我拿出兩套兒送你帶去，或是送人，或是自己家裡穿罷，別見笑。這盒子裡是你要的麵果子，這包兒裡是你前兒說的藥，梅花點舌丹也有，紫金錠也有，活絡丹也有，催生保命丹也有❾，每一樣是一張方子包著，總包在裡頭了。這是兩個荷包，帶著頑罷。」

❾ 梅花點舌丹四句：梅花點舌丹，由熊膽、牛黃、冰片、麝香、珍珠、梅花等中藥配製成的丹藥，主治口舌糜爛，咽喉腫

說著，便抽繫子，掏出兩個筆錠如意的錁子來給他瞧，又笑道：「荷包拿去，這個留下給我罷。」劉姥姥已喜出望外，早又念了幾千聲佛，聽鴛鴦如此說，便說道：「姑娘只管留下罷。」鴛鴦見他信以為真，仍與他裝上，笑道：「哄你頑呢！我有好些呢。留著年下給小孩子們罷。」說著，只見一個小丫頭拿了個成窯鍾子來，遞與劉姥姥：「這是寶二爺給你的。」劉姥姥道：「這是哪裡說起？我哪一世修了來的，今兒這樣。」說著，便接了過來。鴛鴦道：「前兒我叫你洗澡換的衣裳，是我的。你不棄嫌，我還有幾件，也送你罷。」劉姥姥又忙道謝。鴛鴦果然又拿出兩件來，與他包好。劉姥姥又要到園中辭謝寶玉和眾姊妹、王夫人等去。鴛鴦道：「不用去了，他們這會子也不見人，回來我替你說罷。閒了再來。」又命一個老婆子，吩咐他：「二門上叫兩個小廝來，幫著姥姥拿了東西送出去。」婆子答應了。又和劉姥姥到了鳳姐兒那邊，一併拿了東西，在角門上命小廝們搬了出去，直送劉姥姥上車去了。不在話下。

且說寶釵等吃過早飯，又往賈母處問過安。回園至分路之處，寶釵便叫黛玉道：「顰兒，跟我來，有一句話問你。」黛玉便同了寶釵來至蘅蕪苑中。進了房，寶釵便坐了，笑道：「你跪下，我要審你。」黛玉不解何故，因笑道：「你瞧！寶丫頭瘋了，審問我什麼？」寶釵冷笑道：「好個千金小姐，好個不出閨門的女孩兒！滿嘴說的是什麼？你只實說便罷。」黛玉不解，只管發笑，心裡也不免疑惑起來，

痛等症。紫金錠，由山慈姑、文蛤、麝香等製成的藥錠，主治傷寒瘟疫、泄瀉痢疾、小兒痰壅驚閉等症。活絡丹，由川烏、地龍、乳香等藥製成，主治風寒濕痹肢體疼痛等症。催生保命丹，由母丁香、兔腦髓、麝香等藥配成，功效安胎鎮痙。

口裡只說：「我何曾說什麼，你不過要捏我的錯兒罷了。你倒說出來我聽聽。」寶釵笑道：「你還裝憨兒。昨兒行酒令，你說的是什麼？我竟不知是哪裡來的！」黛玉一想，方想起來昨兒失於檢點，那牡丹亭、西廂記說了兩句。不覺紅了臉，便上來摟著寶釵，笑道：「好姐姐！原是我不知道，隨口說的。你教給我，再不說了。」寶釵笑道：「我也不知道，聽你說的怪生的，所以請教你。」黛玉道：「好姐姐，你別說與別人。我以後再不說了。」寶釵見他羞得滿臉飛紅，滿口央告，便不肯再往下追問，因拉他坐下吃茶，款款的告訴他道：「你當我是誰？我也是個淘氣的。從小七八歲上，也夠個人纏的。我們家也算是個讀書人家，祖父手裡也愛藏書。先時人口多，姊妹弟兄都在一處，都怕看正經書，弟兄們也有愛詩的，也有愛詞的。諸如這些西廂、琵琶⑩以及元人百種⑪，無所不有。他們是偷背著我們看，我們卻也偷背著他們看。後來大人知道了，打的打、罵的罵、燒的燒，纔丟開了。所以偺們女孩兒家不認得字的倒好。男人們讀書不明理，尚且不如不讀書的好，何況你我？就連作詩寫字等事，這不是你我分內之事，究竟也不是男人分內之事。男人們讀書明理，輔國治民，這便好了。只是如今並不聽見有這樣的人，讀了書倒更壞了。這是書誤了他，可惜他也把書蹧蹋了，所以竟不如耕讀買賣，倒沒有什麼大害處。你我只該做些針黹紡績的事纔是，偏又認得了字；既認得了字，不過揀那正經的看看也罷了，最怕見了些雜書，移了性情，就不可救了。」一席話，說的黛玉垂頭吃茶，心下暗服，只有答應「是」的一字。

---

⑩ 琵琶：元高明所著琵琶記戲文，寫蔡伯喈和趙五娘悲歡離合的故事。

⑪ 元人百種：指明代臧懋循編選的元曲選，收錄元代和元明之際雜劇共一百種，又名元人百種。

忽見素雲進來說：「我們奶奶請二位姑娘商議要緊的事呢，二姑娘、三姑娘、四姑娘、史姑娘、寶二爺都在那裡等著呢。」寶釵道：「又是什麼事？」黛玉道：「咱們到了那裡就知道了。」說著，便和寶釵往稻香村來。果見眾人都在那裡。李紈見了他兩個，笑道：「社還沒起，就有脫滑⓬的了。四丫頭要告一年的假呢！」黛玉笑道：「都是老太太昨兒一句話，又叫他畫什麼園子圖兒，惹得他樂得告假了。」探春笑道：「也別要怪老太太，都是劉姥姥一句話。」林黛玉忙笑道：「可是呢，都是他一句話。他是哪一門子的姥姥？直叫他是個『母蝗蟲』就是了。」說著大家都笑起來。寶釵笑道：「世上的話，到了鳳丫頭嘴裡也就盡了，幸而鳳丫頭不認得字，不大通，不過一概是市俗取笑；更有顰兒這促狹嘴，他用『春秋』的法子⓭，將市俗的粗話，撮其要，刪其繁，再加潤色，比方出來，一句是一句。這『母蝗蟲』三字，把昨兒那些形景都現出來了，虧他想的倒也快。」眾人聽了，都笑道：「你這一註解，也就不在他兩個以下。」李紈道：「我請你們大家商議，給他多少日子的假？我給了他一個月，他嫌少。你們怎麼說？」黛玉道：「論理一年也不多，這園子蓋纔蓋了一年，如今要畫，自然得二年的工夫呢。又要研墨，又要蘸筆，又要鋪紙，又要著顏色，又要……」剛說到這裡，眾人知道他是取笑惜春，便都笑問說：「還要怎樣？」黛玉也自己掌不住笑道：「又要照著這樣兒慢慢的畫，可不得二年的工夫？」眾人聽了，都拍手笑個不住。寶釵笑道：「『又要照著這個慢慢的畫』，這落後一句最妙，所以昨兒那些笑話兒，雖然可笑，回想是沒味的。你們細想顰兒這幾句話，雖是淡的，

⓬ 脫滑：本來是溜走的意思，引申為偷懶。

⓭ 春秋的法子：即「春秋筆法」。孔子修春秋，一字含褒貶，後來稱文章用筆曲折而意含褒貶的方法為「春秋筆法」。

回想卻有滋味。我倒笑的動不得了。」看他劉姥姥笑後復一笑，亦想不到之文也。聽寶卿之評，亦千古定論。惜春道：「都是寶姐姐，讚的他越發逞強，這會子拿我也取笑兒！」黛玉忙拉他笑道：「我且問你，還是單畫這園子呢，還是連我們眾人都畫在上頭呢？」惜春道：「原說只畫這園子的。昨兒老太太又說，單畫了園子，成個房樣子了，叫連人都畫上，就像『行樂』⓮似的纔好。我又不會這工細樓臺，又不會畫人物，又不好駁回，正為這個為難呢。」黛玉道：「人物還容易，你草蟲上不能。」李紈道：「你又說不通的話了。這個上頭哪裡又用的著草蟲？或者翎毛倒要點綴一兩樣。」黛玉

惜春作畫。　（清吳友如繪，紅樓金釵）

笑道：「別的草蟲不畫罷了，昨兒『母蝗蟲』不畫上，豈不缺了典？」眾人聽了，又都笑起來。黛玉一面笑的兩手捧著胸口，一面說道：「你快畫罷，我連題跋都有了，起個名字，就叫作『攜蝗大嚼圖』。」眾人聽了，越發鬨然大笑，前仰後合。只聽咕咚一聲響，不知什麼倒了。急忙看時，原來是湘雲伏在椅子背後，那椅子原不曾放穩，被他全身伏著背子大笑，他又不提防，兩下裡錯了勁，向東一歪，連人帶椅子都歪倒了。幸有板壁擋住，不曾落地。眾人一見，越發笑個不住。寶玉忙趕上去扶了起來，方漸漸止了笑。

寶玉和黛玉使個眼色兒，黛玉會意，便走至裡間，將鏡袱揭起，照了一照，只見兩鬢略鬆了些，

⓮ 行樂：即「行樂圖」，描繪人物遊憩消遣的圖畫。

忙開了李紈的妝奩，拿出抿子來，對鏡抿了，仍舊收拾好了，方出來，指著李紈道：「這是叫你帶著我們作針線呢，你反招我們來大頑大笑的。」李紈笑道：「你們聽他這刁話！他領著頭兒鬧，引著人笑了，倒賴我的不是。真真恨的我只保佑著明兒你得一個利害婆婆，再得幾個千刁萬惡的大姑子、小姑子，試試你那會子還這麼刁不刁了！」林黛玉早紅了臉，拉著寶釵說：「偺們放他一年的假罷。」寶釵道：「我有一句公道話，你們聽聽：藕丫頭雖會畫，不過是幾筆寫意⓯；如今畫這園子，非離了肚子裡頭有幾幅丘壑的纔能成畫。這園子卻是像畫兒一般，山石樹木，樓閣房屋，遠近疏密，也不多，也不少，恰恰的是這樣。你及照樣兒往紙上一畫，是必不能討好的。這要看紙的地步遠近，該多該少，分主分賓，該添的要添，該減的要減，該藏的要藏，該露的要露。這一起了稿子，再端詳斟酌，方成一幅圖樣。第二件，這些樓臺房舍，是必要用界劃⓰的，一點不留神，欄杆也歪了，柱子也塌了，門窗也倒豎過來，階磯也離了縫，甚至於桌子擠到牆裡去，花盆放在簾子上來，豈不倒成了一張笑『話』兒了？第三，要插人物，也要有疏密，有高低。衣摺裙帶，手指足步，最是要緊的。一筆不細，不是腫了手，就是跏了腿；染臉撕髮，倒是小事。依我看來，竟難的很。如今，一年的假也太多，一月的假也太少，竟給他半年的假，再派了寶兄弟幫著他。並不是為寶兄弟知道教著他畫，那就更誤了事；為的是有不知道的，或難安插的，寶兄弟好拿出去問問那會畫的相公，就容易了。」寶玉聽了，先喜的說：「這話極是。詹子亮的工細樓臺就極好，程日興的美人是絕技，如今就問他們去。」

⓯ 寫意：中國畫技法之一，以疏簡縱逸的筆法，勾勒出對象的神韻意趣，與細緻形似的工筆畫相對。

⓰ 界劃：以宮殿、樓臺、屋宇等為主要題材的傳統繪畫方法，因畫時需先用界尺作線，故名「界劃」，又叫「界畫」。

寶釵道：「我說你是無事忙，說了一聲，你就問去！等著商議定了再去。如今且拿什麼畫？」寶玉道：「家裡有雪浪紙，又大，又托墨。」寶釵冷笑道：「我說你不中用。那雪浪紙寫字，畫寫意畫兒，或是會山水的畫南宗山水⑰，托墨禁得皴搜⑱；拿了畫這個，又不托色，又難滃⑲，畫也不好，紙也可惜。我教你一個法子，原先蓋這園子，就有一張細緻圖樣，雖是匠人描的，那地步方向是不錯的。你和太太要了出來，也比著那紙大小，和鳳丫頭要一塊重絹，叫相公們礬⑳了，叫他照著這圖樣刪補著立了稿子，添了人物，就是了。就是配這些青綠顏色並泥金泥銀，也得他們配去，你們也得另攏上風爐子，預備化膠、出膠、洗筆。還得一張粉油大案，鋪上氈子。你們那些碟子也不全，筆也不全，都得從新再置一分兒纔好。」惜春道：「我何曾有這些畫器？不過隨手寫字的筆畫畫罷了。就是顏色，只有赭石、廣花、籐黃、胭脂這四樣。再有，不過是兩支著色筆就完了。」寶釵道：「你不該早說。這些東西我卻還有，只是你也用不著，給你也白放著。如今我且替你收著，等你用著這個時候，我送你些。也只可留著畫扇子，若畫這大幅的，也就可惜了的。今兒替你開個單子，照著單子和老太太要去。你們也未必知道的全，我說著，寶兄弟寫。」

⑰ 南宗山水：中國山水畫分南北兩宗，南宗源於唐代的王維，重渲染而少勾勒，注重筆墨意趣，提倡淡雅簡潔，飄逸灑脫的風格。北宗源於唐代李思訓，擅用重彩工筆寫山水。

⑱ 皴搜：疑為「皴擦」之誤。皴擦，中國畫技法，在畫山石時，先勾出輪廓，再用毛筆蘸水墨擦染出山石的層次和向背。

⑲ 滃：滃染，中國畫技法，指運墨濃淡有層次。

⑳ 礬：指用膠礬水浸刷畫絹或畫紙，使之吸水適度。用膠礬水浸刷過的絹和紙，稱為「熟絹」、「熟紙」。

寶玉早已預備下筆硯了，原怕記不清白，要寫了記著。聽寶釵如此說，喜的提起筆來靜聽。寶釵說道：「頭號排筆四支，二號排筆四支，三號排筆四支，大染四支，中染四支，小染四支，大南蟹爪十支，小蟹爪十支，鬚眉十支，大著色二十支，小著色二十支，開面十支，柳條二十支，箭頭硃四兩，南赭四兩，石黃四兩，石青四兩，石綠四兩，管黃四兩，廣花八兩，蛤粉四匣，胭脂十片，大赤飛金二百帖，青金二百帖，廣勻膠四兩，淨礬四兩。礬絹的膠礬在外，別管他們，你只把絹交出去，叫他們礬去。這些顏色偺們淘澄飛跌❷著，又頑了，又使了，包你一輩子都夠使了。再要頂細絹籮四個，粗絹籮四個，擔筆四支，大小乳鉢四個，大粗碗二十個，五寸粗碟十個，三寸粗白碟二十個，風爐兩個，沙鍋大小四個，新磁罐二口，新水桶四隻，一尺長白布口袋四條，浮炭二十斤，柳木炭一斤，三屜木箱一個，實地紗一丈，生薑二兩，醬半斤。」黛玉忙道：「鐵鍋一口，鍋鏟一個。」寶釵道：「這作什麼？」黛玉笑道：「你要生薑和醬這些作料，我替你要鐵鍋來，好炒顏色吃。」眾人都笑起來。寶釵笑道：「你哪裡知道，那粗色碟子保不住不上火烤，不拿薑汁子和醬預先抹在底子上烤過了，一經了火是要炸的。」眾人聽說都道：「原來如此。」

黛玉又看了一回單子，笑著拉探春悄悄的道：「你瞧瞧，畫個畫兒，又要這些水缸箱子來了。想必他糊塗了，把他的嫁妝單子也寫上了。」探春「嗳」了一聲，笑個不住，說道：「寶姐姐，你還不

❷ 淘澄飛跌：調製國畫顏料的方法。淘，把原料和水研細，揀去泥草。澄，把研細的顏料放入瓷盞，加入清水和清膠水，使之澄清。飛，澄清後，淺色上浮，把上面一層顏料撇去。跌，飛後留下中色和重色，再搖盪瓷盞，把中色和重色分離開來。

擰他的嘴！你問問他編排你的話。」寶釵笑道：「不用問，狗嘴裡還有象牙不成？」一面說，一面走上來，把黛玉按在炕上，便要擰他的臉。黛玉笑著忙央告道：「好姐姐，饒了我罷！顰兒年紀小，只知說，不知道輕重，作姐姐的教導我。姐姐不饒我，還求誰去？」眾人不知話內有因，都笑道：「說的好可憐見的，連我們也軟了，饒了他罷。」寶釵原是和他頑，忽聽他又拉扯前番說他胡看雜書的話，便不好再和他廝鬧，放起他來。黛玉笑道：「到底是姐姐，要是我，再不饒人的。」寶釵笑指他道：「怪不得老太太疼你，眾人愛你伶俐，今兒我也怪疼你的了。過來，我替你把頭髮攏一攏。」黛玉果然轉過身來，寶釵用手攏上去。寶玉在旁看著，只覺更好，不覺後悔不該令他抿上鬢去，也該留著，此時叫他替他抿去。正自胡思，只見寶釵說道：「寫完了，明兒回老太太去。若家裡有的就罷，若沒有的，就拿些錢去買了來，我幫著你們配。」寶玉忙收了單子，大家又說了一回閒話。

至晚飯後，又往賈母處來請安。賈母原沒有大病，不過是勞乏了，兼著了些涼，溫存㉒了一日，又吃了一劑藥，疏散一疏散，至晚也就好了。不知次日又有何話，且聽下回分解。

㉒ 溫存：原是懇切慰問的意思，這裡作「養息」解。

第四十三回　閒取樂偶攢金慶壽　不了情暫撮土為香

話說王夫人因見賈母那日在大觀園不過著了些風寒，不是什麼大病，請醫生吃了兩劑藥也就好了，因命鳳姐來，吩咐他預備給賈政帶去的東西。正商議著，只見賈母打發人來請，王夫人忙引著鳳姐兒過來。王夫人又請問：「這會子可又覺大安些？」賈母道：「今日可大好了。方纔你們送來的野雞崽子湯，我嘗了一嘗，倒有味兒，又吃了兩塊肉，心裡很受用。」王夫人笑道：「這是鳳丫頭孝敬老太太的。算他的孝心虔，不枉了素日老太太疼他。」賈母點頭笑道：「難為他想著。若是還有生的，再炸上兩塊，鹹浸浸的，吃粥有味兒。那湯雖好，就只不對稀飯。」鳳姐聽了，連忙答應，命人去廚房傳話。

這裡賈母又向王夫人笑道：「我打發人請你來，不為別的，初二是鳳丫頭的生日，上兩年我原早想替他做生日，偏到跟前有大事，就混過去了。今年人又齊全，料著又沒事，偺們大家好生樂一日。」賈母猶云「好生樂一日」，可見逐日雖樂，皆還不趁心也。所以世人無論貧富，各有愁腸，終不能時時遂心如意。此是至理，非不足語也。王夫人笑道：「我也想著呢。既是老太太高興，何不就商議定了？」賈母笑道：「我想，往年不拘誰作生日，都是各自送各自的禮，這個也俗了，也覺生分似的。今兒我出個新法子，又不生分，又可取笑。」王夫人忙道：「老太太怎麼想著好，就是怎麼樣行。」賈母笑道：「我想著，偺們也學那小家子，大家湊分子，原來湊分子是小家的事。近見多少人家紅白事一出，且籌算分子之多寡，不知何說？多少盡著這錢去辦，你道好頑不好頑？」看他寫與寶釵作生日後，又偏寫與鳳姐作生日。阿鳳何人也，豈不為彼之華誕大用一回筆墨哉？只是虧他如何想來，特寫於寶釵之後，較姊妹勝而有餘；於賈母之前，較諸父母相去不遠。一部書中，若一個一個只管寫過生日，復成何文哉？故起用寶釵，盛用阿鳳，終用賈母，各有妙文，各有妙景。餘者諸人，或一筆不寫，或偶因一語帶過，或豐或簡，其情當理合，不表可知；豈必諄諄死筆，按數而寫眾人之生日哉？迥不犯寶釵。王夫人笑道：「這個很好，但不知怎麼湊法？」

賈母聽說，益發高興起來，忙遣人去請薛姨媽、邢夫人等，又叫請姑娘們並寶玉，那府裡珍兒媳婦並賴大家的等有頭臉管事的媳婦，也都叫了來。眾丫頭婆子見賈母十分高興，也都高興，忙忙的各自分頭去請的請、傳的傳。沒頓飯的工夫，老的、少的、上的、下的，烏壓壓擠了一屋子。只薛姨媽和賈母對坐，邢夫人、王夫人只坐在房門前兩張椅子上，寶釵姊妹等五六個人坐在炕上，寶玉坐在賈母懷前，地下滿滿的站了一地。賈母忙命拿幾個小杌子來，給賴大母親等幾個高年有體面的媽媽坐了。賈府風俗，年高伏侍過父母的家人，比年輕的主子還有體面，所以尤氏、鳳姐兒等，只管地下站著，那賴大的母親等三四個老媽媽告個罪，都坐在小杌子上了。賈母笑著把方纔一席話說與眾人聽了，眾人誰不湊這趣兒？再也有和鳳姐兒好的，有情願這樣的；有畏懼鳳姐兒的，巴不得來奉承的；況且都是拿的出來的，所以一聞此言，都欣然應諾。

賈母先道：「我出二十兩。」薛姨媽笑道：「我隨著老太太，也是二十兩了。」邢夫人、王夫人道：「我們不敢和老太太並肩，自然矮一等，每人十六兩罷了。」尤氏、李紈也笑道：「我們自然又矮一等，每人十二兩罷。」賈母忙和李紈道：「你寡婦失業❶的，哪裡還拉你出這個錢，我替你出了罷。」必如是方妙。鳳姐忙笑道：「老太太別高興，且算一算賬再攬事。老太太身上已有兩分呢，這會子又替大嫂子出十二兩。說著高興，一會子回想又心疼了。過後兒又說都是為鳳丫頭花了錢，使個巧法子，

❶ 失業：這裡是無依無靠的意思。

哄著我拿出三四分子來暗裡補上，我還做夢呢！」說的眾人都笑了。賈母笑道：「依你怎麼樣呢？」又寫阿鳳一評，更妙！若一筆直下，有何趣哉？鳳姐笑道：「生日沒到，我這會子已經折受的不受用了。我一個錢饒不出，驚動這些人，實在不安。不如大嫂子這一分我替他出了罷。我到了那一日，多吃些東西就享了福了。」邢夫人等聽了，都說：「很是。」賈母方允了。

鳳姐兒又笑道：「我還有一句話呢。我想老祖宗自己二十兩，又有林妹妹、寶兄弟的兩分子；姨媽自己二十兩，又有寶妹妹的一分子，這倒也公道。只是二位太太每位十六兩，自己又少，又不替人出，這有些不公道。老祖宗吃了虧了！」賈母聽了，忙笑道：「倒是我的鳳丫頭向著我，這說的很是。要不是你，我叫他們又哄了去了。」鳳姐笑道：「老祖宗只把他姐兒兩個交給兩位太太，一位占一個，派多派少，每位替出一分就是了。」賈母忙說：「這很公道，就是這樣。」賴大的母親忙站起來笑說道：「這可反了，我替二位太太生氣。在那邊是兒子媳婦，在這邊是內侄女兒，倒不向著婆婆和姑姑，倒向著別人。這兒媳婦成了陌路人，內侄女兒竟成了個外侄女兒了。」說的賈母與眾人都大笑起來了。寫阿鳳全付精神，雖一戲，亦人想不到之文。

賴大之母因又問道：「少奶奶們十二兩，我們自然也該矮一等了？」賈母聽說，道：「這使不得，你們雖該矮一等，我知道你們這幾個都是財主，分位雖低，錢卻比他們的多。驚魂奪魄，只此一句。所以一部書，全是老婆舌頭，全是諷刺世事，反面春秋也。所謂痴子弟正照風月鑑。若單看了家常老婆舌頭，豈非痴子弟乎？你們和他們一例纔使得。」眾媽媽聽了，連忙答應。賈母又道：「姑娘們不過應個景兒，每人照一個月的月例就是了。」又回頭叫鴛鴦來：「你們也湊幾個人，商議湊了來。」鴛鴦答應著。去不多時，帶了平兒、襲人、彩霞等，還有幾個小丫鬟來，也有二兩的，也有一兩的。賈母因問平兒：「你難道不替你主子作生日？還入在這裡頭？」平兒笑道：「我那個私自另外有了。這是官中的，也該出一分。」賈母笑道：「這纔是好孩子。」

鳳姐又笑道：「上下都全了，還有二位姨奶奶，他出不出，也問一聲兒。盡到他們是理，不然，他們只當小看了他們了。」（純寫阿鳳，以襯後文。）賈母聽了，忙說：「可是呢，怎麼倒忘了他們？只怕他們不得閒兒，叫一個丫頭問問去。」說著，早有丫頭去了。半日回來，說道：「每位也出二兩。」賈母喜道：「拿筆硯來，算明共計多少。」尤氏因悄罵鳳姐道：「我把你這沒足厭的小蹄子！這麼些婆婆嬸子來湊銀子給你過生日，你還不足，又拉上兩個苦瓠子❷作什麼？」鳳姐也悄笑道：「你少胡說，一會子離了這裡，我纔和你算賬。他們兩個為什麼苦呢？有了錢，也是白填送別人，不如拘來偺們樂。」（純寫阿鳳，以襯後文。二人形景如見，語言如聞，真描畫的到。）

說著，早已合算了，共湊了一百五十兩有餘。賈母道：「一日戲酒用不了。」尤氏道：「既不請客，酒席又不多，兩三日的用度都夠了。頭等，戲不用錢，省在這上頭。」賈母道：「鳳丫頭說哪一班好，就傳哪一班。」鳳姐兒道：「偺們家的班子都聽熟了，倒是花幾個錢，叫一班來聽聽罷。」賈母道：「這件事，我交給珍哥媳婦了。越性叫鳳丫頭別操一點心，受用一日纔算。」（所以特受用了，纔有璉卿之變。樂極生悲，自然之理。）尤氏答應著，又說了一回話，都知賈母乏了，纔漸漸的都散出來。

尤氏等送邢夫人、王夫人二人散去，便往鳳姐房裡來，商議怎麼辦生日的話。鳳姐兒道：「你不用問我，你只看老太太的眼色行事就完了。」尤氏笑道：「你這阿物兒，也忒行了大運了。我當有什

❷ 苦瓠子：瓠子，植物名，果實可食。因吃起來有苦味，故以苦瓠子比喻苦命人。瓠，音ㄏㄨˋ。

麼事叫我們去，原來單為這個。出了錢不算，還要我來操心。你怎麼謝我？」鳳姐笑道：「你別扯臊，我又沒叫你來，謝你什麼！你怕操心，你這會子就回老太太去，再派一個就是了。」尤氏笑道：「你瞧他興的這樣兒！我勸你收著些兒好，太滿了就潑出來了。」二人又說了一回方散。

次日，將銀子送到寧國府來，尤氏方纔起來梳洗，因問：「是誰送過來的？」丫鬟們回說：「是林大娘。」尤氏便命叫了他來。丫鬟走至下房，叫了林之孝家的過來。尤氏命他腳踏上坐了，一面忙著梳洗，一面問他：「這一包銀子共多少？」林之孝家的回說：「這是我們底下人的銀子，湊了先送過來。老太太和太太們的還沒有呢。」正說著，丫鬟們回說：「那府裡太太和姨太太打發人送分子來了。」尤氏笑罵道：「小蹄子們，專會記得這些沒要緊的話。昨兒不過老太太一時高興，故意的要學那小家子湊分子，你們就記得了，嘴裡當正經的說。還不快接了進來，好生待茶，再打發他們去。」丫鬟應著，忙接了進來，一共兩封，連寶釵、黛玉的都有了。尤氏問：「還少誰的？」林之孝家道：「還少老太太、太太、姑娘們的和底下姑娘們的。」尤氏道：「還有你們大奶奶的呢？」林之孝家道：「奶奶過去這銀子都從二奶奶手裡發，一共都有了。」

說著，尤氏已梳洗了，命人伺候車輛，一時來至榮府，先來見鳳姐。只見鳳姐已將銀子封好，正要送去。尤氏問：「都齊了？」鳳姐兒笑道：（「笑」字就有神情。）「都有了，快拿了去罷，丟了我不管。」尤氏笑道：「我有些信不及，倒要當面點一點。」說著，果然按數一點，只沒有李紈的一分。尤氏笑道：「我說你貪鬼呢，怎麼你大嫂子的沒有？」鳳姐兒笑道：「那麼些還不夠使？短一分兒也罷了，等不夠了，我再給你。」（可見阿鳳處處心機。）尤氏道：「昨兒你在人跟前作人，今兒又來和我賴。這個斷不依你，我只和老太太要去。」鳳姐兒笑道：「我看你利害！明兒有了事，我也丁是丁、卯是卯❸的，你也別抱怨。」尤氏笑道：「你一般的也怕。不看你素日孝敬我，我纔是不依你呢！」說著，把平兒的一分拿了出來，說道：「平兒，來！把你的收起去，等不夠了，我替你添上。」平兒會意，因說道：「奶奶先使著，若剩下了，再賞我一樣。」尤氏笑道：「只許你那主子作弊，就不許我作情兒？」平兒只得收了。尤氏又道：「我看著你主子這麼細緻❹，弄這些錢哪裡使去？使不了，明兒帶了棺材裡使去。」

此言不假，伏下後文短命。尤氏亦能幹事矣，惜不能勸夫治家，惜哉痛哉！

一面說著，一面又往賈母處來。先請了安，大概說了兩句話，便走到鴛鴦房中，和鴛鴦商議，只聽鴛鴦的主意行事，何以討賈母的喜歡。二人計議妥當，尤氏臨走時，也把鴛鴦二兩銀子還他，說：「這還使不了呢！」說著，一逕出來，又至王夫人跟前，說了一回話。因王夫人進了佛堂，把彩雲的一分也還了他。見鳳姐不在跟前，一時把周趙二人的也還了。他兩個還不敢收，[阿鳳聲勢亦甚矣。]尤氏道：「你們可憐見的，哪裡有這些閒錢？鳳丫頭便知道了，有我應著呢。」二人聽說，千恩萬謝的方收了。[尤氏亦可謂有才矣]

。論有德比阿鳳高十倍，惜乎不能諫夫治家，所謂人各有當也。此方是至理至情。最恨近之野史中，惡則無往不惡，美則無一不美，何不近情理之如是耶？

展眼已是九月初二日，園中人都打聽得尤氏辦得十分熱鬧，不但有戲，連耍百戲並說書的男女先兒❺全有，都打點取樂頑耍。李紈又向眾姊妹道：「今兒是正經社日，可別忘了。[看書者已忘，批書者亦已忘了，作者竟未忘，忽寫此事]

---

❸ 丁是丁卯是卯：比喻做事認真，一絲不苟。

❹ 細緻：這裡是精明的意思。

❺ 男女先兒：男女先生，一般指說書藝人。

，真忙中愈忙，緊處愈緊也。寶玉也不來，想必他只圖熱鬧，把清雅就丟開了。」此獨寶玉乎？亦罵世人。余亦謂寶玉忘了，不然，何不來耶？說著，便命丫鬟：「去瞧作什麼呢，快請了來。」丫鬟去了半日，回說：「花大姐姐說，今兒一早就出門去了。」奇文。眾人聽了，都詫異說：「再沒有出門之理，這丫頭糊塗，不知說話。」因又命翠墨去。一時翠墨回來說：「可不真出了門了！說有個朋友死了，出去探喪去了。」奇文，信有之乎？花團錦簇之日偏如此寫法。探春道：「斷然沒有的事，憑他什麼，再沒今日出門之理。你叫襲人來，我問他。」剛說著，只見襲人走來。李紈等都說道：「今兒憑他有什麼事，也不該出門。頭一件，你二奶奶的生日，老太太都這等高興，兩府上下眾人來湊熱鬧，他倒走了；第二件，又是頭一社的正日子，他也不告假，就私自去了。」襲人嘆道：「昨兒晚上就說了，今兒一早起有要緊的事，到北靜王府裡去，就趕回來的。勸他不要去，他必不依。今兒一早起來，又要素衣裳穿。想必是北靜王府裡的要緊姬妾沒了，也未可知。」李紈等道：「若果如此，也該去走走，只是也該回來了。」說著，大家又商議：「偺們只管作詩，等他回來罰他。」剛說著，只見賈母已打發人來請，便都往前頭來了。襲人回明寶玉的事，賈母不樂，便命人去接。

原來寶玉心裡有件私事，於頭一日就吩咐茗烟：「明日一早要出門，備下兩匹馬，在後門口等著。不要別的，一個跟著。說給李貴，我往北府裡去了。倘或要有人找我，叫他攔住不用找，只說北府裡留下了，橫豎就來的。」茗烟也摸不著頭腦，只得依言說了。今兒一早，果然備了兩匹馬，在園後門等著。天亮了，只見寶玉遍體純素，從角門出來，一語不發，跨上馬，一彎腰，順著街就趟❻下去了。茗烟也只得跨馬加鞭趕上，在後面忙問：「往哪裡去？」寶玉道：「這條路是往哪裡去的？」茗烟道：

❻ 趟：音ㄉㄧㄢ。馬快步行走，不是四足騰空的奔跑。

「這是出北門的大道，出去了冷清清，沒有可頑的。」寶玉聽說，點頭道：「正要冷清清的地方好。」說著，越性加了鞭，那馬早已轉了兩個彎子，出了城門。茗烟越發不得主意，只得緊緊跟著。一氣跑了七八里路出來，人烟漸漸稀少，寶玉方勒住馬，回頭問茗烟道：「這裡可有賣香的？」茗烟道：「香倒有，不知是哪一樣？」寶玉想道：「別的香不好，須得檀、芸、降❼三樣。」茗烟笑道：「這三樣可難得。」寶玉為難。茗烟見他為難，因問道：「要香作什麼使？我見二爺時常小荷包有散香，何不找一找？」一句提醒了寶玉，便回手向衣襟上拉出一個荷包來，摸了一摸，竟有兩星沉速❽，心內歡喜：「只是不恭些。」再想：「自己親身帶的，倒比買的又好些。」於是又問爐炭。茗烟道：「這可罷了，荒郊野外哪裡有？用這些何不早說，帶了來，豈不便宜？」寶玉道：「糊塗東西！若可帶了來，又不這樣沒命的跑了。」奇奇怪怪，不知為何？看他下文怎樣。

茗烟想了半日，笑道：「我得了個主意，不知二爺心下如何？我想二爺不止用這個呢，只怕還要用別的。這也不是事。如今我們往前再走二里地，就是水仙庵了。」寶玉聽了，忙問：「水仙庵就在這裡？更好了！我們就去。」說著，就加鞭前行。一面回頭向茗烟道：「這水仙庵的姑子長往偺們家去，偺們這一去到那裡，和他借香爐使使，他自然是肯的。」茗烟道：「別說他是偺們家的香火，就是平白不認識的廟裡，和他借，他也不敢駁回。只是一件，我常見二爺最厭這水仙庵的，何如今兒又這樣喜歡了？」寶玉道：「我素日因恨俗人不知原故，混供神、混蓋廟。這都是當日有錢的老公❾們

❼ 檀芸降：檀，檀香，檀香木製成。芸，芸香，芸香草製成。降，降香，降香木製成。

❽ 兩星沉速：兩星，兩小塊。沉速，沉香（又名迦南香）和速香（又名黃熟香）合成的香料。

和那些有錢的愚婦們，聽見有個神，就蓋起廟來供著，也不知那神是何人。因聽些野史小說，便信真了。（近聞剛丙廟，又有三教庵，以如來為尊，太上為次，先師為末，真殺有餘辜。所謂此書救世之溺不假。）比如這水仙庵裡面，因供的是洛神，故名水仙庵。殊不知古來並沒有個洛神，那原是曹子建的謊話❿，誰知這起愚人就塑了像供著。今兒卻合我的心事，故借他一用。」說著，早已來至門前。

那老姑子見寶玉來了，事出意外，竟像天上掉下個活龍來的一般，忙上來問好，命老道來接馬。寶玉進去，也不拜洛神之像，卻只管賞鑑。雖是泥塑的，卻真有「翩若驚鴻，婉若游龍」之態，「荷出綠波，日映朝霞」⓫之姿，（妙極！用洛神賦讚洛神，本地風光，愈覺新奇。）寶玉不覺滴下淚來。老姑子獻了茶，寶玉因和他借香爐。那姑子去了半日，連香供紙馬都預備了來。寶玉道：「一概不用。」說道，命茗烟捧著爐，出至後院中，揀一塊乾淨地方兒，竟揀不出。茗烟道：「那井臺兒上如何？」寶玉點頭，一齊來至井臺上，將爐放下。（妙極之文。寶玉心中揀定是井臺上了，故意使茗烟說出，使彼不犯疑猜矣。寶玉亦有欺人之才，蓋不用耳。）茗烟站過一旁。寶玉掏出香來焚上，含淚施了半禮，（奇文。云只施半禮，終不知為何事也。）回身命收了去。茗烟答應，且不收，忙爬下磕了幾個頭，口內祝道：「我茗烟跟二爺這幾年，二爺的心事，我沒有不知道的。只有今兒這一祭祀沒有告訴我，我也不敢問。只是這受祭的陰魂，雖不知名姓，想來自然是那人間有一，天上無雙，極聰明極俊雅的一位姐姐妹妹了。

---

❾ 老公：對老年人的通稱。

❿ 曹子建的謊話：曹植作有洛神賦，敘述他與洛神相見的事情。

⓫ 翩若四句：曹植洛神賦原文云：「其形也，翩若驚鴻，婉若游龍。……遠而望之，皎若太陽升朝霞，迫而察之，灼若芙蕖出綠波。」前兩句形容洛神體態輕盈，後兩句形容洛神容貌豔麗。

二爺心事不能出口，讓我代祝：若芳魂有感，香魄多情，雖然陰陽間隔，既是知己之間，時常來望候二爺，未嘗不可。你在陰間，保佑二爺來生也變個女孩兒，和你們一處相伴，再不可又托生這鬚眉濁物了。」說畢，又磕幾個頭，纔爬起來。忽插入茗烟一篇流言，粗看則小兒戲語，亦甚無味，細玩則大有深意。試思寶玉之為人，豈不應有一極伶俐乖巧小童哉？此一祝，亦如西廂記中雙文降香第三炷則不語，紅娘則代祝數語，直將雙文心事道破。此處若寫寶玉一祝，則成何文字？若不祝，直成一啞謎，如何散場？故寫茗烟一戲，直戲入寶玉心中，又發出前文，又可收後文，又寫茗烟素日之乖覺可人，且襯出寶玉直似一個守禮待嫁的女兒一般，其素日脂香粉氣不待寫而全現出矣。今看此回，直欲將寶玉當作一個極輕後羞怯的女兒看，茗烟則極乖覺可人之丫鬟也。

寶玉聽他沒說完，便掌不住笑了，方一笑，蓋原可發笑。且說的合心，愈見可笑也。因踢他道：「休胡說，看人聽見笑話。」也知人笑，更奇。茗烟起來，收過香爐，和寶玉走著，因道：「我已經和姑子說了，二爺還沒用飯，叫他隨便收拾了些東西，二爺勉強吃些。我知道今兒偺們裡頭大排筵宴，熱鬧非常，二爺為此纔躲了出來的。橫豎在這裡清淨一天，也就盡到禮了。若不吃東西，斷使不得。」寶玉道：「戲酒既不吃，這隨便素的吃些何妨。」茗烟道：「這便纔是。還有一說，偺們來了，還有人不放心。若沒有人不放心，便晚了進城何妨；若有人不放心，二爺須得進城回家去纔是。第一，老太太、太太也放了心；第二，禮也盡了，不過如此，就是家去了，看戲吃酒，也並不是二爺有意，原不過陪著父母盡孝道。二爺若單為了這個，不顧老太太、太太懸心，就是方纔那受祭的陰魂也不安生。二爺想我這話如何？」寶玉笑道：「你的意思我猜著了，你想著，只你一個跟了我出來，回來你怕擔不是，所以拿這大題目來勸我。亦知這個大，妙極！我纔來了，不過為盡個禮，再去吃酒看戲，並沒說一日不進城。這已完了心願，趕著進城，大家放心，豈不兩盡其道？」這是大通的意見，世人不及的去處。茗烟道：「這更好了。」說著，二人來至禪堂，果然那姑子收拾了一桌素菜。寶玉胡亂吃了些，茗烟也吃了，二人便上馬，仍回舊路。

茗烟在後面，只囑咐：「二爺好生騎著，這馬總沒大騎的，手裡提緊著。」（看他偏不寫鳳姐那樣熱鬧，卻寫這般清冷，真世人意料不到這一篇文字也。）一面說著，早已進了城，仍從後門進去，忙忙來至怡紅院中。襲人等都不在房裡，只有幾個老婆子看屋子，見他來了，都喜的眉開眼笑，道說：「阿彌陀佛！可來了，把花姑娘急瘋了！上頭正坐席呢，二爺快去罷。」寶玉聽說，忙將素服脫了，自去尋了華服換上，問：「在什麼地方坐席？」老婆子回說：「在新蓋的大花廳上。」寶玉聽說，一徑往花廳來，耳內早已隱隱聞得歌管之聲。剛至穿堂那邊，只見玉釧兒獨坐在廊簷下垂淚，（總是千奇百怪的文字。）一見他來，便收淚說道：「鳳凰來了，快進去罷，再一會子不來，都反了。」（是平常言語，卻是無限文章，無限情理。看至後文，再細思此言，則可知矣。）寶玉陪笑道：「你猜我往哪裡去了？」玉釧兒不答，只管擦淚。（無限情理。）

寶玉忙進廳裡，見了賈母、王夫人等，眾人真如得了鳳凰一般。寶玉忙趕著與鳳姐兒行禮，賈母、王夫人都說他不知道好歹，「怎麼也不說聲，就私自跑了？這還了得！明兒再這樣，等老爺回家來，必告訴他打你。」說著，又罵跟的小廝們：「都偏聽他的話，說哪裡去就去，也不回一聲兒。」一面又問他：「到底哪去了？可吃了什麼？可嚇著了？」（奇文畢肖。）寶玉只回說：「北靜王的一個愛妾昨日沒了，給他道惱⓬去。他哭的那樣，不好撇下就回來，所以多等了一會子。」賈母道：「以後再私自出門，不先告訴我們，一定叫你老子打你！」寶玉答應著。因又要打跟的小子們，眾人又忙說情，又勸道：「老太太也不必過慮了，他已經回來，大家該放心樂一回了。」賈母先不放心，自然發狠，今見來了，喜且有餘，哪裡還恨？也就不提了；還怕他不受用，或者別處沒吃飽，路上著了驚怕，反百般的哄他。

⓬ 道惱：向喪家表示祭弔慰問之意。

襲人早過來伏侍。大家仍舊看戲。當日演的是荊釵記⓭，賈母、薛姨媽等都看的心酸落淚，也有嘆的，也有罵的。要知端的，下回分解。

1.「又至王夫人跟前，說了一回話。因王夫人進了佛堂，把彩雲的一分也還了他。見鳳姐不在跟前，一時把周趙二人的也還了。」庚辰本缺「說了一回話。因王夫人進了佛堂，把彩雲的一分也還了他。見鳳姐不在跟前」三十字，據戚本補入。

⓭ 荊釵記：明初戲文，演王十朋和錢玉蓮悲歡離合的故事。

第四十四回　變生不測鳳姐潑醋　喜出望外平兒理妝

話說眾人看演荊釵記，寶玉和姐妹一處坐著。林黛玉因看到男祭❶這一齣上，便和寶釵說道：「這王十朋也不通的很，不管在哪裡祭一祭罷了，必定跑到江邊子上來作什麼？俗語說『睹物思人』，天下的水總歸一源，不拘哪裡的水舀一碗，看著哭去，也就盡情了。」寶釵不答。

寶玉回頭要熱酒敬鳳姐兒。原來賈母說今日不比往日，定要叫鳳姐痛樂一日，本來自己懶待坐席，只在裡間屋裡榻上歪著，和薛姨媽看戲，隨心愛吃的揀幾樣放在小几上，隨意吃著說話兒。將自己兩桌席面賞那沒有席面的大小丫頭並那應差聽差的婦人等，命他們在窗外廊簷下也只管坐著，隨意吃喝，不必拘禮。王夫人和邢夫人在地下高桌上坐著，外面幾席是他姊妹們坐。賈母不時吩咐尤氏等：「讓鳳丫頭坐在上面，你們好生替我待東❷，難為他一年到頭辛苦。」尤氏答應了，又笑回說道：「他坐不慣首席，坐在上頭橫不是豎不是的，酒也不肯吃。」賈母聽了，笑道：「你不會，等我親自讓他去。」鳳姐兒忙也進來，笑說：「老祖宗，別信他們的話，我吃了好幾鍾了。」賈母笑著命尤氏：「快拉他出去，按在椅子上，你們都輪流敬他。他再不吃，我當真的就親自去了。」尤氏聽說，忙笑著又拉他

❶ 男祭：指荊釵記第三十五齣時祀，演王十朋聽到妻子錢玉蓮投江自盡，在江邊哭祭的事情。崑曲演此劇，有男祭一齣，但未寫明王十朋是在江邊哭祭。弋陽腔有祭江一齣，寫王十朋在江邊祭妻。

❷ 待東：代主人招待客人。東，東道主的簡稱。

出來坐下，命人拿了臺盞❸，斟了酒，笑道：「一年到頭，難為你孝順老太太、太太和我。我今兒沒什麼疼你的，親自斟杯酒，乖乖兒的在我手裡喝一口。」鳳姐兒笑道：「你要安心孝敬我，跪下，我就喝。」尤氏笑道：「說的你不知是誰！我告訴你說，好容易今兒這一遭，過了後兒，知道還得像今兒這樣不得了？趁著盡力灌喪兩鍾罷。」（閒閒一戲語，伏下後文，令人可傷，所謂盛筵難再。）鳳姐兒見推不過，只得喝了兩鍾。接著，眾姊妹也來，鳳姐也只得每人的喝一口。賴大媽媽見賈母尚這等高興，也少不得來湊趣兒，領著些嬤嬤們也來敬酒。鳳姐兒也難推脫，只得喝了兩口。鴛鴦等也來敬，鳳姐兒真不能了，忙央告道：「好姐姐們，饒了我罷。我明兒再喝罷。」鴛鴦笑道：「真個的我們是沒臉的了？就是我們在太太跟前，太太還賞個臉兒呢！往常倒有些體面，今兒當著這些人，倒拿起主子的款兒來了。我原不該來；不喝，我們就走。」說著，真個回去了。鳳姐兒忙趕上拉住，笑道：「好姐姐，我喝就是了。」說著，拿過酒來，滿滿的斟了一杯喝乾，鴛鴦方笑了散去。然後又入席，鳳姐兒自覺酒沉了，心裡突突的往上撞，要往家去歇歇。只見那耍百戲的上來，便和尤氏說：「預備賞錢，我要洗洗臉去。」尤氏點頭。

鳳姐兒瞅人不防，便出了席，往房門後簷下走來。平兒留心，也忙跟了來，鳳姐兒便扶著他。纔至穿廊下，只見他房裡的一個小丫頭正在那裡站著，見他兩個來了，回身就跑。鳳姐兒便疑心，忙叫那丫頭。那丫頭先只裝聽不見，無奈後面連平兒也叫，只得回來。鳳姐兒越發起了疑心，忙和平兒進了穿堂，叫那小丫頭子也進來，把槅扇關了。鳳姐兒坐在小院子的臺磯上，命那丫頭子跪了，喝命平兒：「叫兩個二門上的小廝來，拿繩子鞭子，把那眼睛裡沒主子的小蹄子打爛了！」那小丫頭子已經

❸ 臺盞：大杯。

嚇的魂飛魄散，哭著只管碰頭求饒。鳳姐兒問道：「我又不是鬼，你見了我，不說規規矩矩站住，怎麼倒往前跑？」小丫頭子哭道：「我原沒看見奶奶來，我又記掛著房裡無人，所以跑了。」鳳姐兒道：「房裡既沒人，誰叫你來的？你便沒看見我，我和平兒在後頭扯著脖子叫了你十來聲，越叫越跑；分明又不遠，你聾了不成？你還和我強嘴！」說著，便揚手一掌打在臉上，打的那小丫頭一栽；這邊臉上又一下，登時小丫頭子兩腮紫脹起來。平兒忙勸：「奶奶仔細手疼。」鳳姐便說：「你再打著問他，跑什麼？他再不說，把嘴撕爛了他的！」那小丫頭子先還強嘴，後來聽見鳳姐兒要燒了紅烙鐵來烙嘴，方哭道：「二爺在家裡，打發我來這裡瞧著奶奶的。若見奶奶散了，先叫我送信兒去的。不承望奶奶這會子就來了。」鳳姐兒見話中有文章，便又問道：「叫你瞧著我作什麼？難道怕我家去不成？必有別的原故。快告訴我，我從此以後疼你。你若不細說，立刻拿刀子來割你的肉。」說著，回頭向頭上拔下一根簪子來，向那丫頭嘴上亂戳，嚇的那丫頭一行躲、一行哭，求道：「我告訴奶奶，可別說我說的。」平兒一旁勸，一旁催他，叫他快說。丫頭便說道：「二爺也是纔來房裡的，睡了一會醒了，打發人來瞧瞧奶奶，說纔坐席，還得好一會纔來呢。二爺就開了箱子，拿了兩塊銀子，還有兩根簪子，兩疋緞子，叫我悄悄的送與鮑二的老婆去，叫他進來。他收了東西，就往偺們屋裡來了。二爺叫我來瞧著奶奶，底下的事我就不知道了。」

鳳姐聽了，已氣的渾身發軟。忙立起來，一逕來家。剛至院門，只見有一個小丫頭在門前探頭兒，一見了鳳姐，也縮頭就跑。(如見其形。)鳳姐兒提著名字喝住。那丫頭本來伶俐，見躲不過了，越性跑了出來，笑道：「我正要告訴奶奶去呢，可巧奶奶來了。」鳳姐兒道：「告訴我什麼？」那小丫頭便說二爺在家這般如此如此，將方纔的話也說了一遍。鳳姐啐道：「你早作什麼了？這會子我看見你了，你來推乾淨兒！」說著，也揚手一下，打的那丫頭一個趔趄，便躡手躡腳的走至窗前。往裡聽時，只聽裡頭說笑，那婦人笑道：「多早晚你那閻王老婆死了就好了。」賈璉道：「他死了，再娶一個也是這樣，又怎麼樣呢？」那婦人道：「他死了，你倒是把平兒扶了正，只怕還好些。」賈璉道：「如今連平兒他也不叫我沾一沾了。平兒也是一肚子委屈不敢說。我命裡怎麼就該犯了夜叉星❹！」鳳姐聽了，氣的渾身亂戰；又聽他倆都讚平兒，便疑平兒素日背地裡自然也有憤怨語了，那酒越發湧了上來。也並不忖度，回身把平兒先打了兩下，一腳踢開門進去，也不容分說，抓著鮑二家的撕打一頓。又怕賈璉走出去，便堵著門站著，罵道：「好娼婦！你偷主子漢子，還要治死主子老婆！平兒過來！你們淫婦忘八一條籐兒，多嫌著我，外面兒你哄我！」說著，又把平兒打幾下，奇極！先打平兒，可是

剛至院門，只見有一個小丫頭在門前探頭兒，一見了鳳姐，也縮頭就跑……。（清孫溫繪，全本紅樓夢）

❹ 夜叉星：夜叉，這裡指母夜叉，對悍婦的蔑稱。舊時迷信，人的吉凶禍福，皆由天上的星宿主宰，一個人犯了什麼星，就會有什麼樣的遭遇。

世人想得著的？打的平兒有冤無處訴，只氣得乾哭，罵道：「你們做這些沒臉的事，好好的又拉上我做什麼！」說著，也把鮑二家的撕打起來。賈璉也因吃多了酒，進來高興，未曾作的機密。一見鳳姐來了，已沒了主意，又見平兒也鬧起來，把酒也氣上來了。鳳姐兒打鮑二家的，他已又氣又愧，只不好說的；今見平兒也打，便上來踢罵道：「好娼婦！你也動手打人！」平兒怯打，忙住了手，哭道：「你們背地裡說話，為什麼拉我呢？」鳳姐見平兒怕賈璉，越發氣了，又趕上來打著平兒，偏叫他打鮑二家的。平兒急了，便跑出來找刀子要尋死，外面眾婆子丫頭忙攔住解勸。這裡鳳姐見平兒尋死去，便一頭撞在賈璉懷裡，叫道：「你們一條籐兒害我，被我聽見了，倒都唬起我來。你也勒死我！」賈璉氣的牆上拔出劍來，說道：「不用尋死，我也急了，一齊殺了，我償了命，大家乾淨！」正鬧的不開交，只見尤氏等一群人來了，說：「這是怎麼說！纔好好的，就鬧起來！」賈璉見了人，越發倚酒三分醉，天下奸雄、妒婦、惡婦大都如是，只是恨無阿鳳之才耳逞起威風來，天下小人大都如是。故意要殺鳳姐兒。鳳姐兒見人來了，便不似先前那般潑了，丟下眾人，便哭著往賈母那邊跑。

此時戲已散出，鳳姐跑到賈母跟前，爬在賈母懷裡，只說：「老祖宗救我！璉二爺要殺我呢！」瞧他稱呼。賈母、邢夫人、王夫人等忙問：「怎麼了？」鳳姐兒哭道：「我纔家去換衣裳，不防璉二爺在家和人說話。我只當是有客來了，唬的我不敢進去，在窗戶外頭聽了一聽，原來是和鮑二家的媳婦商議，說我利害，要拿毒藥給我吃了，治死我，把平兒扶了正。我原氣了，又不敢和他吵。原打了平兒兩下，問他為什麼要害我；他臊了，就要殺我。」賈母等聽了，都信以為真，說：「這還了得！快拿了那下流種子來！」一語未完，只見賈璉拿著劍趕來，後面許多人跟著。賈璉明仗著賈母素昔疼他們，連母親、嬸母也無礙，故逞強鬧了來。邢夫人、王夫人見了，氣的忙攔住，罵道：「這下流種子！你越發反了。老太太在這裡呢！」賈璉乜斜著眼道：「都是老太太慣的他，他纔這樣。連我也罵起來了！」邢夫人氣的奪下劍來，只管喝他：「快出去！」那賈璉撒嬌撒痴，涎言涎語❺的，還只亂說。賈母氣的說道：「我知道你不把我們放在眼睛裡，叫人把他老子叫來！」賈璉聽見這話，方趔趄著腳兒出去了。賭氣也不往家去，便往外書房來。

這裡邢夫人、王夫人也說鳳姐兒。賈母笑道：「什麼要緊的事！小孩子們年輕饞嘴，貓兒似的，哪裡保的住不這麼著？從小兒世人都打這麼過的。都是我的不是，他多吃了兩口酒，又吃起醋來。」說的眾人都笑了。賈母又道：「你放心，等明兒我叫他來替你賠不是。你今兒別要過去臊著他。」因又罵：「平兒那蹄子，素日我倒看他好，怎麼暗地裡這麼壞！」尤氏等笑道：「平兒沒有不是，是鳳丫頭拿著人家出氣。兩口子不好對打，都拿著平兒煞性子。平兒委屈的什麼是的呢，老太太還罵人家！」賈母道：「原來這樣。我說那孩子倒不像那狐媚魘道❻的。既這麼著，可憐見的，白受他的氣。」因叫琥珀來：「你出去告訴平兒，就說我的話：我知道他受了委屈，明兒我叫鳳姐兒替他賠不是。今兒是他主子的好日子，不許他胡鬧。」

原來平兒早被李紈拉入大觀園去了。（可知吃蟹一回，非閒文也。）平兒哭的哽咽難抬。寶釵勸道：「你是個明白人，（必用寶釵評出，方是身分。）素日鳳丫頭何等待你？今兒不過他多吃一口酒。他可不拿你出氣，難道拿別人出氣不成？

❺ 涎言涎語：厚著臉皮亂說一通。

❻ 狐媚魘道：狐媚，用陰柔的手段迷惑人。魘道，用陰謀詭計陷害人。魘，音ㄧㄢˇ。

別人又笑話他吃醉了。你只管這會子委屈，素日你的好處，豈不都是假的了？」正說著，只見琥珀走來，說了賈母的話。平兒自覺面上有了光輝，方纔漸漸的好了，也不往前頭來。寶釵等歇息了一回，方來看賈母、鳳姐。寶玉便讓平兒到怡紅院中來，襲人忙接著，笑道：「我先原要讓❼你的，只因大奶奶和姑娘們都讓你，我就不好讓的了。」平兒也陪笑說：「多謝。」因又說道：「好好兒的，從哪裡說起？無緣無故白受了一場氣。」襲人笑道：「二奶奶素日待你好，這不過是一時氣急了。」平兒道：「二奶奶倒沒說的，只是那淫婦治的我，他又偏拿我湊趣兒；還有我們那糊塗爺，倒打我！」說著便又委屈，禁不住落淚。寶玉忙勸道：「好姐姐，別傷心。我替他兩個賠不是罷！」平兒笑道：「與你什麼相干？」寶玉笑道：「我們弟兄姊妹都一樣，他們得罪了人，我替他賠個不是，也是應該的。」又道：「可惜這新衣裳也沾了。這裡有你花妹妹的衣裳，何不換了下來，拿些燒酒噴了熨一熨，把頭也另梳一梳，洗洗臉。」一面說，一面便吩咐了小丫頭子們舀洗臉水，燒熨斗來。

平兒素昔只聞人說寶玉專能和女孩兒們接交；寶玉素日因平兒是賈璉的愛妾，又是鳳姐兒的心腹，故不肯和他廝近，因不能盡心，也常為恨事。平兒今見他這般，心中也暗暗的敁敪：「果然話不虛傳，色色想的周到。」又見襲人特特的開了箱子，拿出兩件不大穿的衣裳來與他換，便趕忙的脫下自己的衣服，忙去洗了臉。寶玉一旁笑勸道：「姐姐還該擦上些脂粉，不然倒像是和鳳姐姐賭氣子似的。況且又是他的好日子，而且老太太又打發了人來安慰你。」平兒聽了有理，便去找粉，只不見粉。寶玉忙走至妝臺前，將一個宣窯磁盒揭開，裡面盛著一排十根玉簪花棒，拈了一根，遞與平兒，又笑向他

❼ 讓：責備。

道：「這不是鉛粉，這是紫茉莉花種，研碎了，兌上香料製的。」平兒倒在掌上看時，果見輕白紅香，四樣俱美；撲在面上也容易勻淨，且能潤澤肌膚，不像別的粉，青重澀滯。然後看見胭脂也不是成張的，卻是一個小小的白玉盒子，裡面盛著一盒如玫瑰膏子一樣。寶玉笑道：「那市賣的胭脂都不乾淨，顏色也薄。這是上好的胭脂，擰出汁子來，淘澄淨了渣滓，配了花露，蒸疊成的。只用細簪子挑一點兒，抹在手心裡，用一點水化開，抹在唇上，手心裡剩的，就夠打頰腮了。」平兒依言妝飾，果見鮮豔異常，且又甜香滿頰。寶玉又將盆內的一枝並蒂秋蕙，用竹剪刀擷了下來，與他簪在鬢上。忽見李紈打發丫頭來喚他，方忙忙的去了。忽使平兒在絳芸軒中梳妝，非但世人想不到，寶玉亦想不到者也。作者費盡心機了。寫寶玉最善閨閣中事，諸如胭粉等類，不寫成別緻文章，則寶玉不成寶玉矣。然要寫又不便特為此費一番筆墨，故思及借人發端。然借人又無人，若襲人輩則逐日皆如此，又何必揀一日細寫？似覺無味。若寶釵等又係姊妹，更不便來細搜襲人之妝奩，況也是自幼知道的了。因左想右想，須得一個又甚親，又甚疏，又可唐突，又不可唐突，又和襲人等極親，又和襲人等不大常處，又得襲人輩之美，又不得襲人輩之修飾一人來，方可發端，故思及平兒一人方如此，故放手細寫絳芸閨中之什物也。

喜出望外平兒理妝。　（清天津楊柳青年畫）

寶玉因自來從未在平兒前盡過心，且平兒又是個極聰明極清俊的上等女孩兒，比不得那起俗蠢拙物——深為恨怨。今日是金釧兒的生日，故一日不樂。原來為此。寶玉之私祭，玉釧之潛哀，俱針對矣。然於此刻補明，又一法也。真千變萬化之文，萬法俱備，毫無脫漏，真好書也。不想落後鬧出這件事來，竟得在平兒前稍盡片心，亦今生意中不想之樂也。因歪在床上，心內怡然自得。忽又思及賈璉惟知以淫樂悅己，並不知作養脂粉；又思平兒並無父母兄弟姊妹，獨自一人，供應賈璉夫婦二人；賈璉之俗、鳳姐之威，他竟能周全妥貼；今兒還遭荼毒。想來此人薄命，比黛玉猶甚。想到此間，便又傷感起來，不覺淒然淚下。因見襲人等不在房內，盡力落了幾點痛淚。復起身，又見方纔的衣裳上噴的酒已半乾，便拿熨斗熨了疊好；見他的手帕子忘去，上面猶有淚漬，又拿至臉盆中洗了晾上。又喜又悲，悶了一回，也往稻香村來，說一回閒話，掌燈後方散。平兒就在李紈處歇了一夜。鳳姐兒只跟著賈母。賈璉晚間歸房，冷清清的，又不好去叫，只得胡亂睡了一夜。次日醒了，想昨日之事，大沒意思，後悔不來。

邢夫人記掛著昨日賈璉醉了，忙一早過來，叫了賈璉過賈母這邊來。賈璉只得忍愧前來，在賈母面前跪下。賈母問他：「怎麼了？」賈璉忙陪笑說：「昨兒原是吃了酒，驚了老太太的駕了。今兒來領罪。」賈母啐道：「下流東西！灌了黃湯，不說安分守己的挺屍❽去，倒打起老婆來了！鳳丫頭成日家說嘴，霸王似的一個人，昨兒嚇得可憐。要不是我，你要傷了他的命！這會子怎麼樣？」賈璉一肚子的委屈，不敢分辯，只認不是。賈母又道：「那鳳丫頭和平兒還不是個美人胎子？你還不足！成日家偷雞摸狗，髒的臭的，都拉了你屋裡去。為這起淫婦打老婆，又打屋裡的人，你還虧是大家子公子出身，活打了嘴了！若你眼睛裡有我，你起來，我饒了你，乖乖的替你媳婦賠個不是，拉了他家去，我就喜歡了。要不然，你只管出去，我也不敢受你的跪。」賈璉聽如此說，又見鳳姐兒站在那邊，也不盛妝；哭的眼睛腫著，也不施脂粉，黃黃的臉兒，大妙大奇之文，此一句便伏下病根了。草草看去，便可惜了作者行文苦心。比往常更覺可憐可愛。想著：「不如賠了不是，彼此也好了，又討老太太的喜歡了。」想畢，便笑道：「老太太的話，

❽ 挺屍：「睡覺」的粗俗說法。

我不敢不依。只是越發縱了他了。」賈母笑道：「胡說！我知道他最有禮的，再不會沖撞人。他日後得罪了你，我自然也作主，叫你降伏就是了。」賈璉聽說，爬起來便與鳳姐兒作了一個揖，笑道：「原來是我的不是。二奶奶饒過我罷！」滿屋裡的人都笑了。

賈母笑道：「鳳丫頭，不許惱了。再惱，我就惱了。」說著，又命人去叫了平兒來，命鳳姐兒和賈璉兩個安慰平兒。賈璉見了平兒，越發顧不得了；所謂「妻不如妾，妾不如偷」，聽賈母一說，便趕上來說道：「姑娘昨日受了屈了，都是我的不是。奶奶得罪了你，也是因我而起，我賠了不是不算外，還替你奶奶賠個不是。」說著，也作了一個揖，引的賈母笑了，鳳姐兒也笑了。賈母又命鳳姐兒來安慰他。平兒忙走上來，給鳳姐兒磕頭說：「奶奶的千秋❾，我惹了奶奶生氣，是我該死！」鳳姐兒正自愧悔昨日酒吃多了，不念素日之情，浮躁起來，為聽了旁人的話，無故給平兒沒臉。今反見他如此，又是慚愧，又是心酸，忙一把拉起來，落下淚來。平兒道：「我伏侍了奶奶這麼幾年，也沒彈我一指甲，就是昨兒打我，我也不怨奶奶。都是那淫婦治的，怨不得奶奶生氣。」說著，也滴下淚來了。婦人女子之情畢有，但世之大英雄羽翼偶摧，尚按劍生悲，況阿鳳與平兒哉？所謂此書真是哭成的。賈母便命人將他三人送回房去：「有一個再提此事，即刻來回我，我不管是誰，拿拐棍子給他一頓。」三個人從新給賈母、邢王二位夫人磕了頭，老嬤嬤答應了，送他三人回去。

至房中，鳳姐兒見無人，方說道：「我怎麼像個閻王，又像夜叉？那淫婦咒我死，你也幫著咒我！千日不好，也有一日好。可憐我熬的連個淫婦也不如了，我還有什麼臉來過這日子！」說著，又哭了。

❾ 千秋：千年。形容長壽。後成為生日的代稱。

轄治丈夫，此是首計。懦夫來看此句。賈璉道：「你還不足？你細想想，昨兒誰的不是多？妙！不敢自說沒不是，只論多少。懦夫來看。今兒當著人，還是我跪了一跪，又賠不是，你也爭足了光了。這會子還叨叨，難道還叫我替你跪下纔罷？太要足了強，也不是好事。」說的鳳姐兒無言可對。平兒嗤的一聲，又笑了。賈璉也笑道：「又好了！真真我也沒法了。」正說著，只見一個媳婦來回說：「鮑二媳婦吊死了。」倒也有氣性。只是又是情累一個，可憐。賈璉、鳳姐兒都吃了一驚。鳳姐忙收了怯色，反喝道：「死了罷了！有什麼大驚小怪的！」寫阿鳳如此。

一時只見林之孝家的進來，悄回鳳姐道：「鮑二媳婦吊死了，他娘家的親戚要告呢。」鳳姐兒笑道：偏於此處寫阿鳳笑，壞哉阿鳳！「這倒好了，我正想要打官司呢！」林之孝家的道：「我纔和眾人勸了他們，又威嚇了一陣。又許了他幾個錢，也就依了。」鳳姐兒道：「我沒一個錢！有錢也不給。只管叫他告去，也不許勸他，也不用震嚇他，只管讓他告去。告不成，倒問他個『以屍訛詐』！」寫阿鳳如此。林之孝家的正在為難，見賈璉和他使眼色兒，心下明白，便出來等著。

賈璉道：「我出去瞧瞧，看是怎麼樣。」鳳姐兒道：「不許你給他錢。」賈璉一逕出來，和林之孝來商議，著人去作好作歹，許了二百兩發送纔罷。賈璉生恐有變，又命人去和王子騰說，將番役仵作人等叫了幾名來，幫著辦喪事。那些人見了如此，縱要復辨，亦不敢辨，只得忍氣吞聲罷了。賈璉又命林之孝將那二百銀子入在流年賬上，分別添補開銷過去。大弊小弊，無一不到。又梯己給鮑二些銀兩，安慰他說：「另日再挑個好媳婦給你。」鮑二又有體面，又有銀子，有何不依？便仍然奉承賈璉。為天下夫妻一哭。不在話下。

裡面鳳姐心中雖不安，面上只管佯不理論。因房中無人，便拉平兒笑道：「我昨兒灌喪了酒了，你別埋怨，打了哪裡，讓我瞧瞧。」平兒道：「也沒打重。」只聽得說：「奶奶、姑娘們都進來了。」

要知端的，下回分解。

1. 「鳳姐兒見話中有文章，便又問道」，庚辰本缺「便又問道」，據紅樓夢八十回校本補。

第四十五回　金蘭契互剖金蘭語　風雨夕悶製風雨詞

話說鳳姐兒正撫恤平兒，忽見眾姊妹進來，忙讓了坐。平兒斟上茶來。鳳姐兒笑道：「今兒來的這麼齊，倒像下帖子請了來的。」探春笑道：「我們有兩件事，一件是我的，一件是四妹妹的，還夾著老太太的話。」鳳姐兒笑道：「有什麼事這麼要緊？」探春笑道：「我們起了個詩社，頭一社就不齊全，眾人臉軟，所以就亂了。我想必得你去作個監社御史，鐵面無私纔好。再四妹妹為畫園子用的東西，這般、那般不全，回了老太太，老太太說：『只怕後頭樓底下還有當年剩下的，找一找，若有呢，拿出來；若沒有，叫人買去。』」鳳姐笑道：「我又不會作什麼濕的乾的，要我吃東西去不成？」探春道：「你雖不會作，也不要你作，你只監察著我們裡頭有偷安怠惰的，該怎麼樣罰他就是了。」鳳姐兒笑道：「你們別哄我，我猜著了，哪裡是請我作監社御史？分明是叫我作個進錢的銅商❶。你們弄什麼社，必是要輪流作東道的，你們的月錢不夠花了，想出這個法子來。拗了我去，好和我要錢。可是這個主意？」一席話，說的眾人都笑起來了。李紈笑道：「真真你是個水晶心肝玻璃人。」鳳姐兒笑道：「虧你是個大嫂子呢！把姑娘們原交給你帶著念書、學規矩針線的，他們不好，你要勸。這會子他們起詩社，能用幾個錢？你就不管了。老太太、太太罷了，原是老封君❷；你一個月十兩銀子

❶ 進錢的銅商：進，奉獻。銅商，代指富商或富人。典出史記鄧通傳。鄧通因鑄銅錢而富甲天下，故有此稱。這裡有白出錢的傻瓜之意。

的月錢，比我們多兩倍銀子。老太太、太太還說你寡婦失業的，可憐不夠用，又有個小子，足的又添了十兩，和老太太、太太平等；又給你園子地，各人取租子；年終分年例，你又是上上分兒。你娘兒們，主子奴才共總沒十個人，吃的穿的仍舊是官中的，一年通共算起來，也有四五百銀子。這會子你就每年拿出一二百兩銀子來，陪他們頑頑，能幾年的限期？他們各人出了閣，難道還要你賠不成？這會子你怕花錢，調唆他們來鬧我，我樂得去吃一個河涸海乾，我還通不知道呢！」

李紈笑道：「你們聽聽，我說了一句，他就瘋了，說了兩車的無賴泥腿❸市俗專會打細算盤分斤撥兩的話出來。（心直口拙之人急了，恨不得將萬句話來併成一句，說死那人，畢肖。）這東西虧他托生在詩書大宦名門之家做小姐，出了嫁又是這樣，他還是這麼著；若是生在貧寒小戶人家作個小子，還不知怎麼下作貧嘴惡舌的呢！天下人都被你算計了去。昨兒還打平兒呢，虧你伸的出手來。那黃湯難道灌喪了狗肚子裡去了？氣的我只要給平兒打報不平兒，忖度了半日，好容易狗長尾巴尖兒❹的好日子，又怕老太太心裡不受用，因此沒來，究竟氣還未平。你今兒又招我來了。給平兒拾鞋也不要！你們兩個，只該換一個過子纔是。」說的眾人都笑了。鳳姐兒忙笑道：「竟不是為詩為畫來找我，這臉子竟是為平兒來報仇的！竟不承望平兒有你這一位仗腰子的人，早知道，便有鬼拉著我的手打他，我也不打了。平姑娘過來，我當著大奶奶、姑娘們替你賠個不是，擔待我酒後無德罷。」說著，眾人又都笑起來了。

❷ 老封君：尊稱因子孫顯貴而受皇帝封賞的長輩。

❸ 泥腿：農夫、莊稼漢。也用來比喻光棍、無賴之徒。

❹ 狗長尾巴尖兒：據說小狗在母狗肚裡長滿尾巴尖兒纔生下來，這裡指人的生日，是調侃的話。

李紈笑問平兒道：「如何？我說必定要給你爭爭氣纔罷。」平兒笑道：「雖如此，奶奶們取笑，我禁不起。」李紈道：「什麼禁不起，有我呢！快拿了鑰匙，叫你主子開了樓房找東西去。」鳳姐兒笑道：「好嫂子，你且同他們回園子裡去。纔要把這米賬和他們算一算，那邊大太太又打發人來叫，又不知有什麼話說，須得過去走一趟，還有年下你們添補的衣服，還沒打點給他們做去。」李紈笑道：「這些事我都不管，你只把我的事完了，我好歇歇著去，省得這些姑娘小姐鬧我。」鳳姐忙笑道：「好嫂子，賞我一點空兒。你是最疼我的，怎麼今兒為平兒就不疼我了？往常你還勸我說，事情雖多，也該保養身子，撿點著偷空兒歇歇。你今兒反倒逼我的命了。況且誤了別人的年下衣裳無礙，他姊妹們的若誤了，卻是你的責任。老太太豈不怪你不管閒事，這一句現成的話也不說？我寧可自己賠不是，豈敢帶累你呢？」李紈笑道：「你們聽聽，說的好不好？把他會說話的！我且問你，這詩社你到底管不管？」鳳姐兒笑道：「這是什麼話？我不入社花幾個錢，不成了大觀園的反叛了？還想在這裡吃飯不成！明兒一早就到任，下馬拜了印，先放下五十兩銀子，給你們慢慢作會社東道；過後幾天，我又不作詩作文，只不過是個俗人罷了，監察也罷，不監察也罷，有了錢了，你們還攆出我來！」說的眾人又都笑起來。

鳳姐兒道：「過會子我開了樓房，凡有這些東西，都叫人搬出來。你們看，若使得，留著使；若少什麼，照你們單子，我叫人替你們買去就是了。畫絹我就裁出來。那圖樣沒有在太太跟前，還在那邊珍大爺那裡呢，說給你們，別碰釘子去。我打發人取了來，一併叫人連絹交給相公們礬去，如何？」李紈點首笑道：「這難為你，果然這樣還罷了。既如此，偺們家去罷。等著他不送了去，再來鬧他。」

說著，便帶了他姊妹就走。鳳姐兒道：「這些事再沒兩個人，都是寶玉生出來的。」李紈聽了，忙回身笑道：「正是為寶玉來，反忘了他。頭一社是他誤了，我們臉軟，你說該怎麼罰他？」鳳姐想了一想，說道：「沒有別的法子，只叫他把你們各人屋子裡的地，罰他掃一遍纔好。」眾人都笑道：「這話不差。」

說著，纔要回去，只見一個小丫頭扶了賴嬤嬤進來。鳳姐兒等忙站起來，笑道：「大娘坐。」又都向他道喜。賴嬤嬤向炕沿上坐了，笑道：「我也喜，主子們也喜。若不是主子們的恩典，我們這喜從何來？昨兒奶奶又打發彩哥兒賞東西，我孫子在大門上朝上磕了頭了。」李紈笑道：「多早晚上任去？」賴嬤嬤嘆道：「我哪裡管他們，由他們去罷。前兒在家裡給我磕頭，我沒好話，我說：『哥哥兒，你別說你是官兒了，橫行霸道的。你今年活了三十歲，雖然是人家的奴才，一落娘胎胞，主子恩典，放你出來，上託著主子的洪福，下託著你老子娘，也是公子哥兒似的讀書認字，也是丫頭、老婆、奶子捧鳳凰似的長了這麼大，你哪裡知道那「奴才」兩字是怎麼寫的？只知道享福，也不知道你爺爺和你老子受的那苦惱。熬了兩三輩子，好容易熬出你這麼個東西來。從小兒三災八難，花的銀子也照樣打出你這麼個銀人兒來了。到二十歲上，又蒙主子的恩典，許你捐個前程在身上。你看那正根正苗的，忍饑挨餓的要多少！你一個奴才秧子，仔細折了福。如今樂了十年，不知怎麼弄神弄鬼的求了主子，又選了出來。州縣官兒雖小，事情卻大，為哪一州的州官，就是哪一方的父母。你不安分守己，盡忠報國，孝敬主子，只怕天也不容你。』」李紈、鳳姐兒都笑道：「你也多慮。我們看他也就好了。先那幾年還進來了兩次，這有好幾年沒來了。年下生日，只見他的名字就罷了。前兒給老太太、太太磕頭來，在老太太那院裡，見他又穿著新官的服色，倒發的威武了，比先時也胖了。他這一得了官，正該你樂呢，反倒愁起這些來！他不好，還有他父親呢，你只受用你的就完了。閒了坐個轎子進來，和老太太鬥一日牌，說一天話兒，誰好意思的委屈了你？家去一般也是樓房廈廳，誰不敬你？自然也是老封君似的了。」平兒斟上茶來，賴嬤嬤忙站起來接了，笑道：「姑娘不管叫哪個孩子倒來罷了，又折受❺我。」

說著，一面吃茶，一面又道：「奶奶不知道，這些小孩子們，全要管的嚴。饒這麼嚴，他們還偷空兒鬧個亂子來，叫大人操心。知道的，說小孩子們淘氣；不知道的，人家就要說仗著財勢欺人，連主子名聲也不好。恨的我沒法兒，常把他老子叫來罵一頓，纔好些。」因又指寶玉道：「不怕你嫌我，如今老爺不過這麼管你一管，老太太護在頭裡。當日老爺小時，挨你爺爺的打，誰沒看見的？老爺小時，何曾像你這麼天不怕地不怕的了！還有那大老爺，雖然淘氣，也沒像你這扎窩子❻的樣兒，也是天天打。還有東府裡你珍哥兒的爺爺，那纔是火上澆油的性子，說聲惱了，什麼兒子，竟是審賊！如今我眼裡看著，耳朵裡聽著，那珍大爺管兒子，倒也像當日老祖宗的規矩，只是管的到三不著兩❼的，他自己也不管一管自己，這些兄弟侄兒怎麼怨的不怕他？你心裡明白，喜歡我說；不明白，嘴裡不好意思，心裡不知怎麼罵我呢！」

❺ 折受：因受過分尊敬和優待，讓人承受不起。

❻ 扎窩子：躲在家裡，不思有所作為。

❼ 到三不著兩：說話、做事抓不住中心要領，不分輕重緩急。也作「道三不著兩」。

正說著，只見賴大家的來了，接著周瑞家的、張材家的，都進來回事情。鳳姐兒笑道：「媳婦來接婆婆來了。」賴大家的笑道：「不是接他老人家，倒是打聽打聽奶奶姑娘們賞臉不賞臉？」賴嬤嬤聽了，笑道：「可是我糊塗了，正經說的話且不說，且說陳穀子爛芝麻的混搗熟。因為我們小子選了出來，眾親友要給他賀喜，少不得家裡擺個酒。我想擺一日酒，請這個也不是，請那個也不是；又想了一想，託主子洪福，想不到的這樣榮耀，就傾了家我也是願意的。因此吩咐他老子連擺三日酒，頭一日在我們破花園子裡擺幾席酒，一臺戲，請老太太、太太們，奶奶、姑娘們去散一日悶；外頭大廳上一臺戲，擺幾席酒，請老爺們、爺們去增增光。第二日再請親友。第三日再把我們兩府裡的伴兒請一請。熱鬧三天，也是託著主子的洪福一場，光輝光輝。」李紈、鳳姐兒都笑道：「多早晚的日子？我們必去。只怕老太太高興要去，也定不得。」賴大家的忙道：「擇了十四的日子，只看我們奶奶的老臉罷了。」鳳姐笑道：「別人不知道，我是一定去的。先說下，我是沒有賀禮的，也不知道放賞，吃完了一走，可別笑話。」賴大家的笑道：「奶奶說哪裡話？奶奶要賞我們，三二萬銀子就有了。」

賴嬤嬤笑道：「我纔去請老太太，老太太也說去，可算我這臉還好。」說畢，又叮嚀了一回，方起身要走。因看見周瑞家的，便想起一事來，因說道：「可是還有一句話問奶奶，這周嫂子的兒子犯了什麼不是，攆了他不用？」鳳姐兒聽了，笑道：「正是我要告訴你媳婦，事情多，也忘了。賴嫂子回去，說給你老頭子，兩府裡不許收留他小子，叫他各人去罷。」賴大家的只得答應著。周瑞家的忙跪下央求。賴嬤嬤忙道：「什麼事？說給我評評。」鳳姐兒道：「前日我生日，裡頭還沒吃酒，他小子先醉了。老娘那邊送了禮來，他不說在外頭張羅，他倒坐著罵人，禮也不送進來。兩個女人進來了，他纔帶著小么們往裡抬。小么們倒好，他拿的一盒子倒失了手，撒了一院子饅頭。人去了，打發彩明去說他，他倒罵了彩明一頓。這樣無法無天的忘八羔子，不攆了作什麼！」賴嬤嬤笑道：「我當什麼事情？原來為這個。奶奶聽我說，他有不是，打他罵他，使他改過；攆了去，斷乎使不得。他又比不得是偺們家的家生子兒，他現是太太的陪房，奶奶只顧攆了他，太太臉上不好看。依我說，奶奶教導他幾板子，以戒下次，仍舊留著他纔是。不看他娘，也看太太。」鳳姐兒聽說，便向賴大家的說道：「既這樣，打他四十棍，以後不許他吃酒。」賴大家的答應了。周瑞家的磕頭起來，又要與賴嬤嬤磕頭，賴大家的拉著方罷。然後他三人去了，李紈等也就回園中來。

至晚，果然鳳姐命人找了許多舊收的畫具出來，送至園中。寶釵等選了一回，各色東西，可用的只有一半，將那一半又開了單子，與鳳姐兒去照樣置買，不必細說。

一日，外面礬了絹，起了稿子進來，寶玉每日便在惜春這裡幫忙。（自忙不暇，又加上一「幫」字，可笑可笑。所謂春秋筆法。）探春、李紈、迎春、寶釵等也常往那裡閒坐，一則觀畫，二則便於會面。寶釵因見天氣涼爽，夜復漸長，（「復」字妙！補出寶釵每年夜長之事，皆春秋字法也。）遂至母親房中商議，打點些針線來。日間至賈母處、王夫人處省候兩次，不免又承色❽

蘭閨韻事。描寫探春、李紈、迎春、寶釵等人觀惜春作畫。（民初，上海年畫）

❽ 承色：看人臉色行事，討別人的歡心。

陪坐，閒話半時；園中姊妹處也要不時閒話一回，故日間不大得閒，每夜燈下女工，必至三更方寢。黛玉每歲至春分、秋分之後，必犯嗽疾。今歲又遇賈母高興，多遊頑了兩次，未免過勞了神，近日又復嗽起來，覺得比往常又重，所以總不出門，只在自己房中將養。有時悶了，又盼個姊妹來說些閒話排遣；及至寶釵等來望候他，說不得三五句話，又厭煩了。眾人都體諒他病中，且素日形體太弱，禁不得一些委屈，所以他接待不周，禮數粗忽，也都不苛責。

燈下秋夕。寫針線下「商議」二字，直將寡母訓女多少温存活現在紙上。不寫阿獃兄，已見阿獃兄終日醉飽優遊，怒則吼，喜則躍，家務一概無聞之形景畢露矣。春秋筆法。

這日，寶釵來看他。因說起這病症來，寶釵道：「這裡走的幾個太醫雖都還好，只是你吃他們的藥，總不見效；不如再請一個高明的人來瞧一瞧，治好了豈不好？每年間鬧一春一夏，又不老又不小，成什麼？不是個常法。」黛玉道：「不中用。我知道我這樣病是不能好的了。且別說病，只論好的日子我是怎麼形景，就可知了。」寶釵點頭道：「可正是這話。古人說『食穀者生』，你素日吃的竟不能添養精神氣血，也不是好事。」黛玉嘆道：『死生有命，富貴在天』❾，也不是人力可強的。今年比往年反覺又重了些似的。」說話之間，已咳嗽了兩三次。寶釵道：「昨兒我看你那藥方上，人參肉桂覺得太多了。雖說益氣補神，也不宜太熱。依我說，先以平肝健胃為要。肝火一平，不能剋土，胃氣無病，飲食就可以養人了。每日早起，拿上等燕窩一兩、冰糖五錢，用銀銚子熬出粥來，若吃慣了，比藥還強，最是滋陰補氣的。」

黛玉嘆道：「你素日待人，固然是極好的，然我最是個多心的人，只當你心裡藏奸。從前日你說

❾ 死生有命兩句：語出論語顏淵。

看雜書不好，又勸我那些好話，竟大感激你。往日竟是我錯了，實在誤到如今。細細算來，我母親去世的早，又無姊妹兄弟，我長了今年十五歲，（黛玉纔十五歲，記清。）竟沒一個人像你前日的話教導我，怨不得雲丫頭說你好。我往日見他讚你，我還不受用，昨兒我親自經過，纔知道了。比如若是你說了那個，我再不輕放過你的；你竟不介意，反勸我那些話，可知我竟自誤了。若不是從前日看出來，今日這話，再不對你說。你方纔說叫我吃燕窩粥的話，雖然燕窩易得，但只我因身上不好了，每年犯這個病，也沒什麼要緊的去處，請大夫，熬藥，人參肉桂，已經鬧了個天翻地覆；這會子我又興出新文❿來，熬什麼燕窩粥，老太太、太太、鳳姐姐這三個人便沒話說，那些底下的婆子丫頭們，未免不嫌我太多事了。你看這裡這些人，因見老太太多疼了寶玉和鳳丫頭兩個，他們尚虎視眈眈，背地裡言三語四的，何況於我？況我又不是他們這裡正經主子，原是無依無靠投奔了來的，他們已經多嫌著我了，如今我還不知進退，何苦叫他們咒我。」

寶釵道：「這樣說，我也是和你一樣。」黛玉道：「你如何比我？你又有母親，又有哥哥，這裡又有買賣地土，家裡又仍舊有房有地。你不過是親戚的情分，白住了這裡，一應大小事情，又不沾他們一文半個，要走就走了。我是一無所有，吃穿用度、一草一紙皆是和他們家的姑娘一樣，那起小人豈有不多嫌的？」寶釵笑道：「將來也不過多費得一付嫁妝罷了，如今也愁不到這裡。」（寶釵此一戲，直抵過通部黛玉之戲寶釵矣，又懇切，又真情，又平和，又雅致，又不穿鑿，又不牽強。黛玉因識得寶釵後方吐真情，寶釵亦識得黛玉後方肯戲也。此是大關節、大章法，非細心看不出。細思二人此時好看之極，真是兒女小窗中喁喁也。）黛玉聽了，不覺紅了臉，笑道：「人家纔拿你當個正經人，把心裡的煩難告訴你聽，你反拿我取笑兒！」寶釵笑

---

❿ 新文：這裡是「新鮮花樣」的意思。

道：「雖是取笑兒，卻也是真話。你放心，我在這裡一日，我與你消遣一日。你有什麼委屈煩難，只管告訴我，我能解的，自然替你解一日。我雖有個哥哥，你也是知道的，只有個母親比你略強些。偺們也算同病相憐。你也是個明白人，何必作『司馬牛之嘆』⓫？通部眾人必從寶釵之評方定，然寶釵亦必從顰兒之評始可，何妙之至！你纔說的也是，多一事不如省一事。我明日家去，和媽媽說了，只怕我們家裡還有，與你送幾兩，每日叫丫頭們就熬了，又便宜，又不驚師動眾的。」黛玉忙笑道：「東西事小，難得你多情如此。」寶釵道：「這有什麼放在口裡的？只愁我人人跟前失於應候罷了。只怕你煩了，我且去罷。」黛玉道：「晚上再來和我說句話兒。」寶釵答應著便去了。不在話下。

這裡黛玉喝了兩口稀粥，仍歪在床上。不想日未落時，天就變了，淅淅瀝瀝下起雨來。秋霖脈脈，陰晴不定，那天漸漸的黃昏，且陰的沉黑，兼著那雨滴竹梢，更覺淒涼。知寶釵不能來，便在燈下隨便拿了一本書，卻是樂府雜稿，有秋閨怨、別離怨等詞，黛玉不覺心有所感，亦不禁發於章句，遂成代別離一首，擬春江花月夜⓬之格，乃名其詞曰秋窗風雨夕，其詞曰：

秋花慘淡秋草黃，耿耿⓭秋燈秋夜長。
已覺秋窗秋不盡，哪堪風雨助秋涼。

⓫ 司馬牛之嘆：司馬牛，孔子的學生，曾嘆息說：「人皆有兄弟，我獨亡（無）。」（見論語顏淵）

⓬ 春江花月夜：樂府吳聲歌曲名。現存隋煬帝所作兩首及唐張若虛、溫庭筠等擬題之作，以張作最為有名。黛玉此詩，乃仿張作格調而成。

⓭ 耿耿：微明貌，又有心中不寧的意思。此句字面上是前面的意思，內容兼有兩方面的意義。

助秋風雨來何速，驚破秋窗秋夢綠⓮。
抱得秋情不忍眠，自向秋屏移淚燭。
淚燭搖搖爇短檠⓯，牽愁照恨動離情。
誰家秋院無風入？何處秋窗無雨聲？
羅衾不奈秋風力，殘漏⓰聲催秋雨急。
連宵脈脈⓱復颼颼，燈前似伴離人泣。
寒烟小院轉蕭條，疏竹虛窗時滴瀝。
不知風雨幾時休，已教淚灑窗紗濕。

吟罷擱筆，方要安寢，丫鬟報說：「寶二爺來了。」一語未完，只見寶玉頭上帶著大箬笠，身上披著蓑衣。黛玉不覺笑了：「哪裡來的漁翁？」寶玉忙問：「今兒好些？一句吃了藥沒有？兩句今兒一日吃了多少飯？三句」一面說，一面摘了笠，脫了蓑衣，忙一手舉起燈來，一手遮住燈光，向黛玉臉上照了一照，覷著眼細瞧了一瞧，笑道：「今兒氣色好了些。」黛玉看脫了蓑衣，裡面只穿半舊紅綾短襖，繫著綠汗巾子，膝上露出綠綢撒花褲子，底下是掐金滿繡的綿紗襪子，靸著蝴蝶落花鞋。黛玉問

⓮ 秋夢綠：秋夜夢中見到春夏草木蔥蘢的景象。
⓯ 爇短檠：爇，點燃。檠，燈架；蠟燭臺。
⓰ 殘漏：夜裡將盡的更漏聲。
⓱ 脈脈：通「霢霢」。細雨連綿的樣子。

道：「上頭怕雨，底下這鞋襪子是不怕雨的？也倒乾淨。」寶玉笑道：「我這一套是全的。有一雙棠木屐，纔穿了來，脫在廊簷上了。」黛玉又看那蓑衣、斗笠不是尋常市賣的，十分細緻輕巧，因說道：「是什麼草編的？怪道穿上不像那刺蝟似的。」寶玉道：「這三樣都是北靜王送的。他閒了，下雨時在家裡也是這樣。你喜歡這個，我也弄一套來送你。別的都罷了，惟有這斗笠有趣，竟是活的。上頭的這頂兒是活的，冬天下雪，戴上帽子，就把竹信子⑱抽了，去下頂子來，只剩了這圈子。下雪時男女都戴得。我送你一頂，冬天下雪戴。」黛玉笑道：「我不要他，戴上那個，成了畫兒上畫的和戲上扮的漁婆兒了。」及說了出來，方想起話未忖度，與方纔說寶玉的話相連，後悔不及，羞的臉飛紅，便伏在桌上嗽個不住。妙極之文，使黛玉自己直說出夫妻來，卻又云畫的扮的。本是閒談，卻是暗隱不吉之兆，所謂「畫兒中愛寵」是也，誰曰不然？寶玉卻不留心，必云「不留心」方好，方是寶玉。若著心，又有何文字？且直是一時時獵色一賊矣。因見案上有詩，遂拿起來看了一遍，又不禁叫好。黛玉聽了，忙起來奪在手內，向燈上燒了。寶玉笑道：「我已背熟了，燒也無礙。」黛玉道：「我也好了許多，謝你一天來幾次瞧我，下雨還來。這會子夜深了，我也要歇著，你且請回去，明兒再來。」寶玉聽說，回手向懷中掏出一個核桃大小的一個金表來，瞧了一瞧，那針已指到戌末亥初之間，忙又揣了，說道：「原該歇了，又擾的你勞了半日神。」說著，披蓑帶笠出去了，又翻身進來問道：「你想什麼吃，告訴我，我明兒一早回老太太，豈不比老婆子們說的明白？」直與後部寶釵之文遙遙針對。想彼姊妹房中婆子丫鬟皆有，隨便皆可遣使。今寶玉獨云婆子而不云丫鬟者，心內已度定丫鬟之為人，一言一事，無論大小，是方無錯謬者也。一何可笑！黛玉笑道：「等我夜裡想著了，明兒早起告訴你。你聽，雨越發緊了，快去罷。可有人跟著沒有？」有兩個婆子答應：「有人，外面拿著傘，點著燈籠呢。」

⑱ 信子：即芯子。這裡指帽頂中心的籤子。

黛玉笑道：「這個天點燈籠？」寶玉道：「不相干，是明瓦的，不怕雨。」黛玉聽說，回手向書架上把個玻璃繡毬燈拿了下來，命點一支小蠟來，遞與寶玉道：「這個又比那個亮，正是雨裡點的。」寶玉道：「我也有這麼一個，怕他們失腳滑倒了打破了，所以沒點來。」黛玉道：「跌了燈值錢？跌了人值錢？你又穿不慣木屐子，那燈籠命他們前頭照著，這個又輕巧又亮，原是雨裡自己拿著的，你自己手裡拿著這個豈不好？明兒再送來。就失了手也有限的，怎麼忽然又變出這『剖腹藏珠』⑲的脾氣來！」寶玉聽說，連忙接了過來。前頭兩個婆子打著傘，提著明瓦燈，後頭還有兩個小丫鬟打著傘。寶玉便將這個燈遞與一個小丫頭捧著，寶玉扶著他的肩，一逕去了。

就有蘅蕪苑的一個婆子，也打著傘，提著燈，送了一大包上等燕窩來，還有一包子潔粉梅片雪花洋糖，說：「這比買的強。姑娘說了：姑娘先吃著，吃完了再送了來。」黛玉回說「費心」，命他外頭坐了吃茶。婆子笑道：「不吃茶了，我還有事呢。」黛玉笑道：「我也知道你們忙。如今天又涼，夜又長，越發該會個夜局，痛賭兩場了。」婆子笑道：「不瞞姑娘說，今年我大沾光兒了。橫豎每夜各處有幾個上夜的人，誤了更也不好，不如會個夜局，又坐了更，又解悶兒。今兒又是我的頭家，如今園門關了，就該上場了。」幾句閒話，將潭潭大宅夜間所有之事描寫一盡。雖偌大一園，且值秋冬之夜，豈不寥落哉？今用老嫗數語，更寫得每夜深人定之後，各處燈光燦爛，人烟簇集，柳陌之上，花巷之中，或提燈同酒，或寒月烹茶者，竟仍有絡繹人跡不絕，不但不見寥落，且覺更勝於日間繁華矣。此是大宅妙景，不可不寫出。又伏下後文，且又襯出後文之冷落。此閒話中寫出，正是不寫之寫也。脂硯齋評。黛玉聽說，笑道：「難為你，誤了你發財，冒雨送來。」命人給他幾百錢，打些酒吃，避避雨氣。那婆子笑道：「又破費姑娘賞酒吃。」說著，磕了一個頭。外面接了錢，打傘去了。

⑲ 剖腹藏珠：比喻捨命不捨財。資治通鑑載，「西域胡賈，得美珠，剖腹而藏之，愛珠而不愛其身。」

紫鵑收起燕窩，然後移燈下簾，伏侍黛玉睡下。黛玉自在枕上感念寶釵，一時又羨他有母兄；一面又想寶玉雖素昔和睦，終有嫌疑。又聽見窗外竹梢蕉葉之上，雨聲淅瀝，清寒透幕，不覺又滴下淚來。直到四更將闌，方漸漸的睡了。暫且無話。要知端的……

校記

1.「鳳姐笑道：『別人不知道，我是一定去的。先說下，我是沒有賀禮的，也不知道放賞，吃完了一走，可別笑話。』賴大家的笑道：『奶奶說哪裡話？奶奶要賞我們，三二萬銀子就有了。』」庚辰本缺「禮的，也不知道放賞，吃完了一走，可別笑話。賴大家的笑道：奶奶說哪裡話」，據戚本補。

第四十六回　尷尬人難免尷尬事　鴛鴦女誓絕鴛鴦偶

此回亦有本而筆，非泛泛之筆也。

只看他題綱用「尷尬」二字於邢夫人，可知包藏含蓄，文字之中莫能量也。

話說林黛玉直到四更將闌，方漸漸的睡去。暫且無話。如今且說鳳姐兒因見邢夫人叫他，不知何事，忙另穿戴了一番，坐車過來。邢夫人將房內人遣出，悄向鳳姐兒道：「叫你來不為別事，有一件為難的事。老爺託我，我不得主意，先和你商議。老爺因看上了老太太的鴛鴦，要他在房裡，叫我和老太太討去。我想，這倒平常有的事，只是怕老太太不給。你可有法子？」鳳姐兒聽了忙道：「依我說，竟別碰這個釘子去。老太太離了鴛鴦，飯也吃不下去的，哪裡就捨得了？況且平日說起閒話來，老太太常說，老爺如今上了年紀，作什麼左一個小老婆，右一個小老婆，放在屋裡，沒的耽誤了人家。放著身子不保養，官兒也不好生作去，成日家和小老婆喝酒。太太聽這話，很喜歡老爺呢？這會子迴避還恐迴避不及，倒拿草棍兒戳老虎的鼻子眼兒去了！太太別惱，我是不敢去的。明放著不中用，而且反招出沒意思來。老爺如今上了年紀，行事不妥，太太該勸纔是，比不得年輕，作這些事無礙。如今兄弟、侄兒、兒子、孫子一大群，還這麼鬧起來，怎樣見人呢？」邢夫人冷笑道：「大家子三房四妾的也多，偏偺們就使不得？我勸了也未必依。就是老太太心愛的丫頭，這麼鬍子蒼白了，又作了官的一個大兒子，要了作房裡人，也未必好駁回的。我叫了你來，不過商議商議，你先派上了一篇不是。也有叫你要去的理？自然是我說去。你倒說我不勸，你還不知道那性子的？勸不成，先和我惱了。」

鳳姐兒知道邢夫人稟性愚強，只知承順賈赦以自保，次則貪婪財貨為自得。家下一應大小事務，俱由賈赦擺布。凡出入銀錢事務，一經他手，便剋嗇異常。以賈赦浪費為名，「須得我就中儉省，方可償補」，兒女奴僕，一人不靠，一言不聽的。如今又聽邢夫人如此的話，便知他又弄左性子❶，勸了不中用，連忙陪笑說道：「太太這話說的極是。我能活了多大，知道什麼輕重？想來父母跟前，別說一個丫頭，就是那麼大的活寶貝，不給老爺給誰？背地裡的話哪裡信得？我竟是個獃子。璉二爺或有日得了不是，老爺太太恨的那樣，恨不得立刻拿來一下子打死；及至見了面，也罷了，依舊拿著老爺太太心愛的東西賞他。如今老太太待老爺，自然也是那樣了。依我說，老太太兒今喜歡，要討，今兒就討去。我先過去哄著老太太發笑，等太太過去了，我搭訕著走開，把屋子裡的人我也帶開，太太好和老太太說的。給了更好，不給也沒妨礙，眾人也不知道。」

邢夫人見他這般說，便又喜歡起來，又告訴他道：「我的主意，先不和老太太要。老太太要說不給，這事便死了。我心裡想著，先悄悄的和鴛鴦說。他雖害臊，我細細的告訴了他，他自然不言語，就妥了。那時再和老太太說，老太太雖不依，擱不住他願意。常言『人去不中留』，自然這就妥了。」鳳姐兒笑道：「到底是太太有智謀，這是千妥萬妥的。別說是鴛鴦，憑他是誰，哪一個不想巴高望上，不想出頭的？這半個主子不做，倒願意做個丫頭，將來配個小子就完了。」邢夫人笑道：「正是這個

---

❶ 弄左性子：弄，這裡是耍性子的意思。左性，執拗乖僻。

話了。別說鴛鴦，就是那些執事的大丫頭，誰不願意這樣呢？你先過去，別露一點風聲。我吃了晚飯就過來。」鳳姐兒暗想：「鴛鴦素昔是個可惡的，雖如此說，保不嚴❷他就願意。我先過去了，太太後過去，若他依了，便沒話說；倘或不依，太太是多疑的人，只怕就疑我走了風聲，使他拿腔作勢的。那時太太又見了應了我的話，羞惱變成怒，拿我出起氣來，倒沒意思。不如同著一齊過去了，他依也罷，不依也罷，就疑不到我身上了。」想畢，因笑道：「方纔臨來，舅母那邊送了兩籠子鵪鶉，我吩咐他們炸了，原要趕太太晚飯上送過來的。我纔進大門時，見小子們抬車，說太太的車拔了縫，拿去收拾去了。不如這會子坐了我的車，一齊過去倒好。」邢夫人聽了，便命人來換衣服。鳳姐忙著伏侍了一回，娘兒兩個坐車過來。鳳姐兒又說道：「太太過老太太那裡去，我若跟了去，老太太若問起我過去作什麼的，倒不好。不如太太先去，我脫了衣裳再來。」

邢夫人聽了有理，便自往賈母處，和賈母說了一回閒話，便出來，假託往王夫人房裡去，從後門出去，打鴛鴦的臥房前過。只見鴛鴦正然坐在那裡做針線，見了邢夫人，忙站起來。邢夫人笑道：「做什麼呢？我瞧瞧。你扎的花兒越發好了。」一面說，一面便接他手內的針線瞧了一瞧，只管讚好。放下針線，又渾身打量，只見他穿著半新的藕合色綾襖，青緞掐牙背心，下面水綠裙子；蜂腰削背，鴨蛋臉面，烏油頭髮，高高的鼻子，兩邊腮上微微的幾點雀斑。鴛鴦見這般看他，自己倒不好意思起來，心裡便覺詫異，因笑問道：「太太這會子不早不晚的過來做什麼？」邢夫人使個眼色兒，跟的人退出，邢夫人便坐下，拉著鴛鴦的手笑道：「我特來給你道喜來了。」鴛鴦聽了，心中已猜著三分，不覺臉

❷ 保不嚴：保不住；說不準。

紅，低了頭不發一言。聽邢夫人道：「你知道，你老爺跟前竟沒有個可靠的人。[說得得體。我正想開口一句不知如何說，如此則妙極是極，如聞如見。]心裡再要買一個，又怕那些人牙子❸家出來的，不乾不淨，也不知道毛病兒，買了來家，三日兩日，又要肏鬼弔猴❹的；因滿府裡要挑一個家生女兒收了，又沒個好的。不是模樣兒不好，就是性子不好，有了這個好處，沒了那個好處。因此冷眼選了半年，這些女孩子裡頭，就只是你是個尖兒。模樣兒、行事作人，溫柔可靠，一概是齊全的。意思要和老太太討了你去，收在屋裡。你比不得外頭新買的，你這一進去了，進門就開了臉，就封你姨娘，又體面，又尊貴。你又是個要強的人，俗語說的，『金子終得金子換』，誰知竟被老爺看重了你。如今這一來，你可遂了素日志大心高的願了，也堵一堵那些嫌你的人的嘴。跟了我回老太太去！」說著，拉了他的手就要走。

鴛鴦紅了臉，奪手不行。邢夫人知他害臊，因又說道：「這有什麼臊處？你又不用說話，只跟著我就是了。」鴛鴦只低了頭不動身。邢夫人見他這般，便又說道：「難道你不願意不成？若果然不願意，可真是個傻丫頭了。放著主子奶奶不作，倒願意作丫頭。三年二年，不過配上個小子，還是奴才。你跟了我們去，你知道我的性子又好，又不是那不容人的人，老爺待你們又好，過一年半載，生下個一男半女，你就和我並肩了。家裡人你要使喚誰，誰還不動？現成主子不做去，錯過這個機會，後悔就遲了。」鴛鴦只管低了頭，仍是不語。邢夫人又道：「你這麼個響快人，怎麼又這樣積粘❺起來？

---

❸ 人牙子：人販子。牙子是舊時對經紀人的稱呼。

❹ 肏鬼弔猴：惹事生非，製造事端。

❺ 積粘：不痛快。

有什麼不稱心之處，只管說與我，我管你遂心如意就是了。」鴛鴦仍不語。邢夫人又笑道：「想必你有老子娘，你自己不肯說話，怕臊，你等他們問你。這也是理，讓我問他們去，叫他們來問你，有話只管告訴他們。」說畢，便往鳳姐兒房中來。

鳳姐兒早換了衣服。因房內無人，便將此話告訴了平兒，平兒也搖頭笑道：「據我看，此事未必妥。平常我們背著人說起話來，聽他那主意，未必是肯的，也只說著瞧罷了。」鳳姐兒道：「太太必來這屋裡商議，依了還可，若不依，白討個臊，當著你們，豈不臉上不好看？你說給他們炸鵪鶉，再有什麼配幾樣，預備吃飯。你且別處逛逛去，估量著去了再來。」平兒聽說，照樣傳給婆子們，便逍遙自在的往園子裡來。

這裡鴛鴦見邢夫人去了，必在鳳姐兒房裡商議去了，必定有人來問他的，不如躲了這裡，終不免女兒氣，不知躲在哪裡方無人來羅皂，寫得可憐可愛。因找了琥珀說道：「老太太要問我，只說我病了，沒吃早飯，往園子裡逛逛就來。」琥珀答應了。鴛鴦也往園子裡來，各處遊玩，不想正遇見平兒。平兒因見無人，便笑道：「新姨娘來了。」鴛鴦聽了，便紅了臉說道：「怪道你們串通一氣來算計我！等著我和你主子鬧去就是了。」平兒聽了，自悔失言，便拉他到楓樹底下，隨筆帶出妙景，正恐園中草木黃落，不想看此一句，便恍如置身於千霞萬錦、絳雪紅霜之中

鴛鴦。（清改琦繪，紅樓夢圖詠）

矣。坐在一塊石上，越性把方纔鳳姐過去回來所有的形景言詞、始末原由，告訴與他。鴛鴦紅了臉，向平兒冷笑道：「這是偺們好，比如襲人、琥珀、素雲、紫鵑、彩霞、玉釧兒、麝月、翠墨，跟了史姑娘去的翠縷，死了的可人和金釧，去了的茜雪，余按此一算，亦是十二釵，真鏡中花，水中月，雲中豹，林中之鳥，穴中之鼠，無數可考，無人可指，有跡可追，有形可據，九曲八折，遠響近影，迷離烟灼，縱橫隱現，千奇百怪，眩目移神，現千手千眼大遊戲法也。脂硯齋。連上你我，這十來個人，從小兒什麼話兒不說，什麼事兒不作？這如今因都大了，各自幹各自的去了，此語已可傷，猶未各自幹各自去，後日更有各自之處也，知之乎？然我心裡仍是照舊，有話有事並不瞞你們。這話我且放在你心裡，且別和二奶奶說：別說大老爺要我做小老婆，就是太太這會子死了，他三媒六聘❻的娶我去作大老婆，我也不能去。」

平兒方欲笑答，只聽山石背後哈哈的笑道：「好個沒臉的丫頭，虧你不怕牙磣❼！」二人聽了，不免吃了一驚，忙起身向山石背後找尋，不是別個，卻是襲人笑著走了出來，問：「什麼事情？告訴我。」說著，三人坐在石上。平兒又把方纔的話說與襲人聽。襲人聽了，說道：「真真這話論理不該我們說，這個大老爺太好色了。略平頭正臉❽的，他就不放手了。」平兒道：「你既不願意，我教你個法子。不用費事就完了。」鴛鴦道：「什麼法子？你說來我聽。」平兒笑道：「你只和老太太說，就說已經給了璉二爺了，大老爺就不好要了。」鴛鴦啐道：「什麼東西！你還說呢。前兒你主子不是這麼混說的？誰知應到今兒了。」襲人笑道：「他們兩個都不願意，我就和老太太說，叫老太太說把

❻ 三媒六聘：當為「三媒六證」，程高本「聘」作「證」。媒、證，泛指舊時婚姻中的介紹人。三媒六證，言婚約之鄭重。

❼ 牙磣：吃飯嚼到沙子，硌了牙，叫牙磣。說話讓人聽了肉麻不舒服，也叫牙磣。磣，音ㄔㄣˇ。

❽ 平頭正臉：指容貌端正。

你已經許了寶玉了，大老爺也就死了心。」鴛鴦又是氣，又是臊，又是急，因罵道：「兩個蹄子，不得好死的！人家有為難的事，拿著你們當正經人，告訴你們與我排解排解。你們倒替換著取笑兒。你們自為都有了結果了，將來都是做姨娘的。據我看，天下的事未必都遂心如意。你們且收著些兒，別特樂過了頭兒。」

二人見他急了，忙陪笑央告道：「好姐姐，別多心，偺們從小兒都是親姊妹一般，不過無人處偶然取個笑兒。你的主意，告訴我們知道，也好放心。」鴛鴦道：「什麼主意！我只不去就完了。」平兒搖頭道：「你不去，未必得干休。大老爺的性子，你是知道的。雖然你是老太太房裡的人，此刻不敢把你怎麼樣，將來難道你跟老太太一輩子不成？也要出去的。那時落了他的手，倒不好了。」鴛鴦冷笑道：「老太太在一日，我一日不離這裡；若是老太太歸西去了，他橫豎還有三年的孝呢，沒個娘纔死了，他先納小老婆的。等過三年，知道又是怎麼個光景？那時再說。總到了至急為難，我剪了頭髮，作姑子去；不然，還有一死。一輩子不嫁男人又怎麼樣？樂得乾淨呢！」平兒、襲人笑道：「真這蹄子沒了臉，越發信口兒都說出來了。」鴛鴦道：「事到如此，臊一會怎麼樣！你們不信，慢慢的看著就是了。太太纔說了，找我老子娘去，我看他南京找去！」平兒道：「你的父母都在南京看房子，沒上來，終久也尋的著。現在還有你哥哥嫂子在這裡。可惜你是這裡的家生女兒，不如我們兩個人，是單在這裡。」鴛鴦道：「家生女兒怎麼樣？『牛不吃水強按頭』？我不願意，難道殺我的老子娘不成？」

正說著，只見他嫂子從那邊走來。襲人道：「當時找不著你的爹娘，一定和你嫂子說了。」鴛鴦道：「這個娼婦，專管是個『九國販駱駝的』❾，聽了這話，他有個不奉承去的！」說話之間，已來到跟前。他嫂子笑道：「哪裡沒找到，姑娘跑了這裡來！你跟了我來，我和你說話。」平兒、襲人都忙讓他坐著，他嫂子說：「姑娘們請坐，我找我們姑娘說句話。」襲人、平兒都裝不知道，笑道：「什麼話這樣忙？我們這裡猜謎兒，贏手批子打呢，等猜了這個再去。」鴛鴦道：「什麼話？你說罷。」他嫂子笑道：「你跟我來，到那裡，我告訴你。橫豎有好話兒。」鴛鴦道：「可是大太太和你說的那話？」他嫂子笑道：「姑娘既知道，還奈何❿我！快來，我細細的告訴你，可是天大的喜事！」鴛鴦聽說，立起身來，照他嫂子臉上下死勁啐了一口，指著他罵道：「你快夾著屄⓫嘴離了這裡，好多著呢！什麼『好話』？宋徽宗的鷹，趙子昂的馬，都是好畫兒。什麼『喜事』？狀元痘兒灌的漿又滿是喜事⓬。怪道成日家羨慕人家女兒作了小老婆，一家子都仗著他橫行霸道的，一家子都成了小老婆了！看的眼熱了，也把我送在火坑裡去。我若得臉呢，你們在外頭橫行霸道，自己就封自己是舅爺了；我若不得臉，敗了時，你們把忘八脖子一縮，生死由我。」一面說，一面哭。平兒、襲人攔著勸。他嫂子臉上下不來，因說道：「願意不願意，你也好說，不犯著牽三掛四的。俗語說，『當著矮人，別說短話。』⓭姑奶奶罵我，我不敢還言；這二位姑娘並沒惹著你，小老婆長，小老婆短，人家臉上怎麼過

---

❾ 九國販駱駝的：形容那些到處遊蕩，搬弄是非，從中牟利的人。

❿ 奈何：這裡是麻煩、為難的意思。

⓫ 屄：音ㄅㄧ。女子外生殖器。

⓬ 狀元句：此句說出天花長豆瘡，也叫「出喜」。

得去？」襲人、平兒忙道：「你倒別這麼說，他也並不是說我們，你倒別牽三掛四的。你聽見哪位太太、太爺們封了我們做小老婆？況且我們兩個也沒有爹娘哥哥兄弟在這門子裡，仗著我們橫行霸道的。他罵的人自有他罵的，我們犯不著多心。」鴛鴦道：「他見我罵了他，他臊了，沒的蓋臉，又拿話挑唆你們兩個。幸虧你們兩個明白。原是我急了，也沒分別出來，他就挑出這個空兒來。」他嫂子自覺沒趣，賭氣去了。

鴛鴦氣得還罵，平兒、襲人勸他一回，方纔罷了。平兒因問襲人道：「你在那裡藏著做甚麼的？我們竟沒看見你。」襲人道：「我因為往四姑娘房裡瞧我們寶二爺去的，誰知遲了一步，說是來家裡來了。我疑惑怎麼不遇見呢？想要往林姑娘家裡找去，又遇見他的人，說也沒去。我這裡正疑惑，是出園子去了？可巧你從那裡來了，我一閃，你也沒看見，後來他又來了。我從這樹後頭走到山子石後，我卻見你兩個說話來了。誰知你們四個眼睛沒見我……」一語未了，又聽身後笑道：「四個眼睛沒見你，你們六個眼睛竟沒見我！」三人嚇了一跳，回身一看，不是別個，正是寶玉走來。（通部情案，皆必從石兄掛號，然各有各稿，穿插神妙。）襲人先笑道：「叫我好找，你哪裡來？」寶玉笑道：「我從四妹妹那裡出來，迎頭看見你來了，我就知道是找我去的，我就藏了起來哄你。看你趛⑭著頭過去了，進了院子，就出來了，逢人就問。我在那裡好笑，只等你到了跟前，嚇你一跳的。後來見你也藏藏躲躲的，我就知道也是要哄人了，我探頭往前看了一看，卻是他兩個，所以我就繞到你身後。你出去，我就躲在你躲的那裡了。」平兒笑道：

---

⑬ 當著矮人兩句：意為不要當面揭人短。

⑭ 趛：音ㄧㄣˇ。低首疾趨貌。

「偺們再往後找找去，只怕還找出兩個人來，也未可知。」寶玉笑道：「這可再沒了。」鴛鴦已知話俱被寶玉聽了，只伏在石頭上裝睡。寶玉推他笑道：「這石頭上冷，偺們回房裡去睡，豈不好？」說著，拉起鴛鴦來，又忙讓平兒來家坐吃茶。平兒和襲人都勸鴛鴦走，鴛鴦方立起身來，四人竟往怡紅院來。寶玉將方纔的話俱已聽見，心中自然不快，只默默的歪在床上，任他三人在外間說笑。

那邊邢夫人因問鳳姐兒鴛鴦的父母，鳳姐因回說：「他爹的名字叫金彩。（姓金名彩，由鴛鴦二字化出，因文而生文也。）兩口子都在南京看房子，從不大上京。他哥哥金文翔，（更妙！）現在是老太太那邊的買辦，他嫂子也是老太太那邊漿洗的頭兒。」（只鴛鴦一家，寫的榮府中人各有各職，如目已睹。）邢夫人便令人叫了他嫂子金文翔媳婦來，細細說與他。金家媳婦自是喜歡，興興頭頭找鴛鴦，只望一說必妥。不想被鴛鴦搶白一頓，又被襲人、平兒說了幾句，羞惱回來，便對邢夫人說：「不中用，他倒罵了我一場。」因鳳姐兒在旁，不敢提平兒，只說：「襲人也幫著他搶白我，也說了許多不知好歹的話，回不得主子的。太太和老爺商議再買罷。諒那小蹄子也沒有這麼大福，我們也沒有這麼大造化。」邢夫人聽了，因說道：「又與襲人什麼相干？他們如何知道的？」又問：「還有誰在跟前？」金家的道：「還有平姑娘。」鳳姐兒忙道：「你不該拿嘴巴子打他回來！我一出了門，他就逛去了，回家來連一個影兒也摸不著他，他必定也幫著說什麼呢！」金家的道：「平姑娘沒在跟前，遠遠的看著，倒像是他，可也不真切，不過是我白忖度。」鳳姐便命人去：「快打了他來！告訴他，我來家了，太太也在這裡，請他來幫個忙兒。」豐兒忙上來回道：「林姑娘打發了人下請字，請了三四次，他纔去了。奶奶一進門，我就叫他去的。林姑娘說：『告訴你奶奶，我煩他有事呢。』」鳳姐兒聽了方罷，故意的還說：「天天煩他，有些什麼事！」

邢夫人無計，吃了飯回家。晚間告訴了賈赦。賈赦想了一想，即刻叫賈璉來說：「南京的房子還有人看著，不止一家，即刻叫上金彩來。」賈璉回道：「上次南京信來，金彩已經得了痰迷心竅，那邊連棺材銀子都賞了，不知如今是死是活；便是活著，人事不知，叫來無用。他老婆子又是個聾子。」賈赦聽了，喝了一聲，又罵：「下流囚攮的，偏你這麼知道！還不離了我這裡！」唬得賈璉退出。一時又叫傳金文翔。賈璉在外書房伺候著，又不敢家去，又不敢見他父親，只得聽著。一時金文翔來了，小么兒們直帶入二門裡去，隔了五六頓飯的工夫纔出來去了。賈璉暫且不敢打聽，隔了一會，又打聽賈赦睡了，方纔過來。至晚間，鳳姐兒告訴他，方纔明白。

鴛鴦一夜沒睡，至次日，他哥哥回賈母，接他家去逛逛，賈母允了，命他出去。鴛鴦意欲不去，又怕賈母疑心，只得勉強出來。他哥哥只得將賈赦的話說與他，又許他怎麼體面，又怎麼當家作姨娘。鴛鴦只咬定牙不願意。他哥哥無法，少不得去回覆了賈赦。賈赦怒起來，因說道：「我這話告訴你，叫你女人向他說去，就說我的話：『自古嫦娥愛少年』，他必定嫌我老了，大約他戀著少爺們，多半是看上了寶玉，只怕也有賈璉。果有此心，叫他早早歇了心，我要他不來，此後誰還敢收？此是一件。第二件，想著老太太疼他，將來自然往外聘，作正頭夫妻去。叫他細想，憑他嫁到誰家去，也難出我的手心。除非他死了，或是終身不嫁男人，我就伏了他。若不然時，叫他趁早回心轉意，有多少好處。」賈赦說一句，金文翔應一聲「是」。賈赦道：「你別哄我，我明兒還打發你太太過去問鴛鴦。你們說了，他不依，便沒你們的不是；若問他，他再依了，仔細你的腦袋！」金文翔忙應了又應，退出回家。也不等得告訴他女人轉說，竟自己對面說了這話，把個鴛鴦氣的無話可回。想了一想，便說道：「便願意去，也須得你們帶了我回聲老太太去。」他哥嫂聽了，只當回想過來，都喜之不勝。他嫂子即刻帶了他上來見賈母。

可巧王夫人、薛姨媽、李紈、鳳姐兒、寶釵等姊妹，並外頭的幾個執事有頭臉的媳婦，都在賈母跟前湊趣兒呢。鴛鴦喜之不盡，拉了他嫂子到賈母跟前跪下，一行哭，一行說，把邢夫人怎麼來說，園子裡他嫂子又如何說，今兒他哥哥又如何說，「因為不依，方纔大老爺越性說我戀著寶玉，不然要等著往外聘，憑我到天上，這一輩子也跳不出他的手心去，終久要報仇。我是橫了心的，當著眾人在這裡，我這一輩子莫說是寶玉，便是『寶金』、『寶銀』、『寶天王』、『寶皇帝』，橫豎不嫁人就完了！就是老太太逼著我，我一刀抹死了，也不能從命。若有造化，我死在老太太之先；若沒造化，該討吃的命，伏侍老太太歸了西，我也不跟著我老子娘哥哥去，我或是尋死，或是剪了頭髮當尼姑去！若說我不是真心，暫且拿話來支吾，日後再圖別的，天地鬼神，日頭月亮照著嗓子，從嗓子裡頭長疔，爛了出來，爛化成醬在這裡！」原來他一進來時，便袖了一把剪子，一面說著，一面左手打開頭髮，右手便鉸。眾婆娘丫鬟忙來拉住，已剪下半綹來了。眾人看時，幸而他的頭髮極多，鉸的不透，連忙替他挽上。

賈母聽了，氣的渾身亂顫，口內只說：「我通共剩了這麼一個可靠的人，他們還要來算計！」因見王夫人在旁，便向王夫人道：「你們原來都是哄我的！外頭孝敬，暗地裡盤算我。有好東西也來要，有好人也要，剩了這麼個毛丫頭，見我待他好了，你們自然氣不過，弄開了他，好擺弄我！」王夫人忙站起來，不敢還一言。千奇百怪，王夫人亦有罪乎？老人家遷怒之言必應如此。薛姨媽見連王夫人怪上，反不好勸的了。李紈一聽見鴛鴦的話，早帶了姊妹們出去。探春有心的人，想王夫人雖有委屈，如何敢辯；薛姨媽也是親姊妹，自然也不好辯的；寶釵也不便為姨母辯；李紈、鳳姐、寶玉一概不敢辯。這正用著女孩兒之時，迎春老實，惜春小，因此窗外聽了一聽，便走進來陪笑，向賈母道：「這事與太太什麼相干？老太太想一想，也有大伯子要收屋裡的人，小嬸子如何知道？便知道，也推不知道……」猶未說完，賈母笑道：「可是我老糊塗了！姨太太別笑話我。你這個姐姐，他極孝順我，不像我那大太太，一味怕老爺，婆婆跟前不過應景兒。可是委屈了他。」薛姨媽只答應「是」，又說：「老太太偏心，多疼小兒子媳婦，也是有的。」賈母道：「不偏心。」因又說道：「寶玉，我錯怪了你娘，你怎麼也不提我？看著你娘委屈！」寶玉笑道：「我偏著娘，說大爺大娘不成？通共一個不是，我娘在這裡不認，卻推誰去？我倒要認是我的不是，老太太又不信。」賈母笑道：「這也有理。你快給你娘跪下，你說：太太別委屈了，老太太有年紀了，看著寶玉罷。」寶玉聽了，忙走過去，便跪下要說；王夫人忙笑著拉他起來，說：「快起來，快起來！斷乎使不得。終不成你替老太太給我賠不是不成？」寶玉聽說，忙站起來。寶玉亦有罪了。

賈母又笑道：「鳳姐兒也不提我。」阿鳳也有了罪。奇奇怪怪之文，所謂石頭記不是作出來的。鳳姐兒笑道：「我倒不派老太太的不是，老太太倒尋上我了？」賈母聽了，與眾人都笑道：「這也奇了！倒要聽聽這不是。」鳳姐兒道：「誰教老太太會調理⑮人，調理的水蔥兒似的，怎麼怨得人要？我幸虧是孫子媳婦，若是孫子，我早要了，還等到這會子呢！」賈母笑道：「這倒是我的不是了？」鳳姐兒笑道：「自然是老太太的不是了。」賈母笑道：「這樣，我也不要了，你帶了去罷。」鳳姐兒道：「等著修了這輩子，來生托生男

⑮ 調理：教導、訓練。

人，我再要罷。」賈母笑道：「你帶了去，給璉兒放在屋裡，看你那沒臉的公公還要不要了？」鳳姐兒道：「璉兒不配，就只配我和平兒這一對燒糊了的捲子⑯和他混罷！」說的眾人都笑起來了。丫鬟回說：「大太太來了。」王夫人忙迎了出去。要知端的……

校記

1.「平兒又把方纔的話說與襲人聽，襲人聽了，說道」，庚辰本缺「襲人聽了，說」，依俞平伯紅樓夢八十回本補入。

⑯ 燒糊了的捲子：比喻又醜又糊塗。捲子，北方一種麵食。糊，燒焦；糊掉。

第四十七回　獃霸王調情遭苦打　冷郎君懼禍走他鄉

話說王夫人聽見邢夫人來了，連忙迎了出去。邢夫人猶不知賈母已知鴛鴦之事，正還要來打聽信息。進了院門，早有幾個婆子悄悄的回了他，他方知道。待要回去，裡面已知，又見王夫人接了出來，少不得進來。先與賈母請安，賈母一聲兒不言語，自己也覺得愧悔。鳳姐兒早指一事迴避了。鴛鴦也自回房去生氣。薛姨媽、王夫人等恐礙著邢夫人的臉面，也都漸漸的退了。

邢夫人且不敢出去。賈母見無人，方說道：「我聽見你替你老爺說媒來了。你倒也三從四德，只是這賢慧也太過了。你們如今也是孫子兒子滿眼了，你還怕他？勸兩句都使不得？還由著你老爺性兒鬧。」邢夫人滿面通紅，回道：「我勸過幾次不依。老太太還有什麼不知道呢，我也是不得已兒。」賈母道：「他逼著你殺人，你也殺去？如今你也想想，你兄弟媳婦本來老實，又生得多病多痛，上上下下哪不是他操心？你一個媳婦雖然幫著，也是天天丟下笆兒弄掃帚❶。凡百事情，我如今都自己減了。他們兩個就有一些不到的去處，有鴛鴦那孩子還心細些，我的事情他還想著一點子，該要去的，他就要了來；該添什麼，他就度空兒告訴他們添了。鴛鴦再不這樣，他娘兒兩個，裡頭外頭，大的小的，哪裡不忽略一件半件，我如今反倒自己操心去不成？還是天天盤算和你們要東西去？我這屋裡有的沒的，剩了他一個，年紀也大些，我凡百的脾氣性格兒，他還知道些；二則他還投主子們的緣法，

❶ 丟下笆兒弄掃帚：放下這樣，又做那樣。比喻事情總做不完。也作「丟下耙兒弄掃帚」。

也並不指著我和這位太太要衣裳去，又和那位奶奶要銀子去。所以這幾年，一應事情，他說什麼，從你小嬸和你媳婦起，以至家下大大小小，沒有不信的。所以不單我得靠，連你小嬸、媳婦也都省心。我有了這麼個人，便是媳婦和孫子媳婦有想不到的，我也不得缺了，也沒氣可生了。這會子他去了，你們弄個什麼人來我使？你們就弄他那麼一個珍珠的人來，不會說話也無用。我正要打發人和你老爺說去，他要什麼人，我這裡有錢，叫他只管一萬八千的買，就只這個丫頭不能。留下他伏侍我幾年，就比他日夜伏侍我盡了孝的一般。你來的也巧，你就去說，更妥當了。」

說畢，命人來：「請了姨太太、你姑娘們來。說個話兒纔高興，怎麼又都散了？」丫頭們忙答應著去了。眾人忙趕的又來。只有薛姨媽向丫鬟道：「我纔來了，又作什麼去？你就說我睡了覺了。」那丫頭道：「好親親的姨太太，姨祖宗！我們老太太生氣呢，你老人家不去，沒個開交了。只當疼我們罷。你老人家嫌乏，我背了你老人家去。」薛姨媽道：「小鬼頭兒，你怕些什麼？不過罵幾句完了。」說著，只得和這小丫頭子走來。賈母忙讓坐，又笑道：「偺們鬥牌罷。姨太太的牌也生，偺們一處坐著，別叫鳳姐兒混了我們去。」薛姨媽笑道：「正是呢！老太太替我看著些兒。就是偺們娘兒四個鬥呢，還是再添哪個呢？」王夫人笑道：「可不只四個！」（老實人言語。）鳳姐兒道：「再添一個人熱鬧些。」賈母道：「叫鴛鴦來，叫他在這下手裡坐著。姨太太眼花了，偺們兩個的牌都叫他瞧著些兒。」鳳姐兒歎了一聲，向探春道：「你們知書識字的，倒不學算命！」探春道：「這又奇了，這會子你倒不打點精神贏老太太幾個錢，又想算命？」鳳姐兒道：「我正要算算命，今兒該輸多少呢！我還想贏呢？你瞧瞧，場子沒上，左右都埋伏下了。」說的賈母、薛姨媽都笑起來。

一時鴛鴦來了，便坐在賈母下手。鴛鴦之下便是鳳姐兒。鋪下紅氈，洗牌告么❷，五人起牌。鬥了一回，鴛鴦見賈母的牌已十嚴❸，只等一張二餅，便遞了暗號與鳳姐兒。鳳姐兒正該發牌，便故意躊躇了半晌，笑道：「我這一張牌，定在姨媽手裡扣著呢。我若不發這一張，再頂不下來的。」薛姨媽道：「我手裡並沒有你的牌。」鳳姐兒道：「我回來是要查的。」薛姨媽道：「你只管查。你且發下來我瞧瞧，是張什麼？」鳳姐兒便送在薛姨媽跟前，薛姨媽一看是個二餅，便笑道：「我倒不稀罕他，只怕老太太滿了。」鳳姐兒聽了，忙笑道：「我發錯了。」賈母笑的已擲下牌來，說：「你敢拿回去！誰叫你錯的不成？」鳳姐兒道：「可是我要算一算命呢，這是自己發的，也怨埋伏！」賈母笑道：「可是呢！你自己該打著你那嘴，問著你自己纔是。」又向薛姨媽笑道：「我不是小器愛贏錢，原是個彩頭兒。」薛姨媽笑道：「可不是這樣？哪裡有那樣糊塗人，說老太太愛錢呢！」

鳳姐兒正數著錢，聽了這話，忙又把錢穿上了，向眾人笑道：「夠了我的了。竟不為贏錢，單為贏彩頭兒。我到底小器，輸了就數錢，快收起來罷。」賈母規矩是鴛鴦代洗牌，因和薛姨媽說笑，不見鴛鴦動手，賈母道：「你怎麼惱了，連牌也不替我洗？」鴛鴦拿起牌來，笑道：「二奶奶不給錢。」賈母道：「他不給錢，那是他交運了。」便命小丫頭子：「把他那一吊錢都拿過來。」小丫頭子真就拿了，擱在賈母旁邊。鳳姐兒笑道：「賞我罷！我照數兒給就是了。」薛姨媽笑道：「果然是鳳丫頭小器，不過是頑兒罷了。」鳳姐聽說，便站起來，拉著薛姨媽，回頭指著賈母素日放錢的一個木匣子，

❷ 告么：打牌時，先每人翻一張牌，點數在前的為「頭家」。「么」點在次序上最先，所以稱為「告么」。
❸ 十嚴：指手上的牌都已配齊，只等最後一張牌就可以贏，也叫「等張」。

笑道：「姨媽瞧瞧，那個裡頭不知頑了我多少去了。這一吊錢，頑不了半個時辰，那裡頭的錢就招手兒叫他了。只等把這一吊也叫進去了，牌也不用鬥了，老祖宗的氣也平了，又有正經事差我辦去了。」話說未完，引的賈母眾人笑個不住。偏有平兒怕錢不夠，又送了一吊來。鳳姐兒道：「不用放在我跟前，也放在老太太的那一處罷。一齊叫進去倒省事，不用做兩次，叫箱子裡的錢費事。」賈母笑的手裡的牌撒了一桌子，推著鴛鴦，叫：「快撕他的嘴！」

平兒依言放下錢，也笑了一回，方回來。至院門前，遇見賈璉，問他：「太太在哪裡呢？老爺叫我請過去呢。」平兒忙笑道：「在老太太跟前呢，站了這半日，還沒動呢。趁早兒丟開手罷。老太太生了半日氣，這會子虧二奶奶湊了半日趣兒，纔略好了些。」賈璉道：「我過去只說討老太太的示下，十四往賴大家去不去，好預備轎子的。又請了太太，又湊了趣兒，豈不好？」平兒笑道：「依我說，你竟不去罷。合家子連太太、寶玉都有了不是，這會子你又填限❹去了。」賈璉道：「已經完了，難道還找補不成？況且與我又無干。二則老爺親自吩咐我請太太的，這會子我打發了人去，倘或知道了，正沒好氣呢，指著這個拿我出氣罷。」說著就走。平兒見他說得有理，也便跟了過來。賈璉到了堂屋裡，便把腳步放輕了，往裡間探頭，只見邢夫人站在那裡。鳳姐兒眼尖，先瞧見了，使眼色兒，不命他進來；又使眼色與邢夫人。邢夫人不便就走，只得倒了一碗茶來，放在賈母跟前。賈母一回身，賈璉不防，便沒躲伶俐。賈母便問：「外頭是誰？倒像個小子一伸頭。」鳳姐兒忙起身說：「我也恍惚看見一個人影兒，讓我瞧瞧去。」一面說，一面起身出來。

❹ 填限：填空子；自找倒霉。

賈璉忙進去，陪笑道：「打聽老太太十四可出門，好預備轎子。」賈母道：「既這麼樣，怎麼不進來？又作鬼作神的。」賈璉陪笑道：「見老太太頑牌，不敢驚動，不過叫媳婦出來問問。」賈母道：「就忙到這一時？等他家去，你問多少問不得？哪一遭兒你這麼小心來著！又不知是來作耳報神的，也不知是來作探子的？鬼鬼祟祟的，倒唬了我一跳。什麼好下流種子！你媳婦和我頑牌呢，還有半日的空兒，你家去再和那趙二家的商量治你媳婦去罷！」說著，眾人都笑了。鴛鴦笑道：「鮑二家的，老祖宗又拉上趙二家的！」賈母也笑道：「可是，我哪裡記得什麼抱著背著的！提起這些事來，不由我不生氣。我進了這門子，作重孫子媳婦起，到如今我也有了重孫子媳婦了，連頭帶尾五十四年，憑著大驚大險、千奇百怪的事，也經了些，從沒經過這些事。還不離了我這裡呢！」賈璉一聲兒不敢說，忙退了出來。

平兒站在窗外，悄悄的笑道：「我說著你不聽，到底碰在網裡了。」正說著，只見邢夫人也出來。賈璉道：「都是老爺鬧的，如今都搬在我和太太身上。」邢夫人道：「我把你沒孝心雷打的下流種子！人家還替老子死呢，白說了幾句，你就抱怨了？你還不好好的呢！這幾日生氣，仔細他捶你。」賈璉道：「太太快過去罷，叫我來請了好半日了。」說著，送他母親出來，過那邊去。邢夫人將方纔的話只略說了幾句，賈赦無法，又含愧，自此便告病，且不敢見賈母，只打發邢夫人及賈璉每日過去請安。只得又各處遣人購求尋覓，終久費了八百兩銀子，買了一個十七歲的女孩子來，名喚嫣紅，收在屋內，不在話下。這裡鬥了半日牌，吃晚飯纔罷。此一二日間無話。

展眼到了十四日，黑早❺，賴大的媳婦又進來請。賈母高興，便帶了王夫人、薛姨媽及寶玉姊妹等，到賴大花園中坐了半日。那花園雖不及大觀園，卻也十分齊整寬闊。泉石林木，樓閣亭軒，也有好幾處驚人駭目的。外面廳上，薛蟠、賈珍、賈璉、賈蓉，並幾個近族的。很遠的也沒來，賈赦也沒來。賴大家內也請了幾個現任的官長，並幾個世家子弟作陪。因其中有柳湘蓮，薛蟠自上次會過一次，已念念不忘。又打聽他最喜串戲❻，且串的都是生旦風月戲文，不免錯會了意，誤認他作了風月子弟❼。正要與他相交，恨沒有個引進。這日可巧遇見，樂得無可不可。且賈珍等也慕他的名，酒蓋住了臉，就求他串了兩齣戲。下來，移席和他一處坐著，問長問短，說此說彼。

柳湘蓮。（清改琦繪，紅樓夢圖詠）

那柳湘蓮原是世家子弟，讀書不成，父母早喪，素性爽俠，不拘細事，酷好耍鎗舞劍，賭博吃酒，以至眠花臥柳，吹笛彈箏，無所不為。因他年紀又輕，生得又美，不知他身分的人，卻誤認作優伶一類。那賴大之子賴尚榮與他素昔交好，故他今日請來作陪。不想酒後，別人猶可，獨薛蟠又犯了舊病。他心中早已不快，得便意欲走開完事，無奈賴尚榮死也不放。

❺ 黑早：一大早；天尚未大亮。

❻ 串戲：演戲。

❼ 風月子弟：指在風月場中打混的男人。

賴尚榮又說：「方纔寶二爺又囑咐我，纔一進門，雖見了，只是人多，不好說話；叫我囑咐你，散的時候別走，他還有話說呢。你既一定要去，等我叫出他來，你兩個見了再走，與我無干。」說著，便命小廝們到裡頭找一個老婆子悄悄告訴：「請出寶二爺來。」那小廝去了沒一盞茶時，果見寶玉出來了。賴尚榮向寶玉笑道：「好叔叔，把他交給你，我張羅人去了。」說著，一逕去了。

寶玉便拉了柳湘蓮，到廳側小書房中坐下，問他：「這幾日可到秦鐘的墳上去了？」忽提此人，使我墮淚。近幾回不見提此人，自謂不表矣，乃忽於此處柳湘蓮提及，所謂「方以類聚，物以群分」也。湘蓮道：「怎麼不去？前日我們幾個人放鷹去，離他墳上還有二里，我想今年夏天的雨水勤，恐怕他的墳站不住，我背著眾人走去瞧了一瞧，果然又動了一點子。回家來，就便弄了幾百錢，第三日一早出去，僱了兩個人收拾好了。」寶玉道：「怪道呢，上月我們大觀園的池子裡頭結了蓮蓬，我摘了十個，叫茗烟出去，到墳上供他去。回來我也問他可被雨沖壞了沒有，他說不但不沖，且比上回又新了些。我想著，不過是這幾個朋友新築了。我只恨我天天圈在家裡，一點兒做不得主，行動就有人知道，不是這個攔，就是那個勸的，能說不能行。雖然有錢，又不由我使。」湘蓮道：「這個事也用不著你操心，外頭有我呢，你只心裡有了就是。眼前十月初一，我已經打點下上墳的花銷。你知道我一貧如洗，家裡是沒的積聚，縱有幾個錢來，隨手就光的，不如趁空兒留下這一分，省得到了跟前扎煞手❽。」寶玉道：「我也正為這個，要打發茗烟找你，你又不大在家。知道你天天萍蹤浪跡，沒個一定的去處。」湘蓮道：「這也不用找我，這個事不過各盡其道。眼前我還要出門去走走，外頭逛個三年五載再回來。」寶玉聽了，忙問道：「這是為何？」柳湘蓮冷笑道：「你

❽ 扎煞手：比喻事情難辦。

不知道我的心事。等到跟前，你自然知道。我如今要別過了。」寶玉道：「好容易會著，晚上同散豈不好？」湘蓮道：「你那令姨表兄還是那樣，再坐著未免有事，不如我迴避了倒好。」寶玉想了一想，道：「既是這樣，倒是迴避他為是。只是你要果真遠行，必須先告訴我一聲，千萬別悄悄的去了。」說著，便滴下淚來。柳湘蓮道：「自然要辭的。你只別和別人說就是了。」說著，便站起來要走，又道：「你們進去，不必送我。」一面說，一面出了書房。

剛至大門前，早遇見薛蟠在那裡亂嚷亂叫說：「誰放了小柳兒走了？」柳湘蓮聽了，火星亂迸，恨不得一拳打死；復思酒後揮拳，又礙著賴尚榮的臉面，只得忍了又忍。薛蟠忽見他走出來，如得了珍寶，忙趔趄著上來，一把拉住，笑道：「我的兄弟，你往哪裡去了？」湘蓮道：「走走就來。」薛蟠笑道：「好兄弟，你一去都沒興了，好歹坐一坐，你就疼我了。憑你有什麼要緊的事，交給哥哥，你只別忙。有你這個哥哥，你要做官發財都容易。」湘蓮見他如此不堪，心中又恨又愧，早生一計，便拉他到避人之處，笑道：「你真心和我好？假心和我好呢？」薛蟠聽這話，喜的心癢難撓，乜斜著眼，忙笑道：「好兄弟，你怎麼問起我這話來？我要是假心，立刻死在眼前！」湘蓮道：「既如此，這裡不便。等坐一坐，我先走，你隨後出來，跟到我下處，偺們替另❾喝一夜酒。我那裡還有兩個絕好的孩子❿，從沒出過門⓫的。你可連一個跟的人也不用帶，到了那裡，伏侍的人都是現成的。」薛

❾ 替另：另外。

❿ 孩子：這裡指「男妓」，也叫「相公」。

⓫ 出過門：指外出應酬客人。

蟠聽如此說，喜得酒醒了一半，說：「果然如此？」湘蓮道：「如何？人拿真心待你，你倒不信了！」薛蟠忙笑道：「我又不是獃子，怎麼有個不信的呢？既如此，我又不認得，你先去了，我在哪裡找你？」湘蓮道：「我這下處在北門外頭，你可捨得家，城外住一夜去？」薛蟠笑道：「有了你，我還要家做什麼！」湘蓮道：「既如此，我在北門外頭橋上等你。偺們席上且吃酒去，你看我走了之後，你再走，他們就不留心了。」薛蟠聽了，連忙答應。於是二人復又入席。

飲了一回，那薛蟠難熬，只拿眼看湘蓮，心內越發歡樂，左一壺，右一壺，並不用人讓，自己便吃了又吃，不覺酒已八九分了。湘蓮便起身出來，瞅人不防去了。至門外，命小廝杏奴：「先家去罷，我到城外就來。」說畢，跨馬直出北門橋上，等候薛蟠。沒頓飯時工夫，只見薛蟠騎著一匹大馬，遠遠的趕了來。張著嘴，瞪著眼，頭似撥浪鼓一般，不住左右亂瞧。及至從湘蓮馬前過去，只顧望遠處瞧，不曾留心近處，反蹚過去了。湘蓮又是笑，又是恨，便也撒馬隨後趕來。薛蟠往前看時，漸漸人烟稀少，便又圈馬回來再找，不想一回頭見了湘蓮，如獲奇珍，忙笑道：「我說你是個再不失信的。」湘蓮笑道：「快往前走，仔細人看見，跟了來就不便了。」說著，先就撒馬前去，薛蟠也緊緊的跟來。

湘蓮見前面人跡已稀，且有一帶葦塘，便下馬，將馬拴在樹上，向薛蟠笑道：「你下來，偺們先設個誓，日後要變了心，告訴人去的，便應了誓。」薛蟠笑道：「這話有理。」連忙下了馬，也拴在樹上。便跪下說道：「我要日久變心，告訴人去的，天誅地滅……」一語未了，只聽「嘡」的一聲，頸後好似鐵鎚砸下來，只覺得一陣黑，滿眼金星亂迸，身不由己，便倒下來。湘蓮走上來瞧瞧，知道他是個笨家子，不慣捱打，只使了三分氣力，向他臉上拍了幾下，登時便開了果子舖。薛蟠先還要掙扎起來，又被湘蓮用腳尖點了兩點，仍舊跌倒，口內說道：「原是兩家情願，你不依，只好說，為什麼哄出我來打我？」一面說，一面亂罵。湘蓮道：「我把你瞎了眼的！你認認柳大爺是誰？你不說哀求，你還傷我！我打死你也無益，只給你個利害罷。」說著，便取了馬鞭過來，從背至脛，打了三四十下。薛蟠酒已醒了大半，覺得疼痛難禁，不禁有噯喲之聲。湘蓮冷笑道：「也只如此！我只當你是不怕打的。」一面說，一面又把薛蟠的左腿拉起來，朝葦中濘泥處拉了幾步，滾的滿身泥水。又問道：「你可認得我了？」薛蟠不應，只伏著哼哼。湘蓮又擲下鞭子，用拳頭向他身上擂了幾下，薛蟠便亂滾亂叫，說：「肋條折了！我知道你是正經人，因為我錯聽了旁人的話了。」湘蓮道：「不用拉別人，你只說現在的。」薛蟠道：「現在沒什麼說的，不過你是個正經人，我錯了。」湘蓮道：「還要說軟些纔饒你。」薛蟠哼哼著道：「好兄弟。」湘蓮便又一拳。薛蟠噯喲了一聲道：「好哥哥！」湘蓮又連兩拳。薛蟠忙噯喲叫道：「好老爺，饒了我這沒眼睛的瞎子罷！從今以後，我敬你怕你了。」湘蓮道：「你把那水喝兩口。」薛蟠一面聽了，一面皺眉道：「那水髒得很，怎麼喝得下去！」湘蓮舉拳就打，薛蟠忙道：「我喝，喝！」說著說著，只得俯頭向葦根下喝了一口，猶未咽下去，只聽哇的一聲，把方纔吃的東西都吐了出來。湘蓮道：「好髒東西，你快吃盡了饒你。」薛蟠聽了，叩頭不迭道：「好歹積陰功，饒我罷！這至死不能吃的。」湘蓮道：「這樣氣息，倒燻壞了我。」說著，丟下薛蟠，便牽馬認鐙去了。這裡薛蟠見他已去，心內方放下心來，後悔自己不該誤認了人。待要掙扎起來，無奈遍身疼痛難禁。

誰知賈珍等席上忽不見了他兩個，各處尋找不見。有人說，恍惚出北門去了。薛蟠的小廝們素日是懼他的，他吩咐不許跟去，誰還敢找去？亦如秦法自誤。後來還是賈珍不放心，命賈蓉帶著小廝們尋蹤問跡的，直找出北門。下橋二里多路，忽見葦坑邊薛蟠的馬拴在那裡。眾人都道：「可好了！有馬必有人。」一齊來至馬前，只聽葦中有人呻吟，大家忙走來一看，只見薛蟠衣衫零碎，面目腫破，沒頭沒臉，遍身內外滾的似個泥豬一般。賈蓉心內已猜著九分了，忙下馬令人攙了出來，笑道：「薛大叔天天調情，今兒調到葦子坑裡來了。必定是龍王爺也愛上你風流，要招駙馬去，你就碰到龍犄角上了。」薛蟠羞的恨沒地縫兒鑽不進去，哪裡爬的上馬去？賈蓉只得命人趕到關廂⑫裡僱了一乘小轎子，薛蟠坐了，一齊進城。賈蓉還要抬往賴家去赴席，薛蟠百般央告，又命他不要告訴人，賈蓉方依允了，讓他各自回家。賈蓉仍往賴家回覆賈珍，並說方纔形景。賈珍也知為湘蓮所打，也笑道：「他須得吃個虧纔好。」至晚散了，便來問候。薛蟠自在臥房將養，推病不見。

賈母等回來，各自歸家時，薛姨媽與寶釵見香菱哭得眼睛腫了。問其原故，忙趕來瞧薛蟠時，臉上身上雖有傷痕，並未傷筋動骨。薛姨媽又是心疼，又是發恨，罵一回薛蟠，又罵一回柳湘蓮，意欲告訴王夫人，遣人尋拿柳湘蓮。寶釵忙勸道：「這不是什麼大事，不過他們一處吃酒，酒後反臉常情，誰醉了，多挨幾下子打，也是有的。況且偺們家無法無天，也是人所共知的；媽不過是心疼的緣故，要出氣也容易。等三五天，哥哥養好了，出的去時，那邊珍大爺、璉二爺這干人也未必白丟開了，自然備個東道，叫了那個人來，當著眾人替哥哥賠不是認罪就是了。如今媽先當件大事告訴眾人，倒顯得媽偏心溺愛，縱容他生事招人。今兒偶然吃了一次虧，媽就這樣興師動眾，倚著親戚之勢欺壓常人。」

⑫ 關廂：即「城關」，靠近都城門外的地區。

薛姨媽聽了，道：「我的兒，到底是你想的到。我一時氣糊塗了。」寶釵笑道：「這纔好呢。他又不怕媽，又不聽人勸，一天縱似一天，吃過兩三個虧，他倒罷了。」薛蟠睡在炕上，痛罵柳湘蓮，又命小廝們去拆他的房子，打死他，和他打官司。薛姨媽禁住小廝們，只說柳湘蓮一時酒後放肆，如今酒醒，後悔不及，懼罪逃走了。薛蟠聽見如此說了，要知端的……

1. 「賈蓉仍往賴家回覆賈珍，並說方纔形景。賈珍也知為湘蓮所打」，庚辰本缺「並說方纔形景。賈珍」，據戚本補。

第四十八回　濫情人情誤思遊藝　慕雅女雅集苦吟詩

題曰「柳湘蓮走他鄉」，必謂寫柳湘蓮如何走，今卻不寫，反細寫阿獃兄之遊藝了心，卻湘蓮之分內走者而不細寫其走，反寫阿獃不應走而寫其走，文牽歧路，令人不識者如此。

至「情小妹」回中，方寫湘蓮文字，真神化之筆。

且說薛蟠聽見如此說了，氣方漸平。三五日後，疼痛雖愈，傷痕未平，只裝病在家，愧見親友。

展眼已到十月，因有各舖面夥計內有算年賬要回家的，少不得家內治酒餞行。內有一個張德輝，年過六十，自幼在薛家當舖內攬總，家內也有二三千金的過活，今歲也要回家，明春方來。因說起：「今年紙劄、香料短少，明年必是貴的。明年先打發大小兒上來當舖內照管，趕端陽前，我順路販些紙劄、香扇來賣，除去關稅花銷，亦可以剩得幾倍利息。」薛蟠聽了，心中忖度：「我如今捱了打，正難見人，想著要躲個一年半載，又沒處去躲。天天裝病也不是事。況且我長了這麼大，文又不文，武又不武，雖說做買賣，究竟戥子❶算盤從沒拿過，地土風俗、遠近道路又不知道。不如也打點幾個本錢，和張德輝逛一年來。賺錢也罷，不賺錢也罷，且躲躲羞去；二則逛逛山水也是好的。」心內主意已定。至酒席散後，便和張德輝說知，命他等一二日，一同前往。

❶ 戥子：用來稱銀子或藥物等輕微事物的小秤。戥，音ㄉㄥˇ。

晚間，薛蟠告訴了他母親。薛姨媽聽了，雖是歡喜，但又恐他在外生事，花了本錢倒是末事，因此不命他去，只說：「好歹你守著我，我還能放心些。況且也不用做這買賣，也不等著這幾百銀子來用。你在家裡安分守己的，就強似這幾百銀子了。」薛蟠主意已定，哪裡肯依？只說：「天天又說我不知世事，這個也不知，那個也不學。如今我發狠，把那些沒要緊的都斷了，如今要成人立事，學習做著買賣，又不准我了。叫我怎麼樣呢？我又不是個丫頭，把我關在家裡，何日是個了日？況且，那張德輝又是個年高有德的，偺們和他世交，我同他去，怎麼得有舛錯？我就一時半刻有不好的去處，他自然說我勸我；就是東西貴賤行情，他是知道的，自然色色問他，何等順利！倒不叫我去。過兩日，我不告訴家裡，私自打點了一走，明年發了財回家，那時纔知道我呢！」說畢，賭氣睡覺去了。

薛姨媽聽他如此說，因和寶釵商議。寶釵笑道：「哥哥果然要經歷正事，正是好的了。只是他在家時說著好聽，到了外頭，舊病復犯，越發難拘束了。但也愁不得許多，他若是真改了，是他一生的福；若不改，媽也不能又有別的法子。一半盡人力，一半聽天命罷了。這麼大人了，若只管怕他不知世路❷，出不得門，幹不得事，今年關在家裡，明年還是這個樣兒。他既說的名正言順，媽就打量著丟了八百一千銀子，竟交與他試一試，橫豎有夥計們幫著，也未必好意思哄騙他的；二則，他出去了，左右沒有助興的人，又沒了倚仗的人，到了外頭，誰還怕誰？有了的吃，沒了的餓著，舉眼無靠，他見這樣，只怕比在家裡省了事，也未可知。」（作書者曾吃此虧，批書者亦曾吃此虧。故特於此註明，使後人深思默戒。脂硯齋。）薛姨媽聽了，思忖半晌，說道：「倒是你說的是。花兩個錢，叫他學些乖來，也值了。」商議已定。一宿無語。

❷ 世路：世態人情。

至次日，薛姨媽命人請了張德輝來，在書房中，命薛蟠款待酒飯。自己在後廊下，隔著窗子，向裡千言萬語，囑託張德輝照管薛蟠。張德輝滿口應承。吃過飯告辭，又回說：「十四日是上好出行日期，大世兄即刻打點行李，僱下騾子，十四一早就長行❸了。」薛蟠喜之不盡，將此話告訴了薛姨媽。薛姨媽便和寶釵、香菱並兩個老年的嬤嬤，連日打點行裝。派下薛蟠之乳父老蒼頭一名，當年諳事舊僕二名，外有薛蟠隨身常使小廝二人。主僕一共六人，僱了三輛大車，車上拉行李使物；又僱了四個長行騾子。薛蟠自騎一匹家內養的鐵青大走騾，外備一匹坐馬。諸事完畢，薛姨媽、寶釵等連夜勸戒之言，自不必備說。至十三日，薛蟠先去辭了他舅舅，然後過來辭了賈宅諸人。賈珍等未免又有餞行之說，也不必細述。至十四日一早，薛姨媽、寶釵等直同薛蟠出了儀門，母女兩個四隻淚眼，看他去了方回來。

薛姨媽上京帶來的家人不過四五房，並兩三個老嬤嬤、小丫頭。今跟了薛蟠一去，外面只剩了一兩個男子。因此，薛姨媽即日到書房，將一應陳設玩器並簾幔等物，盡行搬了進來收貯。命那兩個跟去的男子之妻一併也進來睡覺。又命香菱將他屋裡也收拾嚴緊：「將門鎖了，晚間和我去睡。」寶釵道：「媽既有這些人作伴，不如叫菱姐姐和我作伴去。我們園裡又空，夜長了，我每夜作活，越多一個人，豈不越好？」薛姨媽聽了，笑道：「正是。我忘了，原該叫他同你去纔是。我前日還同你哥哥說，文杏又小，道三不著兩，鶯兒一個人不夠伏侍的，還要買一個丫頭來你使。」寶釵道：「買的不知底裡，倘或走了眼，花了錢事小，沒的淘氣。倒是慢慢的打聽著，有知道來歷的，買個還罷了。」

❸ 長行：遠行；長途。

閒言過耳無跡，然已伏下一事矣。一面說，一面命香菱收拾了衾褥妝奩，命一個老嬤嬤並臻兒送至蘅蕪苑去。然後寶釵和香菱纔同回園中來。細想香菱之為人也，根基不讓迎、探，容貌不讓鳳、秦，端雅不讓紈、釵，風流不讓湘、黛，賢惠不讓襲、平，所惜者青年罹禍，命運乖蹇，至為側室；且雖曾讀書，不能與林、湘輩並馳於海棠之社耳。然此一人豈可不入園哉？故欲令入園，終無可入之隙，籌畫再四，欲令入園必獃兒遠行後方可。然阿獃兒又如何方可遠行？曰：名不可，利不可，正事不可，必得萬人想不到自己忽一發機之事方可。因此思及情之一字，乃獃素所誤者。故借「情誤」二字生出一事，使阿獃遊藝之志已堅，則菱卿入園之隙方妥。回思因欲香菱入園，是寫阿獃情誤；因欲阿獃情誤，先寫一賴尚榮，實委婉嚴密之甚也。脂硯齋評。

香菱道：「我久要和姑娘作伴兒去，又恐怕奶奶多心，說我貪著園裡來頑；誰知你竟說了。」寶釵笑道：「我知道，你心裡羨慕這園子不是一日兩日了，只是沒個空兒。就每日來一趟，慌慌張張的，也沒趣兒。所以趁著這機會，越性住上一年，我也多個作伴的，你也遂了心。」香菱笑道：「好姑娘，你趁著這個工夫，教給我作詩罷。」寫得何其有趣！今忽見菱卿此句，合卷從紙上另走出一姣小美人來，並不是湘、林、探、鳳等一樣口氣聲色。真神駿之技，雖馳驅萬里而不見有倦怠之色。寶釵笑道：「我說你『得隴望蜀』呢。我勸你今兒頭一日進來，先出園東角門，從老太太起，各處各人，你都瞧瞧，問候一聲兒，也不必特意告訴他們說搬進園來。若有提起因由，你只帶口說我帶了你進來作伴兒就完了。回來進了園，再到各姑娘房裡走走。」香菱應著，纔要走時，只見平兒忙忙的走來。「忙忙」二字奇，不知有何妙文。香菱忙問了好，平兒只得陪笑相問。寶釵因向平兒笑道：「我今兒帶了他來作伴兒，正要去回你奶奶一聲兒。」平兒笑道：「姑娘說的是哪裡話？我竟沒話答言了。」寶釵道：「這纔是正理。店房也有個主人，廟裡也有個住持。雖不是大事，到底告訴一聲。便是園裡坐更上夜的人知道添了他兩個，也好關門候戶的了。你回去告訴一聲罷，我不打發人去了。」平兒答應著，因又向香菱笑道：「你既來了，也不拜一拜街坊鄰舍去？」是極，恰是戲言，實欲支出香菱去也。寶釵笑道：「我正叫他去呢。」平兒道：「你且不必往我們家去，二爺病了，在家裡呢。」香菱答應著去了，先從賈母處來，不在話下。

且說平兒見香菱去了，便拉寶釵忙說道：「姑娘聽見我們的新聞了沒有？」寶釵道：「我沒聽見新聞。因連日打發我哥哥出門，所以你們這裡的事一概也不知道，連姊妹們這兩日也沒見。」平兒笑道：「老爺把二爺打了個動不得，難道姑娘就沒聽見？」寶釵道：「早起恍惚聽見了一句，也信不真。我也正要瞧你奶奶去呢，不想你來了。又是為了什麼打他？」平兒咬牙罵道：「都是那賈雨村什麼風村，半路途中哪裡來的餓不死的野雜種！認了不到十年，生了多少事出來！今年春天，老爺不知在哪個地方看見了幾把舊扇子，回家來，看家裡所有收著的這些好扇子，都不中用了。立刻叫人各處搜求。誰知就有一個不知死的冤家，混號兒世人叫他作石獃子，窮的連飯也沒的吃，偏他家就有二十把舊扇子，死也不肯拿出大門來。二爺好容易煩了多少情，見了這個人，說之再三，把二爺請到他家裡坐著，拿出這扇子略瞧了一瞧。據二爺說，原是不能再有的，全是湘妃、棕竹、麋鹿、玉竹❹的，皆是古人寫畫真跡。因來告訴了老爺。老爺便叫買他的，要多少銀子，給他多少。偏那石獃子說：『我餓死凍死，一千兩銀子一把我也不賣！』老爺沒法子，天天罵二爺沒能為。已經許了他五百兩，先兌銀子，後拿扇子，他只是不賣，只說：『要扇子，先要我的命！』姑娘想想，這有什麼法子？誰知雨村那沒天理的聽見了，便設了個法子，訛他拖欠了官銀，拿他到衙門裡去，說：『所欠官銀，變賣家產賠補。』把這扇子抄了來，作了官價，送了來。那石獃子如今不知是死是活。老爺拿著扇子問著二爺說：『人家怎麼弄了來？』二爺只說了一句：『為這點子小事，弄得人坑家敗業，也不算什麼能為。』老爺聽

❹ 湘妃句：湘妃，湘妃竹，產自湖南。棕竹，棕櫚竹。麋鹿，疑為梅鹿竹。玉竹，當為玉屏竹的簡稱。上面所說的四種竹子，都適合做扇骨。

了，就生了氣，說二爺拿話堵老爺。因此，這是第一件大的。這幾日還有幾件小的，我也記不清。所以都湊在一處，就打起來了。也沒拉倒用板子棍子，就站著，不知拿什麼混打一頓，臉上打破了兩處。我們聽見姨太太這裡有一種丸藥，上棒瘡的，姑娘快尋一丸子給我。」寶釵聽了，忙命鶯兒去要了一丸來與平兒。寶釵道：「既這樣，替我問候罷，我就不去了。」平兒答應著去了。不在話下。

且說香菱見過眾人之後，吃過晚飯，寶釵等都往賈母處去了，自己便往瀟湘館中來。此時黛玉已好了大半，見香菱也進園來住，自是歡喜。香菱因笑道：「我這一進來了，也得了空兒。好歹教給我作詩，就是我的造化了。」黛玉笑道：「既要作詩，你就拜我作師。我雖不通，大略也還教得起你。」香菱笑道：「果然這樣，我就拜你作師。你可不許膩煩的。」黛玉道：「什麼難事，也值得去學！不過是起承轉合，當中承轉是兩副對子，平聲對仄聲，虛的對實的，實的對虛的❺，若是果有了奇句，連平仄虛實不對都使得的。」香菱笑道：「怪道我常弄一本舊詩，偷空兒看一兩首，又有對的極工的，又有不對的。又聽見說：『一三五不論，二四六分明。』❻看古人的詩上，亦有順的，亦有二四六上

❺ 不過是五句：這五句講的是律詩的作法。起承轉合是講律詩的層次結構。首聯（第一、二句）點題，開門見山，是「起」；頷聯（第三、四句）承上啟下，就題發揮，留有餘地，是「承」；頸聯（第五、六句）有所生發變化，與前聯相應相避，是「轉」；尾聯（第七、八句）是收尾，意思要深遠，給讀者以聯想的餘地，是「合」。「虛的對實的，實的對虛的」，可能是傳抄筆誤，應為「虛的對虛的，實的對實的」。這是講律詩的對仗。律詩中間兩聯必須對仗，虛詞對虛詞，實詞對實詞，詞性要相同或相近。

❻ 一三五不論兩句：這是格律詩平仄格式的通俗口訣，七言詩一句中第一、三、五字平仄可以不拘，第二、四、六字必須按照格式，平仄相間。這只是就大體而言，格律詩有平起、仄起、首句入韻或不入韻多種格式，並非全都符合口訣所說

錯了的，所以天天疑惑。如今聽你一說，原來這些格調規矩竟是末事，只要詞句新奇為上。」黛玉道：「正是這個道理。詞句究竟還是末事，第一主意要緊。若意趣真了，連詞句不用修飾，自是好的。這叫做『不以詞害意』。」

香菱笑道：「我只愛陸放翁的詩：『重簾不捲留香久，古硯微凹聚墨多。』❼說的真有趣。」黛玉道：「斷不可學這樣的詩。你們因不知詩，所以見了這淺近的就愛。一入了這個格局，再學不出來的。你只聽我說，你若真心要學，我這裡有王摩詰全集❽，你且把他的五言律讀一百首，細心揣摩透熟了，然後再讀一二百首老杜❾的七言律，再李青蓮❿的七言絕句讀一二百首。肚子裡先有了這三個人作了底子，然後再把陶淵明、應瑒、謝、阮、庾、鮑⓫等人的一看。你又是一個極聰敏伶俐的人，不用一年的工夫，不愁不是詩翁了！」香菱聽了，笑道：「既這樣，好姑娘，你就把這書給我拿出來，我帶回去，夜裡念幾首也是好的。」黛玉聽說，便命紫鵑將王右丞的五言律拿來，遞與香菱，又道：「你只看有紅圈的，都是我選的，有一首念一首。不明白的，問你姑娘，或者遇見我，我講與你就是的規律。

❼ 重簾兩句：出自陸游書室明暖，終日婆娑其間，倦則扶杖至小園，戲作長句之二。

❽ 王摩詰全集：指唐王維的詩文集。王維，字摩詰。他現存的詩文集刻本很多，但沒有題為王摩詰全集的。

❾ 老杜：指杜甫。後人將唐代詩人杜甫稱為「老杜」，杜牧稱為「小杜」。

❿ 李青蓮：即李白。李白青少年時曾住在四川彰明縣青蓮鄉，自號「青蓮居士」，故後人稱其為李青蓮。

⓫ 應瑒句：應瑒，字德璉，漢魏詩人，建安七子之一。謝，謝靈運，劉宋詩人，擅長寫山水詩。阮，阮籍，見前注。庾，庾信，字子山，南北朝時詩人。鮑，鮑照，字明遠，劉宋詩人，擅長樂府詩和五言詩。

了。」香菱拿了詩，回至蘅蕪苑中，諸事不顧，只向燈下一首一首的讀起來。寶釵連催他數次睡覺，他也不睡。寶釵見他這般苦心，只得隨他去了。

一日，黛玉方梳洗完了，只見香菱笑吟吟的送了書來，又要換杜律⓬。黛玉笑道：「共記得多少首？」香菱笑道：「凡紅圈選的，我盡讀了。」黛玉道：「可領略了些滋味沒有？」香菱笑道：「領略了些滋味，不知可是不是，說與你聽聽。」黛玉笑道：「正要講究討論，方能長進。你且說來我聽。」香菱笑道：「據我看來，詩的好處，有口裡說不出來的意思，想去卻是逼真的；有似乎無理的，想去竟是有理有情的。」黛玉笑道：「這話有了些意思。但不知你從何處見得？」香菱笑道：「我看他塞上一首，那一聯云：『大漠孤烟直，長河落日圓。』⓭想來，烟如何直？日自然是圓的；這『直』字似無理，『圓』字似太俗。合上書一想，倒像是見了這景的。若說再找兩個字換這兩個，竟再找不出兩個字來。再還有：『日落江湖白，潮來天地青』⓮，這『白』『青』兩個字，也似無理；想來，必得這兩個字，纔形容得盡。念在嘴裡，倒像有幾千斤重的一個橄欖。還有『渡頭餘落日，墟里上孤烟』⓯，這『餘』字和『上』字，難為他怎麼想來？我們那年上京來，那日下晚便灣住船，岸上又沒有人，只

⓬ 杜律：杜甫的律詩。杜甫的律詩有很高的成就，明清時期有很多杜甫律詩的刻本，如杜工部七言律詩、杜律七言注解、杜律五言注解、杜律啟蒙、杜詩評律等。

⓭ 大漠兩句：出自王維使至塞上詩。

⓮ 日落兩句：出自王維送邢桂州詩。

⓯ 渡頭兩句：出自王維輞川閒居贈裴秀才迪詩。

有幾棵樹，遠遠的幾家人家作晚飯，那個烟竟是碧青，連雲直上。誰知我昨日晚上讀了這兩句，倒像我又到了那個地方去了。」

正說著，寶玉和探春也來了，也都入坐聽他講詩。寶玉笑道：「既是這樣，也不用看念詩，會心處不在多。聽你說了這兩句，可知三昧你已得了。」黛玉笑道：「你說他這『上孤烟』好，你還不知他這一句還是套了前人來的。我給你這一句瞧瞧，更比這個淡而現成。」說著，便把陶淵明的『曖曖遠人村，依依墟里烟』⑯翻了出來，遞與香菱。香菱瞧了，點頭歎賞，笑道：「原來『上』字是從『依依』兩個字上化出來的。」寶玉大笑道：「你已得了，不用再講，越發倒學雜了。你就作起來，必是好的。」探春笑道：「明兒我補一個柬來，請你入社。」香菱笑道：「姑娘何苦打趣我，我不過是心裡羨慕，纔學著頑罷了。」探春、黛玉都笑道：「誰不是頑？難道我們是認真作詩呢！若說我們認真成了詩，出了這園子，把人的牙還笑倒了呢。」寶玉道：「這也算自暴自棄了。前日我在外頭和相公們商議畫兒，他們聽見偺們起詩社，求我把稿子給他們瞧瞧，我就寫了幾首給他們看看，誰不真心歎服？他們都抄了刻去了。」探春、黛玉忙問道：「這是真話麼？」寶玉笑道：「說謊的是那架上的鸚哥。」黛玉、探春聽說，都道：「你真真胡鬧！且別說那不成詩，便是成詩，我們的筆墨也不該傳到外頭去。」寶玉道：「這怕什麼！古來閨閣中的筆墨不要傳出去，如今也沒有人知道了。」說著，只見惜春打發了入畫來請寶玉，寶玉方去了。

香菱又逼著黛玉換出杜律來，又央黛玉、探春二人出個題目：「讓我謅去，謅了來，替我改正。」

⑯ 曖曖兩句：出自陶淵明歸園田居詩。

黛玉道：「昨夜的月最好，我正要謅一首，竟未謅成，你竟作一首來。十四寒的韻，由你愛用那幾個字去。」香菱聽了，喜的拿回詩來，又苦思一回，作兩句詩；又捨不得杜詩，又讀兩首。如此，茶飯無心，坐臥不定。寶釵道：「何苦自尋煩惱？都是顰兒引的你，我和他算賬去。你本來獃頭獃腦的，再添上這個，越發弄成個獃子了。」「獃頭獃腦的」，有趣之至！最恨野史有一百個女子皆曰聰敏伶俐，究竟看來他行為也只平平。今以「獃」字為香菱定評，何等嫵媚之至也！香菱笑道：「好姑娘，別混我。」如聞如見。一面說，一面作了一首，先與寶釵看。寶釵看了，笑道：「這個不好，不是這個作法。你別怕臊，只管拿了給他瞧去，看他是怎麼說。」香菱聽了，便拿了詩找黛玉。黛玉看時，只見寫道是：

月掛中天夜色寒，清光皎皎影團團。
詩人助興常思玩，野客添愁不忍觀。
翡翠樓邊懸玉鏡，珍珠簾外掛冰盤。
良宵何用燒銀燭？晴彩輝煌映畫欄。

黛玉笑道：「意思卻有，只是措詞不雅。皆因你看的詩少，被他縛住了。把這首丟開，再作一首。只管放開膽子去作。」

香菱聽了，默默的回來，越性連房也不入，只在池邊樹下，或坐在山石上出神，或蹲在地下摳土，來往的人都詫異。李紈、寶釵、探春、寶玉等聽得此信，都遠遠的站在山坡上瞧看他。只見他皺一回眉，又自己含笑一回。寶釵笑道：「這個人定要瘋了！昨夜嘟嘟噥噥，直鬧到五更天纔睡下。沒一頓飯的工夫天就亮了，我就聽見他起來了，忙忙碌碌梳了頭，就找顰兒去。一回來了，獃了一日，作了一首，又不好。這會子自然另作呢。」寶玉笑道：「這正是『地靈人傑』，老天生人，再不虛賦情性的。我們成日嘆說，可惜他這麼個人，竟俗了。誰知到底有今日。可見天地至公。」寶釵笑道：「你能夠像他這苦心就好了，學什麼有個不成的？」寶玉不答。

只見香菱興興頭頭的，又往黛玉那邊去了。探春笑道：「偺們跟了去，看他有些意思沒有。」說著，一齊都往瀟湘館來。只見黛玉正拿著詩和他講究。眾人因問黛玉：「作的如何？」黛玉道：「自然算難為他了，只是還不好。這一首過於穿鑿了，還得另作。」眾人因要詩看時，只見作道：

非銀非水映窗寒，試看晴空護玉盤。
淡淡梅花香欲染，絲絲柳帶露初乾。
只疑殘粉塗金砌，恍若輕霜抹玉欄。
夢醒西樓人跡絕，餘容猶可隔簾看。

寶釵笑道：「不像吟月了，『月』字底下添一個『色』字，倒還使得。你看句句倒是月色。這也罷了，原來詩從胡說來，再遲幾天就好了。」香菱自為這首妙絕，聽如此說，自己掃了興，不肯丟開手，便要思索起來。因見他姊妹們說笑，便自己走至階前竹下閒步，挖心搜膽，耳不旁聽，目不別視。一時，探春隔窗笑說道：「你閒閒罷！」香菱忙忙答道：「『閒』字是十五刪的，你錯了韻了。」眾人聽了，不覺大笑起來。寶釵道：「可真是詩魔了。都是顰兒引的他！」黛玉道：「聖人說『誨人不倦』，他又來問我，我豈有不說之理？」李紈笑道：「偺們拉了他往四姑娘房裡去，引他瞧瞧畫兒，叫他醒一醒纔好。」說著，真個出來拉了他過藕香榭，至暖香塢中。惜春正乏倦，在床上歪著睡午覺，畫繒立在壁間，用紗罩著。眾人喚醒了惜春，揭紗看時，十停方有了三停。香菱見畫上有幾個美人，因指著笑道：「這一個是我們姑娘，那一個是林姑娘。」探春笑道：「凡會作詩的，都畫在上頭，快學罷。」說著，頑笑了一回，各自散去。

香菱滿心中還是想詩。至晚間，對燈出了一回神，至三更以後上床臥下，兩眼鰥鰥❶❼，直到五更方纔朦朧睡去了。一時天亮，寶釵醒了，聽了一聽，他安穩睡了，心下想：「他翻騰了一夜，不知可作成了？這會子乏了，且別叫他。」正想著，只聽香菱從夢中笑道：「可是有了！難道這一首還不好？」寶釵聽了，又是可嘆，又是可笑，連忙喚醒了他，問他：「得了什麼？你這誠心都通了仙了。學不成詩，還弄出病來呢。」一面說，一面梳洗了，會同姊妹往賈母處來。原來香菱苦志學詩，精血誠聚，日間做不出，忽於夢中得了八句。梳洗已畢，便忙錄出來，自己並不知好歹，便拿來又找黛玉。剛到沁芳亭，只見李紈與眾姊妹方從王夫人處回來，寶釵正告訴他們，說他夢中作詩，說夢話。一部大書起是夢，寶玉情是夢，賈瑞淫又是夢，秦之家計長策又是夢，今作詩也是夢，一並風月鑑亦從夢中所有，故曰紅樓夢也。余今批評亦在夢中，特為夢中之人特作此一大夢也。脂硯齋。眾人正笑，抬頭見他來了，便都爭著要詩看。且聽下回分解。

❶❼ 鰥鰥：直直地盯著看。鰥，音ㄍㄨㄢ。視貌；看著東西的樣子。

第四十九回　琉璃世界白雪紅梅　脂粉香娃割腥啖膻

此回係大觀園集十二正釵之文。

話說香菱見眾人正說笑，他便迎上去，笑道：「你們看這一首。若使得，我便還學；若還不好，我就死了這作詩的心了。」說著，把詩遞與黛玉及眾人看時，只見寫道是：

精華欲掩料應難❶，影自娟娟魄自寒❷。
一片砧敲千里白，半輪雞唱五更殘❸。
綠蓑❹江上秋聞笛，紅袖樓頭夜倚欄。
博得嫦娥應借問，緣何不使永團圓？

❶精華句：精華，指月光。此句言雲霧遮不住月亮的清輝。
❷影自句：娟娟，美好。魄，指月，月也稱為「桂魄」。
❸一片兩句：此兩句言秋閨怨女，夜不能寐，在月光下敲砧擣衣，一直到五更雞唱，殘月西斜。古詩常以女子月夜擣衣，縫製寒衣寄送遠方的親人來寄託對親人的思念之情。李白子夜歌云：「長安一片月，萬戶擣衣聲。」
❹綠蓑：用綠草編成的蓑衣，這裡指漂流江湖的遊子。

眾人看了，笑道：「這首不但好，而且新巧，有意趣。可知俗語說『天下無難事，只怕有心人』，社裡一定請你了。」香菱聽了，心下不信，料著是他們瞞哄自己的話，還只管問黛玉、寶釵等。

正說之間，只見幾個小丫頭並老婆子忙忙的走來，都笑道：「來了好些姑娘奶奶們，我們都不認得，奶奶姑娘們快認親去。」李紈笑道：「這是哪裡的話？你到底說明白了，是誰的親戚？」那婆子丫頭都笑道：「奶奶的兩位妹子都來了。還有一位姑娘，說是薛大姑娘的妹妹。還有一位爺，說是薛大爺的兄弟。我這會子請姨太太去呢。奶奶和姑娘們先上去罷。」說著，一逕去了。寶釵笑道：「我們薛蝌和他妹妹來了不成？」李紈也笑道：「我們嬸子又上京來了不成？他們也不能湊在一處，這可是奇事。」大家納悶，來至王夫人上房，只見烏壓壓一地的人。原來邢夫人之兄嫂帶了女兒岫烟進京，來投邢夫人的；可巧鳳姐之兄王仁也正進京，兩親家一處打幫來了。走至半路泊船時，正遇見李紈之寡嬸帶著兩個女兒——大名李紋，次名李綺——也上京，大家敘起來，又是親戚，因此三家一路同行。後有薛蟠之從弟薛蝌，因當年父親在京時，已將胞妹薛寶琴許配都中梅翰林之子為婚，正欲進京發嫁，聞得王仁進京，他也帶了妹子隨後趕來。所以今日會齊了，來訪投各人親戚。於是大家見禮敘過。賈母、王夫人都歡喜非常。賈母因笑道：「怪道昨日晚上燈花爆了又爆，結了又結❺，原來應到今日。」一面敘些家常，一面收看帶來的禮物，一面命留酒飯。鳳姐兒自不必說，忙上加忙。李紈、寶釵自然和嬸母、姊妹敘離別之情。黛玉見了，先是歡喜，次後想起眾人皆有親眷，獨自己孤單，無個親眷，不免又去垂淚。寶玉深知其情，十分勸慰了一番方罷。

---

❺ 燈花爆了又爆兩句：舊時迷信，蠟燭芯結花，是有喜事的預兆。

然後寶玉忙忙來至怡紅院中，向襲人、麝月、晴雯等笑道：「你們還不快看人去！誰知寶姐姐的親哥哥是那個樣子，他這叔伯兄弟形容舉止另是一樣了，倒像是寶姐姐的同胞弟兄似的。更奇在你們成日家只說寶姐姐是絕色的人物，你們如今瞧瞧他這妹子，更有大嫂嫂這兩個妹子，我竟形容不出了！老天，老天，你有多少精華靈秀，生出這些人上之人來！可知我井底之蛙，成日家只說現在的這幾個人是有一無二的，誰知不必遠尋，就是本地風光，一個賽似一個。如今我又長了一層學問了。除了這幾個，難道還有幾個不成？」一面說，一面自笑自嘆。襲人見他又有了魔意，便不肯去瞧。晴雯等早去瞧了一遍回來，欸欸笑向襲人道：「你快瞧瞧去！大太太的一個姪女兒，寶姑娘一個妹妹，大奶奶兩個妹妹，倒像一把子四根水蔥兒。」

一語未了，只見探春也笑著進來找寶玉，因說道：「偺們的詩社可興旺了。」寶玉笑道：「正是呢！這是你一高興起詩社，所以鬼使神差來了這些人。但只一件，不知他們可學過作詩不曾？」探春道：「我纔都問了問他們，雖是他們自謙，看其光景，沒有不會的。便是不會，也沒難處，你看香菱就知道了。」襲人笑道：「他們說薛大姑娘的妹妹更好，三姑娘看著怎麼樣？」探春道：「果然的話。據我看，連他姐姐並這些人，總不及他。」襲人聽了，又是詫異，又笑道：「這也奇了，還從哪裡再好的去呢？我倒要瞧瞧去。」探春道：「老太太一見了，喜歡的無可不可，已經逼著太太認了乾女兒了。老太太要養活，纔剛已經定了。」寶玉喜的忙問：「這果然的？」探春道：「我幾時說過謊？」又笑道：「有了這個好孫女兒，就忘了這孫子了。」寶玉笑道：「這倒不妨，原該多疼女兒些纔是正理。明兒十六，偺們可該起社了。」探春道：「林丫頭剛起來了，二姐姐又病了，終是七上八下的。」

寶玉道：「二姐姐又不大作詩，沒有他又何妨！」探春道：「越性等幾天，他們新來的混熟了，偺們邀上他們豈不好？這會子，大嫂子、寶姐姐心裡自然沒有詩興的；況且湘雲沒來，顰兒剛好了，人人不合式。不如等著雲丫頭來了，這幾個新的也熟了，顰兒也大好了，大嫂子和寶姐姐心也閒了，香菱詩也長進了，如此邀一滿社，豈不好？偺們兩個如今且往老太太那裡去聽聽，除寶姐姐的妹妹不算外——他一定是在偺們家住定了的——倘或那三個要不在偺們這裡住，偺們央告著老太太留下他們，在園子裡住下，偺們豈不多添幾個人，越發有趣了！」寶玉聽了，喜的眉開眼笑，忙說道：「倒是你明白。我終久是個糊塗心腸，空喜歡一會子，卻想不到這上頭來。」說著，兄妹兩個一齊往賈母處來。

果然王夫人已認了寶琴作乾女兒，賈母歡喜非常，連園中也不命住，晚上跟著賈母一處安寢。薛蝌自向薛蟠書房中住下。賈母便和邢夫人說：「你侄女兒也不必家去了，園裡住幾天，逛逛再去。」邢夫人兄嫂家中原艱難，這一上京，原仗的是邢夫人與他們治房舍，幫盤纏，聽如此說，豈不願意？邢夫人便將岫烟交與鳳姐兒。鳳姐兒籌算得園中姊妹多，性情不一，且又不便另設一處，莫若送到迎春一處去，倘日後邢岫烟有些不遂意的事，縱然邢夫人知道了，與自己無干。從此後，邢岫烟家去住的日期不算，若在大觀園住到一個月上，鳳姐兒亦照迎春分例送一分與岫烟。鳳姐兒冷眼敁敪音顛奪，心內忖度也。岫烟心性為人，竟不像邢夫人及他的父母一樣，卻是個溫厚可疼的人，因此鳳姐兒又憐他家貧命苦，比別的姊妹多疼他些，邢夫人倒不大理論了。賈母、王夫人因素喜李紈賢惠，且年輕守節，令人敬伏，今見他寡嬸來了，便不肯令他外頭去住。那李嬸雖十分不肯，無奈賈母執意不從，只得帶著李紋、李綺在稻香村住下來。

當下安插既定，誰知保齡侯史鼐又遷委了外省大員，不日要帶了家眷去上任。賈母因捨不得湘雲，便留下他了，接到家中。原要命鳳姐兒另設一處與他住，史湘雲執意不肯，只要與寶釵一處住，因此就罷了。此時大觀園中，比先更熱鬧了多少。李紈為首，餘者迎春、探春、惜春、寶釵、黛玉、湘雲、李紋、李綺、寶琴、邢岫烟，再添上鳳姐兒和寶玉，一共十三個。敘起年庚，除李紈與鳳姐兒年紀最長，他十一個人皆不過十五六七歲，或有這三個同年，或有那五個共歲，或有這兩個同月同日，那兩個同刻同時，所差者大半是時刻月分而已，連他們自己也不能細細分晰，不過是「弟」「兄」「姊」「妹」四個字隨便亂叫。

如今香菱正滿心滿意只想作詩，又不敢十分囉唣寶釵，可巧來了個史湘雲。那史湘雲又是極愛說話的，哪裡禁得起香菱又請教他談詩？越發高了興，沒晝夜高談闊論起來。寶釵因笑道：「我實在聒噪的受不得了。一個女孩兒家，只管拿著詩作正經事講起來，叫有學問的人聽了，反笑話說不守本分的。一個香菱沒鬧清，偏又添了你這麼個話口袋子，滿嘴裡說的是什麼：怎麼是杜工部之沉鬱，韋蘇州之淡雅，又怎麼是溫八叉之綺靡，李義山之隱僻❻。放著兩個現成的詩家不知道，提那些死人做什麼！」湘雲聽了，忙笑問道：「是哪兩個？好姐姐，你告訴我。」寶釵笑道：「獃香菱之心苦，瘋湘雲之話多。」湘雲、香菱聽了，都笑起來。

❻ 杜工部之沉鬱四句：語出明高棅唐詩品匯總序。杜工部，杜甫，曾任檢校工部員外郎，因此人稱之為「杜工部」。韋蘇州，韋應物，曾為蘇州刺史，故稱為「韋蘇州」。溫八叉，溫庭筠，據說他詩思敏捷，行禮時叉手八次即可成一詩，人稱「溫八叉」。李義山，李商隱，字義山。

正說著，只見寶琴來了，披著一領斗篷，金翠輝煌，不知何物。寶釵忙問：「這是哪裡的？」寶琴笑道：「因下雪珠兒，老太太找了這一件給我的。」香菱上來瞧道：「怪道這麼好看，原來是孔雀毛織的。」湘雲道：「哪裡是孔雀毛？就是野鴨子頭上的毛作的。可見老太太疼你了。這樣疼寶玉，也沒給他穿。」寶釵道：「真俗語說，『各人有緣法』。他也再想不到他這會子來，既來了，又有老太太這麼疼他。」湘雲道：「你除了在老太太跟前，就在園裡來，這兩處只管頑笑吃喝。到了太太屋裡，若太太在屋裡，只管和太太說笑，多坐一回無妨；若太太不在屋裡，你別進去，那屋裡人多心壞，都是要害咱們的。」說的寶釵、寶琴、香菱、鶯兒等都笑了。寶釵笑道：「說你沒心，卻又有心；雖然有心，到底嘴太直了。我們這琴兒就有些像你。你天天說要我作親姐姐，我今兒竟叫你認他作親妹妹罷了。」湘雲又瞅了寶琴半日，笑道：「這一件衣裳也只配他穿，別人穿了，實在不配。」正說著，只見琥珀走來，笑道：「老太太說了，叫寶姑娘別管緊了琴姑娘，他還小呢，讓他愛怎麼樣就怎麼樣。要什麼東西只管要去，別多心。」寶釵忙起身答應了。又推寶琴，笑道：「你也不知是哪裡來的福氣！你倒去罷，仔細我們委屈著你。我就不信，我哪些兒不如你！」

說話之間，寶玉、黛玉都進來了。寶釵猶自嘲笑，湘雲因笑道：「寶姐姐，你這話雖是頑話，恰有人真心是這樣想呢。」琥珀笑道：「真心惱的，再沒別人，就只是他。」口裡說，手裡指著寶玉。寶釵、湘雲都笑道：「他倒不是這樣人。」琥珀又笑道：「不是他，就是他。」說著，又指著黛玉。湘雲便不則聲。是不知道黛玉病中相談贈燕窩之事也。脂硯。寶釵忙笑道：「更不是了！我的妹妹和他的妹妹一樣，他喜歡的比我還疼呢，哪裡還惱？你信雲兒混說。他的那嘴，有什麼實據。」寶玉素昔深知黛玉有些小性兒，且尚不知近日黛玉和寶釵之事，正恐賈母疼寶琴，他心中不自在。今見湘雲如此說了，寶釵又如此答，再審度黛玉聲色，亦不似往時，果然與寶釵之說相符，心中悶悶不解。因想：「他兩個素日不是這樣的好，今看來，竟更比他人好十倍。」一時林黛玉又趕著寶琴叫妹妹，並不提名道姓，直是親姊妹一般。那寶琴年輕心熱，四字道盡，不犯寶釵。脂硯齋評。且本性聰敏，自幼讀書識字，我批此書竟得一秘訣以告諸公：凡野史中所云才貌雙全佳人者，細細通審之，只得一個粗知筆墨之女子耳。此書凡云知書識字者，便是上等才女，不信時只看他通部行為及詩詞詼諧皆可知。妙在此書從不肯自下評註，云此人係何等人，只借書中人閒評一二語，故不得有未密之縫被看書者指出，真狡猾之筆耳。今在賈府住了兩日，大概人物已知；又見諸姊妹都不是輕薄脂粉，且又和姐姐皆和契，故也不肯怠慢；其中又見林黛玉是個出類拔萃的，便更與黛玉親敬異常。寶玉看著，只是暗暗的納罕。

一時寶釵姊妹往薛姨媽房內去後，湘雲往賈母處來，林黛玉回房歇著。寶玉便找了黛玉來，笑道：「我雖看了西廂記，也曾有明白的，幾回說了取笑，你曾惱過；如今想來，竟有一句不解，我念出來，你講講我聽。」黛玉聽了，便知有文章，因笑道：「你念出來我聽聽。」寶玉笑道：「那鬧簡上有一句說得最好：『是幾時孟光接了梁鴻案？』❼這句最妙。『孟光接了梁鴻案』，這七個字，不過是現成的典，難為他這『是幾時』三個虛字問的有趣。是幾時接了？你說說，我聽聽。」黛玉聽了，禁不住也笑起來，因笑道：「這原問的好。他也問的好，你也問的好。」寶玉道：「先時你只疑我，如今你也沒的說，我反落了單。」黛玉笑道：「誰知他竟真是個好人，我素日只當他藏奸。」因把說錯了酒

---

❼ 是幾時孟光接了梁鴻案：語出西廂記第三本第二折紅娘的唱詞，原文為「更做道孟光接了梁鴻案」。唱詞引用「舉案齊眉」的典故，孟光為梁鴻準備飯食，舉案齊眉表示尊敬，本是梁鴻接了孟光案。紅娘說是孟光接了梁鴻案，是嘲諷鶯鶯私下接受了張生的愛情。寶玉引用此句唱詞，並改為「是幾時」，是問黛玉什麼時候接受了寶釵的友情。

令起，連送燕窩病中所談之事，細細告訴了寶玉。寶玉方知緣故。因笑道：「我說呢，正納悶『是幾時孟光接了梁鴻案』，原來是從『小孩兒口沒遮攔』❽就接了案了。」黛玉因又說起寶琴來，想起自己沒有姊妹，不免又哭了。寶玉忙勸道：「你又自尋煩惱了。你瞧瞧，今年比舊年越發瘦了。你還不保養，每天好好的，你必是自尋煩惱，哭一會子，纔算完了這一天的事。」黛玉拭淚道：「近來我只覺心酸，眼淚恰像比舊年少了些的。心裡只管酸痛，眼淚恰不多。」寶玉道：「這是你哭慣了，心裡疑的，豈有眼淚會少的？」

正說著，只見他屋裡的小丫頭子送了猩猩氈斗篷來，又說：「大奶奶纔打發人來說，下了雪，要商議明日請人作詩呢。」一語未了，只見李紈的丫頭走來請黛玉。寶玉便邀著黛玉同往稻香村來。黛玉換上掐金挖雲紅香羊皮小靴，罩了一件大紅羽紗面白狐狸裡的鶴氅❾，束一條金心閃綠雙環四合如意絲，頭上罩了雪帽。二人一齊踏雪行來。只見眾姊妹都在那邊，都是一色大紅猩猩氈與羽毛緞斗篷，獨李紈穿一件青哆囉呢❿對襟褂子，薛寶釵穿一件蓮青斗紋錦上添花洋線番羓絲⓫的鶴氅，邢岫烟仍

❽ 小孩兒口沒遮攔：語出西廂記第三本第二折紅娘的唱詞，意為小孩子說話沒有禁忌和約束。這裡指黛玉在說酒令時引用西廂記和牡丹亭的語句。

❾ 掐金兩句：掐金，在服飾縫隙中夾以金線的工藝。挖雲，在面料上挖出雲頭形花邊，再襯上其他顏色的裡子，構成雲形的裝飾圖案。鶴氅，一種不縫袖的披肩斗篷，又名「一口總」、「羅漢衣」、「氅衣」。

❿ 哆囉呢：一種闊幅的毛織呢料，明末清初從西歐傳入中國。

⓫ 番羓絲：進口的羊絨。羓，當為「羢」。

是家常舊衣，並無避雪之衣。一時，史湘雲來了，穿著賈母與他的一件貂鼠腦袋面子、大毛黑灰鼠裡子，裡外發燒⑫大褂子，頭上戴著一頂挖雲鵝黃片金裡大紅猩猩氈昭君套，又圍著大貂鼠風領⑬。黛玉先笑道：「你們瞧瞧，孫行者來了。他一般的也拿著雪褂子，故意裝出個小騷達子⑭來。」湘雲笑道：「你們瞧我裡頭打扮的。」一面說，一面脫了褂子。只見他裡頭穿著一件半新的靠色三鑲領袖⑮秋香色盤金五色繡龍窄褙小袖掩衿銀鼠短襖，裡面短短的一件水紅妝緞狐肷褶子，腰裡緊緊束著一條蝴蝶結子長穗五色宮絛，腳下也穿著麀皮小靴，越顯的蜂腰猿背，鶴勢螂形。近之拳譜中有坐馬勢，便似螂之蹲立。昔人愛輕捷便俏，閒取一螂，觀其仰頸疊胸之勢。今四字無出處，卻寫盡矣。脂硯齋評。眾人都笑道：「偏他只愛打扮成個小子的樣兒，原比他打扮女兒更俏麗了些。」

湘雲道：「快商議作詩，我聽聽是誰的東家？」李紈道：「我的主意。想來昨兒的正日已過了，再等正日又太遠，可巧又下雪，不如大家湊個社，又替他們接風，又可以作詩。你們意思怎麼樣？」寶玉先道：「這話很是。只是今日晚了，若到明兒，晴了又無趣。」眾人看道：「這雪未必晴。縱晴了，這一夜下的也夠賞了。」李紈道：「我這裡雖好，又不如蘆雪庵好。我已經打發人籠地炕⑯去了，

⑫ 裡外發燒：表裡都用毛皮做成的衣服。

⑬ 風領：清代的禮服沒有領子，另在袍子上加一硬領，稱為「風領」。

⑭ 達子：即「韃子」，「韃靼」的俗稱。古代漢族對北方各游牧民族的通稱，明代指東蒙古人。

⑮ 靠色三鑲領袖：在領子袖口上鑲三道紅色滾邊。靠色，紅色。

⑯ 地炕：挖在房屋廊下的坑，坑內砌一爐灶，火道通到室內地下，可以使室內溫暖。

偺們大家擁爐作詩。老太太想來未必高興，況且偺們小頑意兒，單給鳳丫頭個信兒就是了。你們每人一兩銀子就夠了，送到我這裡來。」指著香菱、寶琴、李紋、李綺、岫烟，「五個不算外，偺們裡頭二丫頭病了不算，四丫頭告了假也不算，你們四分子送了來，我包總五六兩銀子也盡夠了。」寶釵等一齊應諾。因又擬題限韻。李紈笑道：「我心裡自己定了，等到了明日，臨期橫豎知道。」說畢，大家又閒話了一回，方往賈母處來。本日無話。

到了次日一早，寶玉因心裡記掛著這事，一夜沒好生得睡。天亮了就爬起來，掀開帳子一看，雖門窗尚掩，只見窗上光輝奪目，心內早躊躇起來，埋怨定是晴了，日光已出。一面忙起來，揭起窗屜，從玻璃窗內往外一看，原來不是日光，竟是一夜大雪，下的將有一尺多厚，天上仍是搓綿扯絮一般。寶玉此時歡喜非常，忙喚人起來，盥漱已畢，只穿一件茄色哆囉呢狐皮襖子，罩一件海龍皮小小鷹膀褂⑰，束了腰，披了玉針蓑，戴上金籐笠，登上沙棠屐，忙忙的往蘆雪庵來。出了院門，四顧一望，並無二色，遠遠的是青松翠竹，自己卻如裝在玻璃盒內一般。於是走至山坡之下，順著山腳，剛轉過去，已聞得一股寒香拂鼻。回頭一看，恰是妙玉門前櫳翠庵中有十數株紅梅，如胭脂一般，映著雪色，分外顯得精神，好不有趣。寶玉便立住，細細的賞玩一回方走。只見蜂腰板橋上一個人打著傘走來，是李紈打發了請鳳姐兒去的人。寶玉來至蘆雪庵，只見丫鬟、婆子正在那裡掃雪開徑。原來這蘆雪庵蓋在傍山臨水河灘之上，一帶幾間茅簷土壁，槿籬竹牖，推窗便可垂釣，四面都是蘆葦掩覆。一條去徑，逶迤穿蘆度葦，過去便是藕香榭的竹橋了。眾丫鬟、婆子見他披蓑戴笠而來，卻笑道：「我們纔

⑰ 海龍皮句：海龍皮，類似水獺皮的皮毛，顏色深於水獺皮，更有光澤。鷹膀褂，一種加袖的坎肩。

說正少一個漁翁，如今都全了。姑娘們吃了飯纔來呢，你也太性急了。」

寶玉聽了，只得回來。剛至沁芳亭，見探春正從秋爽齋來，圍著大紅猩猩氈斗篷，戴著觀音兜，扶著小丫頭，後面一個婦人打著青綢油傘。寶玉知他往賈母處去，便立在亭邊，等他來到，二人一同出園前去。寶琴正在裡間房內梳洗更衣。一時，眾姊妹來齊。寶玉只嚷餓了，連連催飯。好容易等擺上來，頭一樣菜便是牛乳蒸羊羔。賈母便說：「這是我們有年紀的人的藥，沒見天日的東西，可惜你們小孩子們吃不得。今兒另外有新鹿肉，你們等著吃。」眾人答應了。寶玉卻等不得，只拿茶泡了一碗飯，就著野雞瓜齏，忙忙的咽完了。賈母道：「我知道你們今兒又有事情，連飯也不顧吃了。」便叫「留著鹿肉與他晚上吃」，鳳姐忙說：「還有呢！」方纔罷了。史湘雲便悄和寶玉計較道：「有新鹿肉，不如偺們要一塊，自己拿了園裡弄著，又頑又吃。」寶玉聽了，巴不得一聲兒，便真和鳳姐要了一塊，命婆子送入園去。

一時，大家散後，進園齊往蘆雪庵來，聽李紈出題限韻，獨不見湘雲、寶玉二人。黛玉道：「他倆個再到不了一處，若到一處，生出多少故事來。這會子一定算計那塊鹿肉去了。」（聯詩極雅之事，偏於雅前寫出小兒啖膻茹血極腌臢的事來，為錦心繡口作配。）正說著，只見李嬸也走來看熱鬧，因問李紈道：「怎麼一個帶玉的哥兒和那一個掛金麒麟的姐兒，那樣乾淨清秀，又不少吃的，他兩個在那裡商議著要吃生肉呢，說的有來有去的。我只不信，肉也生吃得的。」眾人聽了，都笑道：「了不得！快拿了他兩個來。」黛玉笑道：「這可是雲丫頭鬧的，我的卦再不錯。」李紈等忙出來，找著他兩個，說道：「你們兩個要吃生的，我送你們到老太太那裡吃去。哪怕吃一隻生鹿，撐病了不與我相干。這麼大雪，怪冷的，替我作禍呢。」寶玉笑道：「沒有的事，我們燒著吃呢。」李紈道：「這還罷了。」只見老婆們拿了鐵爐、鐵叉、鐵絲縵來，李紈道：「仔細割了手，不許哭！」說著，同探春進去了。

鳳姐打發了平兒來回覆不能來，為發放年例正忙。湘雲見了平兒，哪裡肯放？平兒也是個好頑的，素日跟著鳳姐兒無所不至，見如此有趣，樂得頑笑；因而褪去手上的鐲子，三個圍著火爐兒，便要先燒三塊吃。那邊寶釵、黛玉平素看慣了，不以為異，寶琴等及李嬸深為罕事。探春與李紈等已議定了題韻。探春笑道：「你聞聞，香氣這裡都聞見了，我也吃去。」說著，也找了他們來。李紈也隨來，說：「客已齊了，你們還吃不夠？」湘雲一面吃，一面說道：「我吃這個方愛吃酒，吃了酒纔有詩。若不是這鹿肉，今兒斷不能作詩。」說著，只見寶琴披著鳧靨裘站在那裡笑。湘雲笑道：「傻子，過來嘗嘗。」寶琴笑說：「怪髒的。」寶釵道：「你嘗嘗去，好吃的。你林姐姐弱，吃了不消化，不然他也愛吃。」寶琴聽了，便過去吃了一塊，果覺好吃，便也吃起來。一時，鳳姐兒打發小丫頭來叫平兒，平兒說：「史姑娘拉著我呢，你先走罷。」小丫頭去了。一時，只見鳳姐也披了斗篷走來，笑道：「吃這樣好東西，也不告訴我！」說著，也湊著一處吃起來。黛玉笑道：「哪裡找這一群花子去！罷了，罷了，今日蘆雪庵遭劫，生生被雲丫頭作踐了，我為蘆雪庵一大哭！」大約此話不獨黛玉，觀書者亦如此。湘雲冷笑道：「你知道什麼！『是真名士自風流』，你們都是假清高，最可厭的。我們這會子腥羶大吃大嚼，回來卻是錦心繡口。」寶釵笑道：「你回來若作的不好了，把那肉掏了出來，就把這雪壓的蘆葦子揌⑱上些，以完此劫。」

⑱ 揌：音ㄙㄞ。原意為抬、動。這裡是「塞」的意思。

說著，吃畢，洗漱了一回。平兒戴鐲子時，卻少了一個，左右前後亂找了一番，蹤跡全無。眾人都詫異。鳳姐兒笑道：「我知道這鐲子的去向。你們只管作詩去，我們也不用找，只管前頭去，不出三日，包管就有了。」說著，又問：「你們今兒作什麼詩？老太太說了，離年又近了，正月裡還該作些燈謎兒，大家頑笑。」眾人聽了，都笑道：「可是倒忘了。如今趕著作幾個好的，預備正月裡頑。」說著，一齊來至地炕屋內，只見杯盤果菜俱已擺齊，牆上已貼出詩題、韻腳、格式來了。寶玉、湘雲二人忙看時，只見題目是「即景聯句五言排律一首，限二蕭韻」，後面尚未列次序。李紈道：「我不大會作詩，我只起三句罷，然後誰先得了誰先聯。」寶釵道：「到底分個次序。」要知端的，且聽下回分解。

校記

1. 「敘起年庚，除李紈與鳳姐兒年紀最長，他十一個人皆不過十五六七歲」，此段文字，庚辰本原作「敘起年庚，除李紈年紀最長，他十二個人皆不過十五六七歲」，戚本同（戚本「他十二個人」作「這十二個人」），俞平伯紅樓夢八十回校本全據戚本。然這十三個人中，除李紈最年長，鳳姐在小說中出場時已十八歲左右，此時不可能「不過十五六七歲」。程高本則改為「敘起年庚，除李紈年紀最長，鳳姐次之，餘者皆不過十五六七歲」。此據庚辰本抄錄者改為「除李紈與鳳姐兒年紀最長，他十一個人皆不過十五六歲」。

第五十回 蘆雪庵爭聯即景詩 暖香塢雅製春燈謎

話說薛寶釵道：「到底分個次序，讓我寫出來。」說著，便令眾人拈鬮為序。起首恰是李氏，一定要按次序，恰又不按次序，似脫落處而不脫落，文章歧路如此。然後按次各各開出。鳳姐兒說道：「既是這樣說，我也說一句在上頭。」眾人都笑說道：「更妙了！」寶釵便將稻香老農之上補了一個「鳳」字。李紈又將題目講與他聽。鳳姐兒想了半日，笑道：「你們別笑話我。我只有一句粗話，下剩的我就不知道了。」眾人都笑道：「越是粗話越好，你說了，只管幹正事去罷。」鳳姐兒笑道：「我想下雪必刮北風，昨夜聽見了一夜的北風，我有了一句，就是『一夜北風緊』，可使得？」眾人聽了，都相視笑道：「這句雖粗，不見底下的，這正是會作詩的起法。不但好，而且留了多少地步與後人。就是這句為首，稻香老農快寫上，續下去。」鳳姐和李嬸、平兒又吃了兩杯酒，自去了。這裡李紈便寫了：

一夜北風緊，

自己聯道：

開門雪尚飄。入泥憐潔白❶，

❶ 入泥句：憐惜白雪入地為泥土所玷污。

香菱道：

匝地惜瓊瑤❷。有意榮枯草，

探春道：

無心飾萎苕❸。價高村釀熟，

李綺道：

年稔府梁饒❹。葭動灰飛管，

李紋道：

陽回斗轉杓❺。寒山已失翠，

❷ 匝地句：匝地，遍地。瓊瑤，指雪。

❸ 有意兩句：天降大雪是要使草木在春天更茂盛地生長，而不是去裝點枯萎的葦花。苕，蘆葦的花。

❹ 年稔句：因為年成好，官府糧倉的儲存很充足。稔，莊稼成熟。年稔，年成好。

❺ 葭動兩句：此兩句言節氣已近冬至，到了陰盡陽回的時候。葭，初生的蘆葦。古時測定節氣，將蘆葦莖內的薄膜燒成灰，放在代表十二律的玉管或銅管中，然後藏於密室中。某一節氣到時，相應的律管中的灰就會飛出。斗，即大熊星座，俗稱北斗七星，其形如水勺。由於地球的公轉和自轉，北斗星的方位也不斷地變動。在北半球觀察，其斗柄按順時針方向

岫烟道：

凍浦❻不聞潮。易掛疏枝柳，

湘雲道：

難堆破葉蕉。麝煤融寶鼎❼，

寶琴道：

綺袖籠金貂。光奪窗前鏡，

黛玉道：

香粘壁上椒❽。斜風仍故故❾，

移動。冬至那天，斗柄指向正北，從此陰盡陽回，斗柄漸向東轉。

❻ 浦：水邊或河流入海處。

❼ 麝煤句：麝煤，也叫麝香煤，是一種名貴的墨，這裡指芳香的燃料。融，熱氣蒸騰。

❽ 香粘句：雪花粘在椒壁上，沾染了芳香。椒，一種香料。古代后妃居室多用椒和泥塗牆，取其芳香溫暖。

❾ 故故：屢屢、不停的意思。

寶玉道：

清夢轉聊聊⑩。何處梅花笛？

寶釵道：

誰家碧玉簫？鰲愁坤軸陷⑪，

李紈笑道：「我替你們看熱酒去罷。」寶釵命寶琴續聯。只見湘雲起來道：

龍鬥陣雲銷⑫。野岸迴孤棹⑬，

寶琴也站起道：

吟鞭指灞橋⑭。賜裘憐撫戍，

⑩ 聊聊：稀少、時斷時續的意思。

⑪ 鰲愁句：此句言鰲愁積雪會將大地壓塌。鰲，神話中的大海龜。傳說女媧補天，「斷鰲足以立四極」，把鰲足置於東南西北四個方位，支撐天地。雪壓地塌，鰲擔心又要被斷去四足，所以發愁。

⑫ 龍鬥句：此句用宋張元詠雪「戰罷玉龍三百萬，敗鱗殘甲滿天飛」詩意，意謂大雪紛飛，就像玉龍戰敗，鱗片在空中飛舞。龍鬥時雲集，鬥罷雲散。陣雲銷，比喻雪止天晴。

⑬ 野岸句：此句用王子猷雪夜訪戴逵，興盡而返的典故。

湘雲哪裡肯讓人，且別人也不如他敏捷，都看他揚眉挺身的說道：

加絮念征徭⑮。坳垤審夷險，

寶釵連聲讚好，也便聯道：

枝柯怕動搖⑯。皚皚輕趁步，

黛玉忙聯道：

剪剪舞隨腰⑰。煮芋成新賞⑱，

⑭ 吟鞭句：宋尤袤全唐詩話載：「或問鄭綮：『相國近為新詩否？』答曰：『詩思在灞橋風雪中驢子背上，此何以得之？』」此句用此典故，說風雪可增添詩興。吟鞭，詩人之鞭。灞橋，在唐代京城長安東，當時人常在此送別。

⑮ 賜裘兩句：此兩句意謂：皇帝憐惜遠戍邊關的將士，賞賜他們禦寒的棉衣；宮中製衣人顧念服役者的寒冷，在棉衣中多加了棉絮。唐詩紀事載：開元間，宮中製棉衣賜邊關的軍士，有士兵在棉袍中找到一首詩，詩云：「沙場征戍客，辛苦若為眠？戰袍經手作，知落阿誰邊？蓄意多添線，含情更著綿。今生已過也，重結後生緣。」士兵把詩交給將帥，將帥轉呈玄宗。經查問，此詩乃一宮女所作，玄宗就將此宮女嫁與得詩的士兵。

⑯ 坳垤兩句：坳垤，低窪地和小土堆。夷險，平安和危險。此兩句說，大雪鋪滿了高低不平的道路，因此行走時更要小心安全。害怕搖動樹枝，抖落樹上的積雪。

⑰ 皚皚兩句：皚皚，白色，這裡指積雪。輕趁步，輕快地移動腳步。剪剪，形容風的尖利。此兩句寫少女踏著積雪邁動輕

一面說，一面推寶玉，命他聯。寶玉正看寶釵、寶琴、黛玉三人共戰湘雲，十分有趣，哪裡還顧得聯詩？今見黛玉推他，方聯道：

撒鹽是舊謠⑲。葦蓑猶泊釣，

湘雲笑道：「你快下去！你不中用，倒耽擱了我。」一面只聽寶琴聯道：

林斧不聞樵⑳。伏象千峰凸，

湘雲忙聯道：

盤蛇一徑遙㉑。花緣經冷聚㉒，

寶釵與眾人又忙讚好。探春又聯道：

快的步伐，風捲雪花追隨著她輕盈的身姿而飛舞。李商隱歌舞詩：「回雪舞輕腰」，「剪剪舞隨腰」當從此而來。

⑱ 煮芋句：芋羹色白，前人曾將之比作白玉，現比作白雪，所以說「新賞」。

⑲ 撒鹽句：謝朗賞雪，作詩云「撒鹽空中差可擬」，事出世說新語，參見第五回注㊶。

⑳ 葦蓑兩句：蘆葦叢中，猶有穿著蓑衣的漁翁泊舟垂釣，山林間已聽不見樵夫伐木的斧聲。

㉑ 伏象兩句：積雪的千峰凸現如白色的象群臥地，一條山道如盤蛇彎彎曲曲通向遠方。

㉒ 花緣句：雪花因寒冷凝聚而成。

色豈畏霜凋？深院驚寒雀，

湘雲正渴了，忙忙的吃茶，已被岫烟道：

空山泣老鴉。階墀隨上下，

湘雲忙丟了茶杯，忙聯道：

池水任浮漂。照耀臨清曉，

黛玉聯道：

繽紛入永宵23。誠忘三尺冷24，

湘雲忙笑聯道：

瑞釋九重焦25。僵臥誰相問？

---

23 永宵：長夜。

24 誠忘句：誠，忠誠。三尺，指寶劍，語出漢書高帝紀：「吾以布衣提三尺以取天下。」此句言戍邊的將士因忠於朝廷而忘卻寒苦。

25 瑞釋句：瑞，瑞雪。九重，指皇帝。宋玉九辯有「君之門以九重」句，後以九重指代皇帝。

寶琴也忙笑聯道：

狂遊客喜招㉖。天機斷縞帶，

湘雲又忙道：

海市失鮫綃㉗。

林黛玉不容他道出，接著便道：

寂寞對臺榭，

湘雲忙聯道：

清貧懷簞瓢㉘。

㉖ 僵臥兩句：「僵臥」用袁安的典故。漢代高士袁安在大雪天閉門不出，有人到其門口，發現積雪已堵住大門，以為袁安已經凍死。及掃雪入門，發現袁安僵臥室中，問為何不出，袁安答道：「大雪，人皆餓，不宜干人。」「狂遊」句說，在雪中狂遊的人，遇到有人招待他喝酒，就會很欣喜。唐代王元寶，每到下雪天，就會把路上積雪清掃乾淨，邀請賓客到家喝酒禦寒，稱為「暖寒會」。事見開元天寶遺事。

㉗ 天機兩句：此兩句以縞帶和鮫綃比喻雪的皎潔。天機，神話中織女所用的織機。縞帶，白色的絲帶。海市，即海市蜃樓。鮫綃，傳說中海上鮫人用眼淚織成的絲織品。

寶琴也不容情，也忙道：

烹茶冰漸沸，

湘雲見這般，自為得趣，又是笑，又忙聯道：

煮酒葉難燒。

黛玉也笑道：

沒帚山僧掃，

寶琴也笑道：

埋琴稚子挑㉙。

湘雲笑的彎了腰，忙念了一句。眾人問：「到底說的什麼？」湘雲喊道：

㉘ 清貧句：簞，盛飯用的圓形竹器。此句暗用論語的典故，孔子稱讚顏淵說：「賢哉，回也！一簞食，一瓢飲，在陋巷，人也不堪其憂，回也不改其樂。賢哉，回也！」此句說在風雪中的貧寒之士，堅守著顏淵的志節。

㉙ 沒帚兩句：山僧掃沒帚之雪，雪埋稚子所挑之琴。

石樓閒睡鶴，

黛玉笑的握著胸口，高聲嚷道：

錦罽暖親貓。

寶琴也忙笑道：

月窟翻銀浪，

湘雲忙聯道：

霞城隱赤標㉚。

黛玉忙笑道：

沁梅香可嚼，

㉚ 月窟兩句：月窟，指月，參見第三十七回注㊱。此句說白雪如月光傾瀉大地。宋陳與義十七日夜詠月詩有「玉盤忽微露，銀浪瀉千頃」句，此句轉用月光喻雪。霞城，指浙江天台縣的赤城山，其山「土色皆赤，狀如雲霞。」（會稽記）故稱為霞城。赤標，典出晉孫綽遊天台山賦：「赤城霞起而建標。」謂赤色的山峰可作標識。此句意謂大雪覆蓋了山峰，看不見它的紅色標誌了。

寶釵笑稱好，也忙聯道：

淋竹醉堪調㉛。

寶琴也忙道：

或濕鴛鴦帶，

湘雲忙聯道：

時凝翡翠翹㉜。

黛玉又忙道：

無風仍脈脈，

寶琴又忙笑聯道：

㉛ 沁梅兩句：此兩句言雪水沁入梅花，清香可嚼；雪水淋濕竹子，聲韻醉人，宜於鼓琴。「沁梅」句用宋鐵腳道人和雪嚼梅的典故，見清愛菊主人花史。「淋竹」句用宋王禹偁黃岡竹樓記意：「冬宜密雪，有碎玉聲，宜鼓琴，琴調和暢。」

㉜ 翡翠翹：古代婦女的首飾。山堂肆考：「翡翠鳥尾上長毛曰翹，美人首飾如之，因名翠翹。」

不雨亦瀟瀟。

湘雲伏著，已笑軟了。眾人看他三人對搶，也都不顧作詩，看著也只是笑。黛玉還推他往下聯，又道：「你也有才盡之時？我聽聽，還有什麼舌根嚼了！」湘雲只伏在寶釵懷裡，笑個不住。寶釵推他起來，道：「你有本事把『二蕭』的韻全用完了，我纔服你。」湘雲起身笑道：「我也不是作詩，竟是搶命呢。」眾人笑道：「倒是你說罷。」探春早已料定沒有自己聯的了，便早寫出來，因說：「還沒收住呢。」李紈聽了，接過來便聯了一句道：

欲誌今朝樂，

李綺收了一句道：

憑詩祝舜堯。

李紈道：「夠了，夠了。雖沒作完了韻，騰挪的字若生扭用了，倒不好了。」說著，大家來細細評論一回，獨湘雲的多，都笑道：「這都是那塊鹿肉的功勞。」李紈笑道：「逐句評去，都還一氣，只是寶玉又落了第了。」寶玉笑道：「我原不會聯句，只好擔待我罷。」李紈笑道：「也沒有社社擔待你的。又說韻險了，又整誤了，又不會聯句了，今日必得罰你。我纔看見櫳翠庵的紅梅有趣，我要折一枝來插瓶。可厭妙玉為人，我不理他。如今罰你去取一枝來。」眾人都道：「這罰的又雅又有趣。」

寶玉也樂為，答應著就要走。湘雲、黛玉一齊說道：「外頭冷得很，你且吃杯熱酒再去。」湘雲早執起壺來，黛玉遞了一個大杯，滿斟了一杯。湘雲笑道：「你吃了我們的酒，你要取不來，加倍罰你。」寶玉忙吃一杯，冒雪而去。

李紈命人好好跟著，黛玉忙攔說：「不必。有了人，反不得了。」李紈點頭說是。一面命丫鬟將一個美女聳肩瓶㉝拿來貯了水，準備插梅。因又笑道：「回來該詠紅梅了。」湘雲忙道：「我先作一首。」寶釵忙道：「今日斷乎不容你再作了。你都搶了去，別人都閒著也沒趣。回來還罰寶玉，他說不會聯句，如今就叫他自己作去。」（想此刻寶玉已到庵中矣。）黛玉笑道：「這話很是。我還有個主意，方纔聯句不夠，莫若揀著聯的少的人作紅梅。」寶釵笑道：「這話是極。方纔邢、李三位屈才，且又是客，琴兒和顰兒、雲兒三個人也搶了許多，我們一概都別作，只讓他三個作纔是。」李紈因說：「綺兒也不大會作，還是讓琴妹妹作罷。」寶釵只得依允。（想此刻二玉已會，不知肯見賜否？）又道：「就用『紅梅花』三個字作韻，每人一首七律。邢大妹妹作『紅』字，你們李大妹妹作『梅』字，琴兒作『花』字。」李紈道：「饒過寶玉去，我不服。」湘雲忙道：「有個好題目命他作。」眾人問何題目？湘雲道：「命他就作『訪妙玉乞紅梅』，豈不有趣？」眾人聽了，都說有趣。

一語未了，只見寶玉笑欰欰擎了一枝紅梅進來。眾丫鬟忙已接過，插入瓶內。眾人都笑稱謝。寶玉笑道：「你們如今賞罷，也不知費了我多少精神呢。」說著，探春早又遞過一鍾暖酒來。眾丫鬟走

㉝ 美女聳肩瓶：花瓶的名稱。許之衡飲流齋說瓷說瓶「美人肩」條云：「略似如意尊，項與脛均苗條，口與足相等，腹稍巨，彎折處有姿致，故曰美人肩也。」

上來接了蓑笠撣雪。各人房中丫鬟都添送衣服來，襲人也遣人送了半舊的狐腋褂來。李紈命人將那蒸的大芋頭盛了一盤，又將朱橘、黃橙、橄欖等物盛了兩盤，命人帶與襲人去。湘雲且告訴寶玉方纔的詩題，又催寶玉快作。寶玉道：「姐姐妹妹們，讓我自己用韻罷，別限韻了。」眾人都說：「隨你作去罷。」

（冬日午後景況。）

一面說，一面大家看梅花。原來這枝梅花只有二尺來高，旁有一橫枝縱橫而出，約有五六尺長，其間小枝分歧，或如蟠螭，或如僵蚓，或孤削如筆，或密聚如林，花吐胭脂，香欺蘭蕙，（一篇紅梅賦。）各各稱賞。誰知邢岫烟、李紋、薛寶琴三人都已吟成，各自寫了出來。眾人便依「紅梅花」三字之序看去，寫道是：

詠紅梅花得紅字　　邢岫烟

桃未芳菲杏未紅，沖寒先已笑東風。
魂飛庾嶺春難辨㉞，霞隔羅浮夢未通㉟。
綠萼添妝融寶炬㊱，縞仙扶醉跨殘虹。

㉞ 魂飛句：庾嶺，即大庾嶺。在廣東、江西交界處，以產梅花而著名。春難辨，形容庾嶺梅花盛開，一片春色渾然難辨。

㉟ 霞隔句：羅浮，羅浮山，在廣東。龍城錄載：隋朝人趙師雄遊羅浮山，遇見一美人，相與共飲。師雄醉眠，醒來發現自己躺在一株大梅樹下，才知道美人是梅花之神。此句言自己並未夢見梅花女神，看不到羅浮山中紅霞般的梅花。

㊱ 綠萼句：綠萼，綠色的梅花，是梅花中珍貴的品種。另有仙女名萼綠華，宋范成大石湖梅譜即將綠梅稱為萼綠華。此句以梅擬人，言萼綠華點燃蠟炬，更增添紅妝的嬌美。此句用范成大紅梅詩意：「午枕乍醒鉛粉褪，曉妝初罷蠟脂融。」

看來豈是尋常色？濃淡由他冰雪中。

詠紅梅花得梅字　李紋

白梅懶賦賦紅梅，逞豔先迎醉眼開。
凍臉❸❼有痕皆是血，酸心無恨亦成灰❸❽。
誤吞丹藥移真骨❸❾，偷下瑤池脫舊胎❹⓿。
江北江南春燦爛，寄言蜂蝶漫疑猜。

詠紅梅花得花字　薛寶琴

疏是枝條豔是花，春妝兒女競奢華。
閒庭曲檻無餘雪❹❶，流水空山有落霞。
幽夢冷隨紅袖笛❹❷，遊仙香泛絳河槎❹❸。

---

❸❼ 凍臉：比喻在冰雪嚴寒中開放的紅梅。

❸❽ 酸心句：梅花結子味酸，故云「酸心」。梅花結子時，花已凋落成灰，但心中並無怨恨。此句脫胎於李商隱無題詩：「春心莫共花爭發，一寸相思一寸灰。」

❸❾ 誤吞句：此句言梅花本白色，因吞食了移骨丹而變成紅色。范成大梅譜引方子通詠紅梅詩云：「紫府與丹來換骨。」

❹⓿ 偷下句：此句言瑤池仙子下凡變幻成梅花。

❹❶ 餘雪：比喻白梅。下句「落霞」比喻紅梅。

❹❷ 幽夢句：意謂梅花隨著紅衣少女的笛聲進入了清冷的幽夢。

❹❸ 遊仙句：意謂梅花的香氣，引人進入仙境。泛槎，博物志載：有人乘上木筏，隨水漂浮，最後到銀河，遇見牛郎織女。

前身定是瑤臺[44]種，無復相疑色相[45]差。

眾人看了，都笑稱賞了一番，又指末一首說更好。寶玉見寶琴年紀最小，才又敏捷，深為奇異。黛玉、湘雲二人斟了一小杯酒，齊賀寶琴。寶釵笑道：「三首各有各好。你們兩個天天捉弄厭了我，如今捉弄他來了。」李紈又問寶玉：「你可有了？」寶玉忙道：「我倒有了，纔一看見那三首，又嚇忘了。等我再想。」湘雲聽了，便拿了一支銅火箸擊著手爐，笑道：「我擊鼓了，若鼓絕不成，又要罰的。」寶玉笑道：「我已有了。」黛玉提起筆來，說道：「你念，我寫。」湘雲便擊了一下，笑道：「一鼓絕。」寶玉笑道：「有了，你寫罷。」眾人聽他念道：

酒未開樽句未裁，

黛玉寫了，搖頭笑道：「起的平平。」湘雲又道：「快著！」寶玉笑道：

尋春問臘到蓬萊。

黛玉、湘雲都點頭笑道：「有些意思了。」寶玉又道：

絳河，傳說中離日南千里的仙界之水，這裡代指銀河，用「絳」點出紅梅。

[44] 瑤臺：神人居住的仙境。

[45] 色相：本佛家語，這裡指梅花的顏色和模樣。

不求大士瓶中露[46]，為乞孀娥檻外梅。

黛玉寫了，又搖頭道：「湊巧而已。」湘雲忙催二鼓。寶玉又笑道：

入世冷挑紅雪去，離塵香割紫雲來[47]。

槎枒誰惜詩肩瘦？衣上猶沾佛院苔。

黛玉寫畢，湘雲大家纔評論時，只見幾個丫鬟跑進來道：「老太太來了。」眾人忙迎出來。大家又笑道：「怎麼這等高興！」說著，遠遠見賈母圍了大斗篷，帶著灰鼠暖兜，坐著小竹轎，打著青綢油傘，鴛鴦、琥珀等五六個丫鬟，每人都是打著傘，擁轎而來。李紈等忙往上迎，賈母命人止住，說：「只在那裡就是了。」來至跟前，賈母笑道：「我瞞著你太太和鳳丫頭來了。大雪地下，坐著這個無妨，沒的叫他們來蹓雪。」眾人忙一面上前接斗篷，攙扶著，一面答應著。賈母來至室中，先笑道：「好俊梅花！你們也會樂，我來著了。」說著，李紈早命人拿了一個大狼皮褥來，鋪在當中。賈母坐了，因笑道：「你們只管頑笑吃喝。我因為天短了，不敢睡中覺，抹了一回牌，想起你們來了，我也來湊個趣兒。」李紈早又捧過手爐來，探春另拿了一副杯箸來，親自斟了暖酒，奉與賈母。賈母便飲

---

[46] 不求句：大士，本指觀音，這裡代指妙玉。瓶中露，傳說觀音手捧淨瓶，內盛甘露，可以救災。

[47] 入世兩句：此兩句為倒裝句，意謂：來到佛地折取梅花，在寒冷中挑著梅枝回來。「離塵」指到妙玉的櫳翠庵乞梅，離開櫳翠庵為「入世」。

了一口，問：「那個盤子裡是什麼東西？」眾人忙捧了過來，回說：「是糟鵪鶉。」賈母道：「這倒罷了，撕一兩點腿子來。」李紈忙答應了，要水洗手，親自來撕。賈母又道：「你們仍舊坐下說笑，我聽。」又命李紈：「你也坐下，就如同我沒來的一樣纔好，不然我就去了。」眾人聽了，方依次坐下。這李紈便挪到盡下邊。賈母因問作何事？眾人便說作詩。賈母道：「有作詩的，不如作些燈謎，大家正月裡好頑的。」眾人答應了。

說笑了一回，賈母便說：「這裡潮濕，你們別久坐，仔細受了潮濕。」因說：「你四妹妹那裡暖和，我們到那裡瞧瞧他的畫兒，趕年可有了？」眾人笑道：「哪裡能年下就有了？只怕明年端陽有了。」賈母道：「這還了得！他竟比蓋這園子還費工夫了。」說著，仍坐了竹椅轎，大家圍隨，過了藕香榭，穿入一條夾道。東西兩邊皆有過街門，門樓上裡外皆嵌著石頭匾。如今進的是西門，向外的匾上鑿著「穿雲」二字，向裡的鑿著「度月」兩字。來至堂中，進了向南的正門，賈母下了轎，惜春已接了出來。從裡邊遊廊過去，便是惜春臥房，門斗上有「暖香塢」三個字。看他又寫出一處。從起至末一筆一部之文，也有千萬筆成一部之文，也有一二筆成一部之文也。有如「試才」一回，起若都說完，以後則索然無味，故留此幾處以為後文之點染也。此方活潑不板，眼目屢新。早有幾個人打起猩紅氈簾，已覺溫香拂臉。各處皆如此，非獨因「暖香」二字方有此景。戲註於此，以博一笑耳。大家進入房中，賈母並不歸坐，只問：「畫在哪裡？」惜春因笑回：「天氣寒冷了，膠性皆凝澀不潤，畫了恐不好看，故此收起來了。」賈母笑道：「我年下就要的。你別托懶兒，快拿出來，給我快畫。」

一語未了，忽見鳳姐兒披著紫羯絨褂，笑吟吟的來了，口內說道：「老祖宗今兒也不告訴人，私自就來了，叫我好找。」賈母見他來了，心中自是喜悅，道：「我怕你們冷著了，所以不許人告訴你們去。你真是個鬼靈精兒，到底找了我來。依理，孝敬也不在這上頭。」鳳姐兒笑道：「我哪裡是孝敬的心找了來？我因為到了老祖宗那裡，鴉沒雀靜的，這四個字俗語中常聞，但不能落紙筆耳。便欲寫時究竟不知係何四字，今如此寫來，真是不可移易。問小丫頭子們，他們又不肯叫我找到園裡來。我正疑惑，忽然來了兩三個姑子，我心裡纔明白。我想姑子必是來送年疏㊽，或要年例、香例銀子，老祖宗年下的事也多，一定是躲債來了。如今來回老祖宗，債主已去，不用躲著了。已預備下稀嫩的野雞，請用晚飯去，再遲一回就老了。」他一行說，眾人一行笑。鳳姐兒也不等賈母說話，便命人抬過轎子來。

賈母笑著，攙了鳳姐的手，仍舊上轎，帶著眾人，說笑出了夾道東門。一看四面粉妝銀砌，忽見寶琴披著鳧靨裘，站在山坡上遙等，身後一個丫鬟，抱著一瓶紅梅。眾人都笑道：「少了兩個人，他卻在這裡等著，也弄梅花去了。」賈母喜的忙笑道：「你們瞧，這山坡上配上他的這個人品，又是這件衣裳，後頭又是這梅花，像個什麼？」眾人都笑道：「就像老太太屋裡掛的仇十洲㊾畫的『雙豔圖』。」賈母搖頭笑道：「那畫的哪裡有這件衣裳？人也不能這

忽見寶琴披著鳧靨裘，站在山坡上遙等，身後一個丫鬟，抱著一瓶紅梅……。（清 天津楊柳青年畫）

㊽ 年疏：年節時向神求福的文字。

㊾ 仇十洲：明代著名畫家仇英，字實甫，號十洲。江蘇太倉人，擅長山水、人物、車馬、樓閣。

樣好！」一語未了，只見寶琴背後轉出一個披大紅猩氈的人來。賈母道：「那又是哪個女孩兒？」眾人笑道：「我們都在這裡，那是寶玉。」賈母笑道：「我的眼越發花了。」說話之間，來至跟前，可不是寶玉和寶琴？寶玉笑向寶釵、黛玉等道：「我纔又到了櫳翠庵，妙玉每人送你們一枝梅花，我已經打發人送去了。」眾人都笑說：「多謝你費心。」說話之間，已出了園門。

來至賈母房中，吃畢飯，大家又說笑了一回。忽見薛姨媽也來了，說：「好大雪，一日也沒過來望候老太太。今日老太太倒不高興？正該賞雪纔是。」賈母笑道：「何曾不高興？我找了他們姊妹們去頑了一會子。」薛姨媽笑道：「昨日晚上，我原想著今日要和我們姨太太借一日園子，擺兩桌粗酒，請老太太賞雪的。又見老太太安息的早。我聞得女兒說，老太太心下不大爽快，因此今日也沒敢驚動。早知如此，我正該請。」賈母笑道：「這纔是十月裡頭場雪。往後下雪的日子多呢，再破費不遲。」薛姨媽笑道：「果然如此，算我的孝心虔了。」鳳姐兒笑道：「姨媽仔細忘了，如今先秤了五十兩銀子來，交給我收著，一下雪，我就預備下酒了。姨媽也不用操心，也不得忘了。」賈母笑道：「既這麼說，姨太太給他五十兩銀子收著，我和他每人分二十五兩。到下雪的日子，我裝心裡不快，混過去了。姨太太更不用操心，我和鳳丫頭倒得了實惠。」鳳姐將手一拍，笑道：「妙極了！這和我的主意一樣。」眾人都笑了。賈母笑道：「呸！沒臉的，就順著竿子爬上去了。你不該說姨太太是客，在咱們家受屈，我們該請姨太太纔是。哪裡有破費姨太太的理！不這樣說呢，還有臉先要五十兩銀子，真不害臊！」鳳姐兒笑道：「我們老祖宗最是有眼色的，試一試，姨媽若鬆呢，拿出五十兩來，就和我分；這會子估量著不中用了，翻過來拿我做法子，說出這些大方話來。如今我也不和姨媽要銀子，竟替姨媽出銀子，治了酒，請老祖宗吃了，我另外再封五十兩銀子孝敬老祖宗，算是罰我個包攬閒事。這可好不好？」話未說完，眾人已笑倒在炕上。

賈母因又說及寶琴雪下折梅，比畫兒上還好，因又細問他的年庚八字並家內景況。薛姨媽度其意思，大約是要與寶玉求配。薛姨媽心中固也遂意，只是已許過梅家了，因賈母尚未明說，自己也不好擬定，遂半吐半露告訴賈母道：「可惜這孩子沒福，前年他父親就沒了。他從小兒見的世面倒多，跟他父母四山五岳都走遍了。他父親是好樂的，各處因有買賣，帶著家眷，這一省逛一年，明年又往那一省逛半年，所以天下十停走了有五六停了。那年在這裡，把他許了梅翰林的兒子，偏第二年他父親就辭世了，他母親又是痰症……」鳳姐也不等說完，便嗐聲跺腳的說：「偏不巧！我正要作個媒呢，又已經許了人家。」賈母笑道：「你要給誰說媒？」鳳姐兒說道：「老祖宗別管，我心裡看準了他們兩個是一對。如今已許了人，說也無益，不如不說罷了。」賈母也知鳳姐兒之意，聽見已有了人家，也就不提了。大家又閒話了一會方散。一宿無話。

次日雪晴。飯後，賈母又親囑惜春：「不管冷暖，你只畫去。趕到年下，十分不能便罷了。第一要緊，把昨日琴兒和丫頭梅花，照模照樣，一筆別錯，快快添上。」惜春聽了，雖是為難，只得應了。一時眾人都來看他如何畫。惜春只是出神，李紈因笑向眾人道：「讓他自己想去，偺們且說話兒。昨兒老太太只叫作燈謎，回家和綺兒、紋兒睡不著，我就編了兩個四書的。他兩個每人也編了兩個。」眾人聽了，都笑道：「這倒該作的。先說了，我們猜猜。」李紈笑道：「『觀音未有世家傳』，打四書一句。」湘雲接著就說：「『在止於至善』㊿。」寶釵笑道：「你也想一想『世家傳』三個字的意思再猜。」李紈笑道：「再想。」黛玉笑道：「哦，是了，是『雖善無徵』51。」眾人都笑道：「這句是了。」李紈又道：「『一池青草草何名』。」湘雲忙道：「這一定是『蒲蘆也』52，再不是不成？」李紈笑道：「這難為你猜。紋兒的是『水向石邊流出冷』，打一古人名。」探春笑問道：「可是山濤53？」李紋笑道：「是。」李紈又道：「綺兒的是個『螢』字，打一個字。」眾人猜了半日，寶琴笑道：「這個意思卻深，不知可是花草的『花』字？」李綺笑道：「恰是了。」眾人道：「螢與花何干？」黛玉笑道：「妙得很！螢可不是草化的54？」眾人會意，都笑了說好。

寶釵道：「這些雖好，不合老太太的意思，不如作些淺近的物兒，大家雅俗共賞纔好。」眾人都道：「也要作些淺近的俗物纔是。」湘雲笑道：「我編了一枝點絳唇，恰是俗物，你們猜猜。」說著，便念道：「溪壑分離，紅塵遊戲，真何趣？名利猶虛，後事終難繼。」眾人不解，想了半日，也有猜是和尚的，也有猜是道士的，也有猜是偶戲人的。寶玉笑了半日，道：「都不是。我猜著了，一定是耍的猴兒。」湘雲笑道：「正是這個了。」眾人道：「前頭都好，末後一句怎麼解？」湘雲道：「哪

50 在止於至善：語出四書大學，意謂達到善的最高境界。

51 雖善無徵：語出四書中庸，原句為「上焉者雖善無徵」，意謂最好的事情是無法驗證的。

52 蒲蘆也：四書中庸：「人道敏政，地道敏樹。夫政也者，蒲蘆也。為政以人，取人以身。」意謂用道義治理人民有利於政治，按道理管理土地有利於樹木。國家的政事就像種蒲蘆一樣。治理政事在於任用人才，選取人才看他自身的道德。

53 山濤：晉代名士，與嵇康、阮籍等人為友，名列「竹林七賢」。

54 螢可不是草化的：禮記月令：「季夏之月……溫風始至，蟋蟀居壁，鷹乃學習，腐草為螢。」古人認為螢火蟲是從腐草中生出來的。

一個耍的猴子，不是剁了尾巴去的？」眾人聽了，都笑起來，說：「他編個謎兒也是刁鑽古怪的。」李紈道：「昨日姨媽說，琴妹見的世面多，走的道路也多，你正該編謎兒，正用著了。你的詩且又好，何不編幾個我們猜一猜？」寶琴聽了，點頭含笑，自去尋思。寶釵也有了一個，念道：

鏤檀鍥梓一層層，豈係良工堆砌成？雖是半天風雨過，何曾聞得梵鈴55聲！　打一物

眾人猜時，寶玉也有了一個，念道：

天上人間兩渺茫，琅玕56節過謹隄防。鸞音鶴信57須凝睇，好把唏噓答上蒼。

黛玉也有了一個，念道是：

騄駬58何勞縛紫繩？馳城逐塹勢狰獰。主人指示風雷動，鰲背三山59獨立名。

55 梵鈴：懸掛在寶塔簷角的銅鈴。
56 琅玕：青色的玉石，後常用來稱竹。
57 鸞音鶴信：在古代神話傳說中，鸞、鶴常被視作仙禽，為神仙傳遞信息。古人也把人的去世稱為「仙逝」，乘鸞鶴表示登仙，鸞音鶴信也可理解為訃音。
58 騄駬：良馬名，傳說周穆王駕八匹駿馬出遊，騄駬即為其中之一。
59 鰲背三山：指海上蓬萊、方丈、瀛洲三神山，傳說這三座神山由十五隻巨鰲背負，事見列子。古代元宵放燈，京城中搭燈山作鰲背神山形狀，上面裝點千百種彩燈，也稱為「鰲山」。故此謎的謎底當為走馬燈。

探春也有了一個，方欲念時，寶琴走過來笑道：「我從小兒所走的地方的古蹟不少，我今揀了十個地方的古蹟，作了十首懷古的詩。詩雖粗鄙，卻懷往事，又暗隱俗物十件。姐姐們請猜一猜。」眾人聽了，都說：「這倒巧，何不寫出來大家一看？」要知端的……

世俗人情類

紅樓夢　曹雪芹撰　饒彬校注
脂評本紅樓夢　曹雪芹原著　脂硯齋重評　馬美信校注
金瓶梅　笑笑生原作　劉本棟校注　繆天華校閱
老殘遊記　劉鶚撰　田素蘭校注　繆天華校閱
平山冷燕　天花藏主人編次　張國風校注　謝德瑩校閱
品花寶鑑　陳森著　徐德明校注
野叟曝言　夏敬渠著　黃珅校注
綠野仙踪　李百川著　葉經柱校注
禪真逸史　方汝浩撰　黃珅校注
海上花列傳　韓邦慶著　姜漢椿校注
九尾龜　張春帆著　楊子堅校注
醒世姻緣傳　西周生輯著　袁世碩、鄒宗良校注
三門街　清・無名氏撰　嚴文儒校注
花月痕　魏秀仁著　趙乃增校注
孽海花　曾樸撰　葉經柱校注　繆天華校閱
魯男子　曾樸著　黃珅校注
遊仙窟　玉梨魂（合刊）　張鷟、徐枕亞著　黃瑚、黃珅校注
筆生花　心如女史著　黃明校注　亓婷婷校閱
浮生六記　沈三白著　陶恂若校注　王關仕校閱
玉嬌梨　天藏花主人編撰　石昌渝校注
好逑傳　名教中人編撰　石昌渝校注
啼笑因緣　張恨水著　束忱校注
歧路燈　李綠園撰　侯忠義校注

公案俠義類

水滸傳　施耐庵撰　羅貫中纂修　金聖嘆批　繆天華校注

兒女英雄傳　文康撰　饒彬標點　繆天華校注
三俠五義　石玉崑著　張虹校注　楊宗瑩校閱
七俠五義　石玉崑原著　俞樾改編
楊宗瑩校注　繆天華校閱
小五義　清・無名氏編著　李宗為校注
續小五義　清・無名氏編著　文斌校注
蕩寇志　俞萬春撰　侯忠義校注
綠牡丹　清・無名氏著　劉倩校注
羅通掃北　鴛湖漁叟較訂　劉倩校注
楊家將演義　紀振倫撰　楊子堅校注　葉經柱校閱
萬花樓演義　李雨堂撰　陳大康校注
粉妝樓全傳　竹溪山人編撰　陳大康校注
七劍十三俠　唐芸洲著　張建一校注
包公案　明・無名氏撰　顧宏義校注
謝士楷、繆天華校閱
海公大紅袍全傳　清・無名氏撰
楊同甫校注　葉經柱校閱
施公案　清・無名氏編撰　黃珅校注
乾隆下江南　清・無名氏著　姜榮剛校注

歷史演義類

三國演義　羅貫中撰　毛宗崗批　饒彬校注
東周列國志　馮夢龍原著　蔡元放改撰
劉本棟校注　繆天華校閱
東西漢演義　甄偉、謝詔編著　朱恒夫校注
劉本棟校閱
隋唐演義　褚人穫著　嚴文儒校注　劉本棟校閱
說岳全傳　錢彩編次　金豐增訂　平慧善校注
大明英烈傳　楊宗瑩校注　繆天華校閱

神魔志怪類

西遊記　吳承恩撰　繆天華校注
封神演義　陸西星撰　鍾伯敬評
楊宗瑩校注　繆天華校閱
濟公傳　王夢吉等著　楊宗瑩校注　繆天華校閱
三遂平妖傳　羅貫中編　馮夢龍增補　楊東方校注
南海觀音全傳　達磨出身傳燈傳（合刊）
西大午辰走人、朱開泰著　沈傳鳳校注

諷刺譴責類

儒林外史　吳敬梓撰　繆天華校注
官場現形記　李伯元撰　張素貞校注　繆天華校閱

文明小史　李伯元撰　張素貞校注　繆天華校閱
鏡花緣　李汝珍撰　尤信雄校注　繆天華校閱
二十年目睹之怪現狀　吳趼人著　石昌渝校注
何典　斬鬼傳　唐鍾馗平鬼傳（合刊）
張南莊等著　鄔國平校注　繆天華校閱

擬話本類

拍案驚奇　淩濛初撰　劉本棟校注　繆天華校閱
二刻拍案驚奇　淩濛初原著　徐文助校注　繆天華校閱
喻世明言　馮夢龍編撰　徐文助校注　繆天華校閱
警世通言　馮夢龍編撰　徐文助校注　繆天華校閱
醒世恒言　馮夢龍編撰　廖吉郎校注　繆天華校閱
今古奇觀　抱甕老人編　李平校注　陳文華校閱
豆棚閒話　照世盃（合刊）
艾衲居士、酌元亭主人編撰
陳大康校注　王關仕校閱
石點頭　天然癡叟著　李忠明校注　王關仕校閱
十二樓　李漁著　陶恂若校注　葉經柱校閱
西湖佳話　墨浪子編撰　陳美林、喬光輝校注
西湖二集　周楫纂　陳美林校注
型世言　陸人龍著　侯忠義校注

著名戲曲選

竇娥冤　關漢卿著　王星琦校注
漢宮秋　馬致遠撰　王星琦校注
梧桐雨　白樸撰　王星琦校注
琵琶記　高明著　江巨榮校注　謝德瑩校閱
第六才子書西廂記　王實甫原著　金聖嘆批點
張建一校注
牡丹亭　湯顯祖著　邵海清校注
荊釵記　柯丹邱著　趙山林校注
荔鏡記　明・無名氏著　趙山林等校注
長生殿　洪昇著　樓含松、江興祐校注
桃花扇　孔尚任著　陳美林、皋于厚校注
雷峰塔　方成培編撰　俞為民校注
倩女離魂　鄭光祖著　王星琦校注

國家圖書館出版品預行編目資料

脂評本紅樓夢(上)／曹雪芹原著,脂硯齋重評,馬美信校注.——初版七刷.——臺北市：三民，2024
面；　公分.——(中國古典名著)

4712780668153（上冊:平裝）
4712780668160（下冊:平裝）
1. 紅樓夢 2. 注釋

857.49　　104024775

中國古典名著

脂評本紅樓夢（上）

作　　者｜曹雪芹
重 評 者｜脂硯齋
校 注 者｜馬美信
封面繪圖｜蔡采穎

發 行 人｜劉振強
出 版 者｜三民書局股份有限公司
地　　址｜臺北市復興北路 386 號（復北門市）
　　　　　臺北市重慶南路一段 61 號（重南門市）
電　　話｜(02)25006600
網　　址｜三民網路書店 https://www.sanmin.com.tw

出版日期｜初版一刷 2016 年 1 月
　　　　　初版七刷 2024 年 1 月
書籍編號｜S858170
　　　　　4712780668153

三民書局